新歳時記

夏

ポケット版

平井照敏 編

河出書房新社

凡例

一、季を春・夏・秋・冬の四季に新年を加えて五つに区分し、春・夏・秋・冬・新年の五分冊とした。

一、歳時記においては、春は立春の日より立夏の前日まで、夏は立夏の日より立秋の前日まで、秋は立秋の日より立冬の前日まで、冬は立冬の日より立春の前日までとするのが通例であり、本歳時記もそれにしたがう。この四季の区分は、陰暦の月では、大略、春＝一月・二月・三月、夏＝四月・五月・六月、秋＝七月・八月・九月、冬＝十月・十一月・十二月ということになり、陽暦の月では、大略、春＝二月・三月・四月、夏＝五月・六月・七月、秋＝八月・九月・十月、冬＝十一月・十二月・一月ということになる。以上はきわめてまぎらわしいが、明確に解説するよう努めた。

一、新年は、正月に関係のある季題をあつめた部分だが、一月はじめという正月の位置のために、冬または春とまぎらわしい季題が生じた。これらはその都度、配置に最善を尽した。また、旧正月は陽暦の二月にあたり春と考えられるものだが、正月とのつながりを考えて新年に含めた。

一、各項目は、季題名、読み方、傍題名、季題解説、本意《ほい》、例句の順序で書かれている。本歳時記の特色となるのが「本意《ほい》」の項で、その季題の歴史の上でもっとも中心的なものとされてきた意味を示し、古典句の代表例をあげている。

一、例句は近代俳句・現代俳句の中からひろく採集したが、例句中、季題の特徴をもっともよくあらわしていると思われる一句に＊を付した。これも本歳時記の特色である。

一、各巻の巻末には五十音順索引を付した。なお新年の部の巻末には、行事・忌日一覧表、二十四節気七十二候表、総索引を加えた。

目次

地　理

生活

行事

動物

植物

本文カット　立花志津子

新歳時記

（夏）

時候

夏《なつ》

炎帝　祝融　昊天《かうてん》　赤帝　朱明　蒸炒《じようさう》　朱夏　炎夏　三夏　九夏　升明　長嬴《ちやうえい》
農節　瓜時《くわじ》　炎節　炎陽　朱炎　朱律　夏場《なつば》

実生活では三、四、五月を春とし、六、七、八月を夏として、気象的にも同様だが、俳句では、立夏（五月六日頃）から立秋（八月八日頃）の前日までを夏としている。大まかに言って、夏の前半は梅雨期であり、後半は盛夏期である。梅雨期には時に大雨の災害があったりして、関東以西では暗いじめじめした時期である。盛夏期には猛暑がつづき、雷雨が多い。北日本には梅雨期がはっきりせず、また盛夏期に冷たい夏が来ることもある。〈本意〉夏の語源には二説があり、いねが成り立つ意味とも、熱《あつ》、暑《あつ》の転ともいう。三夏は初夏、仲夏、晩夏、九夏は夏の九十日をいい、漢語の異名も数多いが、炎帝、朱夏、炎夏などが、夏らしく、よく使われる。

鼈《すつぽん》をくびきる夏のうす刃かな　飯田　蛇笏
誰彼となく美しく夏たのし　奈良　鹿郎
夏真昼死は半眼に人を見る　同
*算術の少年しのび泣けり夏　西東　三鬼
少年の早くも夏は腋にほふ　山口　誓子
乳母車夏の怒濤によこむきに　橋本多佳子
戸隠の夏は短しさるをがせ　阿波野青畝
夏も肌かくす和服に慣れ暮らす　山口波津女

群青《ぐんじょう》に雲刷く朱夏の国大和　太田　鴻村
九官鳥黒し烈しき夏なりき　甲田鐘一路

初夏《しょか》　夏の始め　初夏《はつなつ》　夏始　首夏　孟夏《まうか》

夏を三つにわけ、その最初の一か月をいう。だいたい入梅前のおだやかな落ちついた季節である。新緑がうつくしく、風も爽快である。ただ、ときに、八十八夜の別れ霜といわれる晩霜のおりることもあり、農作物が被害を受け、また雹が降って、害を与えることもある。〈本意〉初夏《しょか》、初夏《はつなつ》の語感はさわやかにひびく。暑すぎもせず、活気あふれる新緑に目をうばわれる季節。衣がえの頃でもある。

初夏の乳房の筋の青さかな　野村　喜舟
髪かたち初夏を憎しと思はずや　榎本　虎山
梨柵や初夏の繭雲うかびたる　水原秋桜子
初夏たのし妻の天気図晴れつゞき　同
たまさかは夜の街見たし夏初め　富田　木歩
*嶺瞭かに初夏の市民ゆく　飯田　龍太
首夏の家朝に深夜に貨車轟き　石田　波郷
水竜の中の水音夏はじめ　甫喜本のぶ女
海から無電うなずき歩む初夏の鳩　西東　三鬼
初夏に開く郵便切手ほどの窓　有馬　朗人

卯月《うづき》　卯の花月　四月《うづき》　花残月　得鳥羽月《とことばのつき》　この羽とり月　夏初月　跰踵《へいしょう》　余月　乾月《けんげつ》　巳月《しげつ》　正陽月　乏月　陰月

陰暦四月の異名で、ほぼ今日の五月にあたる。卯の花の咲く月ということである。異説もあり、稲を植える月、植月のことともいう。卯の花は、うつぎの花のこと。〈本意〉卯の花の咲く五月は、爽快な季節で、卯の花の白さが目にしみる語感の月名だが、天気がわるくなるとなかなか回復しない月でもある。四月というのと語感がちがい、古典的な風雅な月名である。

蚊の居るとつぶやきそめし卯月かな　高浜　虚子
師をしたふこゝろに生くる卯月かな　飯田　蛇笏
磧はしる水筋多き卯月かな　長谷川かな女
卯月はや筍固くなりにけり　野村　喜舟
＊たそがれの草花売も卯月かな　富田　木歩
卯月来ぬましろき紙に書くことば　三橋　鷹女

五月《ごぐわつ》　五月来る　五月尽　聖五月　聖母月

陽暦の五月は卯月にあたる初夏の候。五月《さつき》と読めば陰暦の五月で、陽暦の六月にあたる。メーデー、ゴールデン・ウイークにはじまり、花々が咲き、新緑が美しく、行楽が楽しい。そろそろ蚊や蠅の出てくる季節でもある。五月尽は五月の終りのこと。また、カトリックでは五月を聖母月と呼ぶ。聖五月はここから来たことばだが、季節の感じをあらわすので、俳句にも使われている。**〈本意〉**夏のはじめの気持のよい月で、気候も割合に安定している。その爽快感を聖五月とあらわすのは原義に反するが、そうした印象のあるよい月である。

藍々と五月の穂高雲をいづ　飯田　蛇笏
杢太郎いま亡き五月来りけり　久保田万太郎
飛燕鳴き山村五月事多し　水原秋桜子
五月きぬビルは真白き艦のごと　金尾梅の門
みどり子の頬突く五月の波止場にて　西東　三鬼
＊水の上五月のわかきいなびかり　大野　林火
噴水の玉とびちがふ五月かな　中村　汀女
少年の素足吸ひつく五月の巌　草間　時彦
酔うてしまうには美しい五月の夜　有馬　籌子
美しき徒労の五月果てにけり　椎津　虚彦
落葉松の空の濡れをり聖五月　古賀まり子
鳩踏む地かたくすこやか聖五月　平畑　静塔

立夏《りっか》　夏立つ　夏に入る　夏来たる　夏かけて　今朝の夏

陽暦五月六日頃で、暦の上で夏に入る日。二十四気の一つである。気象の上ではまだ春だが、夏に入る気持にさせられる。北日本で桜が満開の頃である。〈本意〉東京では蚊が出現、次いであわせをセルに替え、やがてはりえんじゅが咲き出す頃である。だが福岡では、麦の出穂、水稲播種、こがねむし出現の頃、札幌では、じゃがいもの播種、豆類の播種、最低気温が五度をこえる頃である。地方によって気候はちがうが、暦によって夏に入る気持が用意される。

滝おもて雲おし移る立夏かな　飯田　蛇笏
螫さるべき食はるべき夏来りけり　相生垣瓜人
汽罐車の煙鋭き夏は来ぬ　山口　誓子
*おそるべき君等の乳房夏来る　西東　三鬼
毒消し飲むやわが詩多産の夏来る　中村草田男
渓川の身を揺りて夏来るなり　飯田　龍太
プラタナス夜もみどりなる夏は来ぬ　石田　波郷
草も樹も水明りして夏来る日　中村　燦

夏めく《なつめく》　夏兆す

新緑、若葉の美しい頃である。春の花がおわり、夏の花、花菖蒲、あじさい、くちなしなどが咲く。活気ある夏のはじまりである。〈本意〉四季のことばに「めく」をつける言い方であるが、夏めくも、夏のはじめの頃の、夏らしくなった様子をさす。夏の色、夏景色などともいう。「夏浅し」もこれに近い。

*うつむけば人妻も夏めけるもの　長谷川春草
夏めくや庭を貫く滑川　松本たかし

十字路に仮面あつまる夏めく雲　秋元不死男
夏めくや椎のかづきし雲のいろ　高橋　潤
夏めくや何か足らざる空の隅　宇陀　草子
磨く匙きらりと水に夏兆す　山下　喜子

薄暑《はくしょ》　新暖　軽暖

初夏の、やや暑いなと思われるようになった気候のことである。五月の東京は気温が二十度ぐらいで、高くなると、二十五度から二十八度にもなる。汗ばむようなこともある。蔭を求め、風を求める。〈本意〉大正期に定まった季題で、セルの時期の、やや洒落た感じの季題である。一年で一番気持よい、明るい季節の、不快とまで行かぬ暑さである。

軽暖の日かげよし且つ日向よし　高浜　虚子
青空の中に風ふく薄暑かな　松瀬　青々
*はんけちのたしなみきよき薄暑かな　久保田万太郎
人々に四つ角ひろき薄暑かな　中村草田男
浴衣裁つこゝろ愉しき薄暑かな　高橋淡路女
街の上にマスト見えゐる薄暑かな　中村　汀女
考ふることもまぶしき薄暑となる　細見　綾子
バス薄暑少女ひそかに隅を愛す　吉田　耕夢

麦の秋《むぎのあき》　麦秋《むぎあき》　麦秋《ばくしう》

麦が熟したこと、またその季節にも言う。麦の取り入れどきであり、初夏の頃である。夏だが、取り入れどきなので、麦秋と秋の字を使う。梅雨前の忙しい時期で、だいたい立春後百二十日ごろ、つまり五月下旬ごろのことで、麦刈りがおこなわれる。〈本意〉「秋は百穀成熟の期、これ時において夏といへども、麦においてはすなはち秋、ゆゑに麦秋といふなり」と『滑稽雑談』にある。むぎあき、ばくしゅうの使いわけは、句の調子によってきまる。

*麦秋の中なるが悲し聖廃墟　水原秋桜子
週末の牧師旅にあり麦の秋　山口　青邨
麦の秋雀等海に出てかへす　山口　誓子
麦の秋夜な夜な赤き月を持つ　池内友次郎
麦の秋一と度妻を経てきし金　中村草田男
麦秋の雨のやうなる夜風かな　田中　冬二
麦秋や若者の髪炎なす　西東　三鬼
麦秋や乳児に嚙まれし乳の創　橋本多佳子
麦秋のやさしき野川渡りけり　石塚　友二
麦秋や書架にあまりし文庫本　安住　敦
能登麦秋女が運ぶ水美し　細見　綾子
麦秋や昏れても空のなほ青く　坂梨　文代

皐月《さつき》　月見ず月　早苗月　橘月　五月雨月《さみだれづき》

陰暦五月の異名である。陽暦六月頃にあたる。小苗《さなえ》月、浅苗月、五月雨月、幸《さち》月（狩りから出た）など、いろいろの語源が言われるが、早苗月の略とするのが一般的である。〈本意〉異名にあるように、五月雨の空のもと、花橘が咲き、早苗の植えられる情景がイメージされる。『日本書紀』『万葉集』の頃から使われ、芭蕉の句にも「笠島はいづこ五月《さつき》のぬかり道」がある。

深川や低き家並のさつき空　永井　荷風
*庭土に皐月の蠅の親しさよ　芥川龍之介
さつきぞら烏賊はいけすに色変ふる　林原　耒井
五月の槻劃す野空へ望放つ　香西　照雄
皐月波啄木の墓洗ふかに　宮野胡蝶亭
山に鳥多くなりたる皐月かな　滝沢伊代次

六月《ろくぐわつ》　六月尽

中旬に梅雨がはじまるが、夏らしくなる緑の月である。蒸し暑さのなかに低温の日もあり、天候の定まらぬ時である。田植え、鮎漁、行楽などがおこなわれ、夏服が着られるようになる。梅雨の上がるのが待ちどおしい。六月尽は六月のおわりのこと。〈本意〉古句の六月はみなづきと読み、陽暦七月のことである。陽暦の六月は梅雨が中心となるうっとうしい天候の月。冷害になる年もあり、から梅雨になる年もある。

六月を奇麗な風の吹くことよ　正岡　子規
六月や生日にかはく魚の皮　中川　宋淵
六月や飴の匂ひの松の径　中島　月笠
六月の花のさざめく水の上　飯田　龍太
*六月の女すわれる荒筵　石田　波郷
六月の光が卓をまるくする　浅野昆呂史

入梅《にふばい》　梅雨めく　梅雨に入る　梅雨入《つゆいり》　梅雨入《ついり》　梅雨はじまる

陽暦の六月十一日か十二日で、立春から数えて百三十五日目である。これから三十日間が梅雨期。ただしこれは暦の上のことで、実際は気圧配置が梅雨型になり、雨がちの天気になることで梅雨に入ったことが決定される。はじめは静かな雨だが、後期になると荒れて、大雨、集中豪雨になることが多い。〈本意〉ながいうっとうしい梅雨に入る日で、実際上の入梅ではないが、なんとなく気持が晴れぬ思いになる。

大寺のうしろ明るき梅雨入かな　前田　普羅
河骨に日は照りつゝも梅雨入雲　西島　麦南
樹も草もしづかにて梅雨はじまりぬ　日野　草城
童謡《わらべうた》かなしき梅雨となりにけり　相馬　遷子
二夜三夜傘さげ会へば梅雨めきぬ　石田　波郷
凡の墨すりて香もなし梅雨の入　及川　貞
*万霊の天より圧す梅雨入かな　目迫　秩父
ひとの句が心占めをり梅雨入前　林　翔

梅雨寒《つゆさむ》　梅雨寒し　梅雨冷

梅雨のあいだの低温のときをいう。北方の寒冷気団が強く、太平洋の暑い気団が日本を覆いつくせぬときにおこる。寒冷気団の抵抗が強く長いと冷夏になり、冷害がおこる。北海道などでは霜が降ることもある。**〈本意〉**昭和になって使われはじめた新しい季題。夏の間という気持と実際の寒さに違和感があり、一枚着るものをふやしながら、気候不順の思いを抱いたりする。

梅雨寒や屏風を渡る蝸牛　庄司　瓦全
＊とびからす病者に啼いて梅雨寒し　石橋　秀野
梅雨冷や崖田にねまる出羽の山　角川　源義
梅雨寒の猫に怒りをよみとらる　三沢みよし
我が胸に梅雨さむき淵ひそみけり　中村嵐楓子
梅雨寒の薄き屍と弟子ひとり　細川　加賀

夏至《げし》

陽暦六月二十二日頃。二十四気の一つで、一年中でもっとも昼が長い。夜が短かいので短夜となる。太陽がもっとも高くかがやく。だがこの頃はちょうど梅雨のさかりの頃で、雨が普通である。**〈本意〉**『改正月令博物筌』（文化五年）という古書に「日の長きこと至極するゆゑ、夏至と名づくるなり」とあるが、昼の長さが眼目である。この頃の東京では紫陽花が咲き、ひとえをゆかたに替え、にいにいぜみが鳴き出す。

心澄めば怒濤ぞきこゆ夏至の雨　臼田　亜浪
＊夏至の雨山ほととぎす聴き暮らし　田村　木国
枝を伐る夏至の日深く響きたり　阿部みどり女
大雨量かぶりて僅か夏至の蘆　百合山羽公

暮れなづむ夏至ビフテキの血を流す　松崎鉄之介

夏至の日の家居いづくに立つも風　岡本　眸

半夏生《はんげしやう》　半夏水　半夏雨　半夏生ず

夏至から十一日目で、七月二日頃にあたる。半夏生ということばは、半夏（からすびしゃく）という毒草が生ずる頃という意味という。半夏はどくだみと同属の草。田植えがおわる頃で、この日の天気によって稲の収穫を占ったりする。またこの日に雨が降れば大雨が続くといわれ、それを半夏雨という。そのほかにもいろいろの風習や物忌みが各地にある。〈**本意**〉暁に天より毒気降る日ゆえ井戸をおおい、野菜を食べないとか、竹に虫が生ずるので竹の子を食わないとか、不浄を行わず、婬欲を犯さず、五辛酒肉を食わぬ日とか、いろいろにいう。仏母摩耶夫人の中陰の真中なので善事をなし、悪事を除くのだなどと説明もなされる。ともあれ田植えの終った頃の物忌みの日である。

朝の虹消えて一ト雨半夏生　酒井　默禅

＊医通ひの片ふところ手半夏雨　大野　林火

日々待たれゐて癒えざりき半夏生　村越　化石

夕虹に心洗はれ半夏生　八島　英子

降りぬきし空のうつろや半夏生　渡部杜羊子

半夏雨青くらがりの藪椿　安部安閑子

晩夏《ばんか》　季夏《きか》

夏の末で、暑さはさかりだが、どことなく秋の気配がしのび寄りはじめる。土用波、入道雲に代わるうろこ雲は、台風の接近をしらせ、秋の到来をしらせる。日のきびしさもおとろえ、草木の繁茂もおわりになる。〈**本意**〉夏の暑さの続くなかに秋が確実にしのび寄っていることがわかる季節で、下り坂にさしかかった夏である。どことなくゆるんだ夏、ものさびしい気分のただよう夏である。

眠れねば晩夏夜あけの冷さなど　中村草田男
晩夏光刃物そこらにある怖れ　大野　林火
蝶にのみ風あるごとし晩夏光　横山　白虹
火をあげて晩夏の山のいなびかり　百合山羽公
宙飛んで晩夏かゞやく山すゞめ　石塚　友二
*縁に垂らすわが足大いなる晩夏　桂　信子
見かへればまた波あがる晩夏かな　大町　糺
どれも口美し晩夏のジャズ一団　金子　兜太
晩夏の旅家鴨のごとく妻子率て　北野　民夫
水汲めば水が晩夏のひかり撥ね　山本つぼみ
晩夏の水流れて空と一重なす　岩田　昌寿
晩夏光横切る鶏の首立てて　籠倉　貞子

水無月《みなづき》　風待月　常夏月

陰暦六月のことで陽暦では七月頃となる。暑さのため水が無くなる月のこととされるが、ほかにも、農作業をみなしつくした月とか、早苗がみなつきた月とかといろいろに語源を云々する。
〈本意〉『万葉集』の頃から使われているが、風待月、鳴神月、涼暮月、松風月などの異名の示すように、水も涸《か》れる暑さのなかで、風を待つ月である。しかし雷雨もあり、夕暮には涼しさも生まれて、秋近きことを感じさせもする月である。

水無月や青嶺つゞける桑のはて　水原秋桜子
水無月と別るる線香花火かな　中村　汀女
水無月の雲の耳より月うまる　加藤　楸邨
*水無月のとほき雲けふもとほくあり　川島彷徨子
はじめての道も青水無月の奈良　皆吉　爽雨
草擦ってゆく水無月の水の音　福永　耕二

七月《しちぐわつ》

晩夏にほぼ該当する。月の半ばに梅雨が明けて、猛暑のときとなる。雷鳴、夕立があり、夏がまっさかりとなる。夏休みが下旬にはじまる。〈本意〉陰暦の七月はふづき（ふみづき）で秋にはいるが、陽暦七月は、もっとも夏らしい月である。

七月の蝌蚪が居りけり山の池　高浜　虚子
七月や銀のキリスト石の壁　大野　林火
＊夕月に七月の蝶のぼりけり　原　石鼎
少年のつばさなす耳七月へ　林　邦彦
七月の青嶺まぢかく鎔鉱炉　山口　誓子
七月の夕闇ちちもははもなし　平井　照敏

梅雨明《つゆあけ》　梅雨あがり　梅雨の後　つゆの明　梅雨あがる

梅雨の期間は三十日で、七月半ばに明けるのが普通である。実際はその年の気象状況によって異るが、刷毛《はけ》でなでたような巻雲が東から西にながれ、北から南へ進むようになると夏になったしるしである。雷が鳴ると梅雨が明けるといわれている。〈本意〉一気に暑さが高まるのはあらたな難儀だが、うっとうしい梅雨の明ける解放感がこころよい。

梅雨明の天の川見えそめにけり　加藤　楸邨
＊梅雨明けのもの音の湧立てるかな　本宮銑太郎
梅雨明けし各々の顔をもたらしぬ　同
梅雨明けや麒麟の首は柵をぬき　杉浦　静樹
梅雨あけの雷ぞときけり喪の妻は　石田　波郷
梅雨明けや胸先過ぐるものの影　吉田　鴻司
耳鳴か梅雨明蟬かとも訊す　篠田悌二郎
子の目にも梅雨終りたる青嶺立つ　谷野　予志
梅雨明けぬ猫が先づ木に駈け登る　相生垣瓜人
海より梅雨明けてはためく安全旗　有賀　辰見

夏の暁《なつのあかつき》　夏の夜明　夏暁《なつあけ》

日中が猛暑だけに、夏の明け方はひんやりして気持よい。蜩が鳴くところではとりわけ気持よい夢の中のような爽快感があろう。暁から農作業をするところもあり、山小屋の登山者は早くも朝の支度にとりかかる。夏の暁どきはまことに好ましい時間である。〈本意〉明け方のひんやりした空気の気持よさが眼目である。

槍穂高晴れ極まりし夏暁かな　金尾梅の門
夏暁の妻の睡りの一途なる　星野麦丘人
*きやべつ抱く乙女夏暁の地に湧けり　三宅一鳴
老父ひとり水と争ひ夏あかつき　寺田京子
夏暁の子供よ土に馬描き　西東三鬼
夏暁のこゆきみどりの時間かな　平井照敏

夏の朝《なつのあさ》

まだひんやりしていて、清涼で気持がよい。蟬の声もまだ暑苦しくない。昼は暑いので、仕事は朝のうちにおこなわれる。〈本意〉まだ冷ややかな気持のよい朝の時間が眼目になる。

夏の朝病児によべの灯を消しぬ　星野立子
草原に風あと見ゆる夏の朝　太田柿葉
*夏朝の牛が前足を川にさす　田中午次郎
夏朝や小切符くばる三五軒　広江八重桜

炎昼《えんちう》　夏の昼

夏の昼のもえるような暑さである。日盛りというより、ずっと激しく強い。〈本意〉山口誓子の句集『炎昼』が出て以来、俳人たちが使うようになったが、誓子自身はこの句集で使っていない。周伯琦の詩に「但見柳青青、来レ路忘二炎昼一」とあるというが、盛夏の猛暑をあらわすのに、いかにもふさわしい。

*炎昼の女体のふかさはかられず　加藤　楸邨
忽然と来て炎昼のさみしさよ　北　光星
炎昼や妻へのたより懐に　角川　源義
炎昼や手摑みで売る油揚　北野　民夫
白猫に炎昼の光古びたり　西矢　籟史
炎昼やタールが見えぬ火に煮ゆる　塩川　星嵐

夏の夕《なつのゆふ》　夏夕《なつゆふべ》　夏の暮

ながかった夏の一日の暮れ方である。暑さもいくらかしのぎやすく、水をまき、風鈴の音をきいてくつろぐ時間である。〈本意〉最近はクーラーが普及して生活様式がかわったが、夏は疲れるので、夕暮れ方はなにかほっとした感じになり、くつろぎを求める。長い夕暮れで、夜の涼しさが待たれる。

*雲焼けて静かに夏の夕かな　高浜　虚子
病床に鉛筆失せぬ夏の暮　石田　波郷
夏の暮駅の水栓飲み勤む　山口　誓子
水色のものなべてよし夏夕べ　武田　鶯塘
珈琲や夏のゆふぐれながかりき　日野　草城
すがる子のありし浴みや夏の夕　石橋　秀野

夏の宵《なつのよひ》　宵の夏

日が暮れて間もない頃で、昼の暑さに苦しんだ身にはいかにも涼しく、くつろぎをおぼえる。夕食もすみ、花火を楽しむのもよく、テレビで野球放送を見るのもよい。昔は縁台将棋をたのしみ、納涼相撲を見たりした。〈本意〉春の宵の風情はないが、涼しい、くつろぎの時で、春とは別の楽しみが味わえる。

*疲れ来てうすき膝なり夏の宵　長谷川かな女　上陸の眼に犬尿る夏の宵　高橋兎亀夫
夏の宵医師の白衣は感傷なし　藤本　阿南　夏の宵うすき疲れのさざ波に　平井　照敏

夏の夜《なつのよ》　夜半の夏

いつまでも人通りがあり、人声がきこえ、短かく明ける。涼しさを求め、夜店や公園の噴水などに出かけ、なんとなく寝るのが惜しく、夜ふかしをしてしまう。どこかゆったりして、情趣がある。〈本意〉短夜というと切迫した感じだが、夏の夜はもっとゆったりして、夜の涼しさをたのしむ気持がある。

*夏の夜のふくるすべなくあけにけり　久保田万太郎　会ひて安し夏の夜母の横坐り　村越　化石
夏の夜の木をこぼれたる蝶々かな　永田　耕衣　打楽器の夏夜たかぶり胎児動く　円城寺うた子
夏の夜の森の匂ひの髪ほどく　野沢　節子　産児室泣けば吾子かや夜半の夏　野田きみ代

短夜《みじかよ》　短夜《たんや》　明易し　明やす　明早し　明急ぐ

夏至の日の東京の日の出は四時二十五分、四時頃には早くも夜がしらむ。昼がもっとも長く、夜がもっとも短かい。春分から夏至にかけて、昼が長くなってゆき、また冬至にむけて昼が短かくなってゆく。夏の夜は短かい。〈本意〉短夜といい、明易しという、いずれも夜が明けやすいことへのおどろきや感慨が中心になっている季題である。蕪村の「短夜や蘆間流るる蟹の泡」をはじめ、古典期にも数多く作られている。

明易や花鳥諷詠南無阿弥陀　高浜　虚子
*短夜のあけゆく水の匂かな　久保田万太郎
短夜を重ね重ねし旅心　高野　素十
短夜の河のにほへりくらがりに　日野　草城
短夜の汝が描きし樹々は立つ　加藤　楸邨
短夜や乳ぜり泣く児を須可捨焉乎《すてっちまをか》　竹下しづの女
明け易し硯離れぬ使ひ墨　秋元不死男
短夜の看とり給ふも縁かな　石橋　秀野
短夜の死ぬるといふは眠ること　西島　麦南
カーテンの太しく垂れて明易き　星野　立子
明易くなほ明易くならむとす　谷野　予志
覚めて雨覚めて又雨明易し　土山　紫牛

土用《どよう》　土用前　土用入　土用太郎　土用二郎　土用三郎　土用明

陰陽五行説では、春は木、夏は火、秋は金、冬は水が支配するとし、各季節の終りを土が十八日間支配するとしている。これが土用だが、一年に四回あるわけである。春は清明後十三日から立夏まで、夏は小暑後十三日から立秋まで、秋は寒露後十三日から立冬まで、冬は小寒後十三日から立春までのそれぞれ十八日間である。このうち夏の土用だけが一般に土用といわれ、もっとも暑さはげしく、土気がさかんなときである。夏の十八日間が暑中であり、耕作上の必要から、この時期が土用として一般化された。土用の入りの日が土用太郎、七月二十一日頃、二日目が土用二郎、三日目が土用三郎……である。土用の中の丑の日が土用の丑である。〈本意〉本来各季節の終りの十八日間だが、夏の土用が土用の代名詞となっている。夏のおわりのもっとも暑いとき。

槻たかく鳳蝶上る土用明け　飯田　蛇笏
嗤ふべき土用鴉の声聞こゆ　相生垣瓜人
海幸の北吹く土用三日かな　大須賀乙字
胸も頬も金色の土砂土用過ぐ　岩田　昌寿
わぎもこのはだのつめたき土用かな　日野　草城
きらきらと星も土用に入りにけり　萩原　麦草
*雀土を浴び穴を深くす土用入　山口　青邨
土用三郎黒牛に乗り来りけり　中条　明

盛夏《せいか》　夏旺《さか》ん　真夏

梅雨のあけたあとが盛夏で、暑さきびしいまさに真夏である。気温が三十度以上の日数は、平均で、鹿児島六十八日、東京四十五日、札幌九日、ほかに京都六十八日、甲府六十一日と盆地は暑く、大島五日、軽井沢四日と、島や高原は涼しい。〈本意〉暦の上の夏ではなく、本当に暑い夏のさかりのことで、七月から八月にかけての頃である。

大空に富士澄む罌粟の真夏かな　飯田　蛇笏
母の砥石ゑぐれてくぼむ真夏かな　平畑　静塔
*乱心のごとき真夏の蝶を見よ　阿波野青畝
日時計に狂ひなし夏旺んなり　山口波津女
うごけばひかる真夏の空を怖れけり　川島彷徨子
追ひすがる真夏わが帽海へ飛ばす　神山　杏雨

三伏《さんぷく》　初伏《しょふく》　中伏　末伏

夏至の後の第三番目の庚《かのえ》の日を初伏、第四番目の庚の日を中伏、立秋の後の最初の庚の日を末伏という。これを総称して三伏というが、夏の土用の間にあたる。秋は金と陰陽五行説でいうが、その金の気が伏しかくれる意味が伏である。酷暑の頃のことである。〈本意〉夏の火の気が強く、秋の金の気が伏しかくれるということで、暑さをあらわすにふさわしい語感をもつ。

三伏の夕べの星のともりけり　吉岡禅寺洞
三伏やひそと身を折りまげ禱る　阿波野青畝
三伏の海に死ぬまで蝶舞へり　大谷碧雲居
百谷を沈めて白し初伏の日　富安　風生
末伏の琴きん〳〵と鳴りにけり　長谷川かな女
三伏の闇はるかより露のこゑ　飯田　龍太
三伏や提げて重たき油鍋　鈴木真砂女
＊草や木や三伏の天垂れて燃ゆ　相馬　遷子
三伏の土蔵の匂ひ父は亡し　小山　都址
三伏の余燼のごとき暮れざまよ　中村　将晴

暑し　あつし　暑さ　暑《しょ》　暑気

梅雨のあと本格的に暑さがつのり出す。七月中旬頃からで、秋口まで続く。気温の上昇、風速、湿度、輻射などとともに、心理的な暑さもある。〈本意〉三夏を通じて暑いのが夏の特徴だが、同じ暑しでも、状況や心理によって、さまざまなニュアンスがありうる。

嘴あけて鳥も暑きことならん　田村　木国
咳暑し茅舎小便又洩らす　川端　茅舎
蝶の舌ゼンマイに似る暑さかな　芥川龍之介
大巌寺道暑し少年蛇をうてり　富安　風生
昧《くら》きより今日暑かりし婢かな　中村草田男
暑かりし夏やりすごし木々立てり　星野　立子
夜も暑し独り袴を敷いて寝る　石田　波郷
世にも暑にも寡黙をもつて抗しけり　安住　敦
水走りながらに暑し街の川　石塚　友二
＊暑き故ものをきちんと並べをる　細見　綾子
鶏白し暑く静かな水の底　飯田　龍太
子を叱る暑さむしむし生理の日　木村　美子
暑き戸を押し出るや敵の街がある　島田　洋一
過去などは皆海が呑みあつい砂丘　遊田　礼子

大暑《たいしょ》

二十四節気の一つで、陽暦の七月二十三日頃にあたる。夏の暑さの最高に達する期間である。ただ、大陸から冷気が南下し、暑い空気と対流をおこして、雷雨になり、しのぎやすくなることが多く、冷夏になって、北日本がいつまでも暑くならず、農作物に被害が出ることもある。〈**本意**〉「極熱の盛んなる時」である。そのために大暑と呼ばれたという。東京では、さるすべり、つづいてなでしこが咲き、気温が最高になる。

念力のゆるめば死ぬる大暑かな　村上　鬼城
兎も片耳垂るる大暑かな　芥川龍之介
朝よりの大暑の箸をそろへおく　長谷川素逝
じだらくに勤めてゐたる大暑かな　石田　波郷
＊つひにわれ八方破れ大暑来ぬ　牛山一庭人
壁をなす大暑の鴉青く見ゆ　進藤　一考
枠はみだす少年の日記大暑なる　田中　貞雄
大暑なりおのれ打つごとタイプ打つ　渡辺千枝子

灼く《やく》

灼岩　日焼岩　熱砂　熱風　炎熱

真夏のさかりの太陽のはげしい熱をいう。新興俳句時代、誓子・秋桜子らによってはじめられた季題である。同じ太陽のはげしさを炎ゆともいうが、八月上旬頃の暑さの表現である。熱く焼けた岩、焼けた砂浜の砂、熱い風、みなやけつくような暑さの題材になる。ただ、稲の発育には好ましいものである。〈**本意**〉極暑の頃の暑さの表現の一つで、昭和初期から使われはじめた。焼くでなく灼くとしたところに、新鮮さがあった。

柔かく女豹がふみて岩灼くる　富安　風生
炎熱や勝利の如き地の明るさ　中村草田男
*おのれ吐く雲と灼けをり駒ヶ嶽　加藤　楸邨
顔過ぐる機関車の灼け旅はじまる　橋本多佳子
灼くる嶺よし青年の肩見るごと　大野　林火
灼くる宙に眼ひらき麒麟孤独なり　中島　斌雄
従ふや灼けの極みに巷あり　油布　五線
灼くる砂上豚鳴く方へ少女ゆく　須並　一衛
雲灼けて鋼《まがね》光りの沖とざす　手塚　美佐
灼雲に老ひとりゐる黍畑　田中ひろし

極暑《ごくしょ》　酷暑《こくしょ》

夏のもっとも暑いときのことで、七月末から八月上旬であることが多い。大暑は七月二十三日か四日だが、この日よりすこしおくれるのが普通。最高気温の統計によると、日本各地の最高気温は、七月十二日から八月二十一日の間にあり、七月下旬から八月上旬がいちばん多い。〈本意〉熱極まりてあつし、とされるときであり、酷暑、劫暑、溽暑、猛暑などともいう。汗が垂れ、風もなく、堪えられないほどの暑さである。

月青くかゝる極暑の夜の町　高浜　虚子
われのみに見ゆ昼星や極暑来　森川　暁水
*蓋あけし如く極暑の来りけり　星野　立子
沼の底ひそかにうかぶ極暑かな　松村　蒼石
極暑の夜父と隔たる広襖　飯田　龍太
錠剤のみて極暑の中の人に伍す　山崎　鏡
働きにゆく大阪の酷暑の壁　黒沢　一太
積み上げし書が目の高さ酷暑来る　松本　旭

涼し《すずし》　涼《りやう》　涼気　涼意　朝涼《あさすず》　夕涼《ゆふすず》　晩涼《ばんりやう》　夜涼《やりやう》

この涼しは夏の暑さの中で感ずる涼しさのことで、秋の涼しさのことではない。秋の涼しさは秋涼で、秋の字がつく。朝夕、風の吹くとき、雨の降ったときなど、暑い中にも涼しさを感ずるときがある。また心理的な涼しさもあって、老、鐘、灯、影などに涼しさを味わう。その涼しさを千金の価とするこころである。〈本意〉連歌、俳諧時代から季題とされ、しきりに使われたもの。いろいろの折に涼しさを見出して暑さをまぬがれるこころのものである。

風生と死の話して涼しさよ　高浜　虚子
古利根に来し涼しさを言にいふ　石田　波郷
無人島の天子とならば涼しかろ　夏目　漱石
晩涼の空に連らなる出船あり　中村　汀女
みちのくのまつくらがりの夜涼かな　高野　素十
レマン湖ときくさへ涼し車とめ　星野　立子
涼しさや天神地祇も鶏も　阿波野青畝
星涼し川一面に突刺さり　野見山朱鳥
仁丹の銀こぼれつぐ涼しさよ　山口　青邨
筆ほぐす朱唇の墨も夜涼かな　西島　麦南
涼しさや眉のごとくに湖北の灯　五十嵐播水
遺しおくならん夜涼の一語一語　赤城さかえ
*をみな等も涼しきときは遠《をち》を見る　中村草田男
一生の晩涼にゐるおもひかな　水内　三猿

夏の果《なつのはて》

夏果　夏終る　夏の限　夏の別れ　夏の名残　夏過ぎて　行く夏　夏ぞ隔たる　夏尽く　夏を追ふ　夏惜しむ　夏に後る　暮の夏

暑かった夏も、立秋に近づくにつれて、朝晩はめっきりと涼しくなってくる。涼しさが加わるにつれて、夏休み、帰省、避暑、行楽などの終りもせまり、どこか気ぜわしく、名残惜しい気持がおこる。虫も鳴き出し、稲も穂を垂れる。〈本意〉季節の果は惜しい気のするものだが、暑さから解放され、美しい秋が到来する喜びもあって、それほど使われぬ季題である。

甲斐駒の天の岩肌の夏をはる　水原秋桜子
ぱんぱんのひぢの黒さよ夏了る　石橋辰之助

＊東京の椎や欅や夏果てぬ　石田　波郷
いつ果てし夏ぞもひとり膝抱けば　篠田悌二郎
本ばかり読んでゐる子の夏畢る　安住　敦
枝に垂れ夏の終りをかゞやく縄　木村　三男
夏終る刃物一切出して研ぐ　石井　白楼
ジャムに封ピクルスに封夏終る　三宅　絹子
油絵を描きし如く夏終る　前田野生子
夏果つるこころよ紺の絞り着て　稲垣きくの

秋近し《あきちかし》　秋風近し　秋隣　秋隣る　秋の隣　来ぬ秋　秋迫る

夏がおわりにさしかかり、秋が近づいた頃で、立秋の頃はまだ秋の本物ではないが、秋の気持がよびおこされる。八月半ばを過ぎると、海山も荒れがちになり、台風も発生しはじめ、蟬も法師蟬やひぐらしになる。秋を待つこころで一杯になる。〈本意〉春秋に寄せる日本人の伝統的な美意識があって、暑い夏をはなれ、清澄な美しい秋を待つ強い気持があらわれている季題で、秋が近いよろこびのこころがある。連歌、俳諧の頃からの季題。

夜雨しば〳〵照り極つて秋近し　大須賀乙字
＊秋近く切り残されし藜かな　安藤橡面坊
秋近き底ぬけぶりとなりにけり　久保田万太郎
白楊の梢つぶやくに似て秋隣　加藤　楸邨
秋近くサーカスめぐり来りけり　相島　虚吼
軒に干す伊吹もぐさや秋近し　三宅　孤軒
栗鼠も来て土はしたしや秋近き　室生とみ子
秋近し薄雲透ける空にさへ　加藤　覚範

夜の秋《よるのあき》

「秋の夜」とちがい、夏の季題で、大正頃から定着してきた。「土用なかばにはや秋の風」などと昔から言われ、晩夏の夜、秋らしい感じがするときの洒落た語感の季題である。〈本意〉この語そのものは暁台なども使っているが、秋の夜の意味であった。今日の意味の用例は大正はじめ頃から見られる。立秋以後には、気象的にもこの状態になってくるわけである。

涼しさの肌に手を置き夜の秋　高浜　虚子
西鶴の女みな死ぬ夜の秋　長谷川かな女
凭り馴れて句作柱や夜の秋　松本たかし
＊まろび寝の小さき母や夜の秋　福田　蓼汀
さそり座に欅が触れぬ夜の秋　及川　貞
夜の秋のどの木の音の聞ゆるや　谷野　予志
灯の下の波がひらりと夜の秋　飯田　龍太
名曲いま潮満つごとし夜の秋　楠本　憲吉

天文

夏の日《なつのひ》　夏日《なつび》　夏日影　夏日向　日の夏

夏の太陽（sun）、夏の一日（day）の両方の意味に使われる。夏の陽という言い方は定着していず、夏の日でよいとされている。日の出、日の入り、朝日、夕日など、夏の太陽をうたうことが多い。夏日影ということもあり、その影を省略した形が夏の日だという。この場合の日影は日の光の意味。〈本意〉「夏の日はげに天にあるうん気かな」（調和）「夏の日や一息に飲む酒の味」（路通）「夏の日や広葉柏に移りそめ」（闌更）など江戸時代から使われている。太陽の意か一日の意かは、句全体から感じとれる。

ユーカリを仰げば夏の日幽か　高浜　虚子
夏の日や薄苔つける木木の枝　芥川龍之介
*夏の日を或る児は泣いてばかりかな　中村　汀女
波底より夏日の青くかへり来る　篠原　梵
翅のあるものにいのちの夏日かな　原　コウ子
じりじりと頬にふるさとの野の夏日　志摩芳次郎

夏の空《なつのそら》　夏空　夏の天　夏天

入道雲、夕立、夕立あとの空、夜の花火、夏の空には、男性的な活気がある。梅雨があけてから立秋過ぎまで、夏の空が万物を圧する。〈本意〉光つよく、きらきらと晴れ上った青空、太陽の輝き、入道雲の立つ夏空は暑いが、男性的な活力にあふれる。

わが浴むたくましき身に夏の空　飯田　蛇笏
夏天ちかく放ち飼はれし馬の艶　大野　林火
＊夏空へ雲のらくがき奔放に　富安　風生
大杉のまた生む鳶や夏の空　佐々木冬青
動くもの一夏天のみさるをがせ　加藤　楸邨
大き木の光りいさまし夏の空　安藤　甦浪

夏の雲《なつのくも》　夏雲

夏空の雲のこと。雲をあらわすいろいろの表現があるが、大別すれば、積雲《せきうん》と積乱雲のことになる。夏の太陽に地面が熱せられ、また温度の高い地面や水面の上を寒気が通り、その底があたためられると、上昇気流が生じて、積雲が出来る。積雲の発達したものが積乱雲となり、夕立や雷をおこす。この積乱雲は、雲の峰ともいう。積雲は輪郭のはっきりした、離れ雲で、濃い雲である。底は平らで白く輝く。朝あらわれて発達し、夕方に消える。〈本意〉積乱雲は雲の峰という別季題なので、青空に白くもりあがる積雲が中心のイメージになる。男性的で豪快な空の眺めである。

＊夏雲群るるこの峡中に死ぬるかな　飯田　蛇笏
夏雲の空港に別れ来たりし手　阿片　瓢郎
父のごとき夏雲立てり津山なり　西東　三鬼
山頂は夏雲の中駅を出づ　平賀　淑子
何処からも見えて山羊鳴く夏の雲　中村　汀女
夏雲や後肢かろき犬の神　藤岡　筑邨
夏雲へ骨のかたちの膝立てて　谷野　予志
夏雲やホース全長水走り　増永　安子

雲の峰《くものみね》　入道雲　積乱雲　雷雲《らいうん》　鉄鉆雲《かなとこぐも》　夕立雲　峰雲

陶淵明の詩句にある「夏雲多シ二奇峯一」からその名が出たというが、夏の雲のもっとも発達した積乱雲のこと。垂直に大きくもりあがり山か塔の形である。頂上部分は、輪郭が毛状かほつれており、平たい。かなとこか羽毛のようにひろがっている。底部は暗くちぎれ雲がある。水滴、氷晶から出来た雲で、雷、しゅう雨、ひょう、突風などをおこす。各地方で土地の名をつけた名前があり、坂東太郎、比古太郎（九州）、丹波太郎、信濃太郎、石見太郎などという。積乱雲は四季におこるが、夏のものが雲の峰である。〈本意〉「夏は嶺のごとく恐ろしげに雲多く立ち申し候」とか「暑熱の気多きがゆゑに、火雲を聚めて山上に昇る。多く夕日のとき立つものなり」とか古来言われ、巨大な積乱雲を山にたとえるわけである。芭蕉の「雲の峰幾つ崩れて月の山」、許六の「国半や青田に移る雲の峰」、一茶の「投げ出した足の先也雲の峰」、梅室の「ぐるりから月夜になりぬ雲の峰」など江戸時代にも作例が多い。

雲の峰葱の坊主の兀と立つ　河東碧梧桐
雲の峰眉間に湧くは摑むべし　富安風生
白も黄もなく蝶まぎれ雲の峯　山口青邨
*厚餡割ればシクと音して雲の峰　中村草田男
雲の峰八方焦土とはなりぬ　加藤楸邨
生《いき》々《いき》と切株にほふ雲の峰　橋本多佳子
骸《から》馬《うま》をかついで行くや雲の峰　中川宋淵
昂ぶりてのぼる峯雲赤子泣き　大野林火
雲の峯湧きて地中に薯太る　成瀬桜桃子
わがゆくてわれにも知れず雲の峯　川山梨屋
積乱雲北には暗き野もあらむ　菅原達也

夏の月《なつのつき》　月涼し

月といえば秋をさすが、夏の月にも独特の風趣があり、涼味をそそる。もっとも旱のとき、あるいは昼の暑さに赤ちゃけた月と見えることもあり、ほてった感じだが、総じて、夏の涼しさの添景になる。夏の霜、月の霜ということがあるが、この涼味の誇張で、白楽天の「月平砂を照らす夏の夜の霜」から来ている。〈**本意**〉夜涼の月影が本意であろう。「月涼し」ともいう。凡兆の「市中は物のにほひや夏の月」がもっともよく本意をつくす句であろう。暑さのあとの涼味。芭蕉にも「蛸壺やはかなき夢を夏の月」「夏の月御油より出でて赤坂や」がある。

＊夏の月皿の林檎の紅を失す　高浜　虚子
夏の月蚕は繭にかくれけり　渡辺　水巴
夏の月いま上りたるばかりかな　久保田万太郎
なほ北に行く汽車とまり夏の月　中村　汀女
夏の月肺壊えつゝも眠るなる　石橋　秀野
夏の月赤き目をして犬が病む　山本　令夏

夏の星《なつのほし》　星涼し　梅雨の月　梅雨の星　旱星

夏の夜は星がすばらしくあざやかである。その点で冬の夜と対比される。さそり座、天の川、射手《いて》座、おとめ座、牛飼座、麦星などがうつくしい。山小屋での星の眺めなど、忘れがたい。涼しい印象をあたえる。梅雨の晴れ間に見える星、また月も、すがすがしく、ときに無気味にも思える。炎天つづきの赤い星（火星、さそり座の赤星、牛飼座のオレンジの星）を旱星というが、いかにもふさわしい呼び名である。〈**本意**〉夏空の星一般をさし、涼味をそそるのが本意だが、天候や時候によって、さわやかにも、無気味にも、異様にも見える。

むささびや杉にともれる梅雨の星　水原秋桜子
わが庭に椎の闇あり梅雨の月　山口　青邨
春の月ありしところに梅雨の月　高野　素十
梅雨の月白鷺羽搏つこと幽か　加藤　楸邨
女立たせてゆまるや赤き旱星　西東　三鬼
旱星食器を鳴らす犬と石　秋元不死男
金星すでにただの夏星先駆者よ　香西　照雄
＊夏星に海も日暮れの音展く　飯田　龍太
梅雨の月なましらけつつ上りけり　野村　親二
旱星百姓強き酒に酔ふ　長井　哀耳

南風《みなみ》

大南風《おほみなみ》　正南風《まみなみ》　南風《みなみかぜ》　南風《なんぷう》　南風《はえ》　正南風《まはえ》　南東風《はえごち》　南西風《はえにし》　まじ　まぜ

夏の季節風の南風のこと。七月、八月が中心で、四月、五月から吹くが、南高北低の気圧配置で、小笠原高気圧が日本をおおい、気圧の低い北海道方面に吹きこんでゆく。あたたかく湿った風である。強い南風を大南風という。これは発達した低気圧が日本海を通るときや、不連続線が通るときに吹き、太平洋岸は高波になり、日本海側はフェーン現象をおこす。南の季節風にはいろいろな呼び名があり、だいたい近畿以西で、はえ、まじといい、四国、九州ではまぜという。まはえは真南からの風であり、はえにしは南西風、はえごちは南東風である。はえはやわらかい順風のことが多い。まじ、まぜは、湿気が多いおだやかな風で、太平洋岸で使われる。ただし九州、四国、和歌山では、かなり風速が大きくなることがあり、雨を伴い、逆風となる。〈本意〉夏の季節風で、南から吹くあたたかい湿った風である。各地の船乗りにより、さまざまな名前で呼ばれてきた。

日もすがら日輪くらし大南風　高浜　虚子
南風《はえ》の浪桐咲く梢を走りつぐ　山口　誓子
のけぞれば吾が見えたる吾子に南風《みなみ》　中村草田男
遺書封ず南風の雲のしかかり　加藤　楸邨
*いや白きは南風つよき帆ならむ　大野　林火
海南風死に到るまで茶色の瞳　橋本多佳子
大南風出て昼の月消されたり　大森　桐明
クラリネット光のごとく南風《はえ》にきこゆ　川島彷徨子
汐満てりはえとなりゆく朝の岬　及川　貞
南風《はえ》強く竹林に鷺匂ふなり　稲葉松影女

黒南風　くろはえ　黒南風《くろばえ》　荒南風《あらばえ》　白南風《しろはえ》　しろばえ　しらばえ

梅雨に入り、空が暗く長雨がつづく陰鬱な頃に吹く南風で、柔らかい風だが、低気圧や不連続線が通り、荒い風が吹くときは荒南風となる。この風は船には危険な風である。梅雨が明けて明るい空になり、晴れて吹く南風が白南風である。また、梅雨の間でも、雨が降りながら晴れようとする様子のときの南風も白南風という。〈本意〉梅雨入りの暗い南風を黒南風、梅雨明けの明るい南風を白南風と考えてよい。空や雲の様子から、白、黒を南風にかむせたもの。

*黒南風や島山かけてうち暗み　高浜　虚子
白南風の夕浪高うなりにけり　芥川龍之介
黒南風や屠所への羊紙食べつつ　中村草田男
黒南風の岬に立ちて呼ぶ名なし　西東　三鬼
白南風やきりきり鷗落ちゆけり　角川　源義
白南風にかざしてまろし少女の掌　楠本　憲吉
黒南風に嫌人癖の亢ずる日　相馬　遷子
白南風や永病めば土摑みたし　香取　哲郎

青嵐　あをあらし　風青し　夏嵐　夏の嵐

五月から七月頃、万緑を吹く風で、強い感じの風にいう。青葉、青草を吹きゆるがせる印象が、青嵐の青からよく伝わる。南の風であることが多い。〈本意〉「青嵐も、夏木立の梢の緑を吹きあらすをいふにや」と『年浪草』にある。「長雨の空吹き出だせ青嵐」（素堂）「青嵐定まる時や苗の色」（嵐雪）「野を庭にして青嵐十万家」（蓼太）のように発句に愛用されてきた、季節色のつよい季題である。

夏嵐机上の白紙飛び尽す　正岡　子規
*青嵐もつとも朴を吹き白め　富安　風生
青あらし電車の音と家に来る　山口　誓子
鶏百羽一羽ころげし青嵐　加藤　楸邨
掠奪婚めきて甕はこぶ青嵐　石田　波郷
濃き墨のかはきやすさよ青嵐　橋本多佳子
子が馬の口を見てをり青嵐　青池　秀二
湿布替ゆる間胸あおあおと青嵐　沖田佐久子
面・籠手の中に少年青嵐　中尾寿美子
青嵐天に燕をひるがへし　道菅　三峡

風薫る《かぜかをる》　薫風《くんぷう》　薫る風　風の香

青嵐は視覚を中心においている風だが、これは嗅覚に焦点をおいている。青葉、青草を吹く風がその香りをはこんでくると感じている。やはり南の風である。〈本意〉南の風の気持よさをあらわす季語。「薫風南より来る」などと中国の詩文にも使われている。芭蕉も「風薫る羽織は襟もつくろはず」「ありがたや雪をかをらす南谷」などと愛用している。

薫風や蚕は吐く糸にまみれつつ　渡辺　水巴
薫風に一切経の櫃並ぶ　高野　素十
*薫風の大樹の言葉渚まで　松沢　鍬江
海山ゆ絶えざる風の薫るなり　中川　宋淵
寝れば広きわが胸を打つ野の薫風　香西　照雄
薫風や神への誓い美しき　榎本　摂子

朝凪《あさなぎ》　朝凪ぐ

海岸地方で夏の朝、風がまったく無くなるときのことで、海はまったく凪いでしまう。これは、海風と山風が交代するためにおこるもので、昼は海より陸地の温度が高く、夜は逆なので、気圧の低い方へ風が吹く。したがって昼は海風、夜は陸風となる。朝と夕方には海陸の気温が等しくなるので、風が無くなってしまうのである。〈本意〉「水辺ならでも、するなり。海上の静かなるなり」と『産衣』にあるが、その日の暑さが思いやられる凪である。

朝凪や渡島づとめの造船工　秋元不死男
朝凪のくづるる待ちて打瀬舟　小島　昌勝
朝凪のいかなご舟に波送る　殿村菟絲子
＊はたと朝凪ふところの猫鳴き出だす　有田寒潮子
朝凪の海に動かず浚渫船　清水　盤山
朝凪の潮のぬくさを泳ぎかな　岡本　圭岳
朝凪の破船の肋白き浜　梶　大輔
朝凪や漁船の数を島におき　肱岡　千花

夕凪《ゆふなぎ》　夕凪ぐ

瀬戸内海がとくに有名だが、長崎、熊本などの海岸でも、夏の夕方、風が絶え、ひどい暑さになる。三、四時間もつづく。海と陸の気温が等しくなって気圧がつりあうため、風がやむのである。昼の海風から夜の陸風にかわる間の現象で、朝凪よりもたえがたい。〈本意〉瀬戸の夕凪は有名で、夏の夕方、油凪になる暑さはたえがたい。几董にも「夕凪に油樽つむあつさかな」がある。

＊夕凪に乳啣ませてゐたるかな　久米　三汀
夕凪や仏勤めも真つ裸　宮部寸七翁
夕凪の海岸道路出来つゝあり　高浜　年尾
夕凪や使はねば水流れ過ぐ　永田　耕衣
夕凪や坐りて暗き漁夫の母　谷野　予志
夕凪ぎて原子禍の町音絶えし　石原　八束
旅三日夕凪地獄三日かな　草間　時彦
夕凪や烏賊の胎児の瞳は緑　奥野曼荼羅

夏の雨《なつのあめ》　夏雨《なつさめ》　緑雨

五月雨とか梅雨、夕立も夏の雨にはちがいないが、この場合には夏に降る雨一般をいう。夏の雨量は多いが、梅雨の影響があるためで、梅雨前線の位置による。六月は西日本、七月は裏日本の雨量が多い。〈本意〉夏の常の雨のことだが、夏の季節のあえしらい（取り扱い）があるべきだと『栞草』にある。

太幹にはりつきし蝶や夏の雨　西山　泊雲
＊夏の雨忘れてゐれば日のあたる　松瀬　青々
夏の雨きらりきらりと降りはじむ　日野　草城
樋《ひ》の口に溺るる蝶や夏の雨　佐々木北涯
夏の雨明るくなりて降り続く　星野　立子
温室はメロンを作る夏の雨　山口　青邨
夏雨に夜明けてゐたり大伽藍　中川　宋淵
夏時雨おどろにランプ亡びけり　秋元不死男
夏の雨農夫いちにち足洗はず　長谷部虎杖子

卯の花腐し《うのはなくだし》　卯の花降《くだ》し　卯の花くたし

陰暦四月を卯の花月というが、その頃に降る雨で、ちょうど咲いている卯の花を腐らせるのではないかというこころの、趣きのある名前。古い語感ではある。この頃は天気がわるく、卯月曇、卯の花曇、卯の花腐しのことが多いが、いまは梅雨のはしり、はしり梅雨と言われることが普通である。〈本意〉『万葉集』にも「春されば卯の花くたし吾が越えし妹が垣まはあれにけるかも」とあり、「春されば」とあるが、陰暦四月の雨をさすのが普通である。「腐し」とも「降し」ともいうが、「ちらしくたす心」と考えられてきた。古くは「くたし」と読んだが、いまは「くだし」と読むのが普通。

谷川に卯の花腐しほとばしる　高浜　虚子
足袋ぬいで卯の花腐しゆく娘かな　麻田　椎花
*朝食や卯の花腐したのしみて　阿波野青畝
卯の花腐し君出棺の刻と思ふ　石田　波郷
ひと日臥し卯の花腐し美しや　橋本多佳子
卯の花腐し寝嵩うすれてゆくばかり　石橋　秀野
旅の髪洗ふ卯の花腐しかな　小林　康治
海に色なくて卯の花腐しかな　大内　迪子

梅雨《つゆ》

梅雨《ばいう》　黴雨　墜栗花雨《ついりあめ》　梅の雨　梅霖　青梅雨　荒梅雨　梅雨じめり　迎へ梅雨
梅雨の走り　前梅雨　走梅雨

六月十一、十二日の入梅の日から三十日間の梅雨期のこと、またその頃に降る霖雨のことをいう。日本と揚子江流域に特有のもので、北海道にははっきりした梅雨はない。梅雨前線が太平洋岸に停滞し、南から梅雨がはじまり、次第に北上する。梅雨前線が通過すれば、梅雨があけ、真夏となる。梅雨期の前、五月末頃に梅雨に似た雨期があるが、これが走梅雨、迎え梅雨である。梅雨は梅の実の黄熟する頃というところからつけられ、梅霖、黄梅雨ともいう。かびの多い時のため黴雨とも書く。青樹の折なので青梅雨、栗の花が落ちる雨なので墜栗花雨《ついりあめ》ともいう。雨の降らない空梅雨、旱梅雨《ひでりづゆ》になることもある。〈本意〉「梅熟する時雨ふる、これを梅雨といふ」という『滑稽雑談』の説明が的確である。長雨のため、気持は倦怠し、おとろえる時だが、青梅雨、梅雨晴の爽快な季節感のときでもある。

梅雨の蝶白しレールにとまるかな　野村　喜舟
大梅雨の茫茫と沼らしきもの　高野　素十
妻とあればいづこも家郷梅雨青し　山口　誓子
葉を巻いてトマト病みをり梅雨の庭　松本たかし
梅雨の夜や妊るひとの鶴折れる　田中　冬二
梅雨の犬座敷を通り抜けにけり　相島　虚吼
梅雨の夜の金の折鶴父に呉れよ　中村草田男
梅雨の蝶妻来つつあるやも知れず　石田　波郷
梅雨の犬で氏も素状もなかりけり　安住　敦
雨季長し乾かぬものの中の赤子　八幡城太郎
食ひ物の名は限りなしつゆの雨　石川　桂郎
*青梅雨の深みにはまる思ひかな　同
梅雨はげし血を喀く夜の闇底に　石原　八束
梅雨の花幼児の声草のごとし　飯田　龍太
梅雨暗し黙せば機械の列になるぞ　角田　重明
梅雨さらに長からむ女梳る　竹森　雄風
すさまじき梅雨の朝焼消えにけり　山本　蓬郎
荒梅雨を押しやり爛々たる入日　佐野　美智
青梅雨の雲つらぬけるあまつばめ　佐藤　瑠璃
樹頭越え一飛迅し走り梅雨　森重　昭

空梅雨《からつゆ》　涸梅雨　旱《ひでり》梅雨

ほとんど雨の降らない梅雨もある。これは梅雨前線が本州南岸よりはるか南の海上にあるため、あるいは早く北上して真夏に入るためであり、前者は冷害をもたらし、後者は旱の害をもたらす。いずれにしても、田植えができなくなり、野菜が枯れる事態になる。〈本意〉梅雨に雨がつづくのは必要なことで、農耕生活の上で自然なことである。空梅雨は異常気象で、害をもたらす。

百姓に泣けとばかりに梅雨旱　石塚　友二
デモの列に吾子はあらずや旱梅雨　角川　源義

*空梅雨や鳥指すほどの夕ぐれに　石橋　秀野
空梅雨や熱き骨なる壺の中　小野火返平
空梅雨の星に圧されて河かたむく　鳴海　呑洲
空梅雨の庭を掃く音隣より　岩沢　猪子

五月雨《さみだれ》　五月雨《さつきあめ》　皐月雨　梅霖　さみだる　五月雨傘　五月雨雲

梅雨と同じことで、陰暦五月の長雨のこと。雨そのものをさす。「さ」は稲の植付けのこと、「みだれ」は雨のこととも、さつきの「さ」と水垂《みだ》れの「みだれ」の結んだものともいう。五月の、田植えの頃の雨のこと。〈本意〉古句より愛用された季題で、芭蕉の「五月雨を集めて早し最上川」「五月雨の降り残してや光堂」「五月雨の空吹き落せ大井川」、蕪村の「さみだれや大河を前に家二軒」など、あまりにも有名である。『三冊子』に「晴れ間なきやうにいふものなり」とあるが、ながながと降り続く雨とされている。

五月雨や上野の山も見あきたり　正岡　子規
眼を病んで灯ともさぬ夜や五月雨　夏目　漱石
*五月雨や山少しづつ崩れゐる　野村　喜舟
さみだれのあまだればかり浮御堂　阿波野青畝
桑原を飛びつつ雲のさみだるる　松本たかし
さみだるる一燈長き坂を守り　大野　林火
さみだるる心電車をやり過す　中村　汀女
五月雨が侘びよ寂びよと降りをれり　相生垣瓜人
傘させば五月雨の冷えたまりくる　八木　絵馬
さみだるゝ軒の重さよほどきもの　及川　貞

虎が雨《とらがあめ》　虎が涙　虎が涙雨

陰暦五月二十八日はよく雨が降るといわれ、虎が雨と言う。虎は曾我十郎祐成の愛人、大磯の遊女虎御前で、この日、曾我兄弟が討たれ、彼女が悲涙を流したことになぞらえて古くからこのことが言われている。気象学的に言えば雨の多い特異日ということになる。〈本意〉「この日、曾我祐成討たれたる日なり。その妻の虎御前愁傷せしゆゑに、けふ降るをかくいふなり」と『増山の井』にあり、「しんみりと虎が雨夜の咄かな」（路通）「川留めの伊東どのやな虎が雨」（太祇）のような作例がある。曾我兄弟の仇討ちの話の普及のほどが知られる。

海女が戸の牡丹ぬるる虎が雨　富安　風生
高齢のいのち明りに虎が雨　矢吹　湖光
*虎が雨化粧坂にて出逢ひける　矢田　挿雲
虎が雨と思ひはじめし深き闇　水野　菊枝
曾我物の稽古に適ふ虎が雨　吉井　莫生
馬の背に湯気の立つなり虎が雨　宮原　雅房

夕立《ゆふだち》　夕立《ゆだち》　よだち　白雨《はくう》　驟雨　夕立雲　夕立晴　村雨　白雨《しらさめ》

夏のさかり、積乱雲が発達、空がにわかに黒雲におおわれ、激しい雷雨になるのが夕立である。昼から午後七時頃までが多く、ピークは午後三時頃である。夕立は一時間ほどであがり、晴れて涼しくなり、蟬が鳴き出したりする。夕立雲は発達した積乱雲のこと。〈本意〉『万葉集』の頃すでに「暮《ゆふ》立の雨」と使われていた古い季題。一天かきくもり激しい雷雨となり、去ったあと涼風の吹くさまが中心で、激しい急変が夏らしく男性的。武蔵野の夕立は馬の背を分けるなどと言い、夕立の通りみちの狭いことをあらわす。

ぢゝと啼く蟬草にある夕立かな　高浜　虚子
半天を白雨走りぬ石仏寺　加藤　楸邨
巨人一度手振へば虹や夕立後　中野　三允
熱上る楢栗櫟夕立つ中　石田　波郷
小夕立大夕立の頃も過ぎ　高野　素十
夕立の前ぶれ雨や紅蜀葵　中村　汀女
*祖母山も傾山も夕立かな　山口　青邨
濁浪に無数の夕立突き刺さる　中島　斌雄

大夕立金輪際を響かせつ　中島　月笠

夕立あと截られて鉄の匂ひをり　楠本　憲吉

喜雨《きう》　雨喜び

日照りがつづき、田畑も植物も乾きおとろえているときに、降ってくる雨のことで、農家の喜びは大きい。農家ならずとも夏の暑さにまいっていた人々にも元気を回復させる雨である。田畑も植物も活気をとりもどし、農家ではおしめり休みをしたりする。〈本意〉『滑稽雑談』に、「田家もつて甘沢となし、邑里相賀す。ゆゑに喜雨といふ」とあり、恵みの雨である。雨乞いなどをして待たれていた雨でもあった。

喜雨の後ふたたび白し夜の雲　富安　風生

のびのびと行くみゝずあり喜雨の中　中田みづほ

つまだちて見るふるさとは喜雨の中　加藤　楸邨

*喜雨に煙り夜は月光に煙る木々　相生垣瓜人

厨にも水鳴る喜雨の音の中　谷野　予志

喜雨の灯のあかあかとして更けにけり　清崎　敏郎

喜雨の中戻りし牛のやさしき目　加藤　康人

足組んで腕組んで喜雨眺めゐし　高橋　夕陽

雲海《うんかい》

夏、高山から見おろすと、雲が海のようにひろがっていることがある。これは雲の上の部分のひろがりで、雲海という。飛行機からも見られるが、夏の登山との関連で見られるのが普通である。雲海からぬきんでた富士の眺め、あるいは富士山頂からの雲海の眺め、雲海の御来光の眺めなどはとりわけすばらしい。〈本意〉季題としては、登山に関連するもので、荘厳の印象がうたわれることが多い。

＊雲海や一天不壊の碧さあり　大谷碧雲居
雲海のとよむは渦の移るらし　水原秋桜子
朝焼の雲海尾根を溢れ落つ　石橋辰之助
雲海の彼岸の富士や今日あけつゝ　中村草田男
月明のまま雲海のあけにけり　内藤　吐天
雲海や太き幹ほど濡れて立つ　加藤　楸邨
雲海のひとつ灯のかた吾子寝ねむ　角川　源義
雲海の雲の柱に霧遊ぶ　橋本　鶏二

御来迎《ごらいがう》　御来光　円虹《まるにじ》

富士山、木曾御嶽、立山などの高山山頂で日の出を迎えることをいう。日没を御来迎、日の出を御来光と区別していうこともある。〈本意〉もともとは、日の出後、あるいは日没前のしばらくの間、太陽と反対側の霧に円形の虹があらわれ、その中に自分の影がうつるのを、弥陀来迎と信じたことからうまれたことば。登山に関係ある季題になる。登山中にときおり経験することである。

御来迎天界の露降り尽す　大谷碧雲居
御来迎涼しきまでに燃ゆるかな　同
＊御来迎天上に音無かりけり　中島　月笠
円虹の中に吾が影手振れば振る　福田　蓼汀
御来迎霧氷一片だに散らず　岡田　貞峰
御来迎山伏ら身に塩し待つ　西田　浩洋

虹《にじ》　朝虹　夕虹　虹立つ　虹の帯　虹の梁　虹の橋　二重虹　白虹

夏に多く見られる。夕立のあとなど、太陽の光線が空中の水滴によって色がわかれて見える。太陽を背にしたとき見え、七色の帯が半円形をなす。紫、藍、青、緑、黄、橙、赤の順である。

高所では円となり、二重にも見える。朝虹は西に見え、雨の前兆、夕虹は東に見え、晴の前兆といわれる。〈本意〉ギリシア神話では女神イリスが天地をわたる橋とされるが、美しく幻想的である。

*虹立ちて忽ち君の在る如し　高浜　虚子
野の虹と春田の虹と空に合ふ　水原秋桜子
天に跳ぶ金銀の鯉虹の下　山口　青邨
いづくにも虹のかけらを拾ひ得ず　山口　誓子
虹消えて了へば還る人妻に　三橋　鷹女
目をあげゆきさびしくなりて虹をくだる　加藤　楸邨
虹を見し子の顔虹の跡もなし　石田　波郷
虹が出るあゝ鼻先に軍艦　秋元不死男
海に何もなければ虹は悲壮にて　佐野まもる
別れ途や片虹さらに薄れゆく　石川　桂郎
赤松も今濃き虹の中に入る　中村　汀女
虹二重神も恋愛したまへり　津田　清子

雹《へう》　氷雨《ひさめ》

四、五、六月頃、雷雨のとき積乱雲から降る氷のかたまりで、鶏卵ほどの大きいものもあり、農作物や家屋をいため、人畜に危険なこともある。中央に核があり、これが大きくなったもので、雲の上部の氷の粒が雲の中を落下して、水滴をつけて凍り、また上昇気流によってあがり、また落ちることをくりかえして大きくなり落下する。気温の高い真夏にはとけて雨となるのですくない。〈本意〉夏に入った頃に多い氷の落下物で、雷とともに音たてて降る。豪快ではあるが被害も大きい。

*雹降りし桑の信濃に入りにけり　吉岡禅寺洞
常住の世の昏みけり雹が降る　中村草田男
雹たばしる音のひとつに青柏　野沢　節子
月欠けて野川を照らす雹のあと　堀口　星眠

雹うつて摩周湖の藍かげりくる　石原　八束
頬打つ雹木ッ葉吏員と父呼ぶな　菊田　千石
雹害の麦より蝶の藪生れて　柴崎左田男
雹止みて天上雷を残しけり　大川　千里

雷《かみなり》

神鳴《かみなり》　いかづち　雷《らい》　はたたがみ　鳴神《なるかみ》　遠雷　迅雷　疾雷　落雷　雷火　雷鳴
雷声　雷轟《らいくわう》　雷響　雷神　雷霆《らいてい》　雷震　軽雷　日雷　熱雷　界雷　熱界雷

夏にとくに多い、積乱雲によって起こる空中の放電現象で、稲光、雷鳴がすさまじく、落雷することもある。雨をともなうときは雷雨である。二種類の雷があり、日射による上昇気流によっておこるものを熱雷、前線付近の上昇気流によっておこるものを界雷といい、この二つの複合したものを熱界雷という。激しい雷を迅雷、疾雷といい、晴れていておこる雷を日雷という。落雷で火事がおこったものを雷火という。ときには戸外で運動中の人に落ちることもある。〈本意〉いろいろな名称があるが、「いかづち」は、もと「いかつち」で、「いか（厳）」「つ（の）」「ち（霊）」の意。すなわち、いかめしくおそろしい神の意であり、古くから「いみじう恐ろしきもの」（枕草子）とされてきた。雲の上で雷鼓を打つ鬼の形で思いえがかれた。夏のおそろしい天象だが、通過したあとは涼しく爽快な開放感がある。

＊夜の雲のみづみづしさや雷のあと　原　石鼎
庭の松小さし雷呼ぶこともあらじ　山口　青邨
月さして鳴き澄む蟬や雷のあと　水原秋桜子
真夜の雷傲然とわれ書を去らず　加藤　楸邨
鳴神や暗くなりつつ能最中《さなか》　松本たかし
雨すでに過ぎたる雷さわやかに　中村　汀女
はたゝ神過ぎし匂ひの朴に満つ　川端　茅舎
生き蛸の盛り上がる山日雷　平畑　静塔
遠雷やはづしてひかる耳かざり　木下　夕爾
激雷に剃りて女の頸《えり》つめたし　石川　桂郎

睡る子の手足ひらきて雷の風　飯田　龍太
大雷雨国引の嶺々発光す　鬼村　破骨

梅雨晴《つゆばれ》　梅雨晴る　梅雨晴間　梅雨の晴　五月晴

梅雨があけ、晴の日がつづくときをいうが、むしろ語感からは、梅雨の間の短かい晴のときを指すほうがぴったりする。ほっとした感じがある。五月晴の五月は陰暦で、梅雨の最中なので、梅雨晴と同じ意味になる。ただし、最近、陽暦五月の晴を指すことが多くなって、本来の意味とちがってきてしまった。〈本意〉梅雨晴も五月晴も、本来の意味からはなれ、梅雨晴は梅雨の間の晴間を、五月晴は陽暦五月の晴天をさすようになった。本意の変化があるわけである。

後山に葛引きあそぶ五月晴　飯田　蛇笏
美しき五月の晴の日も病みて　日野　草城
梅雨晴れや手枕の骨鳴るままに　横光　利一
焼跡へ梅雨晴の空ひた押しに　中村草田男
*梅雨晴れの月高くなり浴みしぬ　石橋　秀野
梅雨晴るゝ家畜のにほひ土に染み　相馬　遷子
五月晴黒人無帽にて街へ　古舘　曹人
修道女の大き手提や梅雨晴間　近藤　愛子
梅雨晴間とるに程よく草のびて　遠藤　はつ
梅雨晴れの満月土間の蓑に射す　高本　虹鳩

五月闇《さつきやみ》　梅雨闇　夏闇

梅雨時は雲が厚く、昼間も暗いので言うが、またそのような時には、夜もまたひとしお暗い感じで、あやめもわかぬ闇夜になる。昼にも夜にも使われる。〈本意〉「五月闇蓑に火のつく鵜舟かな」（許六）「しら紙にしむ心地せり五月闇」（暁台）など、古くから使われている季題。『産衣』に「五月闇　夜分にあらず」とあるが、昼夜ともに使われているようである。

かすかにも顔明りあり五月闇　鈴木　花蓑
蝶のごと火星はためく五月闇　石松　弄涯
*やはらかきものはくちびる五月闇　日野　草城
二三歩に地をうしなへり五月闇　井沢　正江
五月闇汽罐車一台ゆくごとし　山口　誓子
夏闇に梵字ただよふ風葬趾　丸山　哲郎
揺るゝ燈に梵字の女体五月闇　宮武　寒々
黄泉路いま五月闇なり燭を秉る　三条　羽村

朝曇《あさぐもり》

夏、晴天がつづいているとき、朝だけ曇ることがある。これは、朝、夜の陸風と昼の海風が交代し、温度の低い海風が、前日、日照によって蒸発していた水蒸気をひやすためである。朝曇のある日は日中よく晴れて炎暑の日となる。〈本意〉「旱の朝曇」ということばがあるが、天気が落ちついて晴天つづきのときに起こることで、日中の晴れと暑さを約束する曇である。

朝曇り墓前の土のうるほひぬ　飯田　蛇笏
照りそめし楓の空の朝曇　石田　波郷
朝ぐもり窓より見れば梨の花　高村光太郎
朝曇午後は灼くべし頭のほてり　石塚　友二
皮となる牛乳のおもてや朝ぐもり　日野　草城
朝曇る柘榴の落花掃きにけり　西島　麦南
*前向ける雀は白し朝ぐもり　中村草田男
朝曇港日あたるひとところ　中村　汀女

朝焼《あさやけ》　朝焼雲

日の出のとき、東の空が紅や黄に燃えるような色に見えるのが朝焼で、夏にはとくに多く見られる。太陽の光線が大気層を通過するときの散乱現象。朝焼は天気が下り坂になる前兆で、夕焼は晴天の前兆である。〈本意〉四季いずれも見られるが、夏にもっとも色あざやかなので夏の季題になる。近代になって使われはじめた。

牛乳煮るやラヂオの小鳥朝焼に　石橋　秀野
朝焼の風の中なる一樹鳴り　加藤　楸邨
*鳩とゐて朝焼雀小さしや　石田　波郷
朝焼によべのランプはよべのまま　福田　蓼汀
朝焼の濃きかげや鮎はしる走る　柳田　湘江
朝焼くるベッド花芯にあるごとし　蓬田紀枝子

夕焼《ゆふやけ》　ゆやけ　夕焼雲

日が沈むとき、西の空が紅く燃えるような色に染まるのが夕焼で、太陽の光線の散乱現象である。〈本意〉夕焼は四季にあるが、夏にはとくに大規模で美しいので、夏の季語とする。荘厳な光景で、西方浄土のことが思われる。

夕焼けて西の十万億土透く　山口　誓子
*歩を進めがたしや天地夕焼けて　同
下雲へ下雲へ夕焼移り去る　中村草田男
イタリーの風車見て夕焼けて　星野　立子
子を遠く大夕焼に合掌す　中村　汀女
遠き日のことのごとしや夕焼けて　加藤　楸邨
大夕焼消えなば夫の帰るべし　石橋　秀野
一本づつ夕焼け終る天の松　沢木　欣一
夕焼けて遠山雲の意にそへり　飯田　龍太
血を喀いて大夕焼の中に臥す　石原　八束
大き夕焼河も流れを止めてゐる　相馬　遷子
夕焼や人のなげきはすぐ忘る　油布　五線
死の脈をとりきし指に夕焼くる　荒谷　利夫
死を囃すごと夕焼の空ベッド　岡部　弾丸

日盛《ひざかり》　日の盛《さかり》

夏の暑いさかりのことで、正午から二、三時間のことである。太陽が頭上にあり、ものの影もないかのようで、人通りも絶え、不思議な静寂さをひろげる。地平には入道雲が林立している。〈本意〉「日盛りや半ば曲りて種胡瓜」（闌更）「日ざかりをしづかに麻の匂ひかな」（大江丸）「日盛りや葭雀に川の音もなき」（一茶）などの句が江戸期にある。物音も絶える暑さの時である。

*日盛りに蝶のふれ合ふ音すなり　松瀬　青々
大杉の巌の如し日の盛り　高浜　虚子
日盛の音なき時を人死にゆく　岡本　圭岳
日盛りや波のうねりの見ればある　小杉　余子
日盛の蝶飛んでゐる森の中　山口　青邨
日盛りのポプラのさやぎ渡りをり　高浜　年尾
日盛のシャワー痩軀を荘厳す　石田　波郷
日盛りの破船無数の蟹が棲む　中島　斌雄
万象に影をゆるさず日の盛　相馬　遷子
焼岳の焼けてをるなり日の盛り　大森　桐明

西日《にしび》　大西日

夏の西日は耐えがたい。夏の太陽はいつまでも沈まぬ感じで西にかかり、ぎらぎらした光線を矢のように部屋にそそぐ。昼の暑さの疲れがひときわ強まるようである。〈本意〉日盛りと夕焼の間の午後三時過ぎからの陽の光で、刺すような輝きと暑さのもの。

病院の西日の窓の並びたる　五十嵐播水
銀座西日頸たてて軍鶏はしるなり　加藤　楸邨
西日中電車のどこか掴みて居り　石田　波郷
逃げても軍鶏に西日がべたべたと　西東　三鬼
故郷の電車今も西日に頭振る　平畑　静塔
金欲しや舌ざらざらと西日中　斎藤　空華
*西日照りいのち無惨にありにけり　石橋　秀野
石垣に花嫁の影西日の鶏　飯田　龍太
崖下の首括り小屋に西日さす　石原　八束
交叉路の影なき西日別れ易し　野沢　節子
魚焼く西日の窓をけむらせて　大沼　宮子
おくれ来し吾に西日の席ありぬ　内野たくま
つかみたる掌に何もなし西日中　日下　三風
ここまでは西日届かず懺悔台　福永　耕二

炎天《えんてん》 炎気 炎日

夏のさかりの日盛りの空をいう。空は太陽のはげしい輝きですさまじい暑さを放つ。人も家にひそみ、ひたすら冷房にたより、ぐったりしている。〈本意〉「極暑の天をいふ」と『栞草』にあるが、暑さをほのおにたとえている。炎気、炎日、炎帝などの語がある。

老眼に炎天濁りあるごとし 高浜虚子
炎天を槍のごとくに涼気すぐ 飯田蛇笏
炎天の遠き帆やわがこころの帆 山口誓子
炎天や人が小さくなつてゆく 飛鳥田孋無公
炎天に繋がれて金の牛となる 三橋鷹女
炎天の一隅松となりて立つ 加藤楸邨
炎天の犬捕り低く唄ひ出す 西東三鬼
炎天の梯子昏きにかつぎ入る 橋本多佳子
＊炎天の欅生死を見下ろせり 渡辺桂子
炎天にいま逢ひそれも過去のごとし 目迫秩父
炎天より僧ひとり乗り岐阜羽島 森澄雄
炎天の巌の裸子やはらかし 飯田龍太
わが行手より炎天の火の匂ひ 野見山朱鳥
炎天の湖ひとところ夜のごとし 加藤知世子
生きて渇く蟹よ炎天の蟹売よ 川辺きぬ子
雲過《よ》ぎる炎天さらに奥ありて 山崎為人

油照《あぶらでり》 脂照

多くうす曇りの暑い日で、むしむしして、あぶら汗が出てくる天気である。そのあぶら汗から、あぶら照という。したがって脂照と書くことがある。〈本意〉炎天の場合には、からっと照って、焼けつく暑さだが、油照の場合は、むしむしして、じとっと脂汗の出る暑さである。

血を喀いて眼玉の乾く油照り 石原八束
底ぬけの大青空の油照り 村山古郷
＊女ざかりといふ語かなしや油照り 桂信子
口尻に髪の触れゐる油照り 鷲谷七菜子

みちのくの低き町並油照り　恩田　秀子
泣く稚児の声がとびつく油照り　加茂松風子
臨終の叫び刻々の油照り　小寺　正三
耳遠くなりし務めの油照り　山本　夕村

片蔭《かたかげ》　片かげり　夏陰　日陰

夏の日陰のことで、午後、町並みや塀や家のかげに日陰ができる。暑いので人々はこの日陰を選んで通り、時に一息ついたりする。木陰などより、町並みや家々の陰を指す。〈本意〉古くは夏陰、日陰が使われ、その傍題が片陰だったが、昭和に片陰が本題となり、夏陰、日陰はあまり見られなくなった。家々の濃いかげである。

片陰や夜が主題なる曲勁《つよ》し　中村草田男
片かげを早行く夜店車かな　富安　風生
*片蔭の家の奥なる眼に刺さる　西東　三鬼
片蔭へ沈む祭の笛の音　秋元不死男
片蔭に入る一歩より喪につながる　大野　林火
片蔭の生るゝごとく癌うまる　加藤かけい
街折れて片蔭に富士見失ふ　角川　源義
蝮屋がありて片蔭ゆきがたし　谷野　予志
片蔭をうなだれてゆくたのしさあり　西垣　脩
片陰に病みたり馬首を立てしまゝ　橋詰　沙尋

旱《ひでり》　旱魃《かんばつ》　旱害　旱空《ひでりぞら》　旱天　夏旱《なつひでり》　大旱　旱年　旱畑　旱草　旱雲

夏、晴天がつづいて、からからに乾ききることである。田畑はからからになって作物が枯れてしまい、貯水池も水が乏しくなって、水道や発電にも大きな影響が出る。〈本意〉小笠原高気圧が優勢で、日本本土に居すわるためにおこる晴天である。旱魃が西日本を中心におこることが多い。暑さにあえぎ、乾きに苦しむときである。

干魃や百姓の唯歩きをる　高浜　虚子
大旱血を曳く蛭のしづみをり　飯田　蛇笏
地獄見て憤ろしも大旱　山口　誓子
*大旱の赤牛となり声となる　西東　三鬼
真白なる猫によぎられ大旱　加藤　楸邨
仰ぎ見て旱天すがるなにもなし　石原　舟月

どすぐろき旱の山に人死せり　渡辺　桂子
旱久し眉あげて妻何を禱る　鈴木六林男
赤ん坊を尻から浸す海旱り　飴山　実
大旱や乾坤憎まれたる如し　野沢　節子
旱雲犬の舐めたる皿光る　原子　公平
旱魃や子の傷を舐め口甘し　岸田　稚魚

地理

夏の山《なつのやま》　夏山　夏嶺　青嶺　夏山路　夏山家

夏の山は「蒼翠滴るが如し」（『臥游録』）といわれるが、新緑、青葉におおわれた、あおあおとした山である。とはいえ、山によっては、岩の輝く山もあり、雪渓ののこる高山もあって、いずれも夏の山の強さをあらわす。「青嶺」は『万葉集』にある語だが、山口誓子によって俳句に取りいれられるようになった。**〈本意〉**さまざまな夏の山があるが、やはりあおあおと緑したたるような山が夏の山である。「夏山に足駄を拝む門出かな」（芭蕉）「夏山やえもしらぬ花の香に匂ふ」（几董）など、古くから詠まれている。

夏山や雲湧いて石横たはる　正岡　子規
夏山や又大川にめぐりあふ　飯田　蛇笏
＊七月の青嶺まぢかく熔鉱炉　山口　誓子
夏山家一軒すねてとび離れ　富安　風生
青空は遠夏山の上にのみ　中村草田男
部屋ごとに変はる瀬音や夏の山　藤森　成吉
夏山に向ひ吸ひよせられんとす　清崎　敏郎
みちのくの青嶺はじまり道曲る　角川　源義
稚い睾丸青嶺へ見せてさびしい牛　井沢　子光
イザヤ書の語や凜々と遠青嶺　大谷　利彦

五月富士《さつきふじ》　皐月富士　夏富士　富士の雪解　雪解富士　富士の農男《のうをとこ》

陰暦五月の富士で、雪が消えかかり、夏山らしくなってきた富士である。雪がほとんど消えるのは七月中旬の頃だが、五月頃からとけはじめる。消えのこる雪の形で農作をうらなうが、人の形に見えるのを富士の農男といい、富士の農馬、富士の農鳥などのことばもある。赤富士は晩夏から初秋の早朝、裏富士が真紅に染まる現象をいう。〈本意〉夏山らしくなってきた富士をたたえていう。新緑の中に清浄にそびえる富士である。

雪解富士幽かに凍みる月夜かな　渡辺　水巴
赤富士に露滂沱たる四辺かな　富安　風生
五月富士水車は高き水玉を　内田　暮情
*五月富士屢々湖のいろかはる　加藤　楸邨
苗代の規矩の正しき五月富士　遠藤　梧逸
豪華な愚かさ夏富士のいただきまで　飯田　龍太
夏富士のひえびえとして夜を流す　同
五月富士夫病床をいつ捨てむ　石田あき子
雪解富士夜も影なすに湯浴みをり　野沢　節子
富士雪解水車しぶきを宙にあげ　榎本　虎山

雪渓《せっけい》

高山の斜面のくぼみ、渓谷などに積った雪は夏にも消えのこり、爽快な眺めとなって、登山する者の喜びとなる。白馬岳、槍ヶ岳、立山などには大雪渓がのこる。〈本意〉登山家の知る夏山の魅力の一つである。壮麗雄大な景。

日も月も大雪渓の真夏空　飯田　蛇笏
一痕の雪渓肩に男富士　富安　風生
蝶蜂の如雪渓に死なばと思ふ　橋本多佳子
雪渓のとけてとどろく蕨かな　加藤　楸邨

＊袈裟がけに青山肌に一雪渓　福田　蓼汀
雪渓の風紋に落ち蝶死せり　橋本　鶏二
音立てて雪渓解けてゐたりけり　松崎鉄之介
雪渓を天に懸けたり娶る家　木村　蕪城
雪渓に夜陰ぞくぞく悪霊たち　岡本　信男
雪渓にあがりて啼いて鴉なり　出牛　青朗
無愛想な大雪渓に惚れにけり　川端　豊子
雪渓の傷より瀬音噴き出だす　小林黒石礁

お花畑《おはなばたけ》

夏、高山の二千七、八百メートル以上の地帯に花ひらく高山植物のことで、長い間雪の下にあった高山植物が、真夏にどっと花をひらくのである。紅、紫、白、黄とさまざまな色に咲ききそい、美しいことこの上ない。白馬岳、槍ヶ岳、五色ヶ原、岩手山、鳥海山などのお花畑が有名である。雪渓も見え、遠望もまたすばらしい。〈本意〉登山がさかんになってからの季題で、「お」をつけて、その清浄美をあらわす。単に花畑というと秋の花圃をさすことになる。

＊大空に長き能登ありお花畑　阿波野青畝
ねころんであげゐる杖やお花畑　皆吉　爽雨
お花畑雲歳月を押し戻し　福田　蓼汀
お花畑霧湧くところ流れあり　本田　一杉
白山の頭見えたりお花畑　南上　北人
大雨去り天の色なるお花畑　小野　宏文

夏野《なつの》　夏野原　夏の原　青野　夏路　五月野

夏の野原で、夏草しげり、草いきれの烈しいところ。〈本意〉「夏野行く小鹿の角の束の間も妹が心を忘れて思へや」と『万葉集』にある「夏野」は、原野という感じの野原であろう。今ではそのような野はなかなか見られないので、広い草原をさすと考えてよい。「馬ぼくぼく我を絵に見る夏野かな」（芭蕉）「おろし置く笈に地震《なへふる》なつ野かな」（蕪村）などと古くから句がある。

大いなる卵拾ひし夏野かな　内藤　鳴雪
＊頭の中で白い夏野となつてゐる　高屋　窓秋
累々たる夏野の堆土これ墳墓　加藤　楸邨
青野にて力なき火のなに焚くや　佐野まもる
怒らぬから青野でしめる友の首　島津　亮
セロリ噛み青野の椅子に深く沈む　中島　秀子
青野ゆく空のマッチを捨てきれず　岸本真紀郎
野の青に置く硬質の管楽器　黒田　燎

夏の川《なつのかは》　夏川　夏河原　五月《さつき》川

三夏にわたっていう。夏の川にはいろいろの表情があり、梅雨のため水かさを増した五月川、水が涸れてほそい流れのみ残る旱の川、山峡を流れる谷川、子供の水遊びする野の川、都会の濁り川など、それぞれに独特の味がある。〈本意〉「夏河を越すうれしさよ手に草履」（蕪村）のような、暑さのなかの涼味、水の感じが焦点となろう。梅雨どき、盛夏、晩夏と、感じが異る。

夏の河赤き鉄鎖のはし浸る　山口　誓子
＊夏川の美しき村又訪はん　高野　素十
夏川の仏かへりといふところ　同
夏河を電車はためき越ゆるなり　石田　波郷
夏川に濯ぎて遠き子を思ふ　中村　汀女
光りつつアイヌに届く夏川ぞ　細谷　源二
夏川のみどりはしりて林檎の国　飯田　龍太
夏の河美貌の少年工が佇つ　草間　時彦

出水《でみづ》　夏出水　梅雨出水　水害　水禍

出水は二種あって、単に出水といえば梅雨どきの出水のことであり、秋出水というと秋の台風どきの出水となる。梅雨末期には大雨になることが多く、出水になり、水害がおこることがある。〈本意〉梅雨どきの集中豪雨などによる川の氾濫である。

蟬なきて夜を氾濫の水ふえぬ　飯田　蛇笏
出水後の蘆色もどる泳ぎかな　中村　汀女
*出水して森の奥なる月明り　中川　宋淵
がに股にひきかへすべし冠水田　平畑　静塔
浸水の壁の中なる牛うごく　光宗　篁
日のさして力みなぎる出水川　石井　健作
嬰児さへ重し水禍の腕疲れ　鈴木斐佐代
梅雨出水流るゝものに蛇からみ　松浦　真青

夏の海《なつのうみ》　なつうみ　夏の波　夏濤　夏の浜

夏の光にみちた、暑く力強い海である。三夏の季語で、時期により感じがちがってくるが、水平線に入道雲がつらなり、ヨットがうかび、海水浴の人でにぎわう景が普通である。〈本意〉紺碧に輝く健康で力ある炎天の海である。

掌に掬へば色なき水や夏の海　原　石鼎
風雲のかがやき折れて夏の海　山口　青邨
子を探しに出でてむなしく夏の浜　山口　誓子
*卵皿に揺れ夏海を蝦夷へ渡る　中村草田男
夏の海水兵ひとり紛失す　渡辺　白泉
乳母車夏の怒濤によこむきに　橋本多佳子
夏すでに海恍惚として不安　飯田　龍太
目に余る夏海なれば石擲ぐる　沢木　欣一
夏海を見下ろして木をゆさぶれる　細見　綾子
夏海の紺の中なる能登の尖　家田小刀子

卯浪《うなみ》　卯月浪

陰暦四月ごろの海や川の浪であり、梅雨どき、陰暦五月ごろの浪を皐月浪、さなみ、五月《さつき》浪という。卯浪は卯の花の咲く五月ごろの浪で、低気圧や不連続線の通過によって、川や海に白波が立つのである。〈本意〉卯の花の咲く頃の浪をいう。「四五月の卯浪さ浪やほととぎす」（許六）などの江戸期の作もある。情感はあるが、くらい感じはない。

岬より折れ曲り来る卯浪かな　高浜　虚子
月明の卯波は女恋ふ如し　保坂　嶺明
ひとの恋あはれにをはる卯浪かな　安住　敦
あはあはと火を焚くことよ卯浪海女　飴山　実
*舷のわが影走る卯浪かな　野見山朱鳥
犬吠の丘は夜となる卯浪かな　水沢　龍星
岩壁に鮫裂き卯波走りこむ　伊藤白楊子
町中の川に入りては卯浪消ゆ　稲田　秋央

土用《どよう》浪《なみ》　土用の波

夏の土用の頃、太平洋岸で多く見られる高波のことで、海鳴りがきこえることもある。台風シーズンの頃が多く、八月下旬から九月にかけてのもの。遠州灘、日向灘、九十九里浜、土佐湾、相模湾、駿河湾のように、直線の海岸、あるいは大きな湾の奥で高まる。〈本意〉台風シーズンに太平洋岸に押しよせる高波で、炎暑のなか、晴れて風もないのに波が押しよせてくるのは、遠い洋上の台風の影響である。秋が近づく微妙な季節の変わり目を示す。

つつ立ちてゆがみゆく顔土用波　西東　三鬼
土用浪紺青の夜を追ふごとし　松永晩羊原
土用波暮るる寂しさときに澄み　加藤　楸邨
にんじんの花汚れゐて土用浪　細見　綾子
海の紺白く剝ぎつつ土用波　滝　春一
*土用波わが立つ崖は進むなり　目迫　秩父
土用浪海よりも吾つかれ果て　山口波津女
貝殻は海の脱け殻土用波　樋口　久兵
土用波胸の十字架炎々と　加藤知世子

夏の潮《なつのしほ》　夏潮《なつじほ》　青葉潮　青山潮　青潮

夏の日ざしの下を流れる明るい潮で、代表的なものは鰹潮で、紺色、桔梗色をした黒潮の速い流れである。青葉潮は、新緑の五月頃に本州沖に流れこむ黒潮で、勢いよく北に向って流れる。房州では青山潮という。この流れは海に縞目をつくり、縞潮をなす。暖流なので気候に影響し、北にどこまでのぼったかによって、北海道や東北にあたえる影響が大きい。金華山沖より北にのぼらぬと冷夏をもたらし、以北にのぼると暖かい農作の年になる。魚の漁場にも影響が出る。〈**本意**〉夏の海より限定された季語だが、色あざやかに勢いよく流れる夏の明るい潮をいう。

夏潮の今退く平家亡ぶ時も　高浜　虚子　　＊夏既に漲る潮の迅さかな　武田　鶯塘
夏の潮ランチに移る時蒼し　富安　風生　　夏潮の音よぶ雲の生れけり　久保田万太郎
わが胸を浸し夏潮いま高し　池内友次郎　　神島を浮べて迅し青葉潮　宮下　翠舟

苦潮《にがしほ》

プランクトンが大繁殖して、海水が赤く変色するのを赤潮といい、春の季語だが、夏、とくに河口などで、降雨出水後に暑い日ざしがあると、プランクトンの繁殖が爆発的になる。このプランクトンが死滅する頃、海水の酸素が減って魚介類が死に、あるいは呼吸困難になる。これを、海水が変質して苦い潮になったものとして苦潮とよぶ。〈**本意**〉プランクトンの異常発生による海中酸素の欠乏だが、苦い潮にかわったとするところに、日本人の生活感覚がうかがえる。三陸沖では厄水という苦潮がある。

＊苦潮にうつそみ濡れて泳ぐなり　森川　暁水

苦潮のひた〳〵寄する破船かな　原川一草人

植田《うゑた》

田植えのおわったところの田。田植えの翌日、翌々日に苗の植えつぎをしてやるが、植えて二、三日して苗は根をおろしはじめる。すっかり根がつくと、一番草をとる。苗がのびてやがて青田になる。〈本意〉苗の植えられたばかりの田で、水面に苗の影、雲の影がうつっている。

さざなみの田水や植ゑしばかりなる　高浜　年尾

潮急に植田は鏡より静か　川端　茅舎

植ゑて去る田に黒雲がべつたりと　西東　三鬼

植田は鏡遠く声湧く小学校　殿村菟絲子

＊植田上る夕べの安堵見ゆるなり　松村　蒼石

植ゑし田に夕焼淡くみだれたり　相馬　遷子

植田はや白鷺の舞ひ下りにけり　志水　圭志

皆大き足跡ばかり植田澄む　菊池光彩波

みちみちて水の寝息の植田村　熊谷　愛子

ひんがしに白き月あげ植田かな　遠藤まさ喜

青田《あをた》　青田風　青田波　青田道

植田のあと、一番草をとり、二番草の頃には、田は稲の葉であおあおとおおわれる。強い日ざしの中、爽快な眺めである。七月はじめ頃の情景である。昔は田植えがおそかったので土用前後の景であった。青田売りがおこなわれたが、これは青田の頃になると収穫の予想がつくので、貧しい百姓が、米穀商人に収穫前に金をもらい、その日々をしのいだのである。〈本意〉稲の青々と成長したさわやかな風景に見るべきところがある。「傘さしてふかれに出でし青田かな」（白雄）「風颯と鷺の見え来る青田かな」（嘯山）などと古くから作られている。

一点の偽りもなく青田あり　山口　誓子
満月の青田を牛も眺めたつ　百合山羽公
鏡中の疲れし真顔夜の青田　加藤　楸邨
八方へゆきたし青田の中に立つ　橋本多佳子
*耶蘇なりや青田の海を踏み来るは　西東　三鬼
農薬を撒きしんかんと青田去る　田中　鬼骨
書きだめて手紙ふところ青田道　石橋　秀野
青田にはあをき闇夜のありぬべし　平井　照敏
農婦らの声透明に青田の夜　西村　公鳳
青田飛ぶ燕青田を出づるなし　橋本　茶山

田水沸く　たみづわく

炎天のもと、田の水が湯のように熱くなる。稲にとっては、成長を助けてよいが、この田水に入って草取りをすることは苦しい作業だった。現在は農薬を使用するので、楽になっている。

〈本意〉農家では田水の沸くのを豊作のしるしとして喜ぶ。稲は成長期にあり、いきいきと株をふとらせる。

日禱の乙女に近く田水沸く　下村ひろし
鳥影も煮立つ田水の二番草　亀村佳代子
黒眼鏡暗しふるさと田水沸く　西村　公鳳
田水沸く遠嶺雲を育てつつ　米沢吾亦紅
*老農の眉目しづかに田水沸く　志摩芳次郎
民宿の真昼音なく田水沸く　角　淳子

噴井　ふけゐ　噴井《ふきゐ》

水の噴き出ている井戸のことで、山近くなどに多い。夏には涼しげだし、物を冷やすのに使えるので、昔は名所になり、茶店も作られていた。家の中の井戸から水の噴き出ているところもある。鯉を飼っていたりもする。〈本意〉一年中水が噴き出しているものだが、夏、とくに涼しげで、夏の季語となっている。

噴井あり凌霄花これを暗くせり　富安　風生
*森の中噴井は夜もかくあらむ　山口　青邨
卯の花や噴井に潜む昼の星　牧島　松風
夜の音の噴井をころぶ麦湯壜　石川　桂郎
山のもの浸してくらき噴井かな　山崎　秋穂
杓添へて噴井あふるるやすけさよ　高松千恵子

泉《いづみ》　泉川　やり水

山中や平地で地下から湧き出す水で、清らかであり、夏にはとくに涼味をそそる。その音も涼しげである。泉から流れ出す川が泉川である。〈本意〉いづる水の意味で、夏の涼味をそそる。炎天のとき旅人がむすぶことが多い。芭蕉にも「掬ぶよりはや歯にひびく泉かな」がある。

天つ日のふとかげりたる泉かな　富安　風生
啄木鳥に泉の水輪絶ゆるなし　水原秋桜子
*紺青の蟹のさみしき泉かな　阿波野青畝
泉川いとけなき咳こんこんと　山口　誓子
泉への道後れゆく安けさよ　石田　波郷
抜けし歯を捨てに泉を探しに行く　秋元不死男
泉へ垂らし足裏を暗く映らしむ　田川飛旅子
大富士の愛のごとくに大泉　勝又　一透
わが子欲し泉内より水ひらく　山上樹実雄
顔つけしあとの泉の明るしや　鷲谷七菜子

清水《しみづ》　真清水　山清水　岩清水　底清水　苔清水　岨《そま》清水　磯清水　湧清水

山や野、農家の庭などにわき出て、流れてゆく水で、手をふれるとつめたく、炎天下、涼味あふれる思いがある。旅人がすくいのむきれいな水で、炎暑の苦しさがやわらげられる。泉は水がたたえられたとき、清水は水が湧いて落ちるとき使う。〈本意〉「二人してむすべば濁る清水かな」（蕪村）「紅の蟹葉がくれてしみづかな」（蓼太）「立ち寄れば蛇の横切る清水かな」（素丸）などと古くから詠まれ、涼しく清らかなところが眼目になっている。

唇に薬つめたき清水かな　坂本四方太　　雛つれて鴫の来てゐる清水かな　軽部烏頭子
清水のむかたはら地図を拡げをり　高野　素十　　清水のむ底まで透るさびしさに　柴田白葉女
＊来る風のすぢ明らかに清水かな　中村　汀女　　清水湧く地の骨のごと大樹の根　関口　成生

滴り《したたり》

夏、崖や岩、こけなどを伝わり、したたりおちる水滴で、いかにも涼しげである。雨が降ったあとのものではなく、地表からにじみ出た水のしたたりをいう。〈本意〉地表に湧く水の滴りで、つめたく、涼しげで、夏の旅先などの忘れられぬ体験になる。

滴りのはげしく幽きところかな　日野　草城　　したゝりの音の夕べとなりにけり　安住　敦
＊滴りに見えゐし風も落ちにけり　中村　汀女　　滴りて滴りて岩を黒くしぬ　谷野　予志
したたりや山中に老ゆ寺の鶏　秋元不死男　　滴りのつぶやき「山は山たりし」　但馬　美作

滝《たき》

瀑《たき》　瀑布　飛瀑　滝壺　滝風　滝の音　男滝　女滝　夫婦滝　滝浴

華厳の滝、那智の滝をはじめとする大小さまざまの滝があるが、山の岩壁から垂直に落ちる水である。四季のいつでも滝はあるが、その涼感から夏の季語としている。〈本意〉「奥や滝雲に涼しき谷の声」（其角）の句があるが、涼しさがその眼目である。神秘勇壮な大滝から、なにげない一条の小滝まで、趣きはさまざまだが、清らかで、さわやかである。

天ゆ落つ華厳日輪かざしけり　臼田亜浪
滝の上に水現れて落ちにけり　後藤夜半
*滝落ちて群青世界とゞろけり　水原秋桜子
雲の中滝かゞやきて音もなし　山口青邨
金輪際此合掌を滝打てり　川端茅舎
大滝をわが魂のぼる見失ふ　三宅一鳴
わが胸を二つに断ちて華厳落つ　福田蓼汀
滝の前しづかにをりて力充つ　宮下翠舟
滝近く蝦夷大蕗を傘にして　松下紀美子
滝の前女いよいよ撓んだり　小林康治
日当りて滝総身をなげうてる　岩鼻十三女
滝青く一気に描ける子ら羨し　高瀬哲夫

生活

漁夫帰る《ぎよふかへる》

北海道の鰊漁の最盛期は三、四月で、これがすむと、出稼ぎに来ていた漁夫たちは、故郷に帰ってゆく。山形、秋田、青森、岩手の人々が多い。農民たちが多く、帰ると田植に忙しくなる。〈本意〉鰊漁のための出稼ぎ農民が、漁のあと東北地方に帰ってゆくことで、渡り鳥的な移動だった。

*帰る漁夫に夜の港の繁華かな　松原地蔵尊
夏蓬伸び放題に漁夫帰る　有馬草々子
漁夫帰るや油にやけし納屋の草　高野　草雨

夏休《なつやすみ》　暑中休暇　暑中休

夏の長期の休暇で、学校の楽しい定期休暇であるのが一般的である。会社などでも最近は一週間ほど休暇を与えることが多い。学校の夏休みは、七月二十日頃から八月末、あるいは九月初旬頃までつづく。避暑、帰省、行楽、アルバイト、運動など、さまざまに利用される。〈本意〉自分の学校時代の楽しい思い出の中心になっていることが多い。学校から解放され、自由に時間をすごす夏のたのしい長期休暇である。

*峡の子の栗鼠を飼ひつつ夏休み　加藤　楸邨
夏休みも半ばの雨となりにけり　安住　敦
夏休み近づく朝の子らの歌　金尾梅の門
朝顔に口笛ひよろと夏休　中村　汀女
いつの間に母らしきわれ夏休　星野　立子
二の腕に腋毛をはさむ夏休　平畑　静塔
親娘はもぶらんこ漕げり夏休　石塚　友二
ナフタリン痩せ夏休み半ば過ぐ　林　薫
夏休み犬のことばがわかりきぬ　平井　照敏
地図の上に子らと顔よせ夏休　上野　巨水

暑中見舞《しよちゆうみまひ》　土用見舞　夏見舞

暑中とは、夏の暑い間をいうが、夏の土用の期間をもさす。このとき、親しい人々が、品物を贈りあい、また見舞い状を交換して、安否、健康を尋ねあう。郵便局でも夏らしい涼しい図柄のはがきを発行する。〈本意〉夏至のあと十五日が小暑、小暑のあと十五日が大暑であり、また小暑のあと十三日から立秋までを土用という。この小暑、大暑、あるいは土用は夏のもっとも暑いときで、このとき互いの安否を見舞いあう習慣である。

*来はじめし暑中見舞の二三枚　遠藤　梧逸
青年の気宇の書体や夏見舞　東郷喜久子
生きてすする暑中見舞の生卵　前橋　峴山
暑中見舞おほかた貧を守りをり　青木　泰夫
暑中見舞阿諛もて書きしインク滲み　大野　悠子
幸不幸言はず同文の夏見舞　管　秀郎

帰省《きせい》　帰省子

学生、官吏、会社員などが、夏休みを利用して故郷に帰ること。夏には、帰省客、旅行客で、交通機関は大混雑となる。〈本意〉故郷に帰る新入生や新入社員などには、かぎりなく嬉しく、なつかしいものである。また迎える家族にとっても、喜ばしい一時である。

帰省子に糸瓜大きく垂れにけり　杉田　久女
朝庭に立ちて帰省の裸白し　谷野　予志
桑の葉の照るに堪へゆく帰省かな　水原秋桜子
胡麻叩く母のうしろへ帰省かな　市野　波人
水打つて暮れゐる街に帰省かな　高野　素十
母の手の葱の匂へる帰省かな　阪本　謙二
＊さきだてる鵞鳥踏まじと帰省かな　芝　不器男
帰省子に村の不良といふが優し　大串　章

夏期講習会《かきかうしふかい》　夏期大学　夏期講座　夏期ゼミナール

夏休みの間に、大学、その他の学校の施設を利用してひらかれる講習会で、一週間、あるいは二、三週間にわたる。学校を利用するもののほか、高原や海岸などでおこなわれ、避暑を兼ねることもある。最近では会社の研修、政治団体の研修などもさかんである。〈本意〉夏の暑さのなかで気をひきしめておこなう講習で、避暑地で開催されることも多く、なかなか役に立つ消夏法である。

開け放す夏季大学を覗くもの　山口　誓子
木麻黄の葉風涼しや夏季講座　石井　桐陰
爪染めて夏期大学に馳せ参ず　吉村　千秋
夏期講座高悟帰俗といふことを　小原　弘幹
夏期大学慣れざる言葉多かりし　中西　利一
信州の夏期大学へ子を発たす　半谷　綾子
ポプラの葉風に喝采夏季学校　力石　郷水
＊夏期講習終れり街に夜涼満つ　大塚　茂敏

林間学校《りんかんがくかう》　林間学園　臨海学園

夏休み中、小学校、中学校などで、健康的な高原や海岸に、有志の生徒を移し、健康増進を目的にひらく学校で、勉強もするが、登山、ハイキング、採集、ゲームなどを中心とした規則正しい生活をする。学校、公民館、旅館などを利用する。〈本意〉明治三十年頃から外国にならっておこなわれたもので、本来は身体虚弱な子供の転地、保養のためのものだったが、最近は健康な生徒も参加する夏のレクリエーション的行事となっている。

日蔭蝶追うて林間学校へ　高浜　虚子
臨海生徒の寝耳に呼子吹かれけり　沢本　知水
*林間学校椅子の傾斜に石嚙ませ　寺松　健
親一人子ひとり林間学校へ　山県　輝夫
四五人の林間学校図画の会　友善　誓湖
林間学校木と木をつなぎシャツ乾く　青柳志解樹
幻燈会林間学校椅子を貸す　山口　誓子
林間学校ねむる夜霧に旗鳴りて　千代田葛彦

更衣《ころもがへ》　衣更ふ

春の衣服を夏のものにかえること。昔は旧暦四月一日に衣服や室内の調度などを冬のものから夏のものにかえ、十月一日には夏のものを冬のものにかえた。宮中、武家、民間でおこなわれてきたが、明治以後には厳密にせず、気候に合わせてかえるようになった。〈本意〉江戸時代には民間で、陰暦四月朔日に綿入れから袷になることがおこなわれ、厳守されたが、今は花柳界などだけでおこなわれる。宮中での更衣は王朝時代からの年中行事として有名であった。気持の季節がかわることも大切である。芭蕉の「一つ脱いで後に負ひぬ衣がへ」、其角の「越後屋に衣さく音や更衣」、蕪村の「御手打の夫婦なりしを更衣」など、名句も多く作られている。

妹が腹すこし身に触り更衣　飯田　蛇笏
小ヂキール即小ハイド衣更へて　中村草田男
雲はみな動きめぐるや更衣　加藤　楸邨
更衣胸の創痕うち裹む　石田　波郷
*更衣世に逆はず虔しく　福田　蓼汀
かなしみをもたぬひとなし更衣　山口波津女
深海のいろを選びぬ更衣　柴田白葉女
衣更へることの余生に入るごとし　長谷　春潮
仕合せに遠き衣を更へにけり　稲垣きくの
更衣みな着古していさぎよし　河合　未光
身辺に生死相つぐ更衣　吉井　莫生
看護婦にころがされつゝ更衣　小山耕一路

夏衣《なつごろも》　夏着　なつぎぬ　夏物　麻衣

夏に着る衣服で、木綿、絹、麻などで作られ、かるい羅《うすもの》や、肌につかぬ縮みのものが多い。

〈本意〉夏服といわず夏衣というと和服になる。したがってやや古風である。麻糸の細く、軽いものなどは高価で、薩摩、琉球、小千谷のものなどが知られている。芭蕉の「夏衣いまだ虱をとりつくさず」などが有名な例句である。

夏衣碓氷の雨の灑ぐかな　尾崎　紅葉
*我訪へば彼も達者や夏衣　松本たかし
山土をつけたるまゝや夏ごろも　中川　宋淵
父まさば夏の衣を我縫ふに　古川　時子
川波のことごとく急き麻衣　桂　信子
次の世は何の魚なる夏衣　大庭　紫逢
夏衣田中絹代は衰へず　大岡　龍男
夏物をほどき直すや休み海女　星野麦丘人

夏服《なつふく》　麻服　白服

夏に着る洋服である。裏地をつけず、涼しく軽い生地である。色は薄色で、薄地のさらっとしたものが多い。麻服は昔よく着たが、今はあまり着られず、合成繊維の服が多い。白地の白服は盛夏に着る人がある。〈本意〉「夏服や軽々として業にあり」（虚子）の句のように、夏にかるく涼しいように、薄地、薄色の服を着る。冷房の発達で、夏でも夏の背広をきちんと身につけるようになった。

夏服のよごれしままに勤めけり　大橋越央子
痩せしまま勤めはじまる麻の服　林原耒井
白服や海を見たりし釦はめ　加藤楸邨
＊夏服や捨てかねしものなぞ多き　角川源義
夏服や弟といふも愚かもの　石塚友二
灰皿の清し夏服の女等に　殿村菟絲子
麻服のすがしや帰路は歩きけり　目迫秩父
白服にてゆるく橋越す思春期らし　金子兜太
夏服の前に硝子の扉あり　不破　博
白服にプラットフォームの端好む　田中灯京

白絣《しろがすり》　白地

白地にかすりを織り出した夏のひとえもので、木綿や麻で作る。婦人ものにもないわけではないが、男性用が主で、戦前の学生たちの普通の着物だった。〈本意〉涼しい白地のかすりで、どことなく郷愁をそそるなつかしい着物である。

白地着てつねなく夕焼待ちゐたり　大野林火
＊白地着てこの郷愁のどこよりぞ　加藤楸邨
妻なしに似て四十なる白絣　石橋秀野
白地着て血のみを潔く子に遺す　能村登四郎

白地きて夕ぐれの香の来てをりぬ　森　澄雄
急流に雨またしぶき夏がすり　飯田　龍太
白地耀り出づ恋に賭けたるごとくにも　野沢　節子
白地着て科あるごとし妻の前　小林　康治
白地着て夜の往診は逢瀬めく　川畑　火川
白地着ていましばらくを老いまじく　中尾寿美子

袷《あはせ》

綿抜　初袷　袷時　古袷　素袷　袷衣　絹袷　はくえ

あわせきぬ（合衣）ということで、裏地のついた衣服。綿が入らない。単衣、綿入れに対していう。綿入れと単衣の間の時期に着るもので、昔は綿入れの綿を抜いて、袷にして着たが、現在はそうしない。綿入れの綿を抜いたのは旧暦四月朔日の更衣の日であった。肌着なしでじかに着る袷を素袷という。初袷は綿入れから袷に着かえたときのいかにも清涼の感のある着ごこちをあらわす。〈**本意**〉『栞草』（嘉永四年）に、「更衣《ころもがへ》に、布子の綿を抜き去りて、袷とするをいふ」とある。綿抜きが一般におこなわれ、季節に対応したものだが、今はおこなわれない。しかし綿入れから袷に着かえるときのさわやかさ、明るさが眼目である。

袷着て袂に何もなかりけり　高浜　虚子
初袷ひと日の皺をたゝみけり　奈良　鹿郎
男より高き背丈や初袷　中村　汀女
袷着て照る日はかなし曇る日も　三橋　鷹女
初袷やせて美《は》しとは絵そらごと　石橋　秀野
＊袷着て母より父を恋ふるかな　安住　敦
しづけさの極みに袷の襟合はす　加倉井秋を
セルといふ頃を袷に病上り　上村　占魚

セル

サージの略語。薄手の毛織物で、単衣ものを作る。初夏に男女ともに着る。膚ざわりよく、着心地がよい。〈本意〉秋にも着るが、初夏の季語となるのは、袷を脱いで着かえたときのかるくさわやかな感じが初夏によく合っているからである。明治以来の流行。

帯の上に集り流れセルの縞　高浜　虚子
ことしより堅気のセルを着たりけり　久保田万太郎
ひもじさは嬉しさに似てセルの胸辺　中村草田男
セルを着て手足さみしき一日かな　大野　林火
海越ゆる一心セルの街は知らず　加藤　楸邨
ひとの愛うたがはずセル着たりけり　安住　敦
セルを着て父を敬ふかぎりなし　中村　汀女
＊セルを着て髪美しき男かな　高橋淡路女
セルを着て稚き金魚買はんなど　沢木　欣一
セルを着て何の取り得もなき身にて　稲垣きくの
セルを着て人となり女とはなりぬ　北川　左人
セル軽し机辺に花を飾るべく　飯田　龍太

単衣《ひとへ》　単物《ひとへもの》　ひとへの袖

裏のない夏の衣服のこと。『万葉集』の頃から単衣、袷の区別があり、下着も単物だった。小袖が定着し、綿入れ、袷、単衣、帷子の区別ができ、それぞれを着る日が定められ、衣がえをした。単衣は端午に着、九月朔日に袷に替わることになった。さまざまな材料があるが、着心地がよい。帯もひとえ帯にする。〈本意〉夏の涼しげな着物である。浴衣と似て違うのは、浴衣が外出用に着ず、広袖であるのにたいし、単衣は外出用で、袂があることとである。

単衣着て足に夕日のさしゐたり　橋本多佳子
＊地下鉄の青きシートや単物　中村　汀女
父しらぬわが長身の単衣もの　松村　蒼石
単衣着て若く読みにし書をひらく　能村登四郎
ひとへもの薄き胸板父に似て　高橋　馬相
着やせする黒といふ色単物　山下寿美子
単衣きりりと泣かぬ女と見せ通す　鷲谷七菜子
単衣着て身めぐり水の湧く音す　稲垣　黄雨

帷子《かたびら》　白帷子　黄帷子　染帷子　絵帷子　黄帷子《きびら》　辻が花

麻からむしを織った布で作った単物《ひとえもの》の衣服で、盛夏に、さっぱりして着心地がよい。かたびらとは、袷《あわせ》の「片ひら」の意で、裏をつけてない布のことである。色はいろいろある。黄帷子《きびら》は、黄色の帷子のことではなく、さらしてない麻織物のこと。つまり生《き》織り帷子の意味である。辻が花は、絵帷子の一つで、つつじが花の略。白地に藍と紅で、花と青葉をあらわし、室町時代に着たもの。〈本意〉麻などの単衣もので肌がべたつかず、盛夏によい着物である。「青空のやうな帷子きたりけり　一茶」。

＊帷子の洗ひ洗ひし紺の色　松本たかし
着つゝ慣る我より古りし帷子に　相生垣瓜人
今日は父背縫ますぐに黄帷子　星野　立子
黄帷子残りしいのち涼しくす　立花　豊子
黄帷子着てヂンタのあとをとぼとぼと　中村　汀女
帷子の吹かれ曲りしまま歩む　山田みづえ

羅《うすもの》　軽羅《けいら》

絹の細糸で織ったひとえもので、上質のもの。絽、紗、明石、上布、ジョーゼットなどで、薄く、すけて、いかにも涼しげな着物である。夏のさかりに多くは女性が着る。〈本意〉「すべて薄織の絹布をいふと心得べし」と『栞草』にあるが、優雅で情感のある盛夏の着物である。

羅に汗さへ見せぬ女かな　高浜　年尾
＊羅をゆるやかに着て崩れざる　松本たかし
羅の折目たしかに着たりけり　日野　草城
羅に衣通る月の肌かな　杉田　久女
羅にほそぼそと身をつつみたる　高野　素十
羅の肩をおほへる稲光　中村　汀女

羅よりひらめく足も遠くなりぬ　加藤楸邨
うすものの立ちて総身透かんとす　皆吉爽雨
さらさらと羅みづのごとたたむ　上村占魚
うすものを着て雲のゆくたのしさよ　細見綾子
羅や細腰にして不逞なり　鈴木真砂女
うすものに風あつまりて葬了る　長谷川双魚

縮布《ちぢみふ》　縮　白縮　越後ちぢみ

緯糸に強く撚った糸を用いて織り、仕上げに皺寄せをしてちぢみをつけた織物である。絹糸織（京都西陣、新潟県十日町）、苧麻《からむし》織（新潟県小千谷の越後縮）、木綿織（銚子）などがある。軽くて肌ざわりも涼しく、盛夏に喜ばれる。縮の方法で作られたクレープなども下着に作られている。〈**本意**〉夏の暑さをしのぐ工夫の織物の一種で、肌に密着せぬ工夫をしたものである。

風あてて夫が形見の藍縮　石田あき子
ちぢみ着て親をうらみてゐたるかな　秋元不死男
縞ちゞみ着て良き明治知れる身ぞ　及川　貞
灯にそぞろ一身つつむ白縮　島　静枝
*洗ふほど藍落つきし縞縮　久保田秋女
芭蕉葉の夕べ色濃し白縮　笠原すま子

上布《じやうふ》

苧麻《からむし》の細い糸を用いて平織にしたもので、薄地で肌ざわりよく、高級な夏の着物である。白布、絣縞《かすりじま》などがある。小千谷縮などはとりわけ高級なもので重要文化財になっている。絹麻上布、綿麻上布も同じ手法で作られている。〈**本意**〉上布とは上納布のことで、大和、越後、陸奥、周防などからの上納布だった。精巧な苧麻布である。夏をしのぐ工夫の織物の一つである。

うち透きて男の肌《はだへ》白上布　松本たかし
上布織る澄む音返す夜の崖　田村　愛子
膝熨斗や母の重みの上布これ　石川　桂郎
若さとも老とも妻の白上布　草間　時彦
*上布買ひて夏短きを惜しみけり　渡辺千枝子
藍上布女ざかりは眼がすわる　橋本　夜叉

夏羽織《なつばおり》　単羽織　薄羽織　麻羽織　絽羽織

夏に着る単衣の羽織のこと。透けぬお召、ちりめんのものもあるが、盛夏には、透ける絽、紗、麻などの薄いもので作る。絽縮緬のものは婦人ものに多い。〈本意〉「絹布の単、あるひは羅を用ふ」と『年浪草』にあるが、夏の薄羽織である。訪問用に着たが、今は礼装か特別な職業の人だけのものである。

夏羽織われをはなれて飛ばんとす　正岡　子規
夏羽織買ふほど富まず寧かりし　白川　京子
吹きつけて痩せたる人や夏羽織　高浜　虚子
身のおちめかばふ絽羽織着たりけり　高橋　潤
座を立てば畳み置かれぬ夏羽織　小杉　余子
薄羽織空濃きいろに着て病まず　野沢　節子
夏羽織短き紐のそらほどけ　高橋淡路女
*美しき嘘透く夏の羽織かな　野村　親二

夏袴《なつばかま》　麻袴　絽袴　単袴

夏の男の袴で、絽の絹織物で作られる。麻地、芭蕉布のものも昔はあった。無地の上布、小千谷縮などの和服に絽の夏袴をつけた姿はなかなかに粋である。〈本意〉夏の男の正装できりっとしてダンディなもの。

*夏袴羅にしてひだ正し　高浜　虚子
借られもし古りにけるかも夏袴　土山山不鳴

身のどこも風に当りて夏袴　黒杉多佳史
夏袴父をいたはる母羨し　山田みづえ

甚平《じんべい》　じんべ　袖無し

夏に着る袖無しの単衣《ひとえ》。麻布や薄地でつくる。本来ふだん着や仕事着に使われてきたもので、夏素肌に着ると涼しい感じなので、夏の季語になった。紐で前をあわせて結び、膝を覆うくらいの長さのもの。〈本意〉近畿、中国地方で甚平、甚兵衛と呼ばれてきた夏の袖無しである。涼しくひなびた感じのもの。今は全国でこれを着る人がある。

甚平や自作自銘の楽茶碗　水原秋桜子
仁丹があり甚平のポケットに　皆川白陀
＊老婆歩きつつ甚平に手を通す　山口誓子
甚平の竿師一竿を仕上げ来る　内山亜川
甚平や性懲りもなく人の世話　山本蓬郎
甚平に肩幅透きて夫癒ゆる　東郷喜久子
甚平着て大阪人となりにけり　小池半山
さびれたる木馬館守る甚平着て　内山せつ子

浴衣《ゆかた》　湯《ゆ》帷子《かたびら》　浴衣掛　浴衣地　染浴衣　貸浴衣　古浴衣　初浴衣　藍浴衣

夏の気軽な涼しい着物。もともとは湯帷子のことで、入浴のときに着た。蒸し風呂だったので、湯帷子を着て入浴した。近世以後次第に浴槽に湯を入れて裸で入浴するようになった。そのため入浴後汗の出るとき単衣を浴衣として着るようになった。それがやがて外出用にも着られるようになったのである。中形、縞、絞りなどを藍一色で染めた。角袖が普通。今は趣味の浴衣としていろいろの模様が使われている。〈本意〉風呂のあり方によって、湯帷子が転じたもので、「今は夏月平服するところの木布なり」と『栞草』にある。夏の湯上りに着る楽衣である。

爽かな汗の上着る浴衣かな　野村　喜舟
湯上りの浴衣を着つゝ夫に答ふ　星野　立子
わきあけのいつほころびし浴衣かな　久保田万太郎
生き堪へて身に沁むばかり藍浴衣　橋本多佳子
雨の日は色濃き浴衣子に着せる　福島　小蕾
浴衣着て竹屋に竹の青さ見ゆ　飯田　龍太
張りとほす女の意地や藍ゆかた　杉田　久女
*ゆるやかに着ても浴衣の折目かな　大槻紀奴夫
夕日あかあか浴衣に身透き日本人　中村草田男
浴衣着て素肌もつとも目覚めけり　古賀まり子
かいま見し浴衣童の今逝くと　中村　汀女
浴衣裁つ紺が匂ひて夜深まる　矢島　寿子
浴衣あたらしく夜の川漕ぎくだる　大野　林火
浴衣着て水得し花のごとくなり　中田葉月女

着茣蓙《きござ》

夏の登山で、または農夫が田畑で、はおる茣蓙のこと。一本の紐をつけて首にかける。雨を防ぎ、日射しも防ぐ。この頃では見かけることがなくなった。〈本意〉「一行の着茣蓙に憩ふ登山かな」（上原三川）が『明治新題句集』にあるが、その頃からこの風俗が見られた。

茣蓙を着て足くつきりと白きかな　高浜　虚子
*霧雨や着茣蓙の袖を重ねゆく　本田　一杉
着茣蓙してまつわる虻をうとみをり　石田　良作
青田風着茣蓙煽りつ渡るなり　石塚　友二

夏シャツ《なつシャツ》

白シャツ　網シャツ　クレープシャツ　開襟シャツ　アロハシャツ

白地の薄い生地で作った衣服や下着を指す。木綿や麻、ナイロンなどで作る。肌に密着せぬようにするため、縮み織りにしたクレープシャツや網シャツなどもある。開襟シャツは開襟、半袖のシャツで、ネクタイをせず通勤することが多い。白や薄い縞模様のあるものがある。アロハシャツは第二次世界大戦後ハワイから入った風俗で、派手な模様の半袖、開襟のシャツである。〈本意〉いずれも夏の暑さをすこしでも過しやすくするためのシャツで、通勤や避暑地、また街頭などで見られる風俗。

*少年の夏シャツ右肩裂けにけり　中村草田男
風に帆となる夏厚シャツの老ルンペン　平畑　静塔
開襟少年空港ビルの屋上駈く　加藤かけい
口の端に煙草ぶらさげアロハ撰る　横山　白虹
吾子着て憎し捨てて美しアロハシャツ　加藤知世子
海暮るる岬に哀愁アロハシャツ　秋沢　猛

水着《みづぎ》　海水着　海水帽

水泳や海水浴のとき身につける。原色に近いものが多く、女性の水着はとくに流行もあり、はなやかである。男のものは黒や紺が多い。ビキニ・スタイルも定着し、ビーチコートやビーチウェアなどとともに、夏の女性の流行の焦点でもある。〈本意〉大正から使われはじめた季語。年々大胆なスタイルが発表され、若い女性たちの潑剌とした肉体が水着によって強調されてゆく。海やプールの華麗な風俗である。

まつはりて美しき藻や海水着　水原秋桜子
いまや水着水を辞せざる乙女跳ぶ　中村草田男
海から誕生光る水着に肉つまり　西東　三鬼
水着ほす夾竹桃の夕日中　西島　麦南
*水着ぬらしてしまへば海こはからず　山口波津女
水着に替ふ少女の服の一握り　右城　暮石
水着着て人妻なれや母なれや　林原　耒井
水着の胸奔放髪が濡れしより　野沢　節子
一ト日子らを見張りし水着脱ぎにけり　大森さなみ
毯抱きて未だ水着の濡れざるも　長谷川虚水

サングラス

夏の光線、とくに紫外線から目を保護するためにかける眼鏡で、玉を着色してある。第二次大戦後から流行しているが、目のためより、むしろアクセサリーのためのようである。〈本意〉あたらしい季語だが、夏の強い光線のなかでは、目が楽になる。若者や婦人にアクセサリーとしてかけている者が多い。

＊サングラス泉をいよゝ深くせり　水原秋桜子
サングラスおのれの弱さひたかくす　安田　建司
サングラス驕慢にして美貌なる　吉田　無郷
サングラス青空失せてうろたへり　田中富士子
サングラス偽りもなく女なり　不破　博
自らも少しあざむきサングラス　長与　茂子

夏帯《なつおび》　単帯《ひとへおび》　一重帯

夏にしめる帯で、大体において薄地の、淡い色のものが多い。絽や紗などの布に芯を入れたもの、またはじめから一重に織った博多織り、綴れ織りなどの単帯もある。〈本意〉夏の着物を涼しく見せるための工夫で、一重の帯、うすい帯を用いるわけである。

＊どかと解く夏帯に句を書けとこそ　高浜　虚子
夏帯や運切りひらき切りひらき　鈴木真砂女
単帯その人らしく着こなして　富安　風生
亭主運わるき夏帯しめにけり　高橋　潤
夏帯やわが娘きびしく育てつつ　中村　汀女
夏帯をしめ一本の舞扇　秋吉　花守
帯といふ枷夏帯は軽くとも　山口波津女
夏帯を解きて貧しき妻にかへる　榎本　蒼水
夏帯の単色は吾が性となり　細見　綾子
膝に来て消ゆる夕日や一重帯　中島　杏子

腹当《はらあて》　寝冷知らず　腹掛　腹巻

夏、寝冷えを防ぐため、腹のところを包むもの。子供のものは、金太郎のように、紐をつけて首から吊り、背中で結ぶ。寝冷知らずという名前がある。〈本意〉毛糸、ネルなどで作る、腹をつつむもので、寝冷え防止のためのものである。腹巻もこの一種だが、腹当というと、金太郎の腹当を思い出す。

＊腹当や男のやうな女の子　景山　筍吉
腹巻や月より風のわたり来る　堺　真二
手招けば這うて来る子や腹当す　高橋淡路女
腹当や相むつまじき姉弟　佐山　ゆり
腹掛の腹ふくらます母の前　小山　靖昭
腹掛の赤紐襟に見ゆるかな　道山　壮伸

夏帽子《なつぼうし》　夏帽　麦藁帽　麦稈《ばくかん》帽子　かんかん帽　パナマ帽　海水帽　登山帽

夏にかぶる帽子。最近は帽子をかぶる習慣がなくなったが、第二次大戦頃までは、高級なパナマ帽、白やクリーム色のヘルメット帽、麦稈帽のかんかん帽などがよくかむられた。今は、日照りの中に出るとき、経木帽や登山帽のような簡単なものをかぶることが多い。〈本意〉夏の日射をさけるための帽子で、ぐるりにつばのついたものが多い。

夏帽や女は馬に女騎り　竹下しづの女
＊むざうさに夏帽投げてすわりけり　渋沢　秀雄
麦藁帽鍔広にして牧婦なり　高浜　年尾
夏帽の笑顔瞼にありて亡き　加藤　楸邨
カンカン帽ゆゑに目に立つ頬骨なる　篠原　梵
いちはやき夏帽の師と丘へ来ぬ　野沢　節子

夏帽子風の日は耳大きかり　中条　明
海に向き麦藁帽は大きな円　林　喜久恵

夏手袋《なつてぶくろ》　夏手套

夏にはめる薄地の手袋。礼装用のものだったが、この頃はアクセサリーとしてふだんもはめる。ナイロンやレースなどで作る。婦人用には白や黒のレースのものなどがある。〈本意〉明治の句に「騎行帰路夏手袋を忘れけり」（猪俣鹿語）があるが、礼装用に使われ、男女ともに用いたが、今は婦人用が主である。手をすかせて見せて、うつくしい。

豹に佇つ女の白き夏手套　富安　風生
母に振る夏手袋の白き手を　三橋　鷹女
遠き海夏手套に指されたる　木下　夕爾
*夏手袋に透く手美し脱ぎてもか　辻井　夏生
夏手套旅は橋よりはじまれる　神尾久美子
夏手袋はづせばしぼんでしまひけり　蓬田紀枝子

夏足袋《なつたび》　単足袋《ひとへたび》　麻足袋　縮足袋

夏にはく薄地の足袋。単の足袋である。麻・絹・キャラコ・縮み・寒冷紗・メリヤスなどで作る。塵よけだが、人前に素足を出さぬためにはく。正装には欠かせない。〈本意〉暑い中なので薄地を使い、正装のとき、または埃よけにはく。気がひきしまり、身なりがきまる。

畳踏む夏足袋映る鏡かな　阿波野青畝
帯締めし身の夏足袋を穿かんとす　山口波津女
しろじろと洗ひざらしぬ夏の足袋　西島　麦南
出稽古にゆく夏足袋をはきにけり　大場白水郎
*夏足袋をはけば正装きまりけり　瀬島千代恵
夏足袋の指の先まで喜びぬ　後藤比奈夫
夏足袋のゆるみもみせず舞ひ終る　戸田　星綺
夏足袋の白ささみしくはきにけり　成瀬桜桃子

白靴《しろぐつ》

夏にはく白い靴のこと。昔はズックの靴に白靴墨をぬり乾《かわ》かしたものだが、今はそのようなことはない。白革のバックスキン、ナイロン製、白黒、白茶などのコンビネーションなどさまざまだが、薄色の靴をはくことも多い。メッシュの靴もよく使われる。婦人ものにはサンダル風の軽快な白靴が多い。〈本意〉夏の涼感をそそる靴で、さまざまなものがあるが、スポーティでスマートなものが多い。昔は汚れやすく苦労の種だった。

九十九里浜に白靴提げて立つ　西東　三鬼
白靴を踏まれしほどの一些事か　安住　敦
白靴の踏まれ〳〵ていさぎよき　佐野青陽人
文学の果の白靴並べ干す　飯田　龍太
債鬼の間駈け白靴の減りざまよ　楠本　憲吉
くらがりの白靴いつまでも歩く　岸田　稚魚
*白靴まで少女全容鏡に満つ　大串　章
真ッ直に来てくちばしのやうな白靴　吉見　春子

汗拭ひ《あせぬぐひ》

ハンカチーフ　ハンカチ　ハンケチ　汗巾《あせふき》　汗手拭　汗のごひ

汗をぬぐう布で、昔は手拭を半分に切って用い、今はハンカチーフを使う。木綿、麻、絹、ガーゼなどで作り、白が原則だが、さまざまな柄、色のものがある。とくに婦人ものには、刺繍のもの、レースのふちどりのものもあり、色もはなやかである。胸ポケットに少し出したりしてアクセサリーにも使う。〈本意〉「青空と一つ色なり汗拭ひ」（一茶）のように夏には欠かせぬ小物である。今はハンカチーフを使うが、必要品であるとともに、一句の小道具として効果的なイメージになる。

*ハンケチ振つて別れも愉し少女等は　富安　風生
汗のハンケチ友等貧しさ相似たり　石田　波郷
敷かれたるハンカチ心素直に坐す　橋本多佳子
ハンカチーフ雪白なりや富士曇る　岸田　稚魚
ハンカチや劇に涙のむだづかひ　北中富士子
ハンカチを真四角に干す星月夜　白石はる子

夏料理《なつれうり》

夏にふさわしい、見た目に涼しく、さっぱりした味の料理の総称。冷奴、きゅうりもみ、冷麦、そうめん、水貝、魚の洗いなどが好まれる。緑の野菜も好まれる。**〈本意〉**夏は食欲も落ちやすく疲れもするので、さっぱりした涼しげな料理が好まれる。いろいろの工夫がなされる。

寂寞と一汁あつし夏料理　前田　普羅
鐘の音や箸待つのみの夏料理　中村草田男
*美しき緑走れり夏料理　星野　立子
帯ちらと葉がくれに去り夏料理　阿部みどり女
教材の牛乳パセリ夏料理　大西ヒロコ
夏料理てふ附録読み臥す身かな　国分　咲子

筍飯《たけのこめし》

普通は孟宗竹の筍を刻み、油揚げや鳥肉などと煮て、飯に炊きこんだものである。夏の到来を知らせる初夏の季節のたべものである。晩春から五月頃までがしゅんになる。東北地方には孟宗竹がないので地竹の筍を使い、指くらいのものを切らずに、または二つに切って炊きこむ。**〈本意〉**初夏の季節の風味をたのしむおいしい御飯である。食べすぎてしまうほどである。木の芽を二、三片ちらしたりする。

目黒なる筍飯も昔かな　高浜虚子
朝は微震夜は筍飯旨し　百合山羽公
*雨ごもり筍飯を夜は炊けよ　水原秋桜子
母の忌日筍飯を思ひ出に　加島蜂龍
筍飯夕べ早目に仕掛けけり　保坂文虹
筍飯たれかれ呼びたき人ばかり　判治道子

豆飯《まめめし》

そらまめ、青えんどう（グリーンピース）などを、うすく塩味をつけて炊きこんだ御飯。枝豆をはじきこんで炊くこともあるが、色も味もなかなかよい。〈本意〉グリーンピースを炊きこんだ豆飯が一番おいしいが、季節感があり、なかなかに乙である。

柔かに出来しと詫びて豆の飯　高野素十
箸先に豆飯の豆戯むるる　上村占魚
豆飯を供へ故人となられたる　同
豆飯を余すひとり身ふりにけり　籏こと
*豆飯食ふ舌にのせ舌に力入れ　石田波郷
豆飯や児はねむたさの箸落す　塩谷はつ枝
豆飯に呼べど画室に筆おかず　皆吉爽雨
豆飯を喰ぶとき親子つながりて　細見綾子

麦飯《むぎめし》　すむぎ

米に大麦、裸麦をまぜて炊いた御飯。麦だけのものをすむぎという。ふつう米七麦三、あるいは米麦半々に炊く。昔貧しい農家などで米不足を補って食べたが、麦はたんぱく質、脂肪、ビタミンB_1がゆたかで、脚気予防のために食べる。夏の白米飯をやめて麦飯にする人も多い。麦とろはなかなかにおいしい。〈本意〉夏は新麦の出る季節であり、健康食としても麦飯は用いられる。「夕陰の新麦飯や利休垣」（一茶）のような句も作られた。貧しさのイメージが昔はついてまわった。

麦飯もよし稗飯も辞退せず　高浜　虚子
麦飯に頂きますと合掌する　橋本　寅男
麦飯に拳に金の西日射す　西東　三鬼
＊麦飯に黙って暮し五十年　伊藤　四郎

鮨《すし》

鮓《すし》　すもじ　握り鮓　筥《はこ》鮓　圧鮓　ちらし鮨　五目鮓　稲荷鮓　巻鮓　なれ鮓
鮓圧す　鮓漬ける　鮓熟《な》るる　鮓桶　鮓の石　鮓売　木の葉鮓

寿司とも書く。縁起よいあて字である。すもじ（す文字）は女房ことば。鮓は魚を塩づけ、粕づけにしたもの。鮨は魚肉をひしおにしたもの。酸《す》しから出たことばで、醱酵によって生ずるすっぱさによる。鮓は魚介類の保存法として歴史をはじめる。千年以上前からおこなわれていたのは馴鮓で、新しい魚の鱗、鰓、腸などを取り、塩をまぶして一夜置き、水気をとる。これをうちの飯の桶に一尾ずつ埋め、竹皮でおおい、木の蓋をし、重石をかける。数十日後、飯が醱酵、魚が酸味を生じたとき、どろどろに変った飯を捨てて魚を食べる。これが魚の保存法となり、祝いの席で食べられたが、後には鮓を作るためにおこなわれるようになった。鮒鮓（琵琶湖の源五郎鮒をつかう）、釣瓶鮓（吉野川の鮎を釣瓶形の曲物に入れて熟らす）、宇治丸鮓（宇治川の鰻でつくる）、鯖の馴鮓（京都）、鱩《はたはた》魚鮓（秋田）などは、馴鮓の中に含められるものである。慶長頃からはじまるのが圧鮓で、酢で味をつけ、重石で押すと、一日たてば飯も魚も食べられるようになるので、早鮓、一夜鮓、飯鮓といって評判になった。酢と塩をつよくし笹の葉で巻いて押したものを笹巻鮓、毛抜鮓という。圧鮓の飯は酢を入れて炊いていたが、後には盤台に水炊きの飯を移し、これに酢をまぜて使用するようになった。深川六間堀の松の鮓は山葵を使い、流行しはじめる。上方の箱鮓、あるいは柿鮓《こけら》というのは、鮓箱に飯を入れ、椎茸をしき、飯を詰め、上に玉子焼、海老、赤貝、鯛の刺身（酢漬）、木耳をおき、押したのち、六つ切りにしたもの。京都の鯖鮓は大阪でばってらと言い、若狭の鯖を使う。これを昆布で巻いたものが昆布巻鮓、松前鮓である。雀鮓は摂津福島の名産で、江鮒を背でひらき、飯を入れ、押したものだが、今は大阪、和歌山で小鯛を使って作った鮓の名前になっている。鱧《はも》鮓（京都）、鱒鮓（富山）、鮎の姿鮓（各地）もある。江戸で握り鮓が作られたのは文政の頃で、簡単に出来るので、江戸の名物となった。江戸の握鮓、京阪の圧鮓が並び称されているが、京鮓、大阪鮓も東京で愛好されている。ほかに、巻鮓（海苔巻、玉子巻、ゆば巻）、稲荷鮓（信田鮓、油揚の中に飯をつめたもの）、散らし鮓、ばら鮓、五目鮓、あられ鮓などがある。**〈本意〉**夏の季題としての鮓は、本来の馴鮓についてのことで、夏の保存食としての意味があった。四季いつでも作れる握り鮓になると、季節感に特色がなくなるきらいがある。馴鮓、せいぜい圧鮓を頭において作句したい。蕪村の「鮓つけて誰待つとしもなき身かな」「鮒ずしや彦根が城に雲かかる」が有名な古句である。

濤声に簀戸堪へてあり鮓の桶　原　石鼎
＊仏間より風よく通ひ鮓馴るる　皆吉　爽雨
鮓桶に雀遊べる噴井かな　島田　青峰
鮓つくる主婦に宵宮の祭笛　石塚　友二
鮓の石冷極つて曇りけり　菅原　師竹
鮎鮓の高値戦後も古りにけり　徳永夏川女
鮒鮓や三たび水打つ石暮れて　水原秋桜子
木の葉鮓土産にと提ぐる間も馴るる　井沢　正江
鱒鮨や火山の死活ならべ見る　菅　裸馬
柿の葉ずし水瓶まとふ谿の冷え　小枝秀穂女
鮓押すや貧窮問答口吟み　竹下しづの女

水飯《すいはん》

水飯《みづめし》　水漬　洗ひ飯

水をかけて食べる飯で、夏の食べ方である。湯づけ飯、茶づけ飯に呼応する。寺では、清水《しみず》に飯を長い間つけ、洗いさらしてから客に出すことがある。〈本意〉炎暑の頃の食用であり、「飯を熱くして洗うて食ふもの」（『年浪草』）である。古くからおこなわれ、『源氏物語』や『枕草子』にも用いられていることば。

水飯を顎かつ〳〵と食うべけり　高浜　虚子
水飯のこぼれてしろし花筵　田中　冬二
洗飯膝にひろひて盲かな　阿波野青畝
膝うすく女坐れり洗ひ飯　皆川　白陀
*水飯のごろ〳〵あたる箸の先　星野　立子
水飯を葉唐辛子にすましけり　山口　素紅
水飯や一猫一犬二子夫妻　石塚　友二
身のうちに水飯濁る旱かな　三橋　敏雄

乾飯《ほしいひ》

乾飯《かれひ》　糒《ほしいひ》　道明寺　引飯《ひきいひ》　干飯

昔の携帯食糧だったもので、天日で乾燥させた飯であり、水にひたし、やわらかくして食べた。残飯を干しておき、炒って砂糖をまぶして子供に食べさせた頃があったが、今はおこなわれない。かれい、かれいいとも言う。大阪の南河内の道明寺では、尼僧が糯米を蒸し荒く砕いたものを作りはじめ、これを熱湯でやわらかくして食べるが、この乾飯を道明寺といい、現在でも尼寺ではこれを希望者に頒けている。〈本意〉「このもの、和漢ともに蓄へて軍旅の糧となすこと、史記にもはべる」と『滑稽雑談』にあるが、昔の携帯食糧であった。

*乾飯の笊掻く音も夕かな　河東碧梧桐
雲の塊《くれ》のころがり過ぐる乾飯かな　松根東洋城
枳殻垣雀の餌ほど飯を干す　相島　虚吼
飯干して媼は生きて居たりけり　河野　静雲
干飯かく音さゝやかに聞えけり　吉岡禅寺洞
しみじみと干飯に見惚れ祇園なり　森川　暁水

飯笊《めしざる》　飯籠

夏、飯の饐えるのを防ぐため、竹で出来た笊の飯櫃を使う。蓋だけ竹製のものを使うこともある。〈本意〉桶櫃だと飯が饐えるので竹製のものを使うが、風通しのよいところに置いておくと飯がからっとしている。例句は多くない。

*飯笊に夜は鳴いてゐるいとゞかな　松瀬　青々
飯笊の夏も深みぬわび世帯　三浦十八公
窓に釣る飯籠に来る山の蝶　渡辺　一魯
飯笊を吊して風の通ふ家居　岡野　進

飯饐える《めしすえる》　饐飯　汗の飯　飯の汗　煮物饐える

夏、飯が一晩おいたりすると、汗をかき、においを放つようになる。この状態をこえると腐敗がはじまる。饐えを防ぐため、飯櫃に布巾をかけたり、飯笊を使ったり、井戸につるし、水飯を作ったりした。饐飯は雀の餌にまいたり、洗濯のりにしたりするし、糠みそ代りに漬物に使ったりする。現在では冷蔵庫にサランラップをかけて入れたりして、こうしたことはなくなった。〈本意〉夏のさかりには飯が一日ももたず、匂ったり、ねばったりして、米を常食とする日本人は困ったものである。いろいろの工夫がされてきたが、今は昔の話になった。弁当などでこれを感ずることがある程度である。

小ぎれいに住みては飯も饐えさせず　池内たけし
饐めしに一英断を下しけり　深川正一郎
母の忌や饐飯によく漬きし茄子　木津　柳芽
＊線路越えつつ飯饐る匂ひせり　加倉井秋を
飯饐える匂ひふとして旅の果て　川井　玉枝
飯饐る畳のくらさ夜の如し　宇佐美魚目

ごり汁　ごりじる　鮔《ごり》汁

ごりは地方によって指す魚がちがい、金沢ではかじか（かじか科）、琵琶湖辺ではよしのぼり（はぜ科）、西日本ではちちぶ（はぜ科）を言うが、どれも似た形の魚であり、だぼはぜのようなもの。川の石をもちあげて、石にかくれているのをつかまえる。ごりを白焼きにして味噌汁に入れたものがごり汁である。京都では丸のまま赤味噌汁にし、金沢ではすまし汁、空揚、佃煮などにする。金沢のごり料理は有名である。〈**本意**〉姿は優美ではないが、京都では茶人などに好まれた魚で、鮔《ごり》という国字は、天皇の好む鰉《ひがい》にたいし、臣の字をつくりにして出来ている。夏らしい珍味といえる。

門川は鮔の生簀を経てはしる　阿波野青畝
ごり汁も恙ぼそりの腹にしむ　荒賀　粥味
＊蕨飯をたいてゐる間をごりの汁　星野　立子

冷麦　ひやむぎ　冷し麦　切麦

小麦粉でうどんのように作られるが、うどんより細く、乾して売っていることが多い。細く切るので切麦という。冷やして食べるので、冷麦、冷し麦といい、麦とは麺のことである。冷やすのと新麦で作るのとで、夏にふさわしい食べもので、氷を浮かし、からし、紫蘇、葱、茗荷、大根おろしなどを薬味にして、濃い汁で食べる。〈本意〉暑いときには、つめたい冷麦を薬味をきかしてすするのが好適である。うどんと同じものだが、細く切り、冷やすのが冷麦のうまさである。

冷麦の奢りや雪を水にして　塩原　井月
あの家この家暮れて冷麦食べあうて　柳沢　白草
冷麦に氷残りて鳴りにけり　篠原　温亭
＊冷麦や青紫蘇は歯に香をかへし　石塚　友二
冷麦に氷山と浮く氷かな　島田　青峰
ふと寄りて亡妻と冷麦食べし店　旭　亮人

冷索麺《ひやさうめん》　冷《ひや》麺　索麺冷やす

索麺《さくめん》をそうめんというのは音便である。冷麦は小麦粉を水で練るが、そうめんは食塩水で練り、ごま油や菜種油でのばし、こまかく切って天日にほす。ゆでて冷やしたものが冷索麺で、わさび、紫蘇、七味、葱などの薬味を添えて冷たいだし汁で食べる。かたくり麺、五色索麺、平索麺などもある。〈本意〉冷やして食べるので夏の好ましい食べものである。保存食で、ゆでて食べる。

ざぶざぶと索麺さます小桶かな　村上　鬼城
盆の餉のさうめんのかく細きかな　石井　紅洋
流し索麺箸をのがれて落ち行けり　平松　荻雨
＊さうめんの淡き昼餉や街の音　草間　時彦
手賀沼の風の吹き貫く冷素面　古川　芋蔓
うまうまと独り暮しや冷索麺　山田みづえ

冷奴《ひややつこ》　冷豆腐　水豆腐

豆腐を一口ほどの四角に切り、よく冷やして、醬油につけて食べる。薬味は生姜、紫蘇、七味など。夏にふさわしい副食で、酒のさかなにもよい。〈本意〉昔、仲間《ちゅうげん》（奴といった）が四角の紋をつけたことから、四角の切り方を奴といい、豆腐の奴切り（奴豆腐）を冷やして食べるので冷奴という。暑いときに口に合う食べものである。

もち古りし夫婦の箸や冷奴　久保田万太郎
*冷奴水を自慢に出されたり　野村　喜舟
寝てしまう子の頼りなし冷奴　長谷川かな女
兄弟の夕餉短し冷奴　加藤　楸邨
冷奴隣に灯先んじて　石田　波郷
忽ちに雑言飛ぶや冷奴　相馬　遷子
冷奴はや硝子皿のみ残る　徳永山冬子
冷奴つまらぬ賭に勝ちにけり　中村　伸郎

瓜揉《うりもみ》　瓜揉む　胡《き》瓜揉《うりもみ》　揉瓜　瓜膾

今日ではもっぱら胡瓜《きゅうり》揉が作られるが、胡瓜揉も瓜揉の一種で、本来は瓜揉であった。越瓜、白瓜などの瓜を刻み、塩でもみ、酢と甘味であえたもので、農村ではこの瓜揉が普通だった。夏に好適な食べものなので酢のものの代表となり、貝や魚肉などを入れるようになった。〈本意〉『年浪草』に「はなはだ脆く、食ふに堪へたり」とあるが、さっぱりして夏にふさわしい食べものである。

胡瓜もみ世話女房といふ言葉　高浜　虚子
湖の雨の涼しき胡瓜もみ　富安　風生
*胡瓜もみ蛙の匂ひしてあはれ　川端　茅舎
胡瓜もむエプロン白き妻の幸　西島　麦南
瓜もみて来る市の音快し　中村　汀女
男手の瓜揉親子三人かな　石橋　秀野
書斎には奏で聞こゆれ瓜きざむ　皆吉　爽雨
瓜もみや風に吹き散る花鰹　河原　白朝

乾瓜《ほしうり》　雷干《かみなりぼし》　瓜干

越瓜や白瓜を、長く螺旋状に切り、塩をふってしなやかにして干したもの。この形から、あるいは雷が鳴ったらとりこむので、雷干という。瓜を二つ割りにして、種をのぞき、細切りにして塩をまぶし、干してもよい。干したものは水洗いして小さく切り、三杯酢にしたり、かつお節と醤油で食べたりする。〈**本意**〉乾瓜は「香味ありて脆美なり」(『本朝食鑑』)とされ、宮中にも献ぜられる食物だった。夏のさっぱりした、味のよい食べものである。

酢を嗜む雷干や宵の雨　塩原　井月
＊出て見るや雷干の皺加減　吉田　冬葉

冷し瓜《ひやしうり》　瓜冷す　冷し西瓜　氷西瓜

まくわうりを、清水、流れ、井戸、冷蔵庫などで冷やしたもの。冷やした西瓜が冷し西瓜である。冷やしたきゅうりに生味噌をつけてかじったり、メロンを冷やして食べたりする。〈**本意**〉本来まくわうりを冷やしたものだが、西瓜、胡瓜、メロンなど瓜の仲間を冷やしたものも加わるようになった。冷やし方も冷蔵庫でなく、清水や井戸で長時間冷やしたもののイメージが本来のものである。一茶の「人来たら蛙となれよ冷し瓜」が知られている。

瓜冷ゆるまも古りゆきぬ人も世も　森川　暁水
冷し瓜僧の泪はいまだ見ず　大久保明仁
水中に水より冷えし瓜つかむ　上田五千石
井に深く星またたけり瓜冷す　大網　信行
＊冷し瓜しんと農婦のこめかみに　岡本かげゆ
瓜冷し一揆の伝へ古りにけり　鳥越憲三郎

茄子漬《なすづけ》　なすび漬　浅漬茄子　茄子漬くる

茄子は朝露の頃とって塩づけにしたものがうまいが、糠漬でも味噌漬でも粕漬でも辛子漬でも美味である。茄子の色は塩づけが一番よい。塩水を煮たてさまし、古釘を入れたものにつける。焼明礬を入れてもよい。紫紺の色があざやかで身もしまる。糠漬は色があせるが、味はよい。山形の小粒の茄子は辛子漬や糀漬によい。〈本意〉夏の味覚で、もっとも日常的なものの一つ。色の美しさに心ひかれる。「色はなすびの一夜漬」「色で迷はす浅漬茄子」などといい、色を生かした漬物が食欲不振を癒やしてくれる。

茄子漬や雲ゆたかにて噴火湾　加藤　楸邨
茄子漬の色鮮かに母とほし　古賀まり子
*茄子漬のあしたの色に執着す　米沢吾亦紅
母います瑠璃がしたたる茄子漬　田中　東穂

茄子の鴫焼《なすのしぎやき》　鴫焼　茄子《なすび》田楽

茄子を二つ割りにし、竹串にさし、ごま油をぬって炭火にかけ、みりん入りの練りみそをつける。みそには、青紫蘇を入れたり、粉山椒をかけたりする。今日ではフライパンに油をしいて焼く鴫焼もあるが、やはり炭火が本来のもの。〈本意〉「田楽は茄子に始まる」と『滑稽雑談』にあるが、豆腐田楽などより前からあったもの。夏の最上の食べものの一つ。

鴫焼に貧しき瓶の味噌を叱す　高浜　虚子
鴫焼や衣重ねたる雨の冷え　石川　桂郎
焼茄子に飯過不足はなかりけり　石野　兌
七厘とは珍しやいざ茄子焼かん　小川　千賀

＊母の手の杳たる昏さ茄子を焼く　永作　火童
鴫焼の茄子生きて居り笊の中　柴　浅茅

梅干《うめぼし》　梅漬る　梅筵　干梅　梅干す　梅漬　梅干漬

青梅を塩漬けにして重しをかけると、二、三日で梅酢ができる。梅だけをとり出し、簀や筵、戸板などにならべて干す。夜には梅酢につけ、昼には干すことを繰返すと、梅酢もなくなり、梅はしわができ、貯蔵できる梅干ができる。梅酢のなかに赤紫蘇を入れると、赤く染まり、喜ばれる。夜干して夜露にあてる方法もある。〈本意〉梅干は健康食品、保存食品で、大切なものである。それを作るのが昔は各家の土用のならわしだった。祖母や母などが梅を干す状態は、記憶する人が多い。

塩ふきしひね梅干を珍重す　富安　風生
＊梅を干す甕に紅の海はあり　山口　青邨
小遣銭の可愛さ梅干すにほひあり　中村草田男
夜天より梯子降り来て梅を干す　三橋　鷹女
梅干して人は日蔭にかくれけり　中村　汀女
梅干して来し厨辺のただ暗く　山口波津女
梅干してきらきらきらと千曲川　森　澄雄
いなづまに強き匂ひの梅を干す　野見山朱鳥
梅を干す真昼小さな母の音　飯田　龍太
干梅の上を念仏流れけり　田川飛旅子
動くたび干梅匂ふ夜の家　鈴木六林男
転任なくまたくれなゐの梅漬くる　榎本冬一郎

ビール　麦酒《ビール》　生ビール　黒ビール　スタウト　ビヤホール　ビヤガーデン

麦で作るアルコール度の低い酒で、爽快な飲み味があり、とくに夏によい飲みものである。生ビールが夏に好まれる。主として大麦が原料になるが、砕き、水を加えて加熱、ホップを加えて苦みと香りをつけ、酵母を加えて醱酵させる。三か月ほど密閉貯蔵したあと濾過する。黒ビールは濃く着色したもの。一般のものは白ビールである。殺菌加熱しないものが生ビールであり、英国で作られたアルコール度の高い、苦く酸い黒ビールがスタウトである。煖房をして冬飲んだり、女性にも飲まれるようになって、ビールの印象も変化してきた。〈本意〉海外では古代エジプトから飲まれてきたもので、歴史が古いが、ドイツのビールが世界的に有名。明治以後のみはじめた日本でも最近では、海外にひけをとらぬ技術をもつようになった。夏の爽快な軽アルコール飲料である。

里の子等庭に見てゐる麦酒酌む　富安　風生
敗れたりきのふ残せしビール飲む　山口　青邨
*ビール酌む高原の夜や生きゐてこそ　森川　暁水
天上大風麦酒の泡は消えやすく　佐々木有風
ひとり飲むビール妻子に何須たむ　石塚　友二
ビヤガーデン照明青き城望む　佐野まもる
ビール汲み陶工たちの芸談議　大島　民郎
ビール呑み先輩もまた貧しかりき　栗原　米作

焼酎　せうちう　粕取《かすとり》焼酎　醪取《もろみとり》焼酎　酒取《さかとり》焼酎　泡盛　甘藷《いも》焼酎

日本の代表的な蒸溜酒。アルコール度は、三〇％から四五％で強い。暑気払いに飲まれたため夏の季語となっている。清酒かすを醱酵させ、もみがらを混ぜて蒸溜したものが粕取焼酎、玄米やくず米で醪を作り、醱酵蒸溜したのが醪取焼酎、沖縄の泡盛は粟を原料にした焼酎だが、のち米に変った。鹿児島や八丈島の甘藷焼酎は甘藷醪を蒸溜したもの。玉蜀黍、蕎麦、黍など、いろいろのものを原料にした焼酎があるが、今はアルコールを水でうすめ、味つけした焼酎が出ていることが多い。〈本意〉安くて強い酒で、夏、湯でわって飲むと暑気払いになったので夏の季語となっている。「気味はなはだ辛烈にして、痞《つかへ》を消し、積聚を抑へて、よく湿を防ぐ」と『和漢三才図会』にある。

焼酎の一銘柄を偏愛す　中島　和昭
汗垂れて彼の飲む焼酎豚の肝臓　石田　波郷
焼酎や頭の中黒き蟻這へり　岸　風三楼
焼酎や四方の闇に奈良の仏　谷野　予志
泡盛や汚れて老ゆる人の中　石塚　友二
いらだたし身を泡盛の店に据う　石橋青雲峡
焼酎のただただ憎し父酔へば　菖蒲　あや

梅酒《うめしゅ》　梅酒《ばいしゅ》　梅酒《うめざけ》　梅焼酎

梅の実、焼酎、氷砂糖を、一・八リットル、一・八リットル、六百グラムの割合に加え、壺やガラス壜に入れて密封し、貯えておくと、一年後には、琥珀色の液になり、よい味になる。これが梅酒である。古いほど珍重される。きれいに仕上げるためには、梅の実を選ばねばならない。時期は、黄熟する前の青梅である。夏の清涼飲料になるが、暑気払いにしたり、薬がわりに飲んだりする。水でわったり、氷を入れたりして飲む。〈本意〉『本朝食鑑』に、「痰を消し、渇を止め、食を推し、毒を鮮し、咽痛を止む」とあるが、梅の実には古来、薬効が信じられてきた。夏によい爽やかな飲料で、身体によいという信頼感のある飲物である。

貯へておのづと古りし梅酒かな　松本たかし
*とろとろと梅酒の琥珀澄み来る　石塚　友二
歳月も梅酒の甕も古りしかな　安住　敦
寂然と梅酒の甕を封じけり　村山　古郷
命惜しむ梅酒を徐々に飲み減らし　白石　蒼羽
母のふみ来し日の雨や梅酒漬けむ　星野すま子

雨の日々梅酒色よくなりにけり　鳥越すみ子　　もてなさる梅酒に酔ひて戻りけり　長屋せい子

冷酒《れいしゅ》　冷酒《ひやざけ》　冷し酒

夏、日本酒を冷やのまま飲む人が多い。口あたりがよい。井戸、冷蔵庫で冷やしたり、オン・ザ・ロックのように氷を入れたりする。冷酒用の酒も出ている。**〈本意〉**酒は燗をして飲むのがよいが、夏には冷たい方が口あたりがよいので、そのようにして飲むことが多い。悪酔はしないが、あとから効いてくる。

冷し酒夕明界となりはじむ　石田　波郷　　冷酒澄みコップにきざす夕茜　三谷　昭
冷凍酒旅にしあれば妻ものむ　森川　暁水　　冷酒に黄鶲のこゑ透りけり　土岐錬太郎
*冷酒やつくねんとして酔ひにけり　石塚　友二　　杜甫よりも李白が好きで冷し酒　依岡　秋灯
昼暗き地下にて一人冷酒飲む　清水　昇子　　年寄のひや酒のどをまろびけり　斎藤　四郎

甘酒《あまざけ》　一夜酒《ひとよざけ》　醴《こざけ》　醴酒《れいしゅ》　甘酒売

もち米の粥に麹をまぜ、六、七時間あたためると、甘味が出てうまい。醴《こざけ》、一夜酒などと呼ばれたが、アルコール分は含まれていない。熱くして飲むが、熱いのをふうふう吹いて飲むのが消夏法とされた。しかし現在は、冬の飲物とされる。江戸時代には真鍮の釜を据えた箱をになう甘酒売が夜甘酒を売って歩いた。**〈本意〉**古来、六月一日に一夜酒を作り、天皇に奉ったものである。今日造り明日供すというので一夜酒ともいう。酒ではないが祭酒に使われたりした。今は壜詰になったりして冬の寒夜などに飲む。

甘酒を煮つゝ雷聞ゆなり　矢田挿雲
*甘酒啜る一時代をば過去となし　原子公平
禅寺の甘酒のどにゆきて酸し　加藤知世子
乳母の顔浮ぶ祭の甘酒飲む　伊丹三樹彦
ひとりすする甘酒はかなしきもの　清水径子
雨冷ゆる日の甘酒をあつらせよ　高柳碧川

新茶《しんちゃ》　走り茶　古茶　陳茶《ひね》　茶詰　試《こころみ》の茶　晩茶摘

その年の新芽で作り、売られる茶が新茶、走り茶である。八十八夜の茶摘みが有名だが、五月中旬ごろに新茶が出る。香りがよく、味がさわやかで、健康にもよいとして、喜ばれる。新茶が出ると前年の茶は古茶になるわけで、陳茶《ひね》ともいう。製茶業者から新茶を少し、サンプルとして貴顕に献ずることがおこなわれていたが、これが試みの茶である。〈本意〉夏の季語としての新茶、古茶は煎じ茶についていい、茶道では茶詰した壺を晩秋・初冬にひらき抹茶として供するので、季節がずれる。新茶は香りも味も新鮮で好ましい。

*生きて居るしるしに新茶おくるとか　高浜虚子
雷おこしなつかし新茶澄みてあり　土方花酔
夜も更けて新茶ありしをおもひいづ　水原秋桜子
新茶汲むや終りの雫汲みわけて　杉田久女
新茶淹れ父はおはしきその遠さ　加藤楸邨
天竜の切りたつ岸の新茶どき　百合山羽公
老の手のきほひ傾け新茶くむ　皆吉爽雨
無事にまさるよろこびはなき新茶かな　川上梨屋
筒ふれば古茶さん〳〵と応へけり　赤松蕙子
新茶汲む母と一生《ひとよ》を異にして　野沢節子

麦湯 むぎゆ　麦茶　冷し麦茶

大麦を炒り、煎じた飲物で、井戸や清水、氷などで冷やして、昔から夏の清涼飲料としてきた。好みによって適当な甘さにしたりする。家庭でも常時作られていることが多いが、神社や寺院で接待することがある。〈本意〉天保の頃から、往来に茶店を出し、麦湯を売ることがおこなわれたようで、以後しだいに家庭で夏の飲料とするようになった。香りがあり、さわやかな飲みものである。

麦茶よく冷えたる農事試験場　京極　杞陽
風かへつて麦茶の冷を戻したり　石塚　友二
＊夜の音の噴井をころぶ麦湯壜　石川　桂郎
語り合ふ病歴ながし麦湯濃し　目迫　秩父
麦湯の薬罐残業四人に距離等し　中戸川朝人
土瓶にはちがふ蓋のり麦茶冷ゆ　加藤　台水

葛水 くずみづ

葛粉を冷たい水に入れ、砂糖を加えたもの。夏にのむ。葛粉は吉野でとれるものがよいものとされ、吉野葛といった。〈本意〉葛粉は「渇を止め、酒毒を消し、肌に汗の出づるを解く」ものとされ（『滑稽雑談』）、「暑湿を除くものなれば、和俗、冷水に和し賞するなり」とされてきた。味のよい夏の飲みものである。

葛水に松風塵を落すなり　高浜　虚子
葛水の冷たう澄みてすゞろ淋し　村上　鬼城
葛水やコップを出づる匙の丈　芥川龍之介
水底を汲み葛水をつくらむか　斎藤　空華

＊葛水やしん〱と昼の遠ざかる　中島　月笠　　ともすれば澄む葛水や雷遠し　三宅　孤軒

砂糖水《さたうみづ》

砂糖を冷水にとかしただけの夏の飲みもの。今は、さまざまな清涼飲料が手軽に手に入るので、農村でも飲まないが、昔なつかしい飲みものである。〈本意〉江戸時代から昭和戦前ごろまでは、さかんに飲まれた。とくに江戸時代には水売りの商売があり、砂糖水に白玉を入れて、白玉水として売った。素朴な昔風の夏の飲みもの。

砂糖水くる〱廻し尼の箸　阿波野青畝　　＊休日は老後に似たり砂糖水　草間　時彦
砂糖水濡れしコップをそのままに　田中　冬二　　砂糖水まぜればけぶる月日かな　岡本　眸
唇あつるコップの厚き砂糖水　富安　風生　　学問の夫にすすむる砂糖水　石井　信子

ラムネ　冷しラムネ　平野水

レモネードの訛り。炭酸ガスを高圧で水にとかし、砂糖とレモン香料を加えた夏の清涼飲料。明治元年、中国人がラムネ屋を築地でひらく。当時のラムネ壜はきゅうり型だった。明治三十年頃から今の玉壜が使用された。平野水は川西市多田（下平野）の湧水がラムネ、サイダー製造に好適だったことによる。炭酸水だった。〈本意〉緑色の壜の中に口の玉をおとして飲むラムネは、子どもの頃の郷愁をそそる。縁日、露店などで氷の上にごろごろ並べて売られていた。

巡査つと来てラムネ瓶さかしまに　高浜　虚子　　玉ラムネつゝじは花を終りけり　増田　龍雨

ラムネ瓶太し九州の崖赤し　西東　三鬼
ラムネの酸肺にしみゆく日の青さ　大野　林火
漫才館妻子ラムネをころがしたり　安住　敦
唇にラムネの壜のいかめしさ　相生垣瓜人
＊ラムネ抜く音の思ひ出三田訪はな　石川　桂郎
ラムネ球鳴り生涯の詩成らず　宮武　寒々

ソーダ水《ソーダすい》　曹達水　プレーンソーダ　レモンソーダ

炭酸ソーダにいろいろのシロップを入れた清涼飲料である。無色透明なものがプレーンソーダ、果汁や甘みを入れたものが、レモンソーダなど。アイスクリームを入れたものもある。夏の主として女の子の飲みもの。〈**本意**〉大正頃から季語として使われるようになった。若い男女、少女などが浮ぶイメージの飲みものである。

＊一生の楽しきころのソーダ水　富安　風生
ソーダ水言訳ばかりきかされぬ　加藤　楸邨
夕焼空燃えきはまれりソーダ水　木下　夕爾
娘等のうかうかあそびソーダ水　星野　立子
ソーダ水話のこりのあるやうな　下田　実花
空港のかかる別れのソーダ水　成瀬桜桃子

サイダー　冷しサイダー　シトロン

炭酸水にシロップや甘味を加えたもので、ラムネと同じようなものだが、やや上等の感じのもの。シトロンと同じものである。〈**本意**〉ラムネよりイメージとして高級だが、縁日での立ち飲みがラムネなら、コップにストローで飲むほどのちがいである。のどを刺激する炭酸の泡と、つめたさが気持よい。今日ではジュース、コーラ、その他に圧倒されて、やや古風な感じのものになっている。

サイダーやしじに泡だつ薄みどり　日野　草城　　サイダー飲むや全山の緑傾けて　藪　宕山
*サイダー瓶全山の青透き通る　三好　潤子　　山水の乗りこえ乗りこえサイダー冷ゆ　窪田鱒多路
サイダー売一日海に背をむけて　波止　影夫　　旅の子を迎えて安堵サイダー抜く　吉岡　輝香

氷水《こほりみづ》　削氷《けずり》　氷店《こほりみせ》　氷小豆　ひみづ　夏氷　氷苺

氷を削り、甘味、シロップ、ゆで小豆、餡、白玉、薄茶などを入れた清涼飲料である。ごく庶民的な飲物で、氷水と書いた玉すだれのある氷店は、なつかしい気軽な休憩所だったが、今は喫茶店でアイスクリームなどを食べるようになった。〈**本意**〉氷のつめたさを、色々の味をつけて味わう飲物だが、今はあまりはやらなくなった。なつかしさをそそることばである。

匙なめて童たのしも夏氷　山口　誓子　　夏氷童女の掌にてとけやまず　橋本多佳子
氷屋の鏡中かがやく馬行けり　中村草田男　　氷水きて緋毛氈の端濡らす　石川　桂郎
頬杖のゐくぼ忘れむ夏氷　加藤　楸邨　　氷挽く鋸が氷を透きとほる　谷野　予志
*冷淡な頭の形氷水　星野　立子　　氷水怒濤を前に溶けやすし　石井　真

アイスクリーム　ソフトクリーム　あづきアイス　シャーベット

牛乳、卵黄、砂糖、香料、ゼラチンを混ぜて凍らせた冷たい食べもの。ソフトクリームは、やわらかく固めたもの。チョコレートをかけ、コーヒーを入れ、フルーツと盛りあわせをするが、あずき餡と盛りあわせたものがあずきアイスである。シャーベットは、果汁を凍結させたもの。

〈本意〉子規に「一匙のアイスクリームや蘇る」の句があり、その頃からの季語。氷果といわれることがあるが、氷菓はどちらかというとアイスキャンディーを指すほうがぴったりするようである。

＊アイスクリームおいしくポプラうつくしく　京極　杞陽
アイスクリームなめてかなしき話きく　岩崎富久子
子を連れてアイスクリーム食ひしのみ　北　山河
アイスクリーム色なめらかに玻璃に透く　小菅みどり

氷菓《ひようくわ》　氷菓子　アイスキャンディー

アイスキャンディーのこと。アイスクリームよりもアイスキャンディーのほうが、氷菓とよぶにふさわしい。果汁を入れた水を凍らせたもので、棒を入れたものやいろいろのものがある。大衆的な夏の食べものである。〈本意〉夏の暑さをしばらく忘れさせる氷の菓子で、ふつうアイスキャンディーを指す。いろいろの形と色と味のものがある。

＊六月の氷菓一盞の別れかな　中村草田男
貧しき通夜アイスキャンデー嚙み舐めて　西東　三鬼
氷菓互ひに中年の恋ほろにがき　秋元不死男
父祖哀し氷菓に染みし舌出せば　永田　耕衣
氷菓売る老婆に海はなき如し　右城　暮石
キャンデーの旗しまふ人目に触れしめず　加倉井秋を
氷菓溶くるにまかせ愉しく同情す　油布　五線
駅かなし氷菓売声ぎすに似て　羽部　洞然
妻にかくすことあつて氷菓脳に沁む　長谷近太郎
身の上を語るに氷菓とけやすし　塩崎　緑

振舞水《ふるまひみづ》　摂待水　水振舞

むかし、暑い頃に道ばたに桶や樽を出し、水を満たして通行人に自由に飲ませたもの。樹の下などの蔭におかれた。今はそのようなことはなくなったが、道ばたの湧き水や水道に、茶碗や湯のみがおいてあるのは、現代の振舞水ということになる。〈本意〉「夏日市井の間に瓶をわたして、これに柄杓および茶碗等を添へ、往還炎暑に苦しむ人をしてこれを飲ましむ。これを振舞水といふ」と『栞草』にあるが、あたたかい思いやりであった。

昼過や振舞水に日のあたる　高浜　虚子
振舞水に祭のやうな簾吊る　武定　巨口
脚に吹く振舞水のあまりかな　島田　五空
振舞の水うくる間も心急き　横川左右一
*慇懃に振舞水に人寄りし　池内たけし
モスコーの振舞水をむせび飲む　塩崎　緑

葛餅《くずもち》　葛麵《くずめん》

生麩粉《しょうふこ》をかたく練り、ふかし、型の箱に入れてかためたもの。冷やして三角に切り、蜜と黄粉をつけて食べる。有名なのは、亀戸天神の船橋屋、川崎大師の茶店の葛餅だった。葛麵は、生麩粉を練り、熱湯に糸のように垂らしてゆでたもので、蜜をつけて食べる。〈本意〉葛粉を用いず生麩粉を用いるようである。冷やして食べるので、夏に向き、ぷりぷりして口あたりが気持よい。野趣のある夏の食べ物。

葛餅や山影たたむ茶屋の前　吉田　冬葉
葛餅や帯高々と夫人らは　三浦恒礼子
*葛餅や松籟いまも真間に鳴り　富岡掬池路
葛餅や親娘とて似し笑ひ声　小松　順風
葛餅や止まり通しのみづぐるま　村上　麓人
葛餅の厚手の皿を享けにけり　中嶋　秀

葛饅頭《くずまんぢゆう》　葛桜

葛粉をといて火にかけ、練ってのばし、餡を入れ、むした菓子で、桜の青い葉でつつんだもの。東京では葛桜という。〈本意〉桜の青葉に透明な葛が光り、餡がすけて見える。冷えた葛桜は涼味をそそる菓子である。

葛ざくら濡れ葉に氷残りけり　渡辺　水巴
葛ざくら水巴忌近くなりにけり　斎藤　空華
ひさびさの茶がよく立ちて葛ざくら　水原秋桜子
冷えきつてかたくなりたり葛ざくら　田中　冬二
*葛ざくら東京に帰り来しと思ふ　小坂　順子
葛桜雨つよくなるばかりかな　三宅　応人
葛桜少し買はせて母の忌ぞ　黒川　龍吾
ぶるぶると葛饅頭や銀の盆　千原　草之

心太《ところてん》　心天《ところてん》　こころぶと　こころてん

天草を干し、水にひたして搗《つ》き、それを干してから、煮てとかし、しぼり、型に入れてかためる。それを冷水に入れておき、心太突きで紐状に突き出し、蜜、酢、醤油などをかけて食べる。辛子醤油もよい。今は寒天を突いて食べる。あまりはやらなくなった。〈本意〉「清滝の水汲ませてやところてん」（芭蕉）「ところてん逆しまに銀河三千尺」（蕪村）など、古くから句材になっている。奈良時代から「こころぶと」として売られ、室町からずっと大正ごろまで、心太売りが売って歩いた夏の食べ物である。冷たくてさっぱりとして清涼感がある。

*ところてん煙のごとく沈みをり　日野　草城
ところてん沈めり弾む最上川　殿村菟絲子
浅草の辛子の味や心太　久保田万太郎
箸にかけて月光荒きところてん　加藤知世子

心太する〳〵臍に応へける　楠井　不二
心太とかくつまづく齢となりぬ　梅村　好文
心太まづしき過去を子は知らず　佐藤　浩子
心太燦々と灯を掬ひをり　村上　光子

水羊羹《みづやうかん》

あずきの餡に寒天を少しまぜてやわらかくした羊羹で、冷たくして食べ、桜の青い葉にくるんで食べる。お中元用の罐詰も人気がある。〈本意〉水気が多くやわらかなので、冷やすと夏にふさわしくおいしい羊羹である。霊元天皇がやわらかい羊羹を好まれて以来作られたものという。

綺麗好きの父にてありし水羊羹　渡辺　水巴
＊かげ口は寂しきものや水羊羹　長谷川春草
鳴りのよき明治の時計水羊羹　菅　裸馬
水羊羹行儀正しき夫婦かな　大場白水郎
入院のさらりと決まり水羊羹　宮川　和巳
水羊羹話せば近きこととなりし　服部　嵐翠
饒舌の足りて真昼の水羊羹　渡辺　耀子
一しきり旅の話や水羊羹　野村　蝶子

白玉《しらたま》　氷白玉

寒ざらし粉、すなわち、寒ざらしにして作った白玉粉を水でねって、小さな玉にまるめてゆでる。冷やして砂糖で食べる。茹小豆、冷やした汁粉のなかに入れてもよい。紅粉で染めたのをまぜるとうつくしい。〈本意〉冷やして食べる夏の食べ物で、中年、老年の人になつかしいものの一つ。

姉妹白玉つくるほどになりぬ　渡辺　水巴
白玉のよろこび通る喉の奥　水原秋桜子

＊白玉の紅一すぢが走りをり　杵屋栄美次郎
白玉や母子誕生の月おなじ　安住　敦
白玉やうなづくばかり子の返事　目迫　秩父
白玉のかなしきまでに冷えにけり　倉田　素商
白玉は何処へも行かぬ母と食ぶ　轡田　進
白玉や子のなき夫をひとり占め　岡本　眸

蜜豆《みつまめ》　餡蜜《あんみつ》

賽の目に切った寒天、ゆでた赤豌豆、求肥《ぎゅうひ》などを盛りあわせ、黒蜜か白蜜をかけたもの。フルーツ蜜豆は各種フルーツの小片を加えたもの、餡蜜は餡を入れたものである。夏にとくにつめたくして食べ、女性や子どもが好む。〈本意〉明治末、市村座運動場で売られてから人気が出て、帝劇やデパートなどにも出まわるようになり、一般化した。男は敬遠するが、つめたい夏の食べ物の一つ。

蜜豆をたべるでもなくよく話す　高浜　虚子
＊蜜豆の寒天の稜《かど》の涼しさよ　山口　青邨
蜜豆や子持となりし妻が前に　小室　風詩
蜜豆や女は過去を語らざる　野村　汀老
蜜豆のくさ〴〵のもの匙にのる　亀井　糸游
みつ豆や仲がよすぎてする喧嘩　稲垣きくの
蜜豆にけふ子の友の一少女　浦野　芳南
蜜豆や湾内の海雨びたし　中山　禎子

苺ミルク《いちごミルク》

苺に、牛乳、あるいはコンデンスミルク、生クリームをかけ、砂糖を加えて食べる。苺をつぶして食べるととりわけおいしい。〈本意〉苺をつぶすとミルクが苺の酸でかたまり、味がふかくなる。口にふくむと、苺の種が歯でつぶれ、音がたのしい。ミルクの白と苺の赤の対照もうつくしい。さわやかな、夏の食べ物である。

＊子がなくて苺ミルクの匙なむる　桂　信子

船ゆれて苺のミルクかたよりぬ　田中憲二郎

飴湯《あめゆ》　飴湯売

水あめを湯でとかした熱い夏の飲みもので、暑気忘れ、胃腸の薬になるといわれた。関西のもので、釜と箱を天秤棒につるし売り歩いた。今は見られない。〈本意〉昔、堂上で医者に地黄煎を作らせ、養生のためにしたが、これが関西にひろまったものといえる。地黄煎を入れた飴を下り飴と江戸で言い、下痢に効くとされた。暑い夏に熱い飴湯をのんで汗をながすのもよい消夏法であった。

腹這ひにのみて舌うつ飴湯かな　飯田　蛇笏

＊眦を汗わたりゆく飴湯かな　阿波野青畝

飴湯のむ背に負ふ千手観世音　川端　茅舎

色ガラス嵌めて飴湯を煮る屋台　菅　裸馬

飴湯売のだみ声ポプラ騒ぎけり　前田　東雲

つながれて蹴り合ふ馬や飴湯売　太田　古索

梵天をかつぎたるまま飴湯飲む　吉田　斉子

ひるすぎの驟雨しばしや飴湯のむ　佐道　赤葉

洗膾《あらひ》　洗鯉　洗鱸　洗鯛　生作り

鯉、鱸《すずき》、鯛などの生き身、あるいは新鮮な身をうすく削《そ》ぎ、冷水で洗って、肉をちぢめ、ひきしめたもの。匂いもとれたものに氷を添え、鯉は酢味噌、他はわさび醤油で食べる。淡泊な夏の料理である。〈本意〉洗膾の代表は鯉だが、鯉は生きた鯉を使う。他の魚は死んだものでよいが新鮮なものが必要である。冷水で洗い身をしめるので、淡泊な味だがぴりっとしまったうまさがある。

洗ひ鯉日は浅草へ廻りけり　増田　龍雨
洗ひ鯉翠嵐雨となりにけり　岩崎　江秋
*父と来し父のふるさと洗ひ鯉　加藤　覚範
洗鯉天打つ風の吹く日なり　宮下　歌梯
鯉のあらひの氷がとける夜の風　足立八州路
舌ざはり白き鱸のあらひかも　田付　舫舟
かりそめに妻が料理す洗鯉　大谷　句仏
利根の風まともに吹けり鯉あらひ　金子星零子

土用鰻《どよううなぎ》　土用丑の日の鰻　鰻の日

夏の土用の丑の日に、鰻の蒲焼を食べる。夏負けをしないためとされる。鰻は脂肪が多くビタミンも多いので栄養に富むことはたしかである。〈本意〉大伴家持の歌に、「石麻呂《いはまろ》に吾れ物申す夏痩によしと云ふ物ぞ鰻《むなぎ》とり召せ」（『万葉集』巻十六）「痩す痩すも生けらばあらむをはたやはた鰻を捕ると河に流るな」（同）があり、当時から夏痩によいと考えられていたことがわかる。だが、土用鰻の習慣は、平賀源内が鰻屋の看板に「今日は丑」と書いて評判になったためといわれ、安永、天明の頃からのことである。

土用鰻店ぢゅう水を流しをり　阿波野青畝
ひと切れの鰻啖へり土用丑　石塚　友二
一気に書く土用うなぎの墨太く　吉田北舟子
*藪から棒に土用鰻丼はこばれて　横溝　養三
黍青く生簀に土用鰻あり　滝　春一
命けふ鰻肝食べ虔めり　籏　こと
魚籠のまま土用鰻の到来す　亀井　糸游
家長われ土用鰻の折提げて　山崎ひさを

麨《はったい》　麦炒粉《むぎいりこ》　麦こがし　麦焦《いり》　麦の粉　麦香煎《かうせん》

新麦（または新米）を炒《い》って粉にしたもの。東京では麦こがし、関西、京阪地方では、はったいという。砂糖をまぜて食べ、また冷水や茶にといて食べる。こうばしいので麦香煎、または香煎という。**〈本意〉**はったいというのは、臼でひく、はたくから来たとも、砕飯《はたきいい》の略、初田饗《はったあえ》の約音ともいう。こうばしくておいしいが、むせやすく、こぼしやすい。ひなびた捨てがたい味のもの。

鉢の底見えて残れる麦こがし　高浜　虚子
はつたいの日向臭きをくらひけり　日野　草城
怠けざれ独りごちつゝ麨《こがし》を練る　中村草田男
麨にわすれてゐたる訛かな　加藤　楸邨
＊亡き母の石臼の音麦こがし　石田　波郷
おくられし俳誌のうへに麦こがし　百合山羽公
麨や手枷足枷子が育つ　小林　康治
麦こがし妻真剣に噎せゐたり　斎藤　五子
繰言をきく麨にむせにつつ　小野火返平
はつたいや飛騨は湧水こんこんと　染谷　彩雲

泥鰌鍋《どぢやうなべ》　泥鰌汁　柳川鍋

開いた泥鰌とささがきごぼうを卵とじにして煮て、鍋のままで食卓に出したもの。泥鰌は開きにくいので、丸煮にすることが多く、味噌汁に丸のまま泥鰌を入れたものがどじょう汁である。泥鰌鍋を柳川鍋という由来だが、天保初年から、江戸で骨抜き泥鰌を鍋で煮て売りはじめ、屋号を柳川としたのが繁盛し、全国にひろまったためらしい。**〈本意〉**熱い泥鰌鍋を食べて暑さを忘れようとした江戸らしい食べものである。土用の栄養補給になる。野趣に富んだものだが、好ききらいも多い。

ひぐらしや煮ものがはりの鰌鍋《どぜうなべ》　久保田万太郎
泥鰌鍋離反のこころ読めにけり　安住　敦
更くる夜を上ぬるみけり泥鰌汁　芥川龍之介
席ひとつあくを待ちをり泥鰌鍋　片山鶏頭子
頑なに汗の背中や泥鰌汁　加藤　楸邨
泥鰌鍋のれんも白に替りけり　大野　林火
*歯に残る泥鰌の丸よ母死なせて　石川　桂郎
河越せば河の匂ひやどぜう鍋　村山　古郷

沖膾《おきなます》　背越膾　鯵の背越

釣り船などで沖に出て、とれた魚を船の上で膾にして食べることである。あじ、いわし、さよりなどをたたきにして、しそやしょうがと刻みこみ、酢味噌などであえる。船遊びの一つである。背越膾は、多く鯵を用いるが、腸をとりのぞき、骨つきのまま背から切った膾で、酢味噌をかけたり、胡瓜もみの中に入れたりする。〈本意〉とれたての魚を船上で食べるわけで、新鮮でおいしい。海風に吹かれながら酒をのみ、鮮魚を食べる。夏の船遊びのたのしみの一つである。

沖膾流るると舟中の人知らず　河東碧梧桐
沖膾海上に酢の匂ふまで　野村　喜舟
*魚屑を鷗に投げつ沖膾　高田　蝶衣
沖膾うつら〳〵とせしわれに　八木林之助
舟莫蓙に砂のざらつく沖膾　堤　月耕
ただれ眼の漁夫の庖丁沖膾　百合山羽公

水貝《みづかひ》　水介《みづかひ》　生貝

生のあわびの肉を賽の目に切り、氷や氷水で冷やし、塩を加えて身をひきしめ、きゅうりや芽たでを加えてわさび醤油で食べる。夏にふさわしい涼しい料理である。〈本意〉あわびの中でもおかいという青貝を用いるが、冷たく、また身がしまって、おいしい、高級な夏の料理である。

水貝の夜の汐騒に降り出でぬ　石井几輿子
水貝や父ばかりなる父の家　八木林之助
水貝やうつくしき情窈窕と　西川　赤峰
＊水貝を出されて奈良の茶飯かな　曾祇もと子
水貝や妻をのがれて街にあり　椎葉　牧之
水貝や一湾窓にかくれなし　浦野　芳南

夏館《なつやかた》　夏邸　夏の宿　サマーハウス

夏らしいよそおいの邸宅である。和風でも洋風でもよいが、ある程度の大きさ、広さが予想される。すだれ、日覆いがあり、芝が刈られ、庭の手入れがなされている邸である。夏の宿というと、あやしき家に夕顔、蚊遣火のうかがえる家の感じとなる。サマーハウスは、海浜、高原、温泉地などの避暑むけの別荘や小屋であり、貸別荘、貸マンションもある。〈本意〉日本の夏はむしあつく、耐えがたい。その夏をすごしやすそうに工夫した邸である。

夕月をいたゞきて夏やかたかな　久保田万太郎
夏館フランス人形窓にあり　高浜　年尾
一汁の一菜の夏館かな　高野　素十
夏館大山蓮華活けてあり　片岡　奈王
＊ロンロンと時計鳴るなり夏館　松本たかし
夏館主客の微笑木の間より　宇野　端

夏の灯《なつのひ》　灯《ひ》涼し

夏の夜の灯火をいうが、暑かった昼から解放された涼しい灯火である。水があったり、木があったりすれば、ますます涼しさが加わる。〈本意〉涼しさが眼目になる。水辺、船上、木かげなどにともる灯の涼しさに焦点がおかれる。

夏の灯をさしよせて顔応といふ　加藤楸邨
＊夏の燈に橋のゆききも夜となりぬ　澄田江南
霧噴いて灯影涼しや植木市　三宅孤軒
夏の灯のまばゆき中に入りにけり　深井柏葉

夏炉《なつろ》　夏の炉

炉というと冬のものだが、北国や山国では一年じゅう囲炉裏をたいている所もある。とくに、北海道、三陸沿岸は、夏にやませが吹き海霧をはこんできてさむい。登山小屋でも炉をたいている。〈本意〉北国、山国に行って夏に炉の火を見ることは、その地方の生活のきびしさにふれる思いのすることであろう。そうした生活感覚のしみとおる季題である。

夏炉の火燃えてをらねば淋しくて　高浜虚子
夏炉燃ゆ煙清浄火清浄　大橋桜坡子
ふるさとへ来てうつしみの夏炉擁す　臼田亜浪
夏の炉の灰美しく用ゐけり　楠目橙黄子
めつむりてひとり坐れるこの夏炉　山口青邨
夏炉もゆほのほそれ〴〵すきとほり　皆吉爽雨
＊木曾人は雨寒しとて夏炉焚く　松本たかし
夏炉辺にひんやり木菟の如く座す　森井夕照子

夏座敷《なつざしき》

襖、障子などをはずして、風通しをよくし、夏むきの家具、調度をおいた座敷のことである。
〈本意〉芭蕉に「山も庭も動き入るるや夏座敷」の句があるが、あけはなって、家の内外の感じをゼロにした座敷である。日本の家は、夏を考えてオープンに建てられているので、その特徴を生かし、できるかぎりひらいた座敷になる。

山風に落ち来る蝶や夏座敷　中島　月笠
人ら立ちて歩くヘルンの夏座敷　堀内　薫
思ひ思ひに外を見てゐる夏座敷　細見　綾子
一本の柱の気品夏座敷　三谷いちろ
＊来し方や母透くごとく夏座敷　中村　明子
一机据ゑ一硯をのせ夏座敷　三浦恒礼子
尼ながら妙齢にして夏座敷　安田千鶴女
人去りしあとの雨音夏座敷　窪田　玲女

露台《ろだい》　バルコニー　バルコン　ベランダ

洋風建築様式で、屋根のない張出しの台のことをいう。バルコニー（バルコン）は階上の部屋から出ることのできる手摺のついた張出しのことである。ベランダは屋根があるもの。テラス（テラッセ）は南欧で室内から出入りできる前庭のこと。〈本意〉紫宸殿と仁寿殿のあいだの乱舞する場所につけられた名前だが、今日では、まったく洋式建築の張出しに使うわけである。明治の洋式建築では、ここに籐椅子などを出して涼風にあたった。今日ではもっと自由なスマートな形のものになっている。

露台なる一人の女いつまでも　高浜　虚子
＊足もとに大阪眠る露台かな　日野　草城
露台の日あつく白樺の花すぎぬ　水原秋桜子
花房の吹かれまろべる露台かな　杉田　久女
多摩近く星多きわが露台かな　中島　斌雄
祭すぎ花すぎ海のバルコニー　佐藤　鬼房
夕波のあつまって来る露台かな　園田筑紫郎
灯の中に船の灯もある露台かな　福田　蓼汀

泉殿《いづみどの》　釣殿　水殿　水亭

藤原時代の寝殿造りで、東の廊の南端、池の中につき出している建物で、西の廊の南端には釣殿が作られていた。納涼、観月のための建物で、泉殿からは、舟が発着できた。後世には泉殿も簡単なものとなり泉屋《いずみのや》と呼ぶようになった。〈本意〉御所や貴族の邸宅の中の、納涼、観月のための建物である。王朝時代の雰囲気がただよい出る夏の風雅な古風な季題の一つ。

しろがねの器ならべつ泉殿　松瀬　青々
＊浮き出でし鯰をかしや泉殿　楠目橙黄子
泉殿西日となりて下りにけり　吉岡禅寺洞
みえてゐる枕一つや泉殿　加藤三七子
よりかゝる柱映れり泉殿　池内たけし
凭れゐて謫居の如し泉殿　木村　蕪城

滝殿《たきどの》

滝を眺めるために建てた建物で、納涼のために用いられた。泉殿のような建築様式としてのものではなかった。〈本意〉「泉も泉殿も滝殿も、水にて暑を払ふため」と『清鉋』にある。寝殿造りの池には滝口が作られていたので、それを眺める滝殿が作られたのであろう。また滝には神秘性、宗教性があるので、そうした性格の滝殿もありえたであろう。

滝殿や玉の響の珊々と　島田　五空
＊滝殿や運び来る灯に風見えて　田中　王城
滝殿の柱々や並び居る　篠原　温亭
滝殿の古き御座所を伝へたり　中　火臣

噴水《ふんすい》　噴上げ

公園、庭園などの池の中で水を高くふきあがらせる装置。水を噴くもの、水の高さの配合、水の姿の変化などを工夫設計して、美的効果と涼感を与える。夜は電光を用いて、光と色の効果を高めている。〈**本意**〉明治十年八月、第一回内国勧業博覧会に、はじめて噴水が庭の装飾として使用されたようである。噴水は四季いつも水を上げていてよいが、涼感を与えるものゆえ、夏にふさわしい季感である。

勢ふ噴水中を貫くものあるなり　山口　誓子
噴水に神話の男女あそびけり　阿波野青畝
噴水や夕焼はげしき雲流れ　池内友次郎
*噴水のしぶけり四方に風の街　石田　波郷
噴上げに子等絶えず来て手を洗ひ　中村　汀女
噴水の落ち来るときは捨身なる　加藤かけい
亀あまた噴水浴びて石となる　関口　成生
噴水の力ゆるめばやや青む　岡本　眸
待つ愉しさ噴水が穂を触れあへり　藤井　亘
森の径みな噴水へ出てしまふ　福永　耕二

夏布団《なつぶとん》　夏衾　麻布団　夏掛

綿をうすくし、絹や絽などの涼しく軽い布を使って仕立てた夏向きの布団である。色も柄も涼しそうである。麻の布で作った麻布団やタオル地の掛け布団などもある。〈**本意**〉暑いときはうすい布団でもあつくるしく、はいでしまうものだが、明け方などに冷えて有難味がわかったりする。

夏蒲団ふはりとかかる骨の上　日野　草城
夏布団あさきゆめみし恋もせず　永田　青嵐
晩涼の腹あたたむる夏布団　大野　林火
*母が泊りに来る夏布団つくろひし　安住　敦
夏布団病篤ければおとなしく　中村　汀女
夏掛やあかつきちかき深眠り　宮下　翠舟
嫁してなほ寝顔稚しよ夏布団　田中　青史
さらさらと水遠ざかる夏布団　中尾寿美子

夏座布団《なつざぶとん》　麻座布団　藺座布団　革座布団

夏に用いる座布団で、材料によって、いろいろのものがある。すべて涼しいことが目的である。革座布団は、なめし革で作るが、なめし革は熱に耐えるので、ひんやりした感触があってよい。丈夫で汚れが目立たないが、高価である。山羊、羊などの革を用いる。このほか、ふつうの座布団を白いカバーでつつんで涼しく見せて使うこともある。〈本意〉涼しい座布団とするため、麻やちぢみ、藺、革などで作ったものだが、藺のものには円いものもある。

露けさや月のうつれる革蒲団　高野　素十
落ちかかる夏座布団や縁のはし　松本たかし
*藺座布団青き千鳥の描きあり　粟津松彩子
藺座布団男の膝を余しけり　石田あき子
あらあらと夏座布団の配りあり　茶村　梓城
日本間を洋間仕立や革布団　草間　時彦

花茣蓙《はなござ》　花筵《むしろ》　絵筵　綾筵　寝茣蓙　寝筵

色で染めた藺を横糸に、綿糸や麻糸を縦糸にして、模様を織った茣蓙である。また無地の茣蓙に模様を捺染したものもある。板の間や縁側に敷いたり、寝茣蓙にしたり、袋物細工にしたりする。寝茣蓙は夏、ふとんの上に敷いたり、昼寝に用いたりするが、ひんやりして気持がよい。

〈本意〉夏を涼しくするための敷きものの工夫である。ちょっとした色どりで美しく涼しいものになる。

花茣蓙をよろこばれたるうれしさよ　富安　風生
花茣蓙のふくるる風に座りけり　山下率賓子
花茣蓙を美しく敷く庵かな　山口　青邨
捲けば掌に細き花茣蓙母は亡し　山中　不艸
花茣蓙にやまひおもりてゐると知らず　久保田万太郎
ちちろ鳴きそめし寝茣蓙も別れかな　金尾梅の門
＊花茣蓙にわがぬくもりをうつしけり　阿部みどり女
打敷きて寝茣蓙の花鳥いのち得し　鈴木　穀雨
花茣蓙に母の眼鏡が置いてある　加倉井秋を
花茣蓙に夢の短くきれにけり　鷲谷七菜子

簟《たかむしろ》　竹席《ちくせき》　籐筵　とむしろ　蒲《がま》筵　蒲茣蓙

竹をほそく割って、筵のように編んだもので、涼しい夏の敷きものになる。籐で編んだものが籐筵、がまで編んだものが蒲筵である。籐筵は座敷に、蒲筵は縁側に敷いた。今はあまり用いられない。〈本意〉涼しさを求めて竹で編んだ筵といえよう。水草・浮草などを紋に織っている。

＊簟物狂ほしく蟻の這ふ　高浜　虚子
簟玉ばしりしてこぼれ水　鈴木　花蓑
棕梠の葉を打つ雨粗し簟　日野　草城
病床を空けて涼しむ簟　中川　岩魚

油団《ゆとん》　敷紙《しきがみ》

和紙をあつく貼りあわせ、油か漆をひいたもので、敷きものにする。冷ややかな感触があり、なめらかな光沢があって、夏に部屋に敷かれた。敷紙ということがあるが、敷紙は普通渋をぬったものをいう。これも感触が冷ややかで、夏によい敷きものである。〈本意〉今はもう使われることがすくないが、部屋を涼しくするための工夫の一つで、古い田舎の家での思い出の夏の情景であろう。

柱影映りもぞする油団かな　高浜　虚子
敷紙や黒き板戸もあけ放ち　上川井梨葉
方丈の油団の光沢や棕櫚団扇　大谷　繞石
踏むやそもまたなつかしき油団かな　同
*渋ゆとんくちなしの花うつりけり　室生　犀星
故郷は油団に暗し客主　本田あふひ

籠枕《かごまくら》　籐枕

竹や籐で編んだ枕である。夏の昼寝に愛用される枕。中がからで風通しがよく、冷たい感触があり、しかも弾力がある。〈本意〉枕は頭がのっているので、夏には暑苦しいものである。竹や籐の枕だと、涼しい感触があって昼寝などに好適である。

するすると涙走りぬ籠枕　松本たかし
喪の帰り籠枕見て買はざりし　宮岡　計次
浅き世を浅き眠りの籠枕　三溝　沙美
亡き祖母のこゑほろほろと籠枕　古賀まり子
*籠枕身に添ふものの一つかな　松本つや女
詩集より押花こぼれ籠枕　大島　民郎
プーシュキンの生れし日にして籠枕　近藤　晴彦
身のまはり少し片づけ籠枕　細川　加賀

陶枕《たうちん》　磁枕　青磁枕　白磁枕　陶磁枕　石枕　金枕　竹枕　木枕

中国、韓国から輸入され、古く文人たちが愛用したもので、夏、昼寝用に用いられることが多い。ひやりと冷たいのが愛される。陶で作ったものが陶枕、磁で作ったものが磁枕で、青磁枕、白磁枕になるとぜいたくなものになる。〈本意〉文人好みの枕だが、かたく冷たく、夏の昼寝には気持よさそうな枕である。

*陶枕の見ゑたりしがそを薦む　木村　蕪城
来客に起きて陶枕撫しにけり　永尾　宋斤
陶枕の冷えのまにまにわが昼寝　皆吉　爽雨
陶枕も遺品の一つまどろまむ　稲葉　百年

竹婦人《ちくふじん》　竹夫人　抱籠　添寝籠

竹や籐を円筒形に編んだもので、夏の夜、これを抱いて寝たり、手足をもたせかけたりして、涼み、くつろぐ。長さは一メートルから一メートル半で、籠の形である。近年はほとんど見られなくなった。〈本意〉夏のだるさをやわらげ、涼しく寝るためのもの。竹奴《ちくど》、青奴《せいど》、脚馬《きゃくば》などともいうが、俳諧味のある命名といえよう。「忘れては雪女かと抱籠をば」（重頼）などと、古くからよい句材になった。

竹婦人ある夜窃に語る人　岩谷山梔子
余の婦人知るなし夜々の竹婦人　田淵十風子
*情薄きものの一つや竹婦人　安斎桜磈子
竹夫人欲しや夜の雨通り過ぎ　岸　風三楼
竹婦人残して遷化し給へり　橋詰　沙尋
羅を昼掛けてあり竹婦人　菅原　師竹

日除《ひよけ》　日覆《ひおほひ》　日覆《ひおひ》

夏の日なか、日光をさえぎるため、布、簀、木などで作った日除を用いる。窓や店頭などに使う。ビニール製のものを軒先から歩道に長くはりだしたり、段ぞめのきれいな布地の日覆を使ったり、いろいろの場面にいろいろの日除が用いられる。〈本意〉日本古来のものは簾や葭簀などに含め、主として商店や街、会社などの近代的な日除をいう。夏の日射しはものを変色させ、いためるので、日除が必要である。

＊日蔽が出来て暗さと静かさと　高浜　虚子
日蔽やキネマの衢鬱然と　山口　誓子
三日月にたたむ日除のほてりかな　渡辺　水巴
日覆に針のやうなる洩れ日かな　松本たかし
昨日より日除をしたり農学校　前田　普羅
日覆や職場の友は職場ぎり　安住　敦

青簾《あをすだれ》　簾《すだれ》　簾戸　御簾《みす》　古簾　竹簾　葭簾　管簾　伊予簾

すだれは、夏に、紙障子や襖のかわりに用いるもので、簾障子、簾《す》だれの二種類があり、ふつう簾だれのほうをいう。葭、萱、蒲、割り竹などを糸で編んで框組みにしたものが簾障子、耳をつけて鴨居に掛けるようにしたものが簾だれである。いろいろの種類の簾があるが、いちばん涼しそうなのが青簾で、これは青竹を編んだすだれである。軒や窓、縁先などにかけるが、青い色が涼味をよぶ。葭で作ったものが葭簾、板をつづったものが板簾、竹の管に糸を通したものが管簾で、ガラス製の玻《は》璃《り》簾《すだれ》もある。伊予すだれは、しの竹のすだれで有名。**〈本意〉**宮中で四月一日に新しい御簾を御殿に掛け、これを青葉の簾、翡翠の簾と呼んだことからきているという。日ざしをさえぎり、外から中がうかがえぬようにするものだが、涼感のあるものである。

住みあきし我家ながらも青簾　永井　荷風
たたえたる緑茶の色や青すだれ　池内友次郎
青すだれむかし〳〵のはなしかな　久保田万太郎
吾子褒めて人にきかれぬ青簾　榎本　虎山
夫婦たがひに知りつくし居り青すだれ　室積　徂春
晩涼の簾をさえもあげぬまま　中村　汀女
宇治川に波立ちて来ぬ青簾　田村　木国
潮騒や簾越しなる顔は誰　加藤　楸邨

玻璃すだれ美容師花に水させる　西島　麦南
*涙のごふひとみえてゐる簾かな　木下　夕爾
世の中を美しと見し簾かな　上野　泰
一日のまたくる簾下ろしけり　柏崎　要次
青簾下げて歎きの壁とせむ　鈴木　栄子
簾あむ音が簾の中にある　井上　冨月

夏暖簾《なつのれん》　麻暖簾　白暖簾

商店では夏に涼しさのために麻ののれんを用いることが多い。木綿地に涼しそうな模様を染めたものを用いる。花柳界では絽に秋草などを友禅染めにしたりして用い、一般の家でも、夏物ののれんを廊下などにかけかえる。〈**本意**〉夏の涼しさを求めるための模様がえである。とくに商家で目立つ。

吹き上げて廊下あらはや夏暖簾　高浜　虚子
*大らかに孕み返しぬ夏のれん　富安　風生
女出て沼を見てゐる白暖簾　町田しげき
座敷より厨を見せず夏のれん　大場白水郎
夏暖簾河童三匹ひらひらす　福田　蓼汀
夏のれん釣りて幽けく明け暮るゝ　相生垣瓜人

葭簀《よしず》

葭をしゅろ縄や糸で編んだすのこで、茶屋などの庇に立てかけてある。夏の強い光をやわらげるためのものである。内からは外が見え、外からは内が見えない。〈**本意**〉粗末なものだが、夏の光線をさえぎるための簀である。葭簀障子などはもっと上等のものである。

*影となりて茶屋の葭簀の中にをる　山口　誓子
朝の海葭簀に青き縞なせり　内藤　吐天
葭簀かげ縞を背負ひて去りにけり　上野　泰
脱衣する葭簀の中の砂深し　橋本美代子

葭戸《よしど》　葭障子　簀戸《すど》　葭屏風

ほそい葭の茎で編んだ戸障子。通風をよくし涼しくするために、これを入れる。葭障子、簀戸ともいう。屏風も葭簀を入れた葭屏風が使用される。〈本意〉障子や襖《ふすま》をとり、隙間のある葭簀の入っている葭戸や葭屏風を使えば、風通しがよく、夏を幾分でも涼しくすごすことができる。

*朝がありタベがありて葭障子　高野　素十
簀戸幾つ列ねて奥や木々の風　島田　青峰
簀戸はめて能登に古りたる名家かな　大橋越央子
中庭に日のさしてゐる葭戸かな　渋沢　秀雄
簀戸のうち二タ部屋通し使ふかな　小杉　余子
日本橋葭町にして葭障子　秦　豊吉

籐椅子《とういす》　籐寝椅子

籐の茎で編んだ椅子である。椅子の形のもの、寝椅子の形のものなどがあり、涼しげで軽やかな感じなので、夏に愛用される。〈本意〉大正の頃から俳句に見られるようになった季語で、涼しげで、当時モダーンな印象があった。

*籐椅子や海の傾き壁をなす　山口　誓子
一碧の水平線へ籐寝椅子　篠原　鳳作
籐椅子を立ちて来し用忘れけり　安住　敦
古籐椅子はらからうとくなりにけり　橋本　花風
籐椅子や読むべきものに堀辰雄　同
籐椅子や誰を待つとにあらねども　川口　益広

竹牀几《たけしやうぎ》

竹で作った縁台である。軽くて移動しやすいので、門口や庭先に据えて、夏の夕、夜などの涼をとるのに用いる。花火などをしたりする。〈本意〉納涼のための道具の一つで、夏の身近かな腰かけである。

竹床几出しあるまま掛けるまま　高浜　虚子
大阪に暗き町あり竹床几　光山　是無
*目かくしす柔かき手や竹牀几　青木　月斗
竹床几今はもうなき木挽町　久保田次郎

ハンモック　釣床　寝網

緑蔭、あるいは室内の柱に吊る網で、真中が幅広く、両端がほそくなっている。この中に寝て、涼しく昼寝し、あるいは読書をしたりする。船の乗組員の寝具、あるいは幼児のゆりかごなどに用いられた。〈本意〉明治三十八年作の島田五空の句に、「眼をあけば顔に蝶蝶やハンモック」があり、この頃からときおり作られるようになった。納涼の気持のほかに、どこか洒落たエキゾチックな味がある。

*山彦のゐてさびしさやハンモック　水原秋桜子
白樺の幹軋ませてハンモック　黒坂紫陽子
腕時計の手が垂れてをりハンモック　波多野爽波
からまつの秀を見てしづみハンモック　飯田　晴子
ハンモック雲の言葉を考ふる　畑　耕一
ハンモック見えてアメリカ村といふ　片岡片々子

水盤《すいばん》

円形、小判型などの陶器に水を入れ、いろいろにあしらって、涼味をもたらす。睡蓮や芦を盛り花にしたり、里芋、ひえ、きぬいとそうを水栽培したりするのである。これを床の間や飾り棚などにおいて眺めるのである。〈本意〉涼しさをもたらすための工夫の一つで、箱庭的な大きさで水辺を演出するわけである。

水盤のぐるりに月を滴らす　山口　誓子
水盤の蟹の游ぎの足けぶる　森川　暁水
水盤の月日古りゆく石一つ　高橋　柿花
＊水盤や藍絵の藍がぬれまさる　岡野　知十
水盤の芋の葉小さし向き向きに　前沢　土羊
水盤をめぐりて猫の水鏡　本田あふひ

蠅帳《はへちやう》　蠅入らず

小さな厨子のような形のもので、紗や金網を張ってあり、一方の開き戸をあけ食べものをこの中に入れておく。蠅のたかるのを防ぎ、また風通しがよく、くさるのを防ぐ利点をもつ。〈本意〉身近かな台所用品だったが、この頃はあまり見かけなくなった。食べものを入れておく風通しのよいところで、蠅のとまるのをも防ぐ。

＊蠅帳といふわびしくて親しきもの　富安　風生
蠅帳を置く場所として拭いてゐる　加倉井秋を
蠅帳に古漬その他母の昼　草間　時彦
蠅帳のこころもとなく古りにけり　細川　加賀
蠅帳の中なにもなくかたづける　下田　実花
蠅帳に透けて盃あるはよし　亀井　糸游

蠅除《はへよけ》　蠅覆

はえを防ぐためのもので、木の枠に金網を張ったものや、紗の布地を張って折りたたみ式のものなどがあり、これを、食卓にかけておく。〈本意〉子供の頃よく見かけた食べものをおおう蠅よけだが、このごろは網戸の普及などであまり見かけられなくなった。

蠅よけもかぶせて猫は猫板に　高浜　虚子
＊蠅除をして病人の皿あはれ　中村　汀女
蠅除にはさまる手紙曰くあり　鵜沢　玻美
蠅除やひとりの夜食味気なし　深尾　正夫

蠅叩《はへたたき》　蠅打

はえを打って殺すもので、針金の柄に金網を張ったもの、ビニール製のものなどがある。むかしは、棕櫚の葉を編んで作ったり、厚紙に竹の柄をつけて作ったりした。〈本意〉蠅は食物にとまるだけでなく身辺にとびとまってうるさい。それを打って撃退するわけであるが、追いはらってもすぐに戻ってきてわずらわしい。

佐藤眉峰結婚
而うして蠅叩さへ新しき　高浜　虚子
蠅叩一日失せてゐたりけり　吉岡禅寺洞
＊蠅叩くことのおろかさ見てをりぬ　亀井　糸游
蠅叩鬱々としてわが端坐　加藤　楸邨
畳より針をどり出ぬ蠅たたき　斎藤俳小星
痩絵師の蠅叩きのみ真新し　苅谷　敬一
縁談にはたと夢あり蠅叩　池内友次郎

蠅捕器《はへとりき》　蠅捕紙　蠅捕リボン　蠅捕瓶　蠅捕管

蠅とりに使われるもので、今はあまり使われないが、蠅捕リボン、蠅捕紙などである。蠅捕器は、ガラス製で半円型のもの。底に穴があり、穴の下に食物をおいて、あつまる蠅が飛びたつと器の中に入ってしまうようにしたものである。蠅捕管はガラスの管の先を漏斗の形にし、天井にとまる蠅をおさえて、下の蠅受けに捕獲するものである。ほかに、金属器の回転部分に砂糖水を塗り、蠅をまきこむような蠅捕器もある。〈本意〉飛びまわる蠅のきたなさ、うるささをとりのぞくため、蠅の習性を利用したいろいろの道具である。蠅捕リボンの類は死屍が点々ときたならしく見える。

営々と蠅を捕りをり蠅捕器　高浜　虚子
山川に流す蠅捕リボンかな　富安　風生
蠅取器音なく蠅を食べにけり　栗生　純夫
昼寝の国蠅取リボンぶら下り　西東　三鬼
＊蠅取紙飴色古き智慧に似て　百合山羽公
蠅取紙の死の群一匹の蠅動く　三浦　如水
蠅捕器蠅従容と吸はれゆく　土山山不鳴
生死この退屈なもの蠅取紙　富田　一鷹

蚊帳《かや》　蚊幮《かや》　蚊屋《かや》　蚊帳《かちやう》　枕蚊帳　母衣蚊帳《ほろがや》

蚊を防ぐために吊る寝具だが、最近は殺虫剤の発達であまり使われなくなった。麻布で作るが、半麻の綿布、絽・紗の絹布で作ることもある。色は萌黄に赤の縁布が普通だが、白、水色、絵模様のものもある。部屋の四隅に吊り紐をつけ、蚊帳の吊り手に結んで、朝晩吊り、はずしをする。枕蚊帳、母衣蚊帳は竹を骨にして母衣の形にしたもの。今は金属を骨にした小型のもので、子どもの昼寝などに使われる。もとは大人用もあった。蚊帳の名産地はおもに近畿地方で、近江蚊帳、奈良蚊帳が知られる。四月末ごろに蚊帳売が「萌黄の蚊帳、母衣蚊帳」と呼んで歩いた。吉日を選んで吊りはじめ、吉日を選んで吊りおさめた。初蚊帳を申の日にする慣らいがあった。九州や沖縄では葬式やお産のとき蚊帳をかけ、魔物を防ぐ。雷が鳴ると蚊帳に入るのはこの風習の名残りであり、そのとき一隅をはずして吊るのは三隅蚊帳といい、ふだんはこれを忌む。面蚊帳は軍隊などで使われ、顔だけをおおう剣道の面のようなもの。〈本意〉「初夏に至つて蚊帳を釣り初むるに、中の日をもつてす。これ、蚊を去るの義にや」と『滑稽雑談』にあるが、蚊のわずらわしさをのがれ安眠を得るための、古来の唯一の防具だった。蚊帳にまぎれこんだ蚊を蠟燭で焼いたり、蚊帳の中で本を読んだり、月を美しく見たりした頃をなつかしむ年長者が多い。

新しき蚊帳板のごと吊られけり　高浜　虚子
いねながら蚊帳の月光掌にすくふ　山口　誓子
エヂプトのカイロの宿の蚊帳《かちゃう》かな　富安　風生
*水に入るごとくに蚊帳をくぐりけり　三好　達治
蚊帳へくる故郷の町の薄あかり　中村草田男
病家族二つの蚊帳の高低に　石田　波郷
青蚊帳の男や寝ても躍る形　西東　三鬼
五尺の子蚊帳の月光抱え寝し　平畑　静塔
金餓鬼となりしか蚊帳につぶやける　石塚　友二
蚊帳青し人魚の如く病めりけり　野見山朱鳥
濡れ髪を蚊帳くゞるとき低くする　橋本多佳子
血を喀けば幮の燈小さく遠ざかる　石原　八束
青蚊帳にこころゆるして眠りけり　岸　秋渓子
母衣蚊帳のなかより吾をみつめをり　谷野　予志

蚊遣火《かやりび》　蚊遣　蚊遣草　蚊遣木　蚊遣粉　蚊取線香　蚊除香水

火をつけて、ものをいぶし、煙で蚊を追いはらうその火のことで、今その種のもっとも普及しているものが蚊取線香になる。万葉にも蚊火の語があり、夏の夕方や夜の必須のものだった。蚊を追うのに効果的なものは、くすやかやの木片、すぎの青葉、柑橘類の皮、おがくずなど。とくにかやの木は、かやりの木から転じてつけられた樹名という。焚く木屑は蚊遣木と呼ばれ、草は蚊遣草と呼ばれた。よもぎが焚かれたが、除虫菊がよいことがわかり、これから蚊取線香がつくられ、いろいろの容器に入れて火をつけ、煙を一筋なびかせるようになった。蚊取香水、電熱による除虫剤など、いろいろの工夫が次第にあらわれている。夏に山村の畑で働く人は蚊火を腰にさげている。これはぼろきれ、葛根の屑、よもぎなどを縄でしばり、苞《つと》の形にして、火をつけたもので、携帯用の蚊遣火である。〈本意〉「俗説に、蚊、煙に遇へばすなはち去る。よつて夏日庭中に火を燻し煙を放つ。ゆゑにもつてこれを名づく」と『滑稽雑談』にあるが、煙で家の内外の蚊を追いはらうのが本来の蚊遣火だった。最近は、追いはらうかわりに殺してしまうわけで、生きのこったものを蚊取線香その他で撃退するようになった。

病む人の蚊遣見てゐる蚊帳の中　高浜　虚子
蚊遣時浅沼に鳴く魚のあり　中塚一碧楼
*ひとすぢの秋風なりし蚊遣香　渡辺　水巴
蚊火の妻二日居ぬ子を既に待つ　日野　草城
舟の蚊火しばらく蓮を照すなり　水原秋桜子
やうかんの甘き宵なり蚊遣香　滝井　孝作
ほそ〴〵とまもるいのちや蚊遣香　宮部寸七翁
蚊遣一すぢこの平安のいつまでぞ　加藤　楸邨
兄弟に蚊香は一夜渦巻けり　石田　波郷
蚊やり火や闇に下りゆく蚊一つ　高浜　年尾
蚊遣して婆云ふ「うまく老いなされ」　秋元不死男
蚊遣のけむりひたひにからむ雨夜かな　原田　種茅

香水《かうすい》

ジャスミン、ヘリオトロープ、ヴァイオレット、ローズ、リリイなど、香りのよい植物の、花や葉、根や皮や幹、枝、種子などから香料をとり、それをアルコールにとかしたもの。夏は汗をかき、体臭が気になる季節なので、冬に使わない人もこれを用いて、身だしなみとする。ハンカチ、髪の毛、衣類などにふりかけて用いるが、だいたい女性の化粧品といってよい。〈本意〉香水は夏の女性の必需化粧品だが、その香りと用いている女性とを美しくも感じ、皮肉にもとらえる。そうした両面から夏の句材になることが多い。

*香水の香ぞ鉄壁をなせりける　中村草田男
香水に隣り幸福といふ語聞く　秋元不死男
死てふ語と香水の香の行きずりに　大野　林火
香水の一滴づつにかくも減る　山口波津女
香水やすさまじき汽車風の中　石田　波郷
香水の坂にかかりて匂ひ来し　中村　汀女
香水の香の内側に安眠す　桂　信子
香水や昨日今日より狂気なり　平畑　静塔
香水の向ふにありて狡さ通す　油布　五線
常に去りゆく香水の香なりけり　不破　博
妻と同じ香水なれば善人に見ゆ　近藤馬込子
香水のとかくのうはさ撒きにけり　高橋　潤

暑気払ひ《しょきばらひ》　暑気下し

暑さをしのぐために飲む薬や酒のこと。または、それらを飲むことをいう。毒消し売りや定斎売りの持ってきた薬には暑気払い用の薬があり、その一つに香薷散《こうじゅさん》があった。酒では、梅酒、葡萄酒などが暑気払いによいが、清酒、焼酎なども、それを飲んで活気がつけば、よい暑気下しになる。今日では薬局ばかりか、自動販売機でも、強壮剤、ドリンクを売っていて、これも暑気払いの一つに飲まれている。〈本意〉夏は暑さのために体力がおち、元気がなくなるときなので、昔から酒や薬で、活力をつけようと工夫してきた。飲食をして、暑気払いと景気をつけることもある。

暑気払ひ皆呑む家族楽しき時　高浜　虚子
心地よき腹の痛みや暑気くだし　原　石鼎
*残生をおろそかにせじ暑気払　富安　風生
人くさく人に混れり暑気払　石塚　友二

遠母の便り久しや暑気下し　小林　康治　　酒ききつ汗いさぎよき暑気払　片山鶏頭子
舌の上にとどめし薬暑気払ひ　田中　茗児　　面白くなきことありて暑気払ひ　中　火臣

桃葉湯《たうえふたう》

風呂に桃の葉を入れて入浴すると、暑気払いになり、あせもを防ぐという。家庭の風呂でも、銭湯でも、ときには行水の湯にも、桃の葉を入れることがおこなわれる。〈本意〉「煎浴するとき、霍乱、腹痛を治す」と『本朝食鑑』にあるが、桃にはそのような力があると信じられていた。

桃葉湯丁稚つれたる御寮人　高浜　虚子　　*桃の葉を入れてあさけに風呂を焚く　岸　白路
桃の湯の溢るゝを児に浴せけり　篠原　温亭　　闇鏡桃湯の肌を匂はせて　尾崎　三翠

蚤取粉《のみとりこ》

除虫菊の花や茎や葉の粉末を主成分とする殺虫剤で、黄色ですこし匂いがある。これを寝床や寝巻にまいておくと蚤にたかられないで寝られる。これは昔からの殺虫剤だが、のちD・D・T以下最新の薬剤が開発され使用された。〈本意〉除虫菊はシロバナムシヨケギクというが、その除虫効果を利用したもので、寝床のそのにおいなどなつかしい昔の記憶である。

田祭や蚤取粉打って小百姓　前田　普羅　　不吉なる音立て蚤取粉を噴ける　平畑　静塔
蚤取粉黄なるをふりて寝入りたり　山口　誓子　　蚤取粉撒くにも馴れてすぐ寝落つ　伊丹三樹彦
*蚤取粉買ふや夜の雲いらだたし　大野　林火　　蚤取粉にほひつゝあり寝ねゆけり　小川　萱夫

天瓜粉《てんくわふん》　天花粉　汗しらず

きからすうり（黄烏瓜）の根の澱粉はもっともこまかい粒子で、あせもの治療によい。この白い粉末をあせもの皮膚にまくと、吸湿鎮炎の効果がある。子どもの湯上りにつけることが多いが、女性のお化粧がわりにも使われる。天瓜はからすうりの異名。天花は雪のことで、雪のようにさらさらしているので、天瓜にひっかけて天花粉ともいう。現在では、亜鉛華と澱粉をまぜた、亜鉛華澱粉が薬用として使われている。また、ベビーパウダーには、滑石、硼酸、竜脳、その他の香料などが含まれている。〈本意〉きからすうりの澱粉にかぎらず今は、代りの亜鉛華澱粉もベビーパウダーも、天瓜粉と、まとめて使っているようである。俳句では、とくに愛用されており、俳句的なことばの印象がつよい。

鏡にも手のあと白し天瓜粉　岡本　松浜
ギブスして神なる笑ひ天花粉　浅井　洲風
*子の中の愛憎淋し天瓜粉　高野　素十
天瓜粉しんじつ吾子は無一物　鷹羽　狩行
天瓜粉打てばほのかに匂ひけり　日野　草城
ちんぽこの不意の噴水天瓜粉　江尻　三社
地平雷兆しつつあり天瓜粉　佐々木有風
天瓜粉打つて乳房を子に与ふ　吉種千鶴子
天花粉眠たき孫をうらがへす　大溝白日夢
打擲に似て天瓜粉こころよき　大竹きみ江

冷房《れいばう》　冷房装置　ルーム・クーラー

ビルや劇場、デパートなど、夏になると冷房がおこなわれてきたが、最近では、家庭用の冷房が普及し、また列車や電車、自動車なども冷房がおこなわれるようになった。液体アンモニアの気化による方法、アドソールを応用して乾燥空気をつくり、これを冷却して室内に送る方法などによって、冷房装置が作用する。東京では七月から冷房をはじめるが、これより南で三か月、北で一か月が冷房期間になる。ただ長時間冷房の中にいると身体にわるい影響が大きく、窓をあけたりする天然冷房が見直されたりしている。〈本意〉昭和に入ってから冷房の句が見えはじめるが、急速に家庭や社会に普及した今日では、使いはじめの頃の稀少価値とはかなりちがうニュアンスを帯びている。高原の涼しさを手軽に生活にもたらす反面、身体の深部に悪い影響がおよぶ。文明の功罪の明瞭な具体例の一つでもある。

冷房に紫褪せし造花立ち　長谷川かな女
冷房の空気を昼の蛾横切る　菅　裸馬
冷房裡器械は億を計算す　滝　春一
冷酷を冷房装置事とせり　相生垣瓜人
冷房の窓にはるかな緑十字旗　横山　白虹
炎天を来てクーラーに冷さるゝ　石塚　友二
全館冷房紙の薄さの蒲焼に　沢木　欣一
*冷房にゐて水母めくわが影よ　草間　時彦

花氷《はなごほり》　氷柱

草花を中に入れて凍らせた氷柱で、室内に立てて、冷房と装飾をかねさせる。金魚を入れたものまであり、劇場の廊下、食堂、病室などによく用いられた。氷柱のまわりには、草花やアスパラガスなどをおいて飾る。ただ今日では冷房にとってかわられた、古い冷房趣向である。〈本意〉厚く大きい氷なので、とけるのに時間がかかるのを、利用しているわけである。

花氷女の嘘もうつしけり　野村　喜舟
少年の恋花氷瘦せてあり　岸田　稚魚
花氷人のいのちのかたはらに　田村　木国
花氷夜もゆるむべきタイならず　今井　脩二
*花氷うつくしきこゑ冷淡に　石原　舟月
花氷花びらの端のしろがねに　加来　義明

冷蔵庫《れいぞうこ》

夏、食物の腐敗をふせぐために冷蔵庫が大いに利用される。また、飲みものや食べものを冷やして飲食に供するのにも利用される。氷冷蔵庫、ガス冷蔵庫などもあったが、今日ではみな電気冷蔵庫になり、家庭の必需品となった。〈本意〉昔は氷を上におき、冷気がさがり、暖気があがる対流式の氷冷蔵庫があったがなつかしい。夏の食物保存と冷却のために工夫改良されたものである。

妻留守の冷蔵庫さて何も無し　岡本　圭岳
冷蔵庫もつともけぶるもの摑む　井沢　正江
桃トマト小冷蔵庫なれど冷ゆ　日野　草城
冷蔵庫深夜に戻りきて開く　辻田　克巳
*女ひとりの自活に小さき冷蔵庫　滝　春一
母かなし眼薬冷やす冷蔵庫　片山　楸江
扉をあけて青赤のもの冷蔵庫　山口波津女
音絶えず眠れざる夜の冷蔵庫　青木　綾子

扇《あふぎ》　扇子　絵扇　絹扇　白扇　古扇　扇売

儀式に持つ扇ではなく、夏にあおいで涼むための扇である。携帯していて、常時ゆるゆるとあおぐ。扇は日本で作り出したもので、古代の檜扇（板扇）は公卿、女房に使われ、紙製の扇もあった。儀式や舞、涼のためと、扇は用途が多い。白扇は白地で古風、絵扇は絵をえがいた趣きあるもの、古扇は去年の扇である。〈本意〉『万葉集』にも夏の扇が出ているが、日本で作り出されたものである。中国のものは本来団扇の形で、日本のものとちがう。日本のものは蝙蝠羽を見て学んだ形で、『源氏物語』では、扇をかわほりと言った。涼をとる涼しき心ばえが扇の本意で、よいかおりをつけたり、絵模様をつけたりするのもそのためである。

多感にてひとより早く扇もつ　篠田悌二郎
白扇や水の如くはた雲の如く　小杉　余子
白扇の上昇するや昇降機　中村　汀女
扇閉づ悲しきことを問はれゐて　鷲谷七菜子
*倖を装ふごとく扇買ふ　馬場移公子
白扇の踊夕顔ひらくごと　羽部　洞然
白扇のひとり嗚咽をききゐたり　石原　八束
懐剣の如くはさみし扇子かな　川瀬　向子

団扇《うちは》

団《うちは》　白団扇　絵団扇　絹団扇　渋団扇　水団扇

扇は外出用、儀式用、よそ行きとすれば、団扇はくつろいだ家庭のもので、浴衣に団扇の姿はいかにも気楽なものである。楕円形、方形、円形など、形はいろいろあり、絹団扇（丸い框に絹を張ったもので、骨はない）、絵団扇、水団扇（水に耐えるよう、つやうるし、又はばんすいをひき、水を吹きかけてあおぐ。岐阜団扇に多い）、渋団扇（渋をひいて丈夫にしたもの。雑用に用いる）などいろいろある。奈良、岐阜、深草などの産地が有名で、地名つきの団扇である。奈良団扇は奈良の春日神社で作った団扇である。京団扇は柄に木を用いたものをいう。〈本意〉うちわというのは、物を打つところから名づけられたというが、大体中国の形のものである。涼風をおこし、蚊や蠅を追うものといえよう。「月に柄をさしたらばよき団扇かな」（宗鑑）「団扇にてあふがん人のうしろつき」（芭蕉）など古くからよい句材になった。

へな〳〵にこしのぬけたる団扇かな　久保田万太郎
桟橋に出て夕凪の団扇かな　水原秋桜子
柄を立てて吹飛んで来る団扇かな　松本たかし
団扇かざせばゆうべの如き月出たり　大森　桐明
団扇動かす膝立てしなきがらへ　西東　三鬼
麦の穂を描きて白き団扇かな　後藤　夜半
*手にとりておもはぬかろさ初団扇　松村　蒼石
顔よせて団扇のなかの話かな　下田　実花
白団扇母に薄《うす》痘《い》痕《も》ありしかな　佐野青陽人
白団扇廻して水の如く居る　桑尾黒潮子

扇風機《せんぷうき》

三枚ほどの羽を電力でまわし、風を送る装置で、汗を発散させ、気化熱をとり去るので涼しい感じを与える。いろいろな型があり、床や卓上におくもの、壁にとりつけたもの、天井でまわすものなどがあり、電車にも大きな扇風機が天井にとりつけられ、回転している。最近はクーラーなどの普及がめざましく、夏のはじめ、おわりのところでは扇風機を、夏のさかりにクーラーをという利用法がなされる。**〈本意〉**涼風をおこして、暑さをのがれるために作られた機械だが、扇風機の扇の字に、古くからの人々の暑さ対策の名残りと、近代の機械化のしるしが見られる。現在はかなりクーラーに負けて古いものとなった。

何もなき袂吹かるゝ扇風機　日野　草城
*扇風機大き翼をやすめたり　山口　誓子
煽風機とまり静かな目に没日　加藤　楸邨
扇風機止り醜き機械となれり　篠原　梵
もの思ふごと煽風器休めるは　石塚　友二
扇風機いひたきことをいはでをり　富岡　子笏
扇風機恍惚と首まはすかな　藤波　銀影
前後左右妻の香が飛ぶ扇風器　中条　明
扇風器嘘と知りつゝうべなふも　玉野　文蔵
扇風機の風強くして法事終ふ　大吉　敬子

風鈴《ふうりん》　風鈴売

金属、ガラス、陶などで作った空洞の鐘か壺の形のもので、中に舌を入れてある。舌のところから短冊などを吊りさげると、風で短冊がゆれ、舌を動かして、美しい音色をひびかせる。その涼しい感じが夏の涼味となる。夕ぐれなどの涼風に鳴ると、昼の暑さを忘れるような感じを与える。音色により、金属製のものは鈴虫、松虫などという。〈本意〉鎌倉時代からはじまり室町時代に流行し、茶室の軒などにかざられた。庶民は釣忍に風鈴をつけ、また、蕎麦売りも風鈴を吊るした。涼味を出すための風雅な工夫である。

鉄壁の心の隙に風鈴鳴る　加藤　楸邨
風鈴のわれにかへりし音一つ　轡田　進
風鈴は優し機械と流れ作業　平畑　静塔
古りてなほ鳴る風鈴を愛すなり　吉田　露峯
風鈴の空は荒星ばかりかな　芝　不器男
風鈴にあつまる風の見ゆるかな　吉田　霜月
*風鈴があればかなしき時あらん　細見　綾子
風鈴のちらかる音を掃き出せり　鷹羽　狩行
風鈴を吊り明星を吊つてあり　上野　泰
風鈴や生涯妻の国なまり　栗田九霄子

吊忍《つりしのぶ》　釣忍　釣葱

忍《しのぶ》はしのぶぐさのことである。多年生のしだで、山の樹や岩の上に育つ。この根茎をいろいろの形にたばねて、軒先に吊るしておくと、涼味がある。これを栽植した箱に風鈴をつるすことが江戸時代以後におこなわれた。〈本意〉水をやっておくといつもあおあおとして美しく、涼しい感じがする。緑蔭、あるいは崖の下の滴りのような涼感を、軒先にもたらすことができる。

人知れず暮るゝ軒端の釣荵　日野　草城
干物をはばかりあひて吊忍　中村草田男
*すぐ前に塀がふさがる釣荵　松本たかし
起重機の見えて暮しぬ釣忍　中村　汀女
病人に忍の雫かかりけり　宮坂　竹緒
釣忍水のごとくに夫婦愛　山川　敏子

走馬灯《そうまとう》　回り灯籠

箱か筒の形の枠に紙か絹をはり、これを外側とする。黒か色のついた紙から人や馬などの形を切って、内側に入れた筒形にはりつけ、心棒のところに小蠟燭をともすと、火気のため上昇気流がうまれ、心棒の上の風車をまわし、内側の筒がまわる。絵の形が外側の枠に映って、走るように見える。江戸時代からわが国にあり、夏の夕方に楽しまれた。〈本意〉夏の夕や宵をくつろぐ涼味ある慰みごとである。夜店などで売られ、なつかしいが、とともに、人生のはかなさのことを思わせるイメージにもなる。

老人の日課の如く走馬燈　高浜　虚子
生涯にまはり燈籠の句一つ　高野　素十
走馬燈灯して売れりわれも買ふ　杉田　久女
*走馬燈こゝろに人を待つ夜かな　高橋淡路女
走馬燈ながるゝごとく人老ゆる　西島　麦南
走馬燈うるしの闇がふちどれる　徳永山冬子
走馬燈見る子の額を鳥獣飛ぶ　福田　紀伊
走馬燈廻るあの世の子を連れて　青木　博史

岐阜提灯《ぎふぢやうちん》

盆や納涼にかける卵形の提灯だが、岐阜の名産なので、この名がある。表に吉野紙、美濃紙がはられ、涼しそうな絵（山水、秋草）がえがかれている。底にはふさがついている。新盆の家では白い無地の提灯で白いふさのものを使う。盆灯籠のかわりに仏間などに吊られたが、今では納涼用にも吊るされることが多い。〈本意〉美濃の岐阜から出る提灯は、「骨きはめて細く、紙うすく、絵美にして、盂蘭盆に富者もつぱらこれを用ふ」と『守貞漫稿』にあるが、今はひろく納涼用にもなっている。

燈を入るゝ岐阜提灯や夕楽し　高浜　虚子
昼なれば岐阜提灯もただ淡し　福田　蓼汀
岐阜提灯庭石ほのとぬれてあり　杉田　久女
ほの〴〵と岐阜提灯のひとまかな　百合山羽公
*岐阜提灯庭の萩より淡きかな　阿部みどり女
痢を病めばほのかなる絵の岐阜提灯　赤城さかえ
夕待つ岐阜提灯の空《うつろ》かな　松本たかし
生の重さ知り初む齢や岐阜提灯　北野　民夫

日傘《ひがさ》　絵日傘　日からかさ　夏洋傘《なつかうもりがさ》　パラソル

夏にさす日ざしよけの傘で、女性のもの。絵日傘は竹で骨や柄をつくり、紙や絹をはったもので、絵や模様のついたきれいなもの。夏洋傘《なつこうもりがさ》は、明治に使われた洋風の日傘で晴雨両用、ステッキにもなり、はじめ身分のある武士が使い、次第に一般に使われるようになった。パラソルも洋日傘のことだが、今はビニール張りの色とりどりのものも出るようになった。〈本意〉古く日照り傘といい、夏の日ざしだけを防いだ傘は、白か青の紙をはったもので、油による防水加工はしなかった。これが日傘である。洋傘が入ってくるようになって、現代のような、女性用の日傘が出るようになった。男がさしていた時期が長く、江戸時代から明治の頃まで続いた。

話し来る一つ日傘に出つ入りつ　高浜　虚子
日傘さしてまねぶ嬌態艶姿かな　岡本　松浜
*日傘《かさ》開く音はつきりと別れ哉　松浦　為王
絵日傘に亡き児や行くと眺めけり　安斎桜磈子
遠くよりゴルフ見てゐる日傘かな　大場白水郎
狐舎を見る朱の日傘を傾けつ　石田　波郷
妻の旅日傘を海に山に開く　伊丹三樹彦
古日傘われからひとを捨てしかな　稲垣きくの
杉闇き坂より日傘たたみ持つ　山下率賓子
病む身にて妻の日傘にまもられゆく　白石　蒼羽
妻の嘘妻の日傘の中で聴く　市川　愁子
物落ちし如く日傘の影生れ　西井　五山
パラソルを廻し胎児をよろこばす　中尾寿美子
もう哭いてをれぬ日傘を開きけり　河野緋佐子

風炉茶《ふろちや》

風炉　風炉点前《てまへ》　初風炉《はつふろ》

茶道で、五月から十一月に、炉をふさいで風炉を用い、十一月にはまた炉にもどすが、この風炉で茶をたてるのが風炉茶、その作法が風炉点前である。炉から風炉にかわったときには、障子が簾に、花は木から草のものに、花入れは籠に、香も練り香から香木にかわる。この新鮮なときの風炉を初風炉という。〈本意〉風炉は、銅や鉄、土の容器に火を入れる中国のコンロである。利休がこれを夏と秋に使うことに定めた。風炉の使いはじめは、陰暦四月一日、炉開きは陰暦十月亥《い》の日とされていた。夏がまえをし、涼しげにたてる茶が、風炉茶のこころになる。

*亡き人を正客にして風炉茶かな　籾山　梓月
双親を客に招じて風炉開き　大橋越央子
窓圧す松の大幹風炉手前　新村　寒花
招きたる友美しき風炉手前　国生　康子
心得もなく招かれし風炉茶かな　中野　春泉
定年の人を主客に風炉点前　冨山　青沂
初風炉の重き水指しかと据う　関口あつ子
灯の色の楓を前や初風炉　小川　正策

蒼朮を焚く《さうぢゆつをたく》　うけらやく　をけら焼く

蒼朮とは、おけらの根茎を乾燥したものである。おけらはうけらともいい、あざみに似たキク科の多年草で山野に自生する。白、まれに赤の花をつける薬草。蒼朮を梅雨の頃に火にくべると特異なにおいをたてて、煙る。これによって室内の湿気が払えるという。倉庫内のかびを除くためにも用いられる。〈本意〉「梅雨中の湿を発散するに、蒼朮を火に焼きて、煙をかぐべし。雨湿にて病を生ずることなし」(『改正月令博物筌』) と信じられ、梅雨時の養生法とされてきた。

鬱々と蒼朮を焚くいとまかな　飯田　蛇笏
＊巡業の蒼朮を焚く楽屋かな　中村七三郎
蒼朮はけむりと灰になりにけり　阿波野青畝
をけら焚くけむりかむりて書架と吾と　皆吉　爽雨
妻の家に蒼朮を焼く仕ふかに　石田　波郷
をけら焼く廓名残りの一構へ　羽田　岳水
焚きやめて蒼朮薫る家の中　杉田　久女
蒼朮を焚きひそやかにすまひけり　清原　枴童

虫干《むしぼし》　虫払　土用干　曝書　書を曝す　曝涼　風入

夏のさかりの土用のときに、衣類や書物、あるいは書画、調度品などを外に出し、風を入れたり、陰干しにしたりして、かびや虫害を防ぐ。書物の虫干が曝書。社寺が毎年きめた日に宝物の虫干をおこなうのが曝涼である。正倉院の曝涼がもっとも大きなものだが、有名な社寺は各所で虫干のさいに宝物の展観がゆるされる。民家の虫干は、衣類などの大切にしまってあるものなどが綱にかけられて、ナフタリンのにおいなどをさせていることが多い。〈本意〉土用干しというが、土用晴天の日に、衣類、書画、薬物などを曝し、涼を取り(風を入れ)、虫をとりのぞくことで、このことから虫干しというわけである。古来の年中行事である。

なつかしく遺書の曝書に参りけり　河東碧梧桐
虫干や旅に出でゐて夫遠く　山口波津女
*虫干の青き袖口たたまれし　高野　素十
土用干瓢もつとも軽かりき　佐野青陽人
虫干や明王足をはねたまふ　阿波野青畝
見おぼえの父の印ある書を曝す　佐藤　信子
曝書にほふ性に眼覚めし頃のにほひ　山口　誓子
書を曝し少年の日を曝したり　辻田　克巳
曝書まぶし百日紅の花よりも　星野　立子
秀吉の書状短かしお風入　森田　峠
そのころの解剖《ふわけ》の画帖曝しあり　平畑　静塔
虫干の母の信玄袋かな　柳下　良尾

井戸替《ゐどがへ》

井浚《ゐざらへ》　井戸浚《さらへ》　晒井《さらしゐ》

一年に一度井戸をきれいにするために、井戸の水を替え干し、底の塵芥などをさらう。水の出もよくなる。七月七日におこなわれることが多いが、夏の間の一日がこのために使われる。赤い褌、印半纏、縄の帯の男が、泥まみれで井戸を替える。終ると、井筒のふたに神酒をそなえ、鏡を祭って水神に祈り、慰労宴をした。**〈本意〉**六月（旧暦）に井をさらうこと、「夏至の節にあらずといへども、瘟疫を去るの遺意か」と『年浪草』にあるが、これが七月七日におこなわれるようになった。井戸さらえをすると、他家の井水を男水として入れ、蓋をして酒を供えて祭った。これが水の濁らぬ工夫だった。水道のない時代の、水をきれいに使うための方法であった。

井浚ひの始まる萩を束ねけり　前田　普羅
晒井や水屋の神の朝灯　岩谷山梔子
*晒井にたかき樗の落花かな　飯田　蛇笏
晒井の水深く汲み深くこぼす　榎本冬一郎
井戸替のをはりし井戸を覗きけり　日野　草城
唇に紫走り井を晒す　今村　野蒜

井戸浚へ地下百尺の土青し　岸　霜蔭
晒井を一本の声透き通る　田和　大私

打水《うちみづ》　水撒き　水打つ

夏の砂塵はたえがたく暑苦しい。昼や夕方に、この埃をしずめるため、庭や門辺、路地などに水をまく。木々の緑もまし、風も涼しげになるようで心地よい。庭石や植込みが水で生きかえり目をさます。〈本意〉夏に涼味をよぶ人の工夫だが、「打ち水に残る涼みや梅の中」（丈草）「打水や挑灯《てうちん》しらむ朝参り」（一茶）のように古くから句になっており、俳句的な題材でもある。

打水をよろめきよけて病犬　高浜　虚子
打水のころがる玉をみて通る　飯田　蛇笏
＊立山のかぶさる町や水を打つ　前田　普羅
打ち水や砂に滲みゆく樹々の影　臼田　亜浪
水打つやひらひら築地河岸歩く　長谷川かな女
水打つて広重の空はじまりぬ　加藤　楸邨
水を打つ故郷再び離るべく　中村　汀女
忘れたきことと一途に水を打つ　星野　立子
打水の流るる先の生きてをり　上野　泰
懶惰の日翼なす水打ちにけり　八木林之助
打水の空に触るるよ星生る　吉沢けり男
水打つて石の眠りを覚ましけり　平沢きちじ

撒水車《さっすいしゃ》　さんすいしゃ

普通「さんすいしゃ」という。都会の街路や公園で、車に積んだ水槽の水を前に勢いよく放射する。ごみも洗われ、地面が濡れて、雨のあとのように爽快である。〈本意〉人の多いところの打水の機械だが、江戸時代には水を入れた桶を天びんでかつぎ、下の穴からひとりでに水がまかれる仕組があった。やがて木の車に水槽を積み、それを押しながら撒水夫が開閉器をあやつって水をまくことがおこなわれ、今日の撒水自動車となる。

犬の如駅の撒水車に逐はれ　石田　波郷
撒水車空の碧きを敷きゆけり　池田　梓郎
撒水車の濡れが重なる競馬の負け　加藤かけい
＊撒水車おのが濡らせし道かへる　富田　木荘
撒水車の後ゆくよきことある如し　立木青葉郎
豪華なる今日の眺めの撒水車　福永　耕二

行水《ぎやうずい》

夏の夕方、たらいに湯を入れて、これで湯あみをし、一日の汗やよごれを洗いきよめる。勝手元や湯殿、ときには庭でおこなわれる。水の行水は水行水である。〈本意〉鎌倉時代には宗教的な意味の行水がおこなわれ、寒い時季にもおこなわれた。これは垢離をとるのと同じことだったが、江戸時代以後、日常的な行水となり、とりわけ都会の生活の風物詩的なものとなった。浮世絵の好題材になっている。

行水の女にほれる鳥かな　高浜　虚子
行水や肌に粟立つ黍の風　杉田　久女
行水に一桶水の清さかな　松根東洋城
行水や暮れゆく松のふかみどり　金尾梅の門
行水や月に吹かるるあばら骨　臼田　亜浪
＊行水に天の夕焼したゝれり　相馬　遷子
行水や盥の空の樅の闇　飯田　蛇笏
行水やひとのくらしの夕まぐれ　長谷川春草

夜濯《よすすぎ》

夏の間は、肌着や衣類は汗まみれになるので、これらを夜涼しいうちに洗って干しておくと翌朝はもう乾いている。洗うものが、軽いうすいものなので、楽なことである。勤めのある女性も、主婦も、夏にはよく夜濯をする。〈本意〉夜干しは死者の着物を洗って干すための方法だったので、長い間、忌まれおこなわれなかったが、今はそんなことはない。赤ん坊の着物も夜干しにすると夜泣きするときらわれた。だが、現代の生活には、そうしたタブーは忘れられて、夜濯は必要なものとなっている。

夜濯の蟹の門川あふれつつ　森川　暁水　　夜濯ぎの水をながしてをはりけり　加藤　覚範
*夜濯のしぼりし水の美しく　中村　汀女　　みごもれば身重になれて夜濯ぎす　本宮夏嶺男
喪の妻や夜濯の歌おのづから　石田　波郷　　夜濯につきくる猫の目が二つ　村山　一棹
舟の上の夜濯ぎ妻に鸊鷉啼く　石原　八束　　夜濯ぎの女身触るゝは闇ばかり　藤　紗月

毒消売《どくけしうり》

新潟、富山から来る行商女で、おもに食中毒、暑気あたりにきく解毒剤を売ってあるく。新潟からは娘が多く来るが、紺絣の筒袖、前掛、紺の手甲、脚絆、手拭、菅笠といういでたちで黒木綿のふろしき包みを背にしている。ふつう二人ぐらいで組んで歩き、「毒消はいらんかな」と呼んでゆく。〈本意〉新潟、富山は薬売りが多いが、これは娘の売りあるく毒消売で、越後なまりもなつかしく、娘であることに関心がそそがれる。夏の病気にもっともふさわしい薬なので、夏の季になる。

パチンコに毒消売の立ちどまる　阿波野青畝　　紺の荷の毒消売を西日追ふ　大野　林火

毒消し飲むやわが詩多産の夏来る　中村草田男
畦に避けて若き毒消売にほふ　石川　桂郎
*今日見たる毒消売や珠の如　石田　波郷
毒消売朝より低き橋を来る　星野麦丘人
曲ることなき毒消売の道　加倉井秋を
毒消売束ね髪してよく話す　関口　懐石

定斎売《ちやうさいうり》　定斎屋

炎天下なにもかぶらず、延命散という薬を売って歩く行商で、夏の頃の病気によい薬といい、薬効を誇示するために何もかぶらないで歩く。半纏、股引、白木綿の手甲の男が簞笥形の薬櫃を天秤棒でにない、腰で調子をとって薬櫃の引き出しの取っ手の輪をかたかたと鳴らしてゆく。いつも二人連れで、一人は薬入りの小箱を首にかけて、「定斎屋でござい」と呼んで歩いた。この頃はあまり見ない。〈**本意**〉『守貞漫稿』に、「東海道草津駅の東梅木村に是斎・定斎などの薬舗あり、和中散を売るのに簞笥の鐶を鳴らしつつ歩く」とあり、消暑の抹薬を売りあるく行商のことである。昭和のころも戦前までは見かけられた。

*定斎屋刻み歩みの月日かな　高浜　虚子
定斎屋の影を伴れ来ぬ橋の上　石田　波郷
定斎売畜生犬の舌垂るゝ　川端　茅舎
定斎屋海のながめに箸つかふ　佐野まもる
義理人情定斎鳴る荷の紋所　中村草田男
月島の渡舟の中の定斎屋　青木　芳草

麦刈《むぎかり》　麦刈る　麦車《むぎぐるま》

大麦も小麦も五月から六月上旬にかけて穂が黄変し、刈りとりの時期となる。小麦より大麦の方がやや早く熟する。梅雨前が大麦、梅雨の晴間が小麦の刈りとりの時期といえる。雨がかかると穂発芽がおこるので、雨期にはいる前に一気に刈る。農家は息もつけぬほど忙しい。麦架《はざ》にかけて干してから脱穀する。〈本意〉『和漢三才図会』には、麦刈は立春より百二十日にいたるを旬とすること、大麦小麦とも種まきは十月で同じだが、黄熟して刈り収めるのは小麦の方が大麦より十日ばかり遅いことが書かれている。農家の忙しい時期である。

昼顔の咲きからむ麦刈られけり　野村　喜舟
麦刈にくたびれてゐて月が出し　細見　綾子
麦車馬におくれて動き出づ　芝　不器男
病む麦も刈りいづこへか運び去る　野沢　節子
*母の腰最も太し麦を刈る　西東　三鬼
麦刈られ濡れししづけき地を見する　西垣　脩
麦束をよべの処女のごとく抱く　橋本多佳子
麦刈つておのれ溶けゆく黄の中　横田　裕恵
麦刈りし畑かさなりて島となる　篠原　梵
青空に山羊つれ来り麦を刈る　高岡伊津子

麦扱《むぎこき》　麦扱機

麦の穂をおとすことで、今は動力の麦扱機を用いる。昔は千歯《せんば》扱《こき》や麦打ち台が使われた。千歯扱は、稲扱用のものを使うこともあるが、麦扱に適したものを使う。鉄製の角棒形のものだが、竹のへら形の歯のものもある。これに麦束をひっかけて引く。麦打ち台は、竹のすのこ状の台で、麦束をうちつけて粒をおとす。〈本意〉麦のとりいれは稲とちがい早いので、初夏のときが忙しいが、その重要な作業の一つである。

*机上にも麦扱の音濛々と　飯田　龍太
麦扱機憩へり鳩が歩み寄り　小池　双葉
麦扱機しづまり月の夜がひらく　久保　皓嗣
麦扱の麦天日に噴きつづけ　伊達利根男

麦打《むぎうち》　麦叩　麦つき　麦の殻竿《からさを》　麦埃　麦ぬか　麦打歌　麦焼

麦の穂をこきおとしたあと、それを打ってのぎを取り粒を離れさせること。むしろの上に穂をひろげておき、穂打ち棒（からさお）で打つ。棒の先に回転する腕木をつけた連枷《れんか》は、リズミカルで、稲や豆の脱穀にも使われる。舞いぎね、振りばい、くるり棒、あるいは殻竿《からさお》などと呼ばれる。麦打のことを麦搗《かち》ともいう。麦つきは臼を使って麦をしらげること。麦打で出た麦のちりは焼くが、これが麦焼である。〈本意〉麦は刈りとりの時期がむずかしい。雨がつづくと芽を出すので、その時期を選ぶのが難事となる。麦打は、麦ぼこりが立ち、のぎが汗の肌をさす、大変な作業である。

*水といふ水にありけり麦埃　高浜　虚子
麦埃旅の時間は生きてゐる　中村草田男
麦焼の阿修羅の如く火をくぐり　山口　青邨
麦焼く火腕を染めてしたゝれる　軽部烏頭子
麦殻を焚く火か否か伊豆に入る　加藤　楸邨
柿の木の影の来そめし麦を打つ　五十崎古郷
末の世のかなしき麦を打ちにけり　中川　宋淵
麦稈を焚く火の真紅その日暮し　平畑　静塔
富士照りて今夜寝られず麦を搗く　萩原　麦草
屍室の仏菓の上の麦埃　西岡菩提樹

麦藁《むぎわら》　麦稈

穂をおとしたあとの麦の茎のこと。いろいろのものを作るのに利用される。草屋根、麦稈籠、細工物、玩具、カンカン帽、麦笛、ストローなどである。ただ次第にビニールがかわりに使われるようになった。〈本意〉麦の収穫の副産物として、よく利用されたなつかしいものだが、この頃では、あまり見られなくなっている。

麦藁を染めバラ色に空色に　後藤夜半
踏まれたる麦藁籠の口が開く　阿波野青畝
*麦藁の上に憩ひて故郷かな　池内たけし
麦藁を犇とくくれば昼蛍　百合山羽公
編みあがる麦藁籠の光り哉　松浦為王
麦藁の今日の日のいろ日の匂ひ　木下夕爾
麦稈の肌のひかりを籠に編む　佐野俊夫
光ぶつかり麦稈修羅の朝童子　内山寒雨

馬冷す《うまひやす》　馬洗ふ　冷し馬　牛洗ふ　牛冷す

夏には牛や馬を川や海で洗うことが多かった。汗を洗いおとし、疲労を回復させるのである。仕事のあと水で洗い、また、夏の暑い道を馬に乗ってきて川の流れに入り足を冷やすことをした。〈本意〉牛や馬を洗ってきれいにし、暑さをしのがせるための行為だが、年中行事にもなっている。本州西部の海岸では、陰暦六月十五日の祇園祭のころ川で牛馬を洗い、瀬戸内海では陰暦六月一日に海で牛を洗った。牛のダニをおとすためで、子どもはその日海に入ることを禁じられた。そのダニをえんこ（河童）が食いに来ているためであった。

洗ひ馬背をくねらせて上りけり　飯田蛇笏
冷し馬潮北さすさびしさに　山口誓子
洗ひ馬木橋といへど灯がついて　中村草田男
*冷し馬の目がほのぼのと人を見る　加藤楸邨
冷されて牛の貫禄しづかなり　秋元不死男
絶海の死火山の裾牛冷す　野見山朱鳥
身ぶるひして鼻若くなる冷し馬　能村登四郎
歯茎まで見せて笑ひぬ冷やし馬　加藤かけい
いつまでも暮天のひかり冷し馬　飯田龍太
冷し馬極楽づらをならべたり　三村哲田
漆黒の背に沖のあり冷し牛　向野楠葉
冷やし馬動かず海も動かざる　佐々木瑞人

方言の亡ぶさびしさ牛冷す　谷口　雲崖　　夕焼けて埴輪となんぬ洗ひ馬　出口　孤城

溝浚へ《みぞさらへ》

堰浚へ　堰普請　どぶさらひ　井立て　田水引く

本来は田に水をひく溝や堰を掃除することだが、下水道の完備していない人家の溝は汚くて蚊の発生源になるので、これを隣近所で相談し一せいにさらうことである。田の溝浚えの場合には、田植前、ないし盆前に、村落共同でおこない、あとで飲食をともにする。このことを基本にして、いろいろとこまかい取決めがなされた。〈本意〉本来の田水の溝浚えは、稲の生育が水の量や温度によってきまるため、大変に大切なものとされた。そうした水田の行事が、一般の人家の衛生のための行事として広がってきたのが、どぶさらいである。

溝浚へして相似たる家並かな　高浜　虚子　　どぶ浚ふ河より低き四ツ木町　平河内郡寿
溝浚ひしあとに棒挿す意味もなく　加倉井秋を　　溝浚へ了へて夕空近うしぬ　山田ひろむ
*溝さらひ走りはじめし水の尖　鎌居　千代　　八方の空たれこめぬ溝浚へ　岩田　昌寿

代掻く《しろかく》

代掻　田掻く　田掻馬　田掻牛　代馬　代牛

代というのは植え代のことで、田植えをするところのことである。唐鋤でほりおこした代に水をはって、牛（西日本）か馬（東日本）を使ってかきまわす。馬鍬は横棒に七、八本の鉄の歯が櫛のように並んだもの。鼻取りをする人と馬鍬を押す人と二人がかりで代を掻く。代掻の仕上げには、大板を牛馬にひかせるか、木のまたの先に板をつけた、えぶり（または、えんぶり）というもので泥の高低をならす。杁《えぶり》押し、杁さしなどという。これで植え代ができあがる。今日では、モーターつきの耕耘機が使われるようになった。代掻のあと、除草用の薬品をまく。〈本意〉牛馬を使って、植え代を作ることであるが、この仕事が今日では機械にとってかわられている。牛馬との共同の生活もなくなってしまっている。

代馬は大きく津軽富士小さし　高浜虚子
代馬の泥の鞭あと一二本　高野素十
衣川あふれ田掻の馬雄々し　山口青邨
代馬の向きかへしとき日のしづむ　金尾梅の門
代掻きの後澄む水に雲の影　篠田悌二郎
深く掻く田牛の次の歩を待たる　殿村菟絲子
代田掻汗と光を撒き散らし　相馬遷子
*代掻けり人より馬の思慮ふかく　井上静川
愛されて塩食ひこぼす田掻馬　鈴木松山
咲き垂れし胡桃につなぐ田掻馬　山田孝子
田掻馬うしろさみしき力だす　桜井雅彦
田掻牛おのが重みに沈み鳴く　彦根伊波穂

田植《たうゑ》　囃田《はやしだ》　田植女　田植笠　田植酒

代掻のすんだ田に稲の苗を植えること。八十八夜に籾播をして、三十三日目に田植えをした地方が多いが、今は、六月上旬から半夏生（七月一日か二日）頃までに植える。村落で共同で植えたりするが、しだいに機械がとってかわっており、田植歌のきこえる田植は、もう見られなくなった。〈本意〉水の関係から、田植は短かくどっと植えるようになった。それで、農家が「結《ゆい》」を組んだり、早乙女を雇ったりした。自田から二毛作地帯へ、山麓から平野へ、漁村から他の地方へと、早乙女が移動した。田植歌にあわせて田植をしたが、この田を囃田という。明治以後、正条植え、千鳥植え、並木植えが普及し、前向きの植え方がうまれた。さらには直《じか》まきもおこなわれて、田植はまったく様相をかえている。「田一枚植ゑて立ち去る柳かな」（芭蕉）「離別《さら》れたる身を踏み込んで田うゑかな」（蕪村）などの有名な句も昔から多い。

湖の風田植の濁り移るなり　水原秋桜子
田植うるは土にすがれるすがたせり　栗生　純夫
籬根をくゞりそめたり田植水　芝　不器男
田植了りし信濃の子等の雨合羽　森　澄雄
明るさの田植の足を洗ふなる　高野　素十
ふくらはぎつつみ田植うるしづかなり　榎本冬一郎
みめよくて田植の笠に指を添ふ　山口　誓子
山河また一年経たり田を植うる　相馬　遷子
田植笠紐結へたる声となる　中村　汀女
整然と田を植ゑて田が狭くなれり　浅井　周策
*田を植ゑるしづかな音へ出でにけり　中村草田男
雨降って風美しと田を植うる　荒尾　双石

早乙女《さをとめ》　さうとめ　うゑをんな　五月女《さつきめ》　五月乙女　早女房《さにようばう》

田植えをしたり苗取りをしたりする女で、少女や人妻や老婆もみな早乙女である。「さ」というのは、五月、早苗、早苗饗《さなぶり》の「さ」で田に関係することば。それで、早乙女は田の神に奉仕する清らかな少女とされ、人妻も老婆も田植えの日は少女とみなされて働いた。紺がすりの単衣、手甲、脚絆、赤い帯、赤いたすき、新しいすげがさ、新しい手拭をつけて田の神に仕える。この日のため、着物をこしらえたのは、長野県東筑摩郡で、五月支度という。大地主に属する早乙女は家早乙女、内早乙女というが、やがて社会制度がこわれると、結《ゆい》や手伝い、出かせぎの早乙女が田を植えた。出かせぎの早乙女は旅早乙女とよばれる。賃金もよく待遇もよい。田植えの日の昼の食事はたんぼでするが、食事をはこぶ女は「ひるまもち」「おなりど」とよばれる。〈**本意**〉神に仕える女は乙女と称され、早乙女は田の神に仕える女である。神聖な農事なのである。これと、田植えを一気に終えるための早乙女の結集の必要から、結《ゆい》、手伝い、出かせぎなどによる早乙女がうまれるわけである。

*早乙女や泥手にはさむ額髪　村上　鬼城
早乙女の一枚の田に下りそろふ　後藤　夜半
早乙女の裾を下して羞ぢらへり　山口　誓子
早乙女に早苗さみどりやさしけれ　池内友次郎
月青し早乙女ら来て海に入り　石田　波郷
早乙女の股間もみどり透きとほる　森　澄雄
早乙女の手足忘るるまで疲れ　津田　清子
早乙女の紐一すぢが身に紅し　加藤　不倒
早乙女のうしろしんかんたるつばめ　田中　鬼骨
早乙女の出を待ちて鷺舞ひにけり　早川草一路

雨乞《あまごひ》　祈雨　雨の祈　祈雨経

旱がつづくとき田畑に害がおよばぬように、雨の降る祈りを、農村では氏神や水神にささげる。古くからおこなわれ、出雲などの古風土記に、石神に降雨を祈願する記事がある。平安時代、空海が神泉苑で雨乞の修法をし、朝廷の祈雨の道場となった。村々の雨乞はさまざまだが、共同で祈願することが大切とされた。神社、寺院におこもりして祈ることが多く、祈雨経を読み、念仏し、雨乞い踊りをする。女相撲をしたり、特定神社に神水をもらいに行き、ふりかえらずに持ちかえったり、丘や山の頂上で火を焚いたり、いろいろのことがおこなわれた。〈本意〉水田耕作が生活の中心であった日本では、旱はもっとも困るものだったので、早くから雨乞がおこなわれた。いろいろの方法を、雨が降るまで組みあわせて続けた。

月明し雨乞踊見に行かん　正岡　子規
雨乞の注連も動かぬ夜空かな　内藤　鳴雪
雨乞ならん山頂へ灯かたまり　菅　裸馬
薪負うて雨乞の人つづきけり　西山　泊雲
雨乞の室生の寺といふとかや　後藤　夜半
雨祈る水を貰ひに御嶽まで　佐々木麦童

*雨乞太鼓昂る終りの一打まで　加倉井秋を
雨乞の竹の葉が鳴る丘の上　福田甲子雄
雨乞の湖に浮べる揚羽かな　外川飼虎
雨乞や農夫の禱肩あげて　香取佳津見

水喧嘩《みづげんくわ》　水争ひ　水論《すいろん》

旱がつづき、水飢饉になると、田にひく水をめぐって争いがさまざまな形でおこった。農民たちがむしろ旗を立てて、竹槍・鍬・鎌などを持って争い、血の雨が降ったこともあり、隣り合う二枚の田の口喧嘩もあった。神話の時代からあり、能狂言にも「水論聟」というのがあった。近年は用水の整備によって見られなくなった。〈本意〉旱魃の際の田の水をめぐる争いで、土地私有制のある限りなくならぬものである。争いの相手が水敵《がたき》、はげしい口争いが水論である。

水喧嘩墨雲月をながしけり　飯田蛇笏
水喧嘩恋のもつれも加はりて　相島虚吼
*水にをる自分の顔や水喧嘩　阿波野青畝
水論が嫁ひきとれとなつたとか　長谷川素逝
水論に青嶺湧き立つ負けるなよ　加藤かけい
ごくどうもときにたよりや水喧嘩　岡田潟人
洗礼名ヨゼフとジュアン水争　品川鈴子
この川に争ふ水もなくなりぬ　吉田醉星

水番《みづばん》　堰守　夜水番　水番小屋　水盗む

田の水の管理をし、盗みを防ぐ番人であり、水不足のときにおかれる。水路の使い方、堰のあけ方など、古くから村でおこなわれてきた慣行にしたがい、公平に水を配る。村や集落のとりきめにしたがって、夜陰にこっそり水門をひらいたり、堰を切ったりする水盗人も防ぐために見回りをする。大きな水不足になると、村対村、集落対集落の対立などがおこり、水番は重大な責任を持つことになる。〈本意〉旱のときなどに田の水をとる水路の管理をはかる番人で、公平に水の分配をはかり、かつ盗人を防ぐのである。

水番の大ごゑわたる朝田かな　五十崎古郷

水番や落ち方の月見てねむる　武田八草路

＊夜は重き乳房をもちて水の番　榎本冬一郎

ちろ〳〵と悲しき水を守りにけり　森岡三廈楼

不意に西日水盗人よ友の顔に　加藤知世子

水盗むかなしきことを子に教ふ　寺村甘藷男

腰据えて月出づるまで水盗む　佐々木瑞人

盗みたる水の追ひくる畦走る　横谷　清芳

早苗饗《さなぶり》　さのぼり　さなぼり　うまさなぶり　代《しろ》みて　わさのぼる

田植えをおえたあと田の神を送る祭である。さというのは田の神、田植えをあらわすことばといい、さなぶり、さのぼりは、さの神が田植え後に天にのぼることだという。九州から四国でさのぼり、関東から東北でさなぶりといい、他にもいろいろの呼び方がある。しろみては、中国地方、福井県で用い、植え代《しろ》が完了すること、田植えの終わりを意味する。村落全体でおこなうところと、各戸でおこなうところ、各戸でおこない村落全体でおこなうところとある。家の神棚や荒神、竈神に三把の苗を供え、もち、ちまき、うどん、わかめ、さばなどの供物をし、鍬、鋤などの農具も洗って飾る。田植えの結《ゆい》仲間、手伝い衆、早乙女をまねいて酒宴をもよおす。これで農家の仕事に一段落がついて、体をやすめる。〈本意〉田植えおわりの田の神をまつるお祭りである。田の水口で水口祭のような祭壇をもうけるところも多いが、多くは、神棚に供え物をして、酒宴をもよおす。わさのぼるというのは、田を植え果てたことである。

さなぶりや馬は馬屋に立眠り　川島　奇北
*早苗饗の御あかしあぐる素つ裸　高野　素十
早苗饗の膳の下より小猫かな　橋本　鶏二
さなぶりへ総出の家の羽抜鶏　青木　綾子
早苗振の袋大きく胡桃の音　下田　稔
早苗饗の馬に鶏卵割り呑ます　岡野風痕子
早苗饗や子の手にあまる青葉餅　冨山　青沂
さなぶりに灯してありぬ牛小屋も　鏑木登代子

田草取《たくさとり》　田草引く　一番草　二番草　三番草　留《とめ》草

三回から五回、田の草取りをおこなう。田を植えて一週間ほどで一番草をとる。草はまだ殆んど生えていないが土をかき混ぜて、稲の根の生長をたすけ、草の芽を絶やす。十日後二番草、十日後三番草をとる。一番草から順に、縦、横、縦と取ってゆく。二番草以後とった草は泥にうめる。四番草でおわるところは、留草、あげ草といい、三番草後二十日たって横に取る。このころには稲の花が咲く頃になる。田草取りは盛夏のことで田のも沸き、蒸し暑く、葉先で顔を突くことも多く、虫も刺す。大変な仕事であった。除草機の普及、除草の農薬の普及などで、こうした労苦は軽減され、なくなりかけているが、栽培法も変ったのである。〈本意〉田を植えて三度草の芽を除き、苗の根を固くすると、稲の生長によい。そのためのつらい仕事だったが、今は、薬剤のおかげでこの仕事から解放されている。

田草取蛇うちすゑて去りにけり　村上　鬼城
やや遅れ出でゆく母や田草取　高野　素十
田の草をとりきて笑顔なるはなし　加藤　楸邨
雲流れ水の近江は田草取る　大橋越央子
田草取苦しきものは涼しきごと　森　澄雄
*火の如き面てを上げぬ田草取　山本　波村
朝すでにひと畦越えし田草取　遠藤　正年
一人立ち十人が立つ田草取　及川あまき

草取《くさとり》　草むしり

夏の農作業でいちばん辛《つら》いのが草刈り、草取りである。その草取りでいちばん大変なものが田の草取りで、最近は薬剤の利用でこれが軽減されるようになった。田のほかにも、畑や道路、庭などで、伸びほうだいの草を抜かなければならない。〈本意〉夏の雑草は田畑や庭などの邪魔もので、これをとるのは非常に厄介なことである。田の草は薬剤の利用で楽になったが、手でとらねばならぬところは大変である。

草取の膝敷莫蓙の小ささよ　高倉　観崖
墓起す一念草をむしるなり　臼田　亜浪
草取の大夕焼にそまり来る　遠藤　麗花
日の照れば帽子いただき草むしり　小沢青柚子
＊育ちゆく子供にかまけ草もとらず　福田　蓼汀
引く草や昔遊びし草もあり　遠藤　はつ
百姓の手よと笑はれ草引くも　谷　迪子
草取るや蚊打ちて胸に泥手形　市村究一郎

豆植う《まめうう》　豆蒔く　大豆蒔く　小豆蒔く

夏、大豆、小豆、ささげ、いんげんなどの豆類の種をまく。ただその時期は地方によりかなり幅があり、大豆の場合、畦豆は田植えのあと田のあぜに、畑では東北地方は五月中旬、西日本では夏大豆を晩春までにまき、秋大豆を六、七月頃にまく。他の豆は初夏からまく。まき穴に二、三粒入れて、土でおおうのである。豆蒔郭公、稗蒔ドド（筒鳥）ということばで種まきを教えている地方がある。〈本意〉「夏大豆は三月の末種をおろし七月実を采る。秋大豆は五月初め種をおろし、八九月実を采る」と『本朝食鑑』にある。

豆蒔くに農の凡なる知恵を借る　佐野まもる

豆蒔くや鼎において三粒づつ　古川　迷水

＊豆植うや山鳩の鳴く森のかげ　沖田　光矢

豆蒔くや噴煙小さく駒ヶ嶽　岡村　浩村

粟蒔《あはまき》　粟蒔く

春粟と夏粟があり、種まきは五月から七月にかけてである。春粟は寒地に、夏粟は暖地に向いている。大豆や胡麻の後作に、また麦の間や刈りとったあとにまく。東北地方や南九州で主として山地に作る。〈本意〉粟は五穀の一で古くからの穀物だが、食糧としてはだんだん減少している。俳句では夏のものとし、夏粟は三月から五月にまき、秋粟は六月下旬より七夕頃までにまく、と『改正月令博物筌』にある。

＊粟蒔くや日のさす上に朝鴉　岡本癖三酔

粟蒔くやホ句は鬼城の流れ汲み　吉井　莫生

蹠に灼けつく土や粟を蒔く　久保白茅子

粟蒔いて孤独の影をかへりみず　中村　秋一

菊挿す《きくさす》　挿菊

菊をふやすには、株分けや挿木、実生などの仕方があるが、株分けは春・秋、挿木が梅雨の頃である。茎が六センチから九センチにのびたとき、五センチぐらい切って挿す。大体成功する。五月上旬から六月中旬まで。〈本意〉秋の菊の美しい花ざかりのための準備作業である。大菊、中菊はこの方法でふやされる。

＊菊さし芽する砂箱を僧作る　田村　木国
大土間に菊の挿し芽の鉢並ぶ　岡田　日郎

菜種刈《なたねかり》

菜種干す　菜種打つ　菜種殻　菜殻焚く　菜殻火

菜種の花がおわり、下の方のさやが黄色になったら、鎌で根もとから刈りとって、三、四日天日にほし、むしろの上で種をおとす。殻は菜種殻・菜殻といい、畑に積んで焚き、灰を肥料にするが、これが菜殻火である。〈本意〉菜殻火、菜殻燃ゆ、菜殻焚くなどの燃える菜殻が句になることが多い。福岡県の筑紫平野の菜殻火がとくに有名である。

＊燎原の火か筑紫野の菜殻火か　川端　茅舎
不夜城となる地にあらず菜殻燃ゆ　加藤かけい
鴟尾躍るしばし大和の菜殻火に　阿波野青畝
夕空に此頃燃やす菜種殻　中村　汀女
菜殻火のこの距り旅愁といはむ　山口　誓子
人間に夜なくばさみし菜殻燃ゆ　野見山朱鳥
菜殻火に轅《ながえ》は昏るゝ宙を指す　横山　白虹
菜殻火に大河紅《あけ》なす夜の母郷　岡部六弥太
菜殻火のけむりますぐに昏るるなり　橋本多佳子
俤や菜殻火あかりに帰れる母　山口十九巣

藻刈《もかり》

藻刈る　刈藻　藻船　藻刈船　藻切　藻刈衣

藻には水藻（川藻）と海藻があるが、現代の藻刈は、水藻の方で、春生じ夏繁茂する藻を刈りとって干し、肥料などに利用する。藻刈船は、藻を刈るのに用いる小舟のこと。〈本意〉舟を藻畳の中に漕ぎ入れて、棹でからめとったり、長柄の鎌で刈りとったりする。川や沼、池、堀などの藻について言う。『増山の井』（寛文三）あたりから季題になった。

水の日に浮きてゆられぬ藻掻竿　飯田　蛇笏
*靄の中朝藻刈る舟見えそめぬ　水原秋桜子
自らわがね浮きたる刈藻かな　阿波野青畝
藻を刈ると舳《みよし》に立ちて映りをり　杉田　久女
藻刈鎌見えざる奈落まさぐれる　渡辺千枝子
夕焼けて流れつづける刈藻かな　中村　秋晴
藻刈舟しづかに向きを変へにけり　三谷いちろ
ビル投影みだして進む藻刈舟　栗原　蓄村

昆布刈《こんぶがり》　昆布採る

昆布はあらめのように夏に成長するので、土用ごろに刈りとる。舟で沖に出て鎌などで採り、浜辺に干して、食料や調味料などにするわけである。刈りとったあと、雨や濃霧に遭うとくさるので、天候の具合が大切である。北海道がもっとも産額が多い。太平洋岸でとれる。日本の水産物の中でもっとも重要なものの一つ。〈本意〉春から真夏に、他の海藻類は枯れるものが多いが、昆布は生長・繁殖期で、八月頃までよく採れる。黒《くろ》砂の浜が干すのに最適とされる。

波打って昆布干されぬ尻屋岬　大野　林火
曇り来し昆布干場の野菊かな　橋本多佳子
昆布採りに曇れば重い日本海　片岡　亮一
*昆布長し光ひきずり来て干せば　神原　栄二
海の門を大渦わたる昆布干　米谷　静二
二枚浪三枚浪や昆布刈る　鈴木洋々子
潮先の光りまぶしく昆布刈る　津田　芳人
幾群なす昆布拾ひぞ濤に浮き　村上しゆら

天草取《てんぐさとり》　天草取る　心太草《ところてんぐさ》取る

てんぐさ、別名ところてんぐさ、漢名石花菜《てんぐさ》。日本各地の浅海に生ずる海藻で、夏、舟を使い、海女が海中にもぐって採集、さらして寒天や心太の材料にする。五、六月から九月ごろまでが採集期である。〈本意〉浜の広場に老人や子供の手で、上物、並物にわけて干される。海女のとる海藻だが、紅い色をしていて、干してあると目立つ。

天草撰る坐り仕事や小屋の前　松本たかし
干し干して埃となりし天草かな　福本　鯨洋
天草の匂へる闇の終列車　加藤　楸邨
いとけなく天草採りの海女といふ　清崎　敏郎
磯採りの胸乳水漬けつ天草海女　石塚　友二
命綱男結びに天草採　安田源二郎
*天草小屋羽目一面に波響く　川村　紫陽
天草海女たそがれながくなほ憩ふ　東　正佳

干瓢剝く《かんぺうむく》　新干瓢　干瓢剝ぐ　干瓢干す

夕顔の実を輪切りにして皮をとり、肉をくるくるとうすくむいて長い紐の形にし、竿に干す。七、八月頃の仕事で、栃木県の農村にとくにさかんである。庭先がまっ白になるまで干される。栃木のほか、兵庫、岡山、長野でも多く産する。〈本意〉栃木県下都賀郡壬生の城主鳥居伊賀守が、近江水口城から転封されたとき、摂津国木津の夕顔を移植させ、地味がよく合って栃木名物となったという。干瓢とだけ言うと雑だが、夏の日にさらし、白い麵のように乾かすことが季感になる。

かんぴようは白き干しもの日の出前　平畑　静塔
干瓢をくぐり現はれはづしけり　赤山　竜史
干瓢の滝なし干され土間暗し　八木　絵馬
水汲みに干瓢を乾す庭通る　栗原　米作
干し干瓢故郷の山河ひらひらす　島　みえ
道ばたか庭かわからず干瓢乾す　森田　峠
*干瓢の滝の照りあふうすみどり　西本　一都
干瓢を吊り太陽を白くせり　大林　秋虹

漆掻く《うるしかく》　漆取る

漆は塗料にするが、漆の木の幹に傷をつけて汁液をあつめる。この液が生漆である。六月中旬から半夏生ごろ（七月二日ごろ）までの生漆が上品で、それ以後九月末までのものを末辺（遅辺）、それ以後のものを秋物という。養生掻きと殺掻きがあり、前者は少しずつ数年間採り、後者は一気にできる限り採ってのち木を伐採する。掻き鎌で鋭く掻き傷をつけ、ここから出る液をかきべらでかきあつめる。〈本意〉漆液の品質は時期によってきまるので、木が水分を多くふくんだ六、七月のころが一番よいわけである。最近は日本産のものがすくなくなり、中国から輸入している。

影落して漆かき居し暫しかな　篠原　温亭
間道は知れど語らず漆掻　巌谷　小波
漆掻谷へ向けたる背中かな　野村　喜舟
＊縄帯をしめて少女や漆掻　下斗米八郎
素半纏しばる縄帯漆掻　吉川　葵山
漆掻通れば童みな逃げぬ　川口　哲郎

袋掛《ふくろかけ》　果物の袋掛

枝になりはじめた果物は鳥や害虫によわいので、新聞紙やハトロン紙で作った袋をかぶせて防ぐ。枇杷や桃が四、五月、林檎、梨、柿が六月頃からである。袋をかけた果樹は白い花が咲いたように見える。この仕事は、女、子どもの仕事である。〈本意〉果樹園の初夏の仕事で、女、子どもがおこなうので、なんとなく明るくたのしい仕事になる。

横山に日はかげり来し袋かけ　大橋越央子
顔あげて少女なりけり袋掛　篠田悌二郎
悉く桃は袋被ぬ母癒えむ　石田　波郷
袋掛花とは見せつ江の彼方　下村ひろし
耳ながき仔馬あそべる袋掛　米谷　静二
＊亡き人のせし袋掛かと思ふ　井上　無辺
雲は飛び宙に皆跳ね袋掛　池上　樵人
湖へ傾く丘の袋掛　斧谷三十四
庭桃に語を溜むるごと袋被す　八木林之助
いとけなき紅刷く林檎袋掛く　西本　一都

瓜番《うりばん》　瓜守　瓜小屋　瓜番小屋

瓜の熟す頃、夜盗みにくる者を防ぐための番人で、小屋の中で番をする。狂言に『瓜盗人』があるように、昔は瓜が夏の代表的な食品で上等のものだったので、こうしたことがおこなわれた。〈本意〉『瓜盗人』では、瓜をぬすんで生活の資にしようとする泥棒と畑主とのおもしろいやりとりが描かれているが、「瓜はめば子ども思ほゆ」という『万葉集』の憶良の歌（八〇二番）のような瓜の存在があってわかる番人といえよう。

先生が瓜盗人でおはせしか　高浜　虚子
＊まんまろき月のあがりし西瓜番　富安　風生
瓜番に闇ふか〳〵と土ほめく　田村　木国
瓜守れば父も唄ひぬ月の下　石田　波郷
瓜を守る山ふところの灯なれかし　軽部烏頭子
燭点し瓜番小屋に扉なし　町垣　鳴海
足早き瓜盗人に驚きぬ　松藤　夏山
瓜番へ闇を飛び来し礫かな　守能断腸花

草刈《くさかり》　草刈る　下刈　朝草刈　草刈女　草刈籠　草刈鎌

牛馬の飼料にする草を毎朝早く刈る草刈が中心になるが、ほかに、田に入れる田植えの頃の刈《かっ》敷《ちき》草刈、冬の飼料や堆肥にする土用草刈（盆草刈）、秋堆肥や牛馬舎の敷き草にする秋草刈などいろいろの草刈がある。朝草刈や土用草刈は朝くらいうちに出てゆき、昼までに馬の背に一駄、人の背に一荷だけの分を刈った。〈本意〉朝早くの方が、草が露にぬれていて鎌が使いやすい。いろいろと飼料や堆肥などの重要なものに草は使われて大切な農作業であった。

現れて二人づつなり草刈女　高野　素十
*草刈りしあとに蕗の葉裏返る　山口　青邨
汽車に目をあげ草刈鎌で腰を打つ　加藤　楸邨
草静か刃をすゝめゐる草刈女　橋本多佳子
草刈女朝日まぶしく人を見る　西村　公鳳
草刈女行き過ぎしかば紺匂ふ　軽部烏頭子
歌声も朝の草刈乙女かな　石塚　友二
草刈のこころに眠る田水光　飯田　龍太

干草　はしぐさ　草干す　刈干《かりぼし》

花をもつ頃の草が養分に富み、収量も多いのでよいという。六、七月頃の草である。地面にひろげて干し、それを積みあげたり、うまやの天井にあげておいて、牛馬の飼料にする。〈本意〉北海道のサイロは干草をたくわえる貯蔵所だが、納屋などに入れられた干草には独特のにおいがあって、なつかしいものである。

*干草の山が静まるかくれんぼ　高浜　虚子
干草の山うごきくる対馬馬　阿波野青畝
子等に帰りて干草にさす長柄鎌　加藤　楸邨
身を埋めて揺籃のごと乾草は　大野　林火
乾草のにほひを花とあやまりぬ　篠原　梵
干草にかくれし径のみちをしへ　軽部烏頭子
干草の敷きのみどりに牧犬《コリー》の仔　同
干草にのしかゝりては束ねけり　星野　立子

鳥黐搗く《とりもちつく》

もちのき科や、やまぐるま科の植物の樹皮を春夏にはぎとり、水につけて腐らせる。それを水洗いして繊維をのぞくと、黐になる。よくつき、弾力のあるもので、黐竿の先につけて小鳥をとったり、蝉やとんぼをとったりする。昔、子供ももちのきの皮を石でたたき、自分で黐を作った。〈本意〉紀州熊野でよく産したもののようで、子供も自分で作ったようだが、他の所では出来あがったものを店で売っていて、それを竹の細竿の先につけて、とんぼや蝉をとった記憶のある人が多いだろう。

*禽むるる大椿樹下に黐搗けり　飯田　蛇笏　　黐つくや蒼蠅の賦に書き漏らし　青木　鷺水

誘蛾灯《いうがとう》

灯をともして、夜、蛾やうんか、こがねむしなどをさそいあつめ、灯の下の水で溺死させるもの。田のあぜや畑、果樹園などにともす。石油灯から電灯や蛍光灯を使うようになったところで、農薬が普及して、今はあまり用いられなくなった。〈本意〉明治から昭和戦後まで、よく作られた季題である。蛾をはじめとする害虫を殺す装置であるが、夏の夜の風物詩のように考えられてきた。

*昆虫の死臭はげしや誘蛾灯　滝　春一　　翼あるもの先んじて誘蛾灯　西東　三鬼
祖母よりも父遠かりし誘蛾燈　加藤　楸邨　　誘蛾燈一燈農事試験場　京極　杞陽

鮮しき夜がみなぎれり誘蛾燈　佐野まもる
死にさそふもの〻蒼さよ誘蛾燈　山口　草堂
誘蛾灯野は六月のその暗さ　篠田悌二郎
誘蛾燈ゆる〻瀬水の闇ふくらむ　吉祇千恵子

虫篝《むしかがり》

夏、あぜ道などで篝火をたいて、田畑や果樹園の害虫をさそい、焼きころす。裸火にとびこんで虫が焼けおちる。〈本意〉昔からおこなわれたものだが、今は見られない。誘蛾灯の原型で、もっと素朴、野性的である。

*虫焦げし火花美し虫篝　高浜　虚子
虫篝り火を逃げる虫寄る虫も　新谷ひろし
虫篝さかんに燃えて終りけり　高野　素十
虫篝つきなんとして月遅し　佐藤　漾人
火のあがる大手の方や虫篝　和田　祥子
村の名の消えし渋民虫篝　潮原みつる

水見舞《みづみまひ》

洪水の被害を受けた親類縁者・友人知人を見舞うことで、水の中を歩いたり、避難先を小学校や公民館などにさがしまわることもある。〈本意〉出水、洪水の類題で、昔はこのようなことが多かったろう。今は治水のためあまり起らなくなった。

水見舞うけつつ窓に見送れる　木下　洛水
*荒き目が濁流見据ゑ水見舞　香川　鮎郎
白壁の倉を見当てに水見舞　今村　野蒜
避難所の校舎に目ざす水見舞　辰野　文彦

糸取《いととり》

糸引　糸取女　糸引女　糸引歌　糸取鍋　糸取車　繭煮る

繭の中の蛹を殺し、乾燥した繭を煮て生糸をとること。煮た数個の繭の糸口をたぐり、これを合わせて引くと一本の糸になって巻きとられる。六つあるいは七つが普通である。坐って糸取車を手で回して取るのが坐繰りだが、足踏み式の機械が出来、のち、さらに製糸工場に繭をあつめて機械的に製糸されるようになった。〈本意〉昔は家庭で手仕事でやったものだが、今はみな機械化されている。強い匂いを放ちながら煮られた鍋の繭が躍りながら糸を引かれてゆく風景はなつかしい。

糸を取る母が悲しや夕間暮　高浜　虚子
この家を見つつ下り来ぬ糸取れり　富安　風生
一社一寺そのほかはみな糸を取る　大橋桜坡子
旅にして糸取る音に目覚めたる　木村　蕪城
滂沱たる女の汗や糸を取る　相馬　遷子
＊繭の糸引きつくされてなほ踊る　長坂　子葉
糸取女夜は稲妻の臥し処　細見　綾子
繭を煮る棒の類ひのもの多く　星野　紗一
糸取女明るさ得ては膝を突く　加倉井秋を
よく鍋に躍る白繭糸を引く　佐山滄々子

川明き《かはあき》　漁猟解禁　鮎釣解禁　鮎狩

鮎漁の解禁を川明、川びらきといって、それ以前は漁を禁じた。京都の鴨川は陰暦六月一日を川明きとしたが、今日でも陽暦六月一日を解禁日にする川が多い。中には、長良川は五月十一日、久慈川は六月十五日、などと特別な日もある。相模川は六月一日から十月十五日までが鮎漁の期間である。〈本意〉鮎の成長を保護するため、大体六月一日以前の鮎漁を禁じたわけで、解禁日にはどっと釣人が川にあつまってくる。

四方の山うす曇りして鮎解禁　前田　普羅
鮎解禁の刻まつ竿を並べけり　極東詩魔子
＊鮎解禁一川ひびきわたるなり　天野莫秋子
鮎釣の立つはなれ岩しぶきをり　山下　竹揺
洲に焚きて鮎解禁を待てる火か　高橋ひろし
田植笠鮎解禁の洲にそろふ　萩原　麦草

川狩《かはがり》　瀬干し　川干し　かへぼり　毒流し　投網

夏、川や沼や池の魚を一気にとることで、いろいろの方法がある。川の上下をせきとめて、水を干し、魚を手づかみにしたり、網でとらえたりする。また山椒の皮やたでの葉からとった毒汁を流して酔って浮きあがる魚をとらえることもあった。投網、叉手網などを用いることもある。
〈本意〉京の鴨川、桂川、大井川、淀川などの川干しは有名で、古くから桿網《さで》、あるいは扇網の漁、また簗を設け、夜に炬を燃やし魚を驚かしてとる夜振、また鵜飼などをしたという。あゆ、鮠、鰌魚などが良い味だと『日次紀事』（貞享二）などにある。「川狩や帰去来《かへらなん》といふ声すなり」（蕪村）「川狩や鰷《あゆ》の腮《あご》さす雨の篠」（白雄）など、古くから詠まれた夏の行事だった。

替堀の昔の溝の残れるよ　富安　風生
＊川狩の子供ばかりに人だかり　中村　汀女
川狩の今夜の網を繕へり　五十嵐播水
川狩の雑魚の力の魚籠鳴れり　米沢吾亦紅
川狩の大きな声の男かな　大島　三平
川狩の打振る火屑瀬に巻かる　金子星零子
川狩のたいまつ合歓の花焦がす　斎藤　一菜
口あけしまゝ浮く鯉や毒流し　中村　一志

鵜飼《うかひ》　鵜川　鵜匠　鵜遣《うづかひ》　荒鵜　労れ鵜　鵜縄　鵜籠　鵜篝　鵜飼火

鵜を飼いならして魚をとらせる漁法である。岐阜の長良川のものがもっとも有名。五月十一日から十月十二日まで篝火を焚いておこなわれる。篝火に鮎をあつめることが必要なので、満月の前後をさけ、上弦、下弦の月のときには時間を考えるなどの配慮をしたが、今は観光客のために毎夜おこなわれる。鵜舟は七艘が一組で、鵜匠一人、中鵜使一人、船夫二人がそれぞれの舟に乗り、舳に篝火を焚く。鵜匠は烏帽子、腰蓑姿で舳先に立ち、一、二羽の鵜を使い、中鵜使は舟の中央で四羽の鵜を使う。鵜匠はほうほうとかけ声をあげ、船夫は舷をたたき、鵜は勢いよく水中を鮎を求めて追う。鵜に海鵜、川鵜があり、深い大川には海鵜が使われる。長良川のものは海鵜であり、大型の鵜である。鵜はみなとらえて訓練する。荒鵜は勢いのはげしいもの、労れ鵜は疲れてしまった鵜である。**〈本意〉**鵜飼は、古くからおこなわれ、記紀、万葉にも記されている。専門の部民もあった。宇治川、桂川などは平安時代から鵜飼で有名だったが、今は長良川の鵜飼が皇室に保護され、地方団体にまもられてのこっている。「鵜をつかふ心、みな夏なり」と『滑稽雑談』にあるが、火と川水と夜の織りなすドラマは夏にふさわしい。芭蕉の「おもしろうてやがて悲しき鵜舟かな」、蕪村の「老なりし鵜飼ことしは見えぬかな」など、むかしから知られている。

闇中に山ぞ峙つ鵜川かな　河東碧梧桐
鵜飼名を勘作と申し哀れなり　夏目　漱石
鵜篝のおとろへて曳くけむりかな　飯田　蛇笏
雫して鵜は首綱の二十年　加藤　楸邨
かをかをと疲れ鵜鵜綱ひきずつて　橋本多佳子
鵜をさばくひまの会釈をくれにけり　皆吉　爽雨
昼の川知らずいきなり鵜飼見る　山口波津女
鵜飼とは夜川の冷えを焼き焦がす　谷野　予志
＊阿修羅の鵜女体とき丶しあはれさよ　渡辺　桂子
吐ききつて闇にも涼し鵜の整列　加藤知世子
火の波に透きて潜れる荒鵜かな　野見山朱鳥
鵜篝の芯より火の粉はしり出づ　岸　貞男

夜振《よぶり》　火《ひ》振《ぶり》　夜振火　川ともし

闇の夜に、カンテラ、電灯、松明などをともして、魚をあかりに集め、投網をうったり、やすで突いたりしてとらえる。川や沼、池、水田などでおこなわれる。〈本意〉夜、松明などをかざし、振って水中を見るためのことばか。川狩の一種となる。「夜陰に及びて、炬火を焼きて漁猟をなす、〝夜振り〟と称す。炬火を振るの義ともいへり。これらの噂、多くは夏に許用す」と『滑稽雑談』の「川狩」の項にある。夏の季節にふさわしい行事である。

苗代に月の曇れる夜振かな　飯田　蛇笏
国栖人の面をこがす夜振かな　後藤　夜半
夜振火のつたひ下りくる穂杉かな　阿波野青畝
＊あかあかと見えて夜振の脚歩む　軽部烏頭子
夜振の火かざせば水のさかのぼる　中村　汀女
みちに出てもの言うてゐる夜振かな　五十崎古郷
あざやかに顔の見えたり夜振の火　細見　綾子
夜振火に花びらそめて大蓮　石原　八束
夜振の火吹かれて崖を焦すらし　小沢青柚子
芋の葉に夜振の火屑落しけり　吉田　冬葉

夜焚《よたき》　夜焚釣

魚は夜火をたくと集まる習性があるので、いろいろな火で魚を集めてとらえる漁法がある。網ですくったり、釣ったりする。瀬戸内海の春のめばるの夜釣り、つづくさば、あじの夜焚、対馬近海の夏いかの夜焚釣りなどはよく知られている。あじ、さば、いわしの網漁でも火を焚く。〈本意〉夜の漁なので、夏らしいものである。火は、松明、カーバイトランプ、バッテリー照明、ディーゼル照明とかわってきている。

水の面を鱵《さより》が走る夜焚かな　小田　黒潮
玄海の潮鳴きつのる夜焚かな　笠松崎帆子
鯉を得て更に焚火す夜網かな　大塚　羽山
降り足らぬ夕立の沖へ夜焚舟　水原秋桜子
＊まつさをな魚の逃げゆく夜焚かな　橋本多佳子
常闇のさむるともなく夜焚かな　綾部　王春

箱眼鏡《はこめがね》　硝子箱

高さ五十センチで三十センチ四方ほどのガラス張りの箱で、これを水面にうかべて、水中をのぞき、鉾《ほこ》か鈎《かぎ》で、魚や貝をとる。〈本意〉鉾漁の漁具になる。水上水中で使うものなので、やはり夏らしいものである。川瀬にはいったり、小舟に乗ったりして使う。

＊箱眼鏡少年ふぐり憚からず　樋口玉蹊子
海胆採の胸で押しゆく箱眼鏡　堂山芳野人

水中眼鏡《すいちゅうめがね》　水眼鏡

水中にもぐるときにかける眼鏡で、水がはいらないようにできているので、水中を見るのによい。魚や貝をとり、突き、海藻をとるのに必要な道具。一枚のガラスで両眼をおおうものが今は使われる。〈本意〉箱眼鏡は、水の外から水中を見るためのもの、水中眼鏡は水中にいて水中を見るためのもの。海女などが使うが、水中のものなので、夏の季感がよい。

潮風に倦めり畳に水眼鏡　三宅　一鳴
水眼鏡玲瓏として海松《みる》若布　江刺　秀穂
浮き出ては人影さがす水眼鏡　長谷　岳
蛸壺に匍ひよる蛸を水目鏡　関　圭草
＊水中眼鏡女ふはふは近寄り来　清水　基吉
水中めがね度はなし海の底を見る　塩川　雄三

一つ目の大き水中眼鏡の顔　大沢　爽馬
海底のしづかな狂気水眼鏡　秋山　卓三

魚簗《やな》　簗捕《やなどり》　簗打つ　簗さす　簗瀬　簗番

川瀬に杭をうち、竹や木や石で堰をつくり、一箇所だけひらいて下流側に竹の簀か網をはって、それにはいってくる魚をとらえる。これが簗で、これを作ることが簗打つ、簗さすである。簗を作るにふさわしい川の場所を簗瀬という。簗の見張りが簗守、簗番で、魚をとりおさめる。〈本意〉春に溯流する魚をとらえるのが上り簗、秋に流れくだる魚をとらえるのが下り簗だが、魚簗とだけいえば夏になる。簗でとれた鮎などを焼いて食べさせる小屋もあるが、夏らしい野性味のあるものである。

手に足に逆まく水や簗つくる　西村　泊雲
簗守は早寝早起燈を持たず　大橋越央子
＊簗にゐてあめつち水の音となる　佐野　良太
鰻簗木曾の夜汽車の照らし過ぐ　大野　林火
簀に立ちて簗の怒りのゆれもすれ　皆吉　爽雨
水ナ上の霧の中より簗の水　保岡あい子
はるかより躍り来るなり簗の水　岡田　耿陽
谷川に霧がくれせず簗ありき　平畑　静塔
杭打つて簗に筋金入れにけり　草野　駝王
水音に足裏より酔ふ簗の上　きくちつねこ

網舟《あみぶね》　夜網舟

網は投網のこと。川や海、湖、沼などにこぎ出して投網を打つ。職業とする人もいるが、夏の納涼の場合は、船宿で船頭をやとい、七輪や鍋釜、食器をもって出かけ、とれた魚を天ぷらにしたりして舟の上で食べて楽しむ。夕方から出て夜網をうつこともある。〈本意〉夏の涼味を求め、かつは、とれたての魚を食べる美味を求めておこなうやや贅沢な夏の楽しみである。

＊網舟や蘆生の影にひるげして　若松　一川
網舟や夕汐鯔《いな》の飛ぶ頻り　青木　月斗
夜網船女さみしく坐りけり　大野　林火
老いてなほ夜網に暗き燈をかゝげ　明石　和子

番屋閉づ《ばんやとづ》

北海道の鰊漁をする漁夫たちのとまったり見張ったりする小屋を番屋というが、漁期が終ると、入口に板を打ちつけたりしてとざし、次の漁期まで無人にしておく。いか釣りやこんぶとりでも番屋を使う。〈本意〉漁期のおわりをはっきりと示すイメージである。出かせぎの漁夫がそれだけ多かったこと、今はみな帰ってしまったことを示す。漁夫帰るにつながる季語である。

＊閉ざされし番屋の中の人の声　石田雨圃子
番屋閉ぢすでに幾年浪ばかり　岡田　日郎
沖雲のあさは曇れる番屋閉づ　近藤　岬人

囲ひ船《かこひぶね》　船囲ふ

北海道では鰊漁がおわると、船を浜にひきあげ、苫をかけたり熊笹をかぶせたりして囲っておく。小屋に入れることもある。西日本の和式捕鯨、瀬戸内海の鯛網漁でも船をかこった。〈本意〉漁夫帰る、番屋閉づなどと一連の季語で、鰊漁さかんなりしころの北海道の漁期後の様子をあらわすことばの一つである。

陸の果巌の狭間の囲ひ船　新村　千博　＊渚遠く囲ふ船あり雑草生ゆ　比良　暮雪

避暑《ひしょ》　避暑地　避暑の宿　避暑客　避暑期　銷夏《せうか》（消夏）　避暑の旅

夏、都会の暑さをさけて、海岸や山中に旅をしたり、そこで暮したりして、涼しさを求める。海岸への一泊の旅、高原の別荘での一夏の生活などいろいろの形がある。軽井沢はとくに有名な避暑地で、東京の有名店の出店が多く、大へんなにぎわいを見せる。〈本意〉避暑の語は『千載佳句』『増山の井』『滑稽雑談』『線車大成』などに出てくるが、今日の使い方は、近代以後のような、つまり西洋的な考え方の味わいがある。銷夏は別に避暑地にゆかなくてもよい。涼しい夏のすごし方の工夫である。

鞄積み重ねて避暑の宿らしく　高浜　虚子　＊避暑日誌けふ朝虹を見しことも　西島　麦南
避暑らしや老の静かに庭あるき　高浜　年尾　避暑宿へひかりつづける砂のあり　大野　林火
遠慮する人なく淋し避暑に来て　星野　立子　熊の舌鉄柵舐める避暑あつし　殿村菟絲子
ひとゝゐて落暉栄あり避暑期去る　石田　波郷　山の蛾に宵もあかるき避暑期来ぬ　田中　妙子

納涼《すずみ》　涼む　門涼み　橋涼み　縁涼み　庭涼み　川涼み　磯涼み　夕涼み　宵涼み　夜涼み　涼み茶屋　涼み台　涼み牀《どこ》　涼み船　涼み将棋

いろいろの涼み方はあるが、夏の暑さをさけるために、涼しいところを求めてゆく。浴衣を着て、うちわを持つ姿で、庭や門口、橋の上、川岸、海岸、いろいろ涼しいところを求める。〈本

意〉『山の井』に、「水無月の地《つち》もさけ、身もとくるここちして、流るる汗水は瀬中も淵となるころほひ、石台に水をたたへ、石菖に露をそそぎて、涼しさを招くけしき、泉水におりひで、築山に陰を求めて、風を待つ心ばへ、瓜・かれいひの冷泉して暑さを忘れ、さらし・さいみの薄服に、炎天をしのぐありさまなどすべし」と、さまざまな納涼の工夫が書かれている。日本の夏のむしあつさは特別なので、昔から、関心のつよい季題になり、いろいろの句も作られている。

*たまきはるいのちにともるすゞみかな　飯田　蛇笏
くらきより浪寄せて来る浜納涼《すずみ》　臼田　亜浪
門涼み西瓜の如く冷えにけり　野村　喜舟
夕づつの嶺にふれゐる納涼かな　大橋桜坡子
すぐそばに深き海ある夜の涼み　山口波津女
入りかはり立ちかはり橋の涼みかな　中山　稲青
いろまちのなかの堅気や門すずみ　木津　柳芽
死者生者涼めとここに沙羅一樹　村越　化石
樹上足を垂れて蜑の子涼みをり　福永　耕二
納涼の妻と手の影合しけり　戸田　九作

川床《かはゆか》　床《ゆか》　床涼み　納涼床《すずみゆか》

夏に涼しさを求めて川に張り出して作った桟敷、床几のことで、ここで涼みながらにぎやかにたのしむ。京都四条河原の川床がとくに有名。近年では、郊外の清滝や貴船でも床几を川にならべて人を招くが、七、八月頃、四条河原の先斗町、西石垣あたりの茶屋や料亭が河原に桟敷をつき出し、これがとくに有名な河原納涼の名残りである。**〈本意〉**納涼の工夫の一つで、川に桟敷を出して涼むわけである。むかしは旧暦六月の祇園会のころ、納涼床がゆるされ、夜とくににぎやかだったというが、これが伝えられ残っているのである。

川床や法師の中を鮓運ぶ　長谷川零余子
川床へはこぶぼんぼり並べあり　五十嵐播水

東山うしろに川床に立つ女　村田　橙重
見知り顔対ひの川床に見て見ぬ振り　三溝　沙美
＊川床のぼんぼり露に消ゆるらし　川瀬　一貫
あはあはとまたぬれぬれと川床料理　野沢　節子

船遊《ふなあそび》　船遊山　遊船　遊び舟

納涼のために、川や海、湖などに船を出し、楽しみあそぶことで、この船を遊船という。夜だけ、船遊びすることもある。〈本意〉『年浪草』に、「江戸・大坂、多く楼船を泛かべて避暑会をなす。これを〝涼舟〟といふ。およそ日午より舟を出だして、暁に及びて帰る。各々妓女および酒食を携へて、歌舞最も興あり」とあるが、大正頃までは隅田川でも見られたという。屋形船には芸者、半玉、幇間がのり、三味線の音や歌が流れ、客が酒をのんだ。新内節をながす小舟が遊船や岸の待合を流した。納涼のための粋な贅沢なあそびである。

日にかざす扇小さし舟遊　阿部みどり女
遊船のこのまま行けば海原へ　山口波津女
舟遊びあやまちぬらす袂かな　高橋淡路女
＊遊船の月ふりかはるみよしかな　西島　麦南
遊船のみよしの月にたちいでし　杉田　久女
遊船の櫂れきれきと漕ぎそろふ　山口　草堂
老一人のせて静かに遊び舟　富安　風生
帯といて遊船にある女かな　下田　実花
遊船をめぐりて水葱は流るべく　中村　汀女
遊船や水中の五指水攫む　堀内　薫

ボート

西洋の型の小舟でオールをつかい漕ぐ。季題としてのボートは貸ボート、ボート遊びをさす。川や池、堀、湖、海などで遊びにのるボートであり、ボートレースとなると、春の季題になる。

〈本意〉納涼の一種としての船遊びの現代版というところで、手軽な夏のたのしい納涼としての貸ボートによるボート遊びである。

貸ボート旗赤ければ空青く　竹下しづの女
恋のボート父子のボート漕ぎかはし　富安風生
*ボート裏返す最後の一滴まで　山口誓子
貸ボートやうやくしげく出で初むる　中村汀女
ボートより菓子の袋を漂はす　横山白虹
恋ボートならぬに岩のかげに入る　山口波津女
ボート漕ぐ男の顔に女の唄　谷野予志
灯のボート働き終へし恋ならむ　雨宮昌吉
ボートにて細き靴脱ぎ愉しさ増す　蒲田陵塢
ボートより手浸す青春永からむ　今村俊三

ヨット

夏の帆走用の小型の舟であり、娯楽にも競技にも使われる。海上での夏のスポーツの花形である。外洋用のものは数百トンの大型ヨットもあり、湖や川、港湾などで使う小さいものまでいろいろある。〈本意〉もともとはボート、カヌーなどとともに、人間の見つけた交通手段で、風を利用するものだが、動力がいろいろ発達して、風利用は実用から遠ざかるようになり、水上ということもあって、とくに夏向きの娯楽や競技となった。帆の色と海の色、太陽の輝きの世界は美しく爽快である。

しづかなる洲に来てヨット寄りゐたり　山口誓子
滑車鳴れば揚りヨットの帆となりぬ　五十嵐播水
*帆おろすやヨットの奢り巻き込みつつ　篠原梵
若き四肢ふんだんに使いヨット出す　桂信子
ヨットあやつり少年すでに煙草知る　長谷川浪々子
ヨット来る山が拡ぐる翳の中　高木峡川
魂ぬけしごとくヨットの帆下さる　福西立杭
ヨット航く4という字が傾いて　河盛鷹郎

船料理《ふなれうり》　船生洲《いけす》　生簀船　生洲料理

大阪で多く見られるもので、川中にもやった船で、生簀に魚を生かしておき、それを調理して食べさせる。堂島川、道頓堀川などで見られた。船を小さくいくつにも仕切ってあり、廊下までつけて、涼しい気分で食べられる。〈本意〉もともとは、生きた魚を遠くへ送るために工夫されたもので、船の底に小さな穴をあけて海水を入れ、魚を生かしておき、それを料理して、水上で涼しく生き魚を食べさせたのである。

料理屑流れ行くあり船料理　高浜　虚子
＊いつまでも簾西日の船料理　後藤　暮汀
立ち上る一人に揺れて船料理　高浜　年尾
船料理水は夜へと急ぎをり　有働　亨
夕焼けて何もあはれや船料理　中村　汀女
生簀船曳けばひかれて魚籠二つ　山尾　白兎

登山《とざん》　山登り　登山宿　山小屋　登山口　登山帽

夏に登山がもっともさかんで、山開きがおこなわれて、登山者をむかえる。登山は健康的なスポーツとなった。〈本意〉本来登山は信仰の行為で、山を神と考え、山頂に神がいると信じ、あがめた。仏教が伝来してから、神仏が習合し、修験道によって大峰、立山、白山、男体山などがひらかれた。富士講、御嶽講がさかんになり、先達の山伏に統率され白衣、金剛杖で登山した。明治になってから近代的登山がはじまり、日本山岳会も作られる。俳句でも、いわゆる山岳俳句が秋桜子、蛇笏、辰之助らによって作られはじめた。

登山道なか〳〵高くなつて来ず　阿波野青畝
＊髭白きまで山を攀ぢ何を得し　福田　蓼汀
駅に列登山者足をもてあます　岡本　信男
強力のあえぎや天に近くして　堀内　薫
登山道石斧に似たる石拾ふ　森田　峠
落石を追ひて星飛ぶ夜の登山　河北　斜陽
雲よりも草のやさしき登山口　楠本　信子
登山馬憩へるときは山見つむ　松裏　薙世

キャンプ　天幕生活　天幕村　キャンプファイヤー　テント

キャンピング（天幕生活）を略したことば。夏に、高原や林間、湖畔、海岸、水辺などに天幕をはり、自炊して自然のなかでくらし、自然に親しむことである。天幕村、キャンプ村はその集団で、夜キャンプファイヤーを焚いたり、合唱したり、ダンスしたりする。〈本意〉自然に親しみ、また共同生活の規律を学ぶのによいもので、自然の美しいところでおこなわれることが多い。山のキャンプでは登山や散策によく、海岸などでは水泳、水遊びなどに都合がよい。

＊おほばこの葉の焦げてゐるキャンプかな　富安　風生
青富士の裾のキャンプにめざめたる　西島　麦南
キャンプの火あがれる空の穂高岳　加藤　楸邨
キャンプ張り湖の一碧きまりけり　秋元不死男
蠟燭をキャンプの初夜に消し惜む　佐野まもる
倒れ木にキャンプの朝のもの刻む　皆吉　爽雨
巌に置くキャンプの胡瓜青々と　橋本　鶏二
爆笑せしキャンプファイヤーの跡と思ふ　加倉井秋を
キャンプ張る男言葉を投げ合ひて　岡本　眸
キャンプの杭打ち込む力見守られ　橋本美代子
急流の此処でキャンプの重荷解く　宮里　流史
キャンプ張る杭は杭もて叩かるる　神山　幸子

泳ぎ《およぎ》　水練　遊泳　競泳　遠泳　水泳　川泳　泳ぎ船　浮袋　浮板

夏、海や川やプールで泳ぐ。涼味を求めての遊びともいえるし、夏の中心的なスポーツでもある。昔は武術の一つで、観海流、水府流などがあり、武士は水練に励んだが、今日では、外国輸入のスピード泳法、自由型、背泳、平泳、バタフライなどがおこなわれている。夏、人々はどっと海岸におしよせ、ごったがえす海での海水浴をたのしむが、立派な海の家などもできていて、夏の絶好の楽しみになる。〈本意〉夏に海や川で泳ぎたいというのは、自然の要求であろう。武士の時代には、それが武術とされたが、今はスピードをきそうスポーツとなっている。競泳は速さをきそい、遠泳は遠距離を泳ぐが、いつの時代にも、このほかに、水中で涼しく遊ぶたのしみもあった。

*汐蒼く人流れじと泳ぎけり　前田　普羅
泳がむとすすむ乳房の浪隠る　山口　誓子
泳ぎより歩行に移るその境　同
泳ぎゐるかんばせかたきをとめかな　日野　草城
淡水のきめにつつまれ立ち泳ぐ　篠原　梵
泳ぎ女の葛隠るまで羞ぢらひぬ　芝　不器男
山川の中に泳ぎの人間漬　平畑　静塔
泳ぐべく来て泳がずや乙女客　石塚　友二
いまひとり泳がば魚となり果てむ　殿村菟絲子
海女となるさだめの童女泳ぎをり　大島　民郎
愛されずして沖遠く泳ぐなり　藤田　湘子
暗闇の眼玉濡らさず泳ぐなり　鈴木六林男
牧師やめてざんぶと泳ぎたくなりぬ　島村　哉哉
太陽を沖に泳ぎて独り占む　伊藤ちあき
水位胸までは泳ぐ形で歩くなり　鈴木　栄子
淋しさの身を裏返し泳ぎけり　森　総彦

プール

長方形の人工の水槽で、五十メートルと二十五メートルのコースがあり、ここで水泳競技や練習をおこなう。屋内のもの、屋外のものがあり、照明のある夜間設備のものや、温水を張ったものもある。〈本意〉海や川では同じ条件がつくりにくいので、水泳競技はプールでおこなわれる。条件の一定、設備などの点で、プールは水泳場としては好ましい場所ということになる。水泳練習場としても水遊びの場所としても、安全な、好ましいところといえよう。ダイビングなどもおこなわれる。

濡れぬ椅子一脚もなきプールの夜　阿波野青畝
ピストルがプールの硬き面にひびき　山口　誓子
＊夜の辻のにほひてどこかプールあり　能村登四郎
プールに居討論会に加はらず　橋本　鶏二
プールを出ず勝者と敗者手とりあふ　小川双々子
プール放水奔流なすに沿ひて帰る　田中　灯京
熱い耳潜るプールの底は多彩　伊丹　公子
不生女にプールの青さ青すぎる　柴崎左田男
プールとは平らな水よ顔をのせ　嶋田摩耶子
仰向けに夜のプールに泳ぎをり　森重　昭

海水浴《かいすいよく》　潮浴び　波のり　水上スキー

海水浴場は夏に大変なにぎわいを示す。日帰りの人が多く、健康のため、娯楽のためのもので、避暑という気持は見られないようである。東京近辺では、江の島・鎌倉・逗子、関西では浜寺が海水浴場として有名。夏も終り近く波が高くなってくると、板を利用して波のりがおこなわれる。〈本意〉本来は水浴びといえば、夏、暑さをさけるため川や沼で泳ぐことで、海で泳ぐことは、日本古来の習慣にはなかった。信仰のために海でみそぎをすることはあった。海水浴が健康上よいとされ、さかんになったのは明治以後のことである。

海水浴この朝潮の紺に染まむ　大谷碧雲居
常夏の碧き潮あびわがそだつ　杉田　久女

沖に出て泳ぐ黒髪かと思ふ　山口　誓子
*汐浴びの声ただ瑠璃の水こだま　中村草田男
浪のりは鋭き口笛をならしけり　横山　白虹
舞ひあがる板ひつ摑み波乗りす　橋本　鶏二
浮袋よりも男はたよりなし　保坂　伸秋
潮浴びにきて砂埋めにされたがる　小林　守男

砂日傘《すなひがさ》　浜日傘　海岸日傘　ビーチ・パラソル

夏、海水浴場の砂浜に立てる日傘で、色も柄も思い切って派手なものである。この日傘の陰のなかに入って憩う。〈本意〉海水浴にともなってはじまったものだから、やはり明治以後のものである。その大きな日傘の陰は別世界で、いつもとちがう異色の風俗が展開する。そのおもしろさが、よい句材になる。

影遠く逃げてゐるなり砂日傘　松本たかし
*脱ぎ捨ての羽衣ばかり砂日傘　日野　草城
砂日傘一つ大きく賑かに　嶋田　青峰
珈琲の香にいまは飢ゆ浜日傘　横山　白虹
その中にわが浜傘のあくまで赤し　篠原　梵
砂日傘微動だに日の深さかな　末次　雨城
ビーチパラソルの私室に入れて貰ふ　鷹羽　狩行
あつまれば子沢山かな砂日傘　赤坂　静住

滝浴《たきあび》　瀑浴《たきあび》

夏の季語としての滝浴びは、涼をとるためのものだが、信仰のための滝浴びは、冬でもおこなわれ、季節に関係がないものである。〈本意〉王子、目黒の滝浴びが有名であり、滝壺にはいって滝にうたれて涼むのである。

滝浴びのまとふものなし夜の新樹　山口　誓子
滝打つて行者三面六臂なす　川端　茅舎

滝行者蓑のごとくに打ち震ひ　川端　茅舎
行者去り滝光明をうしなひぬ　同
*滝浴びし貌人間の眼をひらく　横山　白虹
滝に打たるる子が手拭を落したり　鈴木　鵬于

夜釣《よづり》　夜釣火　夜釣舟

夏の夜、川や海、池などで釣りをすることだが、涼しくてよい。魚信を知るのに鈴を使う。釣舟のともし火もきれいで、舟中や岸辺の人々の話し声もおもむきがある。〈本意〉一方で、夏の夜の涼を求めてのことでもあるが、魚の中には夜間に餌を求めて動くものがあるので、そうした魚の習性を利用した釣りの方法であるともいえる。

突堤へ夜釣の人を呼びに来し　大橋越央子
帽白く夜釣と見えてさつさつと　中村　汀女
*夜釣の灯なつかしく水の闇を過ぐ　富田　木歩
夜釣の灯消えしところに又灯る　今井つる女
またもとのひとりぽつちの夜釣かな　加藤　覚範
夜釣の灯失せしが岨を行く灯あり　阿部ひろし

釣堀《つりぼり》　箱釣

沼や池、あるいは掘った池に鯉や鮒などをはなし、料金をとって釣りをさせるところ。夏だけのものとは言えないが、夏を中心ににぎわい、秋から冬にはさびれてゆくのが普通である。箱釣は、祭りや縁日のとき、水槽に金魚などを泳がせ、紙をはった杓子ですくわせたり、餌なしの鈎《かぎ》で釣らせたりするもの。〈本意〉釣りあるいは魚とりの娯楽装置で、やはり夏の夜の納涼的な遊びとするのがもっともふさわしいものと言える。

釣堀の日蔽の下の潮青し　高浜　虚子
釣堀の旗みえそめしよりのみち　久保田万太郎
釣堀や鮫の上散る木の葉烏賊　石塚　友二
*釣堀がこんなところに雨の旗　石川　桂郎
映画館いまは釣堀婆も釣る　尾形不二子
釣堀の四隅の水の疲れたる　波多野爽波
男等の駈け込み寺ぞ釣堀は　黒坂紫陽子
釣堀に東京の日の懶さよ　高田　秋仁

夜店《よみせ》　夜見世　干《ほし》見世

干見世ともいう。夜路ばたにひらく露店で、ずらっと続いて出る。銀座、人形町、神楽坂の夜見世は有名だったが、今は交通事情のために都会ではあまり見られなくなった。神社や寺、あるいは町で、縁日や特定の日に出ることがある。アセチレンの灯、電灯をつけて、食べ物、古本、日用品、植木などが売られ、子供のためには、ヨーヨー、金魚すくい、焼とうもろこしなどが売られる。〈本意〉やはり夏涼みがてらに見て楽しみ歩くのがふさわしいものである。

*炎威衰ふるとみれば夜店車はや　福田　蓼汀
モナリザの大小を地に夜店の灯　殿村菟絲子
夜店にて仮名書論語妻買ひし　池上浩山人
曾て住みし町よ夜店が坂なりに　波多野爽波
夜店見る人ら漂ひあふごとし　小原　青萍
旅先の夜店の中を風が吹く　猿橋統流子
川風につきあたりたる夜店かな　古内　一吐
借りし子と行くがうれしき夜店かな　竹本野生子
山町の夜毎の霧に立つ夜店　鈴木　貞二
水の臭《かざ》火の臭夜店活き活きす　寒川　北嶺

ながし　舟ながし　新内ながし　声色ながし

夏の夜、花街や料亭のあたりを流してあるく新内ながしや声色ながしのこと。多く二人連れで、注文を受けると、三味線をひき、新内をうたったり、拍子木と銅鑼で声色をまねたりする。隅田川では小舟で川岸の料亭をながす。この頃は、アコーディオンやギターをもって酒場をながす民謡や流行歌のながしも増えた。〈本意〉新内ながし、声色ながしの略で、三味線をひいたりしてながし、注文に応ずる。川筋の料亭をながしたりするので、夏のものという感じがつよい。

ヴィオロンの反逆の唄の流しかな　相島　虚吼
*一夕立過ぎたる街のながしかな　富安　風生
手摺あり流しの顔をさへぎりて　森田　峠
ギター流し汗の口皺深かりき　八木林之助
橋のやみ出て仰ぎ来る流しかな　谷向　竹桃
垣越しに舟のながしの来て居りぬ　下田　実花

金魚売《きんぎょうり》

金魚の桶を天秤棒でかつぎ、「金魚えー、金魚」と声を出して売って歩いたのは江戸時代からの風物詩で、今は車に金魚を入れたガラス器をつんで町を売りあるく。涼しい感じのものである。〈本意〉『守貞漫稿』に、三都とも夏月もっぱらこれを売り、京坂では、白木綿の手甲、脚絆、用掛を用いるが、江戸では定扮なしと誌す。夏の涼しい売りものであった。

荷を捨てゝ火事に走るや金魚売　原　月舟
からたちの花のほそみち金魚売　後藤　夜半
金魚売路地深く来て汗拭ふ　加藤　楸邨
*一本の道を微笑の金魚売　平畑　静塔
金魚店仕舞ふ夜更けの水流す　原田　種茅
金魚屋の夕急ぎて猿曳町　阿部みどり女
金魚売憩ふ金魚に水を足し　関岡　明石
金魚売くるわの跡の路地あるき　石川　春暁
金魚売る声の名物男来て　栗崎　敏子
子の生れし日金魚売来てゐたる　成瀬桜桃子
飛驒なれや年々能登の金魚売　山畑　一翠
金魚屋のとどまるところ濡れにけり　飴山　実

蛍売《ほたるうり》

虫売りの一つで、蛍がよろこばれた。縁日などの露店の端のくらがりに、金網をはった四角い容器に蛍を入れて売っており、光が明滅していて心ひかれる。丸い太鼓型の曲げものや箱形のものを蛍籠として、蛍を分け入れて売った。〈本意〉江戸時代から蛍売は夏に喜ばれ、これを買って蚊帳に入れたり、庭に放ったりしたようである。農薬のため蛍は減ったが、養殖されているようである。

女出て蛍売よぶ軒浅き　富田　木歩　＊善人のままで老いたり蛍売　水町　文雄
四五人の白地が過ぎぬ蛍売　加藤　楸邨　夜は蛍売る婆となる爆心地　進藤　一考
佇めば面を上げぬ蛍売　中　火臣　蛍売大廈の闇を打ちかつぎ　高崎　草郎

花火《はなび》　煙火

火薬と他の薬料を配合し、張子の球につめ、木筒、竹筒に入れ、火薬に火を点じて爆発させた力で空高く打ち上げる。烽火《のろし》などからきたものともいわれる。打ち上げ花火は空中に高く打ち上げるもの、仕掛け花火は地上に山や滝、城などの風景や楼閣をあらわすもの。両国の花火（川開き）、多摩川の花火など、有名な大花火が各河川でおこなわれてきた。〈本意〉花火は秋の季語とされてきたが、夏の夜の風物詩の趣きが強くなっている。『清鉋』に「発句には秋に用ふること、なほいはれあり。前句夏ならば、尤も夏に用ふべし」とあるように、古くから夏、秋のどちらにも用いられてきたことばである。

花火船かへり来れり鰡の闇　前田　普羅
道すがら花火の空の傾いて　長谷川かな女
暗く暑く大群集と花火待つ　西東　三鬼
ねむりても旅の花火の胸にひらく　大野　林火
花火上るはじめの音は静かなり　星野　立子
*半生のわがこと了へぬ遠花火　三橋　鷹女
抱きて下ろして癇癪玉の花火玉　加藤かけい
火のやうな月の出花火打ち終る　石橋　秀野
花火上るどこか何かに応へゐて　細見　綾子
童話読むことも看とりや遠花火　及川　貞
黒き蔵王全し花火一瞬に　杉本　寛
犬の舌したたかにぬれ揚花火　荒谷　利夫

線香花火《せんかうはなび》

花火線香　手花火　庭花火　鼠花火

発光剤を練ってこよりにまきこんだもので、点火すると、火花のさまが星のように芒のように見える。手にもって火をつけるので、手花火ともいわれ、庭花火とも呼んだ。鼠花火はくるくる火を噴いて地上をはしり破裂するもの。いずれも危険なものではなくて、子どもの遊ぶものである。〈本意〉手にもって火をつけて楽しむものだから、夏の夜にふさわしい遊びになっている。夏の夜の家族のひとときの楽しみになる。

手花火に妹がかひなの照らさるる　山口　誓子
手花火のこぼす火の色水の色　後藤　夜半
手花火の声ききわけつ旅了る　加藤　楸邨
*手花火を命継ぐごと燃やすなり　石田　波郷
手花火に明日帰るべき母子も居り　永井　龍男
手花火にらうたく眠くおとなしく　中村　汀女
留守の子の線香花火をともすらむ　同
鼠花火くらがりの子の笑ひかな　原田　種茅
手花火のために童女が夜を待ち待つ　山口波津女
手花火にうかぶさみしき顔ばかり　岡本　眸

身籠りて子の手花火をまぶしがる　遠藤とみじ
手花火にねむらぬ馬が音たつる　小沢満佐子

夏芝居《なつしばゐ》　夏狂言　土用芝居　水狂言

陰暦六月、七月は暑いうえ、江戸の六月は山王祭、神田牛頭天王祭、品川天王祭などの夏祭りが盛大で、芝居の興行は不利だった。そこでこの期間土用休みをすることが多かったが、若手の俳優や地位の低い役者がこのとき臨時の一座を組んで興行したのが夏芝居、夏狂言、土用芝居である。出しものも夏にふさわしい納涼的なテンポの速い作品がよろこばれ、その一つに水狂言がある。これは本当の水を使って、水槽の中で演じたり、格闘したりするものであり、「鯉つかみ」の狂言はその代表的なものだった。ほかに、幽霊の出る芝居が人気をあつめたが、「天竺徳兵衛」や「四谷怪談」などがよく演じられた。〈本意〉夏の若手俳優たちの力だめしの興行で、低料金で、納涼的な芝居であった。水狂言、早替わり狂言、浴衣や薄物を着た人物の出る芝居、幽霊ものなどが、夏芝居の特色である。

*利根堤くらさもくらし夏芝居　水原秋桜子
幕引けば躍る裸灯夏芝居　福田蓼汀
松助の枯れたる芸や夏芝居　富安風生
殺し場は本雨降らし夏芝居　杵屋佐平次
楽屋着も替えて中日や夏芝居　中村伸郎
花道を鼠走れり夏芝居　宮下のりを
祀りある四谷稲荷や夏芝居　後藤夜半
舞台暗し水狂言の灯は青に　黒川かもめ

ナイター

夜の野球試合で、英語ではナイト・ゲームと言う。夏は暑いので、夕方から試合をおこない、プロ野球の試合は大部分がナイターになっている。東京ドーム、甲子園、横浜スタジアム、広島球場、ナゴヤ球場など、みなすばらしい照明施設があって、地面の芝、または人工芝のグリーンにはえて美しい。ちょうど勤めもおわり、夕餉のすんだときなので、テレビでナイターを見るのは、楽しい一日のくつろぎの時間になる。〈本意〉わが国では昭和二十三年八月十七日の巨人・中日戦（横浜ゲーリッグ球場）が最初のナイターであった。夏を最盛期に、春から秋に展開するプロ野球の夜間試合である。

ナイターの光芒大河へだてけり　水原秋桜子
ナイターの灯の圏外に車群る　桂　信子
*ナイターに見る夜の土不思議な土　山口　誓子
ナイターの外くらがりを壜積む音　町山　直由
勤の鞄しかと抱へてナイター観る　滝　春一
ナイターの燭浴び緻密なる芝生　塚腰　杜尚
ナイターの蟻出てくるよパンの為　平畑　静塔
ナイターの万燭逃れきれざる蛾　本田　青棗

水遊び《みづあそび》　水掛合　水合戦

夏の日、子供は海や川などに来ると、水で遊びはじめる。水をかけあったり、水路をつくったり、いろいろと自由にたのしむ。この頃ではもっと手がるに、ファミリー・プールがあって、ビニール製の空気袋式の水槽で、庭先でたのしく水遊びをすることができる。〈本意〉夏の自然の遊びの代表的なもので、水に入れば、人に水を掛けたくなり、そうしたごく自然の、夏らしい遊びである。

街の子や雨後の溜りの水遊び　石塚　友二
薄咳をしつゝやめずよ水遊　川村たか女

叱られて尚水遊びあきらめず　川島暖光
*ひとかげの減り水遊び冷えて来し　林田久郎
門内の木影すゞしや水遊び　石田一信
水遊びまひるの子等の声澄める　竹山太郎
真白な肌の背中の水遊　八木林之助
水遊びとはだんだんに濡れること　後藤比奈夫

水鉄砲《みづでつぱう》

竹筒の一節の片方に小穴をあけ、別の棒に布をまきつけて竹筒にはめ、小穴から水を吸いこませて、棒を押すと、勢いよく水が小穴からとぶ。これは手製でもできるものだが、今はピストルの型のものがよく使われている。〈本意〉水遊びの一つで、玩具を使ったものの一つ。近松も『曾我会稽山』に「顔を目当てにしゆつと突き出す胡椒辛子の水鉄砲」と使っているが、古くからある玩具である。

樹に池に降り来る音や水鉄砲　鈴木花蓑
庭土の辷りやすさよ水鉄砲　増田龍雨
水鉄砲子の足もとは水びたし　目迫秩父
*ちちははを水鉄砲の的に呼ぶ　井沢正江
石塀へ水鉄砲のためし撃ち　岡本眸
役者の子水鉄砲に加はらず　阿片瓢郎
路地よりの水鉄砲にあとずさる　大橋一楼
水鉄砲真日に放てば虹吐ける　山下月秋

浮人形《うきにんぎやう》

浮いて来い　樟脳舟

人形、金魚、船、水鳥などの形を、ゴムやブリキ、セルロイド、陶器、ビニールなどでつくり、水にうかせてあそぶ。子供のおもちゃである。樟脳を端においておくと水上を走るが、ゼンマイ仕掛けで泳ぐものもある。浮いて来いも浮人形の一種。〈本意〉水であそぶおもちゃなのでやはり夏のものになる。安永二年の『江都二色《えどにしき》』に、平知盛の人形が水上を走るさまが描かれているというが、古くからある水遊びのおもちゃ。

右肩を聳やかしつつ浮いて来る　高浜　虚子
浮人形に雨強く来し盥かな　富安　風生
浮人形腹をかへして揺れ合へる　吉武月二郎
水底にまがり立ちをり浮人形　星野　立子
*浮いてこい浮いてこいとて沈ませて　京極　杞陽
浮人形なに物の怪の憑くらむか　角川　源義
浮人形莫迦々々しくて買ひにけり　星野麦丘人
浮人形真夜のしじまに立上る　加賀美子麓
われに似し浮人形の夕ごころ　大野　梢子
浮人形動かずなりぬ桶のふち　田中　紫江

水からくり《みづからくり》

高いところに水槽をおき、細い管でそこから水を下に引き、噴出する力を利用して水車をまわしたり、玉をおどらせたり、人形を動かして太鼓をたたかせたりする。ブリキを使ったものがあったが、今はゴム、セルロイド、ガラス、ビニールなどで作られる。〈本意〉水であそぶ夏のおもちゃの一つ。江戸時代からあり、かぼちゃの葉柄を使ったり、竹の管、桐の木のくりぬき、土の人形などを使ったりした。やがてブリキ管やブリキの人形が使われ、ゴム、セルロイド、ビニールに変わってきた。

水からくり燈下に鳴るを見て通る　西村　公鳳
ピンピンと水からくりや水をはね　京極　杞陽
*寝ころべば水からくりのしづけさに　上村　占魚
さびしさや水からくりの水の音　大場白水郎
水からくり己れの音に昼深まる　長岐　靖朗
妻癒ゆに水からくりの玉はずむ　東　青路
峡の風水からくりに来て軽し　江口　千樹
あさましき顔して水からくりを見る　小川双々子

水足してからくりに妻慰むや　絵馬　寿
からくりのそれにも飽きて皆川へ　竹久　雨町

水中花《すいちゅうくわ》　酒中花

かんなくず、山吹の茎のしん、強い紙などに色をつけ、圧搾したもので、水の中に入れると花鳥や人物になってひらく。現在は下におもりをつけて縦にひらくようにしたものが多く、またもう花のひらいたものもガラスの中の水に入れて売っている。江戸時代には、酒の杯などに入れてひらかせ、酒席でたのしんだので、酒中花ともいわれた。〈本意〉水中に花などを咲かせて快い涼味をあじわうおもちゃである。かんなくずなどは、折りたたみ方や糊のつけ方を工夫して、開くときの速いおそいを加減するわけで、酒杯にうかべたりもする、なかなかに洒落たおもちゃである。

水中花水さらさらとさしにけり　長谷川春草
ある日妻ぽとんと沈め水中花　山口　青邨
水中花水濁るれば見飽きたる　池内たけし
水中花子の性かくもわれに似つ　安住　敦
水中花日暮れてくらくなりにけり　山口波津女
*水中花紅さしひらく灯の澄みに　柴田白葉女
水中花怒りてみても独りなり　白川　京子
水中花にも花了りたきこころ　後藤比奈夫
水中花誰か死ぬかも知れぬ夜も　有馬　朗人
見えぬ眼の中に咲きをり水中花　日置うらら

金魚玉《きんぎょだま》　金魚鉢

球型のガラスの器に金魚を入れて飼うのが金魚玉であり、目の粗い網でつるして軒端に吊りさげたりする。金魚鉢の方は卓上におく。〈本意〉明治四十一年の『新派句選』に、「金魚玉高く吊すや腹を見る」（胡三郎）があるが、近代の句材である。藻の入った器に金魚の泳ぐさまは涼しさをもたらす。

もの書くに夜はこのもし金魚玉　島田　青峰
色街の雨静かなる金魚玉　大橋越央子
*大阪の屋根に入る日や金魚玉　大橋桜坡子
今朝もまた小さき地震金魚玉　吉井　莫生
金魚玉夕焼さめて来りけり　石井貫木子
金魚槽のらんちゆう最も泳ぎ下手　岩本　彰子
金魚玉亡き子の映るはずはなし　八木　隆史
一匹が死に一匹の金魚玉　すずき春雪
金魚玉こつぱみじんにとり落す　三ヶ山孝子
金魚玉浅草のほか母は知らず　本土みよ治

箱庭　はこには　盆山《ぼんやま》

箱や陶器の鉢に土を入れ、草花や小さい木を植え、石、苔などをあしらって、自然の山水の様に作る。そこに陶器の亭、橋、灯籠、人間などを配し、風景や名園を模した。〈本意〉盆景がはじまりといい、室町時代の茶室で作られたという。はじめ盆山《ぼんざん》ともいった。これを眺めて、気分ばらしをし、涼味を味わうのである。

箱庭の人に古りゆく月日かな　高浜　虚子
*箱庭の月日あり世の月日なし　同
箱庭のとはの空家の涼しさよ　京極　杞陽
箱庭の中の山河に瞑りたし　横溝　養三
箱庭に病葉落ちて大いなり　富安　風生
箱庭の灯れば人語ありぬべし　下村　梅子
箱庭や人をおかねばさびしくて　龍岡　晋
箱庭の森林鉄道小走りす　平畑　静塔
箱庭の旅人ひとりはさびしかり　白井　斗子
箱庭のとりわけ赤き鳥居かな　三宅　応人

稗蒔《ひえまき》　稗蒔売

田や畑にまくことではなく、盆のような焼きもののなかに蒔いて、芽を出させ、田畑や野原のさまに作ることで、鷺や鶴やかかしなどをおいて雰囲気をかもし出す。今は絹糸草を用いる。
〈本意〉田園風景を模した形につくって、涼味をたのしむわけである。幕末の『守貞漫稿』にも載っている。

稗蒔に近より覗く眼鏡かな　高浜　虚子
*稗蒔や疲れたる眼にみどりなり　富安　風生
稗蒔や十《そ》露《ろ》盤《ばん》朝の音冴えて　鈴木　頑石
稗蒔や越してきてまだ馴染なく　龍岡　晋
ひえ蒔に眼をなぐさむる読書かな　高橋淡路女
さみどりに濡るる稗蒔目に寧し　礫川　市郎

昆虫採集《こんちゆうさいしふ》　捕虫網　捕虫器　毒瓶

夏には昆虫がさかんに繁殖する。子どもたちだけでなく、学生たちも夏休みに昆虫採集をするし、ハイキングや登山のかたわら採集している人もある。蝶や蛾、蜻蛉、蟬などである。こうした野山の昆虫採集のほか、水中や泥中の採集もあり、夜、灯にあつまる虫をとらえることもある。
〈本意〉夏に多い昆虫を休暇を利用して採集することで、標本を作ったり、飼養して観察したりする。毒瓶は、十センチほどの直径、十五センチほどの高さのびんの底に毒薬を入れて、栓をしてある瓶であり、昆虫を中に入れて殺す。

没りし日に白き昆虫網ゆける　山口　誓子
捕虫器に伏せし薊の蝶白し　杉田　久女

捕虫網あづかり吾家子あるごと　山口波津女
*捕虫網買ひ父が先づ捕へらる　能村登四郎
森ふかくひそむ沼なり捕虫網　近藤　実
捕虫網身をもつて蟬突入す　軽部烏頭子
捕虫網持たせておけば歩く子よ　後藤比奈夫
寺継ぐや継がずや捕虫網かざし　服部　海童
捧げては夕日を運ぶ捕虫網　本田秋風嶺
捕虫網ふるへてとれぬ揚羽蝶　天野佐喜子

蛍狩《ほたるがり》　蛍見　蛍見物　蛍船

農薬などのため蛍を見ることが難しくなったが、田植えがすんだ頃から蛍が出はじめるので、田のあぜや川岸で蛍をとる。「ほうほうほうたる来い、あっちの水は苦いぞ、こっちの水は甘いぞ、ほうほうほうたる来い」と歌って、ほうき、うちわで蛍を追う。蛍の名所は、石山、宇治、潮来、大宮など、蛍船を仕立てて蛍見をした。〈本意〉夏の夜の納涼的なたのしい遊びだが、蛍の光の美しさもあって、なかなかに風流なことである。芭蕉の「ほたる見や船頭酔ておぼつかな」、凡兆の「闇の夜や子供泣き出す蛍舟」など、よく趣きをつかんでいる。

蛍待つ幽に山のたゝずまひ　高浜　虚子
夕焼の橋に遊んで蛍待つ　鈴木　花蓑
蛍狩つなぎゆく子の手のあつき　金尾梅の門
*磧石蹠にあらく蛍狩　高浜　年尾
高野墓地蛍狩など誰もせず　山口波津女
闇にふむ地のたしかさよ蛍狩　赤松　蕙子
ひとすぢのこの川あふれ蛍狩　前田野生子
身の中のまつ暗がりの蛍狩り　河原枇杷男

蓮見《はすみ》　蓮見舟

蓮の花を観賞することだが、ふつう蓮見は、花がひらこうとする朝早くにおこなう。この蓮見のために仕立てた舟が蓮見舟である。むかしは上野不忍池の蓮見が有名だったが、今はすたれてしまっている。〈本意〉蓮の花は紅または白の大輪の花で、音をたててひらくかといわれるほどで、清冽に美しい。それを早起きして見にゆく風流なのである。

*ほの〴〵と舟押し出すや蓮の中　夏目　漱石
舳にしづむ花をあなやと蓮見舟　皆吉　爽雨
宇治山に残る灯はあり蓮見船　野村　泊月
蓮見舟の膝にうつくし蚊遣の火　藤本　阿南
蓮見舟魞の潰えを路とする　山口　誓子
蓮見舟僧の客乗せ僧漕げる　伊沢三太楼
沼舟を二艘つないで蓮見舟　大橋越央子
蓮見橋ひとりふたりと渡るなり　沖　青魚

草矢《くさや》

薄や葦、茅などの線状の葉を裂き、指にはさんで矢のようにとばす。子どもたちの遊びである。〈本意〉子供の頃にしたこの遊びがなつかしく、いくつになってもやってみる、そんな童心を誘うところのある遊びである。

*大空に草矢放ちて恋もなし　高浜　虚子
草矢射て空の碧さを拡げしのみ　千賀　静子
日を射よと草矢もつ子をそそのかす　橋本多佳子
草矢たかくこゝろに海を恋ひにけり　木下　夕爾
放ちたる草矢に空の深さかな　有働木母寺
ふりむかぬ少女に草矢飛ばしけり　三浦青芝子
人の子の父となりゐて草矢飛ばす　山口波津女
草薙の日のまほろばの草矢かな　加藤　郁乎

草笛《くさぶえ》

やわらかい草の葉や木の葉をとって、唇につけて吹くと、するどく笛のように鳴る。唇の当て方と息の加減で、童謡やうたを吹きならすことができる。〈本意〉夏の野で何人もでたのしく吹きならしあったり、一人で吹いて感傷にひたったりする。そうした童心にかえらせる心にしみる音色をしている。

＊草笛の葉は幾千枚もありかなし　山口　青邨
荒れ濁る海へ草笛鳴りそろう　西東　三鬼
子守り子や緑ひねりて草の笛　平畑　静塔
草笛や物差余すランドセル　石井　花紅
草笛や眼を遠き雲に据ゑ　宮原　山水
草笛を久にきく日は雲多き　近藤　巨松
兄のふく草笛にやゝ憂あり　美野田ひろ
草笛や泣く母の顔子にふしぎ　伊藤みちこ
草笛で呼べり草笛にて応ふ　辻田　克巳
草笛のきこゆるごとき手紙かな　加藤三七子
左右の手の草笛の音を吹き分けぬ　三宅清三郎
母の忌や野に草笛の輪があふれ　若つき　輝

麦笛《むぎぶえ》　麦藁笛　麦稈笛《むぎがらぶえ》

麦の茎をとって細工して笛のように吹く。草笛よりもたやすく鳴り、あまい音色になる。黒穂を抜いて麦笛にする子どもが多い。麦藁で作ったものは麦藁笛である。〈本意〉麦秋の頃の季語となる。才麿の「里の子や麦藁笛の青葉山」、一茶の「むら雀麦わら笛にをどるなり」など古くから詠まれているが、初夏以後の明るい青々した世界の抒情性が感ぜられる季語である。

友だちのなき麦笛を鳴らしけり　富安　風生
麦笛の吹けばよく鳴るさびしさよ　中村　汀女
麦笛に麦笛答へゐたりけり　国松ゆたか
＊麦笛にかゞやく路のあるばかり　軽部烏頭子
麦笛やおのが吹きつゝ遠音とも　皆吉　爽雨
一管の麦笛光る真昼の野　有馬　朗人
麦笛につきくる牛のおとなしき　吉松　木長
麦笛はかなし一生過ぎやすく　道菅　三峡

麦笛を吹くには暗し日本海　秋沢　猛
子のくれし麦笛つひに鳴らざりし　川村たか女

蛍籠《ほたるかご》

蛍を入れるかごだが、竹や木の枠や曲げものに紗の布をはったり、金網をはったりしてある。中にほたるくさを入れて蛍を放ち、軒先や木の枝につるして、夏の夜のしばしをたのしむ。〈本意〉明治三十八、九年頃から使われはじめた季語のようである。蛍の光の明滅を家でたのしむ夏らしい点景である。

仲よしの禿二人や蛍籠　織田烏不関
異《ふた》腹《はら》の子等の面輪や蛍籠　西島麦南
籠の蛍みなあるきでし嵐かな　原　石鼎
悉く網の目の燃え蛍籠　高田秋仁
蛍籠ともり初むれば見ゆるなり　後藤夜半
＊蛍籠昏ければ揺り炎えたたす　橋本多佳子
蛍籠極星北に懸りたり　山口誓子
蛍籠霧吹くことを愛として　山口波津女
あけがたやうすきひかりの蛍籠　大野林火
蛍籠わが寝しあとは誰も見ず　同
喪の妻に蛍籠はやかすかなり　石田波郷
吾子の死へ朝が来てゐる蛍籠　時田光子

起し絵《おこしゑ》　立てばんこ　立て絵　組絵　切抜灯籠　組立灯籠　組立

今はほとんど見られないが、夏、芝居の舞台のようなものを作り、口もとを広く、奥を狭くして、遠近をとった框をつくり、そこに切り抜き絵の人物や風景などを立てる。これを縁側や店先において、蠟燭をともして子どもたちに見せた。天橋立、大江山の鬼退治などである。〈本意〉室町時代に、御所や京都の寺で盆の頃に作ったものが、江戸時代に子どもの遊びになり、上方から江戸に伝わったという。明治から、東京で、歌舞伎の当り狂言のものが作り出され、絵草紙屋で売り出された。夏の夕涼みの折のたのしみの一つということになろう。

くろぬしのまさかりの刃や立版古　久保田万太郎
立版古仕立屋銀次孤独なり　久米　三汀
殺してと身をそらしたる立版古　本田　一杉
鵺の尾のキラ〳〵として立板古　池上浩山人
＊起し絵の男をころす女かな　中村草田男
起絵のけはしき富士のそびえけり　相生垣瓜人

裸《はだか》

素裸　丸裸　赤裸　真裸　裸身　裸子

夏の暑さを裸でしのぐことが多い。家の中などでくつろぐときには裸になることが多いが、冷房の普及で変ってきた面もある。炎天下で働く労働者や子供たちにも上半身裸が見られる。**〈本意〉**暑さをしのぐには裸になるのが一番自然な姿といえる。冷房の普及などで習慣はかわっているが、着るものをなくすのが自然である。裸になっても暑いときは暑いが、気分爽快になって涼感がある。

温泉の神に燈をたてまつる裸かな　飯田　蛇笏
高原の裸身青垣山よ見よ　山口　誓子
素裸の水担ぐ海女に逢ひしこと　高野　素十
生涯の裸を見せぬ人なりし　山口　青邨
伸びる肉ちぢまる肉や稼ぐ裸　中村草田男
道問へば路地に裸子充満す　加藤　楸邨
今日も子の馬父われは裸馬　太田　鴻村
痩せて人のうしろにありし裸かな　西島　麦南
裸子をひとり得しのみ礼拝す　石橋　秀野
＊裸となれば俄におのれ充満す　能村登四郎
炎天の巌の裸子やはらかし　飯田　龍太
裸子の腹が突き出し村貧し　清崎　敏郎
煙草捨て働くための裸となる　宮下　時雨
空へ抛られ抛られ裸子笑ひどほし　池田　梓郎

肌脱《はだぬぎ》　片肌脱　諸肌脱

暑いとき、涼を入れるため、また汗をぬぐうために、着物の上半を脱いで、くつろいでいることである。上半の全体を脱ぐのを諸肌脱、左か右のどちらかを脱ぐのを片肌脱という。〈本意〉着物姿のときにふさわしい呼び方である。やはり遠慮のない、安心できる、家庭内での様子といえよう。

肌ぬぎやをとめは乳をそびえしむ　日野　草城
斧の柄をすげんと老の肌脱ぎす　富安　風生
肌ぬぎの老女荒海育ちかな　阿波野青畝
肌脱ぎを入れて仏飯まゐらする　皆吉　爽雨
客きたる肌ぬぎの肌入れて立ち　渋沢　渋亭
＊肌脱をはゞからざりし母を恋ふ　山本　杜城

跣《はだし》　跣足《はだし》　素足

なにもはかない素足のままで、土や砂の上におりること。庭の土や海辺の砂を踏み、つめたい感触をよろこぶ。〈本意〉暑いとき、素足で土におりてみたい気持が本能的に湧いてくる。海岸で履きものを脱いで、砂に素足で立ちたい気持も同じである。原始感覚のようで、その冷たい感じがこころよい。

＊少年の跣足ひびきて走りをる　山口　誓子
家中の跣足ばたらき懸煙草　中田みづほ
病廊を来たる跣足の小鰺売　石田　波郷
跣足子の英語おらびてまつしぐら　石橋　秀野
まつはりし草の乾ける跣足かな　軽部烏頭子
仔山羊跳ぶ人の素足をよろこびて　殿村菟絲子

みち暑し跣足の跡のたくさんに　橋本　鶏二
肥後の子は裸跣に天が下　上村　占魚
女の素足紅らむまでに砂丘ゆく　岸田　稚魚
人妻の素足の季節硝子の家　鷹羽　狩行

端居《はしゐ》　夕端居

端というのは縁先や窓辺、家の端近くのことをいう。家の中の暑さを避け、縁先や窓辺で、涼気を求め、くつろぐことで、夕方や夜のことが多い。庭の木々などを眺めてのんびりする。〈本意〉「後に飽く蚊にもなぐさむ端居かな」（鬼貫）のような古句もある季語で、夏の夕方や夜のくつろぎである。やや涼しい風にふれて、暑さを忘れる。

ゆふべ見し人また端居してゐたり　前田　普羅
端居して旅にさそはれゐたりけり　水原秋桜子
*端居してただ居る父の恐ろしき　高野　素十
端居して浄土の母を疑はず　大橋桜坡子
娘を呼べば猫が来りし端居かな　五十嵐播水
いふまじき言葉を胸に端居かな　星野　立子
端居して何かを思ひ出さざる　加藤　楸邨
端居せるこころの淵を魚よぎる　野見山朱鳥
考への断崖にをる端居かな　上野　泰
夜の端居火山も空も揺れずあり　村越　化石
妻といふかなしきものゝ端居かな　田村　寿子
夕端居国に姉あり妹あり　横倉　牧民

汗《あせ》　玉の汗　汗ばむ　汗みどろ　汗水　汗匂ふ　汗の香　油汗

夏の暑さに、汗がとめどなく出るが、じっとしているときの汗ばみ、身体を動かしたときどっと出る玉の汗、流れる汗、汗みどろなど、夏は汗と関係がふかい。この汗は、体温調節のために出る。その汗が蒸発するとき、体熱発散作用で熱がうばわれる。日本の夏は湿気が多く、汗の発散がうまくゆかず、むしあつい。汗は汗腺から出る。水分のほかに塩分、尿素、乳酸、アンモニアなどを含む。〈本意〉汗は精神的に緊張したときにも出るが、この季語の汗は、夏の体温調節のために全身から出る汗のことである。緊張時にはてのひら、足のうら、わきの下から出るが、暑いときには、てのひら、足のうら以外の全身から出る。「汗水は暑さよりわく湯玉かな　季吟」「美しき詞にも似ぬ玉の汗　杉風」など古くから詠まれている。

*ほのかなる少女のひげの汗ばめる　山口誓子
滂沱たる汗のうらなる独り言　中村草田男
鉄斎へ汗念力の膝がしら　加藤楸邨
水に手を入れてたのしむ汗退くまで　大野林火
汗ばまず急がず歩くこれぞ虚子　池内たけし
汗ばみて余命を量りゐたらずや　石田波郷
光る森馬には馬の汗ながれ　西東三鬼
神父の汗どつと惜しげもなし場末　平畑静塔
人の死を泣きしが笑う汗若く　赤城さかえ
眠るも汗闇八方に羅漢の貌　加藤知世子
手にふれし汗の乳房は冷たかり　野見山朱鳥
執念の汗たれて何つぶやくや　大町糺
汗によごれては欺かれやすきかな　石原八束
汗の顔洗ふ小鳥の浴ぶごとく　宇野隆保
汗の顔泣いて口中の飴が見ゆ　矢島房利
なでてやる馬汗菩薩塵菩薩　岡野風痕子

髪洗ふ《かみあらふ》　洗ひ髪

夏、汗が出て、髪がくさくなるので、ひんぱんに洗うことが必要である。とくに髪の長い女性はよく洗わねばならない。〈本意〉髪を洗うのは男女ともであるが、髪の長い女性の方がイメージ的により適当な感じである。句にもだいたい女性が詠まれている。「洗い髪」といえば女性に限られる。

＊洗ひ髪夜空の如く美しや　上野　泰
前に梳きうしろに梳きて洗ひ髪　山口波津女
泣きくづるごとくに髪を洗ふなり　石原　八束
ねんごろに恋のいのちの髪洗ふ　上村　占魚
髪洗ふ眼つむれば夜のごと　浦野　芳南
髪洗ふ逆しままつたく孤りのとき　川島　千枝

吾が死後も妻黒髪を洗ふべし　進藤　均
せつせつと眼まで濡らして髪洗ふ　野沢　節子
洗ひ髪母に女の匂ひして　岡本　眸
洗ひ髪身ぐるみ匂ふ姉妹　大塚　品子
洗ひたる髪の千すぢのみないのち　大竹きみ江
この髪に明治の長さあり洗ふ　小石なつ子

日焼《ひやけ》　潮焼　日焼止め

夏は紫外線がつよいので、日光をあびると顔や手足などが黒く焼ける。小麦色に焼けると健康に見えてよい。急に日光をつよくうける海水浴などでは、皮膚が水ぶくれをおこし赤くなるが、しだいに黒い色素が沈着して黒くなる。女性は日焼をとめようとして、クリームやオイルを使う。
〈本意〉夏、戸外に出ると、どうしても日焼がおこるが、肌を焼くと風邪にかからないなどといい、健康のシンボルとも考えられている。

行楽の日焼は撫でて消ゆるほど　山口　誓子
日焼して悪童相となりたるよ　石塚　友二
日に焼けて男の如く働けり　杉山　一転
＊日焼さむたのしき記憶消えずあれ　山口波津女
日焼して男の如き伝道婦　景山　筍吉

茹蟹やにはかに男らは日焼け　野沢　節子
海女日焼せし日は乳房忘れゐる　金賀　勿来
日焼子の下げ髪棒の如垂らす　畑中双葉子
さきがけて獣医の我の日焼せり　堀米　秋良
日焼子の頭突を父の胸が享く　高野　典子

昼寝《ひるね》　午睡　昼寝覚　昼寝起　三尺寝　昼寝人

暑い夏は、昼は疲れ、夜は寝苦しくて、体力を消耗するので、午後のしばらくを昼寝して元気を回復させる。三尺寝ともいうのは、日影が三尺移るぐらいをねむるのでこういう。部屋の中で、緑蔭で、いろいろなところですこしの間ねむり、元気にめざめてまた動き出す。〈本意〉南方の国では二、三時間、昼寝（シエスタ）をとることが多く、店も閉め役所も休む。夏の暑さの中での元気回復によいものである。「ひやひやと壁をふまへて昼寝哉」（芭蕉）のような名句も昔からある。

父の齢しみじみ高き昼寝かな　阿波野青畝
*家中が昼寝してをり猫までも　五十嵐播水
浮浪児昼寝す「なんでもいいやい知らねえやい」　中村草田男
昼寝覚うつしみの空あを／＼と　川端茅舎
昼寝ざめ剃刀研ぎの通りけり　西島麦南
昼寝して老ゆ蟻の穴深くなる　中島斌雄
よき昼寝なりし毛布をかけありし　堺　梅子
昼寝子や生れし日のごと髪濡れて　石川桂郎
やまひなきひとの昼寝を羨しめり　山口波津女
光陰の流るる音に昼寝覚　野見山朱鳥
何か負ふやうに身を伏せ夫昼寝　加藤知世子
さみしさの昼寝の腕の置きどころ　上村占魚
麦の青樹の青赫と昼寝さむ　野沢節子
午睡たのしげ乳ぽつちりと釦はづし　中山純子

寝冷え《ねびえ》　寝冷子

夏の暑くて寝苦しい夜に、布団をはいでねたりして、明け方の気温の低下で、風邪をひいたり、腹をこわしたりする。これを寝冷えと名づけている。寝冷えは子どもに多く、体温の調節がうまく行かないためなので、腹巻き、金太郎などで体をあたためておくとよい。〈本意〉大人も無縁ではないが、朝方の気温の低下で体調をくずすことである。感冒、のどの炎症、急性胃腸カタルなどだが、かかってしまうと憂鬱なものである。

日の中の風のつめたき寝冷かな　久保田万太郎
あぢさゐのいろの褪めしは寝冷かな　同
髪こはして枕に沈む寝冷かな　阿部みどり女
*寝冷して鶏のごとき目してあるく　加藤楸邨
寝冷えして昼啼く鶏を悲しめり　秋元不死男
短夜のあさきゆめみし寝冷かな　斎藤空華
寝冷子の大きな瞳に見送られ　橋本多佳子
鼻暗く寝落ちてゐたり寝冷子は　岸田稚魚

暑気中り《しょきあたり》　暑さあたり　暑気負け　中暑

夏の暑さで、身体が疲れ、抵抗力がよわっていると、胃腸をこわしやすくなったり、疲労が大きくなったりしやすくなる。夏負けというよりもっと症状がおもくなった感じで、ぐったりした様子である。〈本意〉暑気あたりで、病気の症状になった感じをあらわす。ぐったりして疲れがひどく、胃も腸も具合わるく、食欲もない状態である。

まぢまぢと寝て目を据ゑて暑気中り　高浜虚子
*一晩にかほのかはりぬ暑気中り　森川暁水
のぞきこむ父の面輪や暑気中　石田波郷
うつぶして二つのあうら暑気中り　皆吉爽雨
暑気中りどこかに電気鉋鳴り　百合山羽公
低き蝶を見るに甘んず暑気中り　林翔
暑気中り日かげる風にめざめけり　角田雪弥
はらわたの上に手を置き暑気中り　大石暁座

水中り《みづあたり》

夏に多いが、飲みつけない水をのんで、下痢、腹痛をおこし、熱を出したりすること。〈本意〉生水をのんで下痢をおこすことも含めてよいが、本来は、飲みつけない水をのんだため、違和感をおぼえたりして、病気になることをいうわけである。

へこみたる腹に臍あり水中り　高浜　虚子
＊水中りして遠方の杉の鉾　黛　執
貧乏のもらひぐすりや水中り　森川　暁水
翳に寝て翳より暗し水中り　小林　守男
もとよりも淋しき命水中り　清原　枴童
げんのしようこの茶をのみ暮らし水中り　柴田晨起楼

夏痩《なつやせ》　夏負

日本の夏はあつくて湿気が高いので、体力がおとろえ、食欲がおち、体重が減る。夏痩は人の体質によってちがうが、病気あがりのときなどはひどくなる。夏痩の予防といって、土用のうなぎ、バター、チーズなど、脂肪やビタミンに富む食物をたべる。〈本意〉「夏痩や能因ことに小食なり」（其角）「夏痩の我骨探る寝覚かな」（蓼太）のように古くから句に詠まれている。『万葉集』にも大伴家持の夏痩の歌「石麻呂《いはまろ》に吾れ物申す夏痩に良しといふ物ぞ鰻《むなぎ》漁《と》り食《め》せ」がある。暑さのため、体温の発散が妨げられて、ビタミンBの消費がさかんになり、食欲減少、ビタミン吸収悪化などをきたし、疲れやすくなり、体重がへってくる。

夏痩て柱より来る冷に倚る　篠原　温亭
人の言ふ夏痩ならむかと思ふ　加藤　楸邨
夏痩も知らぬ女をにくみけり　日野　草城
夏痩せて嫌ひなものは嫌ひなり　三橋　鷹女

母はわが顔の夏痩のみを言ふ　篠原　梵
古猫やあはれこなたも夏痩せて　石塚　友二
＊夜は夜のものを食みつゝ夏痩せし　中川　宋淵
夏痩せていよ／＼早く起きにけり　佐野青陽人
掌に熱き粥の清《すが》しさ夏やせて　橋本多佳子
夏負けの目のさまよへば女多き　岸田　稚魚
夏痩にゑくぼも少しかはりけり　金岡　翠嵐
夏痩せて怒りの清き少年期　赤岡　淑江

夏の風邪《なつのかぜ》　夏風邪

冬の風邪に比べて、夏の風邪はかるくて、鼻風邪程度だが、いつまでもなおらず、うっとうしいものである。〈本意〉風邪は冬のものだが、夏の風邪も夏独特の性質のもので、かるくてなおりにくい。春先の風邪は重いし、流行のものもある。夏の風邪は心理的に不快なものである。

夏風邪はなかなか老に重かりき　高浜　虚子
＊夏風邪の六日の髯を剃りにけり　春日　五橋
夏の風邪半月傾ぎゐたりけり　加藤　楸邨
夏の風邪田水明りに臥しにけり　木村　蕪城
片足は畳に寝ねて夏の風邪　渡辺　白峰
いつまでも夏風邪癒えぬ腹立ちや　大場美夜子
夏風邪のきざしの瞼とぢにけり　長屋せい子
夏風邪の熱き手を措くところなし　佐藤　蒼洋

赤痢《せきり》　疫痢

昔から夏に多い急性伝染病で、発熱し下痢をおこす。下痢は粘液、血液、膿をまじえたもので、しぶりばらのもの。赤痢の小児型が疫痢で、高熱、嘔吐、痙攣などの症状がはげしく一昼夜ぐらいで死亡することが多い。しかしさいきん薬剤が発達して、死亡率は激減した。〈本意〉赤痢は、赤痢菌、赤痢アメーバによっておこる伝染病で、汚水処理が完全になればゼロにできるものである。現在は薬剤の発達と下水道の発達とで、昔の病気になりつつある。下痢、発熱のつづく急性の病気。

おもかげのなほうるはしき赤痢かな　日野　草城
赤痢よとみづから決めてわれよ妻よ　山口　青邨
疫痢児の母よ医師は神ならず　藤後　左右
眠る子の友を奪ひし疫痢かな　川村せつ女
簷ふかく疫痢診に来し舟を結ふ　軽部烏頭子
＊鮮かに麦こぼれをり赤痢と告ぐ　戸田伊仔子

日射病《につしやびやう》

夏の強い日光を長時間浴びていると、体温が上昇し、それがうまく発散されないときに日射病になり、頭痛、めまい、吐き気をおこし、気持がわるくなる。この程度なら軽く、木蔭や室内で楽にねて頭をひやせばなおるが、日中仕事をつづけたりして重い日射病になると、高熱、失神、全身痙攣、呼吸困難、心臓衰弱などにより、死にいたることもある。こうなると生理的食塩水の注射、強心剤の注射などの治療をせねばならない。〈本意〉古書にある霍乱《かくらん》にあたるものとも考えられるが、霍乱は急性の胃腸カタルであることが多い。直射日光のもとに長くいるとおこる一種の熱射病で、全身的な症状をおこす。例句があまりない季語である。

＊気がつきし瞳に緑葉や日射病　中村　狭野
番小屋に寝させてあるや日射病　宗田　千燈
日射病千切れし雲にすがりつゝ　武田　一朗
人も樹も大揺れしたり日射病　寺井　朴人

霍乱《くわくらん》

かなり重症の急性胃腸カタルで、激しく吐き、また下痢をする。死にいたることもあるので、食中毒、コレラ、チフス、重い日射病などのまじりあったものを指すようである。〈本意〉古書に出てくる霍乱の定義は必ずしも一定せず、コレラをさすことも、日射病や熱射病をさすこともある。また病者の身をもだえて手をふりまわす病態を呼ぶとも言い、症候名とするものもある。胃腸カタルと日射病をあわせて考えてみたらどうだろう。夏は体力がおとろえている上、夏の飲食物はくさりやすく、嘔吐や下痢の原因になることが多い。

霍乱にかゝらんかと思ひつつ歩く　高浜　虚子
＊霍乱の旅来て坐る父母の前　沢木　欣一
霍乱のさめたる父や蚊帳の中　原　石鼎
合歓静かに霍乱の人覚めてあり　内田　秋皎
霍乱のさめし眼にある紅き花　篠原　温亭
霍乱の髪の黒さの言はれけり　榊原　薗人
かくらんに町医ひた待つ草家かな　杉田　久女
霍乱のしづもる背中みて黙す　平瀬　直之

汗疹《あせも》　あせぼ　汗疣《あせも》

夏は汗が多く出るのでそのためにできる急性湿疹である。顔、腕、からだの、とくに帯の下とか首などにできやすい。紅い小さな斑点だが、ひどくなるとひろがり、湿疹となってかゆくなる。化膿すると痛みも加わる。これがあせもの寄りである。子供、とくに赤ん坊に多い。〈本意〉夏、汗のかきやすいところにできるこまかな湿疹だが、昔はきゅうりの切り口、壁の土を粉にしたもの、天瓜粉などをつけて薬とした。汗を吸いとりさらさらした感じに肌を保てればよいので、今日のシッカロールやパウダーも原理は同じである。

なく声の大いなるかな汗疹の児　高浜　虚子
汗疹の子砂遊びしておとなしき　野村　喜舟
＊汗疹して娘は青草のにほひかな　飯田　蛇笏
汗疣の背罪を犯せしごと思ふ　山口　誓子

南京の月夜の汗疣ありにけり　加藤楸邨
癒えゆく妻汗疹の吾子と指切りなど　藤瀬小城彦
共働き夫婦の汗疹笑ひあふ　中村金鈴
痩せて汗疹女体てふにはほど遠し　中島みさを

水虫《みづむし》

夏、手足の指の間、足のうらや手のひらなどに水疱ができたり皮がむけたりして痛がゆい。白癬菌が寄生しやすいので靴をはく足がひどくなることが多い。冬沈静し夏にまたもりかえす。抗生物質、副腎皮質ホルモンの軟膏、クレゾール浴、人工太陽灯照射などで気長に治療せねばならない。〈本意〉汗の多い、蒸《む》れたところに多く、かゆみが特色になる。白癬菌はかびの一種で、ひどくなると、かいたあとのただれに化膿菌が混合感染する。

水虫がほのかに痒しレヴュ見る　富安風生
水虫に爪立つ句敵並《な》べて背高　秋元不死男
*足投げて水虫ひそかなるを病む　皆吉爽雨
水虫や昼の花火の空乾き　村上一葉子
小説の冷酷水虫が痒ゆし　棚橋二京
水虫痒しわれならば焼火箸あてむ　加藤かけい

脚気《かくけ》

ビタミンB_1の欠乏症で、夏に多いのは、夏はビタミンB_1の消費がさかんだからである。食欲がへり、疲れやすく、足がだるいのは軽い症状だが、夏に多い。米を主食にするためでもあり、高温多湿の気候のためもある。足のむくみ、手足や口のまわりのしびれ、血圧降下、動悸、精神作業能力の低下が典型的な症状で、衝心脚気になると死ぬことがある。米をへらしたり、ビタミンB_1の強化米をたべたり、副食を食べたりするとよい。〈本意〉米食地帯である日本には多かった病気で、『日本書紀』や『源氏物語』などの頃から、「かく病」「あしのけ」などの名であらわれる。米を精白するようになってから流行し、明治にも軍隊や寄宿舎に多い病気として大問題になった。五分つき米やはい芽米が食べられるようになって減少した。原因がビタミンB_1欠乏であることがわかったことで対策が講ぜられるようになった。

*あなどりし四百四病の脚気病む　松本たかし
田舎から来て二年目の脚気かな　橋場もとき
年々にそれとも言はず脚気かな　皆吉　爽雨
ふるさとの野山日々恋ふ脚気かな　藤田　桐泉
ふくらはぎマリアに見せて脚気なり　平畑　静塔
夜風立つごろりとゐたる脚気の身　本宮銑太郎

行　事

子供の日《こどものひ》

五月五日（端午の節句の日）。昭和二十三年七月制定された国民の祝日に関する法律によって定められた。端午の節句ととけ合って、鯉のぼりと日の丸に飾られる祝日である。〈本意〉子供の人格を尊重し、その幸福をはかり、あわせて母親に感謝する日で、五月第二日曜の母の日と連関している。五月五日から十一日までは、児童福祉週間になっている。たのしい明るい語感の日といえよう。

子供の日室内台上に犬一声　中村草田男
子どもの日押売りの子の笑はざる　滝　春一
東京のきれいなことば子供の日　西本　一都
書斎より出でて子供の日を遊ぶ　宮下　翠舟
樹のそばにゐて樹になりぬ子供の日　中尾寿美子
こどもの日小さくなりし靴いくつ　林　翔
子供の日すべり台よくすべりけり　成瀬桜桃子
竹林の何故か明るく子供の日　蓬田紀枝子
花圃に花あふれて子等に子供の日　横溝　敏子
父として働き帰る子供の日　保坂　伸秋
＊たまご割れば小さな満月子供の日　稲石　実
直立で老歌手唄ふ子供の日　今井きよし

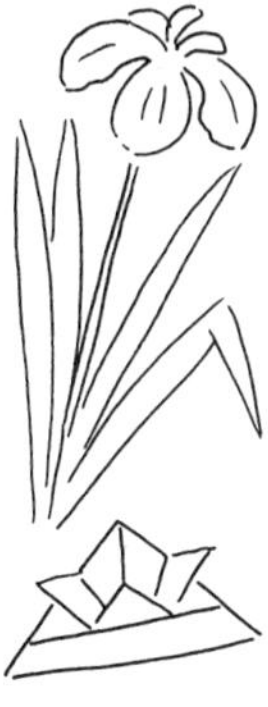

母の日《ははのひ》

五月の第二日曜日である。母に感謝をささげる日で、カーネーションの花を胸につける。カーネーションの花ことばは母の愛情。母のない者は白、母のある者は赤をつける。〈本意〉母の愛に感謝する日だが、起源は北米ウエブスターのアンナ・ジャーヴィスが一九〇八年、五月第二日曜に白いカーネーションを教会の友人たちにわけたもの。一九一四年五月九日、ウイルソン大統領により、母の日が制定された。議会もこれを決議し、五月第二日曜が以後母の日として守られている。日本では教会関係ではやくからおこなわれてきた。

*母の日や大きな星がやや下位に　中村草田男
母の日の花を身につけ駅に入る　横山　白虹
母の日やそのありし日の裁ち鋏　菅　裸馬
母の日や忙を楽しむ母にして　徳永山冬子
母の日のひばりのあがる麦畑　轡田　進
母の日の母包紙大切に　安良岡昭一
母ありといふなしといふ母の日に　小坂　順子
母の日のてのひらの味塩むすび　鷹羽　狩行
母の日が母の日傘の中にある　有馬　朗人
うづら豆煮てゐて母の日と思ふ　藤森　捨女
母の日の母の記憶やめくら縞　矢ヶ崎雅雲
母の日や童女のごとき母連れて　恩田　秀子

父の日《ちちのひ》

六月の第三日曜日。父に感謝をささげる日。一九四〇年、ドッド夫人が母の日にたいして父の日もあるべきだとして提唱し、おこなわれるようになったが、一般にあまり関心はないようである。〈本意〉母も父もともに感謝されてしかるべきだが、父の日は母の日に比べてあまりおこなわれないようである。てれくさいのか、こわいのか、面倒なのか、父はなんとなく孤独な奉仕者である。

父の日の老後たのしむものに画戯　富安風生
父の日の隠さうべしや古日記　秋元不死男
＊悲壮なる父の為にもその日あり　相生垣瓜人
父の日の夕雨さむし火を焚かず　伊藤灯人
父の日のおたまじやくしが足を出す　石原　透
父の日や夫に父あり故郷あり　小坂京子
父の日の明方の地震わたりをり　八木林之助
父の日の若き遺影を父と呼ぶ　山田孝子

愛鳥週間《あいてうしうかん》　バード・ウイーク　バード・デー

昭和二十二年からバード・デーが実施された。最初は四月十日だったが、昭和二十四年からは五月十日から十六日までの一週間を愛鳥週間として、種々の行事をおこなうように便利にした。〈本意〉鳥類保護の精神をやしなうことが山林、自然の保護につながるわけで、戦中、戦後に山林が乱伐された日本では洪水がおこり鳥類が減少、害虫が激増したので、山野の緑化運動をすすめるとともに日本鳥類保護連盟を設けて鳥類保護にあたりはじめたのである。大きな効果があがっている。

愛鳥日巣箱かゝりあひなく過ぎし　福岡南鄰
＊小鳥週間《バード・ウイーク》女同志のよく喋り　成瀬桜桃子
バードデー日ねもす樅が椋鳥こぼす　松下匠村
鳥籠にあふるる京菜愛鳥日　河口白涯
愛鳥週間手を差しあげて鳩放つ　尾形嘉城
鳥の日の鳥語さやかに晴れわたり　阿野眉雲
どの鳥も虫くはへ飛ぶ愛鳥日　島崎秀風
愛鳥の週に最たる駝鳥立つ　百合山羽公

時の記念日《ときのきねんび》　時の日

六月十日である。はじめて漏刻（水時計）が使用されたのが天智天皇の十年（六六一）四月二十五日なので、それを陽暦に直して六月十日を時の記念日とした。大正九年からおこなわれている。〈本意〉時計のはじめて使われた日を記念することで、時間を尊重し、時間を守ることを心がけようと自覚するわけである。生活を改善することも大切なことになろう。

時の日を麦の穂に来る雀達　秋元不死男
＊時の日の刻をころがし豆を煎る　太田　邦武
時の日の花鬱々と花時計　下村ひろし
時の日の汽笛鳴らせる沖の船　勝又　一透
時の日の刻偽らぬ発車ベル　後藤　春翠
時の日に遺品の時計巻きにけり　大崎　七峰

パリ祭《パリさい》

七月十四日。一七八九年七月十四日、パリ市民がバスチーユ牢獄を占拠解放してフランス革命の端緒となったが、それを記念して、フランスでは国祭日になっている。「カトルズ・ジュイエ」（七月十四日祭）という。同名の映画を日本で上演するとき「パリ祭」と訳し、これが日本人に好まれて使われるようになった。フランスでは、バスチーユ広場を中心に国全体で夜どおし飲み歌いおどる。日本でも、美術家、仏文学者、フランスへ旅行した人々があつまってパリをしのぶ。〈本意〉フランスの革命記念日で、メーデー（五月一日）と並んで、フランス各地は大変にぎわうが、それをフランスに住んだ日本人、旅した日本人が、フランスへの愛着と郷愁のやり場として、日本であつまるのである。

*若き日の父にもありしパリ祭　景山　筍吉

濡れて来し少女が匂ふ巴里祭　能村登四郎

汝が胸の谷間の汗や巴里祭　楠本　憲吉

パリー祭ぬれ色つばめ羽づくろふ　土居　伸哉

椅子に組む脚うつくしく巴里祭　山下　喜子

巴里祭モデルと画家の夫婦老い　中村　伸郎

パリ祭妬心のいろの夕焼あり　山田ひろむ

街はパリー祭夜のピーマンの鈴を割る　萩原　洋灯

端午《たんご》　端午の節句　重五《ちょうご》　五月の節句　菖蒲《あやめ》の節句　菖蒲《あやめ》の節会《せちゑ》　菖蒲《あやめ》の日

端午とは五月の端《はじめ》の午《うま》の日という意味で、のちに五月五日ときまったが端午と呼ばれた。端五として端の五の日だと考える人もある。五月五日と五がかさなるので重五という。菖蒲が咲く頃でこの花で邪気をはらったので菖蒲の節句といい、菖蒲に関係ある行事がおこなわれ、菖蒲の字をかぶせて幟や木太刀、人形を呼んだ。いつの間にか男の子の日になり菖蒲太刀で戦争ごっこをしたりするようになった。武運長久を祈るもので、武家では年中行事の一として重んじた。菖蒲を軒にさし、幟を立て、菖蒲刀や武者人形などを鎧櫃の前に飾って、この日を祝うのがしきたりになっている。〈本意〉『日次紀事』によると、五月五日は端午の節で、端は初ということ。この日、良賤が粽《ちまき》を作って食うが、その起源は屈原が汨羅《べきら》に入水したとき、人々が毎年五色の糸絡粔数をもって弔ったこと、という。町では菖蒲やよもぎを軒にさし、粽を作って食べ、相贈り、また菖蒲の葉を細かく刻んで酒に入れて飲むとも記されている。この本は貞享二年の本で、江戸中期にはこの風習が確立していたらしい。邪気や悪気をはらう菖蒲が主役の日である。武家が重んじ男の子の日となり、男の子の初節句を祝う日にもなった。

端午開扉す怒りたまへる秘仏なり　水原秋桜子　　雨がちに端午ちかづく父子かな　石田　波郷
＊積草の青き底まで端午の日　平畑　静塔　　すがすがと秘色の風の端午かな　石塚　友二
厖大なる王氏の昼寝端午の日　西東　三鬼　　黒松の暮色のなかの端午かな　中山　純子

幟《のぼり》

五月《さつき》幟　菖蒲《あやめ》幟　鍾馗《しょうき》幟　紙幟　絵幟　初幟　外幟　内幟　座敷幟

端午の節句に立てる布や紙製の幟である。今は鯉幟を外に吹流しとともに立てるが、江戸時代には、家の前に柵を結い、かぶと、薙刀、毛槍、幟、吹流しなどを立てた。幟は紙幟で、石畳、立ち波の図柄に家紋をおしたが、次第に武者絵をえがいた。これに添える四半旗には鍾馗をえがいた。外幟を小さくして内幟にし座敷幟にするようになった。江戸時代初期からのもの。鯉幟は江戸時代中期に考案された。〈**本意**〉邪気を去り、魔を除けるためのもので、男の子の節句に立てた。初節句のものが初幟である。芭蕉にも「笈も太刀も五月にかざれ紙幟」がある。

＊幟立てゝ嵐のほしき日なりけり　正岡　子規　　ここら町空幟も見えず寂れけり　富田　木歩
雨に濡れ日に乾きたる幟かな　高浜　虚子　　幟立てて四方の幟のこたへけり　五十嵐播水
幟立ち峡中の景改まる　水原秋桜子　　敷むしろしてよき幟下ろさるる　皆吉　爽雨
はたはたと幟の影の打つ如し　中村　汀女　　武者幟立てて山河を引き寄する　小畑　晴子

鯉幟《こひのぼり》

幟の一つとして江戸時代中期からあらわれた。鯉はめでたい魚として、玩具も作られていたが、絵幟にも描かれ、また上方では横竿の端に麾《まねき》という小さな旗をつけ、これに紙の鯉をつけたりしていた。鯉幟は、この麾の鯉を大きくし、吹流し風にしたもので、はじめは鯉の吹流しといわれた。はじめは紙製だったが、昭和からは布製となり、墨や絵具を使って筆で書いたものだったが、今は本染めになっている。〈本意〉風をはらんで空高くひるがえる鯉幟は、子が力強く、健康に成長することを祈るこころにふさわしい。幟竿に矢車が鳴り、吹流しがひるがえり、まことに勇壮でここちよい。

*鯉幟きそふ緑のありてよし　後藤　夜半
鯉幟わが声やいつわれに湧く　加藤　楸邨
鯉幟なき子ばかりが木に登る　殿村菟絲子
唐ら寺の唐ら塀ごしの鯉のぼり　石原　八束
町変り人も変りし鯉のぼり　百合山羽公
花嫁歩む天にふくらむ鯉幟　谷野　予志
鯉のぼり布の音立て裏日本　秋沢　猛
鯉幟丘から見れば住みよき町　安立　恭彦

吹流し《ふきながし》　吹貫《ふきぬき》

端午の節句に鯉幟とともに幟竿につけるもので、紅白や五色の長方形の布を半月形の輪につけたもの。円い輪に吹流しを二つ合わせたものは吹貫と呼んだ。吹流しや吹貫を吹散《ふきちり》ともいった。今は座敷飾りにも用いる。〈本意〉江戸時代に城や家の前に柵を結い、かぶと・薙刀・毛槍・幟・吹流しを立てた。幟や吹流しは馬印に由来する。今は鯉幟とともに用いられて残っているものだが、力強く活気ある飾りもので、男の子の節句にふさわしい。

＊雀らも海かけて飛べ吹流し　石田　波郷
高空に青き山あり吹流し　相馬　遷子
ひとり漕ぐ蜑に湖北の吹流し　大野　林火
海浪のあらき日に立つ吹流し　薄　多久雄
起伏の丘みどりなす吹流し　角川　源義
吹流し一旒立てり壇の浦　宮下　翠舟

矢車《やぐるま》

幟竿の先につける車輪形の矢で、矢羽根を放射状に並べたもの。がらがらと音たててまわる。一種の風車である。〈本意〉矢羽根を並べて風車としたもので、音たかくまわり、鯉幟をいっそう勇壮にする小道具の一つとなる。

＊矢車や谷戸はみどりの朝風に　西島　麦南
矢車や海かけて舞ふ鳶一羽　栗原　米作
矢車の止りいくつも止り居り　中村　汀女
矢車の夜は夜のひかりかへしけり　布川　遅舟
矢車がきらりと光る未知の町　山口波津女
宝石より光る矢車農家の空　横山佳世子
矢車のまはり烈しき月日かな　沢木　欣一
矢車の速き廻転裏日本　秋沢　猛
止りたる矢車雲に矢を正す　皆吉　爽雨
矢車のいつしか月にねむりけり　成毛　亀満

武者人形《むしやにんぎやう》　かぶと人形　五月人形　飾兜　武具飾る

端午の節句に飾る人形である。神功皇后、武内宿禰、金時、鍾馗、大将、桃太郎、牛若丸、弁慶、虎狩加藤、出世太閤などが人気のあった人形で、これに、太刀、飾兜、具足櫃などを飾る。〈本意〉「これみな子どもに勇気をはげます志出だするためなるべし」と『昔々物語』（享保年間）にいう。江戸時代初期に、家の前に柵を作り、かぶとや武器を飾ったが、そのかぶとには人形の作り物もつき、甲《かぶと》人形といった。削掛《けずりかけ》を垂らしたものを削掛の甲といって家に飾った。江戸時代中期からは武者人形を外から見える家の内に飾ったが、これがのちに小さくなって奥の間に飾られるようになり、依然としてかぶと人形とよばれた。

わが飾る兜は香を炷きこめむ　山口　青邨
飾りたる兜の緒こそ太かりき　後藤　夜半
武者人形法躰にして馬上かな　大橋越央子
乱好む太刀にあらずと飾りけり　阿波野青畝
出陣の稚き眉目武者人形　橋本多佳子
*日月をいたゞく兜飾りけり　大橋桜坡子

菖蒲葺く《しやうぶふく》

軒菖蒲　蓬葺く　樗《あふち》葺く　かつみ葺く

五月四日、端午の節句の前日の夜、軒に菖蒲を葺《ふ》く。平安時代の中期からおこなわれている風習。邪気をのぞき、火災をさけるまじないのようで、一茎か二茎のよもぎを添えて葺いた。宮中から起こり武家や民間にそれがひろがり伝わった。地方によっては樗やかつみ（まこもの別名）を葺く。〈本意〉「鶏が埘も菖蒲葺きにけり」（鬼貫）「菖蒲葺いてかをる錦の小路かな」（蝶夢）「菖蒲ふけ浅間の烟りしづかなり」（一茶）などの古句があるが、邪気を去るさわやかな気持が眼目になっている。軒に葺くほか、婦人の髪に結んだり、浴槽に入れたり、きざんで酒に浮かべたりしたのもそのためである。

道すがら拾ひし菖蒲葺きにけり　石田　波郷
*葺きあまる色濃き菖蒲一束ね　西島　麦南
菖蒲葺く安達が原の伏屋かな　大橋越央子
菖蒲葺き海道の町折れ曲る　百合山羽公
わが影のはや添ふ菖蒲葺きにけり　中村　汀女
色町にかくれ住みつつ菖蒲葺く　松本たかし
はからずも夕焼濃しや軒菖蒲　藤田　湘子
波はしる門あり菖蒲葺きにけり　加藤　楸邨

菖蒲湯《しやうぶゆ》

端午の節句に、菖蒲の根や葉を入れて風呂をわかし、心身をきよめ邪気をはらう。中国ではこの日、蘭の葉を入れた湯に入り邪気をはらう。この蘭湯も日本に伝わったが、それを日本化したものが菖蒲湯と考えられる。〈本意〉「傾城の朝風呂匂ふ菖蒲かな」（太祇）「さうぶ湯やさうぶ寄りくる乳のあたり」（白雄）「湯上りの尻にべつたりしやうぶかな」（一茶）などと、古句にもよくうたわれてきた。鎌倉時代からの風習で、清浄好きの日本人がきちんと守ってきた邪気ばらいの一つ。

菖蒲湯の菖蒲片寄り沸き居たり　篠原　温亭
*沸きし湯に切先青き菖蒲かな　中村　汀女
菖蒲湯を出てかんばしき女かな　日野　草城
菖蒲湯の香の染みし手の厨ごと　及川　貞
幸さながら青年の尻菖蒲湯に　秋元不死男
ある露地に菖蒲湯あふれ来たりけり　石橋　秀野
菖蒲湯に永浸る妻何足るや　石田　波郷
菖蒲湯に端然と胸乳ふくまする　細見　綾子

粽《ちまき》

茅巻　粽結ふ　粽とく　菰粽《こもちまき》　笹粽　飾粽　筒粽　飴粽　粽笹　巻笹

端午の節句に作る菓子で、うるちの粉やもち米をねって、笹の葉につつみ蒸したもの。関東では柏餅をよく食べ、関西では粽をよく食べる。包むものによって笹粽、菰粽などといい、形によって、角粽、だんご粽、筒粽、三角粽などという。江戸初期からは京都などの菓子屋で売られ、道喜の粽は飴粽といわれて有名になった。わらで包んだので、餅の色が飴色になったのである。

ういろう粽、羊かん粽は甘くした粽。〈本意〉屈原が五月五日汨羅《べきら》に投じて死んだのを弔うために作られたとか、悪鬼をかたどって粽を作り、ねじ切って食べるのは鬼を降伏させる意味だとか、高辛氏の悪子の霊が水神となって人をなやませたのを五色の糸の粽を海に入れたところ五色の竜となってこれを防いだとか、いろいろの説がある。菰《まこも》の葉で稲米を包み、灰汁《あく》で煮て粽とするのは、「陰陽相包裹していまだ分散せざるにかたどる」ともいう。いずれにせよ、端午の日に食べる縁起のよい菓子。「恋しらぬ女の粽不《ふ》成《なり》」（鬼貫）「粽結ふ片手にはさむ額髪」（芭蕉）「文もなく口上もなし粽五把」（嵐雪）などの名句がある。

あはれさは粽に露もなかりけり　正岡　子規
一つづつ分けて粽のわれに無し　石川　桂郎
笹粽ほどき〳〵て相別れ　川端　茅舎
写真また鬼籍へひとり笹粽　中島　斌雄
粽結ふことにもしつけ厳しけれ　池内たけし
結び目の愛しき粽ほどきけり　加倉井秋を
*ふるさとの早き蚊を打ち粽食ふ　皆吉　爽雨
母結ひし粽と直ぐに見分けたる　斎藤すゞゑ

柏餅《かしはもち》

柏の葉でくるんだもち菓子で、粽と一緒に端午の節句に供える。中の餅はうるち米の粉をこねてむしたもので、中にあずきあんやみそあんが入れてある。〈本意〉『歯がため』に、「江戸にては、端午に製し祝す。畿内の粽に等し。粽はなきがごとし」という。柏は神道に用いるめでたい葉なので用いる。季節のもので、端午の節句の頃に食べておいしいものである。

*柏餅古葉をいづる白さかな　渡辺　水巴
家ふかく昼の一燭柏餅　中村草田男
裏庭の柏大樹や柏餅　富安　風生
てのひらにのせてくださる柏餅　後藤　夜半

柏餅はやも乾ける葉なりけり　牧野　寥々
柏餅鎧ふが如く盛られたり　佐藤　白鵠
柏餅やはらかきかな長子欲し　勝亦　年男
柏餅すこし出すぎし茶なりけり　安藤　赤舟

薬玉《くすだま》　長命縷《ちやうめいる》　続《しよく》命縷　五月《さつき》玉

麝香、沈香などを網の玉に入れ、菖蒲などの造花を結び、五色の糸をたらして柱にかけた。端午の節句に用い、平安時代には宮中でたまわり、貴族がおくりものにした。近世には薬玉が売られ、女の子が背中にかけたりひじにかけたりして節句がすぎると大峰におさめた。今は消えた風習で、開店祝いにわずかにのこる。〈本意〉邪気、悪疫ばらいの風習で、長命縷、続命縷などの名前でもわかる。

薬玉の人うち映えてゆきゝかな　高浜　虚子
薬玉やものつたへ来る女の童　河東碧梧桐
*孔雀の尾薬玉の緒と美しう　志田　素琴
薬玉や風の吹く時吹かぬ時　星野　麦人
薬玉をうつぼ柱にかけにけり　村上　鬼城
玉の緒のそのしだり尾や長命縷　吉田　冬葉
薬玉やことに丁字のおぼろめき　長谷川春草
病室の薬玉にふれ屍去る　古賀まり子
薬玉のしづかにまはり戻るかな　安田　蚊杖
長命縷かけてながるゝ月日かな　清原　枴童

薬狩《くすりがり》　薬の日　薬草摘　薬猟　百草摘《ひやくそうつみ》　きそひがり　百草取　薬草刈る

中国から伝わった風習で、五月五日を薬の日ときめて、山野に出て、薬用になる草根木皮を採取した。鹿の袋角のような動物のものもあつめた。〈本意〉五月五日にとった薬は効験があると信じられ、また薬の調合もこの日におこなうのをよしとした。一つの信仰的風習であったが、山野で薬草あつめをするには絶好の季節でもあった。

＊蓬干す莚ものべぬ薬の日　河東碧梧桐
鷲の巣の鷲が見てゐる百草採　中島　杏子
薬の日病子規何の句を詠みし　野村　喜舟
蛇提げし人に会ひけり薬の日　遠藤　仰雨
高尾嶺のいまだ空林薬採り　皆吉　爽雨
薬草を採りぬ西日の伊吹道　傍島　弘哉
杣に聞き図鑑に照らし薬狩　久永雁水荘
薬狩重荷のごとく袋負ひ　大城かず夫

競渡《けいと》　ペーロン　キャロン　爬竜船　競渡船

長崎のペーロンが有名。中国福建地方から伝来。もと五月五日、節句の日におこなわれた競漕で、屈原が汨羅に身を投じて死んだのをいたみ、その霊をなぐさめるために楚人がはじめた行事という。九州各地でピャーロン、キャーロン、ハイロンなどと呼ばれる。長崎のペーロンはもと五月朔日、今は六月十五日前後の日曜におこなわれる。ペーロン船は全長七ひろ、乗組員三十六人、漕手三十一人。他にあか取り、太鼓打ち、どら打ち、揖取り、指揮者となる。ともの先を黒く塗り、剣や矢を書き、中央の柱に御幣《ごへい》や長刀を結びつける。六キロほどを走り競う。かいは撞木型で両手でもち水をかく。北九州沿岸の漁村、壱岐、対馬などにもあるが、端午でなく、神社の祭礼行事としておこなわれる。**〈本意〉**『和漢三才図会』の端午の項に、「唐人来たりて長崎に寓居し、この日に逢へば、数艘の小船に乗り、旗幟を立てて先を争ふ。喚《わめ》きて〈排竜《ぱいろん》・排竜《ぱいろん》〉といひ、速きをもつて勝ちとなす。すなはち、これ競渡なり。けだし、屈原が霊のために竜を逐ふの意か」とあるが、今も熱狂的におこなわれる名物である。

烏帽子着てさしづ顔なる競渡かな　河東碧梧桐
*負くまじきペーロン銅鑼を滅多打ち　下村ひろし
出稼ぎの父送る日の競渡かな　福島　五浪
競渡見る仮泊の舳ならべけり　田中田士英

山開《やまびらき》　開山祭　御戸開《みとびらき》　卯月八日　ウェストン祭

山にのぼることがゆるされる第一日で、雪で荒れた登山道や山小屋を整え、山開きがおこなわれる。山の神を祭って登山者の安全を祈ったりもする。融雪や夏休みの関係で、富士山、月山などは七月一日、日光二荒山は八月一日に山開きする。信仰上での山開きは卯月八日が多く、行者は三日から七日の垢離をとって心身をきよめて登山した。また山の神は十月八日に奥の宮より下山し四月八日まで里宮におられるという信仰があり、四月八日にはまた峰にかえる山の神を送った。ウェストンは上高地をひらいた人。〈本意〉雪のため、また雪による荒れのため、山に入ることを禁じられていたのが解除されるのである。夏の登山シーズンが再開するわけだが、そのほかに、日本古来の山の神信仰がとくに農村でつよいことを忘れてはならない。山の神は奥山にかえられるわけである。

風速計目がまはるなり山開　阿波野青畝
仔兎の耳透く富士の山開き　飯田　龍太
お山開きし甲州街道となりにけり　富安　風生
山開き大落石の居坐りて　菅間　杏可
*伴《つ》れ犬にいつか蹤《つ》く犬山開き　中村草田男
禁制の女人手を拍つ山開　谷野　予志
をだまきの門浄めたり山開き　堀口　星眠
霧ふかく不二は見えねど山開き　谷　迪子

竹植う《たけうう》　竹移す　竹酔日　竹迷日　竹誕日　竹養日　竹植うる日

陰暦五月十三日に竹を植えれば必ず根づくという中国の俗信があり、この日を竹酔日、竹迷日などという。五月十八日、八月八日など、日については異説もあるが、俳句では五月十三日とする。〈本意〉根拠はよくわからないが、梅雨の頃なので、根づきやすいことはたしかである。『去来抄』に、「魯町曰、竹植うる日は古来より季にや。去来曰、覚悟せず。先師の句にて初めて見はべる。古来の季ならずとも、季にしかるべきものあらば、撰び用ゆべし。先師曰、季節の一つも探し出だしたらんは、後世によき賜となり」とあるのがよく知られる。「降らずとも竹植うる日は蓑と笠」（芭蕉）の句は、この日の梅雨どきなのを適切にとらえている。

竹植ゑて朋有り遠方より来る　正岡　子規
戸袋にあたる西日や竹植うる　飯田　蛇笏
月によし風によしとて竹を植う　上野　青逸
竹酔日胡麻を煎る香の中にあり　能村登四郎
聖賢の徒にあらねども竹を植う　下村　非文
＊竹植ゑて即ち無為を楽しめり　大橋越央子
竹植ゑて余生謀れる如くなり　石塚　友二
古き友来れば酒置く竹酔日　村山　古郷
すこし地をひろげて竹を植ゑにけり　南上　北人
竹植うる日の夕あかりいつまでも　星野麦丘人

川開き《かはびらき》　両国の花火　大花火

隅田川の両国橋の上流下流で、毎年七月下旬の土曜日におこなわれていた花火大会である。この大花火の起源は古く、享保十八年といわれ、玉屋、鍵屋が技を競った。のち鍵屋だけになり、やがて全国の花火師の大競技となった。料亭は桟敷を設け、川には見物の船が出てにぎやかだった。昭和三十七年から雑踏する見物客をさばききれず、休止されたが、現在はまた再開され八月一日に行われている。同様の催しは、他の川でもおこなわれる。〈本意〉川開きという名を花火大会につけたものだが、川開きそのものは、古いもので、お盆前の七月七日に七度、川で泳ぐみそぎの風習などが地方にのこっている。川入り、川祭り、川開きなどの名で、こうした川の祭りが呼ばれている。大花火という語になると納涼が第一というふうに意味がかわってくる。

川開水忘じたる時ありけり　星野　石木
川開の古き錦絵空ひろし　飯田　岳楼
ふなべりを女ゆききや川開　三宅清三郎
日のうちに一の花火や川開　福田　素吾
*川開豪華の中の大雨かな　岡本癖三酔
秩父峯の豪雨のあとぞ川びらき　木津　柳芽

五月場所《ごぐわつばしよ》　夏場所

本場所はいま六場所制だが、初場所（春場所）と夏場所（五月場所）が歴史ふるく、東京でおこなわれる人気場所である。五月十日頃から十五日間、国技館でおこなわれる。〈本意〉明治十年五月からおこなわれてきた本場所で、一月の春場所と五月の夏場所の本場所二場所制が長く続いた。東京本所の回向院で晴天十日を限って興行されたが、のち国技館でおこなわれている。

夏場所やもとよりわざのすくひなげ　久保田万太郎
*煌々と夏場所終りまた老ゆる　秋元不死男
夏場所のはねの太鼓に端居かな　富安　風生
はたと止む団扇の波や五月場所　武原　はん
夏場所のはねし太鼓や川向ふ　松本たかし
夏場所や汐風うまき隅田川　牧野　寥々

鴨川踊《かもがはをどり》

昭和二年五月よりおこなわれている京都先斗町芸妓の夏の公演。歌舞練場でおこなう。はじめは五月一日から二十四日までの興行だったが、四月十五日から三十日、または四十五日と改められた。〈本意〉鴨川踊りは都踊りと並ぶ京都の年中行事である。鴨川踊りは先斗町の芸妓、都踊りは河東の祇園新地の芸妓の歌舞となっていて、ともに、点茶席が設けられ、芸妓がはべる。十月にも秋の鴨川踊りがある。

京の雨鴨川踊見るとせん　兼松　蘇南
宿とりて鴨川踊ほど近く　穂北　燦々
＊京去るや鴨川踊今宵より　池内たけし
句をつくる妓あり鴨川踊にも　開田　華羽

祭《まつり》

御祭　祭礼　夏祭　神祭　榊取る　榊さす　忌《いみ》さす　神輿《みこし》　渡御《とぎょ》　舟渡御　祭舟
御旅所　祭太鼓　山車《だし》　楽車《だんじり》　夜宮　宵宮　宵祭

夏の祭の総称で、他の季節の祭は春祭、秋祭と呼んで区別する。冬祭は季語にない。もとは祭というと賀茂祭（葵祭）をさした。祓と除災を目的とする祭が多いが、祭の代表は六月望《もち》の日の祇園会である。祇園会の山、鉾、屋台は全国にひろまり、神輿や山車《だし》が、必ず用いられるようになった。祭の前夜が宵宮、宵祭だが、宵から暁の行事が祭の中心であることが多い。神輿の渡御は祭神が縁の深い聖地に出御することで、舟を使う舟渡御、水上渡御があり、また海中を神輿をかついで渡る渡御もあった。楽車《だんじり》、山車は車に山、人形、草木、禽獣を高く作りのせ、はやしてひきまわすもの。〈本意〉『滑稽雑談』に「ある抄に云、総じて〝祭〟とは、賀茂の祭を押し出していふなり。この祭を本にして、総じて無名の祭を夏の季とするなり」云々とある。夏祭の代表たる祇園会がひろまり、祭礼観があらたまり、近代のものが形づくられてきた。祓と除災を目的とするが、にぎやかな様式になった。

花笠を船にもかけし祭かな　長谷川零余子
神田川祭の中をながれけり　久保田万太郎
鯖ずしのつめたかりける祭かな　日野　草城
街折れて闇にきらめく神輿かな　富田　木歩
船渡御に泳ぎ従ふ男かな　池内たけし
*祭笛吹くとき男佳かりける　橋本多佳子
真円き月と思へば夏祭　中村　汀女
烈風にかゞりを焚いて祭かな　田村　木国
さかづきに映る祭の燈ものみほす　篠原　梵
夏祭まへや大工ののみ光り　百合山羽公
葉つぱの子てんとう虫も祭の子　平畑　静塔
昼の月あはれいろなき祭かな　安住　敦
母病めり祭の中に若き母　相馬　遷子
読まず書かぬ月日俄に夏祭　野沢　節子

三船祭《みふねまつり》　舟遊祭《しういうさい》　管弦祭　扇流し

車折《くるまざき》神社の祭礼で、五月の第三日曜日、京都嵯峨嵐山の大井川、渡月橋上流でおこなわれる。神輿は御座船で船遊びされ、それにお供して、詩歌、管弦、俳諧、謡曲、茶、花、糸竹、書画、舞踊、小唄、長唄、迦陵頻伽、胡蝶の童舞などの船がつき、川を練りわたる。御座船や流扇船に献じられた美しい扇が要岩のあたりで川に流される。これが扇流しである。〈本意〉大井川の船遊びは古くから有名であった。宇多上皇の御幸以来、道長の船遊び、白河院の船遊びなどがよく知られる。道長は作文《さくもん》（詩）、管弦《かげん》（雅楽）、和歌の三船にその道の達人をのせたが、公任は和歌の船でよい和歌をよみ、作文の船に移ってなおよい詩を作ったという。白河院の三船では源経信が管弦の船で楽をかなでながら、詩も和歌も献じた。室町時代には金銀の扇を流して興ずる船遊びがあった。これらが総合的にとり入れられた祭である。車折神社は嵯峨野にあり、清原氏の祖頼業《よりなり》を祭る。頼業は儒学の家柄で高倉天皇の侍講をつとめた。この地は、牛車が折れたという伝説があって、車折の名がのこる。この神社がこの祭をはじめたのは昭和三年で、天皇の即位大典の年で、舟遊祭とよび、三船祭とも西祭とも称した。

卯の花を折りて戻りや川祭　松瀬　青々
西祭まつ勾欄に端居して　中井　湖山
＊紋どころ涼しき日覆三船祭　福田　章史
舷に絵筆洗ふや西祭　越野　孤舟

賀茂の競馬《かものけいば》　競《くら》べ馬　空走《むだばしり》　勝馬　負馬

五月五日、京都上賀茂、賀茂別雷《かものわけいかずち》神社でおこなわれる競馬の神事。日本最古の競馬で、二十人の騎手が左方、右方にわかれ、古式の衣冠姿で十番の競馬をおこなうが、最初の一番は左方が必ず勝つことになっていて、勝負がなく、これを空走という。騎手は左方は緋、右方は黒の衣裳をつけ、冠をかむり、腰に菖蒲を巻いている。〈本意〉欽明天皇のとき、風雨はげしく、占わせたところ賀茂神のたたりとのことで、四月吉日に馬を走らせ祭ると五穀成就、天下豊平だったということから、乗馬の儀がはじまったという。とにかく美しい五月に、古代の馬術を神事として伝えることから、おこなわれるようになった儀式であろう。この競馬の前、五月一日には「足揃」があって、遅速をしらべ、競馬にあてる馬をえらび出す。

競べ馬おくれし一騎あはれなり　正岡　子規
負馬の眼のまじ〳〵と人を視る　飯田　蛇笏
競べ馬一騎遊びてはじまらず　高浜　虚子
勝馬を鎮めかねつゝ鞍はづす　森田　峠
競馬果てゝ人散る左京右京かな　志田　素琴
土ぼこりすぐ熄む賀茂の競べ馬　土山　紫牛
＊四囲の山あを〳〵とある競馬かな　鈴木　花蓑
一文字に烏帽子の葵賀茂競馬　亀井　糸游

筑摩祭《つくままつり》　鍋祭　鍋被《なべかむり》　筑摩鍋　鍋乙女

滋賀県の筑摩神社（坂田郡近江町）で五月八日におこなわれる。八歳の少女たちが、赤い小袖、もえぎの袍、緋の裾袴を身につけ、紙のなべをかぶって、神輿渡御に供奉する。〈本意〉もとは、氏子の女が、自分の許した男の数だけなべを土で作って神前に奉ったもので、『伊勢物語』にもこれをうたった歌がある。怠ったり、数をちがえたりすると神罰があるものとされた。それがのちになべをかぶって神輿に従うようになり、幕末ごろに、十二、三の少女が紙のなべをかぶって従うようになり、今のように変ってきた。お旅所から琵琶湖をわたって神輿が本社にもどる。それに鍋乙女らがつきしたがうのである。「人のうへを見てはづかしや鍋祭」（緾一）「小わらはも冠りたがるやつくま鍋」（一茶）などの古句もある。

うきことに雨も降りけり鍋祭　高田　蝶衣
紅の顎紐太し筑摩鍋　中山　碧城
みめよくて浅くかむりぬ鍋祭　本田　一杉
言はるゝがまゝにならびて鍋乙女　森田　峠
頤に長き鍋紐結ばるる　高野　素十
鍋祭渡御の奴は跳ねにけり　榎並美代子
＊この稚児のあみだ被りよ筑摩鍋　長崎　片帆
湖沿ひにちりぢり雨の鍋乙女　山本八重子

賀茂祭《かものまつり》　祭　北祭《きたのまつり》　葵祭　加茂葵　葵鬘《あふひかづら》　諸《もろ》鬘　懸葵　御生《みあれ》祭　御生日《みあれのひ》

五月十五日、京都上賀茂社（賀茂別雷《かものわけいかずち》神社）と下鴨社（賀茂御《み》祖《おや》神社）の両社でおこなわれる日本第一の大祭。みな葵草、ひかげのかずらを装束につける。欽明天皇のとき、風雨ひどく、五穀が実らなかったので、占うと、賀茂神のたたりということで、馬を走らせて豊作を祈り効験があったことからはじまる。天智天皇の時には官祭になり、平安時代には勅使も参向した。南の八幡祭に対して北祭とも呼んだ。葵と蔓を組合せた葵桂飾りの牛車を中心に、平安の姿の美しい供奉の行列が、午前九時に京都御所を出て、葵橋を通り下鴨社にいたり、奉幣使以下古式の祭儀をおこない、糺《ただす》の森で走馬の儀をおこない、賀茂川堤を北上、上賀茂神社で同じ儀式をおこなう。御所にもどるのは夕方になる。〈本意〉日本第一の大祭で古代の風俗が再現される。賀茂建角身《たけすみみの》命《みこと》の娘、玉依姫《たまよりひめ》がせみの小川で遊んでいて丹塗矢《にぬりや》を川から拾う。これを屋根にさして、男子を産む。この子はのちに、我は天神の御子なりと、天上をさしてのぼってゆくが、これが別雷命である。この神を産みたまうのを祝う日として御生祭ともいう。古い起源の祭で、いろいろの習俗の混合があるようである。

しづ〳〵と馬の足搔きや加茂祭　高浜　虚子
桐の花葵祭はあすとかや　河東碧梧桐
懸葵しなびて戻る舎人かな　野村　泊月
葵かけし家の内なる葭戸かな　長谷川零余子
＊うちゐみて葵祭の老勅使　阿波野青畝
牛の眼のかくるゝばかり懸葵　粟津松彩子
稚児輪結ふて葵祭を見し記憶　田辺ひで女
賀茂祭り駄馬も神馬の貌をして　伊藤　昌子

御田植《おたうゑ》　御田　神植《かみうゑ》　御田祭

多くの神社でおこなわれる御田植の神事。大阪の住吉神社の御田植（六月十四日）と伊勢の皇大神宮の御田植（神田が二個所にあり、楠部が五月二十日頃、磯部が六月二十四日）がとくに有名である。ほかに熊本県の阿蘇神社（七月二十八日、二十九日）、岡山の吉備津神社（八月一日、二日、三日）のものも知られている。住吉の御田植は新町の芸者衆が植女や稚児になるので知られ、植女は花がさに古風な装束をつける。植女は早苗を下植女にわたし、菅がさ、赤だすき、白脚絆の四人の下植女が苗をうえる。伊勢の御田植は神田が二個所にあるので、別のやり方の田植えがおこなわれる。たとえば楠部では、神宮の摂社大土御祖神社で全員がおはらいをうけ、神の田に行き、楽人の奏楽のなかで田植えをし、終ると、二本の大きな扇を持った二人が神田の中央に現われ、東側のあぜに十人の踊り子がうちわを持って出て、行司ふみをおこなう。舞いながら神社に練ってゆき、社前でも田遊びの芸能をおこなう。〈本意〉住吉の御田植は、神功皇后が三韓征伐の帰途、長門国より植女を召し、五穀農業のことを世に広くしたもうたことからおこり、のち乳守の遊女、今は芸者衆がこれをおこなっているという。伊勢の御田植では、扇で田をあおぎ、虫を生ずる患いなしとし、その扇がお産をかるくするとして尊んだ。田植を神事として、豊作を祈り、健康を祈る、古くからの起源の行事である。

御田植の太鼓の泥もめでたしや　高野　素十
御田植うる白扇胸に乙女さび　岸　風三楼
*植ゑる舞ふ囃す一つの御田にて　二川のぼる
事終へて御田祭は紙を撒く　西内　孝一
燕翔け御田二反を祝ぎにけり　内田　哀而
御田植や今日めづらしく空晴れて　草間　時彦
御田植雨の水輪のみどりなる　上田　幸雄
早苗籠荷なうて来たる仕丁かな　田中秋琴女

富士詣《ふじまうで》　富士道者　富士行者　山上詣　富士講　浅間《せんげん》講　篠小屋

富士山にのぼり、富士権現の奥の院に参詣すること。また、駒込や浅草などにある富士権現の山開きに参詣すること。山開きは陰暦六月朔日で、現在は七月十日である。日本では古来登山を信仰の目的でおこなったので、富士山の登山者を富士道者、富士行者、登頂を富士禅定といい、富士山上詣、山上と呼んだ。江戸時代には、庶民の信者たちは、富士講（浅間講）に加わり、先達に導かれて登山した。山開きから二十日間が登山期で、十五日頃がピークだった。講は御師《おし》と結びついていて、大宮（富士宮市）や吉田（富士吉田市）の御師の家や社家の家に泊って山にむかう。白衣、鈴、金剛杖の姿で「六根清浄、お山は晴天」と唱え、篠小屋（坊）、奥の院、火口周縁をめぐる。お鉢回りのことを横行道、横山上とも言った。富士講の開祖は戦国時代の長谷川角行《かくぎょう》で、天下太平を富士山に祈り、八百八講とまでいう富士講隆盛のはじめとなった。〈本意〉「昨十四日の夕より山に入て、通宵のぼり、明方に頂上に至りて、朝日の出るを拝するに、地上岩水に映りて、種々の想を現ず。あるひは弥陀の来迎の想あるひは一仏一菩薩の想を拝すなどいへり」と『滑稽雑談』にあるように、古来の日本の富士登山はまったく信仰の行為だった。この気持はうすれてはいるが、日本人のなかに生きつづけているようでもある。駒込富士詣では麦藁の蛇を縁起物に売る。

富士行者白衣に雲の匂ひあり　正岡　子規
雨ながら麦藁蛇に灯ともりぬ　勝又　一透
＊砂《す》走《ばし》りの夕日となりぬ富士詣　飯田　蛇笏
富士講のリボンをつけし生命《いのち》杖　中村　春逸
小さな幣杖に結びつ富士行者　菅　裸馬
富士詣古稀の自祝に果せしと　本川　晴代
濛雨晴れて色濃き富士の道者かな　前田　普羅
暗闇に故里訛富士詣　吉村あい子

御祓《みそぎ》　御祓川

六月三十日に行なわれた神事で、心身の汚れをのぞく、おはらいである。宮中や神社で三十日の夕方、水辺で行なう。麻の葉を持ったりして茅《ち》の輪《わ》をくぐる。また紙を人形《ひとがた》に切り、これに息をふきかけ、麻の葉とともに川に流す。六月、十二月の晦日に大祓が行なわれていたが、これが六月だけになったもので、疫病が多くなり水の災厄が多くなる季節に、心身の汚れをとりのぞくために行なうのである。〈本意〉「御手洗や団子にぬるもみそぎかな」（重頼）「吹く風の中を魚飛ぶ御祓かな」（芭蕉）「灸すゑて仕舞ひたりける御祓かな」（越人）「泪して命うれしき御祓かな」（樗良）など古句に多く詠まれている季題。古歌にも詠まれる清々しい神事で、心身の汚れをきよめることは日本人のもっとも重んずるところであった。

真菰わけ形代ながす人ゆきぬ　水原秋桜子
夕闇は加茂にとく濃き御祓かな　岸　風三楼
山に向ひ流るゝ川や夏祓　富田うしほ
くらがりに人うづくまる御祓かな　松尾　静子
＊立ち浮む瑞の茅の輪をくぐりけり　松本たかし
形しろの墨のにじみしわが名かな　西山　誠
形代を燐寸の箱の下にせる　相生垣瓜人
山へ紙ひらひらとんで御祓かな　宇佐美魚目
形代の名を書けば妻となるかなし　山口　青邨
橋殿に燭奉る御祓かな　吉田　愛子

名越の祓《なごしのはらへ》

御祓《みそぎ》　夏越《なごし》　夏祓《なつはらへ》　六月祓《みなつきはらへ》　荒和《あらにご》の祓　川祓　夕祓　御祓川

陰暦六月晦日におこなう祓《はらえ》で、大宝令以後、六月晦日の名越の祓と、十二月晦日の年越の祓が定められていたが、六月の方が残ったものである。陽暦が採用されてからは、七月晦日その他の日にもおこなわれるようになった。名越神事は、人形《ひとがた》にけがれを託して流れにながすこと、茅《ち》の輪《わ》をくぐることが中心になるが、火祭をすることもある。下賀茂神社では水無月祓で、水辺に五《い》十串《ぐし》を立てて祭をおこなうが、この川を御祓川という。岸に臨時の祭壇を設けるのが川社《かわやしろ》である。

名越とは邪神を払いなごめる意、夏越で、夏の名を越えて相剋の災をはらう意などという。荒和《あらにこ》の祓は、大祓のとき神祇官の奉る荒妙《あらたえ》の衣を荒世《あらよ》、和妙《にぎたえ》の衣を和世《にこよ》というところから出た。正しくはあらにぎである。〈本意〉七月と正月という重要な祖霊祭の前の物忌みとして大祓をしたわけだが、六月は悪疫の流行期で水の災厄も多いので、健康のために罪けがれをはらったため、十二月より、六月の方が一般化したわけである。神道の基本が祓なので、「風そよぐ奈良の小川の夕暮は御祓ぞ夏のしるしなりけり」のような歌も詠まれた。

*ぬばたまの晦日祓の恐ろしき　高野　素十
日かげりて御祓はじまる河原かな　荻原井泉水
越の野に会ふ川三すぢ川祓　本多　静江
竹さやぎ夏越の星の流れたる　久米　三汀
山川に星配りたる御祓かな　山田みづえ
予期せざる鱶の刺身や夏祓　長井　通保
かたむきし夏越の月に社家鎮む　小枝秀穂女
夏越餅名はみなづきや白撓み　吉野　義子
竹の子の皮流れ来る禊川　辻田　継枝
森の中夏越祓の禰宜と会ふ　武内ひさし
灯火に風吹きかはる夏越かな　正田　雨青
山杉に霧ふりかゝる夏祓　山中　不艸

形代《かたしろ》

人形《ひとがた》　贖物《あがもの》　祓草《はらへぐさ》　祓物　撫物　天菅麻《あまのすがそ》　麻の葉流す

白紙を人の形に切りこれをはらいの具にしたもので、人形《ひとがた》といい、贖物の一つ。男と女とで形をちがえる。これに名を書き、身体をなぜ、息を吹きかけて、けがれをうつし、川に流す。今でも六月祓のときに、神社から氏子に形代をくばり、神官がこれをあつめてはらうことがおこなわれている。〈本意〉「御祓するに、人形を作りて、身の災難をはらへて、川に流すことあり」と『増山の井』にある。これは信仰の問題だが、人の形の形代に触れれば、自分の罪や災難をうつすことができると信じられていたのである。

形代にわが名を書きて恐ろしき　前田　普羅
形代や腹閃めかす魚の見ゆ　島田　五空
形代に書きて我名をよみにけり　横山　蜃楼
＊形代の男女と流れけり　富田うしほ
形代につゝがなき名をしるしけり　徳永山冬子
形代やわがいきかくるぬくきいき　阿片　瓢郎
形代を流しては生きのびにけり　細川　加賀
形代の襟しかと合ふ遠青嶺　能村登四郎
形代やとつぎし者の名を加へ　本宮銑太郎
形代の袖に筆頭わが名書く　三宅かつみ

茅の輪《ちのわ》　ちなは　菅貫《すがぬき》　菅抜　茅の輪潜り　越ゆる輪　輪越の祓

名越《なごし》の祓《はらえ》でおこなう呪法の一つ。陰暦六月晦日におこなわれる。神社の鳥居の下、拝殿、神橋の橋づめなどに、茅を紙でつつみたばねて大きな輪に作ったものをおき、宮司がまずくぐり、一般にくぐらせて、けがれをはらう。〈本意〉『備後国風土記』に起源説話がある。北海の武塔《むとう》神が南海の神の娘を婚《よばい》に出かけたところ日が暮れた。蘇民将来と巨旦《こたん》将来という兄弟がいたが、金持の巨旦から宿を拒絶され、貧しい蘇民の家にとまった。数年後、武塔神は再来し、巨旦らを皆殺しにするが、蘇民夫婦と娘には茅の輪を腰につけさせて救う。そして、彼らに向かって武塔神は「私は速須佐能雄神である。もし後の世に疫病が流行ったら、自分たちは蘇民将来の子孫だと言い、茅の輪を腰につければ疫気《えやみ》から救ってあげよう」と約束する。菅貫は茅のかわりに菅を使ったもの。左足から入り右足から出ることを三度くりかえし縁起よき歌をとなえることをしたり、輪を越えたり、いろいろのことがおこなわれてきた。「天地一円相の間をこえ、夏より秋へ移り、火剋金をまぬかるることとなり」と『年浪草』にあるが、茅の輪にはそのようなイメージがこめられているようである。

見つゝ来て茅の輪やまこと今くゞる　星野　立子
一円に一引く注連の茅の輪かな　松本たかし
茅の輪とれ神の月日も亦迅し　伊藤　柏翠
三日月の金無垢を置く茅の輪かな　野見山朱鳥
*息災にありあれ茅の輪潜りつゝ　石塚　友二
遠き茅の輪近き茅の輪の円中に　島根　碧浪
盲杖のさぐりあてたる茅の輪かな　本山　邑多
くぐりつつ乾坤青き茅の輪かな　井沢　正江
人去りて茅の輪蛍のあそびをり　きくちつねこ
茅の輪とれ神寂びたまふばかりなり　宮下　翠舟
くらがりに水の匂へる茅の輪かな　戸川　稲村
夜の宮のうすあかりして茅の輪あり　高野きよ子
少年のはしりくぐれる茅の輪かな　田淵　耕易
長き身を二つに折りて茅輪かな　吉見　泰二

祇園会《ぎをんゑ》

祇園祭　山鉾《やまほこ》　七日の鉾　七日の山　十四日山　祇園囃　二階囃　屏風祭　祇園の神輿洗　宵山　宵飾　鉾の粽　無言詣　鉾の稚児

京都東山の八坂神社の祭礼で、七月一日から二十九日までおこなわれる。正しくは祇園御霊会《ごりょうえ》といい、豪華絢爛たる祭である。七月一日吉符《きっぷ》入《いり》、船鉾町御神面改《ごしんめんあらため》、二日山鉾巡行順のくじ取り、三日から二階囃子、五日山鉾町社参、長刀鉾《なぎなたぼこ》稚児吉符入、八日から十日鉾建、曳初、鉾囃子、神輿洗、十一日長刀稚児社参、稚児《ちご》位《くらい》貰《もらい》、十三日昇初、十六日宵山、十七日鉾七基、山十三基の巡行、三基の神輿による神幸祭、無言で詣ると願いごとがかなうという無言詣がおこなわれる。十八日後《あと》の祭《まつり》の山建、二十二日曳初、二十三日後《あと》の宵山、二十四日、曳山二基・昇山六基の南行、還幸祭、二十八日神輿洗、二十九日の神事済奉告祭をもってすべてが終了する。五月の葵祭、秋の時代祭とならぶ京の三大祭で、祭の代表である。〈**本意**〉貞観十一年、全国に疫病が流行したとき、卜部日良麻呂が牛頭天王のたたりとして、六月七日、六メートルの矛六十六本をたてて祭をおこない、十四日に神輿を神泉苑に送り疫病消除を祈ったことからおこった祭というが、当時ひろくおこなわれていた御霊、怨霊の祭が発展したものとされている。山鉾のもとも何度か試みられ、芸能、風流が加えられてゆき、練り物も出て豪華になり、祭は、神事から見世物にかわっていった。神輿渡御より山鉾巡行が中心となってゆくのである。

神妙に汗も拭はず鉾の児　伊藤　松宇
鉾の上の空も祭の星飾る　樋口　久兵
*白炎天鉾の切尖深く許し　橋本多佳子
屋根に乗りをるも一と役鉾すゝむ　中原　一樹
大車輪ぎくりととまり鉾とまる　山口波津女
鉾すすむ方へ押されて吾もすすむ　伊藤　夜鴨
水打ってまだ日の高き鉾の街　飯尾　雅昭
鉾を見る肌美しき人と坐し　緒方まさ子

天満祭《てんままつり》　天神祭　鉾流しの神事　川渡御《とぎょ》　お迎人形　天満の御祓　船祭

大阪の北野天満宮の祭礼で、七月二十五日である。二十四日に楽車の宮入り、鉾流しの神事がある。神鉾を川に流し、その流れついたところを神幸の御旅所としたが、今は松島にきめて、形式的に鉾流しをする。二十五日には川渡御がある。御鳳輦、鉾、神馬、神鉾、武者、稚児が行列をなして本宮を発し、鉾流橋から乗船、堂島川を下る。この川渡御の先導をするのが御迎え船で、三番叟、八幡太郎、保名などの大きな人形を各船にのせ、どんどこどんどこと太鼓をならして現在は川上の御旅所の桜の宮まで行って帰る。日本三大祭の一つ。〈本意〉怨霊神である菅原道真の霊をなぐさめ、悪疫をのぞき、幸福を祈るお祭だが、しだいにショー化している。神田祭、祇園祭とならぶ三大祭の一つ。北野天満宮は、道真が筑紫へ流されたとき、途中しばらく立ち寄った旧跡で、故事になぞらえておこなうもの。「丞相あまりに飢ゑ疲れ、今のゑのころ島といふに立ち寄り、翁嫗二人住みける家に入りたまひ、小麦餅を奉りしを聞し召されし例により、御旅所と定め、小麦の御供を供へ奉るとなり」と『難波鑑』にある。

人形の宿禰はいづこ祭舟　後藤　夜半
＊川も狭にどんどこ舟はあばれもの　本田　一杉
金魚玉天神祭映りそむ　同
船祭いま面舵に取舵に　村野　芝石
篝火はどんどこ舟をたかぶらせ　長谷川素逝
迎へ水打つて天神祭かな　高橋　洋志

安居《あんご》

夏《げ》安居　雨《う》安居　夏《げ》　一夏《いちげ》　夏行《げぎやう》　夏籠　夏勤　結夏　結制　夏入　夏の始
一夏九旬《くじゆん》　夏百日　百日の行　前《ぜん》安居　中安居　後《ご》安居　解夏《げげ》　夏の終

旧暦四月十六日から七月十五日までの一夏九十日を僧侶が一室にこもり修道に精進することをいう。九十日を前安居、中安居、後安居と区分したり、五月十六日から八月十五日としたり、比叡山では四月八日から、高野山では四月十四日からはじめたり、さまざまである。この修行期間を一夏、夏安居といい、これに入るのが結夏、結制、おわるのが解夏である。日本では天武天皇十三年に制度化され、奈良の十五大寺でおこなわれた。〈**本意**〉安居は梵語の雨期の意味で、古代インドでは豪雨、洪水、毒蛇、猛獣などの災難の多い雨期の三か月には、仏弟子たちを一所にあつめ、仏の教誡を受けつつ経律の研究や修行をさせ、これをおえてからまた各地に教化に散ることを制度としていた。これが日本でもとり入れられているのである。芭蕉の「しばらくは滝に籠るや夏の初め」などが知られている。

夏行とも又たゞ日々の日課とも　高浜　虚子
杉深くいかづちの居る夏行かな　富安　風生
食《じき》堂も炷きこめられし安居かな　皆吉　爽雨
樗吹く風のさみしき安居かな　五十崎古郷
夏安居の僧に寄りくる魂二つ　野上豊一郎
＊まつさをな雨が降るなり雨安居　藤後　左右
夏に籠る山六月の椿かな　喜谷　六花
山門に山羊の仔あそぶ夏の始め　中川　宋淵
夏行僧白粥に塩落しけり　土居　伸哉
土性骨敲かれて居る安居僧　河野　静雲
黒揚羽絶えず飛びゐる安居かな　川上　一郎
結夏僧すり足に去り風のこす　荒井　正隆

夏断《げだち》

夏《げ》というのは夏安居のことで、陰暦四月十六日から七月十五日までの九十日間、各宗本山大寺で僧を集め、修行に専念する真剣な期間で、信者の家でも、寺に花や供物をとどけ先祖の供養をし、家で経を読み、写経した。そしてこの期間、魚肉、酒を断ち、精進するのである。〈本意〉「在家もまた志ある輩は、夏を修し、九旬の間、飲酒・魚肉を断ち、聖経を読誦し、書写し、花を供養するも、先祖の聖霊・有縁・無縁の菩提のためにするなり」などと『年浪草』にある。精進の志のかたさを示すものである。

夏断して仏の痩を思ひけり　河東碧梧桐
＊夏断して百合の香骨に沁む思　島田　五空
夏断せん我も浪化の世ぞ恋し　大谷　句仏
たまゆらに朴の花散る夏断かな　三谷　露外

夏書《げがき》　夏経《げぎやう》

夏安居の間に、写経をすることで、修行の一つであるが、これが信者にも伝わって、経文を読誦し書写して、寺におさめ、祖先の供養を念じた。これがさらに一般化して、夏に習字することを指すことにもなった。〈本意〉夏安居では、礼拝、読経、念仏、坐禅とともに写経をおこなうが、その写経をとりあげて言う。ただ、しだいに俗化して、単に習字のことにもなってしまっている。

磨りためし墨に塵なき夏書かな　高浜　虚子
暁の山気身に沁む夏書かな　佐藤　紅緑
雑炊の淡さ馴れ来し夏書かな　志田　素琴
をしみなく夏書の墨のまがりける　阿波野青畝
夏書の筆措けば乾きて背くなり　橋本多佳子
*夏書いま窓の杉の穂きりきりと　皆吉　爽雨
ひらがなの母にまゐらす夏書かな　河野　静雲
摩の一字書きてつまづく夏経かな　曾祇もと子

夏花《げばな》

夏安居の間はとくに心をこめて日々仏に新しい花を供える。在家の信者も花を摘み寺にとどける。花が本来だが樒《しきみ》の葉を摘んで代用する地方がある。〈本意〉「釈家において仏に花香を供すること、尋常の儀なり。安居なほ然《しか》なるべし。俗家、多く一夏の間、薄板にて花皿を製し、仏に供す。多くは樒の葉を用ゆれども、花あるものも供するなり」と『滑稽雑談』にある。色もかおりも美しい花をそなえる気持をとくに夏安居に示すのである。

*或時は谷深く折る夏花かな　高浜　虚子
庭のもの折りもて供じ夏花とす　大橋越央子
夏花折つて水渡る僧や寺見ゆる　高田　蝶衣
畜生に戒名はなし夏花供げ　富安　風生
ここらまで来る海の鳥夏花摘　大峯あきら
夏花摘あるけばうごく山の音　宇佐美魚目
百坊の跡といふなり夏花摘む　森田　峠
夏花とす那智の笹百合負ひ来る　田中　敦子

練供養《ねりくやう》

当麻《たいま》練供養　当麻法事　当摩法会　来迎会　迎接会　曼荼羅会

大和の当麻寺の練供養が知られている。大和郡山の矢田寺の地蔵会の練供養、東京世田谷の九品仏の練供養、京都の泉涌寺の練供養なども知られる。当麻寺のものは五月十四日におこなわれ、同寺に当麻曼荼羅を奉納した中将姫がこの寺で亡くなった忌日にあたる。近在の講中の農家の人々が寺に参拝し、迎講を拝する。当番の人は二十五菩薩の面をかむり仏の様子をする。これは中将姫が蓮糸で極楽曼荼羅を織り、弥陀三尊の来迎をうけて往生したことにならうもので、曼荼羅堂から娑婆堂まで高い引摂《いんぜい》橋が組まれ、観音・勢至が中将姫の像をまつり、二十五菩薩を先導して橋をわたり、娑婆堂から曼荼羅堂にいたる。弥陀来迎のさまを表現したもので、恵心僧都がはじめたという。〈本意〉中将姫の曼荼羅の奇跡に弥陀来迎の信仰を重ねたもので、目で見る方便としての信仰の一つで芝居けたっぷりのものである。

練供養二つの塔を望み来し　青木　月斗
雨雲の塔に降り来し練供養　徳岡　洋子
一役のかなひし父や練供養　松岡　汀月
菩薩みな頭でつかち練供養　成瀬桜桃子
*葉ばかりとなりし牡丹や練供養　森田　木亭
練供養待ちくたぶれし久米の子ら　民井とほる

鞍馬の竹伐《くらまのたけきり》

竹伐　鞍馬蓮華会《れんげゑ》

六月二十日、京都の北郊鞍馬寺で蓮華会をおこなうが、このとき竹伐がおこなわれる。寺伝によると、峯延和尚が護摩の秘法を修していたとき北山から雌雄の大蛇がおそい、和尚が毘沙門の呪で厄を逃れた。この雄蛇は切って捨てられたが、雌蛇は助けられ、閼伽井《あかい》の水を湧き出させたという。この故事によって竹伐がおこなわれている。二十人の僧が山刀をもって東西にわかれ、東西それぞれに二人ずつ竹を切ると先を争って茶所に走る。その遅速で年の豊凶を占ったりもした。〈本意〉峯延和尚の故事をかたどって、厄をはらい、疫鬼をはらう行とするわけである。豊凶の占いにしたともいわれ、とにかく勇壮な行事である。

*竹伐や稚子も佩いたる飾太刀　五十嵐播水
竹伐りや法師の前をもつれ蝶　岩城　佳洲
竹伐やいかづち雲の嶺に生る　岸　風三楼
竹伐や鞍馬を包む雲の中　田中　拾夢
竹伐や弁慶頭巾白妙に　鈴鹿野風呂
太刀風に雨たばしるや竹伐会　和田　祥子

万太郎忌《まんたろうき》　傘雨《さんう》忌

久保田万太郎の忌日で、昭和三十八年五月六日である。梅原龍三郎邸訪問中、食餌誤嚥による気管支閉塞のために急死した。七十四歳。万太郎は明治二十二年、浅草でうまれた。小説『朝顔』、戯曲『プロローグ』でデビュー、下町の人々の義理人情の世界をえがきつづけた小説家・戯曲家である。放送芸能の確立に功あり、また文学座を創立。芸術院会員になり、文化勲章をうけた。俳句は、岡本松浜、松根東洋城についたが遠ざかり、文名確立ののち、芥川龍之介にすすめられて再開。昭和九年から「いとう句会」指導。昭和二十一年「春燈」を創刊主宰した。〈本意〉万太郎は俳句を余技に過ぎずとしたが、自由軽妙、しかも生のありようをかなしくうたう。余技ゆえ絶妙のところがあった。傘雨は一時の俳号である。

*こでまりのはなの雨憂し傘雨の忌　安住　敦
あぢさゐの色には遠し傘雨の忌　鈴木真砂女
万太郎逝きて卯の花腐しかな　石田　波郷
居流れて閨秀多し傘雨の忌　久永雁水荘

傘雨忌や「春泥」よりの一読者　小林旭草子
万太郎忌らしくなく晴れあがりたる　西山　誠
万太郎忌ことしのあやめ咲く遅し　成瀬桜桃子
万太郎忌川のあちこち弟子のゐて　大井戸　辿

四迷忌《しめいき》

五月十日で、二葉亭四迷の忌日。四迷は本名長谷川辰之助、元治元年うまれである。言文一致体の文学の創始者で、明治二十年に、『浮雲』を発表した。日本ではじめての近代的なリアリズム小説である。ロシヤ文学の翻訳も知られ、ツルゲーネフの『あひびき』などを訳した。『其面影』『平凡』などが代表作である。朝日新聞社からロシヤに特派されたが、病を得、帰国途上、インド洋で死す。明治四十二年のことで、四十八歳であった。〈本意〉ロシヤ文学を訳し、また自作の発表によって、リアリズム文学、言文一致体文学を確立していった作家である。

露西亜帽頂く写真四迷の忌　大橋越央子
四迷忌を卓上カレンダーにて知りぬ　加倉井秋を
四迷忌や借りて重ねし書少し　石田　波郷
花器の水硯にすりて四迷の忌　松本　澄江
＊四迷忌や夕浮雲の移りをり　秋元不死男
四迷忌やつくづく長き夫の留守　河野緋佐子

たかし忌《たかしき》　牡丹忌

五月十一日で、松本たかしの忌日。たかしは本名孝。明治三十九年一月五日、神田猿楽町でうまれる。父は名人といわれた宝生流の能役者。能の道に進みはじめたが、十五歳ごろ健康を損い、能をあきらめて、俳句に専心、十八歳より高浜虚子に師事する。川端茅舎、中村草田男とならび「ホトトギス」の立役者となる。句集『石魂』で読売文学賞をうけた。昭和三十一年心臓麻痺で没。五十一歳。〈本意〉能をことばで行じたような切れ味のよい、しかも味のふかい句を作った。牡丹を愛した人なので牡丹忌ともいう。

たかし忌の寺より見ゆる城ヶ島　上村　占魚
たかし忌や生れてみどりの蜘蛛走り　岩崎　健一
*たかし亡し梅雨の炭挽く静けさに　小林　康治
たかし忌の朝人知れず沖に虹　横川内蔵助
たかし忌の白扇が打つ膝拍子　鷲谷七菜子
たかし忌の滝に正面して冷えぬ　本田　静江

四明忌《しめいき》

五月十六日で、俳人中川四明の忌日である。四明は嘉永二年京都でうまれ、日本新聞社、大阪朝日新聞社、京都絵画専門学校などに勤めた。日本派の関西での元老で、京阪満月会をおこし、明治三十七年「懸葵」を発刊して主宰、指導した。大正六年、六十八歳で没。〈本意〉四明は日本派の関西地方のリーダーで、京都にテーマを求めた都風の風格ある句を作った俳人であった。

四明忌や生き残る我も髭白く　内藤　鳴雪
四明忌や旅に不参の我ぞうし　大谷　句仏
誰彼の老いし小顔や四明の忌　粟津　水棹
四明忌やその絵すさびの初松魚　山口八九子
四明忌や花なき葵影つくる　亀田　小蛄
*四明忌や遺墨に穂麦たてまつる　星野　空外

蟬丸忌《せみまるき》　蟬丸祭　関明神祭《せきのみやうじんさい》

陰暦五月二十四日で、大津市の関清水蟬丸神社の祭礼が行われる。謡曲の「蟬丸」では、延喜帝の第四皇子で、盲目のため逢坂山に捨てられる。姉の逆髪《さかがみ》は狂乱して逢坂山をさまよい、琵琶の音でひきよせられて弟蟬丸とめぐり会ったという。『今昔物語』では、蟬丸は式部卿の宮の雑色で、盲目となって逢坂に庵を作って住んだとし、蟬丸を盲目の琵琶法師の祖としている。いずれにせよ、蟬丸は実在の有無にかかわらず神格化され、関明神社に祭られ、円融院の詔勅により日本国中音曲諸芸道の祖神として祭られるようになる。〈本意〉蟬丸は音曲や和歌にすぐれていたとして、実在の有無にかかわらず、神に祭られたわけである。『平家物語』では、山科の四の宮河原に住む延喜帝の第四皇子として蟬丸を語っているが、琵琶法師のもとを貴種に求めたためであろう。日本人の思いえがいた音楽的天才の一つの人物像ということになる。

*逢坂に雲たちわかれ蟬丸忌　山本　象夢
蟬丸忌木苺の花たてまつる　久留宮青鳥子
門前の噴井の音や蟬丸忌　池尾ながし
奏でゐる戸ごとの筧蟬丸忌　中山　碧城
逢阪へのびゆく町や蟬丸忌　浜中　柑児
走り井の真清水あふれ蟬丸忌　瀬木　清子

業平忌《なりひらき》　在五忌

陰暦五月二十八日で、在五中将在原業平の忌日である。業平は平城天皇の皇子である阿保親王の第五子で、姓を在原といい、在五中将だったので在五の君と呼ばれた。六歌仙の一人で美男として知られる。『伊勢物語』の昔男のモデルになった。元慶四年五十六歳で没した。〈本意〉美男の歌人で、情熱的だったことが、業平のポイントであろう。美女の歌人、小野小町とならび称され、女性遍歴で知られる。

早苗田にあやめ立ち添ふ業平忌　松本たかし
牡丹の荒れまく惜しき業平忌　相生垣瓜人
*小町忌のなき淋しさや業平忌　野村　喜舟
夜を光る水ひたひたと業平忌　小松崎爽青
老残のこと伝はらず業平忌　能村登四郎
わが好きな井筒の謡業平忌　吉井　莫生

多佳子忌《たかこき》

五月二十九日で、俳人橋本多佳子の亡くなった日。生まれは東京の本郷で明治三十二年、はじめ杉田久女に俳句を学び、「ホトトギス」「馬酔木」「天の川」に投句するが、やがて山口誓子に師事して生涯にわたった。「天狼」の同人でかつ「七曜」の主宰者だった。昭和三十八年大阪で没する。六十四歳であった。『紅絲』『命終』『橋本多佳子全句集』などの句集がある。〈本意〉多佳子は女流四Tの一人で、屈指の女流だった。情熱的で抒情性がある豊麗の句境だった。きびしい緊迫した世界でもあった。そうした句境と佳人多佳子がかさなって思われる。

田川にて足洗ひしよ多佳子の忌　平畑　静塔
襞多きカーテンを閉づ多佳子の忌　本多　脩
多佳子忌の白鷺家の前に立つ　清水　昇子
多佳子の忌の怒濤にぬれし足洗ふ　川島　千枝
*多佳子忌の浜の昼顔百淡し　百合山羽公
多佳子忌の高階に泛くエレベーター　桂　信子

桜桃忌《あうたうき》　太宰忌

小説家太宰治の忌日。昭和二十三年六月十三日、山崎富栄と三鷹上水に入水、同月十九日に遺体が発見されたので、六月十三日が忌日だが、毎年墓のある禅林寺でおこなわれる桜桃忌は十九日になっている。太宰治は明治四十二年六月十九日、青森県北津軽郡金木町にうまれ、戦後文学の代表作家となる。代表作に、『斜陽』『ヴィヨンの妻』『人間失格』『桜桃』などがある。〈本意〉太宰は破滅型の生活態度をとったが、魂の救済を求め、愛を求める姿勢をひめていた。倨傲と羞恥、自尊と自嘲という、矛盾しあうものが共存する姿勢のなかに、これまでにない自意識の鮮明な把握があった。桜桃忌というのは、名作『桜桃』にも由来するが、死が桜桃の熟する頃であったからでもある。

*太宰忌の蛍行きちがひゆきちがひ　石川　桂郎
太宰忌やたちまち湿る貰ひ菓子　目迫　秩父
太宰忌や青梅の下暗ければ　小林　康治
太宰忌や夜雨に暗き高瀬川　成瀬桜桃子
眼鏡すぐ曇る太宰の忌なりけり　中尾寿美子
太宰忌の桜桃食みて一つ酸き　井沢　正江
濁り江に亀の首浮く太宰の忌　辻田　克巳
夜に務め車中立ち読む桜桃忌　南部　博

茅舎忌《ばうしやき》

七月十七日で、俳人川端茅舎の忌日である。茅舎は明治三十年に東京でうまれ、川端龍子の異母弟にあたる。飯田蛇笏と高浜虚子に師事して句作にはげむが、同時に岸田劉生門の画家でもあり、草土社展に入選している。脊椎カリエスで病臥をつづけ、昭和十六年没。四十五歳だった。『川端茅舎句集』『華厳』『白痴』などの句集がある。〈本意〉「金剛の露ひとつぶや石の上」のような、仏典の語による独特の句が多く、茅舎浄土といわれたが、露はとりわけ主要な題材であった。松本たかし、中村草田男と同世代で親しく、「ホトトギス」に一時期を画した。

茅舎のこと三言四言や茅舎の忌　高浜　虚子
*茅舎忌の夕虹蟇をかゞやかす　西島　麦南
茅舎亡き朝顔に露石に露　森　澄雄
夕蟬のこゑ沁みとほり茅舎の忌　宮下　翠舟
茅舎忌や百合の青蕾脈走り　岩崎　健一
茅舎忌の近づく夜々の青葉木菟　升谷　一灯

河童忌《かつぱき》　我鬼忌　芥川忌　龍之介忌

七月二十四日で、小説家芥川龍之介の忌日である。明治二十五年、東京京橋の新原家にうまれ、芥川家の養子となった。府立三中、一高、東大とすすみ、「老年」「羅生門」「芋粥」と作品を発表して、文壇の地位を得た。昭和二年、薬物により自殺。三十六歳だった。夏目漱石の知遇を得て、その門下だったが、俳句は高浜虚子に師事し、その俳号が我鬼だったので、忌日を我鬼忌という。また死の年の作に「河童」があるので、河童忌ともいう。〈本意〉芥川の作風は新技巧派といわれ、洗練され完成された芸術至上主義的なものだったが、晩年の作品は神経症に苦しむ、くらい世界のものが多い。その俳句は文人の余技の域を脱し、「青蛙おのれもペンキ塗りたてか」「水涕や鼻の先だけ暮れ残る」のような本格的なものであった。

芥川龍之介仏大暑かな　久保田万太郎
我鬼忌はや羽あをき虫枕べに　石川桂郎
河童忌や表紙の紺も手ずれけり　小島政二郎
河童忌に田端の酒をすすりけり　上村占魚
*我鬼忌は又我誕生日菓子を食ふ　中村草田男
赤富士に河童忌の雲帆のごとし　白木南栖
病者来て隠れ顔なる我鬼忌かな　石田波郷
河童忌や噴井に踊るまくはうり　小林羅衣
青年の黒髪永遠に我鬼忌かな　石塚友二
河童忌やわが名疎んぜらるばかり　清水基吉

露伴忌《ろはんき》　蝸牛忌

七月三十日で、小説家幸田露伴の忌日。蝸牛庵と号したので、蝸牛忌ともいう。『露団々』『風流仏』『一口剣』『五重塔』などの名作を出して文豪の名声を得た。俳句関係では『芭蕉七部集評釈』があり、これは三十年をかけた大著である。昭和二十二年、八十歳で没した。〈本意〉作品にながれる愛の思想、学問的業績をつらぬく探求してやまぬ精神、そうした露伴の持味が、読者に敬意と親愛感をよびおこしているのである。

幻談に燭して修す露伴の忌　橋本　鶏二

＊暮れてより稲妻しげし露伴の忌　村山　古郷

蝸牛忌の近づくころや照りつゞく　塩谷　半僊

片減りの墨の歳月露伴の忌　成瀬桜桃子

動物

鹿の子　しかのこ

鹿《か》の子《こ》　鹿《か》子《ご》　子鹿　鹿子毛をかふる

鹿は秋に交尾し、翌年、五月中旬から六月ごろに一匹を産む。雑草の茂みに産みおとし、三、四日はその場にいる。子には角がなく、額が出っぱっていて目が大きい。赤栗色の体には白い斑点がたくさんある。二年目に雄には角がはえ、体色は親と同じになる。〈本意〉『伊勢物語』に「時知らぬ山は富士の嶺いつとてか鹿の子まだらに雪の降るらむ」とあるが、子鹿の体の白い斑点は色模様の例語になっているのである。親鹿のあとをついて歩く鹿の子の可憐さも注目されている。

*神の瞳とわが瞳あそべる鹿の子かな　原　石鼎
親と行くたそがれ顔の鹿の子かな　渡辺　水巴
鹿の子に奈良のあけぼの深みどり　山本　梅史
人を見るこころもとなき鹿の子かな　後藤　夜半
乳房吸ぅ仔鹿せせらぎ吸ぅ母鹿　西東　三鬼
大駈りしては鹿の子親に添ふ　皆吉　爽雨
驚きがきつかけ鹿の子駈け競ふ　香西　照雄
鹿の子や立てば拍手の降るごとく　つじ加代子
鹿の子の細脚暮れて帰るなり　久下　史石
鹿の子の耳汐騒を捉へけり　佐伯　子翠

袋角《ふくろづの》　鹿の袋角　鹿の若角　鹿茸《ろくじよう》

鹿の角は毎年、春から初夏にかけて根元の鍔状のところから落ちるが、すぐ角座から新しい角が発育をはじめる。この新しい角はびろうどのような柔らかい皮膚で包まれ、血管がみちている。これが袋角で、茸状なので鹿茸ともいい、柔らかい。これは竹の子のようにのび、骨質の角になるにつれて血管が枯死し皮膚も落ち、角ができあがってゆく。袋角は鋭敏なもののようで、蚊をきらい、物のふれるのをきらう。〈**本意**〉「鹿茸は和名、鹿のワカツノ、俗に袋角といふ。……鹿角初生、いまだ開かざる茸に似たり。ゆゑにしかり。……その発生の性、草木の生へやすきものといへども、いまだこれより速やかなるものあらず」などと『和漢三才図会』にある。この袋角の生育の速やかなところが注目されている。袋角の神経過敏やそのあわれさにも目が向かってゆく。

見おぼえのある顔をして袋角　後藤　夜半
袋角森ゆきゆきて袋つきぬ　橋本多佳子
*袋角熱あるごとく哀なり　中田みづほ
袋角さはればよけて又従き来　野村くに女
草くれて別れゆく人袋角　高野　素十
山の霧降り来て濡らす袋角　岸田　稚魚

蝙蝠《かうもり》　かはほり　蚊食鳥　蚊鳥

日本で人家付近に見られる蝙蝠は、あぶらこうもり（いえこうもり）であり、翼をひろげた長さが二十センチほどの小型で、灰茶色をしている。夕方外を巧みに飛んで昆虫をとらえて食べる。人にきこえぬ高い声を出してレーダーのように使い、障害物に衝突することがない。蝙蝠は哺乳類で、六、七月に二、三匹の子を産む。それを数日抱いて飛ぶ。古い人家の天井裏や羽目の裏に夜明け方に戻るが、数匹から数十匹があつまって暮している。翼に見えるものは股間膜である。〈本意〉蚊を欲するゆえに「かはほり」という、と『滑稽雑談』にある。このかわほりが転じてこうもりとなったといい、扇はこの蝙蝠の羽から工夫したものだともいう。姿や習性から気味わるい動物と思われがちであるが、害虫をよく駆除するものである。夏の夜にふさわしい存在で、「かはほりや傾城出づる傘の上」（太祇）のような古句がある。

*蝙蝠やひるも灯ともす楽屋口　永井荷風
木場の月大蝙蝠が駈りけり　大須賀乙字
かはほりやさらしじゆばんのはだざはり　日野草城
鰡はねて河面くらし蚊喰鳥　水原秋桜子
蝙蝠の失するところに現はるる　畑耕一
蝙蝠や父の洗濯ばたりばたり　中村草田男
蝙蝠を吐き出す悪しき狂院は　平畑静塔
蝙蝠や西焼け東月明の　同
蝙蝠に浜のたそがれながきかな　山下滋久
極楽が見ゆと蝙蝠乱舞せり　鈴木蒼穹
蝙蝠の啣え来し月光り出す　福光紀代子
妻の手に研ぎし庖丁夕蝙蝠　海崎芳朗

亀の子《かめのこ》　銭亀

石亀の子を銭亀といい、夜店などで売られる。石亀は五、六月に産卵する。水辺の土をほり五、六個を産む。五十日から六十日で穴から子亀が出てくるが、銅貨のようでかわいい。はじめから独立して生きる。〈本意〉夜店などで買った亀の子が、水盤や池で、這いまわったり、仰向けにもがいたりしているのはいかにもかわいい。甲羅を干すのもなんとなくユーモラスである。

*銭亀に玻璃器すべりてかなしけれ　富安　風生
亀の子の歩むを待つてひきもどし　中村　汀女
子亀飼ふ太郎次郎とすぐ名づけ　皆吉　爽雨
子亀買ひいづれの方の子へやらん　井沢　正江
瑞巌寺門前亀の子を売れり　菅野　春虹
つつまれて綿の中なる仔亀かな　石田雨圃子
くつがへる銭亀起し起し売る　出牛　青朗
亀の子の買はれて乾く孤独な背　乾　鉄片子
亀の子のきちんとしたる小ささよ　佐藤　漾人
水替へて首あぐ子亀見てかがむ　春木　狂花

青蛙《あをがへる》

緑色の体長七センチほどの蛙で、シュレーゲルアオガエルという。本州、四国、九州の平地の低い木や草に住む。指先に吸盤がある。四肢は細長く、目の後方に黒斑はない。五、六月ごろ産卵する。これと似ているが大型のものがモリアオガエルで、本州、四国、九州の山地に住み、池の周辺の木の上に卵塊を産む。孵化したおたまじゃくしは大きくなると卵塊から下の水に落ちて成長する。〈本意〉青く小さく、金の瞼、黒い目がかわいい。一茶の「梢から立小便や青がへる」のように、ユーモラスな親しい仲間としてえがかれることが多い。

青蛙おのれもペンキぬりたてか　芥川龍之介
青蛙喉の白さを鳴きにけり　松根東洋城
*青蛙ぱつちり金の瞼かな　川端　茅舎
軒雫落つる重たさ青蛙　菅　裸馬
鉄板に息やわらかき青蛙　西東　三鬼
酒なければ飯すぐすみぬ青蛙　森　岩雄
青蛙影より出でて飛びにけり　中川　宋淵
空腹や人の名忘れ青蛙　井上　末夫

雨蛙《あまがへる》　枝蛙《えだかはづ》

四センチほどの小さな蛙で、夕立の前にキャクキャクキャクキャクと鳴く。後肢短かく、指に吸盤があり、目のうしろに黒い線がある。保護色で、葉の上で緑、木の幹や地上で茶色になる。五、六月ごろ産卵する。池の水草に、黄土色の卵を数個うみつける。枝の上にいて鳴くので枝蛙ともいう。〈本意〉雨が降らんとする時に鳴くので雨蛙というわけである。保護色が有名である。

雨蛙人を恃みてうたがはず　富安　風生
雨蛙折檻の子のやはらかき　石田　波郷
*雨蛙ねむるもつとも小さき相　山口　青邨
掌にのせて冷たきものや雨蛙　太田　鴻村
枝蛙喜雨の緑にまぎれけり　西島　麦南
雨蛙西日移りて林檎炎ゆ　飯田　龍太
枝蛙鳴けよと念ふ夜の看護　加藤　楸邨
雨蛙乗りて浮葉の定りぬ　後藤比奈夫

河鹿《かじか》　河鹿蛙　河鹿笛

蛙の一種で、かじかがえるという。雌の方が大きく七・五センチ、雄は四・五センチほどである。山間の渓流に棲み、雄の方が、ヒョロ、ヒョロ、ヒヒヒヒと鳴くのが美しい。ほそいからだで、四肢もほそ長く、指の先に吸盤がある。初夏から夏に鳴く。その頃に、川の石の下や水草の根元などに卵をうむ。〈本意〉『年浪草』に、「その大なるもの、夜に至りて鳴く。その声清亮にして愛すべし。土人これを河鹿といふ」とあり、『栞草』には、「その声、鹿に似たれば、俗呼びて河鹿といふ」とある。その美しい声が主眼である。

河鹿啼く水打つて風消えにけり　臼田　亜浪
河鹿鳴く中に瀬音はゆくばかり　皆吉　爽雨
遅き月蕗にさしゐる河鹿かな　加藤　楸邨
*河鹿聴く我一塊の岩となり　福田　蓼汀
岩風呂に鳴かぬ河鹿をとらへけり　中島　斌雄
河鹿の音月あるときは中空に　松村　蒼石

夕河鹿一人の旅は独り酌む　滝　春一　　河鹿鳴き渓流は身を揉みゆけり　大月　芳雨
河鹿聞きつつ何忘れんとしてゐしや　木村　恵洲　　墨磨るやこころにひゞく夕河鹿　山中　三木

蟇《ひきがへる》　蟾蜍《ひきがへる》　蟾《ひき》　蝦蟇《がま》

がまともいい、日本産の蛙の最大のもので、体長十二センチほど。いぼがえるというほど背中にたくさんの疣をつけている。背中は暗褐色、腹は黄白色、黒斑がある。水に入らず、床下や草やぶ、穴の中などにかくれていて、夕方に出てきて、蚊やみみずをとらえて食べる。冬は土の中にもぐって冬眠するが、二、三月ごろ一度冬眠からさめて池にあつまり産卵し、また冬眠をつづける。初夏になってから出てくる。〈**本意**〉グロテスクで鈍重、動作も遅緩しているが、それが自分を思わせるためか、秀句の多い季語になっている。

蠅のんで色変りけり蟇　高浜　虚子　　蟇のこゑ沼のおもてをたたくなり　長谷川素逝
蟾蜍長子家去る由もなし　中村草田男　　＊蟇歩く到り着く辺のある如く　中村　汀女
蟇誰かものいへ声かぎり　加藤　楸邨　　蟇出でて一山昏き接心会　中川　宋淵
蟇交む岸を屍の通りをり　石田　波郷　　崖下へ捨てし蟇鳴く崖下に　殿村菟絲子
てのひらに茶碗の重み蟇鳴くも　大野　林火　　蟇子をうとむとはあらざりき　小林　康治
蟇総身雨具鎧はせて　角川　源義　　蟇のこゑ一夜鉄塊より重し　目迫　秩父

山椒魚《さんせううを》　はんざき　箱根山椒魚　富士山椒魚　霞山椒魚

とかげのような形をしている蛙に近い淡水産の両棲類で、魚ではない。体臭が山椒に似ているので山椒魚というが、はんざきともいう。渓流や湧水中に生きて、水中の小魚や蟹、蛙などを捕食する。現在の日本には十種類ほどの山椒魚がいる。〈本意〉食料にすると美味だそうだが、「はんざき」の名は、半裂にしても生きている意味だという。井伏鱒二の小説が有名だが、どことなく人間くさい、親しみのある動物である。

はんざきに真清水今も湧き流れ　臼田　亜浪
山椒魚詩に逃げられし顔でのぞく　加藤　楸邨
沢水に足しびるるや山椒母　下田　稔
みづからを鎮め眼を閉づ山椒魚　村上　冬燕
山椒魚のうつつの顔も雲の中　山上樹実雄
＊山椒魚怒り悲しむかたちなす　山本　一雄
百年の一睡をせり山椒魚　倉田　俊三
石の下石の眼もてる山椒魚　榎本冬一郎
わが影を逸れて沈みぬ山椒魚　小林　碧郎
新緑の水に老醜山椒魚　浅羽　緑子

蠑螈《ゐもり》　井守

池や沼にすむ両棲類で、やもりやとかげに似ているが、鱗はない。幼生のときはおたまじゃくしのようにえらで呼吸するが、成体になると肺で空気を呼吸するので、ときどき水面に浮かびあがってくる。背の色は黒、腹の色は赤で、赤腹というが、腹には黒い斑点がある。四肢が十分発達していないので歩行がへただが、扁平な尾があり、これを振って泳ぐ。四月から七月頃に産卵し、寒天質に包まれた卵を水草などに一つずつ産みつける。〈本意〉池や沼にすみ、赤腹を見せてひるがえるように泳ぐのが特異な印象をあたえる。「いもりの黒焼」は恋成就の薬といい、強精薬であるという。いもりが貪食のため活力があるとされるのかもしれない。

浮み出て底に影あるゐもりかな　高浜　虚子
石の上にほむらをさます井守かな　村上　鬼城

*井守手を可愛くつきし土の色　中村　汀女
赤腹をちらりと見する蠑螈の恋　橋詰　沙尋
蠑螈かなし神が創りし手をひろげ　橋本　鶏二
もろがへる彩のゐもりの南谷　石原　八束

守宮　やもり　壁虎《やもり》　守房《やもり》

おもに人家内にすみ、壁や天井、雨戸や門灯などに吸いついている爬虫類で、とかげに似ている。指は五本で、扁平、横皺が細かくあって吸盤の働きをする。夜出てきて昆虫をとらえて食べる。体の色は変化し、灰色から黒っぽい茶色までいろいろに変る。毒はなく害虫をとる有益な動物である。〈本意〉暑いところでは野外にいるが、だいたい家の中にいるので、家守の意味で、この名がついた。一見気味がわるいのでいやがられ、声もきらわれるが、わるい昆虫をとる有益な動物である。

*壁にいま夜の魔ひそめるやもりかな　久保田万太郎
守宮啼くやヒマラヤ杉の深き燈に　渡辺　水巴
芭蕉葉に二重写しの守宮かな　阿波野青畝
獄いたるところ守宮の夫婦愛　大喜多冬浪
静かなるかせかけ踊守宮鳴く　高浜　年尾
膝に蒲団はさみて寝るや守宮鳴く　沢木　欣一
守宮ゐて昼の眠りもやすからず　上村　占魚
守宮かなし灯をいだくときもいろに　服部　京女
昼守宮鳴く経蔵に探しもの　能仁　鹿村
玻璃に守宮眠れぬ夜の星遠く　長島　千城

蜥蜴　とかげ　青蜥蜴

全長二十センチほどの爬虫類で、敵におそわれて尾をおさえられると、尾の一部は切れてはね、敵がそれに気をひかれているうちに逃げる。これがとかげの自割で、尾はまた再生する。小さい間は尾は青色だが、大きくなると褐色になる。体の側面には黄白色の縁どりの黒線がある。冬は冬眠するが、春とともに活動をはじめ、七、八月に土をほって十個ほど卵をうむ。〈本意〉原始の姿を思わせるような体をしていて、どことなく不気味だが、よく見ればかわいい感じの小動物である。その怜悧そうな目や、のどの動きなどは、動きのすばやさとともに印象的である。

三角の蜥蜴の顔の少し延ぶか　高浜　虚子
歯朶にゐて太古顔なる蜥蜴かな　野村　喜舟
石階の二つの蜥蜴相識らず　富安　風生
さんらんと蜥蜴一匹走るなり　小島政二郎
父となりしか蜥蜴とともに立ち止る　中村草田男
薬師寺の尻切れとかげ水飲むよ　西東　三鬼
*蜥蜴かなし尾の断面も縞をもつ　中島　斌雄
青蜥蜴オランダ坂に隠れ終ふ　殿村菟絲子
蜥蜴楽し青き牛蒡の葉に乗つて　沢木　欣一
蜥蜴の交尾ずるずると雄ひきずられ　田川飛旅子
人に馴ることなく蜥蜴いつも走す　山口波津女
晴天の樹の雫おつ青蜥蜴　福田甲子雄

蛇《へび》　くちなは　青大将　赤楝蛇《やまかがし》　熇尾蛇《ひばかり》　縞蛇　烏蛇

爬虫綱有鱗目に属する動物で、胴がながく、四肢がない。顎の関節がゆるくなっていて、下顎の前端はのびるので、口を大きくひらいて、自分の体よりふとい動物をのみこむことができる。まぶたがないことも特色の一つである。日本には十種ほどいるが、有毒なものはまむしだけである。青大将、縞蛇、やまかがし、じむぐりなどが普通の蛇で、鼠や小鳥、蛙などを食べる。鼠をとる青大将や縞蛇、じむぐりなどは有益である。〈本意〉外観や習性などがくらく、気味わるいので、古来、人にきらわれたり、おそれられたりした。そのため伝説や怪奇談も多い。しかし日本の蛇は多くは鼠などを食べる有益なものである。春穴を出、夏に衣をぬぎ、秋に穴に入る。

＊蛇逃げて我を見し眼の草に残る　高浜　虚子
全長のさだまりて蛇すすむなり　山口　誓子
水ゆれて鳳凰堂へ蛇の首　阿波野青畝
吾去ればみ仏の前蛇遊ぶ　橋本多佳子
蛇への恐怖力となりて蛇を打つ　加藤知世子
見よ蛇を樹海に落し鷹舞へり　及川　貞
蛇打つてなほまぼろしの蛇を打つ　宮崎信太郎
音楽漂う岸侵しゆく蛇の飢　赤尾　兜子
蛇去つて戸口をおそふ野の夕日　吉田　鴻司
蛇消えし草むらを子の打ち打てる　倉田　青雞
完全にわれを無視蛇の直線行　菅　八万雄
蛇の眼にさざなみだちて風の縞　松林　朝蒼

蝮蛇《まむし》　蝮　蝮捕　蝮酒

日本内地にすむただ一種の毒蛇で、他には奄美大島、沖縄のはぶがいるだけである。三十センチから一メートルの体長で、ずんぐりとして尾が短かい。背中に黒褐色の銭形の斑紋がある。頭が三角形で平たく、上顎に毒牙がある。それほど強い毒ではない。他の蛇と違って胎生で、夏の終りごろ十四内外の子を産む。小動物を捕食する。生きたまま焼酎につけたものが蝮酒である。精力剤になる。〈本意〉人に遇っても逃げず攻撃してくる毒蛇だが、かえって黒焼きにしたり、蝮酒にしたりして、その毒を薬に用いているといえよう。江戸時代には例句がないようで、近代に多くなる。

曇天や蝮生き居る罎の中　芥川龍之介
蝮酒鼻をつまんで飲みにけり　相島　虚吼
蝮割くところをとほりあはせたる　富安　風生
＊蝮の子頭くだかれ尾で怒る　西東　三鬼
草炎に堪へてひそかや蝮とり　西島　麦南
蝮捕り渡り吊橋落日さす　秋元不死男
さくら草果てし野を踏む蝮捕　滝　春一
鼈甲の色滴らしまむし酒　石塚　友二

流れつゝ蝮全長にて抗ふ　沢木　欣一
蝮酒膏ぎらりと見たりけり　阿部　湖風

蛇衣を脱ぐ《へびきぬをぬぐ》　蛇の衣《きぬ》　蛇の殻　蛇の蛻《もぬけ》　蛇皮を脱ぐ

蛇の成長は表皮を脱することによっておこなわれる。腹いっぱい食べると二、三週間断食して脱皮し、また食べる。これを一年に五、六回くりかえして大きくなってゆく。この脱皮は温暖な時期にくりかえされる。皮の下に新しい表皮が出来ると、古い表皮はういて白くなる。それを蛇は木の枝に顎の所からひっかけて進み、裏返しに脱いでゆく。抜け殻が草の中や石垣などによくのこっている。〈本意〉蛇が成長するのに必要な過程だが、やや気味わるい性質の蛇のぬけがらだけに、印象のつよいものである。宗教的な伝説も多いので、そうした類推もあるし、脱皮を出家遁世にひっかけて考えることもある。

蛇の衣傍にあり憩ひけり　高浜　虚子
*袈裟がけに花魁草に蛇の衣　富安　風生
老斑の手にいま脱ぎし蛇の衣　山口　草堂
髪乾かず遠くに蛇の衣懸る　橋本多佳子
平凡な往還かがやく蛇の殻　沢木　欣一
蛇の衣ぶらりと敗北感がくる　大林　秋虹
蛇の衣いま脱ぎ捨てし温もりよ　秋山　卓三
胞衣塚の草にまぎれて蛇の衣　大場美夜子

羽抜鳥《はぬけどり》　羽抜鶏　羽抜鴨　毛を替ふる鳥　諸鳥毛を替ふ

鳥はふつう年二回換羽する。一般の鳥は、五月から八月が夏羽に、八月から冬羽になる。鴨類は十月から翌年八月が夏羽に、七月から十月が冬羽である。雷鳥は保護色のための換羽があり年三回となる。夏羽は雄鳥だけの部分的な換羽で雌はほとんど変りない。これは繁殖期の生殖羽である。冬羽への換羽は全身の完全な換羽である。換羽期の鳥はみすぼらしいが、生理現象であって病気ではない。〈本意〉冬羽をつくるために全身の羽がぬけかわることだが、わびしい印象のものである。病的に見えるが病気ではない。一茶は「おのが羽皆喰ひぬいてなく鳥よ」とうたった。

羽抜鶏吃々として高音かな　高浜　虚子
羽抜鳥この身の末をみよとかな　久保田万太郎
*はばたける朱き腋見ゆ羽抜鶏　山口　誓子
卵白し天を仰ぎて羽抜鶏　西東　三鬼
道路ほど寂しきは無し羽抜鶏　永田　耕衣
羽抜鶏暮光を沈め戻りくる　角川　源義
羽抜鶏羽ばたくときの胸の張り　能村登四郎
羽抜鶏刻つくるべき曇りかな　岸田　稚魚
羽抜鶏かゆくかなしく走り出す　横山　衣子
喪の庭に閑をつくれる羽抜鶏　渡辺　大年

時鳥《ほととぎす》

杜鵑《ほととぎす》　子規《ほととぎす》　不如帰《ほととぎす》　郭公《ほととぎす》　網鳥　勧農鳥　冥途の鳥　苦帰羅　童子鳥《うなゐこどり》
沓手鳥　橘鳥　賤鳥《しづどり》

ほととぎす科のいちばん小型の鳥。背面は暗灰色、風切羽は褐色、背と翼に青緑色の光沢をもち、尾羽は黒の地に白斑がある。口腔が赤く、「鳴いて血を吐く」といわれた。足指は前後二本ずつにわかれている。鳴き方は「天辺かけたか」「本尊かけたか」「特許許可局」と聞こえる。間にピチピチピチという地鳴きが入るが、雌は地鳴きだけである。五月中旬以後に南方から飛来し、秋南方に去る夏鳥である。低山帯から亜高山帯の林に生息するが速く飛ぶ。産卵は、鶯の巣でおこない、鶯の卵を一個くわえ出してから産む。みそさざいやくろつぐみ、あおじなどの巣でも産むが、雛は、他の卵や雛をほうり出して、自分だけが餌を独占してそだつ。益鳥で禁鳥になっている。〈本意〉『至宝抄』に「時鳥は、かしましきほど鳴き候とも、稀れに聞き、珍しく鳴き、待ちかぬるやうに詠みならはし候」とある。時鳥の初音、闇時鳥、時鳥の遠音、時鳥一声、ふり立てて鳴く時鳥といったおもむきが尊重された。芭蕉には「ほととぎす大竹藪を漏る月夜」「野を横に馬牽き向けよほととぎす」「京にても京なつかしやほととぎす」「ほととぎす啼くや五尺の菖草《あやめ》」「落ち来るや高久の宿の郭公」「郭公声横たふや水の上」などの名句、丈草に「ほととぎす鳴くや湖水のささにごり」、蕪村に「ほととぎす平安城を筋違に」がある。みなその声に注目している。

ほとゝぎす山家も薔薇の垣を結ふ　川端茅舎
＊谺して山ほととぎすほしいまゝ　杉田久女
時鳥女はものゝ文秘めて　長谷川かな女
女湯はいつもさびしやほととぎす　山口青邨
時鳥野に甘藍の渦みだれ　水原秋桜子
ほととぎす敵は必ず斬るべきもの　中村草田男
ほととぎすすでに遺児めく二人子よ　石田波郷
ほととぎす鳴く毎誰か何か言ふ　星野立子
山中に河原が白しほとゝぎす　相馬遷子
ほととぎす新墾に火を走らする　橋本多佳子
をとこにも伏目ありけり時鳥　鷲谷七菜子
人麻呂の終の鴨山ほととぎす　西村さだ

郭公《くわくこう》　閑古鳥

ほととぎす科の鳥で、五月に南方からやってくる夏鳥。秋に南方に渡ってゆく。低山帯の高原、林縁などにすむ。卵を頬白、鵙、葭切、あおじ、せぐろせきれい、のびたきなどの巣に託するほととぎすのような習性がある。体色もほととぎすとほとんど同じだが、鳴き声はカッカッコウとかハッポウとかなので区別できる。雌雄同色、背は灰青色、腹は白地に黒い横じまがある。食物は、ばった、とんぼ、はえ、せみなどである。〈本意〉閑古鳥、諫鼓鳥などの異名もあるが、昔からその声に注目し、喧しからず寂寥としている。麦刈の時期なので、その声を割麦、撥穀、挿禾などと聞いてもいる。芭蕉の「憂き我をさびしがらせよ閑古鳥」は、声の寂寥をとらえどころとしている。

近き木に来て郭公の三声ほど　高浜　虚子
マッチ擦れば焔うるはし閑古鳥　渡辺　水巴
郭公の翔りぬけたる桐の花　前田　普羅
＊郭公や何処までゆかば人に逢はむ　臼田　亜浪
郭公の鳴くをし聞けばしなのなる　山口　青邨
郭公や瑠璃沼蕗の中に見ゆ　水原秋桜子
身のまはり日の溢るとき閑古鳥　中村草田男
郭公や韃靼の日の没るなべに　山口　誓子
郭公の谺し合へりイエスの前　大野　林火
郭公を暁にききそれより寝き　橋本多佳子
郭公やほろほろと鳴る時計欲し　細谷　源二
独り漕ぐや郭公の森左右にあり　八木　絵馬
郭公や草の高さの草のいのち　高橋　馬相
大木の裏に山澄み閑古鳥　飯田　龍太
閑古鳥吾子を顎まで湯にひたす　森　澄雄
ランプ磨き終ふ郭公の森そこに　下田　稔

筒鳥《つつどり》

ほととぎす科の夏鳥で、ポポポポ、ポンポンと筒を引き抜くように鳴く。含み声の感じがある。低山帯の深い山林にすむ。雌雄同色で、大きさ、色彩、習性などは郭公とよく似ている。四月中・下旬に南方から渡来し、秋に去る。〈本意〉やはりその独特の声が注目の焦点になる。昔からその鳴き声をツツツツと聞き、筒鳥と名づけたようである。その鳴く声を聞いて、雑穀や豆を植えたので、豆まき鳥とも呼んだ。「つつ鳥や木曾の裏山木曾に似て」（白雄）は、筒鳥の鳴くあたりの地形をよくつかんでいる。

*筒鳥を幽かにすなる木のふかさ　水原秋桜子
筒鳥やひとの名彫られ一樹立つ　中島　斌雄
筒鳥なく泣かんばかりの裾野の火　加藤　楸邨
筒鳥に涙あふれて失語症　相馬　遷子
筒鳥鳴けり腕を撫でつつ歩むとき　大野　林火
筒鳥や分れて道は火山灰ふかく　皆吉　爽雨
旅にして聴く筒鳥も辰雄の忌　安住　敦
筒鳥や思はぬ尾根に牛群れて　堀口　星眠

慈悲心鳥《じひしんてう》　十一《じふいち》

ほととぎす科の夏鳥で、動物学では十一という。古名が慈悲心鳥である。南方から五月はじめに渡来、本州で繁殖。千メートル以上の山地に生息する。卵はこるり、おおるり、こまどり、きびたき、びんずいなどの巣に託卵する。卵の色は青い。体色は、頭から背面が青石板色、尾は灰褐色で、先が錆びた赤色、その内側に黒い帯がある。下面、のどとあごと下尾筒は白く、その他は錆赤色。雌雄同色である。ジュイチーとかジヒシンと鳴くのが名前のおこりである。秋、南方に去る。〈本意〉鳴き声を慈悲心、あるいは十一と聞いて鳥の名としているわけで、その悲痛な感じの鳴き声が、やはりこの鳥への関心の中心にある。

慈悲心鳥鳴きわたり来て霧と去る　水原秋桜子
慈悲心鳥わが身も霧にかすかなり　相馬　遷子
*慈悲心鳥おのが木魂に隠れけり　前田　普羅
慈悲心鳥満天の楢萌えほぐれ　堀口　星眠
慈悲心鳥鳴く天領の夜明かな　吉田　冬葉
慈悲心鳥山の夜青きものばかり　栗生　純夫
十一や那須雲上の宿に着く　皆吉　爽雨
慈悲心鳥高空のみに星生れ　中村　信一

仏法僧《ぶっぽふそう》　三宝鳥　木葉木菟

ぶっぽうそう科の鳥で、体は青緑、嘴と足は橙赤色、頭と風切羽と尾羽は黒い。四月末から南方より渡来、秋南方に去る。本州、九州において繁殖する。ブッポーソーと鳴く鳥はこの鳥と考えられていたが、実際の鳴き声はギャー、ゲアで、ブッポーソーの鳴き声の主はじつは同じところに住むことの多いこのはずくであった。このことが昭和十年にわかり、この種を姿の仏法僧、このはずくを声の仏法僧と呼んでいる。〈本意〉慈悲心鳥とともに仏法僧は、仏教にちなんだその名で注目されてきた鳥である。ただ仏法僧はブッポーソーと鳴かず、そう鳴くのはこのはずくだったわけで、この発見の話はひろく知られている逸話である。

杉くらし仏法僧を目のあたり　杉田　久女　＊仏法僧鳴くべき月の明るさよ　中川　宋淵
仏法僧青雲杉に湧き湧ける　水原秋桜子　樹々眠り仏法僧は地霊呼ぶ　野村　洛美
仏法僧こだまかへして杉聳てり　大野　林火　木葉木菟月かげ山をふかくせる　山谷　春潮

夜鷹《よたか》　怪鴟《よたか》　蚊母《ぶんぼ》鳥《てう》　蚊《か》吸《すひ》鳥《どり》

よたか科の鳥で、五月中旬に渡来、秋南方に去る。山麓辺にすむ。夜活動し、飛翔しながら口をあけて飛ぶ虫を吸いこみ、キョッキョッキョッと鋭い声で鳴いている。灰褐色で、鳩ぐらいの大きさである。口が独特で、口角がひらいてがま口状になり、またひげがあって、虫を吸いこみやすくしている。足がよわく樹の枝をつかんでとまれないので、枝の上にすわるのがめずらしい。卵は地上に二個を産み抱卵する。人が近づいても逃げず、大口をあけておどす。〈本意〉夜活動して虫を食うところが注目されている。そのあたりが最下等の売春婦につく呼び名になっている。どことなくあやしげな感じをあたえる鳥である。

*夜明てもくらしと夜鷹鳴きつゞく　水原秋桜子
夜鷹啼き檜山の雲を月泳ぐ　角川　源義
叢林に夜鷹鳴くより星隠る　相馬　遷子
夜鷹鳴き影の高嶺をきびしくす　岡田　貞峰
夜鷹なき滝寂光をかかげけり　向野　楠葉
夜鷹啼くごつくりごくり水飲めば　青柳志解樹
夜鷹鳴き小比叡を星がのぼり来る　山田　孝子
母とふたり父を看護れば夜鷹啼く　吉武　玲子

青葉木菟　あをばづく

ふくろう科で、青葉のころ渡来する夏鳥。頭は耳羽をたてていないので丸坊主である。背は暗褐色、腹の方は白に暗褐色の縦縞がある。尾は灰褐色で黒い帯が五本ある。嘴は鋭い。目は二つとも正面をむく。都会や近郊の社寺の森に住み、夜活動して虫や小鳥、蛙などを食う。夜、二声でホウホウと鳴く。二声鳥という名もある。四月下旬に渡来し、五、六月に産卵、十月ごろ南方へ去る。〈本意〉二声鳥といわれるが、夜鳴くその声の、寂しい暗い感じが独特で印象的である。ホウホウと鳴くのは四年目頃からだが、青葉の頃の茂みのくらがりと声の感じがよく合って季感のつよい鳥である。

こくげんをたがへず夜々の青葉木菟　飯田　蛇笏
青葉木菟月ありといへる声の後　水原秋桜子
聾青畝こゝに居るぞと青葉木菟　阿波野青畝
青葉木菟さめて片寝の腕しびれ　篠田悌二郎
*夫《つま》恋へば吾に死ねよと青葉木菟　橋本多佳子
青葉木菟産着のかたち縫ひ急ぐ　杉山　岳陽
眠れざる者は聞けよと青葉木菟　相生垣瓜人
青葉木菟校舎の玻璃のみな眼なす　服部覆盆子

青葉木菟おのれ恃めと夜の高処　文挟夫佐恵
青葉木菟ほとほとうすき寝嵩かな　玉川　行野
青葉木菟祖母の財布の縞古ぶ　古賀まり子
青葉木菟夜もポンプをこき使う　鷹羽　狩行
青葉木菟こゝろに釘を打つときぞ　山田みづえ
青葉木菟木椅子を森の中ほどに　井上　雪

老鶯《おいうぐひす》　老鶯《らうあう》　乱鶯《らんあう》　残鶯　夏鶯

老鶯というが、年老いた鶯のことではなくて、八月末頃まで鳴いている山地の鶯のことを言う。鶯は山麓から高山までひろくすんでいるので、高山になると夏の終わりまで鳴くわけである。

〈本意〉『年浪草』に「本邦に鶯と称するもの、初春声を発し、夏に至りて止まず。しかれども、その声やや衰ふ。ゆゑにこれを老鶯といふ」とある。主観的に衰えた感じをいだき、老鶯というわけである。芭蕉にも「うぐひすや竹の子藪に老を鳴」という句がある。

老鶯や険路尽きにし気安さに　佐野　良太
老鶯やふんだんに使う水の音　鈴木六林男
老鶯や峠といふも淵のうへ　石橋　秀野
*夏うぐひす総身風にまかせゐて　桂　信子
夏鶯の悲願の遠音あるばかり　飯田　龍太
全山を夏鶯が鎮めいる　桜木登代子
一生のしばらくが冴え夏鶯　清水　径子
老鶯のあはれや豪雨止みしひま　北原李枝子
老鶯や木魚が一つ考へる　横溝　養三
死者生者夏鶯をかけ橋に　原　コウ子

山椒喰《さんせうくひ》

さんしょうくい科の夏鳥で、平野や山林に住む。百舌《もず》ぐらいの大きさで、後頭部ははじめ白く、首と顔にゆくにつれて黒い。背は灰色、下面は白。尾が細く長く、空をとんだり、木にとまったりしながら、ピリリリと鳴く。〈本意〉鳴き声が独特で、山椒は小粒でもぴりりとからいというところから、鳥の名がつけられたという。百舌に似た感じで梢にとまったり飛んだりして鳴いている。

山椒喰松風絶えて鳴き澄める　水原秋桜子
風くれば檜原したゝり山椒喰　石田　波郷
朝飯や輪にまふこゑのさんせうくひ　木津　柳芽
*風の中銀鈴となる山椒喰　きくちつねこ
山椒喰櫟は花を垂れそめし　山谷　春潮
山椒喰旧家いづこも山負ひて　竹田　春代

雷鳥《らいてう》

きじ科の鳥で、高山にすむ。北アルプス、南アルプス、中央アルプス、加賀白山がそのすみかで、特別天然記念物になっている。鷲などが餌としてねらうので、ガスの深いときや雷雨前の暗雲の時だけに姿を見せるので、この名がついている。羽の色は夏羽が褐色、冬羽が白、春と秋は中間色で、保護色を呈する。動きものろく、飛行距離も短かい。高山植物の実や花や葉を食べる。巣は偃松のかげの地上に作るが、巣立ちがおわると雪渓の凹みでねむる。〈本意〉雷雨前の鷲の出ぬときに姿をあらわす習性が有名だが、親鳥の雛をかばう愛情の強さも知られている。人が近づくと、親鳥は人に近づき、グッグーと鳴いて雛への注意をそらそうとする。その保護色も知られているが、やはり登山と関連する季語で、高山でしか見られぬ鳥である。

雷鳥もわれも吹き来し霧の中　水原秋桜子
*雷鳥や霧を呼びつつ巌かげに　中島　斌雄
雷鳥や霧海の底の雪明り　大森　桐明
我等父子雷鳥親仔と尾根に逢ふ　福田　蓼汀
雷鳥や雨に倦む日をまれに啼く　石橋辰之助
雲騰り雷鳥の嶺かがやきぬ　河野　南畦

おほらかに雷鳥よぎる雛つれて　浅間　一玉　　ずぶ濡れの雷鳥歩むわが前を　柏木　去孔

夏燕《なつつばめ》

燕は春に渡来すると、四月下旬から七月下旬にかけて二回産卵する。十七、八日でかえり、その後二十日ほどで巣立ちする。そのとき燕が田野を飛んで餌をはこぶすがたが見られる。〈本意〉産卵の巣は人家につくるので、町や人の住む里で、燕の子育てが見られるわけである。餌をはこぶ姿、子燕の様子、青田をとぶ姿など、印象にふかくのこるなつかしい情景である。

*むらさきのこゑを山辺に夏燕　飯田　蛇笏　　夏つばめ一閃最上は男川　武田　玄女
夏つばめ遠き没り日を見つつゐる　山口　誓子　　町は伸び駅は小さし夏燕　沢木　てい
暮れて明るき空かぎりなし夏燕　重田　暮笛　　夏つばめ嬬恋村の瀬にひかる　蒲田　陵塢
かはらざるものに川あり夏つばめ　上村　占魚　　十ほどの鎌かけし壁夏つばめ　辻　三枝子
木曾川の光る瀬を打つ夏燕　佐藤　漾人　　夏燕夕べ目の玉かゆしかゆし　小川　千賀

燕の子《つばめのこ》　子燕　親燕

燕は年二回産卵する。四月下旬から五月上旬と、六月から七月の二回である。一日一つずつ、五つほど産み、十七、八日でかえり、その後二十日ほどで巣立ちをする。巣立った子燕は親燕たちと集団生活をし、九月に南方へわたる。〈本意〉燕の子は、尾もみじかく、のども砥の粉色で、親にたよりきりである。巣で餌を待っている姿や飛ぶことをならいはじめる姿など、とても可愛らしい。

陀羅尼助軒端の燕孵りけり　水原秋桜子
子燕のさざめき誰も聞き流し　中村汀女
飛ばざれば醜し燕の子が並び　山口波津女
燕の子仰いで子等に痩せられぬ　加藤楸邨
燕の子眠し食いたし雷起る　西東三鬼
燕の子宙六尺を泳ぎつく　相馬遷子
*天窓の朝明けを知るつばめの子　細見綾子
子燕につよきひかりの幹あまた　飯田龍太

烏の子《からすのこ》　子烏

からすには、はしぶとがらすと、はしぼそがらすの二種があるが、どちらも、三月末から六月末に、松、杉、檜、もみなどの梢に巣を作る。卵の数は、三個から五、六個。十五日から二十日ぐらいでかえり、その後三十日から三十五日で巣立ちをする。人の住むところの近くで巣づくりをすることが多い。〈**本意**〉巣立ちをしても親がしばらくついているが、まだ鳴き声も弱々しくたよりない感じである。そうしたたわいなさがかわいい。巣立ちのとき巣から地上に落ちたものを飼う人があるが、よく慣れるという。

風切羽きられて育つ烏の子　村上鬼城
とん〳〵と歩く子鴉名はヤコブ　高野素十
子鴉や前のめりして枝を得し　島村元
*鴉の子一日中を青の中　中川宋淵
烏の子早や一策をめぐらする　沢田嘉子
考へて一尺飛べり鴉の子　石塚友二

葭切《よしきり》　行々子　葭原雀　葭雀

うぐいす科の鳥で、おおよしきりとこよしきりがいる。おおよしきりの方をふつう葭切という。

これは五月に南方から渡来し、葭原にすむので葭原雀、または葭雀ともいう。行々子というのは、ギョギョシ、ギョギョシ、ギョッ、ギョッという鳴き声からである。雌雄同色で、背は淡褐色、下面は黄白色、顔に淡白色の眉斑がある。鶯より少し大きく、葭の茎に横どまりをする。茎を裂いて髄にいる虫を食べるため葭切といわれる。昼夜の別なくやかましく鳴く鳥である。こよしきりは雀より小さい鳥で、湖沼地方の葭原や草原に巣を作る。これもよくさえずるが、声音はこまかい。初夏から秋まで日本にいて、冬は東南アジアに移ってゆく。〈本意〉芭蕉の「能なしの眠ぶたし我を行々子」、一茶の「行々子大河はしんと流れけり」が有名である。やはり騒々しく昼夜鳴くところが眼目になっている。葦原雀、葭原雀は人間にもひろげて用いられる。多語喧囂なる者を指していう。

*月やさし葭切葭に寝しづまり　松本たかし
ここに又無事叫喚の行々子　中村草田男
よしきりや石塚友二身を投げず　西東　三鬼
葭切や未来永劫こゝは沼　三橋　鷹女
葭雀二人にされてゐたりけり　石田　波郷
葭切や蔵書のみなる教師の死　大野　林火
葭切も眠れぬ声か月明かし　相生垣瓜人
葭切の鳴き曇らしてゆく空よ　波多野爽波
行々子遠くに行つてしまひけり　石原　八束
葭切の一羽あくまで蘆を出ず　柏　禎
行々子に眉間割られる日曜日　冬田　水棹
よしきりや汽車走らねば線路消ゆ　平松　良子

翡翠《かはせみ》　川蟬　魚狗《ぎよく》　せうびん　翡翠《ひすゐ》

かわせみ科の鳥で留鳥。平地、山麓、千メートルの高さまでの水辺にいつも見られる。頭は暗緑色で鮮青色の横じまがあり、背、腰、尾はコバルト・ブルー。目先、耳羽は栗色。あご、のどは白。足が赤い。頭が大きく、嘴が長大、尾や足は短かい。杭の先や崖のはしにとまって、魚をみつめていて、水面に近づくと嘴でつかみ、もとのところにもどって、魚をたたきつけて殺してのみこむ。飛び方はすばやい。翡翠を思わせる色なので翡翠の字をあて、魚をとらえるので魚狗の字をあてる。〈**本意**〉ソヒ、ソニと古くよび、それが、セミ、ショウビ、ショウビンに転じたという。川のそばにすむセミなのでカワセミと呼んだ。その体色の美しさ、魚をとるすばやさが焦点とされる。

翡翠は朝かげ濃ゆき中に濃し　山口　青邨
青淵に翡翠一点かくれなし　川端　茅舎
翡翠の飛ばぬゆゑ吾もあゆまざる　竹下しづの女
＊はつきりと翡翠色にとびにけり　中村草田男
翡翠や霧の青空映りそむ　石田　波郷
翡翠とぶその四五秒の天地かな　加藤　楸邨
翡翠の飛ばねばものに執しをり　橋本多佳子
子の声と翡翠のゆくへ澱みなし　飯田　龍太

水鶏《くひな》

緋水鶏　秧鶏《くひな》　水鶏笛

くいな科の鳥で、ひくいな、くいな、ひめくいな、しまくいな、つるくいながあるが、普通くいなというのはひくいなのことである。ひくいなは、水郷や低地帯の水辺で夏に昼夜戸をたたくようにカタカタと鳴く。色は、前頭が赤栗色、背はオリーブ褐色、頭と首の側面と胸は赤栗色、下面は白い。足が赤く長い。巣は水辺の草地や稲田に枯草をあつめて作る。六月の交尾期に雄がカタカタと鳴くが、それを水鶏たたくという。水鶏をさそい出す笛が水鶏笛である。〈**本意**〉『山の井』に、「ことことと、戸をたたくやうに鳴く鳥なれば、歌にも多く〈たたく水鶏〉とよみはべる」とあるが、この鳴き声が独特の鳥である。芭蕉に「此の宿は水鶏も知らぬ扉かな」「関守りの宿を水鶏に問はうもの」「水鶏鳴くと人のいへばや佐屋泊り」がある。

敲けども／＼水鶏許されず　高浜　虚子
一つ家を叩く水鶏の薄暮より　松本たかし
*水鶏ゐて波の穂白く明けそめぬ　加藤　楸邨
水鶏きて戸を叩く夜は我とおもへ　上村　占魚
水鶏啼く黎明《しののめ》庵の白襖　中川　宋淵
水鶏鳴き地酒は甘き香をはなつ　加藤知世子
水鶏鳴く日曜夫を母へ帰す　磯部　洋子
山を負ふ田の真闇より鳴く水鶏　高柳　聖子

鷭《ばん》　大鷭　小鷭　誰首鶏《ばんしゅけい》

くいな科の鳥で、水鶏よりややふとっている。頭、くびは灰黒色、背は黒褐色、風切羽は黒だが、外縁の白が目立つ。胸腹部は灰色、腹部中央と尾の下は白い。くちばしの基部は赤。芦、真菰、藺などのはえた水面に巣を作る。水泳も潜水もうまく、歩くときでも、いつも尾を上下にうごかし、くるるっと鳴く。鳩の大きさで肉がうまく、猟鳥である。似ているが大柄のものに大鷭がある。〈本意〉その味が古来賞せられている。またその鳴き声と、人なつこさが注目されている。普通の水鳥である。

*鷭飛びて利根こゝらより大河めく　菅　裸馬
舟ゆけば蒲綾なすや鷭のこゑ　石田　波郷
鷭の脚しづかに動く梅雨のひま　室生とみ子
鷭鳴いて病める教師に朝が来る　木村　蕪城
葭の中巣ごもる鷭か声きこゆ　山谷　春潮
芦叢の中なる水路鷭飛べる　大竹　孤悠
沼の面に大鷭降りて小鷭飛び　為成菖蒲園
子を負へば鷭も子連れや雨の中　堀口　星眠

鳰の浮巣《にほのうきす》 鳰の巣 浮巣

かいつぶり（鳰）が水面につくる巣のことである。芦、蓮、まこも、こうほねなどの茎や葉と藻を材料とし、逆円錐形に作り、水面上には五、六センチ、水面下には三十五、六センチほどの割合になる。巣の径は四十五センチぐらいある。この中に、二個から六個の卵をうみ、二十日から二十五日で孵化してゆく。親鳥は雌雄交互に抱卵するが、離れるときには、水草や屑で卵をおおって泳ぎ出す。雛がかえると、親鳥は背にのせて泳いだりもぐったりして、一週間は巣にとどまっている。〈本意〉水草の茎を支柱にして浮んでいる巣で、水の増減によって上下する。それで浮巣というが、美しい名前である。芭蕉は、「五月雨に鳰の浮き巣を見に行かむ」の自句によって、俳諧のこころを教えている。

蛇の来る鳰の浮巣ときけば憂し　高浜　虚子
浮巣守る鳰の長鳴き沈みけり　本田　一杉
小わつぱの舟に棹さす浮巣かな　富安　風生
*つゝがなく浮巣に卵ならびをり　阿波野青畝
濡れてゐる卵小さき浮巣かな　山口　青邨
古利根の浮巣のみだれおもふべし　加藤　楸邨
降る雨を浮巣の上に見て戻る　相馬　黄枝
浮巣には鳰ゐず雨の降るまゝに　萩原　寿水
鳰の水尾浮巣へもどるまつしぐら　大竹きみ江
夕映の波たゝみくる浮巣かな　和田　草央
浮巣見ゆ御陵の濠の舟かげに　皆吉　爽雨
堅田の僧親し浮巣の話など　金子　篤子

通し鴨《とほしがも》

「通し」とは、渡り鳥がそのまま日本に滞留することをいう。鴨類では、かるがもとおしどりが留鳥、または漂鳥で、一年中国内で見られるが、通し鴨とはいわない。秋に渡来し春に北に帰る鴨のうち、真鴨の一部が残って営巣繁殖するが、これが通し鴨である。上高地、尾瀬、奥日光湯の湖、蓼の湖で見られる。〈本意〉一茶の句に「暮らすには一人がましか通し鴨」というのがある。「漆黒、常に居て北に帰らず」などと『年浪草』では言われている。どことなくさびしげな、病んだ印象をあたえるものである。

あからさまに子は率て居りぬ通し鴨　松根東洋城
通し鴨番ひはなれてありにけり　野村　喜舟
あさましく貯水池涸るる通し鴨　富安　風生
*満ち潮の杭のくろさよ通し鴨　斉藤優二郎
通し鴨塵焚く煙あびてをり　皆川　盤水
通し鴨のせて天龍海へ出づ　和田　祥子
ほつとりと砂洲ぬれてゐる通し鴨　河合　照子
郷に入るしづけさ二羽の残り鴨　川島　千枝

夏鴨《なつがも》　軽鴨　軽鳧《かるがも》　黒鴨　鴨涼し

かりかも科真鴨属の鴨。本州、四国、九州、佐渡、隠岐、喜界島で留鳥として常時いる。雌雄同色でだいたい暗褐色。顔と頭のまわりが白。嘴は黒く、先端が黄色。足は橙黄赤色。水辺の草に巣を作り、十個ほどの卵をうむ。声はしわがれ声でグア、グアと鳴く。〈本意〉延宝、元禄頃より、黒鴨、はぬけ鴨といわれてきたが、実際は留鳥の鴨で、黒鴨というほどの黒さではない。北海道以外日本ではどこにでもいる。北海道には夏しかいない。

夏鴨を追はじと棹を取りなほす　上川井梨葉
夏鴨の夕づくとしもなく芦間　円谷　桃泉
夏の鴨岩隠りつゝ舟に添ふ　壺井由多花
真鴨来ず小鴨軽鴨睦み合ふ　岡田　日郎
*夏鴨や堤の人にいつも遠く　松本　弘孝
夏鴨の声まぎれなし湖の奥　谷田　芳朗

軽鳧の子　かるのこ　軽鴨《かるがも》の子

軽鴨の子で、四月から七月に産卵したものが二十六日ほどでかえり、親鳥のあとを歩いたり、親鳥の背にのって沼を泳いだりしているのはかわいらしい。雛はだいたい黄褐色で綿羽におおわれている。鳴き声は真鴨に似ている。〈本意〉かるの子、かりの子と歌や連歌でいわれてきたが鴨の子のことである。親鳥について歩き泳ぐそのかわいらしさが眼目であろう。

軽鳧の子が飛ぶなり旅の能登の海　田村　木国
藻畳に立ちて羽搏つ軽鳥の子よ　市毛　暁雪
鳧の子はつぶ〳〵風に吹かれけり　青木　月斗
軽鳧の子の潜くこと亦幼しや　鶴　淡路
*軽鳧の子の親を離るゝ水尾引いて　今井つる女
かるの子にゆふみづもやのひろがり来　上村　占魚
軽鳧の子のひとりひとりに見られけり　永浜　元而
軽鳧の子に濠の夕波やや荒し　清水　素生
軽鳧の子の波のり遊ぶ毬のごと　阿部　鴻二
誼み顔して鳧の子の近づきぬ　岡田　銀渓

鵜　う　河鵜

全蹼目《ぜんぼくもく》、う科の鳥である。海岸や海近い松や杉の林に群れをなして繁殖する。高い枝の上に枯枝をあつめた巣をつくり、三～六個の卵をうむ。十二月から六月頃が産卵の時期である。糞がすごく、巣になった木は枯れてしまう。遊泳、潜水がうまく、魚を鵜飲みにする。嘴の先がまがり、蹼《みずかき》がある。全身まっ黒である。河鵜は留鳥だが、海鵜、姫鵜は北方で繁殖、冬に本州南部に渡来する。鵜飼に使うのは海鵜である。〈本意〉鵜というだけでは雑であるとされていた。鵜飼に使う気持のとき夏とされ、夜のこととされた。しかし近代以後は、海中や海岸の巌にとまる鵜の姿を夏にふさわしいものとして描かれるようになった。

わだなかや鵜の鳥群るる島二つ　水原秋桜子
＊波にのり波にのり鵜のさびしさは　山口　誓子
鵜の岩を鵜のはなれつぎ雷きざす　金尾梅の門
羽根ひろぐ岩礁の鵜の黒十字　秋元不死男
鵜翔けるや磧の空を出づるなし　原田　種茅
翼張りて翔つにはあらぬ鵜なりけり　鈴木　鶉衣
鵜が寄りて濡身をさらに濡らしあふ　藤井　亘
恍惚と舟へ上るに鵜の序列　平出　公象

青鷺　あをさぎ　蒼鷺《あをさぎ》

鶴鷺目さぎ科の鳥。わが国の鷺の中で最大のもので、翼長四十センチ、体長九十センチほどある。鶴型の体形をしているが、首をS字にまげ、後頭に羽冠がある。体は青灰色である。杉や松、銀杏の高い枝に枯枝などで巣を作るが、河岸や湿地などに立っていることが多い。ゆるくはばたいて飛びながらグアーと鳴く。魚、蛙、昆虫、蟹、貝などを食べる。日本ではだいたい留鳥だが、一部は漂鳥として温暖の地に移る。〈本意〉「つねに水中に歩き魚鰕を捕へて食らふ。飛ぶときは、よく高くあがり遠くかけりて、静かなるときは、芦荻にそひて足を挙げて立ち眠る」と『本朝食鑑』にある。この飛び姿、立ち姿が、この鳥の特質になる。肉も白鷺より美味だというが、やはり水辺の立ち姿が最大の焦点であろう。蕪村の「夕風や水青鷺の脛をうつ」の句が有名なように、

山前の両脚青鷺立ちにけり　喜谷　六花
＊青鷺は夜とわかるゝ沼を翔つ　石井　白村
蒼鷺を翔たせて舟は魞《えり》につく　山口　草堂
青鷺のみじんも媚びず二夜経つ　殿村菟絲子

青鷺の高度の端麗巣をつくる　加藤知世子
青鷺を一羽舞はせし神の意か　北川　蝶児

白鷺《しらさぎ》　こぼれ鷺

さぎ科白鷺属の白色の鳥で、大鷺、中鷺、小鷺がある。大鷺、中鷺は秋南方に去る渡り鳥、小鷺には留鳥としてのこるものがある。いずれもコロニイを作るが、四月下旬から枯枝で巣をつくり、三、四個の卵を産む。緑青色の楕円形の卵である。昼間行動する鳥で、水田、沼などをあさり、魚やざりがにを食べる。首をS字形に曲げ、飛ぶときは両足をうしろに水平につき出している。グァーとうるさく鳴くコロニーは糞にまみれている。〈本意〉埼玉県の野田の鷺山が有名だったが、今は青森県の猿賀神社が名高い。開発などの影響で、白鷺の生態系もちがってきている。やはり水辺の浅瀬に立つ姿がもっとも注目されるところで、その立姿は印象的である。ときに飛ぶ姿も優雅である。

杜を過ぎ杜を過ぎ鷺白さ増す　山口　誓子
友の訃に急くや白鷺も同じ向き　安住　敦
*白鷺の佇つとき細き草摑み　長谷川かな女
白鷺山森の入口はたと昏し　平井さち子
西へゆく白鷺なれや車窓ぞひ　中村草田男
白鷺飛び過ぎてただよふもののこす　村上　冬燕
鷺のダンデイ簑毛ひろげて雌にかざす　滝　春一
鷺交るその束の間も青嵐　古田　久子

鯵刺《あぢさし》　鮎刺　鮎鷹

鷗目鷗科鯵刺属の鳥。鯵刺と小鯵刺が普通に見られる。鯵刺の名は海上で鯵をとらえて食べるところからついたもので、小鯵刺というのは、鯵刺の小型の種という意味である。小鯵刺が食べるのは鮎などで、鮎鷹と多摩川辺で言うのがふさわしい名前になる。埼玉では雑魚鳥《ざっこどり》という。小鰺刺は河原に巣を作るが、南方から渡来して、本州、四国で繁殖する鳥である。背は青灰色、下面は白、頭と後首は黒い。巣に人や鳥が近づくと全部がキチー、キチーと鳴いておそいかかるように飛ぶ。いつも水面を見おろして飛び、魚を見つけると停止して水中に落ち、たくみに魚をとらえる。秋南方に去る。〈本意〉小鰺刺がもっとも普通で、たくみに魚をとらえる。鮎などの小魚だが、鮎刺、鮎鷹などと呼ばれる川のなじみの鳥である。

あぢさしの瀬風にたゆるしろさかな　金尾梅の門
*鮎さしの鳴く音も雨の多摩河原　富安　風生
鰺刺の搏つたる嘴のあやまたず　水原秋桜子
鰺刺の海光まとひ渓に消ゆ　角川　源義
鮎刺や夕日に雫曳きあがる　出牛　青朗
鮎刺や三時の川の底あかり　山上樹実雄

大瑠璃《おほるり》

燕雀目ひたき科の鳥。夏鳥で、四月中旬に北海道、本州、四国、九州に来て繁殖、秋南方に去る。雄の背は美しい瑠璃色、頭は青色、のどから胸にかけて黒、腹部は白いが、雌は褐色で美しくはない。渓流のほとりの山林に棲み、高い木のてっぺんをうごかずに美しく鳴く。ピー、シー、シー、シー、ジェッ、ジェッと鳴く。昆虫やくもを食べる。体色が同じ瑠璃色の小瑠璃がいるが、これは燕雀目つぐみ科で、別の種類のものである。夏鳥で、北海道、本州にいる。高さ七百メートルから千五百メートルの樹林地帯に棲み、よく鳴くが、鳴き方は多様である。藪などの中で鳴くので姿は見つけにくい。雄は背が暗青色、腹は白、雌は褐色である。秋、南方に去る。〈本意〉大瑠璃は声のよさで知られ、鶯、駒鳥とならぶ、わが国の三名鳥である。小瑠璃はこれとは別の種類の鳥で、区別しなければならない。

瑠璃鳥の色のこしとぶ水の上　長谷川かな女
*この沢やいま大瑠璃のこゑひとつ　水原秋桜子
おほるりや日の濡れてゐる杉の幹　木津　柳芽
見えて鳴く瑠璃鳥か樹海の立枯に　皆吉　爽雨
瑠璃啼いて青嶺閃く雨の中　秋元不死男
大瑠璃や朴の梢を霧動き　渡辺　夏舟
瑠璃鳴くやなほ林中の夕明り　戸川　稲村
小瑠璃鳴き朝は雫す森の径　原　柯城
小瑠璃鳴き羊歯のそよぎのひろごれる　中村　信一
瑠璃鳴くや一磐石に水くだけ　斎藤優二郎

三光鳥《さんくわうてう》

燕雀目ひたき科の鳥。五月ごろ南方から渡来、本州、四国、九州の低山帯や平地の森林にすむ。花瓶の形の巣を作る。雄は背が紫栗色、頭から胸が紫黒色、尾が黒褐色、目のまわり、嘴、足がコバルトブルーの色。雌は栗褐色。雄は体長の三倍もある長い尾が派手だが、雌は短かい。ツキヒホシ、ホイホイホイと鳴くので三光鳥という。葭切ぐらいの大きさの鳥である。〈**本意**〉ツキヒホシ（月日星）、ホイホイホイと鳴くので三光鳥というが、チチョホイ、キッジといってホイホイホイと鳴くともきこえる。だから、東北では「吉次ホイホイ」と呼ぶし、馬追い鳥、牛ぼい、おながどりなどとも呼ばれる。尾の長い雄の姿も特徴がある。

*三光鳥鳴くよ梢《うれ》越す朝風に　伊東　月草
三光鳥声ふる谿に嗽ぐ　岩崎　珠
庭よぎる山川のあり三光鳥　赤塚喜美重
三光鳥啼きつぐ彼方雨明るし　渡辺七三郎
三光鳥女は強く帯巻けり　原田　冬水
三光鳥声かさなりて梢まぶし　泉　春花

緋鯉《ひごひ》　日鯉　斑鯉

緋鯉は野生の黒い色の鯉が突然変異によって黒色の色素胞が欠け、橙紅色にかわったもので、これを更に改良したものが錦鯉である。錦鯉の飼育は新潟県が有名で、紅白、黄写《きうつし》、白写、昭和三毛、金鱗、銀鱗などの種類が作り出されている。鑑賞用なので夏の季節とされている。〈本意〉色のある鯉を総称して緋鯉というが、錦鯉がもっともあざやかで美しい。その色どりがやはり焦点である。

映りたるつゝじに緋鯉現れし　高浜　虚子
御僧の遺愛の緋鯉とて大き　森重　昭
釣殿の橋をめぐれる緋鯉かな　籾山　梓月
水美し山都は川に緋鯉飼ふ　岡田　日郎
*床下に緋鯉を飼つて鯉屋敷　前田まさを
水涼し緋鯉真鯉と浮き変り　今村　蕾橘

濁り鮒《にごりぶな》

梅雨の頃の鮒は、雨で増水した小川を上って、小さい流れや水田に入ってきて、産卵をおこなう。この鮒を四つ手網や手網ですくいとるのである。〈本意〉増水して水が濁っている小川をさかのぼる鮒で、濁り鮒というのはいかにもその感じを出している。四つ手網などにとらえられた鮒のうろこの光が美しい。

濁り鮒腹をかへして沈みけり　高浜　虚子
時ふれば手桶水澄み濁り鮒　中村　汀女
顔を出すバケツの水の濁り鮒　高野　素十
濁り鮒居ずなりし川も庭のうち　石川　桂郎

＊蘆原に雲生れしとき濁り鮒　角川　源義
京言葉にてかしましやにごり鮒　矢野　蓬矢
担ひゆく桶がぼがぼと濁り鮒　浜中　柑児
濁り鮒はねて畦こす晴間なり　太田　秦樹
田より田へながるる水や濁り鮒　小沢　一呂
濁り鮒夕雲草に沈みつつ　大岳　青児

鯰《なまづ》　梅雨鯰　ごみ鯰

なまず科の淡水魚。頭扁平、眼小さく、口大きく、口の辺に長短二対のひげがある。体の色は灰黒色、五十センチほどにもなる。形のわりに味はわるくない。五、六月が産卵期で、川や池の浅いところに産む。〈本意〉そのユーモラスな体形やひげが愛される。梅雨の頃によく釣れるが、止水にいるので、あまりきれいなものではない。地震を予知するともいい、また中国人は鮎と書いてなまずをあらわす。

泥川の月夜に泛きぬ大鯰　青木　月斗
薊かげ逃げし鯰を見付たり　西山　泊雲
鯰見てもの書けぬ時慰みぬ　山口　青邨
鯰の子己が濁りにかくれけり　五十崎古郷
吐く泡の顔にまつはる鯰かな　皿井　旭川
釣り上げし鯰に指を吸はれけり　島崎　秀風
こち向けし顔不機嫌よ鯰釣り　高橋すすむ
大鯰ぬつたり土間に置かれたる　古市　枯声
＊大鯰じたばたせずに釣られけり　成瀬桜桃子
釣りあげし濁鯰が髭を振る　有働木母寺

鮎《あゆ》　香魚《かうぎよ》　年魚《ねんぎよ》　とまり鮎

あゆ科の魚は鮎だけである。さけやますに近い。寿命は一年か二年で、そのために年魚という。秋、川でうまれた稚魚は川をくだって、冬には湾のあたたかいところでくらし、春に川を上って発育、秋、下流の瀬で産卵する。鮎の食べるものは、海ではコペポーダのような小動物で、川に上ると、水苔を食べる。鮎をとる方法は、釣りや簗、鵜飼いなど。独特の香りのある魚で、香魚という。鮎の腸や卵を塩漬けにしたものがうるかで、珍味である。〈本意〉万葉頃からの川魚の王で、はなはだ賞美された。「浮鮎をつかみ分けばや水の色」（才麿）「鮎くれてよらで過ぎ行く夜半の門」（蕪村）などと多くうたわれている。若鮎、さび鮎、落鮎、鮎の鮨など、句の題にも多くなっている。風味よき魚である。

*新月の光めく鮎寂びしけれ　渡辺　水巴
鮎の背に一抹の朱のありしごとし　原　石鼎
大山の雲を下りて鮎を見る　野田別天楼
鮎焼くや葛を打つ雨また強く　富安　風生
夜も白き激ちよ鮎の太るらん　田村　木国
鮎走る見えて深さの測られず　原田　種茅
鮎釣や野ばらは花の散りやすく　篠田悌二郎
岩におく鮎のひかれりくらけれど　横山　白虹
月のいろして鮎に斑のひとところ　上村　占魚
てのひらに鮎の命脈しづかなり　有馬草々子
鮎を焼く齢しづかにゐてふたり　廻　富士野
鮎焼くや大円の月のぼりつつ　中村　明子

岩魚　いはな　厳魚《いはな》　嘉魚《かぎよ》

あめますのことだが、陸封、すなわち淡水にとどまって海に出ないものが岩魚である。山の渓流にいて、川釣でよく知られた魚。本州、四国、北海道にいる。味もよく、山の宿での食膳の目玉となる。〈本意〉鮎や山女よりも上流の渓流にいる魚で、山峡にかくれすみ、勇敢、貪食、蛇をもおそうという。木の枝や竹の枝を竿にして釣り、風の激しいときによく釣れるという。釣りたてのものに塩をつけ、夏炉の榾火にあぶってたべるのが、もっともおいしい岩魚の食べ方である。

山桑の花咲く頃の岩魚狩　高野　素十
岩魚あり酒なき膳の箸を割る　本田　一杉
蚊火消ゆや今宵も岩魚焼く火見ゆ　石橋辰之助
ひとり酔ふ岩魚の箸を落したり　石川　桂郎
岩魚棲む上下を断ち地獄渓　福田　蓼汀
岩魚焼く塩こぼれけり石の上　堀端　蔦花
戸隠の神の炉に焼く岩魚かな　宮下　翠舟
岩陰にかくれて久し岩魚釣　松本　豊

山女《やまめ》　山女《やまめ》魚　山女釣

さけ科の魚である。さくらますの陸封魚で、岩魚より下流に棲んでいる。やまべとか、あめごとかと、地方によって呼び名がちがう。長さは三十センチくらいで、側線にそって紅色の筋があるのが特徴である。五月頃が旬である。〈本意〉さくらますが陸封されたもので、渓谷などにいる。山中での美味として賞される魚。

大串に山女魚のしづくなほ滴るる　飯田　蛇笏
山女釣晩涼の火を焚きゐたり　水原秋桜子
飯盒洗ふ山女魚の瀬水手強しや　山口　草堂
荒瀬浪殺到し来る山女釣　福田　蓼汀
*激つ瀬にうつぶし獲たる山女魚かな　木村　蕪城
昼の星見ゆ幽谷に山女釣　松浦　真青
瀬を速みやまめの渦のあきらかに　近本　雪枝
湖昏れて山女焼く焔の美しく　菅　正子
底見えて水のみどりや山女釣る　加賀谷凡秋
大粒の雨が肘打つ山女釣　飯田　龍太

金魚《きんぎょ》　和金　蘭鋳　琉金　丸子《まるこ》　尾長　出目金　支那金　和蘭陀獅子頭

鮒が突然変異によって緋鮒という赤い鮒になり、それが和金や琉金になった。人工的な交配によって、和金、琉金、蘭鋳、オランダ獅子頭、出目金、頂天眼、朱文金などの種類が作られている。金魚ははじめ千年ほど前中国で作られ、文亀三年（一五〇三年）に日本に渡来したもので、『西鶴置土産』に、「黒門より池の端を歩むに、しんちう屋の市右衛門とて隠れもなき、金魚・銀魚を売る者あり」とある。今では日本で大いに品種改良がなされて、諸外国に輸出されている。

〈本意〉その形や色の美しさを観賞する魚で、日本人の器用さで、いろいろの品種がつくられている。むかしは金魚売が独特の呼び声で、天秤棒で売って歩いた。縁日の夜店の金魚すくい、金魚を入れる金魚玉、金魚鉢など、なつかしい思い出ぶかい夏の景物である。

いつ死ぬる金魚と知らず美しき　高浜　虚子
*水更へて金魚目さむるばかりなり　五百木瓢亭
水中に牡丹崩るる金魚かな　筏井竹の門
花落ちし如くに金魚草にあり　庄司　瓦全
灯してさゞめくごとき金魚かな　飯田　蛇笏
金魚大鱗夕焼の空の如きあり　松本たかし
あるときの我をよぎれる金魚かな　中村　汀女
金魚糞を曳くやるせなき歳月　細谷　源二
感歎詞より逃れきて金魚とあり　油布　五線
注ぐ水金魚の水に棒立てり　橋本美代子
死神とあそぶこゝちや金魚飼ふ　山田　文易
虹出でて金魚の口を揃へだす　斎藤　石雲

熱帯魚《ねったいぎょ》　闘魚　天使魚

熱帯地方に産する淡水魚、海産魚で、形がめずらしく、またあざやかな色彩で目をひかれる。まったく観賞用の魚で、大正時代から輸入され、この頃はさかんに飼育されるようになった。グッピー、エンゼルフィッシュ、ミンノー、さかさに泳ぐナイル川のシードンチス、大きな牛も倒すというピラニヤなど、さまざまな種類のものが輸入されている。〈本意〉熱帯地方の魚の形と色彩の珍美なところを観賞するのである。水温の調節などがむずかしい。

熱帯魚見て水深を感じをり　後藤　夜半
天使魚もいさかひすなりさびしくて　水原秋桜子
こひびとを待ちあぐむらし闘魚の辺　日野　草城
しづかにもひれふる恋や熱帯魚　富安　風生
＊熱帯魚石火のごとくとびちれる　山口　青邨
熱帯魚薄き身吊り上げ吊り上げて　中村草田男
熱帯魚庭のくらがり野につゞく　石橋辰之助
百合うつり雷とどろけり熱帯魚　石田　波郷
熱帯魚翻り交すは愛語らし　楠本　憲吉
灯を入れて縞目鮮烈熱帯魚　牧野　寥々
熱帯魚色をとばして闘へり　細見しゆこう
佳人逝き残るエンゼルフィッシュかな　室賀　杜桂

目高《めだか》　緋目高　白目高　ばんだい

めだか科の小さな魚であり、黒い色の目高と赤黄色の目高（緋目高）がいる。目が大きくとび出しているので目高という。体長三センチ位の一番小さな魚である。川や湖、沼などにいる。産卵期は晩春から秋で、七、八百の卵をうむ。卵に細い糸がついていて、水草にからみつく。〈本意〉小さくて目がとび出してかわいいので、夏に水鉢などに飼って、涼味をたのしむ。どこにでもいるので、方言が多い。

ゆるやかな水に目高の眼のひかり　山口　誓子
目高立体誰彼の肚《はら》見透しに　中村草田男
＊水底の明るさ目高みごもれり　橋本多佳子
緋目高の赤くなりきぬ目のうしろ　星野　立子
緋目高の一つ孵りてよりぞくぞく　上村　占魚
腸透きて目高はかなし石の上　宮　慶一郎

黒鯛《くろだひ》　ちぬ　海鯽《かいづ》　黒鯛釣《ちぬつり》

たい科の、体が黒灰色の魚。日本沿岸でとれるが、中部以南に多い。東京でくろだい、大阪や瀬戸内海方面ではちぬと呼ぶが、小さいうちはちんちん、それより大きくなったものをかいずという。体長は三十センチ、夜釣りでとる。〈本意〉敏感な魚で、夜釣りではあり、釣りにくいので、よけい釣人のめざす目的になっている。鯛は夏に味が劣るが、黒鯛は、夏がもっとも味がよいと『和漢三才図会』に言う。

＊黒鯛つりに虹たつ濤のしづまれる　西島　麦南
渦潮や渦中相搏つ揉まれ黒鯛《ちぬ》　関谷　嘶風
黒鯛釣に夏二三夜の闇濃さよ　杉山　一転
ちぬ釣の月光竿をつたひ来る　米沢吾亦紅
朝市や樽に泳ぎて黒鯛の鰭　篠田　麦子
黒鯛の潮のしたたり虹色に　きくちつねこ

初鰹《はつがつを》　初松魚《はつがつを》

さば科の硬骨魚。南海にいる魚で、黒潮にのって、青葉の頃、関東近海にやってくる。遠州灘をこえ伊豆半島をまわる頃に、脂肪がついて、味がよくなるので、鰹漁がおこなわれる。江戸時代には青葉の頃の鰹が鰹のはしりなので、初鰹と呼んで珍重した。〈本意〉素堂の「目には青葉山郭公初鰹」がとくに有名で、江戸時代の季節と味覚のはしりをよくえがいている。芭蕉の「鎌倉を生きて出でけむ初鰹」、一茶の「大江戸や犬もありつく初鰹」などもある。青葉の頃の味のよい鰹で、とくに武士は、「勝負にかつを」と尊重したようである。

初鰹双生児《ふたご》同日歩き初む　中村草田男
*初鰹夜の巷に置く身かな　石田　波郷
初鰹都心に出でて日暮れたり　石川　桂郎
町空をとどろかす雷初鰹　井上　美子
*初松魚燈《ひ》が入りて胸しづまりぬ　草間　時彦
初鰹兄弟揃ふ日なりけり　高田　堅舟

鰹《かつを》　堅魚《かつを》　松魚《かつを》　ゐぼし魚　真鰹　宗太《そうだ》鰹　ひらめじか　ひらそうだ

さば科の魚で、冬は南海にいるが、三月には四国沖、四月には紀州の沖に、五月の青葉の頃、関東近海に回遊する。ところが、それ以後は北にむかい、十月頃にまた南下する。いわしやいかをたべ、また海水の温度の変化によって回遊をおこなう。房総、土佐、薩摩の鰹漁は有名。生いわしを餌にして夜中に釣る。一本釣りで、極めて壮観である。鰹が死ぬと、その体側に青黒い筋が出る。生きている間は出ない。生で食べ、また鰹節に作られている。〈本意〉芭蕉に「鰹売りいかなる人を酔はすらん」という句があるが、しゅんの頃の味のよさは定評がある。

松魚船子供上りの漁夫もゐる　高浜　虚子
鰹船かへり大島に雲乗れり　水原秋桜子
出刃の背を叩く拳や鰹切る　松本たかし
*鰹揚ぐ手送りに月滴れり　平松弥栄子
河口の潮ぶつかけ洗ふ鰹売　滝　春一
鰹船出でゆく沖はなほはれつ　山口　草堂
鰹船戻るよ波を厚くして　金田あさ子
武者幟きそふや島の鰹どき　笹井　武志
鰹船大滝見ゆる浦を出づ　河出　斜陽
土佐日記はじまる浦の鰹船　桑原　志朗

鯖《さば》　ほん鯖　ひら鯖　まる鯖　ごま鯖　鯖火　鯖舟

さばには、大別すると、ほんさばとごまさばがある。ごまさばには腹に黒い斑点があるが、ほんさばにはない。ほんさばの回遊は沿岸に近く、ごまさばの回遊は沖合である。秋鯖が珍重される。産卵をおえて十分に餌を食べ、あぶらののった秋のほんさばで、美味である。さばは火の光にあつまる習性があるので、夜舟に鯖火を焚いて網をおろすが、美しい光景である。〈本意〉夏は肉焼けといって肉が白くまずくなることがあり、秋鯖がうまいと言われる。「能登、丹後の産を佳品とす。夏また秋に至りて、漁人、夜これを釣る。漁火千万、海上につらなり、おびただしきものあり」と『滑稽雑談』にあるが、鯖火が焦点になる。

鯖の旬即ちこれを食ひにけり　高浜　虚子
鯖火見ゆ天の夕焼とつゞきつゝ　水原秋桜子
鯖売や首里の話を聞きあれば　中村　汀女
*海中に都ありとぞ鯖火もゆ　松本たかし
燈台を訪へば鯖舟出さかるよ　皆吉　爽雨
田植鯖海の色奪《と》るはやて雲　角川　源義
鯖焚く火補陀落の火を現じけり　福永　耕二
鯖火消え暁紅海を染めにけり　鈴木真砂女
大鯖火海の挽歌を聞くごとし　高橋　采和
癌怖るこころの奈落鯖火燃ゆ　門脇無声洞
三十ヶ村一郡の鯖火かな　河原　白朝
鯖火まで海上遮るものもなし　岩根　冬青

鰺《あぢ》　ぜんご　真鰺　中膨《なかぶくら》鰺　室《むろ》鰺　脆《もろ》鰺　小鰺　棘《い》高《だか》鰺　島鰺　鰺釣　鰺売

あじ科は種類が多いが、その総称である。まあじ、むろあじ、おにあじ、しまあじ、かいわり、いとひきあじなどである。このなかで、まあじがもっとも普通のもので、近海の六十〜百二十メートルぐらいの深さの岩礁地帯にすむ。体長十センチから三十センチぐらいで、海藻の根や岩礁のまわりにいる。四、五月頃に産卵のため浅いところにくる。あじの類はさしみ、塩焼き、煮つけ、フライ、干物にするが、室あじが干物にするのにふさわしく、脂肪がすくない。みな味がよい。〈本意〉「およそ春の末より秋の末に至るまで、多くこれを採る。なかんづく、その六七寸ばかりに過ぎずして円肥なるもの、味はひはなはだ香美にして、最も炙食によし。あるひは鮓となし煮となし膾となすも、また佳なり。品類に絶勝す。呼びて中脹《なかぶくら》と号して、上下ともにこれを賞美す。これ、江都の珍なり」と『本朝食鑑』にある。鎌倉江の島の中膨《なかぶくら》鰺がもっとも賞美され、伊予の室鰺がこれに次いだようである。親しめて味がよいという、身近かな魚である。

*あまぐもの鰺割いてゐるとき迅き　久保田万太郎
鰺かわく香に育ちおり青蜜柑　渡辺浮美竹
そのかみの和蘭陀埠頭鰺を干す　高浜　年尾
夜の岩の一角照るは鰺釣れる　秋光　泉児
鰺くふや夜はうごかぬ雲ばかり　加藤　楸邨
篠垣の外とほりしは鰺売りか　安住　敦
小鰺売虹にそむきて行きにけり　五十崎古郷
そと海に釣られて蒼き鰺そろふ　杉本　寛

飛魚《とびうを》　とびを　つばめ魚

とびうお科の魚で、体長は三十センチから五十センチ。五月ごろ種子ヶ島のあたりで漁れて、七、八月には北海道南部にまで北上してゆく。水温二十度以下の水域を好むからである。胸鰭が強大で、これをひろげて海面を滑走し、時には飛び上って、二百メートル以上も飛ぶことがある。産卵には藻の多い浅瀬に寄る。焼魚、フライ、干物などにする。〈本意〉名前のように、やはり海上を飛ぶところが特徴であろう。飛び立つときの速さ時速七十キロ、高さ十メートル、距離四百メートル、滞空四十二秒という記録もあるという。その飛姿の勇壮な力感が焦点である。

飛魚や航海日誌けふも晴　松根東洋城
二人乗るあらくれ港飛魚舟　藤後　左右
飛魚の群が国後かくしけり　萩原　麦草
*飛魚の翼はりつめ飛びにけり　清崎　敏郎

飛魚の尾の触れ越ゆるうねりかな　三宅清三郎
飛魚を全く吐かず今日の海　森田　峠
飛魚や赤道越えし潮の色　皆川　白陀
飛魚に波ひとつなきうねりかな　浜口　今夜

鱚《きす》　きすご　白鱚　海鱚　青鱚　川鱚　虎鱚　沖鱚

きす科の魚で浅い海にすむ。からだは淡黄色、腹は銀白色で、体長は十五～二十五センチほど。北海道以南にすみ、秋に産卵する。晩春から夏にかけて出まわり、上品な淡い味がおいしいが、このしろぎすと比べると、あおぎすは、やや味がおとる。東京湾ではあおぎすが多く、これを「脚立つり」という特別な方法で釣る。〈本意〉あおぎす、しろぎす、川ぎす、海ぎすなどというが、みなまぎすの異名である。円状に肥大し黒白の虎斑あるものを虎ぎすという。上等な魚として有名である。

*鱚釣りや青垣なせる陸《くが》の山　山口　誓子
引潮の今がさかひや鱚を釣る　高浜　年尾
鱚添へて白粥命尊けれ　石田　波郷
鱚舟に豊後夏山湧くごとし　橋本　鶏二
鱚舟に研ぎたての波光り寄す　石塚　友二
鱚釣れで睡魔いよいよ耐へ難し　同
鱚釣つて妻へ漕ぐ舟子へ漕ぐ舟　谷野　予志
泳ぎ子のこゝまでは来ず鱚子釣る　野村　親二
内海も陸もさみどり鱚の頃　稲見　碧子
海潮に似る朝ありて鱚を釣る　下田　萩生

べら　べら釣

にしきべら、きゅうせん、にじべら、青べら、赤べらなど、べら科に属する魚の総称。体長二十センチほど、南日本から熱帯地方にいて、美しい色をしている。とくに雄が美しい。雄は青べらといい、淡褐色に青味を帯びた色、雌は赤べらといって、赤味をおびている。昼間活動し、夜海底に横たわってねむる。よく釣れるが、あまりおいしくはない。六、七月が旬である。〈本意〉味はよくないが、よく釣れ、雄が美しいことが眼目である。熱帯にもいるが、熱帯魚のような色彩の魚である。

ベラ釣の波乗小舟島端に　松本たかし
*赤べらの上に青べら魚籠の中　吉野　十夜
べら釣るや天守は山の上に小さく　中塚　黙史
焼きて煮てべらの七色失せにけり　立花　豊子
船酔ひにべら美しく上がりけり　石名田石泉
ベラ釣るや真上の天は航空路　山口　青松

赤鱏《あかえひ》　鱏　鱝《えひ》

あかえい科に属する魚で、南日本の浅い海にいるが、海底の泥をはっている。体の形は菱形で、ひらたく、色は黄赤色である。尾には針があって、猛毒であり、さされると痛い。体長は一メートルにも達し、胎生である。グロテスクな魚だが、味は夏おいしい。〈本意〉盤や落葉に似るとも、鳥鳥に似るともいわれた。翼の形があり、頭も鳥のようだとされた。やはりその形の異様な怪物性が特徴であろう。

大赤鱏ものの怪しき姿かな　青木　月斗
*赤鱏の広鰭潮を搏ち搏てる　山口　誓子
赤鱝は毛物の如き目もて見る　同
赤鱝の乾きやまざる鰭を振る　加藤　楸邨
黒きもの動きて鱝となりにけり　岡田　耿陽
ぺた〳〵と地を打つ鱏の尾鰭かな　同
地にのこる鮮血鱝を競りしあと　橋本多佳子
引網の外道の鱝は鉤打たる　中村　春逸

鯒《こち》　牛尾魚

こち科で、頭の幅が広く上下に扁平な、ぶかっこうな魚で、背鰭にとげがある。海底の砂の上を移動する。浅海魚で南日本以南に分布しており、夏が旬で、洗いや刺身にするとおいしい。〈本意〉形はよくないが味がよく、とくに生簀に飼って、生きているものを洗膾にするのがとくに賞味される。めごちも天ぷらなどによい。

鯒釣るや濤声四方に日は滾《たぎ》る　飯田　蛇笏
*鯒王の砂ゆるがして游ぎけり　長谷川零余子
鯒の背水中銃の銛くらふ　松田　洋星
身を振つて身をふつて鯒泳ぎけり　細見しゆこう
泳ぎゐる身をふりやめし鯒沈む　同
出来鯒の怒りし貌の幼さよ　中村　春逸

鱧《はも》　はむ　水鱧　鱧の皮

はも科の白身の高級魚で、鰻や穴子に似ている。長さ一メートルあまり。細長いからだである。口が大きく、先がとがり、歯が鋭い。うろこがなく、黒っぽい色で、腹部は銀白色である。瀬戸内海から九州にかけてとれる。また温帯、熱帯地方にいる。関西で珍重し、小骨を骨切りして、天ぷら、かば焼き、蒸し物にするが、関東ではさほど好まれない。水鱧は、出はじめの小さいもののこと。生きたまま裂いて湯水にとおすのでそういう。〈本意〉関西の人が、その淡泊な味を賞味する。鱧ちりは熱湯を通し、冷して酢味噌で食べる。鱧の皮をきざみ、二杯酢や胡瓜揉みに加えて食べるのもよい。夏祭の頃がおいしく、祭の日に関西では食べる風習がある。

竹の宿昼水鱧を刻みけり　松瀬　青々
大阪の祭つぎ〳〵鱧の味　青木　月斗
*妻留守の裁ち鋏鱧の皮を切る　岡本　圭岳
鱧さげてゆく別荘の主かな　岡田　耿陽
鱧の鮓や満座の酔に酔はずをり　能村登四郎
友の死に堪へゆく鱧を食べにけり　山田みづえ
八十の母の鱧裂くたしかなり　吉屋　真砂
鱧焼けていつまで夫のひとり酒　村上　光子

鰻《うなぎ》　しらす　めそ　針鰻鱺《はりうなぎ》　大鰻　鰻搔《うなぎかき》

うなぎ科に属する。日本にはうなぎという種類とおおうなぎという種類があり、うなぎは北海道より南の川や湖沼にいる。おおうなぎは伊豆の伊東を北限とし、それ以南の淡水にいる。産卵場は確認されていないが、赤道付近の深海といわれている。七、八年淡水でくらすと海に出て、南海の産卵場で産卵する。稚魚は木の葉のような形だが、陸地に近づき川を上る頃は、つまようじの形になる。これをしらすうなぎ（はりうなぎ）という。これをとらえて養殖すると養殖うなぎになり、川をのぼって成長したものが天然うなぎになる。〈**本意**〉脂肪に富んでおいしい魚である。蒲焼、鰻飯、鰻ずし（勢田、宇治の特産）などにして食べる。土用の丑の日に食べて、健康をはかるというが、この頃は養殖鰻が多く、季節感がなくなってしまった。鰻搔は、鰻をとる道具で、長い柄の先に曲った鈎をつけてあり、これで水底を搔いて鰻をとらえる。

土用鰻店ぢゅう水を流しをり　阿波野青畝
鰻食うカラーの固さもてあます　皆川　盤水
鰻突く人あり湖の日の落ちて　鳥越　三狼
いのち今日うなぎ肝たべ虔めり　籏　こと
うなぎひしめく水音朝のラジオより　豊田　晃
うなぎ食ふことを思へり雲白く　稲垣　晩童
畦の子ら声つつぬけに鰻捕る　向井いさむ
荒涼と荒川鰻裂いて貰ふ　細見　綾子
まないたの疵曼陀羅や鰻割く　百合山羽公
*うなぎ焼くにほひの風の長廊下　きくちつねこ

穴子《あなご》　海鰻《あなご》　うみうなぎ　まあなご　ぎんあなご

あなご科に属する魚はみな細長い体をしていて海でとれる。まあなご、ぎんあなご、くろあなごなどで、まあなごを俗にあなごという。あなご科の代表である。まあなごは、北海道から九州までいたるところにいる。褐色で、腹だけが銀色、六十センチほどの長さである。昼間は岩穴や泥の底にいて、夜出てきて食物をとる。それを利用して夜釣りをする。幼魚は木の葉の形の半透明の魚で、四月から六月頃に親魚の形になる。関西でよく食べるが、すしや天ぷらにする。**〈本意〉**細長い鰻のような形の魚であること、夜行性で、夜釣りでとること、夏に味がよいことなどが眼目になる。

港を出る船のあかるさ穴子釣　滝　春一
一組の夫婦竿てふ穴子釣る　中村　春逸
＊ひらかれて穴子は長き影失ふ　上村　占魚
鰻より穴子を裂くは滑らざる　尾崎　木星
あなご鮨うまし夕潮満ち来たり　谷　迪子
釣りあぐる穴子はなやか夜光虫　春木　狂花

鮑《あはび》

耳貝科に属する。巻貝である。えぞあわび、くろあわび、おんあわび、めかいあわびなどが亜種で、外海に面した波のあらい岩礁におり、わかめの生えるところとほぼ一致する。海深六十メートルより浅いところにおり、夜出てきて、わかめなど褐藻類を食べる。網でとったり突いたり、海女がもぐってとったりする。産卵は十一月頃。酢のもの、水貝、蒸しあわび、粕づけなどにする。**〈本意〉**熨斗《のし》を作るのに用いられ、また巻貝なのに二枚貝の片貝として、磯のあわびの片思いと呼んで、めでたい席には出されなかった。しかし美味なもので、古くから食べられ、とくに海女の鮑とりが関心をあつめる。

海女の目のなかに鮑の国つくり　阿波野青畝
うかみ来る顔のゆがめり鮑採　伊藤柏翠
鮑海女天に蹠をそろへたる　橋本鶏二
泡一つより生れきし鮑海女　小原菁々子
水眼鏡して顔小さし鮑とり　平松竈馬
宿の婢も鮑取る技持つと云ふ　柘植芳朗
＊鮑採をさな顔あげ磯なげき　田畑比古
あわび売るうしろで海が夜となる　渡辺倫太
鮑採る海女達夜は紅纏ひ　加藤かけい
口中に鮑すべるよ月の潟　野沢節子

海酸漿《うみほほづき》　長刀酸漿　軍配酸漿　南京酸漿

新腹足目類のあかにし、てんぐにし、その他にし類の卵嚢であり、かたくて弾力性があるので、穴をあけ、ほおずきの代りに鳴らす。産卵期は初夏で、海中の岩石に付着している。黄白色で、皮がかたい。〈本意〉長刀ほおずき、軍配ほおずき、南京ほおずきなどの種類を海ほおずきと呼ぶが、女子が穴をあけ、ほおずきにして鳴らしてあそぶものである。色を赤などに染めて縁日などで売っている。

妹が口海酸漿の赤きかな　高浜虚子
海の香の酸漿妹が口にあり　矢田部勲
＊旅長し海酸漿の美しき　高野素十
繋索に海酸漿のまとひけり　阿波野青畝
一聯の泡酸漿の林より　長谷川素逝
海酸漿かんで商ふ糸切歯　金子扇踊子

蝦蛄《しやこ》　しゃくなげ

えびやかにに近い甲殻類口脚目。体は平たく、脚が多く、殻をかむっている。体長は十五センチほど。海底の泥の中に生息している。六、七月に産卵し、その頃の味がよい。天ぷら、酢のものなどにして食べる。〈本意〉蝦蛄は、関西では食べず、東京で食べるもの。節足動物のなかで、もっとも下等なものをいう。漁場をあらし、汚染にも平気で繁殖するものである。

天空下蝦蛄仰向けに干されける　山口　草堂　　釜地獄蝦蛄の鎧もうだり終ゆ　清原　麦子
＊おほいなる蝦蛄の鎧のうすみどり　見学　御舟　　先生の馬に似し歯や蝦蛄を食ふ　吉岡禅寺洞

蟹《かに》　山蟹　沢蟹　川蟹　磯蟹　蟹の子　ざり蟹

甲殻類十脚目短尾亜目の動物で、五対の足の第一脚が大きな鋏になっている。尾にあたる部分が頭胸甲の下に折れまがっている。横に這う。さわがに（淡水）、あかてがに（海岸）、がざみ（浅海）、ずわいがに（深海）など、種類が多い。たらばがには蟹ではない。これはやどかりの一種。みな、蟹の穴の中にすんでいる。〈本意〉「横走る芦間の蟹の雪降ればあな寒けにや急ぎ隠る」（源仲正）は『夫木和歌抄』雑のうただが、横に這うこと、芦間を急ぎかくれることなどがとらえられている。夏の蟹は、つゆどきの渓流、磯などの小蟹をさしている。食用の旬では、川蟹が春、海蟹が冬である。

＊美酒あふれ蟹は牡丹の如くなり　渡辺　水巴　　瓜刻む足もとに来て蟹可愛　富安　風生

妻のみ恋し紅き蟹などを歎かめや　中村草田男
滅びつつピアノ鳴る家蟹赤し　西東　三鬼
蟹紅く鉄橋ひびきやすしかな　秋元不死男
蟹二つ食うて茅舎を哭しけり　松本たかし
山蟹のさばしる赤さ見たりけり　加藤　楸邨
沢蟹の両眼立てて沖ゆく艦　細川　加賀
川蟹の踏まれて赤し雷さかる　角川　源義
岩蟹に飯粒沈め旅行くよ　中島　斌雄
ざり蟹のからくれなゐの少年期　野見山朱鳥
月の蟹陸続たるが愉しまる　佐野まもる
原爆許すまじ蟹かつかつと瓦礫あゆむ　金子　兜太
小走りの蟹みな穴をたがへずに　土屋　海村

土用蜆《どようしじみ》

夏の土用に蜆を食べると栄養になるといって、食膳に供する。味噌汁に入れて、熱いのをふうふう食べる。とれる量がすくない上、汗が眼に入らないといい、腹ぐすりになるという。春より味は落ちる。〈本意〉土用鰻や土用蜆は、暑い時期の体力の低下を防ぐための栄養食品で、生活の智慧で、いろいろに言って、これを食べたのである。味はやや落ちるが、寒蜆と並んで珍重されるものである。

更けてより土用蜆の配られし　岩田　昌寿
高波を見つつ土用の蜆汁　桜田　宗平
*振り声も土用蜆や明石町　小坂　順子
屑売りぬ土用蜆の代価ほど　風間　ゆき

船虫《ふなむし》

三センチぐらいの黄褐色の虫で、わらじむしを大きくしたような虫。海辺の岩、岩壁、石垣、舟揚げ場などにびっしりとついている。長い触角をうごかして、速く走り、群れをなして同じ方向に進み、急に方角をかえる。つかまえようとすると四散する。甲殻類で、えびやかにと同じ種類のもの。〈本意〉海岸のいたるところにいて、とくに夏によく繁殖する、おなじみの虫である。群れをなしていて、人の動きによく反応する。

舟虫の猜ひ深き日本海　山口　誓子
*蟹の死を舟虫群れて葬へり　富安　風生
風化とまらぬ岩や舟虫一族に　西東　三鬼
巌頭に舟虫逃げる猫のごと　沢木　欣一
舟虫群れ煙のごとき子が生れ　谷野　予志
満つる潮ぞくぞくと船虫を生む　川島彷徨子
岩壁の万の舟虫吾を目守る　細川　加賀
舟虫のどれが父と子母と子ぞ　磯貝碧蹄館
舟虫や沖の淋しき翳りやら　八木　九鬼
舟虫のかくれしに見られゐるごとし　佐野　俊夫

海月《くらげ》　水母《くらげ》　海折《かいせつ》　石鏡《せききやう》　備前海月　幽霊海月　水海月　行灯海月

腔腸動物で、海中を自由に游泳している。傘をひろげたような形で、からだは寒天質である。普通にくらげというのは真正くらげでかさと触手をもっている。海水浴で人をさす電気くらげ（かつおのえぼし）や、浅海にいるみずくらげ、たこくらげ、食用になるびぜんくらげなどいろいろいる。〈本意〉「わが恋は海の月をぞ待ちわたるくらげの骨にあふ夜ありやと」という源仲正のうたにある骨のないくらげの游泳が眼目になる。

わだつみに物の命のくらげかな　高浜　虚子
波ゆきて波ゆきて寄る海月かな　高野　素十
沈みゆく海月みづいろとなりて消ゆ　山口　青邨
くらげ浮く海の日なたの影もなし　森川　暁水
*波のほをつきあげ〳〵海月行く　阿波野青畝
讃美歌や足長くらげ掌にとろけ　三橋　鷹女
掌にとればすすりなくよな海月かな　鈴木　鵬于
漂へる大き風船くらげあり　石塚　友二

夜の水母沖よりすジェルソミーナのこゑ　岸田　稚魚
海月くる音といふものなにもなし　只野　柯舟
どつと夕焼海月もときに裏返る　野沢　節子
夕焼けて真紅のくらげ渦とゆく　佐野まもる

繭《まゆ》　繭掻　繭市　繭問屋　繭干す　繭籠　白繭　黄繭　双《ふたつ》繭　匹《ひき》繭　屑繭

春蚕《はるご》の作る繭のこと。繭が十分かたくなると繭掻き（蚕簿《まぶし》から繭をもぎとること）をして繭籠に取る。その繭を白木綿の袋に入れて市場に出す。市場では広い板の上に繭をひろげ品質を鑑定して、値段がつけられる。製糸工場に送られ、さなぎを乾燥機にかけて殺し、糸をとる。繭の形には、中くびれの繭玉形、球形、俵形があり、色には白と黄、緑、紅がある。屑繭はつぶれたり汚れたりした繭、双繭は一つの繭に二匹の蚕が入っているもの、匹繭は一匹入っている通常のもの。〈本意〉玉繭は繭の美称だが、糸をとる材料として、三、四世紀から尊重されてきたものである。農家の労働は大変だが、また張りあいのある仕事でもある。

隠れ家の如く幽かに繭ごもる　高浜　虚子
＊一筋の糸引出すや繭躍る　沢木　欣一
繭干すや農鳥岳にとはの雪　石橋辰之助
簪をかさと落しぬ繭の中　若山野葡萄
母のもぐ白繭黄繭霧の中　石原　八束
奥嶺奥嶺へ雪降るやうな繭組む音　加藤知世子
屑繭を煮るや燕も二番雛　石塚　友二
繭を煮て火が美しき北の国　岡田　芝兆
或る晴れた日の繭市場思ひ出す　加倉井秋を
繭の香や乗換急ぐ北の駅　菅沼　彦二

蚕の上簇《かひこのあがり》　上簇《じやうぞく》　上簇団子《あがりだんご》　蚕簿《まぶし》

蚕は四回眠り四回脱皮し、そのあと繭を作るが、そのさい体が半透明になる。これは絹糸腺が肥大して体中にみたされるためである。このとき、蚕に繭を作りやすくしてやる装置が蚕簿で、これに移してやることを上簇という。蚕簿は藁を加工したものだが、菜種がら、萩の枯枝を使ったものが原始的なもの。上簇で重労働が一段落するので、上簇《あがり》祝いをする。上簇だんご、ぼたもちなどを作り、手伝いの人と食べ、近所にくばる。〈本意〉幼虫から繭を作るまで四週間ほどかかり、つらい労働も多いが、上簇すると、あとは繭ができるのを待つばかりなので、ほっと一安心するわけである。

張り初めし糸にやすらふ蚕かな　中田みづほ
上簇やうらわかき目の糸開《いとびらき》　平畑　静塔
さびしさびし上簇すみし木椅子とは　加倉井秋を
上簇や夜の群雲のひた走り　藤本新松子
さざなみの寄するが如く上簇す　林　昌華
上簇をうかがひ飛びす昼の蝶　大津　暁雨
*おのれまとふ無尽の糸や上簇す　山本つぼみ
上簇や卯の花山になだれつつ　野沢　節子

夏蚕《なつご》　二番蚕《にばんご》

蚕には春蚕と夏蚕とあり、春蚕は四月中、下旬に掃き立てをし、五月下旬か六月上旬に繭になる。夏蚕は夏秋蚕のことで、二番蚕ともいい、農家の都合によって、春蚕のあとに飼うものである。飼う時期が暑いので成長も速く七月には上簇するが、春蚕ほど量も多くなく、収量も質もおとる。〈本意〉春蚕が普通のものなので、夏蚕やそれよりあとに飼う蚕は、休眠中の一化性の卵に操作を加えて、孵化させる。成長も速く、夏らしい季節感がある。

*夏蚕いまねむり足らひぬ透きとほり　加藤　楸邨
古き炉に古き灰満ち夏蚕冷ゆ　栗生　純夫

昼餉は隅夏蚕家中に頭をあげて　加藤知世子
農婦病むまはり夏蚕が桑喰むも　相馬遷子
夏蚕屋の奥透き抜けて赤城の空　菊岡素子
夏蚕上簇荒瀬くぐらし笊洗う　阿部しろう
農に老ゆ母よ朝日に夏蚕透く　柴崎左田男
牧水のふるさと青し夏蚕飼ふ　黒田桜の園
子の宿題見てもやりつつ夏蚕飼　松本青羊
夜をかけて夏蚕己を白く巻き　石川俊恵

蚕蛾《さんが》　蚕の蝶　繭の蝶　繭の蛾　繭蝶

繭の中で蚕はさなぎになり、十日で羽化し、繭を破って出てくる。それを蚕蛾という。色は淡褐色、羽もあまり発達していない。雌は卵を一杯腹にもって這う。雌雄が交尾すると、産卵をし、数百の卵をうんで、雌雄はすぐ死んでしまう。これは、卵をとるための繭から出た蚕蛾のことで、糸をとる繭はみなさなぎを殺してしまう。〈**本意**〉『改正月令博物筌』に、「眉より出でたるものなり。○眉を作る時を、〈いで〉といふ。その後、蛾《てふ》となり、卵を産む。これを翌年の種とす」とあるのがおもしろい。眉は繭のあて字だろうが、翌年の蚕を作るための、もっぱら産卵用の蚕蛾である。

繭の蝶すつる家あり薄月夜　松瀬青々
*蚕蛾生れて白妙いまだ雄に触れず　橋本多佳子
蚕蛾はや雌雄となるをかなしめり　野沢節子
ほそぼそと眉をふるふや繭出し蛾　桜井土音
鱗毛を飛ばし蚕蛾の交み合ふ　小倉桑平
蚕の蛾交りし翅をびゝ〳〵と　射場秀太郎

蜂の巣《はちのす》

蜂というと春で、蜂の巣も春と考えることができるが、五月ごろ巣を構えるので、夏とされる。

巣をつくるのは子を育て、蜜を貯えるためである。巣の形や材料はさまざまだが、足長蜂の巣は釣鐘型で蠟質を分泌してつくったものである。地中や木の幹に穴をつくるもの、泥や樹の皮をあつめてつくるもの、分泌する蠟質で巣房を作る蜜蜂のようなものなどいろいろである。〈本意〉蜂の巣は蜂の活動の最盛期を示すものである。蜂の巣をつくということばがあるが、蜂の巣にふれて、蜂におそわれ、ひどい目にあうこともある。夏の忘れられぬ情景の一中心である。

巣の中に蜂のかぶとの動き見ゆ　高浜　虚子
蜂もどりては音もなく巣をつくる　山口　誓子
日旺ンなる蜂の巣を焼きにけり　安住　敦
蜂の巣に蜜のあふれる日のおもたさ　富沢赤黄男
*蜂の巣のかたちなさざる時より知る　山口波津女
気弱さの蜂にも簷《のき》をとられけり　高橋　榛城
蜂の子のかたまり落つる疾風かな　北原三二朗
蜂の巣がきらりと太り又もや訃音　酒井徳三郎

夏の蝶　なつのてふ　夏蝶　梅雨の蝶　鳳蝶《あげはてふ》　揚羽蝶　烏蝶

蝶は春の季題だが、春以外の季節にもいるので、そのときは季をつける。夏の蝶の代表は揚羽蝶で、また梅雨の晴れ間にとぶ蝶を梅雨の蝶という。揚羽蝶は大型の蝶で、十種ほどいる。羽をひろげて十センチ以上あり、全体として黒いものは雄大な感じである。多くは黒と黄の複雑な模様のもので、真黒のもの、紫紺の色のものもいる。からす蝶というのは、黒色の揚羽蝶である。〈本意〉夏の蝶というと、やはり、大きな、色の強い揚羽蝶、烏蝶が思い出される。それが夏らしい強さ、激しさをもっている。

黒揚羽花魁草にかけり来る　高浜　虚子
弱々しみかど揚羽といふ蝶は　高野　素十
夏の蝶仰いで空に搏たれけり　日野　草城
碧揚羽通るを時の驕りとす　山口　誓子

＊乱心のごとき真夏の蝶を見よ　阿波野青畝
山の子に翅きしきしと夏の蝶　秋元不死男
夏の蝶一族絶えし墓どころ　柴田白葉女
夏蝶の触るゝも迅し離るゝも　渡辺　桂子
日蝕のはげしきときに揚羽とぶ　百合山羽公
讃美歌や揚羽の吻を蜜のぼる　中島　斌雄
揚羽蝶誇りの翅の大破して　山口波津女
夏蝶の風なき刻を飛べりけり　池上浩山人

夏虫《なつむし》　夏の虫

夏に出てくる虫全部のことといってよい。古書には、ひとりむし（飛蛾）、ほたる、せみ、かの四色をいうとあるが、それらに限る必要はないだろう。〈本意〉「飛んで火に入る夏の虫」ということばがあるように、ひとりむし、火蛾のこととされることが多かったことばだが、『八雲御抄』にいうように、総名と考え、「火に入るをもいふ」と灯取虫を含めて考えればよいだろう。うたにははかない夏虫、身をこがす夏虫、「夏虫の声より外にとふ人もなし」などとうたわれてきた。

夏虫や寝ねがての灯を悲しうす　佐藤　紅緑
夏の虫みんな来いとの篝哉　巌谷　小波
瓦斯の灯は青簾越しなる夏の虫　北原　白秋
＊夏虫や茣蓙の織屑焚くならひ　安斎桜磈子
夏虫や蚊遣粉にする人形屑　富田　木歩
夏虫の硬翅空ゆき日は白き　山口　誓子

火取虫《ひとりむし》　灯取虫　火入虫　火(灯)虫　蛾　火(灯)蛾　火蛾《くわが》　燭蛾

夏の夜に、灯火にいろいろの虫が吸いよせられる。こがねむし、かぶとむし、ふうせん虫などもいることがあるが、もっとも多いのは蛾の種類で、火取虫というと、蛾に限定する歳時記も多い。しかし、本来は、灯火にあつまる虫の総称である。蛾は数千にのぼるおびただしい種類があり、形、大きさ、色、生態などはさまざまである。夜間に活動するものが多く、灯にあつまるものが多い。〈本意〉灯蛾、あるいは蛾と書いて、ひとりむしと読ませることがあったように、蛾が火を奪わんとするように火に飛び入って死ぬのを、色欲、貪欲のいましめとして言われることが多かった。醜い蛾もあるが、おどろくほど美しいものもある。

酌婦来る灯取虫より汚きが　高浜　虚子
短夜や鏡の下の火取虫　北原　白秋
ひとりむしいかなる明日の来るならむ　久保田万太郎
次の間の灯に通ひけり灯取虫　富田　木歩
大蛾いま眠れる虎のごとくゐる　山口　青邨
蛾の息のたえだえに眉ふるふかな　太田　鴻村
婢《をんな》等の低きともしへ灯取虫　中村草田男
滋賀の夜の人とわかるる灯取虫　加藤　楸邨
灯取虫かくして早き月日かな　中村　汀女
*金粉をこぼして火蛾やすさまじき　松本たかし
雀蛾の桃色の胴旋回す　石塚　友二
蛾が卵生みをり推理小説閉づ　横山　白虹
蛾の翅うすみどりなり何かせむ　青池　秀二
酔ひすこし見えたる連れや灯取虫　長谷川春草
高熱の夢にうなされ蛾の紅眼　加藤かけい
火蛾遊ぶ灯に幸せのある如く　佐々田生駒
灯取虫母になほある乳房の形《なり》　宮津　昭彦
覚え悪き学問の子に火取虫　北川　草魚
灯取虫闇窺へば山のあり　安立　恭彦
吾が胸に悪魔棲みをり火取虫　鈴木真砂女

毛虫《けむし》　毛虫焼く

毛虫は蛾の幼虫で、毛がたくさん生えている。蝶の幼虫にも毛のあるものがあり、これらも毛虫にふくめてよい。姿、形、色彩など人に嫌われるものが多く、ときには、近づいたり、触れたりして、かぶれるものもある。代表的な毛虫に、あめりかしろひとり、うめけむし（てんまくけむし）、まつけむし、きんけむし、ぶらんこけむし、ちゃけむし、いらむし、しらがたろうなどがある。大発生すると森林や果樹に大被害を与えるので、毛虫が発生すると、石油をひたした綿に火をつけて下から焼きころすことが必要となる。〈本意〉毛があり、長いことも多いので毛虫というが、やはり毛虫のように嫌われるという表現のように嫌われ、こわがられる。ときに刺すことがあるからである。

短夜や焼酎瓶の青毛虫　北原白秋
千本の毛みな生きて毛虫かな　高田保
*老毛虫の銀毛高くそよぎけり　原石鼎
毛虫もいまみどりの餉を終へ歩み初む　中村草田男
松毛虫いとはれつつも行方もつ　加藤楸邨
眉上げて毛虫を焼いてゐたりしか　安住敦
毛虫焼く毛虫の煽つ火となりぬ　皆吉爽雨
毛虫こそ物々しげに歩むなれ　相生垣瓜人
栗の木に毛虫わき女みごもれり　龍岡晋
毛虫焼くちいさき藁火つくりけり　川島彷徨子
毛虫焼きその夜を読めりマルテの手記　星野麦丘人
うらぶれて焔を美しく毛虫焼く　椎津虚彦

尺蠖《しやくとり》　尺取虫　寸取虫　杖突虫　屈伸虫《くつしんちう》　土壜割　招虫《をぎむし》

しゃくとりがの幼虫で体長五センチほど。前進するときの様子がおもしろく、名前の由来になった。まず頭を尾の方によせて、輪を作ってから前にのばし、一直線にしてから下につけ、尾をそこへもってゆく。これが指で尺を計るのに似ているので、尺取という。また、じっとしているとき、尾の端で木の枝につき、体は斜め上にのばして立つので、小枝のように見える。土壜割というのは、くわのえだしゃくの幼虫で、静止した姿が桑の小枝そっくりなので、農家の人が土壜をかけて落とすためにその名がついた。みな植物の葉を食う害虫で、皮膚はなめらか、細長い形をしている。〈本意〉名前にもなった、その歩き方の特徴がやはりポイントであろう。一茶の「虫にまで尺とられけりこの柱」も、そこに焦点をあてたもの。

尺蠖虫の焔逃げんと尺とりつつ　中村草田男
＊尺蠖の哭くが如くに立ち上り　上野　泰
尺蠖の葉尖にさぐる空の翳　原田　種茅
尺蠖ののぼりつめたる宙ばかり　近藤　実
尺蠖や律義に生きて疎まるる　奥野曼荼羅
病む児憂し尺蠖虫の行方憂し　石川　桂郎

夜盗虫《よたう》　よたうむし　やたう

ようとう蛾の幼虫で、芋虫形。若いうちは体色が緑だが、やがて黒褐色になる。昼間、土中にかくれていて、夜になると出てきて、作物を食いあらす。えんどう、はくさい、きゃべつなどの野菜が打撃をうける。大発生をして移動することもある。近い種類にやはりよとうむしと呼ばれるものがあり、夜に作物をあらす。〈本意〉夜出てくる野菜の害虫というところがポイントである。名前からなんとなく夜の盗賊という擬人法がつたわってくる。

戸外に寝る猫をにくみて夜盗虫捕り　長谷川かな女
＊徹夜の目天地に夜盗虫見のがさず　北　山河
夜盗虫いそぎ食ふ口先行す　加藤　楸邨
夜盗虫掘り出し豆を蒔き添える　倉重　鈴夢
月青し道にあふれて夜盗虫　足立原斗南郎

蛍《ほたる》　大蛍　初蛍　飛ぶ蛍　散る蛍　蛍火　昼の蛍　夕蛍　蛍合戦

日本にいる蛍は十種ほどで、そのうち、普通のものは、げんじぼたる、へいけぼたるである。

げんじの方が大きく、光もつよい。水のきれいな流れにすみ、六月中旬ごろが最盛期。へいけは汚水にもおり、最盛期はすこし遅い。げんじもへいけも、卵、幼虫、さなぎ、成虫のどの時期にも光を放つ。幼虫は水中に棲み、かわにしなどの巻貝をたべて成長する。さなぎになるとき水を出て、成虫は水辺を飛ぶことになる。成虫の発光器は、尾端腹面にある。雄は二節、雌は一節である。光は冷たい放射光であり、熱がない。蛍が無数にあつまってとぶときを源平合戦にあわせて蛍合戦というが、これは生殖のためである。〈本意〉『古今集』の恋の歌に「夕されば蛍より特《け》に燃ゆれども光見ねばや人のつれなき」があるが、夜光る虫と恋をかさねたものである。古句にも、「草の葉を落つるより飛ぶ蛍かな」（芭蕉）「草の戸に我は蓼くふほたるかな」（其角）「手の上に悲しく消ゆる蛍かな」（去来）「大蛍ゆらりゆらりと通りけり」（一茶）のような句があり、知られている。「思ひ」「燃ゆる」「乱れ飛ぶ蛍」などにすぐ連想が向く季題である。

蛍火の鞠の如しやはね上り　高浜　虚子
瀬がしらに触れむとしたる蛍かな　日野　草城
*人殺す我かも知らず飛ぶ蛍　前田　普羅
午の蛍ゆびわの珠にすきとほる　泉　鏡花
蛍くさき人の手をかぐ夕明り　室生　犀星
蛍火の流れ落ちゆく荒瀬見ゆ　山口　誓子
蛍くれし子に何がなと思へども　富安　風生
蛍火やこぽりと音す水の渦　山口　青邨
蛍火や疾風《はやて》のごとき母の脈　石田　波郷
寝るまへの蛍に水をあたへけり　安住　敦
蛍籠昏ければ揺り炎えたたす　橋本多佳子
初蛍かなしきまでに光るなり　中川　宋淵
死んだ子の年をかぞふる蛍かな　渋沢　秀雄
ひととゐてほたるの闇のふかさ云ふ　八幡城太郎
後ろにも蛍火しづむ闇ふかし　山口　草堂
蛍火や女の道をふみはづし　鈴木真砂女
蛍火や箸さらさらと女の刻　飯田　龍太
子の寝顔這ふ蛍火よ食へざる詩　佐藤　鬼房
ゆるやかに着てひとと逢ふ蛍の夜　桂　信子
ある筈もなき蛍火の蚊帳の中　斎藤　玄

兜虫《かぶとむし》　甲虫《かぶとむし》　皀莢虫《さいかちむし》　鬼虫　源氏虫

こがねむし科で一番大きいもの。雄の頭部に鹿のような角が出ており、先端が二重に分叉している。前胸にも小さな角がある。色は漆黒で、姿が勇壮なので兜虫という。雌には角がないし、色も褐色である。関東でさいかちと呼ぶのは、さいかちの木にあつまり、その木のやにを食べるからである。関西では源氏虫という。後翅をひろげて飛ぶことがある。幼虫は堆肥の中に棲む。〈本意〉その勇壮な雄の形に子どもの頃わくわくしたことのない男はいないだろう。車を引かせたり、他のくわがたなどと戦わせたりしてあそぶ。夏の虫の王者である。

炎天や瓦をすべる兜虫　室生　犀星
甲虫しゆうしゆう啼くをもてあそぶ　橋本多佳子
鍬形といふ男振り兜虫　長谷川かな女
兜虫漆黒の夜を率てきたる　木下　夕爾
ひつぱれる糸まつすぐや甲虫　高野　素十
兜虫坂したがへて一大樹　村越　化石
*兜虫み空へ兜ささげ飛ぶ　川端　茅舎
熱残るアイロン攀る兜虫　大熊　輝一
世に遠きいかり兜虫ずりやまず　加藤　楸邨
兜虫黙すは力蓄ふか　橋本　住夫

髪切虫《かみきりむし》　天牛《かみきり》　くはかみきり

かみきりむし科の甲虫で、種類が多い。とらえるとキイキイ鳴くが、これは前胸の後端中央に発声器があり、それをすりあわせて鳴くのである。体形は細長く楕円形、長い触角がある。口器はするどく、髪の毛を与えれば切るし、樹木の幹などを害する。甲はかたく黒色で、白い斑点がある。くわかみきりは、桑の害虫で、大型褐色のもの。〈本意〉やはりキイキイという鳴き声が焦点になろう。兜虫、鍬形などとならぶ夏の昆虫だが、ややさびしい印象をのこす虫である。

髪切虫ぎぎぎとこたふ闇に捨つ　阿部みどり女
髪切虫逆髪立てて風に飛ぶ　山口　誓子
桑天牛夜の灰皿のなか這はす　横山　白虹
＊きりきりと紙切虫の昼ふかし　加藤　楸邨
髪切虫放つや罪をゆるすごと　百合山羽公
髪切虫押へ啼かしめ悲しくなる　橋本多佳子
力溜めて天牛はふわーんと翔つ　森　澄雄
風に鳴き風に声消ゆ髪切虫　相馬　遷子
いかにも髪切虫を見る眼つき　加倉井秋を
妻病みて髪切虫が鳴くと言ふ　同
天牛が啼き啼き歩く世界地図　須知　白塔
天牛に女の齢さげすまる　岡本　眸

玉虫《たまむし》　吉丁虫

たまむし科の甲虫。紡錘形の体形で、背中に二本の紫紅色の太い筋を縦に走らせ、全体は金緑色の金属光沢を放っている。吉兆の虫とされ、吉丁虫と呼んだ。法隆寺の玉虫厨子に二千数百匹の玉虫が使われていて有名。たんすに入れると着物がふえるとも、女性が媚薬や毒薬に使ったともいわれている。榎の木に多く、七月頃に出てくる。幼虫は木の幹を害する害虫である。〈**本意**〉玉虫の美しさは、やはり吉兆を考えさせる。また玉虫厨子と結びついて、なにかよいことをまねく力をもつように感じさせるところがある。女性にとっての媚薬、毒薬でもあった。

玉虫の光を引きて飛びにけり　高浜　虚子
玉虫の死の浄閑に身を置けり　森川　暁水
＊玉虫の羽のみどりは推古より　山口　青邨
玉虫の雌はとまれども雄はとぶも　山口　誓子
かゞやきてとぶは玉虫神の森　大橋桜坡子
玉虫交る土塊《つちくれ》どちは愚かさよ　中村草田男
倖せの軽さ玉虫手にのせて　武田　充代
たまの緒の絶えし玉虫美しき　村上　過去

山の日に玉虫彩をなしてとぶ　西野　白水
玉虫を得たるは幸を得しごとし　栗原　米作
わが頭上玉虫舞ふは吉祥か　福永　耕二
玉虫が美しすぎるおろおろす　山本　馬句

金亀子《こがねむし》　黄金虫　かなぶん　ぶんぶん

こがねむし科の甲虫。二センチほどの大きさである。長方形、箱型で、前胸は頭の方にほそくなっておわる。金属光沢をもち、無地で、金緑色、青銅色、黒褐色、赤銅色、紫黒色などの色をしている。幼虫のときには植物の根を食い、成虫になると葉を食う害虫で、夏の夜、灯火にとんできて、ぶんぶんととびまわる。そのため、かなぶん、ぶんぶんの名がある。ひっくりかえるとおき直りにくい。〈本意〉『和漢三才図会』に「大いさ刀豆《なたまめ》のごとく、頭面鬼に似たり。その甲黒く硬く亀の状のごとし。四足・二角、身首みな泥金にて装をなせるがごとし」とあるのは、おもしろい写生である。夏の夜のちょっと陽気なコメディアンといったところか。

＊金亀子擲つ闇の深さかな　高浜　虚子
黄金虫雲光りては暮れゆけり　角川　源義
モナリザに仮死いつまでもこがね虫　西東　三鬼
死にて生きてかなぶんぶんが高く去る　平畑　静塔
恋捨つるごと金亀子窓より捨つ　安住　敦
ぶんぶんに玻璃くろがねの関なすや　石塚　友二
病めるわが胸より金亀子はがす　加倉井秋を
金亀虫琵琶のおもてを打擲す　佐野まもる

天道虫《てんたうむし》　瓢虫《てんたうむし》　てんとむし

てんとうむし科の甲虫で小さい。小球を半分にしたような丸い形、あるいは楕円形で、かわいい。表面は光沢があって、いろいろの斑点がある。色は黒や赤や黄である。枝や葉の上を足で這うが、また翅鞘を割り、後翅をひろげてとぶ。益虫に、ななほしてんとう、べだりあてんとうがあり、害虫に、にじゅうやほしてんとう（てんとうむしだまし）がいる。〈本意〉やはりその斑紋のうつくしさ、印象ぶかさが焦点であろう。天体図のような模様というか、やや神秘的なところのある、かわいらしい虫である。

*翅わっててんたう虫の飛びいづる　高野　素十
天道虫だましの中の天道虫　同
老松の下に天道虫と在り　川端　茅舎
天道虫天の密書を翅裏に　三橋　鷹女
てんと虫一兵われの死なざりし　安住　敦
愛しきれぬ間に天道虫掌より翔つ　加倉井秋を
砂こぼし砂こぼし天道虫生る　小林　恵子
天道虫羽をひらけばすでに無し　立木いち子
天道虫バイブルに来て珠となりぬ　酒井　鱒吉
天道虫玻璃を登れり裏より見る　津村　貝刀

斑猫《はんめう》　斑蝥《はんみょう》　道をしへ

二センチほどの甲虫で、赤、黄、紫などの斑紋を黒地にちりばめている。人が近づくと前へ二メートルほど飛び、近づくとまた飛ぶので道おしえという。飛ぶと、ふりかえるようなそぶりをする。人を刺すと毒がある虫である。幼虫は地中で成長する地虫である。〈本意〉本名ははんみょうだが、道を教えるようなそぶりがおもしろく、ここに関心があつまっている。

*斑猫の屋の月よりくだるかな　加藤　楸邨
斑猫やこのみちは誰が遁走れけむ　富沢赤黄男
みちをしへ日傘たゝめばすでにゐず　福島　小蕾
道をしへ一筋道の迷ひなく　杉田　久女
道をしへ跳ね跳ね昭和永きかな　平畑　静塔
橋に乗るかなしき道を道をしへ　秋元不死男
斑猫や松美しく京の終《はて》　石橋　秀野
地獄へのみちまつすぐにみちをしへ　井上　三余

斑猫とくらがり越ゆるひとりかな　森　澄雄
斑猫や空ある限り紺尽きず　田中　妙子
みささぎへかくゆけとこそみちをしへ　三浦恒礼子
道をしへられつつ入水せしならむ　平井　照敏

穀象《こくぞう》

穀象虫　米の虫　よなむし

ぞうむし科の甲虫で、二、三ミリの大きさである。象虫というのは、口が吻となっていて、つき出ており、少し象の鼻のようにまがっているからである。米の害虫で、胚に穴をあけ産卵する。幼虫は米をたべて成長し、さなぎ、成虫となる。戦後までは、米びつにたくさんこの黒褐色の虫がうごめいていたが、最近ではまったく見られなくなった。〈本意〉毒はないといっても、穀象は不愉快なものであった。そのゆるやかな動きは、日本の貧しかった時代の象徴的な眺めだったといえるかもしれない。

穀象虫唐箕のさきの日に這へり　吉岡禅寺洞
妻よ見よ米の穀象燈にとぶよ　森川　暁水
穀象が出て大日を畏めり　山口　誓子
*穀象の群を天より見るごとく　西東　三鬼
穀象の一匹だにもふりむかず　同
穀象に金輪際の壁が立つ　加藤　楸邨
穀象を夢の中まで歩ませて　杉山　岳陽
六月の穀象いでし葬儀米　萩原　麦草
穀象といふ虫をりて妻泣かす　山口波津女
穀象の住むほどもなき米買うて　樋笠　文

米搗虫《こめつきむし》

叩頭虫《こめつきむし》　ぬかづきむし

種類が多いが、黒や褐色の甲虫で、細長い形をしている。ひっくりかえしておくと、ピシという音をたててとび上り落ちる。腹を手で持つと、頭を上下させるが音をたてる。ばねを内蔵している。幼虫をはりがねむしといい、地中で作物の根をたべる害虫。〈本意〉ばねの構造に注意して、米搗虫、叩頭虫といった名前がえらばれたのであろう。そこにほんのりとユーモアがある。あまり知られていないが、甲虫の一種である。

＊勤《いそ》しみし米搗虫が搗き厭きし　相生垣瓜人
鼻先に米搗虫や来て搗ける　石塚　友二

源五郎《げんごらう》　竜蝨《げんごらう》

甲虫の仲間で水棲昆虫。三センチほどの黒光りする虫で、ひらたい後脚を左右同時に櫂のように動かして、水中を泳ぎまわる。体は楕円形だが、前後とも先がとがり、流線形をしている。空を飛ぶこともあるが、陸上を歩くときは足を左右交互に動かすが、すべって歩けず、歩くのはへたである。死んだ魚や蛙などを食べる肉食の虫である。〈本意〉水中をすばやく泳ぎまわるその姿が愛嬌がある。子どもの頃の男の子の心をひきつけた虫である。

代搔けばおどけよろこび源五郎　富安　風生
腹広く見せて反転源五郎　大辻山査子
水草の茎伝ひ浮く源五郎　木島　寿水
＊萍のとぢてしづみぬ源五郎　木津　蕉蔭
仰向けに灯虫の塵へ源五郎　篠田悌二郎
源五郎話をききに灯を取りに　千賀　静子
堰上げし水澄みゆくや竜蝨《げんごろう》　松原地蔵尊
帰省子に鉄の翅擦る源五郎　高井　北杜

鼓虫《まひまひ》　水澄し

学問的には、みずすましが本名である。一センチほどの紡錘形の黒い虫。春から夏、秋にかけて、池や小川の水面でくるくると輪をかいている。水中にもぐるときは、空気の玉を尻につけている。上下に一対の複眼があって、空中も水中も同時に見られる。飛んで灯にやってくることもある。〈本意〉「常に旋遊し、周二三尺輪の形をなす。正黒色、螢に似たり」と『和漢三才図会』にあるが、水面をくるくるめぐる虫というのが焦点である。俳句ではあめんぼうのことをみずすましと呼んできたが、学問的には正しくない。

まひ〳〵やかはたれどきの水明り　村上　鬼城
まひ〳〵の寂しさへ杖さし伸ぶる　菅　裸馬
まひまひの水の広さや花菖蒲　山口　青邨
まひまひの小さき渦巻日のそば　高野　素十
*まひ〳〵や雨後の円光とりもどし　川端　茅舎
流れ入るや清水鼓虫よりも舞ふ　中村草田男
まひまひや父なき我に何を描く　角川　源義
人声の中まひまひのはやくなる　山崎　為人
まひ〳〵や語れば流れてしまひさう　高山　妙子
しろがねの水くろがねの水すまし　西本　一都
まひまひの水玉模様みづのうへ　上村　占魚
訣れ来て天日昏き水すまし　小坂　順子
みづすまし味方といふは散り易き　鷹羽　狩行
まひまひの舞ひ重ねゐる輪の清ら　小原　渉

水馬《あめんばう》　川蜘蛛　みづすまし

一・五センチほどの細長い灰褐色の虫で、異翅目に属し、池や小川の水面を六本の足で立って、滑走する。川ぐもともいい、また、あめに似たにおいがするので、古来あめんぼうといわれてきた。俳句ではこれをみずすましとして呼んできたが、正しくはみずすましはまいまいのことである。関西で水馬をみずすましと呼んでいたのである。〈本意〉『篗纑輪』に、「長き四足あつ《ママ》て、身は水につかず、水上を駆くること馬のごとし。よりて水馬と名づく」とあるが、やはり、水面を滑走する姿が特徴的である。またにおいが、飴のようなにおいであるというところも見落とせない。

*水馬水に跳ねて水鉄の如し　村上　鬼城
水隈にみづすましはや暮るるべし　山口　誓子
夕焼の金板の上水馬ゆく　山口　青邨
水馬交み河骨知らん顔　松本たかし
水馬青天井をりん〳〵と　川端　茅舎
水馬松の花粉にゆきなやむ　軽部烏頭子
水すまし光背負へるかぎり舞ふ　原田　種茅
水路にも横丁あつて水馬　滝　春一
打ちあけしあとの淋しき水馬　阿部みどり女
松風や道の溜りに水馬　森　澄雄
八方に敵あるごとく水すまし　北　山河
水馬休めばすぐに流さるる　三島　晩蝉
あめんばう風に逆らひどほしかな　柏　禎
水馬はじきとばして水堅し　橋本　鶏二
水玉の光の強き水馬　八木林之助
水馬ダムの放流はじまるぞ　山口　速

風船虫《ふうせんむし》　みづむし

異翅目の水棲昆虫。体長は一センチぐらい。扁平で楕円形の体をして、泳ぐのに適した後脚をしている。夜、灯にとんできたのをとらえて、水を入れたコップに入れると、泳ぎまわるが、紙片や布切れ、糸屑などを沈めておくと、それにつかまって水面にうかんでくる。水面でそれを放して泳ぐが、またそれが水底につくと同じようにする。学問的にこみずむしという。〈本意〉風船虫は、習性からつけた名前で、あだ名のようなもの。子どもの好むおもしろい習性である。

歳月や風船虫に会はざるも　石川　桂郎
風船虫学習の子に紙あぐる　田村　了咲
*片恋も風船虫の浮き沈み　大橋　晃
しがみつく風船虫も恋力　成瀬桜桃子

疲れたる風船虫と見えにけり　八木沢高原
浮き沈みするも恋かや風船虫　福島里津城
ふうせんむし腓返してしづみけり　岩井野風男
瞳を据ゑて風せん虫を見入る吾子　水谷夢円人

落し文《おとしぶみ》　時鳥の落し文　鶯の落し文

おとしぶみというぞうむし科の甲虫は、なら、くぬぎ、くりなどの葉を筒にまき、この中に丸いつぶの卵を一つうむ。その筒が右の木の葉の先についていることもあり、ときには地上に落ちている。卵がかえると筒は幼虫の揺り籠になる。いろいろの作り方があるが、雌は、葉の中程を、左右から中脈で合うように一直線にかみ切り、切られた方の先端に卵を一つ産んでから巻いてゆく。〈本意〉産卵の方法としてはおどろくほどの巧みさだが、またそれを「落し文」と名づけた古人も、よくあらわしたものである。

音たてて落ちてみどりや落し文　原　石鼎
落し文ゆるく巻きたるものかなし　山口　青邨
*落し文端やゝ解けて拾へとや　皆吉　爽雨
落し文ありころ〳〵と吹かれたる　星野　立子
落し文二つ拾ひぬ相聞か　角田　拾翠
名もて妻呼びしことなし落し文　北野　民夫
手にしたる女人高野の落し文　清崎　敏郎
解きがたくして地に返し落し文　井沢　正江

蟬《せみ》　初蟬　蟬時雨　啞蟬　夕蟬　夜蟬　山蟬　にいにい蟬　油蟬　みんみん蟬　熊蟬

蟬の種類は本州で十四種、平地で普通九種ほどが見られる。いちばん早く出る蟬は、松蟬で春蟬ともいい、四月末に出ることもある。五月から六月頃がさかり。次がにいにい蟬で六月の終り頃から出る。ジーッと鳴き、チッチッとおさめる。他は大体七月中頃から鳴き、あぶらぜみ、くまぜみ（大型、シャアシャアと鳴く）、ひぐらし（カナカナと鳴く）が出て、つくつくぼうしがそれよりおそく出て、秋の中頃まで鳴く。秋一番おそくまで鳴くのがちっちぜみで、チッチッと鳴く。初蟬は鳴き始めの蟬。蟬時雨はたくさんの蟬の鳴き声が雨の音に似ていることからいう。唖蟬は雌の蟬で、雌は鳴かない。蟬は地中に七年ほどいて、成虫になって地上に出ると一週間ぐらいで死ぬ。〈本意〉芭蕉の「やがて死ぬけしきは見えず蟬の声」「閑かさや岩にしみ入る蟬の声」、一茶の「蟬なくや我が家も石になるやうに」「蟬なくやつく〲赤い風車」などが知られている。はかないいのち、あるいは蟬時雨のしずかさなどが焦点になろう。

*蟬鳴けり泉湧くより静かにて　水原秋桜子
唖蟬の諸羽美し透きとほり　高野素十
蟬鳴くや松の梢に千曲川　寺田寅彦
臥して聞けば初蟬海に沁みわたる　山口誓子
唖蟬も鳴く蟬ほどはゐるならむ　山口青邨
石枕してわれ蟬か泣き時雨　川端茅舎
蟬涼し絵馬の天人身を横に　松本たかし
子を殴ちしながき一瞬天の蟬　秋元不死男
身に貯へん全山の蟬の声　西東三鬼
おいて来し子ほどに遠き蟬のあり　中村汀女
蟬死にても生きても同じひややかさ　加藤かけい
聞くうちに蟬は頭蓋の内に居る　篠原梵
唖蟬の夕焼に耐へゐたりけり　中島窯火
女ざかりといふ語かなしや油蟬　桂信子
暁やうまれて蟬のうすみどり　篠田悌二郎
蟬時雨子は担送車に追ひつけず　石橋秀野
蟬時雨棒のごとくに人眠り　清崎敏郎
ころりころりと蟬が死にをり磨崖仏　野沢節子

松蟬《まつぜみ》

四月末から出て五、六月にかけて鳴く。松林に多くいるので松蟬といい、早く出るので春蟬ともいわれる。あたたかい地方にいる蟬で、関東以南に多い。小型で、からだは黒褐色、羽はすきとおっている。気温があがると鳴き出す。ジーワ、ジーワ、シャンシャン、カラララ、ミーンミーンなど、鳴き声がいろいろにあらわされている。けだるい感じがある。東北や北海道におそく出るえぞはるぜみというものもある。〈本意〉松林で五月頃聞いた人は、何の声かと不思議な気がする。強くなく、黒い風のような声で、かろやかで沈んだおもむきがある。

松蟬の鳴きたつ森へ道向ふ　松本たかし
松蟬の高嶺を左右にとろろ汁　秋元不死男
松蟬や土にまみれて朝の主婦　石田　波郷
*松蟬の一つ澄み入る禱りかな　中島　斌雄
松蟬の中に帰り来《く》こよしと　橋本多佳子
松蟬や裸身の火山別に立つ　中村　汀女
松蟬や水磨かれて堰を落つ　幸治　燕居
松蟬の響ける糸を蜘蛛渡る　野見山朱鳥
松蟬や葬家が聳ゆ崖の上　吉田　鴻司
松蟬や築地の辻に日影なく　横川内蔵助

空蟬《うつせみ》　蟬の殼　蟬の脱殼　蟬のもぬけ

蟬の幼虫は数年間の地中生活をおえてさなぎとなり、地上に出てきて殼をぬぐ。夜中におこなわれるが、さなぎは、木の幹などにのぼり一休みする。すると、背中が縦に裂け、胸、首が出、体を反らして完全に出ると、次は腹を出す。ぬけがらは空蟬、または蟬の脱殼とよばれ、透明な褐色をしている。〈本意〉蟬のぬいだ皮（ぬけがら）とともに、生きた蟬をもいうことが多かった。うつそみといえば、生き身の人間、無常な世、現身とニュアンスがひろがった。蟬の脱殼と脱ぐ蟬から、生きものの生きる営みのあわれさ、はかなさを感じとって言ったのである。

空蟬を妹が手にせり欲しと思ふ　山口　誓子
汝等まろき脂ぎつたる空蟬よ　中村草田男
岩に爪たてて空蟬泥まみれ　西東　三鬼
仰向けに蟬ぬけがらや蟻の土　池内たけし
拾ひ来しうつせみ卓におきしのみ　安住　敦
空蟬の一太刀浴びし背中かな　野見山朱鳥
*空蟬のいづれも力抜かずゐる　阿部みどり女
空蟬の身の透くばかり恋着す　稲垣きくの
蟬がらの水よりはやく流れゆく　西垣　脩
空蟬を頒つ太郎の掌次郎の掌　佐野まもる
吾子なくて空蟬いつまで机上なる　松本千恵女
空蟬の脚のつめたきこのさみしさ　成田　千空

蜻蛉生る《とんぼうまる》

とんぼは卵からかえると水中に入る。この幼虫をやご、あるいはたいこむし、やまめという。やごは、ぼうふらやおたまじゃくしを食べて大きくなり、成熟すると、水中から出て、からをぬぐ。水辺の草などにやごは出てきてとまる。胸がわれて頭と胸が出る。からだをそらして腹部をぬき、また上むきの位置になる。やわらかい羽やからだもしっかりしてきて飛び立つ。初夏から六、七月頃のことである。〈本意〉どぶ川や池、沼などで普通におこなわれてきたことだが、自然破壊で、だんだん限られてきてしまったのが惜しまれる。やごから成虫が脱皮して出てくるところは、いのちの神秘を示すすばらしい光景である。

蜻蛉うまれ緑眼煌とすぎゆけり　水原秋桜子
*藺を伝ひ生るる蜻蛉に水鏡　松本たかし
草渡る風の蜻蛉を生みにけり　龍橙　風子
蜻蛉生るかなしき翅をひろげつつ　柏崎　夢香
蜻蛉生れてくらくらと水の上　山上樹実雄
水底より生れて蜻蛉みづいろに　堀　好子
蜻蛉生れ雷迫る野を漂へり　中井　眸史
沢瀉に泉の蜻蛉生れけり　根岸　善雄

糸蜻蛉《いととんぼ》　灯心蜻蛉　とうすみ蜻蛉　とうしみ蜻蛉

三センチほどの小さいとんぼで、細長く糸のようである。羽も狭く透明で、かよわそうなとんぼである。日本に二十種類以上いて、黄緑、青緑、黒のものなどがいる。飛び方は四枚の羽を小刻みにひらひら動かし、とまると上に立てている。とうすみとんぼは俗称。〈本意〉よわよわしい、名前通りのとんぼである。ただ、明るい感じのするとんぼである。

*とうすみはとぶよりとまること多き　富安　風生
糸蜻蛉尾の先藍にして瀟洒　福田　蓼汀
糸とんぼ生れし歓喜水去らず　勝部仇名草
糸蜻蛉水灌ぎても墓熱し　岸田　稚魚
萍《うきぐさ》の動くがまゝに糸とんぼ　八重　九皐
糸とんぼ可憐に交《つる》みさまよひ出る　鈴木　石夫
糸とんぼ骨身けづりし彩なせり　新谷ひろし
流れゆくものに止まりて糸蜻蛉　遠山りん子

川蜻蛉《かはとんぼ》　鉄漿蜻蛉《おはぐろ》　かねつけ蜻蛉

糸蜻蛉に近い種類のものだが、ずっと大きい。からだが濃い緑のもの、羽が無色透明のもの、赤褐色のものなどがある。この中の一種、あおはだとんぼの羽は緑紫色で、とくによく光る。小川の水面、木蔭の水辺などを行列をなして飛ぶと、異様な、たましいのような印象がある。とび方、止まったときの羽の立て方、からだつきなど糸蜻蛉に近い。〈本意〉羽のくろいものをおはぐろとんぼというが、小川辺に多く、異様な雰囲気をもって飛ぶ。それは涼味とも、霊的とも感ぜられる。

おはぐろや旅人めきて憩らへば　中村　汀女
*川蜻蛉木深き水のいそぎをり　能村登四郎
十あまりおはぐろとんぼ行きそろふ　樋口　若灯
ひたひたと水漬く板橋川とんぼ　逸見　嘉子
川とんぼとまれる水草沈むかに　及川あまき
青田村おはぐろとんぼ迎へに出て　野沢　節子

蟷螂生る《たうらううまる》

蟷螂《かまきり》生る　蟷螂の子　子《こ》蟷螂《かまきり》

五月末から六月のはじめに、かまきりの卵がかえる。かまきりの卵嚢は、茶褐色の泡のようなものを固めたもので、その中に数百の卵が産みつけられている。形は、細長かったり、くくり枕のようだったりする。かえった幼虫はぶらさがって出てくるが、親と同じ形で、小さいのに、尻を立てたり鎌をたてたりする。〈本意〉かまきりの子の小さいのに親のようにふるまうところが、こまっしゃくれて、なかなか可愛いい。

蟷螂生れ神は陋巷に崇めらる　菅　裸馬
蟷螂の斧をねぶりぬ生れてすぐ　山口　誓子
蟷螂や生れてすぐにちりぢりに　軽部烏頭子
*かまきりも青鬼灯も生れけり　百合山羽公
一陣の風に乗り来ぬ子かまきり　中野　三允
生れてすぐ考へる貌子かまきり　関根　牧草
蟷螂の鎌を持つてぞ生れける　松下　紫人
蟷螂の闘ふすがたして生る　上井　正司

蠅《はへ》

家蠅　姫家蠅　縞蠅　肉蠅　金蠅　黒蠅　鼈甲蠅　糞蠅　螫《さし》蠅　蒼《あを》蠅

はえはきわめて種類多く、人間の生活にまぎれこんでいて、きらわれている虫である。成虫で冬を越し、春に卵でなくうじを産み、繁殖をはじめ、夏がもっともさかんであり、大発生をする。はえは羽が二枚しかなく、双翅目という。いえばえは家にいるはえ、ひめいえばえはその小型のもの、しまばえは、縦のしまがあり、魚肉にうじを産みつける。にくばえも同様である。きんばえは青緑色金属光沢のはえ、俗称あおばえという。くろばえはまっくろで大型、さしばえは、家畜の血を吸い、うまばえ、うしばえの幼虫は家畜の皮膚に寄生する。どれもこれも不快感を与え、かつ病気をふりまく害虫の中の害虫である。**〈本意〉**古典時代には衛生思想がなく、はえに真剣に立ちむかうことはなく、有名な一茶の「やれ打つな蠅が手をすり足をする」「僧正の頭の上や蠅つるむ」のような戯画風の扱い方が多かった。はえは、夏の生活のうるさい友だったが、このごろは、病気への警戒のため、危険な敵と考えられている。

蠅を打つ神より弱き爾《なんぢ》かな　川端　茅舎
蠅を打つなすべきことは山の如　福田　蓼汀
金蠅のごとくに生きて何をいふ　加藤　楸邨
夕餉待つ眼悲しく蠅を打つ　角川　源義
蠅打つて熱出す兵となりしはや　石田　波郷
昏睡の病者とわれを蠅結ぶ　相馬　遷子
*生創に蠅を集めて馬帰る　西東　三鬼
蠅交む女患者の香の中に　川畑　火川
絶壁に蠅神々し海が鳴る　秋元不死男
蠅とんでくるや簞笥の角よけて　京極　杞陽
牛のひたひうつとりと蠅あそばせて　林原　耒井
病室の一匹の蠅の親しさよ　徳永夏川女

蛆《うじ》　蛆虫　さし

蠅の幼虫である。円筒状で、足がなく、からだをくねらせて這ってあるく。魚の腐肉、台所のごみなどにわいて、それを食べて生育する。きんばえの蛆をさしと言い、釣りのえさにする。**〈本意〉**「凡そ物敗臭せばこれを生ず」と『和漢三才図会』にあるが、不潔、不快なものの代表として、ひとに忌みきらわれてきた。

＊獣死の蛆如何に如何にと口を挙ぐ　中村草田男　蛆生れ腐肉の上に眼鼻なし　仲止　外也
ふとわれの死骸に蛆のたかる見ゆ　野見山朱鳥　蛆虫の意地ある如く歩みをり　白川　京子
蛆虫のちむまちむまと急ぐかな　松藤　夏山　蛆虫の市場は遠い掌の焔　伊賀　元一

蚊《か》　藪蚊　縞蚊　赤家蚊　蚊粒　蚊雷　蚊を打つ　蚊を焼く　蚊柱

夏に人をなやます昆虫で、蠅とならんでいまでも双璧である。蚊は人の血を吸うが、これは産卵のために雌が吸うのである。雄は植物の汁を吸う。蚊がブーンと鳴くというが、鳴くのも雌で雄は鳴かない。蚊の種類は多く、家にいるのはあかいえかで、夕方から活動する。やぶか、しまかは、体に横のしまがあるもので、やぶの中に多く、さされると痛い。昼間からさし、家にも入ってくる。はまだらかは、マラリアを伝染させるが、日本脳炎や象皮病を伝染させる蚊もいる。蚊の幼虫はぼうふらで水中で生活する。蚊がさすとかゆいのは、血液の凝固をさまたげる液を注入するためである。蚊柱は、生殖のため、雄雌が群舞するもの。〈本意〉『枕草子』に、にくきものとして蚊が出てくるが、夜、人をなやますものとしてきらわれてきた。「血を分けし身とは思はず蚊の憎き」（丈草）という句がある通りである。ただ、すこし愛嬌もあるのが、よくいる蚊の親しさである。芭蕉に「わが宿は蚊の小さきを馳走なり」、蕪村に「古井戸や蚊に飛ぶ魚の音闇し」「蚊の声す忍冬の花の散るたびに」とあるが、憎さと親しさの両面をあわせもっている。夏の夜の代表的な虫なのである。

蚊柱に救世軍の太鼓かな　巌谷　小波　叩かれて昼の蚊を吐く木魚かな　夏目　漱石

夕澄みて東山あり蚊柱に　日野　草城
＊蚊の声のひそかなるとき悔いにけり　中村草田男
蚊を搏つて頰やはらかく癒えしかな　石田　波郷
蚊が一つまつすぐ耳へ来つつあり　篠原　梵
柔肌の童女のみ蚊に食はれゐて　山口波津女
血を吸つて蚊の重さ雨気闇にあり　飯田　龍太
蚊が鳴いて身に添ふ闇のなまめける　高橋　青塢
蚊の声の銀の如しといきどほり　赤松　蕙子

孑孑《ぼうふら》　ぼうふり

ぼうふらは蚊の幼虫で、水中にいる。小川でも溝でも池でも、天水桶でも、水がたまってよんでいるところではどこでも湧く。棒振というが、水中で泳ぐ姿が、棒をふっているように見えるからで、からだを曲げたりのばしたりして泳ぐ。水面にぶらさがるのは、尾の呼吸器官を水面に出して空気を吸っているからである。一週間でさなぎになり、頭が太くなる。これを鬼ぼうふら、丸ぼうふらという。〈本意〉「その一曲一直の貌、たとへば人の棒を振るふに似たり。俗に呼びて棒振虫とす」と『滑稽雑談』にあるが、それが眼目である。「孑孑や日にいく度のうきしづみ」と一茶はうたって、人の生き方を暗示している。

我思ふままに孑孑うき沈み　高浜　虚子
孑孑は蚊になる紙魚は何になる　坂本四方太
ぼうふらや殊に蒲田は女塚　久米　三汀
＊孑孑や大空を覗くかはる〳〵　庄司　瓦全
孑孑の水石階にくつがへす　石田　波郷
孑孑の水の一塊捨てにけり　皆吉　爽雨
三つ寄りて孑孑花の形しぬ　中島　月笠
ぼうふら愉し沖に汽船の永睡り　飯田　龍太
寝つかれぬ子へ孑孑の沸きつづく　楠本　憲吉
ぼうふりの棒の字に寝て世に遠し　秋山　卓三

蠛蠓《まくなぎ》　めまとひ　糠蚊

俗に糠蚊という虫で、種類が多い。夏の夕方、野道で人の顔の高さぐらいのところに微細な虫が群れ飛んでいて、顔につきまとい、目に入ったりして、うるさい。払っても離れない。ときには人の血も吸うものもいる。〈本意〉「小虫なり。蚋《ぶと》に似て乱れ飛ぶものなり」と『忘貝』にあるが、目の前にまといつくうるさい性質が、この虫のもっとも特徴的なところ。

遠会釈蠛蠓をうちはらひつつ　富安　風生
蠓を泣かむばかりにうちはらひ　山口　誓子
蠓のまとふ眦《まなじり》美しや　後藤　夜半
蠓や多摩の山河をうごかしむ　川端　茅舎
*まくなぎの阿鼻叫喚をふりかぶる　西東　三鬼
蠓を唇にあてたる独り言　石田　波郷
まくなぎを払ふ遠くに愛しあふ　谷野　予志
まくなぎや入日しみ入る樅の梢　相馬　遷子
まくなぎを払ひて元の教師顔　平畑　静塔
まくなぎといへば必らず群れとべり　山口波津女
目まとひを忘れゐる間も払ひをり　藤本　南斗
蠓の群活路なく退路なし　百合山羽公
まくなぎに目鼻まかして牛の貌　清崎　敏郎
めまとひよ吾が眼欲しくば呉れてやる　嶋　杏林子
目まとひが之より先へ行くなといふ　菅　大麓
まくなぎが去る何物も残さずに　玉貫　寛

蚋《ぶと》　蟆子《ぶと》　ぶゆ　ぶよ　蚋燻《ぶといぶ》し

長さ三、四ミリ。蝿を小さくしたような姿をしていて、人の皮膚にとりついて血を吸う。草むらなどにいるのだが、蚊にさされた以上にかゆい。種類が多く、馬や牛にもつくが、幼虫は水中でそだち、渓流などにいる。このぶとを追うために、山野で働く人は、わらなどを束にして火をつけ腰にさげている。これを蚋燻しという。〈本意〉『和漢三才図会』に「蟆子《ぶと》、夏月山谷の中にあり。蚊に似て小さく、脚また短く、黒色。昼多く出で人を螫《さ》す。腫《は》れ痛むこと最も烈《はげ》し」とあり、山野で人をさす、はげしいかゆみの害が焦点である。

蟆子に血を与へては詩を得て戻る　中村草田男
＊雲を割る金色光に蚋の陣　加藤楸邨
蚋打ちし血のくれなゐの野中なる　皆吉爽雨
蟆子の痕今日も終らん明日も憂き　岸田稚魚
血を噴いて指につぶれぬ出羽の蟆子　桂　信子
蚋に負け足曳き摺るや西湖見ゆ　殿村菟絲子
野の蟆子や一章のみの子守唄　磯貝碧蹄館
岳の空暮れをはるまで蟆子はらふ　堀口星眠
小公園蟆子をつぶしに来し如し　細川加賀
林ゆき夜明の蟆子におどろきぬ　山田文男

ががんぼ　蚊の姥　蚊蜻蛉　かがんぼ

ががんぼと普通いうが、蚊の姥《うば》からなまったもので、かがんぼが正しいという。蚊を大きくしたような虫で、細くて長い足をもち、その足がすぐもげる。人に害はあたえないが、壁や障子にあたりながら飛んだり、とまったりしている。いろいろの種類がいるが、きりうじかがんぼは水稲の根を食う。〈本意〉蚊を大きくしたようなものなので、蚊のうばといわれ、それがなまったもの。また蚊とんぼともいわれ、蚊を大きくしたもののイメージがつよい。

ががんぼの脚の一つが悲しけれ　高浜虚子
＊ががんぼのかなし〱と夜の障子　本田あふひ
蚊とんぼの必死に交む一夜きり　山口誓子
蹇《あしなへ》のががんぼ歩く臥す我に　福田蓼汀
ががんぼのタップダンスの足折れて　京極杞陽
ががんぼに熱の手をのべ埒もなし　石橋秀野
弾みつゝががんぼ水を渉るなり　井桁蒼水
ががんぼの悲しき踊り始まりぬ　伊藤いうし

ががんぼの翔びつつ壁を落ちゆけり　立岩　辟子
がゝんぼや並びて細き子のうなじ　関根黄鶴亭

優曇華《うどんげ》

くさかげろうの卵で、電灯のかさ、天井、壁などについている。まっすぐな短かい糸の先端に丸い球がついたもので、十二、三本ほどある。花のように見えるが、これからかえった幼虫はありまきをたべる益虫で、ありまきのいる近くに産卵するのが普通である。腹端から粘液を出してものに付け、そのまま尻をあげると糸がのび、その先に楕円形の卵をうみつけるのである。〈本意〉優曇華というのは仏法で二千年に一度咲くという架空の植物の名前だが、実際は虫の卵で、これがあるとき、凶兆とみるところ、吉兆とみるところと両方ある。もちろん迷信だが、そう思わせる印象のある形をしている。

わが息にうどんげもつれそめにけり　阿波野青畝
*優曇華やしづかなる代は復と来まじ　中村草田男
電燈を逆立て照らす優曇華を　大野　林火
優曇華やきのふの如き熱の中　石田　波郷
優曇華や黒板拭きは落ち易し　加倉井秋を
吾が心満たぬうどんげ咲きにけり　森薫　花壇
優曇華や狐色なる障子紙　斎藤俳小星
優曇華や父死なば手紙もう書けず　森　澄雄
優曇華を拭ひしあとの虚ろかな　小林　康治
うどんげが咲いてテル／＼坊主かな　杉本　零

蟻地獄《ありぢごく》　擂鉢虫

うすばかげろうの幼虫で、縁の下のかわいた土や松原の砂に小さなすりばち状の穴を掘り、その底にいる。灰褐色で、細い棘のある虫である。蟻などが穴に落ち、上れないでいると、かぎ形の二本の顎ではさみ、体液を吸う。虫が穴をのぼって逃げようとすると、砂つぶを放射して落としたりする。地面の上を歩くときには後退するので、あとずさりともいわれる。〈本意〉砂や土のすりばちの底で蟻などをとらえるので、蟻地獄というが、どことなく連想をそそる虫である。

蟻地獄ほつりとありてまたありぬ　日野　草城
蟻地獄見て光陰をすごしけり　川端　茅舎
蟻地獄松風を聞くばかりなり　高野　素十
蟻地獄みな生きてゐる伽藍かな　阿波野青畝
*蟻地獄寂寞として飢ゑにけり　富安　風生
むごきものに女魅せられ蟻地獄　滝　春一
蟻地獄かくながき日のあるものか　加藤　楸邨
蟻地獄群るる病者の床下に　石田　波郷
天使いま吾が肩に手を蟻地獄　景山　筍吉
蟻地獄孤独地獄のつづきけり　橋本多佳子
わが心いま獲物欲り蟻地獄　中村　汀女
蟻地獄すれすれに蟻働けり　加藤かけい
蟻地獄女の髪の掌に剰り　石川　桂郎
梅干の種の真紅の蟻地獄　近藤　一鴻

油虫《あぶらむし》　ごきぶり　蜚蠊《ごきぶり》　御器《ごき》かぶり　あまめ

台所の害虫でもっともきらわれているもの。この頃ではごきぶりと呼ぶのが一般的だが、体全体が油をぬったように光っているのであぶらむしとも言う。頭は小さく、前部の裏側に付いていて上から見えない。それが丁度お椀（御器）をかぶっているように見えるところから、御器かぶりと言われる。ごきぶりはそれを略した呼称。ごきぶりは六本の足で疾走し、時には羽で飛ぶ。台所では野菜や食べのこりを、書斎では、のりのついた書物の表紙を食べ、伝染病の病原菌を伝播するが、駆除のむずかしい害虫である。〈本意〉俳句ではあぶらむしと呼んできたが、ありまきもあぶらむしといい、こうもりにもその名があるので要注意である。うすい体に長いひげ、どこにも出没する台所の悪者である。

油虫殺すいちめんの夕日いろ　加藤楸邨
風呂場寒し共に裸の油虫　西東三鬼
＊売文や夜出て髭の油虫　秋元不死男
ごきぶりや妻の怒りははげしきもの　森川暁水
愛されずして油虫ひかり翔つ　橋本多佳子
油虫途中で笑ひ消えし顔　岸田稚魚
出でてすぐ逃ぐる気配の油虫　中村秋晴
灯すや歓喜走りの油虫　細川加賀
夫なしのごきぶりの群飼ふごとし　籏こと
油虫窺はれゐて窺ふよ　飯島静子
淑女には遠しごきぶり打ち据ゑて　林明子
油虫瓦斯の焔が美しく　嶋田みつ子

蚤《のみ》　蚤の跡

体長二、三ミリ、体は縦に扁平、赤褐色の光沢をもつ。よく跳ぶ。高さは体長の百倍近く、幅では百五十倍から二百倍も跳ぶ。着物やふとんにかくれて人の血を吸う。雌も雄もどちらも血を吸い、あとが赤くはれ、かゆい。のみの幼虫は白いうじで、ちりの中にいて、さなぎになってから成虫になる。蚤の夫婦というが、雌が雄より大きい。〈本意〉しらみ、南京虫とともに人にとりつくいやな虫だが、蚤は、すこし愛嬌があるところがある。フランスでは芸を仕込んで見世物にしているほどである。しかし血を吸い、ときにペストの病原菌をうつすこともある困った虫であることに変りはない。「蚤虱馬の尿する枕もと」（芭蕉）「切られたる夢は誠か蚤の跡」（其角）「蚤の迹それもわかきはうつくしき」「やけ土のほかりほかりや蚤さわぐ」（一茶）など、古典にも知られた句が多い。

欠伸猫の歯ぐきに浮ける蚤を見し　原月舟
あけがたのひかりに蚤を殺したり　山口誓子

*見事なる蚤の跳躍わが家にあり　西東　三鬼
カンバスに跳ぬる画室の蚤となりぬ　皆吉　爽雨
蚤に逃げられたる顔どこにかたづけん　加藤　楸邨
すこしづつ子を押し真夜の蚤をとる　篠原　梵
蚤跳ねし音など妻はよく眠る　香西　照雄
古き夫婦蚤の七月をいたわりあう　細谷　源二

南京虫《なんきんむし》　床虱《とこじらみ》

体長五ミリほど、褐色で楕円形、偏平な虫で、家の中にいる。板のような前翅だけがある。昼間は壁や柱のすき間にかくれ、夜出てきて人をさし、血を吸う。さされた跡は穴が二つずつあいており、痛みとかゆみがある。アジア南部が原産だが、今は世界中にひろがっている。兵舎などに多かったが、今は日本ではほとんど見られない。〈本意〉南京虫の名でも原産地はわかるが、兵舎の兵士たちがなやまされた虫である。今はほとんど見られない。

*ギャング映画みて南京虫に螫さる　西波　二郎
古る母子寮南京虫とイエス棲む　藤森　しん
眠られぬ夜の南京虫仮借なし　新村　千博
いやな記憶南京虫の闇蒸れて　依田　草矢

紙魚《しみ》　蠹《しみ》　蠹魚《しみ》　衣魚《しみ》　雲母虫《きららむし》

海老を小さくしたような、八、九ミリの細長い虫だが、体全体が銀白色の鱗片におおわれているので、きららむしとも呼ばれる。すぐとれる鱗片の下は褐色の膚になる。幼虫も親と同じ形で、大きさだけがちがう。のりづけした和紙や衣類を食べるが、なめるような食べ方である。古本に穴をあけるのは、しみとは別の、しばんむしの食べたあとである。日光をきらい、暗いところへいそいで逃れる。〈本意〉澱粉のついた、紙や衣類をたべて害する虫だが、下等な虫である。えびのようなので紙魚という。「逃るなり紙魚の中にも親よ子よ」（一茶）はいかにも一茶らしい見方の句。

＊紙魚のあとひさしのひの字しの字かな　高浜　虚子
紙魚食める祖父の百姓一揆図絵　古賀　桂水
紙魚の跡舟をならべし如くなり　京極　杞陽
月明の書を出て遊ぶ紙魚ひとつ　大野　林火
ひもとける金槐集のきらゝかな　山口　青邨
紙魚払ふ亡父の昔知りたくて　加藤　不倒
三代の紙魚の更科日記かな　景山　筍吉
つままれて紙魚は指紋となりにけり　大石　石仏
寂として万緑の中紙魚は食ふ　加藤　楸邨
紙魚がゐて蔵書ますます増えにけり　山口波津女

蟻《あり》　山蟻　蟻の道　蟻の門《と》渡《わた》り　蟻の塔　蟻塚

膜翅目に属する昆虫で蜂と同類だが、羽は消滅して、歩く。春から秋まで見られるが、夏に一番活動的である。土の中や腐った木の幹に巣を作る。女王一匹と生殖のための雄は巣から出てこず、他の蟻はみな職蟻で、穴をほり、えさをはこび、幼虫の世話をする。分業をしていて、全体で数千匹の数になる。巣の中には白い米つぶほどの蟻の俵があるが、これはさなぎの入っている繭である。成虫の蟻は羽化して飛び、羽蟻という。蟻は行列を作って往復し、これを蟻の道というが、細く長い列を蟻の門渡りという。出会うとささやくような動作をする。蟻の塔は、穴をほった土を入口に山のように積んだもので蟻塚ともいう。わが国には百種以上の蟻がいる。長命で、職蟻は四年から七年、女王蟻で九年から十二年生きるという。〈**本意**〉「蟻の道雲の峰よりつづきけん」（一茶）の句があるが、夏、よく働いて行列を作るのが注目される。

蟻台上に飢ゑて月高し　横光　利一
青だたみ蟻の這ひゐる広さかな　小島政二郎

*木蔭より総身赤き蟻出づる　山口　誓子
這ひ渡る蟻に躑躅は花ばかり　中村　汀女
大蟻の雨をはじきて黒びかり　星野　立子
夜も出づる蟻よ疲れは妻も負ふ　大野　林火
蟻殺すしんかんと青き天の下　加藤　楸邨
ひとの瞳の中の蟻蟻蟻蟻蟻　富沢赤黄男
松の蟻わが手に移り来てひかる　大竹　孤悠
蟻の屍をありのひとつがふれて居る　西尾　桃支
蟻の列しづかに蝶をうかべたる　篠原　梵
蟻の列ここより地下に入りゆけり　山口波津女
蟻入れて終夜にほへり砂糖壺　森　澄雄
一匹の蟻がビルより降りて来る　葛西たもつ
しづけさに山蟻われを嚙みにけり　相馬　遷子
蟻の道昨日の如くありしかな　片岡　奈王
蟻の道遺業はこごみ偲ぶもの　雨宮　昌吉
蟻の列切れ目の蟻の叫びをり　中条　明

羽蟻《はあり》　飛《は》蟻《あり》

成虫になった蟻には四枚の羽ができ、結婚の乱舞をする。時期は初夏から盛夏で、無数の羽蟻が同時に発生し、空中をとび、夜になると灯火に飛んできて、家の中を這いまわり、困ることになる。羽蟻は、配偶者を得て一対になると、羽をおとし、草や石の間にかくれて交尾をし、雄は死に、雌が穴をほって産卵し、女王蟻となる。職蟻が生まれ、だんだん大きな蟻の一集団ができあがるのである。蕪村の「飛蟻とぶや富士の裾野の小家より」がよく知られる。〈本意〉羽蟻の灯火への飛来が焦点になり、多く群飛するので黒烟《こくえん》のごとく、人をおどろかすといわれた。羽蟻は、古き柱、朽ちた柱より出ると考えられていた。

暗やみの中に富士あり羽蟻の夜　高浜　虚子
羽蟻とぶ天たれこめて町低し　森川　暁水
羽蟻たつ悲運はひとりのみならず　加藤　楸邨
*羽生えしおどろきに蟻ただあゆむ　篠田悌二郎
羽蟻翔ちぬさらにまぶしき園ありや　木下　夕爾
夕月の切口の面に羽蟻翔つ　斎藤　空華

終ひ湯をつかふ音して羽蟻の夜　清崎　敏郎　　羽蟻落つ何より狂ひ来しけふぞ　千代田葛彦
羽蟻あまた葛西善蔵措きてつぶす　古沢　太穂　　かぎりなく出でしが羽蟻忽と消ゆ　岡本まち子

蚜虫《ありまき》　蟻巻　あぶらむし

ごきぶりもあぶらむしというが、この場合は、植物の葉や茎について樹液を吸う小さな虫の方をいう。一般に羽がないが、羽のあるものもいて、飛んで植物をかえることがある。植物の若い茎葉の汁を吸うので、害虫である。ありまきというのは、尻から出る甘い汁に蟻が寄ってきてなめるからで、蟻巻というが、蟻牧とも考えられる。蟻はありまきを保護したり、場所を移動するのをたすけて、運んだりする。ありまきは単為生殖で、雌だけがうまれ、卵からかえるが、秋に雄が出て、交尾がおこなわれ、また雌だけがうまれる。〈本意〉蟻と助け合って生活するところが焦点であろう。若い芽や茎にびっしりと取りついている脂肪の小粒のような害虫だが、緑色の粟粒ほどのその姿は印象的である。

洋蘭に蚜虫師の頬すこし肥ゆ　八木林之助　　*世情騒然蚜虫《あぶらむし》わきゐたりけり　磯部尺山子
蚜虫の蔓のながさを蟻たのしむ　南雲　玉朗　　蚜虫《あぶらむし》尻立てて夏至くもりけり　佐野　俊夫
蚜虫のミサ妨げず蟻ゆきき　坂口かぶん　　蚜虫《あぶらむし》明るき雨にぬれそぼつ　白川　京子

螻蛄《けら》　おけら

けらは土の中で生活している虫で、円筒形の体をして、短かい毛が生えている。前足は土を掘るのに適した形になっていて、土に穴を掘るが、作物の根をいためる。前翅が短かく後翅が長く、空中を飛ぶことがあり、夜、灯火にくることもある。けらは土の中でジーッと鳴き、雌より雄の方が声がよい。卵は、穴の中にかためて産みつけられ、丸い粒である。〈本意〉愛嬌のある虫だが、けらの才ともいわれ、何でもできるが、どれにもひいでていない人のことを指している。けらではやはりその鳴く声のさびしさが焦点になろうか。誤ってみみずが鳴くとも、地虫が鳴くともいわれてきたが、夏から秋にかかる季感の声である。螻蛄鳴くは歳時記では秋なので、夏の季語としては、その姿や活動の方に関心をそそいでいる。

*虫螻蛄と侮られつつ生を享く　高浜　虚子
露の瀬にかゝりて螻蛄のながれけり　飯田　蛇笏
螻蛄肥えぬ「土中の翅」を名残に負ひ　中村草田男
天日に農婦聳えて螻蛄泳ぐ　石田　波郷
螻蛄更くる酒場にふふと嗤ひ声　中島　斌雄
螻蛄ひそむ農の重みの足跡や　成田　千空
畦塗の螻蛄塗込めて去りにけり　遠藤　正年
螻蛄鳴くや踊子は胸蝕《むしば》まれ　白川　京子
螻蛄がゐてわれを見向きもせず泳ぐ　風間　啓二
ひたすらに生きむと螻蛄の泥まみれ　成瀬桜桃子

蜘蛛《くも》

くもは節足動物蜘蛛綱で、足が四対、頭と胸が一つのかたまりになっている。千種以上が日本にいて、さまざまな生態をもつ。女郎蜘蛛、こがねぐも、おにぐもは空中に網をはり、昆虫をひっかけてたべる。たなぐもは水平な網をはり、くさぐもはじょうご状の巣をはる。地蜘蛛〈袋蜘蛛〉は、穴を地面に掘り、袋のような巣を作って住む。はえとりぐもは糸を出さず、とびかかって蠅をとらえる。雌より雄の方が小さく、夏に子をはらむ。卵嚢を蜘蛛の太鼓という。〈本意〉和歌ではささがにと呼んだ。くもといえば糸、網などが焦点で、昆虫などを網にかけてとらえてたべるさまが中心的イメージである。

蜘蛛掃けば太鼓落して悲しけれ　高浜虚子
蜘蛛消えて只大空の相模灘　原　石鼎
くもの糸一すぢよぎる百合の前　高野素十
影抱へ蜘蛛とどまれり夜の畳　松本たかし
かの壁にかの大蜘蛛の出べき頃　大橋桜坡子
*蜘蛛夜々に肥えゆき月にまたがりぬ　加藤楸邨
女郎蜘蛛殺して祟待つと言ふ　佐野青陽人
張り緊めて金剛力や蜘蛛の糸　石塚友二
化野に蜘蛛まろまろと肥えゐたり　多賀庫彦
女郎蜘蛛十方に揺れ産後の身　飯田龍太
脚ひらきつくして蜘蛛のさがりくる　京極杞陽
われ病めり今宵一匹の蜘蛛も宥さず　野沢節子

蠅虎《はへとりぐも》　蠅取蜘蛛

小型のくもで蠅ぐらいの大きさである。灰褐色で、眼が八つある。尻から糸を出さず、巣は作らない。走り回ったり跳び上ったりするのが上手で、蠅に目をつけ、とびかかってとらえて、たべる。〈本意〉蠅をとらえるすばやさが喜ばれ、昔はこれを飼いならして、蠅をとらせて喜んだという。それで虎の字が宛てられ、また座敷鷹とも言ったという。

*我起居蠅もをり蠅取蜘蛛もをり　高浜虚子
蜘蛛の中で蠅虎は愛すなれ　青木月斗
蠅虎鉄斎の書にはしりけり　阿波野青畝
妻は読み蠅とり蜘蛛は獲物待つ　徳留海門子
蠅虎蠅とりおのれ搏たれけり　栗原米作
蠅取蜘蛛夕べの夫婦背き合ふ　菊地　健
蠅虎妻恋ふ夜の翳を曳き　宮下翠舟
逃げてゆく蠅虎や拭掃除　草野駝王

蜘蛛の囲《くものゐ》　蜘蛛の巣　蜘蛛の網　蜘蛛の糸

くもの中には尻から糸を出して網を張るものが多い。種類によって、形や大きさや作り方がちがうが、普通は、軒端や木の枝の間に大きく張る。糸はねばるので、これにかかると昆虫はにげられず、もがいて、よけい糸がからみ、くもにとらえられる。くもは気持のよい虫ではないが、夜の巣、つゆのついた巣などきれいに見えることもある。しかし顔にかかったり、身体についたりして、不快なことも多い。くもの巣づくりは夏の夕方のおもしろい眺めである。〈本意〉正確でたくみな形をした巣の中心にくもがいて、虫のかかるのを待っているところは夏の夕方の見なれた情景になる。巣づくりをしているところも興味深い。また破れたり雨にぬれたりした巣は、あわれだったり、わびしかったりする。

蜘蛛に生れ網をかけねばならぬかな　高浜　虚子
木槲の花をのせたる蜘蛛の網　富安　風生
*蜘蛛の囲や朝日射しきて大輪に　中村　汀女
媾曳も巣を張る蜘蛛も余念なく　岡本　圭岳
眼前に蜘の巣かゝり夕山河　川端　茅舎
激つ瀬に巣をつくる蜘蛛光りどほし　加藤知世子
日暮いずこも巣を作る蜘蛛踵返す　伊丹三樹彦
蜘蛛の巣の顔にべつたり舌禍悔ゆ　石田あき子
己が囲をゆすりて蜘蛛のいきどほり　皿井　旭川
囲をつくりをりしが蜘のいぶかしむ　中田みづほ

袋蜘蛛《ふくろぐも》　蜘蛛の太鼓　蜘蛛の袋

くもの卵嚢をくもの太鼓、くもの袋といい、その袋を持っているくもを袋ぐもという。卵をうんで袋に入れ、尻のところに付けて持ちあるき、保護している。〈本意〉卵嚢をつけているくものことで、くもの太鼓とおもしろく呼んでいる。地ぐもの一種で、土に穴を掘り、袋のような形の巣を作って入っているくもがいて、これも袋ぐも、はらきりぐもと呼ぶが、これは関東地方のローカルな名前で、別のもののことである。

袋蜘機場の低き天井かな　高田　蝶衣
＊軒の蜘蛛袋をさげて渉りけり　原　石鼎
行水のすめばまたとる袋蜘　吉岡禅寺洞
欅老樹に瘤わだかまる蜘蛛太鼓　角川　源義
窮したる袋蜘蛛なり見逃せり　百合山羽公
袋蜘蛛そよりと不孝思ひ出す　小川匠太郎

蜘蛛の子　くものこ

初夏、袋の中のくもの卵がかえると、袋がやぶれ、親と同じ形でけし粒のように小さなくもが出て、四方に散る。これを「くもの子を散らすごとく」と比喩に使う。それまで卵を保護していた親ぐもだが、子ぐもは全く構わない。子ぐもは何回も脱皮して親となってゆく。〈本意〉「蜘の子は生まれ出でて、風に吹かれて散りぢりに別るるよしいへり」と『藻塩草』にいうが、この散り方が焦点になる。一茶の句にも「蜘の子はみなちりぢりの身すぎかな」というのがある。

蜘蛛の子や紫陽花に糸を試むる　松根東洋城
蜘蛛の子のみな足もちて散りにけり　富安　風生
蜘蛛の子の湧くがごとくに親を棄つ　加藤　楸邨
風に落ちて子蜘蛛散らしぬ怒り蜘蛛　西岡十四五
＊死ぬふりを子蜘蛛ながらにして見する　細見　綾子
子蜘蛛はや天に足かけ糸を吐く　前田　圭史

蜈蚣　むかで　百足虫《むかで》

節足動物で、体は頭と多くの環節のある胴でできている。その環節からは各一対の足が出ており、全部で数十の足がある。第一対の足は鉤形で虫を捕食する。刺されると痛い。気持のわるい七、八センチほどの虫で、益虫である。陰湿なところにいる。〈本意〉毘沙門天の使いといわれ、俵藤太の大むかで退治が知られるが、足の多い、気味のわるい虫。

夕刊におさへて殺す百足虫の子　富安　風生
壁走る百足虫殺さむ蠟燭火　石塚　友二
百足虫出づ海荒るる夜に堪へがたく　山口　誓子
なにもせぬ百足虫の赤き頭をつぶす　古屋　秀雄
ひげを剃り百足虫を殺し外出す　西東　三鬼
三四日ぐづつく雨に百足虫出づ　上村　占魚
*蜈蚣をも書は益虫となしをれり　相生垣瓜人
殺したる百足虫を更に寸断す　山口波津女
殺さんとすれば百足も慟顚す　百合山羽公
百足虫出て父荒縄のごと老いし　大隈チサ子

蚰蜒《げぢげぢ》　げぢ

節足動物で、むかでに近い虫。二センチほど、十五対の足がある。最後の足が長い。これらの足を動かし、速く走る。打ったりおさえたりすると足がばらばらにとれてしまうが、逃げてゆく。足はまた再生するという。しめっぽいところに住んでいる。小さい虫をたべる。いやなものの代名詞に使われ、またげじげじ眉などとも使う。太い濃い眉のことである。〈本意〉足多く、気持のわるい虫という印象である。梶原景時をもって蚰蜒に比すなどといわれ、わるい印象のつよい虫である。

*蚰蜒を打てば屑々になりにけり　高浜　虚子
げぢげぢを蹪き追ふや子と共に　石田　波郷
げぢげぢよ誓子嫌ひを匐ひまはれ　山口　誓子
げぢ〳〵の足をこぼして逃げにけり　本田あふひ

生きてゐる蚰蜒なれや馳くるなり　軽部烏頭子
わが殺せしげじげじおけば鶏が来る　橋本多佳子
げじげじや霧にゆらぎてランプの灯　志摩芳次郎
蚰蜒の死人を甜めてゐたりけり　加藤かけい
蚰蜒に寝に戻りたる灯をともす　中村草田男
げぢ〳〵やここにも神の寵なき徒　沢野　槿花

蛞蝓《なめくぢ》　なめくぢり　なめくぢら

陸棲軟体動物で、かたつむりに近いが、まったく貝がらがなく、その点がちがう。また種類もすくない。体長は六センチほど、頭に一対の触角があり、先に目がある。体の右側の前の方には呼吸孔がある。青灰褐色で、背に三本の黒褐色の斑がある。腹は扁平で黄白色、粘液が出る。通ったあとには銀白色の筋がつく。湿ったところを好むが、野菜や果実を食べるので、害虫である。

〈本意〉這ったあとに銀の筋をのこすのが、やはりもっとも注目される。塩をかけて退治するというのも誰でもがするところ。

蛞蝓のはかなき西日青胡桃　飯田　蛇笏
なめくぢの左曲りと右曲り　高野　素十
来しかたを斯くもてら〳〵なめくぢら　阿波野青畝
*なめくぢのふり向き行かむ意志久し　中村草田男
蛞蝓急ぎ出でゆく人ばかり　石田　波郷
かたまりて深夜の寺のなめくぢり　中川　宋淵
子のあとの机待つなり蛞蝓　石川　桂郎
たそがれは微光とならむなめくぢり　能村登四郎
蛞蝓に塩それからの立話　福永　耕二
なめくぢら這ひて呪文を残すごと　露久志香女

蝸牛《かたつむり》　かたつぶり　ででむし　でんでんむし

陸産の巻貝で、まいまい、でんでんむしともいわれる。関東地方の森や野に多いのは、みすじまいまいで、からの直径が、三・五センチ、二センチほどの高さで、黒っぽい三本の帯斑がある。夏に多く出て、雨のときとくに活動、桑や野菜を害する。ひだりまきまいまいは、貝がらを前から見て口が左にあり、黒い帯は一本である。ほかに、くちべにまいまい、せとうちまいまい、つくしまいまいなどがよく見られる種類のもの。大きいのはあわまいまいで、四国の山地にいる。かためまいまいは小さい。雌雄同体だが、交尾は別の個体とする。〈本意〉「舞へ舞へかたつぶり、舞はぬものならば、馬の子や牛の子に蹴させてん、踏みわらせてん、まことに美しく舞うたらば、花の園まで遊ばせん」という『梁塵秘抄』のうたは有名だが、角があるからと安心して牛の子にふまれるなというような発想が多かった。親しみの湧く虫であると同時に、角―争うという受取り方が多かった。芭蕉にも「かたつぶり角ふりわけよ須磨明石」があり、どこか遊ぶこころの湧く季題だったことがわかる。

蝸牛《ででむし》の頭もたげしにも似たり　正岡　子規
雨の森恐ろし蝸牛早く動く　高浜　虚子
*蝸牛や降りしらみては降り冥み　阿波野青畝
一生の重き罪負ふ蝸牛　富安　風生
朽ち臼をめぐりめぐるや蝸牛　西山　泊雲
やさしさは殻透くばかり蝸牛　山口　誓子
あかるさや蝸牛かたく〳〵ねむる　中村草田男
蝸牛喪の暦日は過ぎ易し　安住　敦
蝸牛いつか哀歓を子はかくす　加藤　楸邨
かたつぶり蓋閉ぢたらば石塊ぞ　石塚　友二
わが足に蝸牛摧くる音ぞかし　相生垣瓜人
蝸牛遊ぶ背に殻負ひしまま　山口波津女
かたつむりつるめば肉の食ひ入るや　永田　耕衣
かたつむり甲斐も信濃も雨の中　飯田　龍太
葉より落つ夏満月の蝸牛　目迫　秩父
妻の疲れ蝸牛はみな葉の裏に　沢木　欣一
このままの晩年でよし蝸牛　石田あき子
蝸牛気にかかる故延びのびに　油布　五線

蛭《ひる》　馬蛭　山蛭　血吸蛭

環形動物ひる類の虫で、長さは三、四センチ。笹の葉のような形で、前後の端に吸盤がある。前の吸盤の奥には口があり、後の吸盤の背には肛門がある。口には鋸のような歯があり、これで動物の肌を破り血を吸う。これを医用に利用したのが血吸いびるで、水田、池沼にいるひるを薬局で売り、瀉血に用いる。やまびるは、山に多く、草の葉にいて、人の足にすいつく。うまびるは大きく、十センチほどある。水田、池沼に多い。〈本意〉みみずに似て扁平で、牛馬や人の血を吸うというふうに受けとられている。一茶は独特の感覚で「人の世や山は山とて蛭が降る」とうたっている。

縞蛭に日のうつくしき清水かな　松根東洋城
炎帝の下さわやかに蛭泳ぐ　原　石鼎
*蛭の血の垂れひろがりし腓《こむら》かな　富安　風生
浮草を押しながら蛭泳ぎをり　高野　素十
見下して蛭をさげすむことは易し　山口　誓子
しみじみと手洗ひ居れば蛭来る　中村　汀女
蛭泳ぐ曇天遠く爆破音　右城　暮石
蛭の紐蛙の眼よりたれにけり　相生垣秋津

蚯蚓《みみず》　蚯蚓出づ

環形動物貧毛類で、日本には多種類のみみずがいる。しまみみずが普通のもので、八、九センチの体長で、百ほど環節がある。丸くて細長く、淡赤色、環節の背と腹に二対の毛が生えている。前三分の一あたりに環帯がある。雌雄同体である。みみずは鳴かない。みみずは土の中の不必要な物質を分解し、有益肥沃な土にかえる有用な動物であり、魚釣りのえさになり、解熱剤、強壮剤にもなる。〈本意〉古くからみみずは鳴くものとされてきたが、鳴器はなく、鳴くことはありえない。みみず鳴く、という秋の季語もあるが、事実ではない。やはり土に穴をあけて、土をゆたかにする虫ということになる。

*みちのくの蚯蚓短し山坂勝ち　中村草田男
朝すでに砂にのたうつ蚯蚓またぐ　西東　三鬼
弥撒の庭蚯蚓が砂にまみれ這ふ　石田　波郷
明るき雨みみず急ぐがごとく伸ぶ　原田　種茅
みみずもいろ土の愉しき朝ぐもり　柴田白葉女
恐ろしき無名の強さ蚯蚓這ふ　浅井　霜崖
鶏頭の色ひいて蚯蚓かくれたり　奥寺　秋芳
蚯蚓出るや通りの絶えし真昼中　神田　南畝
何をしにここに出てきて蚯蚓死す　谷野　予志
一行詩ほどの蚯蚓に雨つゞく　丸山　佳子

夜光虫《やくわうちゆう》　ひき

原生動物有鞭虫類鞭藻類の有帯類である。球の形をしており、直径は一ミリ、鞭のような糸がついている。体のなかに発光体をもっているので、闇に光る。無数に発生して海面をおおうと赤潮となる。〈本意〉赤潮は災厄だが、夜光虫の燐光はうつくしく、神秘的にひかり、海面を青くみせる。その光が、死者を思わせ父母を思わせ、ふるさとをしのばせる。

夜光虫古鏡の如く漂へる　杉田　久女
*漂へるものゝかたちや夜光虫　岡田　耿陽
夜光虫闇より径があらはれ来　加藤　楸邨
一湾の月下なりけり夜光虫　中島　斌雄
夜光虫岩を蝕ばむごとく燃ゆ　大野　林火
夜光虫燃ゆるうしろに波が見ゆ　山口　草堂
夜光虫夜の舷に吾は倚る　橋本多佳子
夜光虫真黒き島が来て過ぎぬ　山口波津女
夜光虫掬ひし指を漏りて光る　殿村菟絲子
纜をたら〳〵おちぬ夜光虫　井上鳥三公

夜光虫燃えゐて家郷まぎれなし　冨田みのる

深夜にも海は覚めゐて夜光虫　広田よしかね

夜光虫石投げて父母遠かりき　山崎　明子

海底に死者居て夜光虫光らす　菅　八万雄

植物

余花《よくわ》

初夏になってもまだ咲きのこっている桜の花である。北方の国や山の中などで見かけることがある。いじらしくあわれげである。〈本意〉夏まで残る花のことで、「夏木立の中にあるをいふべし」と『年浪草』にあるが、寒い地方や高原、山地などに見える現象である。あわれげな珍しさが眼目になる。

*余花に逢ふ再び逢ひし人のごと　高浜　虚子
相打つて雀はげしや余花の雨　原　石鼎
仔馬には里初めてや余花白き　大須賀乙字
余花明り溯る魚ありにけり　大野　林火
一電車早きばかりに余花暮れず　中村　汀女
妻の禱りこのごろながし余花の雨　五十嵐播水
余花の蝶しばらく波にあそびけり　西島　麦南
余花ありて鉄路信濃の山に入る　甲田鐘一路
岩なべて白き早瀬に余花のあり　赤塚喜美江
一ト本の余花の下なる父の墓　斎藤　花辰

葉桜《はざくら》　桜若葉

桜の花が散りかける頃から葉が出はじめる。四月中旬頃からうつくしく、五月には緑さかんに

なる。〈本意〉桜の花とはまたちがった感じのもので、若葉の頃が新鮮である。

葉ざくらや人に知られぬ昼あそび　永井　荷風
葉桜や発つときめたるときの雨　久保田万太郎
葉桜や逢うて手を挙げ白々と　山口　青邨
葉桜や忘れし傘を取りに来ず　安住　敦
葉桜のかぶさつて来るチューリップ　中村　汀女
*葉桜の中の無数の空さわぐ　篠原　梵
遺児けふは葉桜の影満身に　石田　波郷
花すくなかりしが葉桜となれり　谷野　予志
葉桜の下帰り来て魚に塩　細見　綾子
葉桜の夕べかならず風さわぐ　桂　信子
葉桜を見遣るや清風湧くゆゑに　野沢　節子
葉桜の万の囁き夜の椅子　森　大暁
葉桜へ厠の暗さ負ひ出づる　柏　禎
葉桜や夜は海鳴りの羽搏つごと　進藤　一考

桜の実《さくらのみ》　実桜

そめいよしのなどの花を眺める桜でも、初夏に実ができる。大きさは豆ぐらいで、青いが、赤くなり、熟すると黒紫となる。木にのぼって子どもが食べたりする。しなみざくら（からみざくら）は中国から来た桜だが、これを普通実桜という。この実はかなり大きい。〈本意〉さくらんぼとは区別して、もっと小さい実をいう。うまいものではないが、初夏の情感のある実の一つである。蕪村に「来て見れば夕の桜実となりぬ」の句がある。

*桜の実紅経てむらさき吾子生る　中村草田男
桜の実垂れて暮れざり母の町　大野　林火
午後よりの雲うごかざり桜の実　杉山　岳陽
桜の実赤く黒きを多佳子の死　細見　綾子
実桜や豊頬夫婦道祖神　池上　樵人
夕焼のさめつつひかるさくらの実　飯野　燦雨

牡丹《ぼたん》　ぼうたん　深見草　富貴草　白《はく》牡丹　紅《べに》牡丹　黒牡丹　牡丹園

中国原産、高さ一、二メートルの落葉灌木であり、花の王といわれ、菊、芍薬とともに三佳品といわれる。葉は羽状複葉、花は一つの枝の先に一つ咲く。花びらは五枚から十枚。色は、白、薄い紅、濃い赤、暗紫色、黄などである。奈良の長谷寺、当麻寺、福島県須賀川の牡丹園が牡丹の名所として有名。寒牡丹は冬に花をさかせるもの。〈本意〉はじめ薬用として千年以上前に輸入され、寺院に植えられたが、徳川時代から庭で観賞されるようになった。大きな花で、豪華、しかも気品があるので、花の王とされ、花の富貴なるものとされる。「牡丹蘂深く分出づる蜂の名残かな」（芭蕉）「牡丹切つて気の衰へしゆふべかな」「牡丹散つてうちかさなりぬ二三片」（蕪村）「牡丹折りし父の怒りぞなつかしき」（大魯）などはよく知られ、とくに蕪村が牡丹のうたい手として有名である。

＊白牡丹といふといえども紅ほのか　高浜　虚子
牡丹二本浸して満つる桶の水　渡辺　水巴
牡丹散つて乾坤明を失へり　永田　青嵐
牡丹剪る心定めて立ちにけり　庄司　瓦全
牡丹散り終日本を読まざりき　山口　青邨
夜の色に沈みゆくなり大牡丹　高野　素十
牡丹燃え甲斐駒雲に入らむとす　水原秋桜子
牡丹百二百三百門一つ　阿波野青畝
牡丹の花に暈ある如くなり　松本たかし
火の奥に牡丹崩るるさまを見つ　加藤　楸邨
牡丹にあひはげしき木曾の雨に逢ふ　橋本多佳子
牡丹を活けをり花を抱く如　皆吉　爽雨
吾を生みし天に日月地に牡丹　野見山朱鳥
牡丹や富むといふこと美しく　遠藤　梧逸
葉ごもりて深雪のごとき牡丹かな　橋本　鶏二
ぼうたんの百のゆるるは湯のやうに　森　澄雄
烈風の空あはくして咲く牡丹　新井　英子
牡丹咲きめぐる山垣日に澄める　梅原黄鶴子

紙のよなぼうたん咲いて祭来ぬ　佐野　良太
牡丹咲き木のぞつくりと痩せにけり　平井　照敏

薔薇《ばら》　西洋薔薇　さうび　しやうび　ばら

ばらは、重弁で花形が美しく、花の色もゆたかで、かおりもよいので好かれる花である。幹や枝にはたくさんのとげがある。葉は五枚の小葉から成るが、秋には落ちる。庭に植え、切り花として賞美するのは、バルカン半島南部を原産地とする西洋ばらである。花がひらくのは初夏が一番だが、秋や冬にも花が咲く。つるばらは垣根に這わせるが、さかんに成長する。温室で育てると四季咲きのばらは冬にも美しく咲き、一年中出荷することができる。〈本意〉『万葉集』の歌にもうたわれているが、近代以前には、花も小さく、とげの多いものと考えられていたようである。「針ありと蝶に知らせん花薔薇」（乙由）のようである。赤いばらは純潔、可憐、白いつぼみは処女というようなうけとり方は、近代以後のことになろう。

トランプを投げしごと壺の薔薇くづれ　渡辺　水巴
咲き満ちて雨夜も薔薇のひかりあり　水原秋桜子
薔薇熟れて空は茜の濃かりけり　山口　誓子
*手の薔薇に蜂来れば我王の如し　中村草田男
憂なきに似て薔薇に水やつてをり　安住　敦
薔薇を去りうしろどこかがうらがなし　加藤　楸邨
雷すぎしことばしづかに薔薇を撰る　石田　波郷
薔薇の息きく胎動をきくごとく　西島　麦南
花びらの落ちつつほかの薔薇くだく　篠原　梵
ジープより赤き薔薇落つ跳ねとびぬ　平畑　静塔
薔薇崩る激しきことの起る如　橋本多佳子
ばら紅し地獄の先は何ならむ　油布　五線
夕焼消え真紅の薔薇を抱き来し　野見山朱鳥
薔薇剪りに朝のエプロン濡らしけり　永井　龍男
おうおうと金春家いま薔薇のとき　森　澄雄
ばら五月わが誕生日その中に　矢田部芙美

紫陽花《あぢさゐ》

てまりばな　かたしろぐさ　しちへんぐさ　四《よ》葩《ひら》　七《なな》変化　額花　刺繍花
繍毬花　八仙花　沢紫陽花　こがく　べにがく　しちだんくわ

落葉低木で、高さ一・五メートルほど。幹は根から叢生し、かげのしめったところを好む。葉は対生、楕円、鋸歯がある。花は梅雨の頃に、枝先にまりのように咲く。花弁のように見えるのは萼片で、その中に細かい粒になっているのが花である。七変化といわれるように、花は白から碧紫色、紫褐色となって終る。西洋あじさいというのは日本のあじさいが西洋で改良されたもので、赤みがかっている。酸性土では藍紫色がつよく、アルカリ土では紅色がふえる。あじさいは、あづ（集まる）とさゐ（真藍）の合成からおこった語であるといわれる。四枚の萼片から花が成るので、四ひらのはなともいわれている。〈本意〉色が変ってゆくところがやはり眼目になろう。蛍などに合わせてよまれる歌が多かった。「あぢさゐに喪屋の灯うつるなり」（暁台）「あぢさゐや澄み切つてある淵の上」（蒼虬）のように、さびしさ、青さ、水などにつながりのある世界でうたわれている。

花二つ紫陽花青き月夜かな　泉　鏡花
紫陽花の毬の豪華や数ふべし　田村　木国
あぢさゐに生れて月は耳のごと　金尾梅の門
*紫陽花に秋冷いたる信濃かな　杉田　久女
あぢさゐの藍をつくして了りけり　安住　敦
紫陽花に手鏡おもく病むと知れよ　中尾　白雨
重なりてあぢさゐ夜を領すなる　中川　宋淵
あぢさゐの毬より侏儒よ馳けて出よ　篠原　鳳作
あぢさゐのこの世の隅に追放され　平畑　静塔
紫陽花剪るなほ《は》美しきものあらば剪る　津田　清子
かなしみはかたまり易し濃紫陽花　岡田　日郎
あぢさゐやうれしかなしに凭る柱　小野　俊子

風立ちて毬のをさなき四葩かな　遠藤　悠紀
紫陽花となるまでのただ無色かな　平井　照敏

百日紅《さるすべり》

百日紅《ひやくじつこう》　紫薇《しび》　怕痒樹《はくやうじゆ》　百日白《はく》　しろばなさるすべり

みそはぎ科。落葉高木。三メートルから七メートルほどの高さになる。幹や枝がつるつるしており、褐色で、さるすべりの名がある。ひゃくじつこうという名もあるが、これは夏から九月にかけての長い花どきを指していう。白い花のものを百日白というが、正しくはしろばなさるすべりである。木の膚をこすると枝の葉や花が笑うように見えるので、くすぐりの木という地方がある。花びらは六枚、形は丸いがしわくちゃである。〈本意〉インドやパキスタン原産の木で、中国を経て渡来したもので、寺の庭などに多い。幹や枝の独特な姿、長い花どき、などがポイントになる。

花終へし百日紅に雨烈し　高浜　年尾
百日紅心まづしき月日かな　秦　豊吉
*百日紅乙女の一身またゝく間に　中村草田男
百日紅この叔父死せば来ぬ家か　大野　林火
女来と帯纏き出づる百日紅　石田　波郷
少女倚る幹かゞやかに百日紅　西島　麦南
百日紅白きはどこか供華めきて　石塚　友二
百日紅雀かくるゝ鬼瓦　石橋　秀野
百日紅師に訪はれをり訪ふことなし　目迫　秩父
百日紅百日を経て娶らむか　杉山　岳陽
採血や雨後なほ燃えて百日紅　楠本　憲吉
百日紅鮮やかヘルンの片眼鏡　藤本　節子

梔子の花《くちなしのはな》

巵子《しし》　山巵子《さんしし》　黄梔花《くわうしくわ》　山黄枝《さんくわうし》　林蘭《りんらん》

本州中南部、四国、九州で庭にうえられて観賞される植物で、常緑低木、一メートルから三メートルくらいである。葉は光沢あり、楕円、革質、夏、梢に白い六弁の香りよい花をつける。色は白だが、淡黄になる。秋には赤黄の実をむすぶ。この実は漢方で解熱剤に用いられる。熟しても実は口をひらかないのでくちなしというが、漢名は、花が杯に似ているためにつけられた。東洋の名花で七月の花。〈本意〉くちなしの実の黄色の色素で梔子染にしたが、まっ白い花が印象的な植物である。また、くちなしという花の名が「山吹の花色衣主や誰れ問へど答へず口なしにして」（素性法師）のように用いられてきた。

口なしの花はや文の褪せるごと　中村草田男
辞してなほくちなしの香のはなれざる　中田　余瓶
＊今朝咲きしくちなしの又白きこと　星野　立子
山梔子のねばりつくごと闇匂ふ　森島　幸子
くちなしの花より暁けて接心会　中川　宋淵
梔子に横顔かたき修道女　三宅　一鳴
夜をこめて八重くちなしのふくよかさ　渡辺　桂子
風生れ来るくちなしの花の中　入江　雪子

杜鵑花《さつき》　五月躑躅《さつきつつじ》　山躑躅

つつじ科の常緑低木。自生することもあるが庭に植え、盆栽になっていることが多い。九十センチ前後の高さで、葉が枝端にあつまり、枝とともに毛をもつ。六月ごろ紅紫色のラッパ状の花をさかせる。花弁は五裂、正面に紅紫色の斑点をもつ。陰暦五月《さつき》にさくので、さつきつつじ、略してさつきという。つつじとしては一番花どきがおそい。〈本意〉五月に咲くつつじであるが、樹形を整えやすく、花の美しく見える形にすることができる。白、咲きわけなどを利用して、盆栽がさかんである。

＊満開のさつき水面に照るごとし　杉田久女
襖除《と》り杜鵑花あかりに圧されけり　阿波野青畝
さつき咲くしゆんしゆんしゆんと湯が沸いて　大井雅人
さつき散る咲きたるままの明るさに　金谷ヒロ子
杜鵑花咲き巷に埃立ちやすし　長谷川浪々子
さつき咲きわれうとまれて居るごとし　平田有菜居

繡線菊《しもつけ》　繡線花《しもつけ》の花

ばら科で落葉小灌木。六月ごろ枝先にこまかい花を無数に傘のような形にひらく。花の色は淡紅色、あるいは白色。花は五弁で、長い雄しべが外に出てあつまっていて美しい。山地に自生するが、庭に植えて観賞する。〈本意〉繡線菊という名は花の咲き方からきたもので、細かい枝先に菊のようにあつまって咲くということである。これをしもつけというのは、下野の国に多かったためだという。霜つけと考え、花が霜をつけたように咲くからという説もある。同じばら科だが、別にしもつけそうというものもある。

しもつけを地に竝べけり植木売　松瀬青々
繡線菊や雲這ひ騰り暁の山　島田雅山
＊交ぜ挿して繡線菊の穂は垂れやすし　樋口玉蹊子
繡線菊や富士を纏く道やはらかし　轡田進
しもつけや鼻欠け地蔵笑み給ふ　本田一朋
想ひこまかにしもつけ草は花をあげ　縣美知

繡毬花《てまりばな》　粉団花《てまりばな》　おおでまり　手鞠の花

すいかずら科の落葉低木やぶでまりの変種。高さは三メートルに達する。庭に植えて観賞する。花や葉があじさいに似ている。葉はまるく上面にしわがある。六月ごろ枝の両側に額あじさいに似た青白い花をつける。花は球の形で、とても美しい。別名おおでまり。〈本意〉「葉は麻のごとく、花は紫陽花に似たり。初開のとき色白く、後には青くなる」と『滑稽雑談』にあるが、また「花を作ることはなはだ繁く、簇生して毬のごとし」ともあり、この形から花の名がつけられている。

大でまり小でまり佐渡は美しき　高浜　虚子
曇天の耐へに耐へをる大手まり　篠田悌二郎
＊雨の日は雨の色得ってまり花　山田　佐人
母ありし日暮れのごとしおほでまり　上野　波翠
頬白のすがりて撓むおほでまり　飯塚　秀城
かたむきて傾く雨のおほでまり　八木林之助
繡毬花雨のきざせる重みあり　小方　史郎

金雀枝《えにしだ》

金雀花《えにしだ》　金雀児《えにしだ》

まめ科の落葉灌木。一メートル半ほどの高さで、三メートルにも達することがある。葉は小さく濃い緑で、複葉、三枚の小さい葉から成り立つ。花は五月頃で、葉の元のところに、蝶形の黄金色の花が一、二個ずつ咲き、木全体におよぶ。さやができるが、まわりに毛のあるさやである。

〈本意〉南ヨーロッパ原産のためか、花の色、葉の色ともに鮮明な印象をあたえる。とくにその黄金色の花の色が、聖書の逸話を連想させたりする。

えにしだの黄色は雨もさまし得ず　高浜　虚子
えにしだの夕べは白き別れかな　臼田　亜浪
エニシダの花にも空の青さかな　京極　杞陽
金雀枝の黄金焦げつつ夏に入る　松本たかし
＊金雀枝や基督に抱かると思へ　石田　波郷
金雀枝やわが貧の詩こそばゆし　森　澄雄
花街みて夜の金雀枝の前にたつ　渡辺七三郎
金雀枝の咲きそめて地に翳りあり　鈴木　東州

泰山木の花《たいさんぼくのはな》

大山木　泰山木蓮　常磐木蓮　白蓮木　紅背木

もくれん科の常緑高木。大木で高さ十八、九メートルにも達する。北アメリカの原産で明治のはじめに渡来。庭や公園に植えられた。葉はしゃくなげに似、花ははくもくれんに似ている。花は葉の上に出て、下からは気づきにくいが、大きさは十五センチ以上あり、かおりが高い。〈本意〉木が大きく、葉も花もそれに比例して大きいので、泰山木という名がいかにも相応しい感じがする。花は五、六月ごろだが、大きくて、心おどる気がする。その雄大さと白い色、香気が焦点。

壺に咲いて奉書の白さ泰山木　渡辺　水巴
泰山木の大き花かな匂ひ来る　臼田　亜浪
磔像や泰山木は花終んぬ　山口　誓子
*太陽と泰山木と讃へたり　阿波野青畝
泰山木天にひらきて雨を受く　山口　青邨
泰山木巨らかに息安らかに　石田　波郷
泰山木おのが木暮に花咲かす　長倉　閑山
泰山木樹頭の花を日に捧ぐ　福田　蓼汀
ロダンの首泰山木は花得たり　角川　源義
泰山木開くに見入る仏像ほし　加藤知世子
天の無垢泰山木の花染むる　有地　紫芳
泰山木君臨し咲く波郷居は　及川　貞
葉がくれに泰山木の花終る　園田　弥生
初咲きの泰山木に晴れつづく　武内　夏子

額の花《がくのはな》

額紫陽花　額草《がくさう》

がくあじさいのこと。がくそうともいう。落葉低木で、高さは二メートルほど。あじさいに似ているが、額の花は、あじさいのように毬状にならず、平らになる。花の中心は小さな碧色の花が簇生、外まわりの四片の蕚《がく》だけが胡蝶花になる。花の色は、未開のときは白だが、のち藍紫になる。〈本意〉花は、中心の小花をかこみ、四角に胡蝶花が咲くので、額の花というわけで、額ぶちのように美しい。系統的にはあじさいの原種になるが、あじさいより、さびしくしずかな、宝石のような美しさをもつ。

夏の日を淡しと思ふ額の花　野村　泊月
額の花杉間はくらくなりゆきぬ　田村　木国
くらければ障子をあけぬ額の花　大野　林火
額の花どこまで心ほそくなる　加藤　楸邨
*わが病軽からぬ額咲きにけり　勝又　一透
がくの花濃しいつか死なねばならぬ　高橋　馬相
あけがたや額の咲くより空ひくゝ　石橋　秀野
水よりも土が濡れゐて額咲けり　草間　時彦

夾竹桃《けふちくたう》　叫出冬《けうしゅつとう》　半年紅　桃葉紅

きょうちくとう科の常緑低木。高さは三メートルほど。葉は細長く厚い。三枚ずつ輪生する。盛夏に花が咲く。紅が普通だが、純白のもの、淡黄のものがあり、八重咲きのものもある。かおりがよい。インド原産で、庭や公園に植えられる。〈本意〉桃に葉や花が似ているが、つよい性格の印象があり、名前に竹が入っている。花期のながいことで知られる。

病人に夾竹桃の赤きこと　高浜　虚子
夾竹桃戦車は青き油こぼす　中村草田男
*夾竹桃しんかんたるに人をにくむ　加藤　楸邨
しどけなく月下夾竹桃みだる　篠田悌二郎
火を焚くや夾竹桃の花の裏　波多野爽波
夾竹桃垣に潮の香があげて来る　道部　臥牛
昼は夾竹桃夜は夜の女　浜井武之助
怒濤もて満ち来る潮や夾竹桃　岡田　貞峰

南天の花《なんてんのはな》　花南天　南天竹《ちく》　南天燭

めぎ科の常緑低木。普通高さ二メートルほどだが、ときには三メートルに達する。中国の原産だが、庭に植える木。七月頃、開花する。白色五弁の小花を多数円錐形に咲かせるが、あまり目立たない。その実が秋に熟すると、赤くて花よりも美しく、賞玩される。〈本意〉南天の木は庭にうえれば火事を避けるということもあり、庭によく植えるが、花はそれほど目立たない。秋になる実を予想して期待をかける花といえようか。

＊花南天実るかたちをして重し　長谷川かな女
南天の花にとびこむ雨やどり　飴山　実
南天の花の薄日に水見舞　中村　汀女
南天の花咲くさかりとも見えず　坂間　晴子
花南天おろそかならず母の齢　星野麦丘人
目を病みて南天の花いとほしむ　菅沼　正子

凌霄の花《のうぜんのはな》　凌霄《のうぜん》　のうぜんかつら

落葉する蔓性の木で、付着根により、木や塀や垣根にまといついて伸び、六メートルにもなる。葉は卵形で切り込みのある七枚から九枚の小葉をもち羽のかたちである。七月下旬に、黄赤色の大型の花を下向きに咲かせる。花弁は五裂し唇形をしている。多くは庭に植える。〈本意〉ものにまといついてのびる藤に似た植物だが、漏斗状のその花はみやびやかである。ただ花や蕾には毒がある。

のうぜんの花活けて赤ければきみが来る　滝井　孝作
夕焼や杉の梢の凌霄花　村上　鬼城

車窓いまのうぜんに燃ゆ野川も過ぎ　大野　林火
*凌霄花や問ふべくもなき門つゞき　中村　汀女
凌霄花咲きのぼる空のゆらげる　原田　種茅
風の凌霄楽の終曲高まりつつ　野沢　節子
いくすぢも松ののうぜん湖に垂る　三浦恒礼子
凌霄や午後は日の渦風の渦　古賀まり子
日輪をめぐれるほむら凌霄花　井沢　正江
凌霄やくつろぎの日の僧のかほ　安永　千鶴

仏桑花《ぶつさうげ》　ぼさつばな　琉球むくげ　扶桑　照殿紅《せうでんこう》　扶桑花　ハイビスカス

あおい科の常緑低木。ハワイの州花でレイに用いる。高さ一、二メートル。晩夏、葉のつけねに大型の赤い花をひらく。がくは五裂、花びらは五枚、下のくっついたラッパ状である。多くの雄しべの中から雌しべが突出、五つにわかれる。葉は深い緑色で光沢がある。温室で栽培するが、花どきには外に出したりする。〈本意〉インドあたりの原産のようで、強烈な色彩の明瞭な花である。暖かい地方では戸外で栽培するが、葉の緑、空の青と、花の赤がよく鮮明な対照となる。

よく駈けるヒヨコ愛らし仏桑花　長谷川零余子
仏殿の前に一対仏桑花　太田正三郎
仏桑華汗の眼窩に朱狂ふ　脇野　素粒
*屋根ごとに魔除獅子置き仏桑花　轡田　進
仏桑花咲けば虜囚の日の遠き　多賀谷栄一
ハイビスカス子は沖縄の娘を愛す　森　信子
激しくて一日の紅の仏桑花　文挟夫佐恵
恍惚と旅の寝不足仏桑花　渡辺千枝子

茉莉花《まつりくわ》　まうりんくわ　まりくわ

もくせい科の常緑樹で、高さは二メートルほど。枝には柔らかい毛が一面に生えている。葉は卵形で三枚ずつ輪生。花は淡黄白色で、筒形の花弁に裂け目がある小花が三から十二ひらく。香りがとくに強く、花をとっても消えないので、乾燥花として、茶に入れ香料とする。そけい、きそけい、おうばい、りゅうきゅうおうばい、まつりかなどは同じ属に属しているが、これらをジャスミンという。〈本意〉温室で育てて、花を観賞することもおこなわれるが、何といってもその香りが第一の焦点になる。中国、台湾などにジャスミン・ティーがあり、ウーロン茶に添香料としても使われる。

茉莉花の香指につく指を見る　横光　利一
木影濃き書院にかをる茉莉かな　那須　茂竹
＊茉莉花を拾いたる手もまた匂ふ　加藤　楸邨
過ぎてなほ茉莉花匂ふ木の間径　加藤たけし

花橘《はなたちばな》　橘の花　常世花　庭古草　昔草　雲州橘

蜜柑の古代名であったらしいが、ここでは日本《やまと》橘のことで、九州、四国、中国、和歌山、静岡などの暖地に自生、栽培されている。三メートルほどの落葉小喬木。六月ごろ、梢に白い五弁の花をひらく。香りがよい。今の紀州蜜柑が橘の系統のものという。紫宸殿の右近の橘は日本橘の培養種。〈本意〉実より花の香を愛されてきたもののようで、『古今集』にも「五月まつ花橘の香をかげば昔の人の袖の香ぞする」とうたわれている。田道間守が常世の国からもってきた「ときじくのかぐの木の実」といわれる。芭蕉に「駿河路や花橘も茶の匂ひ」があり、杉風に「橘や定家机のありどころ」がある。花の香が眼目になる。

＊人にあふも花たちばなの香にあふも　山口　青邨
橘の花やしたがふ葉三枚　星野　立子
嵯峨御所の橘かをる泊りかな　阿波野青畝
橘の花の下にて伊豆の海　甲田鐘一路

蜜柑の花《みかんのはな》　花蜜柑

ふつう、温州《うんしゅう》蜜柑をさす。西日本に栽培される。有名な産地は、静岡、和歌山、愛媛、広島の四県である。六月頃、濃緑の葉の間に白い花をさかせる。雌しべが突出している。強いよい匂いを放つ。〈本意〉蜜柑山によい甘い香りが立ちこめ、白い花が点々と見えるのは、心ひかれる情景である。

山窪は蜜柑の花の匂ひ壺　山口　誓子
*鬱々と蜜柑の花が匂ふならずや　安住　敦
うたたねをわが許されて蜜柑咲く　中村　汀女
旅一夜蜜柑の花を枕辺に　山口波津女
潮風の止めば蜜柑の花匂ふ　滝　春一
花蜜柑隠れに小屋へ子を産みに　加倉井秋を
全山に蜜柑花つけ通過駅　斎藤おさむ
霧の嶺々奥処に据ゑて花蜜柑　福本　義人
ひとり住めば夜の濃くなる花蜜柑　つじ加代子
午後の日はとろりと睡し花蜜柑　菅沼　琴子

柚子の花《ゆずのはな》　柚の花　花柚　花柚子

常緑小高木で、鋭いとげが多くある。葉には、長卵形の葉のほか、葉柄に翼があるので特徴がある。六月上旬、においのある白い花を咲かせる。実は球の形で、表面に凸凹がある。酸つよく香りがつよい。調味料、マーマレードの原料にする。〈本意〉やはり香気ある白い花が印象的である。芭蕉に「柚の花や昔偲ばん料理の間」、蕪村に「柚の花や能き酒蔵す塀の内」、子規に「吸物にいささか匂ふ花柚かな」などがある。みな香りでとらえ、食事を連想している。

箒目に蕊をこぼす柚の樹かな　杉田　久女
*柚の花に噎せて別れし後影　石川　桂郎
朝の戸の草履つめたし柚の花　細木芒角星
縁談に来て海見ゆる柚子畑　清川富美子
柚の花の白さにふるる潮かな　田中猪山央
かにかくに逢へばやすらぐ花柚の香　野沢　節子
柚子の花こころにかもす夫の愛　平沢　美雪
柚の花や髪梳いて気をとりなほす　西嶋あさ子

橙の花《だいだいのはな》

初夏のころ白い五弁の花をひらく。芳香がある。果実は球形で冬熟し、だいだい色になり、次の夏にまた緑色になるので代々という。花からは香料をとり、実は料理に添えて、しぼり汁を利用する。〈本意〉日本にいちばん古くから入ってきた柑橘類で、中心は実にあるが、花も白く小さく可憐で、そのにおいには独特の情感がある。

橙の花に飼鶏蹶合ひけり　阿波野青畝
*母病めり橙の花を雀こぼれ　石田　波郷
橙の花入れてある硯箱　岡本　清子
橙の花の下ゆき疲れたり　寺田　木公
橙の花の白さの奇遇かな　池谷　花城
橙の花の香左手《ゆんで》よりながれ　池内もと子

朱欒の花《ざぼんのはな》　文旦の花　ざぼんの花　花朱欒

暖かい地方、とくに鹿児島、熊本に多い柑橘類であり、六、七メートルほどの高さにもなる常緑樹。五月ごろ梢に白色五弁の花を咲かせる。花も葉も実もみな大きく、実は一、二月ごろ、二十センチほどにもなる。〈本意〉柚の実の大なるもの、と『和漢三才図会』にいうが、大きな柑橘類で、何もかも大型である。皮を砂糖漬にしたものが文旦漬だが、南国的である。

風かほり朱欒咲く戸を訪ふは誰ぞ　杉田久女
＊朱欒咲く五月となれば日の光り　同
朱欒咲く樹下に海あり有馬領　高橋北斗
べつとりと昏るる内海ザボン咲く　山下淳
故弓かなし朱欒の花に日させば　荻真澄
花朱欒島の空港つばらかに　西田キヨ

栗の花《くりのはな》　花栗　栗咲く

栗の木は高さ十五メートル以上にもなる落葉高木で、六月頃に花を咲かせる。雌雄同株で、雄花は白い色で、長く総状に穂をつくる。雌花は雄花の根もとに三個ずつ着く。雌花はとげの多い総苞《そうほう》で包まれて淡緑色、のちにいがとなる。甘くて青くさい独特のかおりを放つ。花粉が雌花につくと、雄花は茶色になっておちる。つゆの頃の独特のにおいである。〈本意〉「この花の落つるをもつて梅雨の候とす。ゆゑに梅雨を呼んで堕栗《ついり》の雨ともいへり」と『滑稽雑談』にいう。梅雨すこし前の甘いかおりの花である。芭蕉に「世の人の見付けぬ花や軒の栗」がある。これは栗の花の地味な色どりをとらえている。

栗の花脚の長さは尚ほ仔馬　中村草田男
首太くなりし夜明の栗の花　西東三鬼
栗咲けりピストル型の犬の陰《ほと》　同
西方に師のをり栗の花くぐる　秋元不死男
栗の花照れど曇れど水うまき　石橋辰之助
栗の花玻璃の曇りの幽かにて　加藤楸邨
＊ゴルゴタの曇りの如し栗の花　平畑静塔
栗咲く香血を喀《は》く前もその後《あと》も　石田波郷
花栗や天のどこかにいなびかり　篠田悌二郎
赤ん坊に少年の相栗の花　沢木欣一
赤子見に水溜り跳ぶ栗の花　細見綾子
花栗のちからかぎりに夜もにほふ　飯田龍太
栗の花匂ふとき死はみにくきもの　桂信子
栗咲く香この青空に隙間欲し　鷲谷七菜子

柿の花《かきのはな》　柿の薹

梅雨の頃、新しい葉の根もとにつぼみをつける。雌雄異花である。花は黄色を帯びた白色の花で、小さい。開花後花弁は黄色くなって落ちる。落ちたあとには青い実の粒が蕚につつまれて見える。〈本意〉小さくさびしい花で、実ができると、花が落ちる。この柿の花を柿の薹といい、関西では子供が拾い、藁しべにさして、もてあそぶという。花の愛らしさが、落花をひろわせることになるのであろう。蕪村の「渋柿の花ちる里と成りにけり」や一茶の「役馬の立ち眠りする柿の花」などが知られている。

柿の花こぼれて久し石の上　高浜　虚子
＊柿の花こぼるる枝の低きかな　富安　風生
ふるさとやなつかしみ踏む柿の花　大竹　孤悠
白き手のひそかに裏む柿落花　横山　白虹
柿の花子なきは隠れ住むに似て　星野麦丘人
柿の花膝よりがくと老ゆる鍛冶　江部　二峰
柿の花ゆきかふ人もなかりけり　山田みづえ
葉ごもりに淡き黄のあり柿の花　奥野　元也

石榴の花《ざくろのはな》　花石榴　実石榴

ざくろは三メートルほどの高さになる落葉樹で、細長いつやのある葉が対生している。六月頃に花が梢に咲く。赤橙色の六弁の花で、肉の厚い筒形の赤い蕚がある。八重咲きのもの（花石榴）があり、白、薄紅、朱、紅絞りなどの色のものがある。〈本意〉中国から古く伝来したもので、花卉として育てられてきた。実は徳川時代から食べるようになったという。梅雨の頃の印象的な美しい花である。

花柘榴情熱の身を絶えず洗ふ　中村草田男
＊花柘榴雨きらきらと地を濡らさず　大野林火
花柘榴すでに障子の暮色かな　加藤楸邨
花柘榴燃ゆるラスコリニコフの瞳　京極杞陽
じだらくに咲いて柘榴の憎からぬ　泉　春花
花柘榴また黒揚羽放ち居し　中村汀女
花柘榴落ちつつ強き日をまとふ　古川白雨
口重の人と語れり花ざくろ　田村なゝを

柿若葉《かきわかば》

初夏に柿の若葉は、つややかに光る萌黄色をしていて、さわやかで新鮮である。**〈本意〉**みずみずしくデリケートに、のびのびした命そのもののような若葉であり、初夏のもっとも心にひびく眺めの一つである。

柿若葉雨後の濡富士雲間より　渡辺水巴
＊柿若葉重なりもして透くみどり　富安風生
節目多き棺板厚し柿若葉　中村草田男
まだ柿のほか月かへす若葉なし　篠原　梵
柿若葉嬰児明るき方のみ見る　鎌田容克
父の代の風が吹きをり柿若葉　高橋沐石
柿若葉愛静かなる日を照るも　岩崎富美子
柿若葉すこし晴れ間を見せしのみ　川口益広

青梅《あをうめ》　梅の実　実梅　梅売

梅の実は熟すると黄色になるが、まだ熟す前の青い実のことである。青梅が目立つのは初夏の頃で、葉の茂みの中に大きくなった青梅がはっきりと見えるようになる。酸っぱいものだが、あざやかなので、とり、塩をつけてかじったり、あるいは砂糖で煮て煮梅とし、梅酒を作る材料にしたりする。**〈本意〉**熟する前の梅は、美しく、なんとなく食指をそそる。すっぱさもその魅力の一つ。蕪村にも「青梅に眉あつめたる美人かな」がある。

青梅の一つ落ちたるうひ〳〵し 高浜 虚子
牛の顔大いなるとき実梅落つ 石田 波郷
塩漬の梅実いよいよ青かりき 飯田 蛇笏
梅の実の子と露の子と生れ合ふ 中川 宋淵
＊梅の実や一つびとつの夕明り 長谷川春草
梅日々に青くなりつゝまた逢はず 横山 白虹
炭ついで青梅見ゆる寒さかな 室生 犀星
青梅を落しゝ後も屋根に居る 相生垣瓜人
青梅が闇にびつしり泣く嬰児 西東 三鬼
青梅の生毛密なり婚約す 岡村東洋子
青梅の酸にとほくより責められて 秋元不死男
青梅の一つが見えてあまた見ゆ 岡本 圭岳

青柿《あをがき》

木になった柿の実は、夏の間は青いままで成長してゆく。雨や風に落ちてしまうこともある。

〈本意〉大きい実になっても青い色のままである情景が美しく、夏らしいので、枝で切って活け花にすることもあるくらいである。渋をとったりもする。

青柿の野口英世の生家なり 久米 三汀
柿青し御詠歌にして子守唄 加藤 覚範
＊青柿の堅さ女の手にすわる 西東 三鬼
青柿の戻るは母の黙の刻 村沢 夏風
あひびきの影の別れて青柿落つ 石川 桂郎
青柿や遊びつかれし子の熟睡 滝 文太郎
青柿や昼餉の茶碗洗ひ伏せ 滝 春一
青柿やはかなき霊にともす燭 三十尾藤男

青柚《あをゆ》　青柚子《あをゆず》

夏の柚子はまだ緑色で、熟さないが、しぼってかけたり、皮を切って吸いものに入れたり、全体をすってかけたりして、調味料として使う。香りよくすがすがしく、色も気持よい。〈本意〉盃の酒に加えてもよいといい、酒毒を解き、口気を治すともいうが、新鮮な色と香りが好まれるのである。

まだ小さき青柚なりしがもたらしぬ　池内たけし
葉でもりて円らに鬱らき青柚かな　中田みづほ
柚子青き視野に顔あり何か言ふ　加藤楸邨
＊隣せり青柚をしぼりくるゝ手に　八木林之助
青柚子のひとつまろべり糶のあと　小沢満佐子
採るたびに青柚の重さたのしめり　和田祥子

木苺　きいちご　木苺

山野に自生するつる性の低木。四、五月頃に白い五弁の花を咲かせ、あわ粒のあつまりのような実となる。もみじいちごは実が黄色で味がよく、実が赤くなるものには、かじいちご、にがいちご、えびがらいちご、みやまいちごなどがある。〈本意〉もみじいちごを別名きいちごというが、他の種類もだいたい食べられる。山や野に木苺がなって、黄に赤に熟しているのは、野趣に富む眺めである。

山路行くや木苺取つて食ひながら　村上鬼城
木苺や馬すれ〳〵に雲の飛ぶ　武田鶯塘
書庫までの小径木苺熟れてゐる　山口青邨
道のべに木苺熟れて人に逢はず　大谷秋葉子
木苺や街掌上にのせ得べし　横山白虹
さからひて淋し木苺甘けれど　水守水母
＊口中にして木苺の朝の冷　黒坂紫陽子
木苺を露ごと受けてすすりけり　豊田静枝
木苺をかざして渡舟待つ汀　井阪月子
木苺をたうべ足らひて朝散歩　和田暖泡

青葡萄《あをぶだう》

ぶどう棚の葉の間から垂れさがっているが、まだ小さくかたい感じである。〈本意〉熟したぶどうのあまさ、おいしさを予想させはするが、まだとても食べられない感じの小さくかたい実であるが、その名前に「青」が入って美しく変化するのか、語感を喜ぶ人が多い。

濁流に日のあたりたり青葡萄　山口　誓子
青葡萄気温いよいよ上るかな　阿部みどり女
葡萄青し遺影いつまでモーニング　宇山　雁茸
*待つといふことの寂けさ青葡萄　林　翔
青葡萄イエスの泪地に満てり　成瀬桜桃子
青ぶだうきりりと固き乳房欲し　菊池　芳女
青葡萄律を正せしピアノの上　鷹羽　狩行
青ぶだうもののみつるはひそかなる　奥津　沼牛
嵐めく風にあらはれ青ぶだう　吉岡　恵信
山ぐにの没日みじかし青ぶだう　太田　邦武
日を吸つて飴色兆す青葡萄　富田　直治
きり雨の雫のひかる青ぶだう　粳間　ふみ

早桃《さもも》　夏桃

桃の早生《わせ》種のことで、六月中旬には市販される。ふつう桃は秋のものだが、水蜜桃や白桃など、早桃といわれる。品種改良の成果である。〈本意〉桃の種類は同じなのだが、品種改良によって、早く出まわるようになったものである。語感の中に、早生種とともに、どこか青桃という感じがひそむ。

若桃に恋せじものと思ひける　高浜　虚子
大いなる一つは葉附早桃かな　前田　普羅
*早桃剝かれ昏るる海光沁み入りぬ　中島　斌雄
早桃もぐ手を夕月に高かかげ　尾亀清四郎

娶らざるわれらいづれも早桃くふ　林田紀音夫
青桃の落つる山畑風かたし　沖田佐久子

青林檎《あをりんご》　早生《わせ》林檎

林檎は秋だが、早生種のものは夏のうちに出荷される。皮が青く、すっぱいし、かたいが、それでいて捨てがたい新鮮さにみちている。〈本意〉秋の果実を夏に早くも味わう気持が嬉しいためか、味もまだ未熟だが、気持のうまさ、満足感がある。

*青林檎しんじつ青し刀《たう》を入る　山口　誓子
海がとどむ旅や手に沁む青林檎　秋元不死男
青林檎剝きつつ顔がつきつめ来　加藤　楸邨
青林檎ひとの夏痩きはまりぬ　石田　波郷
夜光るものゝ色なり青林檎　相生垣瓜人
夕虹にかりゝと嚙みし青林檎　滝　春一
青林檎汝が口紅のいろにじむ　三谷　昭
青りんごたゞ一個買ふ美しく　細見　綾子
青林檎昼寝のちさき掌をはなれ　谷野　予志
失恋や片頰赤き青林檎　中尾寿美子
紅を冠り下身真青や早生林檎　中矢　荻風
青りんご今日のひと日が聳えたり　金田　初子
林檎の実青きに昏るる信濃かな　筒井　龍太
夜の汽車に歯をあつるなり青林檎　加藤三七子

青胡桃《あをくるみ》　生胡桃

まだ熟さないくるみの青い実で、小さい。山野に自生するおにぐるみ、ひめぐるみなどの実である。〈本意〉胡桃は秋だが、熟す前の青皮のある胡桃で、葉のかげに二、三個かたまっているのを見つけるのは心おどる。

木曾馬に山坂ばかり青胡桃　大野　林火
青胡桃飛ばして栗鼠ぞ木がくるゝ　石塚　友二
*流水に夕焼こゞる青胡桃　相馬　遷子
旅二日霧の隙より青胡桃　橋本　義憲

青胡桃遠くの沼が夕焼けて　五味　酒蝶
朝の瀬の清浄はしる青胡桃　高柳　聖子
青胡桃音さき立てて山の雨　高田　秋仁
旅の握手さらりと固し青胡桃　中村　明子

楊梅《やまもも》　やまうめ　ももかは　楊梅《やうばい》　樹梅《じゆばい》　楊桃船　山桃

入梅のころ雌株にできる実。球形で一、二センチの大きさ、暗紅紫色、甘ずっぱい。保存できないが、塩づけ、砂糖づけにし、酒をつくる。〈本意〉梅に似た味で、形が水楊子《すいようし》（かわやなぎの実）に似ているので、楊梅という名があるわけである。暖地の自生種で、大木がある。西日本では八百屋に出たりするが、苺のようにやわらかい。

山桃の日蔭と知らで通りけり　前田　普羅
農繁期楊梅に子らよぢのぼる　阿波野青畝
＊一本《ひともと》の夏木大木やまもゝとか　星野　立子
楊桃のたわゝに熟れて山売らる　亀井　静
やまももを売る菅笠のあたらしく　県越　二郎
やまももの大樹がこひに窯跡は　加藤風信子

さくらんぼ　桜桃《あうたう》の実　桜桃

西洋みざくらの実を普通さくらんぼと呼んでいる。淡紅色、赤黄色で光沢があり、いかにもおいしそうで、食欲をそそる。花は貧弱で小さいが、実が初夏のよい果物となる。山形県が気候適し、代表的な産地だが、東北地方で栽培されている。〈本意〉西洋みざくらは明治初年に日本に入ってきた落葉高木で、さくらに似ているが、花より実のゆたかな木である。さくらんぼは、色つやもよく、形もしゃれていて、旬にはみんな一度は口にするものである。

茎右往左往菓子器のさくらんぼ　高浜　虚子
さくらんぼと平仮名書けてさくらんぼ　富安　風生
枝かへてまださくらんぼ食べてをる　高野　素十
舌に載せてさくらんぼうを愛しけり　日野　草城
さくらんぼ舌に置くとき風まろし　畑　耕一
*桜桃持てきしひとにその後逢はず　大野　林火
桜桃を洗ふ手白く病めりけり　石田　波郷
桜桃のこの美しきもの梅雨の夜に　森　澄雄
桜桃や言葉尖りて病むかなし　新田　久子
吊し持ち仰臥の口にさくらんぼ　坂元佐多子
さくらんぼ硝子細工に似て少女　山口　貞子
さくらんぼ六月生れ讃ふべし　轡田　進

李《すもも》　李子《すもも》　米《よね》桃　牡丹杏　巴旦杏

木は落葉小高木で、花が先に咲き葉があとから出る。花は白。実は球形。紫赤色、黄色の皮をしていて、果肉は赤か黄で、すっぱいが、十分に熟したものは、甘くてうまい。西洋すももはプラムという。かおりが高い。李の変種が米桃、牡丹杏、巴旦杏である。〈本意〉すももは酸桃で、すっぱいことからきているようだが、夏の季節感のつよい、やや野趣のある果物である。

*門川のほとばしり落ち李熟る　山口　青邨
雨つのる伊賀の李の昔かな　加藤　楸邨
熟れきつて裂け落つ李紫に　杉田　久女
虫食ひすもも赤犬人をなつかしむ　細見　綾子
病教授杖に身を凭《よ》せすもも買ふ　飯野　砂不
水車べり青き李の濡れとほす　下田　稔

巴旦杏《はたんきやう》

李の一種である。かぶと形で、緑黄の皮をもち、果肉は黄色で、味がとてもよいものである。
〈本意〉李の変種の中の最高級品である。甘ずっぱさを持つ、どことなく抒情、感傷といった情感のひろがる果実である。

*巴旦杏幼な古ごと皆似たり　水原秋桜子
巴旦杏相鬩ぐ瞳がかなしけれ　加藤　楸邨
巴旦杏掌中にして五十過ぐ　岸　風三楼
巴旦杏落ちゐる道へ山下る　木村　蕪城
巴旦杏の影なす妻の若さ過ぐ　森　澄雄
巴旦杏熟れしをささげ峡乙女　野口　雅秀
水照りに午後ふかみゆく巴旦杏　伊藤　通明
葉洩れ日の明るさや捥ぐ巴旦杏　斎藤　兼輔

山桜桃《ゆすらうめ》

山桜桃《ゆすら》の実　ゆすら

ゆすらうめ、あるいはゆすらと言い、ばら科の落葉低木。春に、白か淡紅色の花をひらき、六月頃、小さな球の実をつける。熟して紅くなった実はあまくてうまい。〈本意〉子どもが喜んでとって食べるが、そんな子どものときの思い出を持つ人も多い。葉の緑と、実の赤さ、とても対照的だし、また愛らしい。

田舎の子の小さき口やゆすらうめ　中村草田男
胡床居《あぐらゐ》の童女の茣蓙にゆすらうめ　秋元不死男
ゆすらの実麦わら籠にあまりけり　五十崎古郷
泣きやめばみめよき子なりゆすら梅　風間　八桂
*ひとり子のひとりあそびやゆすらうめ　笠原　静堂
寝し母の足裏小さしゆすらうめ　柳下　良尾
ゆすら梅少年にしてあるじなり　中田　余瓶
夕焼はゆすらのひとつ〳〵にも　出牛　清朗

杏子《あんず》

杏　からもも

あんずの実は桃に似ているが小さい。七月に黄熟して、やわらかくなり、甘味、酸味が丁度よくなったときに食べる。木は落葉高木で、葉や花は梅に似ている。花はピンク色で葉よりも先にひらく。信州に多くあるが、家や畑の近くに植えられている程度である。〈本意〉甘ずっぱい実は子どもたちをひきつけよろこばせる。梅や桃に似て、その中間の感じである。塩づけ、砂糖づけ、ジャムにし、種子を薬用にする。信州の名物で、長野市郊外には杏の村、安茂里もある。

方丈の沓かりてもぐ杏かな　吉岡禅寺洞
＊あんずあまさうなひとはねむさうな　室生　犀星
子に智恵の兆しや杏熟して落つ　細見　綾子
焼酎を水で割る夕杏の実　沢木　欣一
杏落つ喪のかさなりし妻の肩　細川　加賀
捥ぐに方言くれる杏は東京弁　加藤知世子
杏熟る夕鐘空にひびき合ひ　渡辺　菊子
この径がすきで杏の落ちる頃　杉浦　冷石

枇杷《びは》　枇杷の実

枇杷の木は十メートルもの高さの常緑高木で山野に自生したり、果樹として栽培されたりする。花の咲くのは冬、果実が熟すのは夏である。花は白く小さく香りがよい。果実は球の形で少し細長い。黄色で毛が生えていて中に黒い核がある。皮をむいて食べるが、甘くて水分が多い。〈本意〉五、六月の梅雨前の時期に豆電球のように熟す枇杷は明るく、夢があり、食べてもうまい。ただ核が大きくて、つるりところがるのがいたずらっぽい。

枇杷の雨やはらかしうぶ毛ぬらしふる　太田　鴻村
枇杷熟れて古き五月のあしたかな　加藤　楸邨
＊やはらかな紙につつまれ枇杷のあり　篠原　梵
枇杷の柔毛《にこげ》わが寝るときの平安に　森　澄雄
灯や明し独り浴後の枇杷剝けば　石塚　友二
船室の明るさに枇杷の種のこす　横山　白虹
紙の上に落ちて濃くなる枇杷の汁　田川飛旅子
びわすする夜空ちかぢかありにけり　星野麦丘人

袋破れ一顆は天へ枇杷実る　稲垣法城子
枇杷たわゝ朝寝たのしき女の旅　近藤　愛子
枇杷青し悪童の瞳の澄めりけり　中島　杏子
枇杷熟るる吾を生み母を生みし地に　安立　公彦
子宝といふ古き語よ枇杷熟るる　外丘　東子
菩提寺の枇杷一族のごとこぞる　中田　六郎

バナナ

バナナは多年草で六メートル以上の高さにまでなる。インド原産、熱帯地方で栽培されるので、日本では温室で育てるだけである。芭蕉に似た感じである。大きな葉が叢生し、葉の間から花叢が出る。花はうす黄、穂の形で、穂の先に雌花、根もとに雄花がある。果実は青いうちに切り取り、貯蔵して熟させる。〈本意〉今は年中見られるが、昔は台湾や南洋の象徴で、珍しい美味の果実だった。香りも味もよく、何となく楽しい果実。

*川を見るバナナの皮は手より落ち　高浜　虚子
海は照り青きバナナの店ならぶ　田村　木国
バナナの香フルーツパーラ昼暗く　松本たかし
一本のバナナ分け喰ふ山湖かな　尾崎　木星
青バナナ逆立ち太る硝子の家　西東　三鬼
やや青きバナナの房ゆちぎりあふ　篠原　梵
青さ残るバナナ手にせり戦火近し　村沢　夏風
バナナむく吾れ台湾に兵たりき　鈴木　栄一

パイナップル　鳳梨《あななす》　鳳梨《ほうり》

熱帯アメリカ原産の多年草。茎は短かく、周囲から剣状の葉を二十枚ほど出す。うす緑色で革のような葉である。茎の先に淡紫色の花を咲かせる。長さ十五センチの楕円形の果実となる。食べるところは花軸・子房などのあつまった部分で、本当の意味の果実は、外側の六角形にとび出しているところである。香りのよい果汁がおいしい。熱帯産であり、日本では生食はできないので、罐詰が利用される。〈本意〉美味な果実だが、やはりエキゾチックな印象のものである。果実店などに生のものも多く出ているが、罐詰から輪切りのものをとり出す時のわくわくした気持が忘れがたい。

＊パイナップル驟雨は香り去るものに　野沢　節子
パイナップル一つ捥ぐ間の通り雨　谷　亜紀
鳳梨を買ふ吾も亦船の客　荒木　宗平
玻璃皿の耀りに輪切りのパイナップル　住吉　一枝

夏木立《なつこだち》　夏木　夏木蔭　蔚林《うつりん》　茂林《もりん》　青木立

夏、木々が枝をのばし、葉をいっぱいにひろげて、ならび立ち、木かげをつくっているさまがうかんでくる。木立は高い木でなくてもよいのだが、何となく、高い木がまじる、ふところの広い木かげを連想させる。〈本意〉新樹のつくる、木の下闇のすがしさが目にうかぶ。よく茂った感じも忘れてはならない。「夏山の茂みは、日の目も拝まれず、降る雨も洩らず、分けなれし杣人も道の途方を失ひ、獣狩る勢子どもも声ばかりして姿は見えぬやうに言ひなしはべる」とされる（『山の井』）。芭蕉の「先づ頼む椎の木も有り夏木立」「木啄も庵は破らず夏木立」がよく知られる。住むによい場所である。太祇の「甘き香は何の花ぞも夏木立」、蕪村の「動くともなくて恐し夏木立」などは、茂りの感じを伝えてくる。

雨浸みて巌の如き大夏木　高浜　虚子
色淡き夏木描ける吾子いとし　中村　汀女
パイプの灰叩く他郷の一夏木　秋元不死男
傷もまたかく育ちつつ大夏木　上野　泰

*四五本の夏木が影をひとつにす　谷野 予志
信濃路は夏木にまじる蔵白く　角川 源義
夏木立ざわつく又も一荒れか　石塚 友二
夏木立詩のごとく風少女吹く　田中 鬼骨
夏木この家に照りこぞりては去り難く　飯田 龍太
磨かれし馬匂ふなり夏木立　福田甲子雄
混浴の刻ゆるやかに夏木立　山崎 秋穂
切支丹屋敷のうらの夏木立　鳥井 信行

新樹《しんじゅ》　新樹蔭　緑雨

初夏の木々のことをいう。若葉がまだ若緑の色で、ういういしく、またつよいかおりをはなっているところである。葉を中心に言えば新緑、木立を中心にすれば新樹になる。〈本意〉『夫木和歌抄』『連理秘抄』『増山の井』『番匠童はなひ大全』などからすでに夏の題としてあげられ、季吟の「夏山は目の薬なるしんじゅかな」もある古い季題だが、新鮮さをはなつ語感のためか、新しいものの印象がある。「四方の木ずゑ青みわたりて、木々の色もみなうすみどり、しげき山下もいとど闇《くら》くなり、月も漏り来ず、むらさめも音ばかりして、露も落ちぬ」という感じに詠めという（『滑稽雑談』）。鮑泉の詩に「新花満新樹」とある。

*大風に湧き立つてをる新樹かな　高浜 虚子
夜の雲に噴煙うつる新樹かな　水原秋桜子
雲行けば新樹を渡る光あり　池内友次郎
新樹どち裹《つつ》まんとし溢れんとす　中村草田男
新樹に鴉手術室より血が流れ　西東 三鬼
夕風の一刻づつの新樹濃し　中村 汀女
円く濃き新樹の影にバスを待つ　篠原 梵
朝の虹ひとり仰げる新樹かな　石田 波郷
阿蘇も火を噴くと新樹のきのふけふ　百合山羽公
白々と何の新樹か吹かれ立つ　高木 晴子
夜の新樹詩の行間をゆくごとし　鷹羽 狩行
指輪せし指の倖せ新樹光　塩崎 緑

若葉《わかば》

梅若葉　楠若葉　櫨《はじ》若葉　藤若葉　蔦若葉　葛若葉　榎若葉　山若葉　谷若葉
森若葉　水若葉　若葉時　若葉晴　若葉曇　若葉寒　若葉雨

夏、すべての木々は新しい葉におおわれる。木によって趣きはそれぞれだが、みな新鮮でういういしく、見てやさしい気持にさせられる。柿若葉などと種類を言い、山若葉などと場所を言い、色の濃淡はむら若葉、八重若葉などと言う。若葉のときの天候は、若葉晴などとあらわす。若葉は美しいというよりみずみずしい。**〈本意〉**芭蕉に「若葉して御目の雫拭はばや」「あらたふと青葉若葉の日の光」、蕪村に「不二ひとつうづみ残してわかばかな」「窓の燈の梢にのぼる若葉かな」「絶頂の城たのもしき若葉かな」などの名句がある。みな新鮮ないのちの光を盛りこんでいるようである。

若葉して手のひらほどの山の寺　夏目　漱石
まざまざと夢の逃げゆく若葉かな　寺田　寅彦
糸萩の風軟かに若葉かな　芥川龍之介
古本の本郷若葉しんしんと　山口　青邨
わらんべの洟もわかばを映しけり　室生　犀星
槻若葉雫しやまずいつまでも　加藤　楸邨
病弟子は師に訪はるるよ楢若葉　石田　波郷
樟多き熊本城の若葉かな　京極　杞陽
＊肩にのこる柩の重さ若葉の空　中島　斌雄
仏顔の皆うるほへる若葉かな　織田　庭月
柿若葉愛静かなる日を照るも　岩崎富美子
バスの尻豊かに曲る若葉の中　並木鏡太郎

青葉《あをば》

青葉山

若葉と大差はないが、初夏のういういしい若葉はますます茂って緑を濃くしてゆく。若葉よりやや成長した感じである。〈本意〉青葉若葉という言い方もあるが、若葉のすこし濃くなった感じの葉である。「はつきりと亡き人かなし青葉山」（北枝）は若葉山では生きない。活力ある、さかりに入った茂りである。

青葉邃《ふか》く道をかくすに誘はれぬ　大野　林火
青葉して高きより降る木兎の糞　栗生　純夫
鳥籠の中に鳥とぶ青葉かな　渡辺　白泉
青葉若葉しかすがに逝く月日かな　中川　宋淵
書庫暗し外は青葉の雨ながす　八幡城太郎
硝子戸の青葉にそまる夜あけかな　川上　梨屋
青葉しげりの陸奥の小駅に鳴る時計　大谷　利彦
*青葉満ちまなこばかりの稚魚誕生　加藤　一夫
いんいんと青葉地獄の中に臥す　福田甲子雄
青葉冷ゆガラスの中の製菓工　中　拓夫
青葉して窯元二つ柿右衛門　瀬戸白魚子
青葉雨石の齢のふかまりぬ　林　由美子

新緑《しんりよく》　緑《みどり》

初夏の頃のみずみずしい新鮮な木々の緑を言う。若緑の感じである。それをうまれたて、できたての感じで新緑という。緑と言うと、もう少し育った感じで、青葉のような印象である。〈本意〉新樹と対になるともいえる。新樹は木の感じ、新緑は色彩が焦点になる。若々しくさわやかな語感がある。

*動くもの皆緑なり風わたる　五百木瓢亭
新緑やたましひぬれて魚あさる　渡辺　水巴
新緑やうつくしかりしひとの老　日野　草城
恐ろしき緑の中に入りて染まらん　星野　立子
森深き新緑の中幹が立つ　中島　斌雄
新緑に紛れず杉の林立す　山口波津女
新緑の山径をゆく死の報せ　飯田　龍太
新緑の天にのこれりピアノの音　目迫　秩父

摩天楼より新緑がパセリほど　鷹羽　狩行
水筒の茶がのど通る深みどり　辻田　克巳
まぶたみどりに乳吸ふ力満ち眠る　沖田佐久子
みどり中櫛こころよくとほりけり　会美　翠苑

茂《しげり》　茂み　茂る　茂り葉　山茂《やましげり》　野山の茂り　川茂　庭茂

夏の頃の、樹木のさかんに茂っているさまをいう。草の場合にはとくに草茂るという。〈本意〉いろいろなところの樹木の繁茂だが、すっぽりおおいかくされて、中がうかがい知れぬような繁茂のしかたである。芭蕉の「雲を根に富士は杉形《なり》の茂りかな」、去来の「光り合ふ二つの山の茂りかな」、士朗の「たうたうと滝の落ちてむ茂りかな」などは、さかんな茂りによってえがかれる山のかたち、地のかたちをうたっている。

ゆさ〳〵と茂り動けば幹見ゆる　高浜　虚子
とある木の幹に日のさす茂りかな　久保田万太郎
寸土も見せぬ茂りの間を川の幅　中村草田男
夏焼けて雲くづれゆく茂かな　富田　木歩
*ややあれば茂り離るる風の筋　中村　汀女
灯ともせば雨音わたる茂りかな　角川　源義
親しき家もにくきも茂りゆたかなり　飯田　龍太
茂りに入る鳥は虔む姿して　八木林之助
奔流の貫いている茂りかな　赤尾冨美子
精神科茂りの中に静もれり　小久保水虎洞

万緑《ばんりょく》

見わたすかぎり緑一色ということで夏のさかんな活力、生命力をあらわすことばだが、王安石の「万緑叢中紅一点」がよく知られていて、その「万緑」を中村草田男がはじめて句に使い、「万緑の中や吾子の歯生え初むる」とうたった。これが草田男の句集名、結社誌名にもなって、季題として定着した。好きな人の多い季題である。〈本意〉一面のみどりを「万《ばん》」であらわし、その音も強くひびく。その力強さが、夏の緑の活気をよくあらわす。

*万緑の中や吾子《あこ》の歯生え初むる　中村草田男
万緑やわが掌に釘の痕もなし　山口　誓子
万緑を顧みるべし山毛欅峠　石田　波郷
万緑やおどろきやすき仔鹿ゐて　橋本多佳子
万緑や血の色奔る家兎の耳　河合　凱夫
万緑に蒼ざめてをる鏡かな　上野　泰
万緑や撲たれしごとき身の火照り　岡本　眸
万緑のおのれ亡き世のごときかな　岸田　稚魚
万緑や死は一弾を以て足る　上田五千石
万緑や一語づつ読むマタイ伝　田島　佑子

木下闇《こしたやみ》　下闇　木《こ》の下闇　木晩《このくれ》

木下闇を略して下闇ともいうが、夏にさかんに茂った木立の中に入ると、くらい感じがする。木晩《このくれ》、木の下蔭の暗さとともに、明るいところから木の下に入った心理的な暗さも関係している。木暮《こくれ》、木暗《こくら》しなどと古く使われている。〈本意〉夜分にあらず、木の葉しげりたる下のことなりなどと古書にあるが、物理的暗さより心理的暗さの勝った暗さである。芭蕉の「須磨寺や吹かぬ笛聞く木下闇」にもそうしたところが微妙につかまれている。

ほろ〳〵と蝶こぼれ来る木下闇　富安　風生
木の暗を音なくて出づ揚羽蝶　山口　誓子
*下闇に遊べる蝶の久しさよ　松本たかし
一途なる蝶に身かはす木下闇　佐野まもる
木の暗や魂呼び声の石よりす　文挟夫佐恵
木下闇丈草墓とありにけり　浜田　柑児
霧は家族の匂ひ峠の木下闇　広嶋　爽生
下闇を水の繞ぐれる匂ひかな　佐野　良太
下闇に並びて仰ぐ磨崖仏　奈良　鹿郎
下闇や揚羽の蝶の二つの眼　松尾　静子

緑蔭《りよくいん》　翠蔭

夏の茂った樹木の下は、涼しい木蔭になっていて、あたりの青葉に、蔭も緑色にそまっているような、こころよい場所になる。椅子を出してやすらぎ、また食卓をひろげたりすることもある。夏のたけなわという感じのときである。〈本意〉「緑陰や風に流るる蚊とんぼう」（左遷）。木下闇に心理的な暗さがあるのに対して緑蔭は西洋の絵画の感じで、明るくからっとして新鮮な印象である。

*老木の緑蔭のいとこまやかに　富安　風生
幹高く大緑蔭を支へたり　松本たかし
緑蔭の言葉や熱せずあたたかく　中村草田男
緑蔭のかの友にこの友にあふ　大橋桜坡子
緑蔭に三人の老婆わらへりき　西東　三鬼
緑蔭の赤子の欠伸母にうつりぬ　大野　林火
緑蔭に染まるばかりに歩くなり　星野　立子
緑蔭を看護婦がゆき死神がゆく　石田　波郷
緑蔭に眼帯の子をけふも見し　西島　麦南
緑蔭に憩ふは遠く行かんため　山口波津女
緑蔭に入りし頭髪火の如し　谷野　予志
緑蔭の言葉の円さ風来る　飯田　龍太
来し迅さにて緑蔭を過ぎゆく水　幸治　燕居
緑蔭や熟寝子も亦神のもの　野村　羊声
緑蔭で空にゆきたい子供たち　湊　楊一郎
緑蔭の走り根に葬終へし人　鵜飼　みね

椎若葉《しひわかば》

椎の若葉が伸びると、黒ずんだ緑の古葉がおちてゆく。椎の木の枝はこまかく岐れていて、細い葉がびっしりとつく。葉の上面はなめらかで緑、下面には鱗毛がはえ、白っぽい色になる。

〈本意〉若葉が鮮緑にふき出すと古い葉の黒っぽい色とは対照的にいかにも勢いのあるさかんな様子である。

椎わか葉月さしのぼりくるを待つ　松村　巨湫
善蔵を読みて窓辺の椎若葉　小寺　正三
椎若葉一重瞼を母系とし　石田　波郷
海鳴りのやめば匂ふよ椎若葉　平井　寛志
＊教室にわっと歓声椎若葉　谷野　予志
風搏ってわが血騒がす椎若葉　福永　耕二

樫若葉《かしわかば》　樫茂る

五、六月頃に新葉が出る。種類によって、葉の色や形はちがうが、一般に革質で、光沢があり、だんだん落ちついた色にかわる。かしは、関東ではしらかしを言い、関西ではあらかしを言う。かしの葉は上面が緑、下面が白である。〈本意〉かしという名はかたしからきているというが、これは木の材質のこと。若葉は、革が光るような感じで、大樹らしい勢いをもつ。

＊樫若葉金色仏の如くあり　沢出　蒼子
わが家にも遅き月照る樫若葉　赤井　昭子
樫茂る念力巌の如くなり　藤田　尚平
青苔に樫の落葉や裏表　菅井　青村

樟若葉《くすわかば》

くすのきは、くすとも言い、高さ二十メートルにも伸び、巨大なひろがりの樹容となる。四月ごろから枝先に新葉を出すが、萌黄や浅緑の若葉がふき出すような勢いで出てくる。五月頃の芽立ちの頃に、もっとも圧倒的な印象である。楠とも書くが、正しくは樟である。〈本意〉五月頃のふき出す若葉の匂い立つような印象が、樟の樹形の大きさと相乗的に、初夏の感じを最大限に放つのである。

樟山の団々炎ゆる若葉かな　石塚　友二
もく〳〵と楠の若葉も古りにけり　星野　立子
農閑の仕事は何ぞ楠若葉　中村　汀女
＊仔牛の角まだやはらかに樟若葉　有働　亨

若楓《わかかへで》　若葉の楓　嫩《わか》楓　青楓　青き紅葉　若葉の紅葉

若葉の楓のことで、楓は紅葉もうつくしいが、若葉の頃も見事なうつくしさである。〈本意〉『徒然草』に、「卯月ばかりの若楓、すべてよろづの花紅葉にもまさりて、めでたきものなり」とあるのは有名で、花や紅葉よりもうつくしいとしている。ういういしい、新鮮さが愛されるのだろう。太祇に「雨重き葉のかさなりや若かへで」、蕪村に「三井寺や日は午にせまる若楓」がある。

伯母逝いてかるき悼みや若楓　飯田　蛇笏
若楓交み雀を涼しけり　石塚　友二
若楓枝を平らにうち重ね　富安　風生
生れてすぐ歩く鹿の子や若楓　吉田　冬葉
若楓影さす硯あらひけり　水原秋桜子
＊子を産みに子が来てゐるや若楓　安住　敦
若楓うつる岩越すまでの水　川本　臥風
多摩と甲斐分つ吊橋若楓　玉置石松子

葉柳《はやなぎ》　柳茂る　夏柳

夏の柳で、葉が茂り、あおあおとしたたるように垂れている柳である。春の風情が最高というが、葉柳も無視するわけにはいかない。〈本意〉柳はときには花よりも風情がある。水辺に多く、風にしたがい、音もなく揺れなびき、夏には人に片蔭を与える。春をピークに四季それぞれによく、秋には柳散る、冬は枝柳というが、夏の葉柳は、よく茂ったあおあおとした柳である。

ラララと朝鮮唄や夏柳　高浜　虚子
葉柳や盥のきぬの浅みどり　泉　鏡花
月あらはにきはまる照りや夏柳　富田　木歩
豊漁のあとの垂れ網夏柳　中村草田男
吹かれ立つ埃の柱夏柳　池内友次郎
葉柳に舟おさへ乗る女達　阿部みどり女
*どの岸も子等が現はれ夏柳　中村　汀女
細曳のごとき雨降り夏柳　星野　立子
夏柳スクラムの腕にやはらかし　浅見紀美子
夏柳ポストへ託すうすき文　宮内甲一路

土用芽《どようめ》

植物の芽は普通春に芽ぶくが、他の季節にも芽は出る。そのうちとくに土用の頃に出る新芽のことを土用芽という。これは梅雨どきの気温が低くておくれた芽ばえが、炎天の気候で、急にはじまるのだといわれる。〈本意〉土用の炎天に、思いがけず若々しい芽ぶきを見るおどろきがポイントになる。生命の姿に触れたような印象のあるものである。

*土用芽の星のごとくにつらなれる　山口　青邨
土用芽やたしかに生きる樹を廻る　阿部みどり女
土用芽や原爆知らぬ子の背丈　下村ひろし
北晦くして土用芽のひるがへる　下村　槐太
土用芽のわけてもばらは真くれなゐ　篠田悌二郎
土用芽をしかと見てをり死が近し　風見　潤
土用芽の日ぐれは紅くよみがへる　草村　素子
土用芽の吹く盆栽を軒下に　川崎　栗堂

病葉　わくらば　嫩葉《わくらば》

夏、葉の茂っている中に、一枚、二枚、色が変わり、落ちてしまうものがある。これを病葉という。青白色になったり紅くなることもある。いろいろ原因があるが、茂りすぎて蒸れたり、病菌が葉のつけ根についたり、虫がついたりするためである。〈本意〉色が紅や黄に変わっている葉で、病葉とはあわれな語感だが、「わくらば」は邂逅《たまたま》という意味で歌にも使われている。偶然見つけたときの異常な感じが中心である。

病葉のいさゝか青み残りけり　野村　喜舟
病葉の降りその色に河流る　滝　春一
病葉の透きとほりたる落ちにけれ　後藤　夜半
わくら葉が落ち働ける蟻かくす　田中　灯京
一枚の桐の病葉扉に咬まれ　田村　木国
わくら葉や日の盛りなる幽さあり　斎藤　信一
＊地におちてひびきいちどのわくらばよ　秋元不死男
病葉になほ舞ふ意ありにけり　丸山しげる

常磐木落葉　ときはぎおちば　柊《ひひらぎ》落葉　木斛《もつこく》落葉　冬青《もち》落葉

まつ、すぎ、しい、かし、くす、かや、ひのき、ひいらぎ、もっこく、もち、つげなどの常磐木の落葉である。初夏に新葉が出てくると、古い葉がすこしずつ、目だたずに、落ちてゆく。〈本意〉松竹の落葉については、古来、夏か雑かで見解がわかれてきたが、常磐木の落葉は夏とはじめから定められてきた。常緑樹の古葉が落ちるもので、目だたず、さりげない。

大粒の雨に交りて樫落葉　西山　泊雲
もちの葉の落ちたる土にうらがへる　高野　素十

掃き集め常磐木落葉ばかりなる　高浜　年尾
をろがめる人に神杉落ちやまず　竹下しづの女
*はつきりと椎の落葉の音一つ　富安　風生
千年の松も落葉は小さくて　中村草田男
しづかなる音のただ降る椎落葉　長谷川素逝
跼むとは淋しき姿勢椎落葉　地主たつを
おとずれのなくて常磐木落葉かな　長谷川葉子
雲水に掃除地獄の椎落葉　冨山　青沂

松落葉《まつおちば》　松の落葉　散松葉　松葉散る

松は四、五月頃に新芽を立てて、それがやや伸びた頃から古葉をおとす。風の吹く松林で松の落葉におどろかされることがある。〈本意〉松落葉を雑とする意見が多いが、夏、あるいは五月のものとする見解がある。芭蕉の「清滝や波に散り込む青松葉」も夏の句、雑の句の二説がある。しかし一般に夏の季と考えることが多い。

かんぬきをさせば月夜や松落葉　渡辺　水巴
佐渡見せぬ日や砂山の松落葉　石塚　友二
*大寺の日は年に似て松葉散る　庄司　瓦全
掻きためて松落葉ばかり美しや　半谷　綾子
歩き疲れて歩く人見る松落葉　小野　周水
松落葉元寇の波の音きこゆ　高橋　沐石
松落葉踏んで旧道なつかしむ　小野寺麦秋
松落葉踏みつゝ行けばポストあり　下田　椎羊

杉落葉《すぎおちば》

杉の葉は仮葉で、真の葉がない。この仮葉は秋に紅葉、春に緑葉となり、緑葉になると古い葉が枝ごとおちる。この古葉は、焚きつけにしたり線香にしたりする。〈本意〉枝をおとすのが杉の古葉の特性だが、明るく栄養がよいほど枝がよくもつという。

杉落葉して境内の広さかな　高浜　虚子
杉落葉かかれる枝の木の間かな　高浜　年尾
＊旧道は杉の落葉の箱根かな　木下　一静
杉落葉ふみてひとりのみちとなる　遠藤　正年
次郎杉の風に落葉の太郎杉　池上　樵人
杉落葉かむりて無縁塔ばかり　曾祇もと子

椎落葉《しひおちば》

若葉が出はじめる五月ごろ、古い葉がおちる。常磐木はみなその型で、夏の落葉である。椎の葉は、表はすべすべして光沢があり緑、裏は褐色の毛がはえて白か灰褐色である。〈本意〉椎の葉は厚くて、落ちるとかたい音を立てる。散った葉は、表と裏がはっきりわかって印象的である。何げなく、しかもなんとなく感銘がある。

二三日掃かざる庭の椎落葉　高浜　虚子
裏径の椎落葉踏む静けさよ　大橋越央子
椎落葉しげき官庁街通ふ　松崎鉄之介
＊椎落葉夜はふかき翳横顔に　近藤　実
三十の髪の衰へ椎落葉　栗原　米作
極まれば決まる型あり椎落葉　三浦美知子

樫落葉《かしおちば》

常磐木落葉の一つで、若葉が出たとき、古葉が落ちる落葉である。樫の木は武蔵野の農家でよく防風林にするので、風のときには樫落葉がしきりに飛び散るのが見られる。〈本意〉常磐木落葉は落葉樹のような全体のものではなく、さりげなく、すこしずつだが、風のときなどは多く落ちる。樹木の新陳代謝の現象である。

*ひらひらと樫の落葉や藪表　西山　泊雲
花を栽ゑねば茶室の庭の樫落葉　青木　月斗
樫落葉はらり〳〵と深山めき　杉浦　真青
樫落葉厩舎乾きて馬臭なし　加藤　高秋

卯の花《うのはな》

空木《うつぎ》の花　花卯木　垣見草　潮見草　夏雪草　初見草　雪見草　道求草《みちもとめぐさ》
水晶花　更沙《さらさ》うつぎ　八重うつぎ　口紅うつぎ　丸葉うつぎ

ゆきのした科の落葉低木。日本全土の山野にあり、五月末に、白い五弁の花を枝先につける。種類が多いが、はこねうつぎなどは、すいかずら科に属して、別種のもの。いかにも初夏らしい花である。〈本意〉「卯の花は品劣りて何んとなけれど、咲くころのをかしう、時鳥の蔭にかくるらんと思ふにいとをかし」と『枕草子』にあり、初夏のムードメーカーの花である。「卯の花の絶え間たたかん闇の門　去来」、「卯の花をかざしに関の晴着かな　曾良」などの有名な句がある。「垣根、雪、月、ぬのさらす、郭公、白木綿《ゆふ》かくる、浪、玉川の里、神山、白川の関」（『連珠合璧集』）などが縁語になる。

うぐひすの声さみどりや花卯つ木　渡辺　水巴
顔入れて馬も涼しや花卯木　前田　普羅
青蜘蛛のおどろ卯の花垂れにけり　佐藤惣之助
腹波うつ馬に卯の花見えゐるか　加藤　楸邨
*卯の花や森を出でくる手にさげて　石田　波郷
卯木咲き硫黄こぼるゝ谷の道　秋元不死男
卯の花や母の忌なれど何もせず　龍岡　晋
暁けの雲一気に去りぬ花うつぎ　桂　信子
卯木咲く雨に出でゆくこごみ癖　角川　源義
月すでに光を得たり花うつぎ　伊藤みのる
卯の花に風のはげしくなるもよし　細見　綾子
紅卯つ木見し夜は夫にやさしくす　草村　素子
夫婦箸買ひたる卯の花月夜かな　中山　純子
卯の花や一握となる洗ひ髪　鷲谷七菜子

野茨《のいばら》　花茨　野薔薇　茨　うばら

高さ二メートルほどの落葉灌木で、山野に多い。茎は直立して、ややつる状であり、たくさん枝が垂れて、とげがある。初夏には白い五弁の花をひらき、よい香りがある。球の形の赤い実がなる。葉は複葉、互生する。〈本意〉薔薇に類して、野薔薇と評されてきた。香りよく、花はきれいだが、やはりその鋭いとげが気になる。一茶の「古郷やよるもさはるも茨の花」は、そうした、とげ（敵意）をうたっている。蕪村の「花いばら古郷の路に似たるかな」「愁ひつつ岡にのぼれば花いばら」は、花いばらのなつかしさ、郷愁をうたっている。

近道や茨白うしてうす暗き　尾崎　紅葉

花うばらふたゝび堰にめぐり合ふ　芝　不器男

雷雲を待つや野茨のしづけさは　大野　林火

濤見て来しこころの揺れを野茨散る　中島　斌雄

*花いばらどこの巷も夕茜　石橋　秀野

跳躍の仔牛何時捲む花茨　岩城のり子

見えてゐる野薔薇のあたりいつ行けむ　野沢　節子

花茨雨ひかり降りひかり消ゆ　渡辺　幼魚

桐の花《きりのはな》　花桐

ごまのはぐさ科の落葉高木。五月上旬、枝先に、紫色の大きな花を多数下向きに咲かせる。円錐花序をなしている。花は筒状で唇の形。萼が五つにわかれ毛がはえている。朝鮮鬱陵島原産とされてきたが、九州にも自生したことがわかった。〈本意〉大ぶりの枝に高く咲き、印象的な初夏の花だが、豊臣家の紋だったこともあり、なにかはかない印象がつよい。花が木の下にたくさん落ちているからかもしれない。

＊臼の上に鶏とまる桐の花　高浜　虚子
電車いままつしぐらなり桐の花　星野　立子
一日霽れ一日雨降る桐の花　石塚　友二
桐の花沼はしづかに午《ひる》となる　中島　斌雄
過ぎし日を桐の花さゝげゐてくれる　細見　綾子
桐の花湯上りの子は栗のように　古沢　太穂
桐の花咲きはじめんと日々曇る　久保ともを
花桐に真夜の狭霧の流れけり　石橋　秀野
花桐に大粒の雨常磐線　皆川　盤水
桐咲くや笑顔のままに女老ゆ　油布　五線
桐高く咲いて一望雨欲しや　只野　柯舟
桐咲くやあつと云う間の晩年なり　田川飛旅子
桐の花うす化粧して老いんかな　原　コウ子
姉の桐妹の桐花咲きぬ　喜多村慶女
死者生者ゆきあふ坂の桐の花　垣本　章子
誕生日午前十時の桐の花　平井　照敏

胡桃の花《くるみのはな》

木はくるみ科の落葉高木で、二十メートルもの高さになる。川沿いに山野に生えているものだが、五月ごろ新葉と一緒に花を咲かせる。雄花、雌花とも同株に生じ、緑色であまり目だたない。雄花は穂状で葉のつけ根にたれさがり、雌花はあつまって、枝先にまっすぐに出ている。雄花は花粉を出すと落ちる。**〈本意〉**花どきが、春と夏のさかいで、春に入れることも多い。あまり目立たぬ花で、青胡桃と実の方に目をそそいでいるものもある。高く咲く花なので、句が大景となりやすい。

流雲や胡桃花房まだ稚く　大野　林火
＊のぼり来て富士失ひぬ花胡桃　角川　源義
雲溜る城下甍と花胡桃　宮津　昭彦
花胡桃泛かべて瀞の夕明り　下田　雄次

栃の花《とちのはな》

橡《とち》の花　とちの木の花　マロニエの花

栃の木はとちのき科の落葉高木で、三十メートルの高さにもなる大木。五月ごろ花が咲く。やや紅をおびた白の花で、花びらは四枚、花が多数あつまり、円錐花序になって咲く。蜜がたくさん出るので蜜蜂があつまる。山に自生するが、並木や庭木にもなる。〈本意〉東大の三四郎池や小石川植物園などに見られるが、大木に大型の花があつまり咲くので、美しく壮大である。マロニエはヨーロッパ産の別種で、混同してはならない。

橡の花貴船といへばこぼれけり　後藤　夜半
山鴉巣立てる橡の咲きにけり　中川　岩魚
*栃咲くやまぬかれ難き女の身　石田　波郷
橡咲けり人等疲れて笑ひやすく　八木　絵馬
栃咲くや夜学生へのパン売場　田中　灯京
橡の花雪の大嶺をわが頭上　木下　青嶂
栃の花またもこぼれ来去りがたく　横井　迦南
栃の花日ぐれは逸る水の音　菅井　静子

白樺の花《しらかばのはな》

かばのき科の落葉高木。高山の日がよくあたる場所に自生する。三十メートルの高さにもなる。樹皮が白く、紙のようにむけ、その下の内皮は淡褐色である。花は五月頃で、葉が出る前に黄褐色の穂状の花を咲かせる。〈本意〉高原などの目をひく花である。花自体はそれほど美しくはないが、花あとの芽ぶきが美しい。五月頃のよい気候をひきたてるようなすがすがしさを持つ。

樺の咲く山なみ低くどこまでも　飯田　蛇笏
白樺の花をあはれと見しがわする　水原秋桜子

*花樺の花粉がすみといひつべし　伊藤　凍魚
送らるゝ山羊に白樺の花散るも　相馬　遷子
耳聡き犬に白樺の花散るも　堀口　星眠
男唄ひて湖上を帰る樺の花　野沢　節子
ゆれやまぬ樺の花房空すがし　伊藤　晴輝
花樺空に愁ひの昏れのこり　藤田西子雲

槐の花《ゑんじゅのはな》　ゑにす　くぜまめ

まめ科の落葉高木。中国原産。初夏に、蝶のような花を梢に咲かせる。黄色を帯びた白の花である。花はめだたないが、散りこぼれているところがよい。〈本意〉庭や街路に植えられていて、散りこぼれているところにおもむきがある。木は二十メートルにもなるので、散ったところに目があつまる。

一夜々々星高くある槐かな　長谷川零余子
*葉がくれの星に風湧く槐かな　杉田　久女
槐花下わが懸命の了りたり　加藤　楸邨
霧に日が槐の花の捧げ咲き　同
せり出して田の面に翳り花槐　鈴木　良戈
弾みつつ槐の花の降つてをり　高木　丁二
花槐アイヌが妻の土産店　石塚　友二
花をこぼす槐の下に歩をかへす　田中　菊坡

朴の花《ほほのはな》　厚朴《ほほ》の花　朴　ほほのき　ほほがしはのき　朴散華

朴は植物学的にはほおのきと言い、もくれん科の落葉喬木。二十メートルもの高さになる。五月頃に枝先に上を向いて咲くので、花は下からは見えにくいが、黄色味のある白い大きな花で、かおりがある。花びらは九枚あり、たくさん雌しべ雄しべがある。朴の葉はかおりがよいので、餅や寿司、飯を包み、かおりをたのしむ。〈本意〉下から花は見にくいが、かおりのよい大きな花なので、上から見おろす位置で眺めると、清らかで豪華である。

朴の花暫くありて風渡る　高野　素十

乾坤のここに朴咲き鷹舞へり　田村　木国

朴咲く空寂《じゃく》といふ字を書きて見る　山口　青邨

＊朴散華即ちしれぬ行方かな　川端　茅舎

朴の花地に落ち傷むこと悼む　中島　斌雄

火を投げし如くに雲や朴の花　野見山朱鳥

山峡の聖のごとく朴咲けり　平沢　桂二

朴咲いて雲匂ふ日のつづきけり　平谷　華潮

朴咲けり雲のあかるさ遠くへ置き　鷲谷七菜子

残雪光天より享けて朴ひらく　岡田　貞峰

月も雨をこぼすことあり朴の花　高橋　潤

いかづちの二夜とどろき朴ひらく　谷口　秋郷

棕櫚の花《しゅろのはな》　すろ　椶魚《そうぎょ》　椶筍《そうじゅん》　唐椶櫚《たうしゅろ》　花棕櫚　櫚《ろ》の花

やし科の常緑喬木。初夏の頃に、葉の間から黄白色粒状の細かい花を無数に出して垂れる。花を支えているのは黄色い大きな苞で、雄花には六本の雄しべ、雌花には一つの雌しべがある。幹の頂きの葉は長い柄があり傘状である。〈本意〉花が独特で、魚の卵のあつまりのようである。それが長じて花穂になる。南九州の原産だが、南方産に近い印象のある花である。蕪村に「梢より放つ後光やしゆろの花」がある。

棕梠の花こぼれて掃くも五六日　高浜　虚子

＊棕櫚咲けば棕櫚咲く頃と思ふかな　後藤　夜半

花棕櫚に油のごとき雨そゝぐ　出牛　青朗

棕櫚咲くや暗きところに暗き顔　石川　桂郎

長じても尚訥弁や棕梠の花　松崎鉄之介

花棕梠に海の入日の濃かりけり　丸山　哲郎

花棕梠に大和の国の鐘をきく　鈴木　鵬于

棕梠の花真昼の雲が海に湧く　山田　佐人

空深し花棕梠の黄は誰も見ず　上関ふみ子

棕梠咲ける高さに過去のわが教室　渡部ゆき子

忍冬の花《すひかづらのはな》　吸葛《すひかづら》　忍冬《にんどう》　竜爪花《りゅうさうくわ》　金銀花　忍冬茶《にんどうちゃ》

すいかずら科のつる植物。忍冬というのは漢名で、冬を忍んで緑だからといい、日本でもにんどうと普通に呼ぶ。初夏、葉のつけ根に二つずつ香りのよい花をひらく。花は筒形で上部が五つに裂けた形の花である。白いが、黄色になってしぼむので、一つのつるに黄と白の二色の花があるように見え、金銀花ともいう。淡紅色、淡紫色に咲く花もある。花の底に蜜があって甘い。〈本意〉花が二つずつ咲き、白い色だが、新旧の花が並び、旧の花が黄色くなるので、金銀花と言うのが特徴的である。「蚊の声す忍冬の花の散るたびに　蕪村」が有名。

忍冬咲く故蜂にさされたる　高野素十

＊雨ぐせのはやにんどうに旅二日　石川桂郎

忍冬神の噴井を司る　阿波野青畝

すひかづら尾根のかなたの椎の群　志摩芳次郎

忍冬《にんどう》の花折りもちてほの暗し　後藤夜半

忍冬《にんどう》のこの色欲しや唇に　三橋鷹女

アカシヤの花《あかしやのはな》　針槐《はりゑんじゅ》　にせあかしや

普通アカシヤと言われているものは、はりえんじゅ、にせアカシヤのことで、ほんとうのアカシヤは南半球や熱帯にある植物である。にせアカシヤは、まめ科の落葉喬木であり、原産地はアメリカ。初夏に蝶の形の白い花を咲かせる。房の形に枝から垂れさがる。香りがよい。枝に針があるのが特徴である。〈本意〉北海道などで大木になって、並木として見られているが、その白花はどことなくロマンチックな雰囲気をもつ。

＊風塵のアカシヤ飛ぶよ房のまま　阿波野青畝
アカシヤの晩晴花を梢まで　山口　誓子
アカシアの散る夜の冷えに膝を揉む　篠田悌二郎
アカシヤの花は鋪道に落ちて跳ね　京極　杞陽
花咲きて偽アカシアの名の悲し　渋沢　渋亭
聖降臨の日のアカシヤの花が散る　竹内千穂女
海霧迅し花あかしやの街かくす　岡本　昼虹
アカシヤの花散り急ぎ海荒るる　中原　槐

大山蓮花《おほやまれんげ》　天女花《おほやまれんげ》　深山《みやま》蓮花

もくれん科の落葉灌木。四国や九州の山中に自生する。五、六月頃、枝先に香りのよい白い花を咲かせる。下向き、横向きに咲き、萼は紅色、紅い芯が美しい。〈本意〉みやまれんげと呼ぶのは深山に咲いて蓮花《れんげ》に似ているからで、蓮と関係はない。香りもよく、気品ある花である。

＊夏館大山蓮華活けてあり　片岡　奈王
大空に天女花ひかりたれ　原　石鼎
大山蓮華渓のくらさを鳴る水音　土屋　紫信
方丈や大山蓮華活け香る　坂田　天耳
隠し田のほとりの深山蓮華かな　沢村　昭代
滝しぶき大山れんげ匂ひけり　岩本　梓石

錦木の花《にしきぎのはな》

にしきぎ科落葉灌木。山に自生し、また庭木にする。秋の紅葉や実が美しい。高さ二メートルほど。五月頃、葉のわきに淡黄緑色の小さい花がかたまって咲く。〈本意〉錦木はやはり紅葉が焦点だが、これは目だたぬ花の可憐さに目をとめているわけである。

錦木の花や籬にもたれ見る　高浜　虚子
苔の香や錦木の花散り溜る　織田烏不関
錦木の花がほつほつ地に小犬　新田加津子
＊錦木のいつしかに散る花ならん　川瀬カヨ子
錦木の花のこぼるる土乾く　石井　桐陰
よろこびに錦木花をもちそめし　勝又　一透

楝の花《あふちのはな》

花樗《あふち》　樗の花　栴檀《せんだん》の花　雲見草

　おうちというのは、いま言うせんだんのことで、楝が正しく、樗はあて字である。落葉高木で六メートルほどになり、五、六月ごろに淡紫色の小さな花を穂状にひらく。暖かい地方に自生しているが、庭木にもよく用いられる。〈本意〉昔から花の色が尊重され、五月の花として宮中で用いられた。「せんだんはふた葉よりかんばし」などと言われるように、香りもよい植物である。「どむみりと樗や雨の花曇り　芭蕉」「むら雨や見かけて遠き花樗　白雄」などの句が知られている。

花樗屋根とおなじに暗くなる　中村草田男
樗咲く教会堂は畳敷　京極杞陽
花あふち梢のさやぎしづまらぬ　橋本多佳子
花樗旅人われも佇ち憩ふ　大竹孤悠
*海鳴や樗は花の散り易く　山本岬人
花樗師の朝の瞳を見あげゆく　鬼頭文子
樗さく石鎚山をいまに見ず　石田あき子
栴檀の咲き溢るれば亡き子見ゆ　飯田龍太
楝の花仰げば若き日のごとし　細見綾子
樗咲く大和路遠き雲のいろ　柴田白葉女
墓群れてこゑ立つ如し花樗　勝又一透
樗咲き子が借りにくるわが机　福永耕二
樗咲けり子を得て流離かなしまず　米谷静二
風吹いて毬のごとしや花樗　川田十雨

黐の花《もちのはな》

細葉冬青《もち》　もちの木　江戸黐　黒鉄《くろがね》黐　冬青《もち》の花

　もちのき科の常緑喬木。山野に自生し植木にもする。五月ごろ黄緑色の小さな花を咲かせるが雌雄異株。雄花は四本の雄しべが、雌花は一つの子房が大きい。木の皮からとりもちをつくるので名前がついた。〈本意〉もちの花は匂いがつよく、木を見て花の咲いたのを知る。梅雨どき前の特色のある花で、椎の花に似ている。

もちの花さくともなくてちりにけり　村上　鬼城
もちの花よべの小雪のほどこぼれ　山口　青邨
とり出でて花散る黐に蚊帳を干す　西島　麦南
医師の来て垣覗く子や黐の花　富田　木歩
もち咲いてつねにたそがれ木歩の碑　野沢　節子
＊黐の花こぼるる風の重さだけ　能村登四郎
夕べまでいつもひとりや黐の花　星野すま子
夕月は水色なせり黐の花　草間　時彦
同じ道とりてもどらぬ黐の花　畑井　政蔵
懸命に装ふがよし黐の花　本田秋風嶺
もち咲けば縁台売が町にくる　岩崎　健一
もちの垣かへり見られぬ花こぼす　服部　京女

椎の花　しひのはな　椎木　しひがし　ひしひ　柯樹《かじゅ》

すだじいとつぶらじいがあり、すだじいの実は円錐形、つぶらじいの実は球形と、ややちがう種類だが、ともにぶな科の常緑喬木、二十メートルから二十五メートルの高さに達し、幹のまわりが三メートルにおよぶものもある。暖地の木で、六月ごろ開花。強烈な匂いをはなつ。雌雄同株で、雄花は淡黄色の穂をなして雄しべが長く、雌花は穂も短かい。虫媒花だが、雄しべが花粉をまくと、穂ごと雄花がおちる。〈本意〉つよい匂いで、酔うような異様な雰囲気になる。美しい花ではないが、活力のある空気をうみ出す。

椎咲くや恋芽ぐみゐる英語塾　野村　喜舟
杜に入る一歩に椎の花匂ふ　山口　誓子
椎の花古葉まじりに散り敷きし　松本たかし
椎の花こぼれて水の暗さかな　増田手古奈
椎匂ふ夜を充ち充ちて書きゐたり　大野　林火
＊椎咲きてわが年輪のほのぐらき　松村　蒼石

下品下生の仏親しや椎の花　滝　春一
椎の花おのづとこぼれ鶏あそぶ　和地　清
椎にほふ未定稿抱き眠る夜も　能村登四郎
花椎の下照る径や子を賜へ　星野麦丘人
言葉のあと花椎の香の満ちてくる　橋本多佳子
遠目にはもゆる色なり椎の花　松藤　夏山
椎咲いて猫のごとくに尼老いぬ　河野　静雲
教師みなどこか疲るる椎の花　上野　波翠

榊の花《さかきのはな》　花榊　榊　坂樹《さかき》　賢木《さかき》　楊桐《さかき》　真榊　竜眼木《りゅうがんぼく》

つばき科の常緑の小喬木。枝を神事に使うのが太古からのならわしである。六月頃、葉のつく所に白い花が下向きに咲く。花びらは五枚で香りがあり、のちに黄色にかわる。〈本意〉常緑樹なので、栄樹《さかえぎ》の意でさかきの名がついたという。榊の字も日本で作られた。「自然の正気を受け、冬・夏常に青し」と『宝基本紀』にあるが、神事にかかわる常緑の木である。花はそれほど目だたず、榊は花咲かずとか、花のある木、ない木があるとかと言われたりした。

＊裏庭のさかきの花も卑しからず　阿部みどり女
国譲りの巌真榊の花白し　山根　村笛
榊咲き霧ふる湖となりにけり　宮岡　計次
真榊の花散り深山路の如く　川田　傘帆
朝市や涼しき雨の榊売　ながさく清江
手向けたる榊の花も蕾ぞや　三条　一女

木斛の花《もくこくのはな》　あかみのき　ほつぽう　もつぽう　厚皮《こうひ》香《かう》

つばき科の常緑喬木である。庭の木の中心として植えるべきものとされている。初夏に下向きに白い花を咲かせる。五弁で雌しべ一つ、雄しべ多数。実が熟すると真赤な種子が出る。〈本意〉常緑の葉が庭木に欠かせぬ大切なもので、花はそれほど目だたないが、いっせいにひめやかに咲いているのは、あるさびしげな情感がある。

旱り雲もつこくの花散り急ぐ　石井几輿子
木斛の花の辺の石乾きゆく　小池　文子
*木斛のひそかな花に寄りて立つ　尾形　初江
木斛の花よ葉裏を押しあぐる　大木ときを
木斛の花うすあをき別れかな　山田みづえ
木斛の花ほろほろとくもりけり　光木　正之
木斛の花降りつづく雨のあと　竹田　啞子
木斛の花に群がる羽音かな　堀　恭子

えごの花　えごのはな　山苣《やまちさ》の花

えごのきは、えごのき科に属する落葉喬木。古名をやまじさと言う。六月初め、枝の先に総状花穂に白い五弁の合弁花をたくさんつける。花梗が長く美しい。えごと言うのは果皮がえごいからで、のどを刺戟するが、これはエゴサポニンを含むためで、果皮を洗濯に使ったり、しぼり汁を渓流に流して魚をとらえたりする。花もサポニンを含む。木を傘のろくろにするので、ろくろぎともいう。**〈本意〉**『万葉集』に「気《いき》の緒に念へる吾を山萵苣《ちさ》の花にか君が移ひぬらむ」とあるが、美しい白花だがうつろいやすいものというふうにとられてきた。

*えごの花遠くへ流れ来てをりぬ　山口　青邨
朝森はえご匂ふかも療養所　石田　波郷
えご散つてしまへり木さへかき消えて　篠田悌二郎
えご散るやうつうつと妻妊りぬ　杉山　岳陽
えご散りて渚のごとく寄らしむる　皆吉　爽雨
手のかなしさえごの花うけしづもりぬ　岸田　稚魚
奈良坂にわが身漂ふえごの花　山上樹実雄
子に跼む妻を見てをりえご散れり　千代田葛彦
誰も波郷のこと言ふえごの花散れり　山田みづえ
えごの花死者にも月日ありにけり　青木山栗子

合歓の花《ねむのはな》

かふか花　ねぶ　ねぶたの木　ねぶりのき　ねむのき　ねむりぎ　かふかのき　合昏《がふこん》　夜合樹《やがふじゅ》　花合歓

まめ科の落葉高木で、本州、四国、九州にある。ねむのきというのは、夜、羽状複葉の葉がぴたりとあわさるからで、ねむるように見える。葉のつけ根の細胞に水分がすくなくなるためである。七月ごろ牡丹刷毛のような、先がほんのり紅い花をひらく。刷毛のようなところが雄しべで、花弁や萼はその下にちょっとだけある。夕方開花し、日中しぼむ。花のあとには莢ができて、扁平な種ができる。樹皮は駆虫、鎮痛の作用があるという。漢名から、こうか、ごうかん、ごうかなどの異称が生まれた。〈本意〉芭蕉に「象潟や雨に西施がねぶの花」の句があるが、夜咲き、昼つぼむ花は悲運の女性をよく象徴する。葉が逆に夜とじ、昼ひらくのもおもしろい。ねむというのはこの葉の習性からつけられたものである。花は刷毛のような形が珍しく、色がほのかに紅く美しい。

うつくしき蛇が纏ひぬ合歓の花　松瀬　青々
花合歓や凪とは横に走る瑠璃　中村草田男
九時過ぎてなほ明るしや合歓の花　加藤　楸邨
*黒髪を束ねしのみよ合歓挿さな　佐々木有風
合歓の月こぼれて胸の冷えにけり　石田　波郷
合歓咲いて三鬼きさうな関所跡　秋元不死男
合歓咲いてゐしとのみ他は想起せず　安住　敦
合歓の花底なき淵の底あかり　中川　宋淵
合歓の花沖には紺の潮流る　沢木　欣一
合歓の径下り来る両手つばさにし　田中午次郎
どの谷も合歓の明りや雨の中　角川　源義
馬の眼のどこかが赤し合歓の花　横山　白虹
臥すわれに微熱の如く花合歓は　石川　桂郎
風わたる合歓よあやふしその色も　加藤知世子

沙羅の花《しゃらのはな》　夏椿　さるなめ　さんごな　桫欏《しゃら》　あからぎ　夏椿の花

つばき科の落葉高木。インドの沙羅双樹と、木の赤褐色の膚や、古い皮がはげたところの光沢が似ているので同じ名がついたが、ちがう種類なので、植物学では夏椿と呼ぶ。七月頃、葉のつけ根に白い単弁五枚の花を上向きにひらく。雄しべがかたまっていて椿に似ているが、縁の歯や全体のしわ、裏の毛などは椿とちがう。ひめしゃらは夏椿と別種で、花は小さい。〈本意〉仏教と関わり深い沙羅双樹とちがうわけだが、混同したのは、インドのこの木に対する日本人のあつい思いがまつわるのであろう。椿のような形をした夏椿が正体である。

沙羅は散るゆくりなかりし月の出を　阿波野青畝
*沙羅の花もうおしまひや屋根に散り　山口　青邨
沙羅の花捨身の落花惜しみなし　石田　波郷
沙羅双樹迅き雲触れ花散らす　中島　斌雄
秘仏の扉閉ざして暗し沙羅の花　八幡城太郎
沙羅の花耀くは風あるらしき　高木　雨路
沙羅白く空の青さにたへず落ちぬ　島本紫幸子
沙羅の花見んと一途に来たりけり　柴田白葉女
沙羅咲いて花のまわりの夕かげり　林　　翔
沙羅の花夫を忘るるひと日あり　石田あき子

玫瑰《はまなす》

ばら科落葉低木で、北海道から茨城、島根までの海岸に自生。高さ一、二メートル、とげが多い。六月頃から五弁の紅い花を咲かせる。かおりがよい。初秋に赤い実が熟し甘い。浜梨がなまって、はまなすとなった。〈本意〉『滑稽雑談』に「大和本草に云、筑紫にてはな立花といふ、薔薇の類なり。△私云、……秋に至りて実を結ぶ。初生茄子のごとし。また食するに堪へたり。よつて浜茄子といふにや」とあるが、後半部分はちがう。北方の海岸にある植物で、薔薇の種類である。近代になって俳句にうたわれるようになった。

玫瑰の丘を後にし旅つゞく　高浜　虚子
玫瑰に幾度行を共にせし　高野　素十
玫瑰や仔馬は親を離れ跳び　高浜　年尾
*玫瑰や今も沖には未来あり　中村草田男
玫瑰を嚙めば酸かりし何を恋ふ　加藤　楸邨
玫瑰や波のうへより濤襲ひ　岸　風三楼
玫瑰に紅あり潮騒沖に鳴る　橋本多佳子
はまなすや親潮と知る海のいろ　及川　貞
玫瑰に海は沖のみ見るものか　井沢　正江
はまなすや湖に影ゆく親仔馬　沢田しげ子

桑の実《くはのみ》　桑苺

桑の雌花は晩春に開花し、夏に実を結ぶ。はじめ緑色の実だが、紅色から紫黒色になって完全に熟する。甘くて酸っぱ味があり、汁が多く、食べると口が紫色に染まる。子どもの頃の郷愁味のあるものである。〈本意〉養蚕のために育てる桑にひとりでに生る実だが、甘ずっぱいので、子どもの頃に食べた記憶のなつかしい実である。形状が苺に似ているので、桑苺ともいう。野趣のある実である。

*桑の実のしみ新しき桑籠かな　富安　風生
桑の実に長きも長き峠かな　阿波野青畝
黒く又赤し桑の実なつかしき　高野　素十
桑の実ややうやくゆるき峠道　五十崎古郷
葬り路の桑の実黒く踏まれけり　西島　麦南
桑の実たべて村掃いて子等登校す　加藤知世子
桑の実や擦り傷絶えぬ膝小僧　上田五千石
桑の実に雲旺んなる母郷かな　町田しげき

夏茱萸《なつぐみ》　たはらぐみ　唐《たう》茱萸

ぐみ科の落葉灌木で、山野に生えており、庭に植えることもある。二メートルから四メートルほどの高さの木で、初夏の頃、葉のつけ根から淡黄色の花を垂れ、花のあと楕円の実をつけ、赤く熟すると食べる。渋いが、甘くて食べられる。ぐみの類は苗代ぐみ、蔓ぐみ、箱根ぐみ、豆ぐみ、唐ぐみなどがあるが、食べられるのは、苗代ぐみと唐ぐみである。いずれも渋みがすくなくて甘い。〈本意〉野趣のある夏の田園の景物で、渋味こそあれ、口に入れてみたくなる野の味である。

苗代茱萸うれぬ因幡へ流れ雲　大谷碧雲居
島の子と岩グミ噛めば雲親し　中島　斌雄
田植ぐみ子が一人ゐて揺りゐたり　若色　如月
夏ぐみや童話作家はいつも若し　河府　雪於
洞窟に八幡様や苗代茱萸　関　梅香
苗代茱萸たちまちに葬終りたり　上野さち子
夏ぐみの大粒の枝に母歓喜　竹林　清
＊夏ぐみや息やはらかに牛老いし　黒杉多佳史
夏茱萸を含みて空を眩しみぬ　井沢佐江子
夏茱萸を含めば渋き旅愁かな　村岡　黎史

夏桑《なつぐは》

夏蚕を飼うころに、桑畑の桑は、葉がよく茂って、たくましくなり、強い夏の日の光をぎらぎらと照りかえし、いきれがつよい。〈本意〉蚕飼村の一つの象徴となる風景である。緑濃く、よく茂り、日光を照りかえしている桑である。

夏桑に破れすたれし飼屋かな　松本たかし
＊夏桑のしんしんたるは摘みがたし　栗生　純夫

夏桑に雨来る音の別れぎは　木村　蕪城
夏桑や甲斐の山々裾急に　市川東子房
夏桑に河曲り村曲りをり　山崎　寥村
夏桑の一枚の葉もよごれなし　河口　游子

青桐《あをぎり》　梧桐《あをぎり》　梧《あをぎり》　梧桐《ごどう》　桐麻《どうま》　あやぎり　あをによろり　いつさき

あおぎり科の落葉喬木で中国原産。桐とは別種だが、樹皮が緑色なのであおぎりという。高さは十五メートルほどになり、夏に、黄色の小さな花を多数枝先につける。円錐花序をなす。〈本意〉葉が桐に似、幹が緑なので青桐というが別種。あおにょろりと呼ばれるように、直立している。その印象が中心で、花はそれほど目立たない。

青桐の三本の影かたまりぬ　野村　喜舟
梧桐や睡覚めたる窓の前　巌谷　小波
青桐や藁屋根にして呉服店　石島雉子郎
梧桐のはや夕焼を隠し得ず　三橋　鷹女
＊青桐や母家は常にひつそりと　中村　汀女
青桐のかくせる没日滴らす　森　澄雄
青桐とおなじ重さの暑にひたる　金山杉志郎
青桐や廂の浅き蔵の窓　菅原　ちよ

竹落葉《たけおちば》　笹散る

夏に新葉が出てくると、古い葉がおちる。常磐木落葉と同じである。〈本意〉竹も古い葉と新しい葉が入れかわる。古い葉が自然におちるが、なかなかに趣がふかい。静かでここちよいひびきがある。

藪中の空溝深し竹落葉　松本たかし
竹落葉古墳の姿ややおどけ　池内友次郎
＊竹落葉時のひとひらづつ散れり　細見　綾子
竹散つて風通ふ道いくすぢも　石田あき子

思ひ出すやうに散るなり竹落葉　久永雁水荘
夏に病みて竹枯れやまぬ音に臥す　斎藤空華
竹散るやひとさし天を舞うてより　辺見京子
野良猫子連れ何時も踏みくる竹落葉　篠原清子
竹林の落葉深夜か病句集　飯田龍太
金色に竹落葉飛ぶ行方あり　舞原余史

竹の皮脱ぐ《たけのかはぬぐ》　竹の皮散る　籜《たけのかは》

筍は成長するにつれて、下の節から皮をおとして、しだいに若竹になってゆく。はちくや、まだけの皮は、草履や笠にしたり物を包んだりして利用する。もうそうちくの皮は粗毛がはえ黒斑があり、まだけも黒斑をもつ。はちくは、うすあかい皮である。筍が成長して皮をおとしたものが竹で、皮をつけたままのものが笹である。〈本意〉竹の皮は葉鞘であり、内側はなめらかでつやがあり、清潔感のあるものである。筍から若竹へ成長するときの自然の経過で、むしろ頼もしくもある姿である。

竹の皮日蔭日向と落ちにけり　高浜虚子
竹皮を脱ぐや愚かな妻でよし　黛執
ひと来りひと去り竹の皮落つる　長谷川素逝
親竹に寄り添うて竹皮を脱ぐ　田中光峰
*皮を脱ぎ竹壮齢となりにけり　宮下翠舟
筍の皮谷底へ落ち行けり　田中三水
音たてて竹が皮脱ぐ月夜かな　小林康治
竹皮を脱ぐ太陽に会釈して　青木よしを

若竹《わかたけ》　今年竹　竹の若葉　竹の若緑

筍が伸びて竹になったものを今年竹、若竹という。初夏には若竹もあざやかな青緑でさわやかである。みるみる大きくなる。〈本意〉竹林の中で、若竹はいかにもういういしくてすぐわかる。

はじめはどこか粉を噴いたような感じだが、すぐ新鮮な青緑になる。そのすがすがしいあざやかさが焦点である。蕪村の「わかたけや橋本の遊女ありやなし」「若竹や夕日の嵯峨となりにけり」が名高い。

故園荒る松を貫く今年竹　高浜　虚子
若竹や淡々として昼の月　松根東洋城
＊若竹や鞭の如くに五六本　川端　茅舎
濡縁へかたむいて来し今年竹　五十崎古郷
惚れること惚れられること今年竹　秋元不死男
竹の奥なほ青竹の朝焼けて　加藤　楸邨
今年竹檜傾く嵐かな　石田　波郷
禅堂のぐるりの闇の今年竹　中川　宋淵
若竹やかくれ家めきて桂郎居　及川　貞
豊頬の月若竹の穂に乗りつ　野沢　節子
若竹の白き洋館さらさらす　高橋　孤影
若竹や海へ飛び散る朝雀　村沢　夏風
若竹も傾きわれもかたむけり　八木林之助
若竹や敷居拭かれて真一文字　今村　俊三

篠の子《すずのこ》　篶《すず》の子　笹の子　馬《うま》篠《すず》　児《ちご》篠《すず》　焼葉《やけば》篠《すず》　五枚篠《すず》　芽笹

すずたけの筍のこと。すずたけは山の林の下にしげり細長い緑紫色の筍を生ずる。すずたけは、すず、みすずとも言い、高さは一メートルから三メートルぐらいである。この季題の場合、小指ほどの細長い筍を指すものとすれば、厳密にすずたけだけに限らず、ねまがりたけなどの筍をも含むものであろう。〈本意〉孟宗竹などの筍に比べると、はるかに細い筍であるが、山の名がついたりして、地方性と野趣の濃い筍である。細いけれども、そうした意味での風味を持つものである。

味噌汁の月山筍のかをりかな　加藤　楸邨
篠の子や小暗き顔のふり返り　岸田　稚魚

篠の子の出てゐて厩馬居らず　福本　鯨洋
篠の子に温泉《でゆ》の白煙あがりけり　加藤しげる
篠の子に雲ひし〳〵とあつまり来　宇田　零雨
＊風化仏芽笹の丈にうづくまる　宮下　翠舟
細く強く篠の子篠になりにけり　林田　柴古
篠の子の煮られて甘し山の雲　和地　清

燕子花《かきつばた》　杜若《かきつばた》　かいつばた　かほ花　かほよ花

あやめ科の多年草で、自生もするが栽培されている。茎の高さは六十センチほど。剣状の葉は六十〜九十センチの長さで中央に突起脈がない。六月ごろ紫色の花をひらく。園芸品には白や紅の花もある。あやめと似ているが、かきつばたの花は、外花蓋三片が楕円形で下垂、内花蓋三片は狭く末端が尖っているが、あやめはほっそりして、花蓋の茎に網目がある。三河国八橋の杜若が『伊勢物語』以来有名である。**〈本意〉**『伊勢物語』の「から衣きつつなれにしつましあればはるばるきぬる旅をしぞ思ふ」は、かきつばたを句の頭に据え旅の心をよんだ歌である。三河の国八橋で詠まれたとされ、八橋の杜若を有名にした。うつくしき花として「かほ花」、あるいは「かほよ花」とも呼ばれた。芭蕉に「杜若語るも旅のひとつかな」「杜若我に発句の思ひあり」とあり、句作をかきたてる花とされている。蕪村の「かきつばたべたりと鳶のたれてける」、一茶の「赤犬の欠伸の先やかきつばた」は、ひねった句となる。

＊よりそひて静なるかなかきつばた　高浜　虚子
杜若けふふる雨に莟見ゆ　山口　青邨
燕子花咲くや桂の宮寂びて　水原秋桜子
業平はいかなる人ぞ杜若　京極　杞陽
地図になき沼に霧湧く杜若　児玉　小秋
妻の脛妖しき日ありかきつばた　佐藤いさむ
天上も淋しからむに燕子花　鈴木六林男
ベレー帽おしやれ被りに杜若　遠藤　梧逸

渓蓀《あやめ》　はなあやめ　紅眼蘭

あやめ科の多年草。はなしょうぶやかきつばたは水中、水辺に生ずるが、あやめは乾燥地に生育する。初夏の頃に花茎を立て、頂きに二、三輪の大きな花をつける。紫色、白色の花がある。〈本意〉あやめというのは、がくのもとのところが黄色で、そこに紫の網目や虎斑の模様があるからである。乾いたところで咲くことが特色で、はなあやめと呼ぶ。芭蕉の句に「あやめ草足に結ばん草鞋の緒」がある。

*なつかしきあやめの水の行方かな　高浜　虚子
草に咲くあやめかなしく旅遠し　富安　風生
旅人に雨の黄あやめ毛越寺　高野　素十
野あやめの離れては濃く群れて淡し　水原秋桜子
ひとくきの白あやめなりいさぎよき　日野　草城
山の雲渓蓀の水に下りてくる　長谷川素逝
甘たれや三寸あやめ蕾立ち　篠田悌二郎
陶工のいのち涼しきあやめかな　鈴木　桜子
花あやめ葉さきは雨のおくところ　室生とみ子
えぞあやめ馬柵は崩れて湖に添ふ　小沢満佐子
衣をぬぎし関のあなたにあやめ咲く　桂　信子
吹き降りのあかるみそめしあやめかな　高橋　潤

花菖蒲《はなしやうぶ》　玉蟬花《ぎよくぜんくわ》　菖蒲園　菖蒲池　野花菖蒲

原種はノハナショウブで、赤紫色の花を咲かせる。山野のかわいたところに自生する。これを栽培して改良したものが花菖蒲である。あやめ科でアイリス属だが、もっとも花が優雅で大きい。品種も多く、色彩も多様である。かきつばたやあやめと似ているが、花菖蒲の葉には縦に筋が一本通っているので区別できる。六月ごろ花茎を出し、美しい花をひらく。外側に三弁、内側に三弁の花びらがあり、外側は大きくて垂れ、内側は小さくて立っている。堀切花菖蒲系、熊本花菖蒲系（肥後花菖蒲）、伊勢花菖蒲系の三つの系統がある。〈本意〉梅見、花見とならび、見物が季節の行事になるもので、それだけ、古くから栽培改良がおこなわれている。徳川時代以前から観賞され、徳川時代からはますます多くの品種が生まれた。大きくて優雅な花が目をひく。

花菖蒲たゞしく水にうつりけり　久保田万太郎
胸うすき日本の女菖蒲見に　細見綾子
*花菖蒲ゆれかはし風去りにけり　高野素十
白菖蒲過去なくて人生きられず　稲垣きくの
雨どどと白し菖蒲の花びらに　山口青邨
花菖蒲水のおもてにこころ置く　加納染人
黄菖蒲の黄の映る水平らかに　池内たけし
白菖蒲空よりも地の明るき日　中村路子
花菖蒲紫紺まひるは音もなし　中島斌雄
花菖蒲開かんとして飛ぶかたち　相場青子

白菖《しやうぶ》　菖蒲　水菖蒲　あやめ　あやめぐさ　菖蒲髪

さといも科の多年草で、あやめ、あやめぐさとも言うが、あやめ科のあやめとは別のもの。池や沼などの水辺に育ち、根茎から葉を出す。葉は長剣の形で、平行脈が通り、中肋がある。初夏の頃に淡黄の小花を穂の形にひらくが、美しい花ではない。端午の節句に軒にさす。菖蒲酒をつくり、菖蒲湯をたてる。〈本意〉五月の節句をかざる植物である。「昌盛なるもの、ゆゑに菖蒲といふ」（『滑稽雑談』）とされている。

*夜蛙の声となりゆく菖蒲かな　水原秋桜子
業平の男ぶりなる菖蒲かな　赤松柳史
菖蒲剪つて盗みめくなり夕日射　石田波郷
暮れてより白き菖蒲の盛りかな　草間時彦
裏口に菖蒲紫ガス屋です　柴崎左田男
白菖蒲おもひしづむにまかせをり　坂間晴子

グラジオラス　唐菖蒲　和蘭菖蒲

グラジオラスという名はラテン語で、剣の縮小形。葉の形が剣の形をしているためである。とうしょうぶ、オランダしょうぶという名が残っている。地中海沿岸、アフリカの喜望峰などに多く分布する。日本には徳川時代にオランダ船がもたらした。いま栽培されているのは明治以後の輸入種で、多くの品種が作り出されている。早咲きと夏咲きにわかれる。春球根をうえ、夏に葉間から花茎を出し下から上に咲き上る。六弁漏斗形の花で美しい。色はいろいろあり、切り花にされる。〈**本意**〉花が見てたのしくおもしろく、そして美しい。この草の名が、グラデュース(剣)からきているのは葉の形からつけられたものである。すこし単調で、俗っぽい花だが、明るい花である。

＊グラヂオラス妻は愛憎鮮烈に　日野　草城
グラジオラス一方咲きの哀れさよ　村山　古郷
グラジオラス一辺倒に咲きゐたり　三宅　静舟
真日恋へばグラジオラスは濃かりけり　加藤　多吉
グラジオラス日日咲きつぎて天青し　川井　蓼村
グラヂオラス揺れておの〳〵席につく　下田　実花
喀血死グラヂオラスに樹のしづく　山田　文男
刃のごとくグラジオラスの反りにけり　佐久間慧子

鳶尾草《いちはつ》　こやすぐさ　一八《いちはつ》　水蘭　紫羅傘《いちはつ》

あやめ科の多年草で中国原産。草の丈は三、四十センチ。葉は剣のようで、春に新しく生える。関東、東北の農家で大風よけということで藁屋根に栽培する。初夏に葉の間から花茎をのばし花をひらく。かきつばたに似て、白または紫色で、外花蓋片に鶏のとさかのような形の白い突起がある。〈本意〉「形、燕子花に似て、紫色の花の底微かに白し」という『和漢三才図会』の解説のような花の姿がやはり眼目である。似た花が多いが、いちはつは力強く素朴な印象である。

いちはつの花すぎにける屋根並ぶ　水原秋桜子
*いちはつのぬれてゐるなり紙のごと　吉岡禅寺洞
いちはつの生死の花を一茎に　菊池　草思
いちはつや等身うつす古鏡　小沢　萩雨
一八のたがひちがひの蕾かな　浜田　未知
いちはつの白真つ先に明けにけり　森尾　仁子
一八やちよんと結びし母の帯　細川　加賀
いちはつや押せば鈴鳴る木戸ありて　橋本　青稲
のけぞつて一八咲けり海の音　荒島　禾生
一八の花びら濡れてひろかりし　木下　米子

芍薬《しやくやく》　夷草《えびすぐさ》　貌佳草《かほよぐさ》　花の宰相

うまのあしがた科の多年草で、牡丹と同属。中国では、花の王の牡丹に次ぐ名花として、花の宰相と呼んだ。根茎から茎を数本出し、五月ごろ二花から五花をつける。大きな花で花弁は十枚ほどある。雄しべは黄色で、花の色は紅、白、紫など。〈本意〉『和漢三才図会』に、「按ずるに、芍薬、花の容《かたち》婥約《しやくやく》たり（婥約とは美好の皃）ゆゑに、和俗にもまた皃好草《かほよぐさ》（加保与久佐）と名づく」とあるが、牡丹に次ぐ名花との見方が中心になっている。一茶は「芍薬のつんと咲きけり禅宗寺」と詠んだ。

芍薬やつくゑの上の紅楼夢　永井　荷風
*芍薬の一ト夜のつぼみほぐれけり　久保田万太郎
芍薬の蕾をゆする雨と風　前田　普羅
芍薬を嗅げば女体となりゐたり　山口　誓子
蕾日に焦げんとしては芍薬咲く　中村草田男
芍薬や枕の下の銭減りゆく　石田　波郷

芍薬の全きままに夜へ移り　加畑　吉男
芍薬に魅入られし身の冷えにけり　東　早苗
芍薬の珠持ち上ぐる確かさよ　堀　古蝶
芍薬のほぐるる白き疼きかな　星島　千歳

ダリヤ　ダーリヤ　天竺牡丹

春植え球根類の一種でメキシコの原産。庭に植え、切り花にするが、花の形、花の色は多様である。たとえば、八重のもの、花弁のよれるもの、花弁が管状になるものなどで、初夏から秋まで長い間咲く。茎は一メートル半の高さで葉は羽状に互生、枝先に花をつける。〈本意〉花が壮麗で、栽培が容易なので、よく見なれた植物である。天竺牡丹などともいうが、美しさのわりに身近かな庭の花になっている。

*鮮烈なるダリアを挿せり手術以後　石田　波郷
とある犬ダリヤの明るさより去れず　細谷　源二
ダリア大輪ルヰ王朝に美女ありき　福田　蓼汀
ダリア剪る生涯の妻の脚太し　清水　基吉
曇る日は曇る隈もつダリヤかな　林原　耒井
妻不撓不屈のダリヤ咲きふゆる　古舘　曹人
花ダリア雀さわぐは日の出前　芳賀　杜牛
ダリヤの炎据ゑ去る人や太宰の墓　保坂　春苺

向日葵《ひまはり》　日車　日輪草　天蓋花　日向《ひうが》葵

きく科の一年草。北アメリカ原産。高さは二メートル以上。葉は柄のある大きな葉で、茎の上部から枝を出してつける。七月頃から、枝先に一つずつ頭状花をつける。中央が管状花、周囲が舌状花のあつまったもの。種は食用にしたり油をしぼったりする。大陸の気候が合う植物だが、日本でも観賞用や飼料として栽培される。〈本意〉夏の見慣れた花である。大きな花にゴッホを思い、人の頭を連想したりする。たくましい夏らしい花。

*向日葵に天よりも地の夕焼くる　山口　誓子
向日葵咲けわれまなむすめひとり持つ　大野　林火
ひまはりの愕然として一揺れす　菅　裸馬
鸚鵡叫喚日まはりの花ゆるるほど　三好　達治
向日葵をふり離したる夕日かな　池内友次郎
向日葵の蕋を見るとき海消えし　花　不器男
キリストに挿せし向日葵のみ新た　山口　青邨
向日葵のひらきしままに雨期にあり　中村　汀女
黒みつつ充実しつつ向日葵立つ　西東　三鬼
向日葵の光輪亡父はもう死なず　野沢　節子
向日葵の大声で立つ枯れて尚ほ　秋元不死男
われ蜂となり向日葵の中にゐる　野見山朱鳥

葵《あふひ》　葵の花　花葵　銭葵　蜀葵《からあふひ》　立葵　錦葵《こあふひ》　つる葵　白葵

あおいとだけ言うと、昔は冬葵のことを指した。中国から江戸時代に渡来して今は房州や明石の海岸に生えている。高さは一メートルほどで、葉の根元から枝を出し、淡紅色の五弁花を咲かせる。このほかはみな何々葵として呼び、種類が多い。いちばん普通に見られる立葵も中国から渡来したもので、葉は心臓形、茎には毛が生え、花は葉腋に一つか二つ咲く。順々に上に咲きのぼり、一メートルも連なって咲くので美しい。白、赤、紫などの色々の色がある。花が頂きまでゆくと梅雨が上るという。銭葵はこれより小さいので銭の名がついた。**〈本意〉**梅雨どきに目につくが、夏から秋までも咲く。大体咲き上りが梅雨の終りを知らせるように、梅雨につながりがふかい。美しい花だが、本来中国の花なので、どこか他界を思わせるところのある、悲愁を含んだ花ともいえる。徳川家の紋章は、かもあおい（ふたばあおい）を図案化したもの。

鶏の塒にのぼりし葵かな　正岡　子規
*蝶低し葵の花の低ければ　富安　風生

立葵咲き終りたる高さかな　高野　素十
三方に蝶のわかれし立葵　中村　汀女
花あふひ子を負へる子はみな男　星野　立子
童らに空の花なる立葵　石塚　友二
花の上に蕾積むなる葵かな　皆吉　爽雨
爛るると燃ゆと近江の立葵　松村　幸一
咲きのぼる葵に上のなかりけり　杉山　岳陽
蜀葵見ゆる距離にて地獄見ゆ　森　澄雄

紅蜀葵《こうしよくき》　もみぢあふひ

あおい科の多年草で北米原産。葉はかえでに似て、三つ、あるいは五つに深く裂け、掌状である。七、八月ごろ鮮紅色の大型、五弁の花を横向きにひらく。〈本意〉北米南部の沼沢地が原産地で、鮮紅色の花の色といい、長い雄しべといい、どこか異国的な美花である。虚子の「引き寄せてはじき返しぬ紅蜀葵」という印象がたしかにある。

紅蜀葵日に向く花の揺れて居り　土方　花酔
花びらの日裏日表紅蜀葵　高浜　年尾
*紅蜀葵肱まだとがりて女達　中村草田男
沖の帆にいつも日の照り紅蜀葵　中村　汀女
紅蜀葵砂浴び鶏の寄りどころ　田島　秩父
紅蜀葵子の見上ぐるに撓ひ咲く　西森　請子

黄蜀葵《わうしよくき》　とろろあふひ

中国の原産。和紙を漉《す》くのに使うのりを根からとる植物。根はまた薬用にも用いる。庭に植えて観賞もするが、高さは一メートル半ほど、初夏に淡黄色、中心が紫色の五弁の花を横向きに咲かせる。葉は大きく、てのひらのようで、五つや九つに裂けている。〈本意〉紅蜀葵に葉も茎も似ているが、花よりも根からとれる製紙用ののりが眼目である。とろろあおいというのも、そこからきた名前である。花が一日でしぼむのが特徴になっている。

＊草にねて山羊紙喰めり黄蜀葵　飯田　蛇笏
黄蜀葵昃れば一の門閉づる　酒井　默禅
黄蜀葵の花雪崩れ咲き亡びし村　加藤　楸邨
母の家の水が甘しや黄蜀葵　皆川　盤水
黄蜀葵少年つまだち鳩放つ　関　利光
縁日の灯に映えてゐる黄蜀葵　水谷夢円人

布袋草《ほていさう》　布袋葵　和蘭水葵

みずあおい科の水草で多年草。熱帯アメリカが原産地である。葉柄の下がふくれて布袋腹のようなので、そこから名前がついた。水に浮きやすくなっている。葉は丸型。中に空気が入っていて浮く。夏に花茎が出て、淡紫色の六弁の花が咲く。〈本意〉小川や池沼に繁茂し、金魚鉢や池に浮かせる植物で、夏向きのものだが、花も夏で、美しい。英語でウォーター・ヒヤシンスと言うが、そんな感覚がある。

＊布袋草美ししばし舟とめよ　富安　風生
布袋草一つはなれて花持たず　山中　石人
ほてい草月の面を流れ過ぐ　福田　蓼汀
布袋草ひつくりかへり堰越ゆる　草野　駝王
布袋草ほこりの道にすてゝあり　星野　立子
汐入の水門しまり布袋草　田川　夏帆

罌粟の花《けしのはな》　芥子の花　花罌粟　白罌　ポピー　鴉片花　薊罌粟

地中海東部が原産で、中国を経て渡来。けし科の多年草。茎は一メートルで直立。葉は元で茎を抱いていて、切れ込みがある。花は五月頃に茎の頂きにひらき、白、赤、紫などの色で、美しく大きい。一重、ときに八重である。果実は球の形をしていて、罌粟坊主という。白色種の未熟果に傷をつけて汁を採り、かわかして阿片をとる。〈本意〉花は大きく鮮麗で、よく目につくが、阿片をとる植物であることが頭のすみにのこる植物である。芭蕉の「白芥子に羽根もぐ蝶の形見かな」、越人の「散るときの心やすさよ罌粟の花」、一茶の「僧となる子の美しや芥子の花」などの句が思い出される。

我心或時軽し芥子の花　高浜虚子
ネクタイを結ぶときふと罌粟あかし　富安風生
午後からは頭が悪く芥子の花　星野立子
*芥子咲けばまぬがれがたく病みにけり　松本たかし
花罌粟や放埒しては先に逝く　中村草田男
罌粟ひらく髪の先まで寂しきとき　橋本多佳子
芥子赤し受洗すませし午後驟雨　大野林火
芥子赤し旅も終りはさびしけれ　五十嵐播水
尾をつなぐ蝶の重さに罌粟くづる　篠田悌二郎
花芥子や何に濡れたる少女の瞳　西島麦南
芥子の花舞ひただよふに去りがたし　石原八束
白罌粟の紙のごとくに咲けるかな　山本岬人
めんどりの首立ててゐる罌粟の昼　鷲谷七菜子
罌粟咲くや髪滑らかに喪に入れば　赤松蕙子

雛罌粟《ひなげし》　虞美人草　美人草　麗春花

庭に植えて観賞するけしの花のことで、実には阿片が含まれていない。五十センチほどの高さで、葉は羽状、互生。けしよりも全体に優美なので、美人草ともいう。五月ごろ花をひらく。四弁の花びらがあり、赤や紫の色で美しい。〈本意〉項羽の寵姫虞美人の墓にはえたという故事にちなんで虞美人草という名があるが、「花四弁、紅白、千葉、単葉、数種、みな愛するに堪へたり」と『篗纑輪』に書かれている。けしより小さく、愛らしい美しさなのである。

雛芥子は美しけれど妹恋し　長谷川零余子
陽に倦みて雛罌粟いよよくれなゐに　木下　夕爾
ひなげしの曲りて立ちて白き陽に　山口　青邨
愛さるる痩せてはなやぐ虞美人草　殿村菟絲子
＊ひなげしの花びらたゝむ真似ばかり　阿波野青畝
ひなげしの蜂来れば揺れ去ればゆれ　式部　野蓼
ひなげしの花びらを吹きかむりたる　高野　素十
雛芥子の野に塹壕を掘り進む　芥田　重規

罌粟坊主《けしばうず》　罌粟の実

けしの花が散ったあと熟す球形の実である。青ののち黄色になり、熟すと、上にひらく小さな孔から種を出す。これがけし粒できわめて小さい。〈本意〉茎の上に一つずつ付くので、愛らしいと共にさびしくもあり、それがけし坊主という愛称風の名前にもなる。

白罌粟の花より高し罌粟坊主　前田　普羅
首ふつて花と踊るや芥子坊主　石原　八束
＊芥子坊主こつん／＼と遊ぶなり　田村　木国
芥子坊主無垢の涙は大粒に　花田　春兆
芥子坊主一つ出来たる淋しさや　松本たかし
芥子は実に小便小僧立ち通し　大和田としを
長城を背に罌粟の実をとるならむ　加藤　楸邨
夫の留守言葉すくなし芥子坊主　野本　小雪

夏菊《なつぎく》

夏に咲く種類の菊で、三十センチほどの高さ。葉は濃い緑で、黄や白の花を咲かせる。〈本意〉秋の菊より花が小型だが、葉が色濃く、素直な感じで印象がよい。瑞馬の「夏菊のさらりと咲いて夜明けたり」、一茶の「夏菊の小《こ》しやんとしたる月よかな」にも、そんな感じがあろう。

＊夏菊の黄はかたくなに美しき　富安　風生
夏菊や嶺あきらかに雨のひま　島村　元
夏菊のさびしき駅が来ては去る　中島　斌雄
夏菊や病み臥す若き貌ばかり　加畑　吉男

夏菊の黄のしまりしは夕なる　細見　綾子
夏菊やうかうかと齢重ねたり　時国　鶴枝
夏菊の蜘蛛のさみどり掌に移す　村尾　優子
夏菊や渦潮までの海平ら　鈴木　桜子

蝦夷菊《えぞぎく》　翠菊《えぞぎく》　アスター　さつまぎく

中国原産の一年草で、アスターと呼ばれる。北海道では夏に花をひらくが、暖かいところでは栽培しにくい。茎は十センチほどのものから一メートル以上のものまである。葉と茎は粗毛でおおわれている。葉はよめなに似ていて切れ込みがある。花は一重の菊のようで、舌状花が一、二列、中心花は黄色である。白、紫、赤などの色がある。〈本意〉北国に適《あ》う菊科の花で、素朴な花である。切り花にするが、欧米人が好むもの。群れていて美しい。

蝦夷菊に日向ながらの雨涼し　内藤　鳴雪
供華となすべき蝦夷菊の花盛り　福田甲子雄
独りゆきて吾子蝦夷菊を買ふほどに　星野　立子
出荷後の残り翠菊瓶に挿し　原　作一
*翠菊や妻の願はきくばかり　石田　波郷
蝦夷菊が紙に透きつつ花舗灯る　朝倉　奈美

除虫菊《ぢょちゅうぎく》

ピレトリンという無害の駆虫成分を含むので、花をかわかし、粉にして、蚊取線香や農薬に使う。高さ三十センチほどの植物で、白花種と赤花種があるが、白花種の方が薬効が高い。菊に似た一重の花をひらく。北海道や瀬戸内海の島で栽培されている。〈本意〉乾燥した土地に植えられ、白い花があたりを埋めつくしている光景は鮮やかである。最近は合成薬に押されてすくなくなった。

除虫菊島山ちかみ艀来る　石川　桂郎
灘かけて風かがやけり除虫菊　桑原　志朗
＊まつ白の島又島は除虫菊　和田ふく子
無人島なり除虫菊埋めつくす　辰巳　秋冬
除虫菊刈るも運ぶもみなをみな　喜多村南草子
真つ白に雨がふるなり除虫菊　楠部九二緒
蝦夷富士の裾一面の除虫菊　寺手　影
島人のうらみの雨や除虫菊　横関　俊雄

矢車草《やぐるまさう》　矢車菊

きく科の一年草で高さ一メートルほど。全体に白い毛がはえ、葉には切り込みがたくさんある。初夏に枝の先に菊のような花を咲かせる。花の形が矢車に似て、切り込みが深いので、矢車草（矢車菊）という。色は空色、白、赤などで、八重もある。〈本意〉もとドイツ帝国の国花であった。色どりも多様で、美しい。本来はヨーロッパ東部、南部が原産地の花である。

清貧の閑居矢車草ひらく　日野　草城
矢車草たまさか机上に塵なき日　峯岸　杜丘
＊矢車草病者その妻に触るるなし　石田　波郷
矢車草空へ伸びざま吾子逝けり　柴崎左田男
空の色映し矢車草ひらく　小神野藤花
驟雨来て矢車草のみなかしぐ　皆川　盤水

石竹《せきちく》　唐《から》撫子　石の竹

中国原産のなでしこ科の多年草で、三十センチほどの高さ。葉は細く白っぽい。花はなでしこに似て、五弁。切れこみが多く、紅、白、藤色などの色である。〈本意〉花がやさしく女性的で、好まれている。「わが屋前《やど》の瞿麦《なでしこ》の花盛りなり手折りて一目見せむ児もがも」（大伴家持）のように古くから愛らしい花として好まれている。

石竹の小さき鉢を裏窓に　富安風生
蕾ながら石竹の葉は針の如し　正岡子規
*石竹やおん母小さくなりにけり　石田波郷
石竹はかしぎ雨だれ鼓うつ　戸坂翠陰
石竹にいつも見なれし蝶一つ　森　婆羅
石竹を君の娶りの花と挿さむ　星野麦丘人

孔雀草《くじゃくさう》　蛇の目草　波斯菊《はるしゃぎく》

高さは十五センチほどのものもあり、一メートルほどのものもある。茎が上部で分岐、葉は羽状の複葉。六、七月ごろ一重の菊に似た花を円錐状にひらく。蛇の目傘をひらいたような色どりの花で、周囲の舌状花は黄、根もとが茶、中央が紫がかる茶の色である。北アメリカの原産である。〈本意〉色どりがきれいなので、エキゾチックな美しさがあり、孔雀草、蛇の目草などの名は、それぞれの表現の形であるといえる。

蕋の朱が花弁にしみて孔雀草　高浜虚子
孔雀草なげかけてあるたすきかな　本田あふひ
借家見やどこの庭にも孔雀草　星野立子
*まちまちにゆれつつ雨の孔雀草　野口盾人
敷砂利の裏まだ濡るる孔雀草　神谷紫光
サーカス見たき母の希ひや孔雀草　山田みづえ
孔雀草紋のかぎりを吾に向くる　大森紅蔦
孔雀草吹かれて蛇の目うちみだす　木田素子

カーネーション　和蘭石竹　和蘭撫子

高さ一メートル。茎に節があり、細長い葉が対生している。五、六月頃、分れた枝の先に一つずつ花をつける。白や赤や黄の色の花で、八重が多い。温室で栽培されたものは一年中咲く。切り花にしてながめる。〈本意〉美しい花だが、スマートで、現代的であり、母の日に赤をおくる風習がアメリカからはじまりひろまっているのも、この花にふさわしい。白いカーネーションは母がいないしるしである。

ケビンいまカーネーションがびびびびと　阿波野青畝
灯を寄せしカーネーションのピンクかな　中村汀女
花売女カーネーションを抱き歌ふ　山口青邨
*金髪の児の胸白きカーネーション　星野麦丘人
老神父カーネーションを持ち散歩　星野立子
みなしごの保母もカーネーション受けぬ　原洋子

睡蓮《すいれん》　未草《ひつじぐさ》

午後二時頃（未《ひつじ》の刻）に花がひらくので、ひつじぐさと言い、夕がた花をとじるので睡蓮と言う。熱帯地方の原産。池や沼に自生するが、泥の中の地下茎から葉をたくさん水面に浮かべる。夏、花茎の先に花をつける。蓮の花に似て、白、赤、黄などの色があるが、清楚な印象の花である。〈本意〉花も葉も蓮より小さいが、清らかな花で、花言葉は心の純潔である。

睡蓮の隙間の水は雨の文《あや》　富安風生
*睡蓮の花に神慮のあるごとし　高橋直子
睡蓮や鯉の分けゆく花二つ　松本たかし
睡蓮に声つゝぬけの寺の裏　波多野粉川
睡蓮の明暗たつきのピアノ打つ　中村草田男
満目の睡蓮ひらき水見せず　長谷川十四三
睡蓮やまづ墓のいろ石にあり　加藤楸邨
睡蓮の葉のひま花のひまの水　久米乙菜
睡蓮の今も変らぬホテルかな　京極杞陽
睡蓮下出て一本の鯉となる　横溝養三
睡蓮開花太陽のほか触るるなし　野沢節子
睡蓮に午後の木洩日集りぬ　片岡三和志

百合の花《ゆりのはな》　鬼百合　鉄砲百合　姫百合　車百合　山百合　黒百合

百合は鱗茎から芽を出し、茎をのばした先に花を一つ、または複数つける。花は美しくよく香る。日本人の好む花である。いろいろの種類がある。鉄砲百合、高砂百合、山百合、鬼百合、岩戸百合、鹿の子百合、姫百合、笹百合、車百合、黒百合などで、鉄砲百合がもっとも普通のもの。純白で清楚な花である。山百合は白に赤褐色の点のある花、鬼百合は橙色に、赤、黄、紫の点があり、雄しべがとび出て強烈な印象である。黒百合は高山植物で小さく、花は黒紫色である。山百合、鬼百合などの鱗茎は百合根として食べる。〈**本意**〉大伴坂上郎女の歌に「夏の野の繁みに咲ける姫百合の知らえぬ恋は苦しきものぞ」とあるが、野べの百合、知られぬ恋などが考えあわされる花であった。蕪村に「朱硯に露かたぶけよ百合の花」という美しい句がある。時代とともに種類をまし、愛される花になってゆく。

灯ともせば傾く如し瓶の百合　佐藤　紅緑
山百合にねむれる馬や靄の中　飯田　蛇笏
くもの糸一すぢよぎる百合の前　高野　素十
蘂播いて百合の丸蜂あわてもの　島村　元
百合の蕊皆りん〳〵とふるひけり　川端　茅舎
＊山百合を捧げて泳ぎ来る子あり　富安　風生
百合におう職場の汗は手もて拭く　西東　三鬼
百合影す径を泉へ行かんとす　大野　林火
百合折らむにはあまりに夜の迫りをり　橋本多佳子
山百合や真昼の空気日に光る　中島　斌雄
神の声湧くごと森の車百合　加藤知世子
黒百合に耳朶うすき人と知る　河合　薫泉
山百合が目覚めといふをくれにけり　細見　綾子
ためてゐし言葉のごとく百合ひらく　稲垣きくの

含羞草《おじぎさう》　眠草　知羞草《おじぎさう》　ミモザ

原産地はブラジル。本来多年草だが、日本では一年草として植えられる。合歓の葉に似て、触るとき、また夜になるとき葉を合わせる。おじぎそう、ねむりぐさの名のゆえんである。夏から秋に、淡紅色の花が球のようにかたまって茎の先に咲く。〈本意〉葉をとじる特性と、花の美しさが眼目になる。とくに、手をふれずにはいられない葉の特性が、めずらしくも面白い。

ミモザ咲き海かけて靄黄なりけり　水原秋桜子
恋女房となりたし雨の含羞草　玉川　行野
喪の花環ミモザをはじめ既に萎ゆ　山口　誓子
含羞草夜は文机にやすまする　石川　桂郎
祝婚やミモザのもとに咳こぼし　石田　波郷
湯を出でし裸で試すおじぎ草　田川飛旅子
眠り草眠りていよよ細きかな　下村　梅子
含羞草恋を知る目をなごませる　海藤　道子
*ねむり草眠らせてゐてやるせなし　三橋　鷹女
眠草静かにさめるところかな　山田　美好

金魚草《きんぎよさう》

多年草で、原産地はヨーロッパ。二十センチから八十センチの高さで、葉は楕円形、花は穂の形につく。花びらは二つ、形が金魚に似ている。黄、白、紅、紫などの色がある。切り花や鉢植えにする。〈本意〉江戸時代末期に入ってきた花で、色も多く、多彩な感じの優美な花である。

*幼な顔ふくらみばかり金魚草　香西　照雄
日ねもすのつがひの蝶や金魚草　山本　岬人
金魚草よその子すぐに育ちけり　成瀬桜桃子
金魚草泳ぐさまなす風雨かな　前沢青葉女
未熟児の日々育ちつつ金魚草　滋野　純生
いろいろな色に雨ふる金魚草　高田風人子

蝶ネクタイは金魚草を見つつ結ぶ　時光　紀山

花魁草《おいらんさう》　草夾竹桃　フロックス

本名くさきょうちくとう。北アメリカが原産地の多年草。六十センチから百二十センチの高さで、夏、茎の先に円錐花序の花をつける。花びらは筒形。先が五つに裂け、赤、白、赤紫などの色である。かんざしが連想される。〈本意〉花は夾竹桃に似ているが、花かんざしのようで、それでおいらん草という名になった。洋名はフロックス、美麗な花である。

黒揚羽花魁草にかけり来る　高浜　虚子
昼の日の炎ゆるに燃ゆる花魁草　臼田　亜浪
はなせゝり花魁草にばかりゐる　川俣　京甫
二度咲のあはれに濃くて花魁草　菅　裸馬
*揚羽蝶おいらん草にぶら下る　高野　素十
落ちてゐる花魁草の簪かな　松藤　夏山
夏痩せておいらん草の紅にくむ　草村　素子
おいらん草笄散らし櫛散らし　樋笠　文
花魁草倒れ伏したり草の上　伊藤　鷗二
めぐる蛾も花魁草も暮れにけり　西岡　荘人

縷紅草《るこうさう》　縷紅朝顔　るこう

ひるがお科の一年草で、蔓性。原産地は熱帯アメリカ。茎は一メートル。左巻きにからまり、六月、深紅、ときに白の筒形の花をひらく。花びらは五裂している。〈本意〉星のような花でなかなか美しい。花の色の深紅のところが、とくに注目されている。

相語る風雨のあとや縷紅草　久保ゐの吉
縷紅草石垣に垂れ小学校　古川　芋蔓
縷紅草のびては過去にこだはらず　中村　秋一
*明るさの静けさにある縷紅草　平柳青旦子

縷紅草垣にはづれて吹かれ居り　津田　清子　　留紅草のくれなゐともる昼の闇　小金井欽二
縷紅草はられし糸にのぼりけり　中山　従子　　縷紅草訪ひきし母の声の満つ　八木林之助

松葉牡丹《まつばぼたん》　日《ひ》照草《でりさう》　爪切草

すべりひゆ科の一年草で原産地はブラジル。十五センチほどの高さの、肉質の葉と茎をもつ。形は松葉に似ていて松葉牡丹という。枝の先に大きい花をつける。花びらは五枚、赤や白、黄などで八重もあり、あざやかである。日が照っても衰えないので日照草という。**〈本意〉**松葉牡丹というが、花がそのようにあざやかに美しい。朝咲いて夕方閉じるのも日照草の名にふさわしく、大変生命力のつよい花である。

*おのづから松葉牡丹に道はあり　高浜　虚子　　松葉牡丹子の知恵育つ睡る間も　古賀まり子
松葉牡丹玄関勉強腹這ひに　中村草田男　　石の芯透くばかり松葉牡丹照る　柳田　湘江
月日経ち松葉牡丹の町も好き　中村　汀女　　嘘こそ愛松葉牡丹は箱に咲き　山口素人閑
松葉牡丹咲き酸アルカリの壜ならぶ　石原　透　　百姓の豊かなくらし日照草　増田　湖秋

仙人掌の花《さぼてんのはな》　覇王樹《さぼてん》

メキシコ原産で、扁平、長楕円、円柱形などの茎をもち、葉がなくてとげがある。色は深い緑。夏に、上方の節の間に菊のような花をつける。色は赤みをおびた黄色。花はのち実をむすび、黄熟する。楕円形である。**〈本意〉**メキシコ原産の植物でいかにもエキゾチックだが、花も色あざやかで美しく、夏らしい鮮烈な印象がある。

うづくまる仙人掌の愚は学ぶべし　富安　風生
花覇王樹憤りし女瑞々し　中村草田男
仙人掌の夜花や病焦げつくか　石田　波郷
サボテンの指のさきざき花垂れぬ　篠原　鳳作
覇王樹花咲き銅板色の海女等過ぐ　道部　臥牛
*仙人掌の針の中なる蕾かな　吉田　巨蕪
仙人掌の花のねむたさ海うごく　甲田鐘一路
破顔一笑サボテンの頭に花咲いて　柴崎左田男
へろへろとサボテンに花精神科　名取　思郷
サボテンの花爛々と古港　柴田白葉女
仙人掌や畳敷なる天主堂　石原　千代
覇王樹や砂を握れば夜も熱き　長島　千城

アマリリス

南アメリカ原産のひがんばな科多年草。七月、大きな百合のような、赤に白線の入った花をひらくが、これは野生種が交配されてできあがった園芸種である。露地植えにし、温室作りにする。
〈本意〉花は太い中空の花茎の先に咲くが、水平か、やや下向きに咲き、豪華な感じのものである。花の名もゆたかな語感なので、ゆたかな句になる。

温室《むろ》ぬくし女王の如きアマリリス　杉田　久女
*アマリリス跣の童女はだしの音　橋本多佳子
太陽に鳥が棲めりアマリリス　福田　蓼汀
アマリリス過去が静かにつみかさなる　横山　白虹
アマリリス泣き出す声の節つけて　山本　詩翠
アマリリス貧しい話もう止そう　川島　南穂

ジギタリス　きつねのてぶくろ

ヨーロッパの原産。ごまのはぐさ科。葉は大きく卵形で、しわと毛がある。六月から八月にかけて、葉の間から花茎を出し、釣鐘形の大きな花を咲かせる。赤紫色で、くちびるの形をしていて、花びらの内側には白く縁どられた斑点がある。葉は心臓病の葉になる。〈本意〉花穂が長く百三十センチもあるのがめずらしい。花は、有毒植物らしい特有の美しさをしている。

ヂギタリスの花大曲りしてまた跳ね　中田みづほ
ヂキタリス褪せ果て試験了りたり　上野　茂竹
ヂキタリス薄紫に富士の影　新村　千博
梅雨しげき花圃の花みなヂギタリス　寺田　木公
＊ジギタリス揚羽を煽る風過ぎぬ　酒田　黙示
ヂキタリスその他薬草花盛　加賀谷凡秋
咲きのぼり倒れさまなるジキタリス　橋口　白汀
ヂギタリスのぼりつめたる鈴小さく　豊田君仙子

サルビヤ

しそ科の多年草で南ヨーロッパ原産。六、七十センチの高さで、六、七月頃から茎の上に唇形花を穂の形に輪生してつける。あたりが明るくなるような親しみやすい花である。色は紫か紅。葉が薬用、香料になる。〈本意〉寄せ植えにするので、群として印象のつよい花である。上品ではないが親しい、庶民的なところのある花である。

屋上にサルビヤ炎えて新聞社　広瀬　一朗
サルビアに染まりし霧の湖へ出づ　武井　耕天
石垣にサルビヤの燃え移りたり　吉田　貞造
学校花壇サルビヤつねに軽騎兵　鈴木蚊都夫
サルビヤの地をたしかなる猫の歩み　原子　順
鈴の音は驢馬の曳く馬車サルビヤ緋　竹尾　夜畔
別れゆくときもサルビヤ赤かりき　木村浅香女
サルビアの紅に雨降る玻璃戸越し　因藤　周一
サルビアの真つくれなゐに自負一つ　松本千恵女
＊サルビヤのなだるるごとく月日かな　黒川　路子

日日草《にちにちさう》　日日花《にちにちくわ》　四時花

西インドの原産。きょうちくとう科の一年草。葉の根もとに花が二つずつつく。合弁で先が五裂する花で、赤や白、薄青などの色も豊富で、毎日咲きつづける。〈本意〉多年草だが、わが国では寒さに耐えられず、一年草となる。毎日咲くので、その名があるが、美しい花である。

母子年金受く日日草の中を来て　紀　芳子
働かねば喰えぬ日々草咲けり　佐伯　月女
*日日草なほざりにせし病日記　角川　源義
紅さしてはぢらふ花の日日草　渡辺　桂子
日日草バタ屋はバタ屋どち睦び　小池　一覚
嫁せば嫁して仕ふ母あり日日草　白川　京子
些事多し日日草の咲けるさへ　増島　野花
出勤の靴結ふ日ざし日日草　鶴間　まさし

百日草《ひやくにちさう》　ジニア

メキシコが原産地で、きく科の一年草。茎が直立、枝を分け、その上に頭状花をつける。中心花は舌状になり、八重咲きが多い。初夏から晩秋まで咲くので百日草という。花の色は青や紫以外には何でもある。〈本意〉丈夫でどこでも育ち、どこでも咲く。菊やダリアに似た花で、夏の日射にふさわしい、花弁の乾いた花である。

百日草子供の干衣竿に高く　富安　風生
*百日草ごうごう海は鳴るばかり　三橋　鷹女
蝶歩く百日草の花の上　高野　素十
これよりの百日草の花一つ　松本たかし
一つ咲き百日草のはじめかな　瀬野　直堂
病みて日々百日草の盛りかな　村山　古郷
心濁りて何もせぬ日の百日草　草間　時彦
朝の職人きびきびうごき百日草　植村　通草

毎日の百日草と揚羽かな　三輪　一壺

百日草百日強し荷車曳き　中山　純子

酸漿の花《ほほづきのはな》　鬼灯《ほほづき》の花

なす科の多年草。六、七月に、葉のつけ根に一つずつ咲く。色は黄色味をおびた白で、下向きに咲く。花冠が五つに裂けた筒状の花で、下から咲きあがり、上にむかうが、下が袋をさげはじめても、上の花はつぼみであったりする。萼も五裂しているが実ができる頃には大きくなって、実を包むようになる。〈本意〉鬼灯をふくむ楽しみで、栽培されていることが多いので、花は、楽しみのはじまりになる。女性のかくし持つ子供の頃の心をのぞかせるような花といえよう。

鬼灯の垣根くぐりて咲きにけり　村上　鬼城

鬼灯の一つの花のこぼれたる　富安　風生

鬼灯や花のさかりの花三つ　水原秋桜子

＊ほほづきの花のひそかに逢ひにけり　安住　敦

かがみ見る花ほほづきとその土と　皆吉　爽雨

赤鬼灯青鬼灯と花白し　鈴木りう三

青酸漿《あをほほづき》　青鬼灯《ほほづき》

まだ熟していなくて、外苞があおい鬼灯のことである。花がおわると、茎の下方から上方へ向って、萼が大きくなり、実をつつむ。それが次第に赤く色づく。〈本意〉実がちょうちんに似ているので鬼灯というが、青いものが赤く変ってゆくのを日々見守るのはたのしい。七月十日、浅草の観音様の鬼灯市では青鬼灯が売られる。嵐雪の「我恋や口もすはれぬ青鬼灯」は、鬼灯と恋との微妙な関係をたくみにとらえている。

立ちならび青鬼灯の見ゆるかな　高野素十
＊青鬼灯病みつつ淡くありしひと　遠山壺中
青鬼灯かたちくづれるほほゑまし　富安風生
つまみたくなりて青鬼灯つまむ　竹内武城
青鬼灯枯らす一輪挿の水　秋元不死男
あおほおずき提げて素魂のふりむきざま　多賀よし子
丈高き青鬼灯や故園蕪る　池上浩山人
青鬼灯つねに小声にわれのうた　寺田京子
土と青鬼灯と相ちかづくよ　皆吉爽雨
青鬼灯うしろ盆地の風が吹き　藤代静枝
二本の青鬼灯に草を抜く　吉岡恵信
貰ふ子の定まりてをり青酸漿　蒲　幾美

朝顔の苗《あさがほのなへ》

朝顔の種は五月初旬ごろに蒔いて、のびた芽が貝割れ葉をひ開くか開かない頃に移植する。移植は鉢におこなうが、大輪のものはそのあと定植する。〈本意〉貝を開いたような葉がかわいい。移植する鉢は素焼きのものが使われる。苗売りが売りあるいたものだが、今は苗店で売っている。季節感ゆたかな、情感のあるものである。

＊朝顔の双葉のどこか濡れゐたる　高野素十
朝顔のやうやく濃き双葉かな　三宅清三郎
虚子おはん話す朝顔の苗のこと　山口青邨
朝顔の双葉見まはる旅がへり　坪井百合子

小判草《こばんさう》　俵麦

いね科の一年草。原産地はヨーロッパ。三十センチほどの茎を立て、麦のような葉をつけるが、夏に花穂をつける。花穂は小判形で緑色から黄色に熟する。その形から俵麦ともいうが、風にゆれるとたのしい。〈本意〉花穂がふわふわとして茎の上部にさがり、風にゆれて小判のように見えるのがおもしろい。涼しげでもある。鉢植えにして愛玩されたものである。

＊小判草風来るたびに風笑ふ　池上　樵人
小判草小判一連そろへけり　山本砂風楼
小判草秋に似し灯に揺れやまず　山本　夕村
小判草照りこぞりては茂りゆく　新村　千博
掌に受けて小判軽しや小判草　谷口　雲崖
小判草小判まぶしき庭薄暑　清崎　敏郎

鉄線花《てつせんくわ》　菊唐草　鉄線蓮　てつせんかづら

つる性の落葉藤本《とうほん》。中国原産。高さは二、三メートルになり、つるで巻きついてのびる。葉は羽状複葉で三枚ずつ出る。五、六月に花が咲くが、葉腋から長梗を出して、一つの花をつける。花びらは六枚あるが、正しくは萼片である。中心の雄しべは暗紫色。花色は、白か淡い紫である。

〈本意〉つるがかたく鉄線のようなので、この名がついた。「その花、白色の六弁、平らに開きて、蘂円く、紫色最も艶美《やさし》」と『和漢三才図会』にあるが、花の形のデザインのようにすっきりした花で、初夏の候もあり、さわやかな感じを与える。

鉄線の蕊紫に高貴なり　高浜　虚子
鉄線の花さき入るや窓の穴　芥川龍之介
鉄線花馬蹄の音のさしかかる　水原秋桜子
＊蔓はなれ月にうかべり鉄線花　中村　汀女
鉄線の花の紫より暮るゝ　五十嵐播水
鉄線の初花雨にあそぶなり　飴山　実
亡き妻の植ゑし鉄線白ばかり　松崎鉄之介
鉄線花叛骨にして無能なり　香西　照雄
鉄線やただ美しく老師すむ　野木　一柚
再会は一語もて足る鉄線花　中村　春芳
懐しき江戸紫や鉄線花　武原　はん
夕闇の包めぬ白さ鉄線花　吉岡ひとし

岩菲《がんぴ》　雁緋　眼皮　巌菲仙翁　剪夏羅《せんから》　剪紅羅

なでしこ科の多年生草本。中国原産。それゆえ漢名が幾つかあり、剪夏羅、剪紅羅、巌菲仙翁などという。四十から九十センチの高さで、葉は卵形、なでしこに似る。五、六月に、朱色の五弁花を茎頂や葉腋にひらく。白や絞りも園芸種で作られている。〈本意〉達磨が面壁の時、眠らぬよう上下のまぶたを剪り棄てた地に生えた草という俗説があり、眼皮、眼皮花という名があるとするが、ほかにも『枕草子』の中に出る「かにひ」が、岩菲の古名とされ、疑問視されるなどいろいろ話題の多い花である。花びらの先に細かい刻み込みがある。似た花に、まつもとせんのう（まつもと）がある。

蜘蛛の糸がんぴの花をしぼりたる　高浜　虚子
水引もがんぴの花も昏くなり　深川正一郎
*たまに来るがんぴの花のしじみ蝶　星野　立子
山鳥の入りし茂みや花岩菲　石塚　友二
燃えて燃えて岩菲はかなし藪の中　加藤知世子
人行きてすぐ木隠れや岩菲咲く　村田　脩

紅の花《べにのはな》　紅藍花《べにばな》　紅粉花《べにばな》　紅《くれなゐ》　呉藍《くれのあゐ》　末摘花　紅藍《こうらん》　紅花菜《こうくわさい》　紅畑

名前が数多くある花で、一般に紅花《べにばな》といい、くれない、すえつむはなとも呼ばれた。由来は、花から紅《べに》をとるため、また末から咲き、もとに移り、咲くにつれて摘むため、また、呉から渡ってきた藍のためである。『源氏物語』にも「末摘花」の一巻がある。きく科の越年生草本。原産地はエジプトであり、推古天皇の頃、高麗の曇徴によってわが国にもたらされたという。高さは一メートル前後で、六月頃あざみに似た頭状花をつける。色は鮮やかな紅黄色であり、夏の朝、露がかわかないうちに花を摘みとり、紅を作る原料とする。口紅、ほお紅、菓子・かまぼこの染料、染色などにし、種子から高級の油をしぼる。〈本意〉最上川流域の尾花沢を名産地とする。芭蕉の「眉掃きを俤にして紅粉の花」「行く末は誰が肌ふれむ紅の花」が有名であるが、紅の原料として、女性が思われる花となる。また「よそにのみ見つつ恋せむ紅の末摘花の色に出でずとも」（『万葉集』）や「なつかしき色ともなしに何にこの末摘花を袖に触れけむ」（『源氏物語』）のように、和歌の世界では、末摘花としての恋の歌がうたわれている。紅というより黄のつよい印象の色の花である。

紅花や婉語も重き出羽訛り　秋元不死男
＊紅の花枯れし赤さはもうあせず　加藤知世子
峠より日が濃くなれり紅の花　皆川盤水
朝焼のいつしか雨の紅の花　井桁蒼水
紅ばなに最上川霧黄となりぬ　林　翔
紅花にひかりきざめる最上川　黒坂紫陽子

茴香の花《うゐきやうのはな》

呉《くれ》の母《おも》　蘹香《くわいきやう》　茴香子　魂香花

せり科の多年草。ヨーロッパ南部の原産。日本にも古くから到来しているが、薬草であった。果実の油をとって、健胃、駆風薬として用いる。長野県で多く栽培される。茎の高さは二メートル。葉は互生。糸のように裂けていて緑白色、かおりがある。六月ごろ花が咲くが、枝端にかさ状になって、こまかい黄色五弁の花をつける。香りがつよい。〈本意〉こまかく香りつよい花で、それがこの花の特色である。それで、香味料にしたり、油を矯味薬・矯臭薬にする。

茴香の夕月青し百花園　川端　茅舎
茴香の花の匂ひや梅雨曇　嶋田　青峰
＊茴香のありとしもなく咲きにけり　増田手古奈
茴香はかなしや寄ればそよぎつゝ　篠田悌二郎
茴香に生きてゐて虫のたゝかへり　平尾　一葉
茴香に涼しき雲の通ひけり　岸　秋渓子
茴香や十年前の人のこと　松本　青風
茴香の花消えがてにたそがる　小島ちどり

絹糸草《きぬいとさう》　チモシー

おおあわがえり（大粟還り）といういね科の多年草の種を、水盤においた脱脂綿にまいておくと、どっと細い苗がのび出して、鮮緑色となり、まことに美しく、涼しげである。これを絹糸草という。おおあわがえりはヨーロッパ原産で、牧草だが、一メートルにのび、細長い葉をしていて、夏、茎の先に円柱形の花穂を立てる。灰色がかった緑で、小さい穂花があつまっている。英語でチモシーという。〈本意〉牧草として生長したものと、水盤の絹糸草ではまったく感じがちがうものだが、絹糸草は、繊細で、美しい緑色である。

四時前に夜が明けきるや絹糸草　中田みづほ
嫋々と同じにのびし絹糸草　福井　艸公
＊とりとめもなくつく嘘や絹糸草　八幡城太郎
行き過ぎて買ひに戻りぬ絹糸草　小島南智子
家の中絹糸草の露もてる　斎藤俳小星
朝の風絹糸草に波つくる　緒方　政子
日がさして雨降ってをり絹糸草　西山　誠
絹糸草窓に少女も鬱病者　古賀まり子

玉巻く芭蕉《たままくばせう》　玉解く芭蕉　芭蕉の巻葉　芭蕉葉の玉　芭蕉若葉

芭蕉の葉は初夏に新葉が出るが、かたく巻いたままで出る。芭蕉の巻き葉である。それが伸びてゆくとほぐれてきて葉をのばしひろげるが、もっとも美しい頃である。〈本意〉「玉」というのは、美称で、巻き葉の頃の美しさをたたえているわけである。ういういしい若葉が次第にひらいてのびてゆくのは、たしかに美しく、活力にあふれている。

玉巻きし芭蕉も鰐もけだるさよ　水原秋桜子
玉巻く芭蕉病身反らすこと少なし　加藤　楸邨
*玉解いて即ち高き芭蕉かな　高野　素十
芭蕉玉解く繕ひの祖母みじろがず　菊岡　素子
真白な風に玉解く夏芭蕉　阿波野青畝
大芭蕉の風格すでに玉巻ける　志水　圭志
軽き太陽玉解く芭蕉呱々の声　中村草田男
尼僧小柄芭蕉巻葉に日が跳ねて　福川ゆう子

芭蕉の花《ばせうのはな》　花芭蕉

芭蕉はばしょう科の多年草。中国温帯原産。夏、大きな葉の間から円柱形、緑色の花軸を出し、傾きながら花穂をつける。黄褐色の苞の内側に花が十数個ならび、苞が花びらのように重なり、蓮の花のようだが、花がひらくと苞がおちる。上に雄花、下に雌花がある。花の長さは六、七センチ、花被は二唇状、黄白色。雌花の下に子房がある。雄しべは雄花のものが大きい。バナナのような実がなるが成熟はしない。〈本意〉中国南部の原産なので、あたたかいところで栽培されるわけだが、すべて大型で、花も複雑な形である。南国風でどこか小形バナナのような異国の情感がある。

島の子と花芭蕉の蜜の甘き吸ふ　杉田　久女
花芭蕉仰げば蟻のかくれゆく　辻　雪子
皿洗ふ農婦に芭蕉花垂るる　小田島迷子
ひんがしに芭蕉の花の向きにけり　室生　犀星
*花芭蕉日をふりこぼし揺れやまず　糟谷　青梢
葉を透きて海の夕陽の花芭蕉　林　蓬生

泣ける子に芭蕉の花の粒が落つ　中条　明
粉糠雨溜めて芭蕉の花暮るる　池田　日野

苺《いちご》　覆盆子《いちご》　苺摘　苺畑

いちごというのは一般にオランダいちご、一名、西洋いちごのこと。多年草で、地をはっている。葉は三枚小葉があり、毛がはえていて、濃い緑色である。晩春花茎を出し、房状につぼみをつけ、白い五弁の花を咲かせる。六月ごろ実が熟し、白から紅とかわる。実は実際は花托の肥大したもので、本当の実はその表面にある種のことである。〈本意〉苺は改良されて、美味にもなったが、苺摘、苺ミルクなどはたのしいものである。明るく健康的な、若々しいイメージのただよう果実である。

いちご熟す去年の此頃病みたりし　正岡　子規
青春のすぎにしこゝろ苺喰ふ　水原秋桜子
苺買ふ子の誕生日忘れねば　安住　敦
月の出に百紅らむか苺畑　石川　桂郎
苺買ひに行くや葬儀の委員として　右城　暮石
*苺つぶら幸福のみを追ひ来たり　殿村菟絲子
苺摘むかそかな音も薔薇の奥　野見山朱鳥
苺紅しめとりて時過ぎいまも過ぐ　森　澄雄
夕方の町美しく苺出づ　栗原　米作
水に泛き苺小僧の右往左往　手代木啞々子
海軍のような青空苺を染め　原子　公平
苺潰すミルクの中に灯を交ぜて　佐野まもる
悪女かも知れず苺の紅つぶす　三好　潤子
納得ゆけば匙に力や苺つぶす　藤井緋沙女

瓜苗《うりなへ》

きゅうり、すいか、まくわうり、しろうり、かぼちゃなどの苗を総称したもので、三月四月に種をまき、温床でそだて、数回移植してのち畑に定植する。本葉が三枚から五枚になったものがそれにふさわしい。〈本意〉うり類は実がとれるから、苗を見てもどこか楽しい期待がうまれる。

瓜苗に竹立ててあり草の中　高浜　虚子　　瓜苗にもれなく杓をかたむくる　岩木　躑躅

さみどりの瓜苗運ぶ舟も見し　松本たかし　＊瓜苗やたゝみてうすきかたみわけ　永田　耕衣

胡瓜苗《きうりなへ》

胡瓜の苗で、定植にふさわしい、元葉六、七枚ほどのもの。苗床でここまで育て、売る。昔は苗売りが売って歩き、いまは花屋などで売っている。〈本意〉なす苗やとうがらし苗などとともに売り歩く苗売りの声が季節感をよびおこし、庭の小さい家庭でも、庭のすみに植えて、食卓をたのしませたものである。初夏らしい苗ものである。

＊匍初めし穂麦の中の胡瓜苗　篠原　温亭　　一と雨にしまりしみどり胡瓜苗　岸　霜蔭

糸瓜苗《へちまなへ》

子葉の先が少しとがって白っぽいところが他の瓜苗とちがうところである。〈本意〉へちまは長くのびて軒や縁先をおおい、日光をさまたげてかげを作るので、そのために、軒下や縁先に植える。つるの伸びる棚をつくってやったりして、夏の日射しをふせぐ楽しい計画となる。

＊へちま苗日除にほしと思ひつゝ　岩本　貞子　　市の泥うちあげてゐる糸瓜苗　浜田　正恵

瓢苗《ひさごなへ》

ひょうたん、ゆうがお、ふくべなどの苗である。ひょうたんの果実はとくにおもしろいが、ゆうがおの変種である。元葉五、六枚のものを買ってきて、移植する。〈本意〉日陰用として、花屋などで売っている。果実も生《な》ればたのしいが、なによりも、強い日射しを防ぐのがよい。

*結局は瓢箪苗を買ひしのみ　高浜　虚子
ひさご苗露をためたるやは毛かな　山家　海扇

茄子苗《なすなへ》

草丈三十センチ、葉七、八枚の、定植に適したなすの苗で、葉腋《ようえき》につぼみもつく。〈本意〉苗屋、花屋、夜店などで売っているのを買って家庭でも庭のすみに植えて、朝の食膳の楽しみにする。きゅうり苗とともに代表的な初夏の苗となる。

茄子苗や楢の小枝をさし翳し　滝井　孝作
駅前に茄子苗売りのこぼせし土　田川飛旅子
*茄子苗はつきたるらしき誕生日　細見　綾子
根づきたる茄子苗に紺のび上り　上村　占魚
茄子苗やふた葉紫紺の雨のこり　長谷川久代
茄子苗を市にて買へり二三本　島田とし子

瓜の花《うりのはな》

ひょうたん科瓜類の花の総称で、きゅうり、かぼちゃ、すいか、しろうり、まくわうり、烏瓜、黄烏瓜、雀瓜、へちま、ひょうたんなどの花である。花はほとんど白か黄色。〈本意〉とくに美しい花ではないが、つるの大きな葉のかげで強烈な色で咲いている。大体において、雄花、雌花の区別がある。ともに黄色などの五弁花である。芭蕉に「夕べにも朝にもつかず瓜の花」、蕪村に「雷に小屋は焼れて瓜の花」がある。

雨土をしたゝか揚げぬ瓜の花　西山　泊雲
母病むや瓜の花みな北向きに　村越　健雄
瓜の花夫婦かたみに俸待つも　草間　時彦
湖にひらきて瓜は日の花よ　栗飯原孝臣
瓜の花我が凡の日を足れりとす　古田　久子
井戸水の溜まるを待てる瓜の花　北川　左人
*瓜の花海には月を遊ばしむ　天野　龍斗
物売りのづかづかと来ぬ瓜の花　川上　庫子

胡瓜の花《きうりのはな》

黄色の五弁花で、茎がのびるにつれて、下の方から葉腋《ようえき》につぼみをつける。雄花と雌花があり、雄花はおしべだけ、雌花には子房がある。〈本意〉花を見るものではないが、節ごとに雌花をつけるのを多産のしるしとして、よろこぶ。初夏の朝など、咲いている様子は、可憐である。

窯の道胡瓜花咲き雲暑し　水原秋桜子
花胡瓜ここにもひそと母子家庭　原田　冬水
生き得たる四十九年や胡瓜咲く　日野　草城
積石に沈みし蛇や花胡瓜　中村　若沙
*かぼそくも花をつけたる胡瓜かな　星野　麦人
草がめの葉よりも青し花胡瓜　加賀谷凡秋

西瓜の花《すいくわのはな》

六月頃から花がひらく。花は黄色の五弁花で小さく葉腋につく。雌花、雄花があり、雌花の花托が果実になる。〈本意〉西瓜は秋のものとされていたが、最近は早くから出まわるようになった。早生種の花は六月からひらく。高温で乾いた砂地がよいといわれている。奈良、千葉などがとくに有名である。

川音と土堤を隔てゝ花西瓜　橋本　花風　＊花西瓜黄がじりじりと日の盛り　森　白梠

南瓜の花《かぼちゃのはな》

黄色の合弁花で、雄花・雌花の別がある。葉の根もとに咲くが、葉はハート型で、互生し、地面をはって茎がのびる。〈本意〉黄色い印象的な俳諧的な花である。雄花がすくないので、人工受粉させると、実のなり方がよくなる。

しぼみつつかぼちゃの花の葉に隠る　篠原　梵　　売る豚の走り出でたる花南瓜　青柳志解樹
狂女死ぬを待たれ南瓜の花盛り　西東　三鬼　　南瓜咲き百姓の子の大き臍　西野幸三郎
＊南瓜の花破りて雷の逃ぐる音　同　　かの飢えし日もかがやけり花南瓜　秋元草日居
早起の虻が来てをり花南瓜　大橋桜坡子　　黄の濃さよ日の出前なる花南瓜　両角竹舟郎
馬鹿の腹いつも充実花南瓜　平畑　静塔　　落窪になだれはびこる花南瓜　楠目橙黄子
とにかく生きよ南瓜地を這いかく花咲く　赤城さかえ　　花南瓜雑居家族の飢深し　小池　文子

糸瓜の花《へちまのはな》

雄花・雌花の別があるが、ともに黄色で、釣鐘形である。雄花はふさのように咲き、雌花は一つずつ咲く。つる状の茎をのばし、葉の根もとに花をつける。〈本意〉「六七月、黄花を開きて五出、微なり。胡瓜の花に似たり。蕋・弁、ともに黄」と『本朝食鑑』にある。黄色の小さい花が葉の緑と反照しあってきれいである。

糸瓜咲て痰のつまりし仏かな　正岡　子規
*ポカポカと雲浮く屋根の花糸瓜　富田　木歩
花糸瓜揃ひのむつき干すもあり　香西　照雄
昼月や棚をいろどる花糸瓜　芝田　緑光
掘りためし箱の蚯蚓や花糸瓜　西村　雪人
草むらに塵捨ててあり花糸瓜　田中　陽洲

瓢の花《ひさごのはな》　ふくべの花　瓢箪の花　花瓢

ゆうがおの変種がひょうたん（ひさご）なので、ゆうがおとよく似ているが、違うところは、果実の中央のところがくびれていることである。白花で五裂、日かげを作るのに植える。〈本意〉夕方咲く花で、夕顔の花と通称するが、その中でも愛すべき花である。

花瓢窓にいさゝか繭を干す　岡本癖三酔
*花ひさご機屋ひそかになりにけり　北浦　幸子
美濃の雲圧しくる宵や花瓢　林　翔
夕富士の消ぬべくありぬ花瓢　勝又　一透
夕づつやいよいよ白く花ひさご　飴山　実
ひようたんの花白き夜となりにけり　正城恵美子
母と子に瓢の花のつくる闇　大野木秋霖

胡蘿蔔の花《にんじんのはな》　人参の花　花人参

初夏五月頃、茎の先に白い五弁の小さい花が傘のようにむらがって咲く。百以上かたまっていて、まわりから中心にむかって咲いてゆく。畑がまっ白に見えるほどに咲く。〈本意〉食べるにんじんは胡蘿蔔と書き、薬用のにんじんは人参と書くが、現在ではどちらも人参と書いている。

白い花のむらがりが圧倒的な印象である。

畑隅に人参の花子守立つ　大野林火
島貧しからず人参花ざかり　吉田愛子
*人参のうつくしからず花ざかり　広瀬盆城
山畠花にんじんに陽が褪せ来　沢崎北斗
白日に夢さらしけり花人参　上関ふみ子
流人墓山人参の花咲かせ　星野麦丘人

芋の花《いものはな》

さといもの花のことである。淡黄多肉の花である。中の花穂は、上に黄色の雄花、下に緑の雌花がついていて、変った形である。初夏に、種芋から出た葉の間から花茎を出して花をつける。〈本意〉あまり畑で見かけない花なので、めずらしがられる。咲いた形もかわった形である。

芋の花月夜を咲きて無尽講　飯田蛇笏
新山の日かげりうつるいもの花　江田健蔵
*二三日いけられてあり芋の花　田中王城
芋の花見せて廻つて疲れけり　古川迷水
芋の花咲くや国道真つ平ら　小川蘆哉
懈き身の目があそびをり芋の花　小沢鼎々

茄子の花《なすのはな》（なすびのはな）

盛夏のころ定植された茄子苗から花が咲きはじめる。枝がわかれ、葉腋につぼみがついて、秋まで花が咲きつづけ、果実がとれる。花は淡紫色で、先が五裂した合弁花、下向きに咲く。葯は黄色で大きい。〈本意〉茄子は枝も葉も花も、独特の深い色合いをしていて、印象的である。庭に二、三本植えて、花を見てたのしむのも、実の収穫とともによい。

葉の紺に染りて薄し茄子の花　高浜　虚子
*茄子の花朝の心新しく　阿部みどり女
茄子の花知命を過ぎて父母を持つ　相馬　遷子
夕づきて夜のなかなかに茄子の花　石塚　友二
山の日の少し濡れたる茄子の花　丸田　肇
仔雀の落ちて転ろびぬなすの花　大関千沙春
茄子の花こぼれて蜘蛛をおどろかす　飴山　実
亡き父の瞳がさしのぞく茄子の花　平井　照敏

馬鈴薯の花《じやがいものはな》　じやがたらの花

六月頃、なすの花のような、小型の白い五弁花をひらく。うすい紫色のものもある。じゃがいもは南アメリカ原産。慶長の頃オランダの船が伝えたもの。春、塊茎を植え、茎と葉が出て、伸びると、枝の先に花をつける。〈本意〉広い畑にたくさん作るものだから、花も点々と情緒的にひろがって、情感がある。郷里を離れた者には郷愁をそそる花といえる。

ほたる火や馬鈴薯の花ぬるゝ夜を　飯田　蛇笏
曇りつゝ大英帝国馬鈴薯の花　山口　青邨
馬鈴薯咲くや赤彦旧居へあと二町　大野　林火
馬鈴薯の花の日数の旅了る　石田　波郷
*みつしよんの丘じやがたらの咲く日かな　中村　汀女
花ジャガタラ蝶がゆきては蝶たたす　橋本多佳子
山鳩の来ぬ日馬鈴薯花ざかり　鏑木　志久
じやがたらの花や夕日をあそばせて　大岳　青児
じやがいもの花の三角四角かな　波多野爽波
朝日まだじやがいもの花に届かざり　葭葉　悦子

胡麻の花《ごまのはな》

ごまは高さ一メートルほどになり、長楕円の葉が対生、あるいは互生する。盛夏の頃、葉腋に花を三つずつつける。中の一つがよく発育する花で、筒形、五裂、下の二唇は長く上の三唇は短かい。紫がかった紅の色である。茎の下から咲き、種をなしてゆく。〈本意〉咲くのを見ていて楽しくなるような花である。密生していると枝分れもないので、群としてうつくしい。

嵐して起きも直らず胡麻の花　村上　鬼城
砂あげて歩く道なり胡麻の花　長谷川かな女
胡麻の花雷後の暑さもどりきぬ　五十崎古郷
胡麻の花濡れしに思ひ至りけり　加藤　楸邨
*足音のすずしき朝や胡麻の花　松村　蒼石
混浴に馴れし湯治や胡麻の花　山田　孝子
潮岬村貧しや胡麻の花こぼれ　塩尻　青笳
胡麻の花郵便夫しばし憩ひをり　戸津川長屋
雨ふふみ湖の風来る胡麻の花　浅井　一扇
農婦らに裸足の季節胡麻の花　西村　公鳳

独活の花《うどのはな》

雌雄同株で、晩夏から秋にかけて白い小花をかさの形にひらく。上の方に両性花、下の方に雄性花をつける。〈本意〉野生の山独活、栽培種の萌し独活があるが、本来山菜の代表的なもの。白い小花の野生のさびしい美しさが印象的である。

山淋し萱を抽んづ独活の花　島村　元
独活咲けりむねうちあくる友のなく　荒井　正隆
*独活の花見てゐる齢さびしみぬ　勝又　一透
岐れ路のいづれも寺へ独活の花　吉田　垢童
花独活に渓の日照の激しさよ　石川　雷児
人妻の突つかけ下駄や独活の花　清水　基吉

山葵の花《わさびのはな》

五月の頃、花茎をのばし、白い十字花をふさの形にびっしりつける。この花の穂を摘み、浸しもの、三杯酢で食べる。香りがすこぶるよい。〈本意〉わさびは、山の清水の流れる沢で栽培するもので、根茎をわさび漬けとして食べるが、からく、風味がある。花も、よい香りの白い花である。

言葉少なに去る山葵田の花ざかり　渡辺　水巴
滝しぶきまひて山葵の花濡らす　富安　風生
*山葵咲き巌息づける冷気かな　橋本　鶏二
花山葵田故郷いまさら美しく　笠原蜻蛉子
こんこんと水に日の韻花わさび　藤本　和子
夢のごとき山葵の花を食ふ泊り　土方　秋湖
沢水の温むことなき花山葵　渡辺　晃村
大いなる落石坐り山葵咲く　水本　祥壱

韮の花《にらのはな》

初夏に花茎をのばし、その先に白い小さい花を玉の形に咲かせる。一つ一つの花は一センチほどで、それが数十かたまっている。〈本意〉かんざしのような感じの花で、思いがけぬ気がしておどろくが、どことなくさびしげであり、夕暮れによく似合う。

韮の花坂としもなく息あへぐ　石田　波郷
消炭の雨ににじめり韮の花　金尾梅の門
*怠けては墓場を歩く韮の花　秋元不死男
足許にゆふぐれながき韮の花　大野　林火
韮咲いて太陽沈む胸の奥　中島　斌雄
韮の花墓山はやく昏れそめし　木下　青嶂
韮咲くと袖口まくり水仕事　菖蒲　あや
沈む日の力を借りて韮の花　中原　始橋
子は遠し風にゆれゐる韮の花　谷口　豊子
子らなべて母親贔屓韮の花　石鍋　静穂

豌豆《ゑんどう》

莢豌豆

食用のえんどうには、しろえんどうとあかえんどうがある。莢のまま食べるのは、しろえんどうである。花のあと莢が小さく付いて、のびてくる。適当にのびたところでとって料理する。熟したあと、実をたきこみ御飯にしたり、グリーンピースとして利用したりする。〈本意〉「花の形、蛾のごとし」と言われてきた豆だが、若くて柔かいものは、色も新鮮で、ぱりぱりとして、夏のよい味覚になる。もっとも柔かいのは、絹莢《きぬさや》といわれる。

*ゑんどうの凜々たるを朝な摘む　山口　青邨
雲の秀の明るし籠の莢豌豆　柴田白葉女
豌豆の煮えつゝ真玉なしにけり　日野　草城
妻たのし初豌豆の厨ごと　長沢鷺鳴子
豌豆の実のゆふぐれに主婦かがむ　山口　誓子
ひとつひとつゑんどう落つる胃のしづか　長谷川春草
酒よろしさやゑんどうの味も好し　上村　占魚
絹莢のうす味の母在りしかな　山崎　秋穂

蚕豆《そらまめ》　はじき豆

秋に種をまくと、春に葉の間から花をひらいて、実をむすぶ。花は白い蝶の形の花で、紫の斑がある。豆は晩春頃よりとれるが、十分熟さないものはあまく、熟した豆とともに料理やつまみにひろく利用される。〈本意〉実が空にむくのでそらまめという、といわれる。一番早く食べられる豆である。おや指の頭ぐらいの大きさであり、関西ではじき豆というものである。皮から実がとび出し、ぽくぽくした味で、どこかたのしい豆である。

はじき豆出初めの渋さ懐しき　青木　月斗
*そら豆はまことに青き味したり　細見　綾子
蚕豆や笑めるが如く太り来て　小杉　余子
そら豆に夜が濃くなる一粒づつ　野沢　節子
父と子のはしり蚕豆とばしたり　石川　桂郎
そらまめ剝き終らば母に別れ告げむ　吉野　義子

おやゆびの親だすごとく蚕豆むく　島津　亮
蚕豆やびしょ濡れの犬息短か　岩田　昌寿
蚕豆や時はるかなる母の指　千代田葛彦
幸のごとそら豆の莢板の間に　坂間　晴子

夏豆《なつまめ》　枝豆　夏大豆

大豆の早生種、あるいは十分育たないものをいう。三月に種をまき七月にとりいれるが、やわらかくて甘く、枝豆として喜ぶ。さやのまま塩ゆでにし、ビールのつき出しにする。〈本意〉枝豆は普通秋とされることが多いが、夏に食べられるものをここでは指す。豆が青くうつくしく、夏の味覚にいかにもふさわしい。味は秋熟のものに劣るとされるが、一長一短があろう。

枝豆や三寸飛んで口に入る　正岡　子規
*枝豆や舞子の顔に月上る　高浜　虚子
枝豆や雨の厨に届けあり　富安　風生
枝豆やモーゼの戒に拘泥し　西東　三鬼
川音や夜の枝豆つかみいづ　岩田　昌寿
客散りて枝豆の殻なまなまと　小坂　順子
枝豆や詩酒生涯は我になし　木下　夕爾
枝豆や酒さめまじく黙りをる　榎本冬一郎
ころがる枝豆畳に遠き海と山　磯貝碧蹄館

筍《たけのこ》　笋《たけのこ》　竹の子　たかんな　たかうな　孟宗竹子《もうそうちくのこ》　淡竹子《はちくのこ》　苦竹子《まだけのこ》

たけのこは竹の子ということで、地下茎にできる若芽のことである。たかんな、たこうなともいう。竹には孟宗竹、苦竹、淡竹《はちく》、紫竹《くろちく》、大明竹《だいみんちく》、蓬莱竹などの種類があり、みな竹の子ができるが、食用になるのは、孟宗竹、苦竹、淡竹などである。孟宗竹のたけのこはもっとも大きく立派で、晩春から初夏に掘り、味もよい。外皮には黒い斑点があり、毛でおおわれている。肉が多く柔かい。つづいて淡竹がとれるが細長く味も劣る。苦竹がさらに遅くできるが、淡竹より細く、さらに味もわるい。〈本意〉親思うこころ、いとけなき子などが昔から連想される季題だった。「いかばかり雪の下なる竹の子の親思ふ人の心知りけん」という歌が『夫木和歌抄』にある。芭蕉の「竹の子や稚なき時の絵のすさび」、嵐雪の「竹の子や児の歯ぐきのうつくしき」もそうしたところから出た句で、ほかに、素丸の「笋はすずめの色に生ひ立ちぬ」、二柳の「竹の子を折つてつく〲ながめけり」などもある。心をひきつける初夏の芽生えである。

筍のまはりの土のやさしさよ　日野草城
筍の光放ってむかれけり　渡辺水巴
熾んなる日の筍に鶏つるむ　原石鼎
雨ごもり筍飯を夜は炊けよ　水原秋桜子
筍に嵯峨の山辺は曇りけり　臼田亜浪
*筍の天鵞絨の斑の美しき　富安風生
筍の鋒《きつさき》高し星生る　中村草田男
たかんなに幾千の竹生ひ立てる　藤後左右
肩落し佇ったかんなの疾風かな　小林康治
雨を聴く竹の子の皮剝きながら　安住敦
味噌汁の月山筍のかをりかな　加藤楸邨
竹の子にゐならぶつゆのすぐ消えし　中川宋淵
笋のなほさす空のふかさかな　中島斌雄
筍や径は明るく桑に出づ　原田種茅

蕗《ふき》　蕗の葉　蕗の広葉　秋田蕗　伽羅《きやら》蕗《ぶき》

ふきは山野に自生してもいるが、畑に栽培することが多い。早春、土から花茎を出す。これが蕗の薹で、伸びて花を咲かせるが、白い小さな花である。花とは別に、長い柄の大きな葉を出し、よい香りなので、葉柄を食用とする。醬油で煮つめたものが伽羅蕗、あまく煮ることもある。この葉のとくに大きいのが秋田蕗で、葉柄が二メートルもある。〈本意〉葉柄の上品な香りが好まれる食用植物である。そのかすかな苦み、また糸のような筋など、日本料理の代表的な材料でもある。

うす〳〵と日は空にあり蕗の原　田村　木国
あらはれて流るる蕗の広葉かな　高野　素十
＊蕗切つて煮るや蕗畠暮れにけり　石田　波郷
母の年越えて蕗煮るうすみどり　細見　綾子
風みどり母が蕗煮る時かけて　古賀まり子
云ひ勝ちて妻ほきほきと蕗を折る　庄中　健吉
母とあれば風ゆづり合ふ蕗円葉　神林　信一
よろこびの淡くなりたり蕗茂る　本宮銑太郎
きやらぶきを煮つめ短かき四十代　大島　龍子
夜の蕗むく父母の墓ねむりをらむ　寺田　京子

瓜《うり》　初瓜　瓜畑

今日では瓜というと、まくわうり、しろうり、きゅうり、すいか、とうなす、へちまなどの総称と考えられるが、昔はまくわうりをまず考えた。つるをのばし、巻きひげをもって、ものにからまり成長するものばかりである。へちまのほかはみな夏の蔬菜である。〈本意〉芭蕉の「朝露によごれて涼し瓜の泥」、蕪村の「水桶にうなづきあふや瓜茄子」、白雄の「瓜の香にきつね嚏《はなひ》る月夜かな」、樗良の「水よりもわずかにすずし瓜の色」、一茶の「瓜の香に手をかざしたる鼬かな」など、古典の句はみなまくわうりをテーマにし、涼しい食べもの、香りのよい、夢のある食べものとして描いている。やはり今日でも、まくわうりを中心に考えることが多い。

先生が瓜盗人でおはせしか　高浜　虚子
瓜貰ふ太陽の熱さめざるを　山口　誓子
何もかも瓜まで小さく夢失せき　加藤　楸邨
国古りて夜明の瓜の青かりき　中川　宋淵
＊瓜の種噛みあてたりし世の暗さ　成田　千空
海女若し乳房かくして瓜噛る　中井　大夢

瓜きざむ女のひと世刻むごと　渡辺千枝子

瓜はめば憶良ならねど子等思ふ　松尾いはほ

甜瓜《まくはうり》　真桑瓜　真瓜　黄金甜瓜　甘瓜　梨瓜

俳句では瓜とも甘瓜ともいう。アジア南部の原産で、中国より渡来。初夏、雌雄異花の小さい黄色の花をひらき、二十五日ほどで、果実がとれる。楕円形、円柱状で、黄緑色、香りがよく、味もよい。きんまくわ、なつめうりなどの種類であり、ぎんまくわ、なしうりなどは白い実がなる。〈本意〉「初真桑たてにや割らん輪に切らん」「柳行李片荷は涼し初真瓜」（芭蕉）「涼しさの水からはずむ真瓜かな」（浪化）「頬ぺたにあてなどしたる真瓜かな」（一茶）など、味のよさと涼しさとを眼目にしてうたわれている。

里の子に皮厚うして真桑瓜　広江八重桜

＊まくは瓜をさなき息をあてて食ふ　木村蕪城

老農の喰はず携ふ真桑瓜　山口誓子

裏窓に夜の崖迫り甜瓜食ふ　戸川稲村

真桑瓜農夫跼みて味ふも　同

瓜食ふやふるきならのなかにゐて　藤田初巳

胡瓜《きうり》

茎とつるを、竹や縄などで這い上らせる。初夏に葉腋《ようえき》に黄色の花を咲かせる。雌花、雄花の別がある。きゅうりはもっとも一般的な野菜で、きゅうりもみ、サラダ、つけものなどにする。地を這わせてそだてることもある。〈本意〉野菜の中の野菜で、茄子とならんでもっとも好まれるもの。その緑色が夏の朝のみずみずしさを引きたてる。ちょっとユーモラスな感じもある。

*胡瓜もみ蛙の匂ひしてあはれ　川端　茅舎
青き胡瓜ひとり嚙みたりき酔さめて　加藤　楸邨
胡瓜刻んで麵麭に添へ食ふまたよしや　安住　敦
揉まずして食ぶる胡瓜や荒々し　相生垣瓜人
胡瓜もみ今宵の味は妻か母か　有馬　暑雨
初胡瓜河童に二本流しけり　菅原　師竹
へぼ胡瓜盆の仏の馬になれ　松野　自得
胡瓜の葉うごくに深き空を知る　川島彷徨子
胡瓜喰らひ息の涼しき貧家族　沢木　欣一
うかうかと胡瓜の育ち過ぎしかな　石山　耶舟

夕顔《ゆふがほ》　夕顔の花　夕顔棚

うり類の一種。茎から枝をたくさん出し、つるでとりすがりながら、這いあがりのびる。夏、白い五弁花の雌花、雄花をつけるが、夕方ひらき朝しぼむ。実は大きく円筒形、苦いので、かんぴょうにする。加工して工芸品を作る。**〈本意〉**栃木県で作られるが、花には夕ぐれに白くぼーっと浮かぶ夢幻的な雰囲気があり、実にもなかなか風情がある。『新古今集』にも「白露の情置きける言の葉やほのぼの見えし夕顔の花」とあり、『源氏物語』『枕草子』にも登場する。「夕顔の白く夜の後架に紙燭とりて」（芭蕉）「夕顔や白き鶏垣根より」（其角）「夕顔や早く蚊帳つる京の家」（蕪村）「夕顔の中より出づる主かな」（樗良）「夕貌の花に冷つく枕かな」（一茶）などの句も知られている。

蝶のごとく畳にあれば夕顔咲く　長谷川かな女
夕顔や方丈記にも地震のこと　阿波野青畝
夕顔や昂じたる火は焔無く　中村草田男
*夕顔を蛾の飛びめぐる薄暮かな　杉田　久女
夕顔ひらく女はそそのかされ易く　竹下しづの女
牛はまだ寝る足折らず白夕顔　平畑　静塔
夕顔のひらきし蕊は夕日得し　中村　汀女
夕顔や今日は言葉の多かりき　福田　蓼汀
夕がほの花よりあをき月出でぬ　室生とみ子
夕顔の花の月夜となれるはや　高須　茂

夕顔を驚かしたる大蛾かな　豊原　青波
夕顔は淋しき花よ日を知らず　五十嵐八重子
夕顔に乳ふくますはしづかなり　草間　時彦
夕顔や空の曇れば水もまた　成瀬桜桃子

メロン　西洋メロン　マスクメロン

緑色の外皮に白い網目が付き、果肉は熟するとやわらかく、あまく、よい香りがする。まくわうりに似た植物だが、ずっと高級な果物である。温室で栽培される。〈本意〉エジプト原産、欧米にひろがり、日本にも明治に伝わった。果実の形、果肉の様子、味や香りなど、すべてすばらしい高級果実である。しゃれた発想の句が多い。

青メロン運ばるゝより香に立ちぬ　日野　草城
*籐椅子にペルシヤ猫をるメロンかな　富安　風生
骨壺とならびてメロン網かぶる　榎本冬一郎
メロンの眠りレモンの目覚め癒ゆる日々　加藤知世子
熟れ頃も冷え頃も誕生日のメロン　大橋　敦子
雲は八重メロン全円匂ひたつ　野沢　節子
兄妹に月美しきメロンかな　橋本　寅男
夜のメロン銀の匙より冷たくて　持丸寿恵子
新婚のすべて未知数メロン切る　品川　鈴子
メロン切る事を決しぬ今の今　中原　冴女

茄子《なす》　なすび　長茄子　丸茄子　巾着茄子　白茄子　青茄子　千生《せんなり》茄子　茄子汁

苗を畑に植えると枝分れし、五、六枚葉を出した頃から花を咲かせる。花は柄をもち、五裂した合弁花で、秋まで咲く。果実が付き、大きくなって垂れさがる。初めての茄子が初茄子、形によって、長茄子、丸茄子、巾着茄子などという。実の色が緑色のを白茄子という。一般的な夏の野菜で、漬物をはじめ、いためもの、汁の実、しぎ焼など、いろいろに利用される。〈本意〉茄子は全体に紫色でほかに黒いもの、白いものもあるが、なかなかいきな色で、味もよい。芭蕉の「めづらしや山を出羽の初茄子」「苣はまだ青葉ながらに茄子汁」、惟然の「焼茄子の味しられけり二三日」なども、そのおいしさと、季節とのかかわりと喜びをうたっている。

＊桶の茄子こと〲く水をはじきけり　原　石鼎
漬茄子の紺さえざえと子なし妻　星野麦丘人
なにかが恋し茄子の面に山羊映りつつ　中村草田男
ひとりゆゑ茄子安き日はわづか買ふ　岩崎富美子
松風や七輪に茄子くべてをり　森　澄雄
茄子焼いてさびしさを濃くするばかり　坂間　晴子
まじなひの字を茄子に書く水すこし　下村　槐太
朝市や捥ぎしばかりの茄子並べ　田中　蘇水
茄子の紺転がして刃の入れどころ　植松　てる
ちび茄子の紺きりきりと海女部落　桂　半夏
茄子の紺緊り野良着の中学生　飴山　実
朝市へゆく手車か茄子落す　吉岡　句城

蕃茄《とまと（あかなす）》　トマト　赤茄子

原産地、南米アンデス山脈。二メートルほどの高さになり、茎は蔓状に近く、葉は不規則に切り込みをもつ。汁には独特の匂いがある。六月頃、なすに似た黄色の合弁花を咲かせる。果実は形や大きさが種類によって多様で、色も紅や黄色などいろいろである。〈本意〉明治はじめに輸入され、しだいに日本に定着してきたものだが、その事情は文字からもわかる。今は洋食の盛りあわせに、ジュースにケチャップに欠かせぬものだが、はじめはその匂いに抵抗があった。「蕃茄の南蛮臭きを嫌ひけり」（四沢）というような句も作られた。

一片のトマト冷たきランチかな　野村　喜舟
＊虹たつやとりどり熟れしトマト園　石田　波郷
白昼のむら雲四方に蕃茄熟る　飯田　蛇笏
トマト耀《て》り海への道の真昼なる　中島　斌雄

トマト捥ぐ手を濡らしたりひた濡らす　篠田悌二郎
井戸水にめぐまれ住んでトマトもぐ　伊東　月草
蕃茄のそろへる臀の露けしや　青木　敏彦
トマト食ふ妊りし唇ためらはず　榛原アイ子

甘藍《かんらん》　キャベツ　玉菜

明治の終り頃から普及して、いまは欠かせぬ野菜である。冬に苗を植えると葉が出て、春に葉が重なって球の形になる。球の外側は緑色で、中に入るほど色が白く、びっしりと巻いている。縮緬甘藍の葉はちぢんでいる。そのままにしておくと、五月ごろ花茎をのばし、黄色の四弁花を咲かせる。球のうちに収穫し水分の多い葉を、そのまま食べ、また漬けものにする。〈本意〉玉に巻いた葉が食用となる野菜だが、明治末年から一般的になったもの。トマト、玉ねぎなどとともに欠かせぬ野菜中の野菜であり、芽キャベツ、葉牡丹などと親戚である。

*玉菜の芯から微かな鶏鳴広漠たり　中村草田男
甘藍の一片をさへあますなし　加藤　楸邨
雷の下キャベツ抱きて走り出す　石田　波郷
甘藍を胸にかゝへて山羊つれて　西島　麦南
厨たのし泣くキャベツ押しつけて刻む　田川飛旅子
白鳥の翅もぐごとくキャベツ捥ぐ　能村登四郎
甘藍をだく夕焼の背を愛す　飯田　龍太
母となる日へ甘藍の巻き太る　田中　菅女
きり〳〵と甘藍は頭を白め巻く　八木林之助
甘藍の渦の真上の月の出よ　中村　千絵

夏大根《なつだいこん》

形が小さく、根の先がほそり、肉は粗硬、からさもつよい大根で、おろしたり、浅づけにしたり、煮たりする。四、五月に種をまき、六、七月頃に収穫する。〈本意〉二年子大根の早熟種を改良したもので、味はよくないが、早く出まわるのでよろこばれる。

夏大根かりりと噛んで浅酌す　栗生　純夫
夏大根葉ごめにつけし小桶かな　金子せん女
昼月ひやり夏大根を農婦提げ　大野　林火
夏大根辛くて妻を一瞥す　皆川　白陀
夏大根おろせば月のありにけり　船山　順吉
夏大根荷縄で搦げ負はせけり　同
*ふるさとに父訪ふは稀れ夏大根　池上浩山人
夏大根細きを刻み旅に出たし　斎藤　兼輔

新藷《しんいも》　走り藷　新馬鈴薯　新じやが

新藷というと、走りのさつまいものこと。秋の収穫が普通だが、まだ若い、筋の多いのを夏にとる。珍しくてよろこばれる。甘くておいしい。じゃがいもの走りは新じゃがと言い、五月頃に探り掘りして出荷する。きめこまかく、風味がある。〈本意〉さつまいももじゃがいもも、旬《しゅん》でなく、走りであじわって、その珍しさを楽しむのである。味は本格的ではないが、それなりの魅力をもつ。

*新馬鈴薯や農夫掌よく乾き　中村草田男
新じやがの尻の青さよ一間借り　鈴木　東州
新藷に夕餉すゝみしうれしさよ　中尾　白雨
新藷や弟を見る子のごとく　石野　兌
新じやがのえくぼ噴井に来て磨く　西東　三鬼
蒸し籠や湯気の底なる走り藷　峯　青嵐
新じやがを太陽の子と云ひつゝ食ふ　大野　林火
海の風うけて新藷掘りゐたり　鳥越　三狼
新じやが匂ふ塩焼小屋の厚き煤　沢木　欣一
新藷のうすべに母の忌なりけり　三島　素耳

新牛蒡《しんごばう》　若牛蒡

早蒔きをして、夏に走りの、若い牛蒡を市場に出す。まだ細く、やわらかく、色も白い。筏形にならべてたばねるので、筏牛蒡とも言う。〈本意〉春蒔き若牛蒡とか夏牛蒡とか言う牛蒡の走りで、黒いかたいイメージとはちがって、しゃれた、やわらかい、白い、いきな牛蒡である。

＊削りとぶ若き牛蒡の香に満ちて　潮原みつる
箸にとる細きも匂ひ新牛蒡　宮地　清子
新牛蒡買ひ来て夕の厨ごと　西山　水甫
若牛蒡抜く昼月の空に浮き　梅津　光
洗はれて妻よりしろき新牛蒡　片山鶏頭子
新牛蒡その香水仕の五指にしみ　山川　美翠

夏葱《なつねぎ》　刈葱《かりぎ》　楼子《やぐら》葱　三階葱

俳句で夏葱というと刈葱のことで、夏花茎をのばし、花とともに子球を数個つける。その子球を植えると繁殖できる。子球をそのままにしておくと、一本がのびてまた頂きに子球をつくるので楼子葱などという。刈りとって食用にする。これに対して、農家が言う夏葱は、秋に種子をまき、初夏に苗を植え、土寄せして育ててゆくもので、八月上旬に収穫するものである。〈本意〉軟白部はすくなく味がおとる葱だが、冬ものがなくなる時期なので重宝される。

＊夏葱に鶏裂くや山の宿　正岡　子規
夏葱を刻む乾きし音をもて　草間　時彦
牛馬飼へぬ島よ夏葱ただ灼けて　秋元不死男
夏葱をかゝへし土間の土のいろ　飯島　晴子

玉葱《たまねぎ》　葱頭《たまねぎ》

原産地は中央アジア。明治はじめに渡来し今は欠かせぬ野菜である。鱗茎を食用にするが、ねぎに似た味で、あまみがあり、切ると刺戟臭がある。秋に種をまき苗をそだて、また分球を植えてそだてる。葉の地上部が枯れてから掘りとる。貯蔵しておくことができる。〈本意〉今ではなくてはならぬ西洋野菜で、利用価値が大きい。切って目にしみるその特性はカリカチュアになるが、軒先に吊るしてほしてある情景も農家の見なれた光景である。

*畑に光る露出玉葱生き延びよと　西東　三鬼
たまねぎに映るかまど火緊りたれば　木下　夕爾
咳一つ生きて玉葱岬に積む　原田　喬
黄色の芽出し原爆地捨て玉葱　黒田　謙司
玉葱を提げて朝より主婦暑し　小合千絵女
鶏鳴に玉葱一本づつ抜かる　岸辺千鶴子
玉葱をまはりに育て湖透ける　林　徹
玉葱や遺品の中に芽吹きゐて　立木青葉郎

茗荷の子《めうがのこ》　茗荷汁

茗荷はしょうがと同じ属で、香りや風味をあじわう野菜である。七月頃、地下の根茎から花茎を出し、花穂をつける。これが茗荷の子で、花芽と若芽をつんで食べる。汁に入れたりつけものにしたり、刻んで生醤油で食べたりする。〈本意〉五、六センチの長さで、うす紅い苞でつつまれている。大きくなると花がひらくが、筍状の小さいものが、茗荷の子で、味がわかるとうまい。子どもには苦手のもの。

茗荷汁にうつりて淋し己が顔　村上　鬼城
茗荷汁ほろりと苦し風の暮　日野　草城
*日は宙にしづかなるもの茗荷の子　大野　林火
茗荷汁愛なき恋は忘れたく　東浦　六代
朝餉に火かけて茗荷の子をとりに　宮下　翠舟
朝市や地べたに盛りて茗荷の子　西山　誠
茄子籠にまじりて白し茗荷の子　喜多　皎友
いぶかりて猫がころがす茗荷の子　小林烏有男

辣韮《らつきよう》　薤《らつきよう》　大韮《おほにら》　らっきよ

原産地は中国。秋に小鱗茎を植える。細長い葉が出て、特有のかおりを発する。春、花茎の先に淡紫の花をひらく。七月ごろ鱗茎を掘る。甘酢につけて食べる。においはつよいが、よい味である。〈本意〉辣韮という字を書くが、味が辛辣な韮ということで、その特有のにおいや味からつけられたものである。しかし、甘酢につけられたものは、食べだすと止まらないほどのよい味である。

九頭竜の岸の芥の辣韮かな　阿波野青畝
*手にをどる歓喜のらつきよもみ洗ふ　猶村　博子
洗ひ薤ひと夜に伸ばす芯の白　亀村佳代子
硝子瓶まず日を容れて辣韮漬く　野村　和代
十代の恋つつぬけや花辣韮　西村　青雨
大いなる薤にして掌にかゞやく　八代　郷子
辣韮を漬け了へて子にきらはるる　小間さち子
なんとなくにせの大原女らつきよ売り　越路　雪子

蓼《たで》　本蓼　真蓼　紫蓼　藍蓼　青藍《せいらん》　細葉蓼　江戸蓼　柳蓼

蓼は種類がたくさんあるが、さしみのつまや吸物にするのはやなぎたで（ほんたで、またで）で、高さ三十センチから六十センチ、葉はやなぎの葉に似ている。秋に緑白の花を穂のように咲かせる。花も葉もかむとからく、蓼食う虫もすきずきとはここから出たことばである。むらさきたで、あざぶたで、ほそばたで、あおほそばたで、いとたでなどを食用に栽培している。〈本意〉葉を噛むとからいこと、柳の葉に形が似ていることなど、さしみのつまや汁で親しい植物だけに、身近かな親しい草である。いぬたでも、あかのまんまと呼ばれて親しまれている。

蓼嗅いで犬いつ失せし水辺かな　原　石鼎
夕帰る魚籃おもたし蓼の雨　幸田　露伴
灯を置いて飯食ふ蓼の豪雨かな　西島　麦南
*わがともがら蓼喰ふ虫のたぐひならん　福田　蓼汀
蓼・あかざ裾くらくして罪にほふ　能村登四郎
口噤むことに慣れたり蓼きざむ　小林　康治
牝の鹿の躍りこえたる蓼わかし　星野麦丘人
厨出て夕焼烈し蓼を摘む　桜井　亜石

紫蘇《しそ》　のえら　青紫蘇　赤紫蘇　紫蘇の葉　紫蘇の花

一年草で、高さは三十センチほどになる。枝が多く、卵形の広い毛のある葉を互生する。夏のおわりに花穂を出し、白い唇状花を咲かせる。葉の形や色で赤じそ、青じそ、ちりめんじそがあり、穂じそは青じそを使う。よい香りとからみのある植物で、葉は梅干、つけものの色づけに用いる。〈本意〉特有の色の葉で迫力があり、重要な香辛料に使われる。とくに梅干の色づけには欠かせない。

走り出て紫蘇一二枚欠きにけり　富安　風生
*紫蘇壺を深淵覗くごとくする　山口　誓子
紫蘇の香にをりをり触れて黙りをり　加藤　楸邨
雑草に交らじと紫蘇匂ひ立つ　篠田悌二郎
紫蘇しぼりしぼりて母の恋ひしかり　橋本多佳子
刈り伏せて紫蘇の匂へる通り雨　奥田とみ子
ひとうねの青紫蘇雨をたのしめり　木下　夕爾
父の夢紫蘇咲く庭に出ても消えず　草村　素子
紫蘇を抜くうしろ夕日の町があり　加藤　正子
青紫蘇を摘んでも亡母にもう逢へず　高橋　智代
紫蘇畑ひそかにくらき森をなす　飴山　実
夕べとはむらさきの刻紫蘇にほふ　藤岡　筑邨

青山椒《あをさんせう》

夏の頃、葉の中にまだ青い実が点々と見える。焼き魚にあしらったり、煮たりする。〈本意〉山椒の花は春、実は秋で、季節はずれだが、青い未熟のものの香りを味わうのである。

*吸物は潮なりけり青山椒　塩原　井月
青山椒階段ふんで妻もたらす　沢木　欣一
藪ふかく雨がふるなり青山椒　勝又　一透
青山椒擂りをり雨の上るらし　村沢　夏風
妻子ゐて円き食卓青山椒　細川　加賀
青山椒父の寝息のすこやかに　新保フジ子

青蕃椒《あをたうがらし》　青唐辛　葉唐辛

まだ熟さないとうがらしで、青く、枝や葉とともに煮たり、つまにしたりするが、まだからくはなくて、特殊な風味がある。〈本意〉秋が本来の季節でからい唐辛子も、夏にはまだ青く、からさもない。その未熟の風味に独特のものをみつけるのである。

*われを知る妻にしくなし葉唐辛子　富安　風生
青々とまびき束ねぬ唐がらし　西島　麦南
金慾しき青とうがらしとうがらし　石橋辰之助
つれなさの切なさの青唐辛　三橋　鷹女
火を見せて青きうちより唐辛子　松岡　豊子
きじやうゆの青唐辛子煮る香かな　草間　時彦

浮葉《うきは》　蓮の浮葉　蓮浮葉　銭荷《せんか》

初夏の頃、蓮の根茎から出た新葉は水面にうかび出て、なかなかに味のある光景を呈する。中国ではその形から銭荷と呼ぶ。〈本意〉蓮の葉は「四月、水面に布きて生ず。これを浮葉といふ。……杜詩に曰、魚戯動二新荷一」と『年浪草』にある。初夏の池の目をうばう新鮮な光景である。

悉く蓮浮葉となりにけり　小杉　余子
＊葛飾や浮葉のしるきひとの門　水原秋桜子
朝あり夕べのありし浮葉かな　高野　素十
浮葉見て我らそれぞれ忌の集ひ　阿波野青畝
茎のびて浮葉一枚不安がる　篠田悌二郎
子とあそぶひねもすふゆる浮葉かな　中村　汀女
浮葉はや大鬼蓮の威ありけり　土山　紫牛
夕立のはれゆく浮葉うかびけり　軽部烏頭子
日輪は蓮の浮葉にひしめける　沢　楓月
かがみ見るそれぞれ佳人蓮浮葉　和田　暖泡

蓮の葉《はすのは》　蓮の巻葉　蓮青葉

蓮の葉は、浮葉から巻葉となり、水面からぬけ出て、大きくひろがり、水面を覆うようになる。大きな葉は直径が六十センチほどにもなり、やがて花茎が出てくるようになる。〈本意〉「浮葉巻葉立葉折葉とはちすらし」（素堂）「うつぶくもあふのくもよき荷葉かな」（才麿）というような池の蓮の葉である。『古今集』にも、「蓮葉《はちすば》の濁りに染まぬ心もて何かは露を玉とあざむく」（僧正遍昭）の歌がある。蓮の葉をころぶ水玉も印象的である。

水を出てほぐれそめたる巻葉かな　村上　鬼城
蓮の葉や水を抽くこと高からず　小杉　余子
やす〳〵と白鳥孵り蓮巻葉　中野たか緒
くつがへる蓮の葉水を打ちすくひ　松本たかし
＊へそをもつ蓮の広葉ゆれにけり　海城わたる
蓮の葉の風引き合へる青さかな　山田みづえ
蓮の葉や雷雨の中に飜り　浅井　啼魚
蓮の葉に雨と見る間に豪雨かな　服部　畊石

蓮《はす》　はちす　蓮の花　蓮華　散蓮華　紅蓮　白蓮　蓮池

夏、根茎から花茎を出し、多くの花びらと雄ずいのある大きな花を咲かせる。紅と白があり、夜あけにひらき、午前中にはしぼむ。花のあと、花托《かたく》がじょうごの形になり、中に種がそだつ。これが蜂の巣に似て小さな穴があるので、はちすともいう。根茎は蓮根《れんこん》で、節があり、縦に穴があいている。この根茎と種は食用になる。池、沼、水田などで栽培する。**〈本意〉**蓮の花は蓮華といい、極楽の象徴である。たしかに花は清らかで、美しく、香りがよい。「蓮咲くあたりの風もかをりあひて心の水を澄ます池かな」（定家）の歌の通りである。花の君子といわれる心ばえの花である。

*大紅蓮大白蓮の夜明かな　高浜虚子
利根川のふるきみなとの蓮かな　水原秋桜子
夜の蓮に婚礼の部屋を開けはなつ　山口誓子
昼花火おろかにあがる蓮咲けり　富安風生
蓮の中あやつりなやむ棹見ゆる　軽部烏頭子
蓮開く一鈍音を放送す　相生垣瓜人
白蓮白シャツ彼我ひるがえり内灘へ　古沢太穂
みちのくの星に濡れつつ蓮咲きぬ　宇田零雨
盛りあがる蓮田のま中蓮ひらく　出牛青朗
蓮田の雨かならず激しとぞ思ふ　秋元茂
水中に風の明暗蓮咲けり　千種百合子
水中に夕日爛熟花蓮　野沢節子
紅蓮の開かむとしてゆるるなり　秋篠光広
花蓮ひたすら茎に捧げらる　泉紫像
蓮咲いて一羽一羽のごと白し　中川美亀
目つむりて待たんかはちすの開花音　池野健

麦《むぎ》　大麦　小麦　黒麦　麦の穂　麦畑　麦生　麦の波　痩麦　青麦

麦は秋に蒔く。冬にたくさん分蘖《ぶんけつ》を生じ、葉をのばし、茎の先に穂をつけてみのる。初夏に刈り入れる。大麦、裸麦、小麦などがよく作られている。ほかに、ライ麦、燕麦などが寒い地方で作られ、ライ麦は黒パンに、燕麦はオートミールにする。〈**本意**〉「行く駒の麦に慰むやどりかな」（芭蕉）「麦の穂を便りにつかむ別れかな」（同）「麦の穂や谷《やつ》七郷の見えかくれ」（蝶夢）「狐火やいづこ河内の麦畠」（蕪村）のような旅の句が多く作られている。麦の穂、熟れ麦、麦黄ばむなどが、麦の花よりも中心の季題になる。

*いくさよあるな麦生に金貨天降るとも　中村草田男
飢びとに麦いらいらと黄なりけり　森川暁水
鉢巻が日本の帽子麦熟れたり　西東三鬼
麦熟れて夕真白き障子かな　中村汀女
麦白く斯く熟しては切に寂しと　永田耕衣
一幅を懸け一穂の麦を活け　田村木国
灯がさせば麦は夜半も朱きなり　田中灯京
麦笛に暗がりの麦伸びにけり　山根立鳥
少年のリズム麦生の錆び鉄路　細見綾子
父の眸や熟れ麦に陽が赫っとさす　飯田龍太
麦の穂やあゝ麦の穂や歩きたし　徳永夏川女
麦の穂のしんしんと家つつむなり　川本臥風
麦の穂に夕雲沁みる地酒よし　高島　茂
夜の柱麦つみこんで光るなり　須藤紫楼
褐色の麦褐色の赤児の声　福田甲子雄
郵便夫ゴッホの麦の上をくる　菅原多つを
麦の風少し荒しと目を伏せぬ　一瀬信子
麦は穂に山山は日をつなぎあひ　中田六郎

麦の黒穂《むぎのくろほ》　黒穂

黒穂菌がついて穂が黒穂病になった麦で、とうもろこしなどにもこの病気がある。菌は花をおかすので、穂全体が黒い粉のかたまりのようになっている。収穫ができず、伝染もするので抜き取って焼きすてる。黒ん穂《ぼ》ともいう。近年は種の時の処理で予防できるので、無くなっている。〈本意〉根から穂に上って収穫をだめにする病気で、黒ん穂ということばに、農夫の気持がよくあらわれていよう。

峠路は遙か黒穂の捨てゝあり　山口　草堂
*黒穂抜けばあたりの麦の哀しめり　木下　夕爾
旅の靴黒穂を燃やす火をまたぐ　橋本　鶏二
麦に黒穂多く償ひ得ざることせし　油布　五線
黒ん穂に叩かれし顔よく眠り　豊島　蕗水
混血児と保姆と麦より黒穂抜く　島津　亮
黒穂麦多し米軍返還地　古賀三十五
舗装路に黒穂東京都に入れり　中島まさを

早苗《さなへ》　玉苗　早苗束　余り苗　捨苗　苗運《はこび》　苗配《くばり》　早苗舟　早苗籠　苗籠

苗代で育てて、ちょうど田へ植えかえるにふさわしくなった頃の稲の苗で、種まきから一か月半、葉が七、八枚になったときである。〈本意〉芭蕉には、「早苗にもわが色黒き日数かな」「西か東かまづ早苗にも風の音」「早苗とる手もとや昔しのぶ摺」などがあり、一茶にも「朝富士の天窓《あたま》へ投げる早苗かな」がある。玉苗、若苗とも言い、玉や若に、みずみずしさへの賞美のこころがこめられている。早さ、小ささへの思いも共にある。

*早苗取りそれも遊べる如く見ゆ　高浜　虚子
早苗束濃緑植田浅緑　高野　素十
早苗束放る響の谷間かな　松本たかし
白鷺に早苗ひとすぢづつ青し　長谷川素逝
投げ苗をかはしてくぐるつばくらめ　軽部烏頭子
早苗束抛りし空の浅間山　福田　蓼汀
早苗挿す早さ烈しさ身近さよ　平畑　静塔
月の出や印南野に苗余るらし　永田　耕衣

帚木《ははきぎ》

地膚木《ははきぎ》　帚草　庭草　真木草　地《ち》膚《ふ》　地《ち》麦《ばく》　落《らく》帚《さう》　涎衣《えんい》草《さう》

ははきぎ、ははきぐさ、ほうきぐさと言い、庭草、真木草、地膚（漢名）という別名もある。高さは一メートルほど、枝がよくわかれて、樹形が円錐状になり、葉があからむ。八月に抜いて干し、ほうきにする。淡緑の花が穂状に付き、実になるが、枝が折れやすくなるので、その前に抜いてほうきにする。実は秋田の名物料理に使うとんぶりである。〈本意〉古来、「園原や伏屋に生ふる帚木のありとて行けど逢はぬ君かな」（『古今六帖』）「帚木の心を知らで園原の道にあやなく惑ひぬるかな」（『源氏物語』）などと歌われた。信濃国園原の伏屋にある、遠くから見ると森の上に高くさし出て、近く寄れば見えぬ木を、「ははきに似たるゆゑ」ははきぎと呼んだといわれ、そこで、「ありとは見えて逢はぬ」「心を知らで」「あるにもあらぬ」という気持をよせて使われた題である。その木は何の木かわからないが、実際の帚木は、庭や畑のどこにでもよく育つ、枝先の丸く集中する、おもしろい木である。葉が赤らむのが美しい。

*帚木に影といふものありにけり　高浜　虚子
箒草干されてまろさ衰えぬ　八木沢高原
帚木を毬よりまろくつくりけり　原田　浜人
帚木のつぶさに枝の岐れけり　波多野爽波
箒木を植ゑてひそかに暑に耐へて　中村　汀女
箒木に露のそろうてうつくしき　近本ひろし
帚草余生の母に夜も青し　大野　林火
喪の家の吹かれまろべる帚草　石田　波郷

棉の花《わたのはな》

一年草の棉は夏に枝葉をのばし、実のなる枝の先端には花だけがつく。盛夏の頃、淡黄色の大きな花を咲かせる。花のあと球の形の果実となり、熟すと綿毛をもつ種をとばす。この綿毛をとって繊維を利用する。実がよく付くように、花は七、八花を残して摘み取ってしまう。〈本意〉原産地は東インド、エジプトで、花は淡黄色のほか白や紅もあり美しい。種子の繊維は木綿になるわけで、生活に密着した植物である。

綿の花旱にあへる盛りかな　小沢　碧堂
水無月の筑波蒼さや棉の花　大竹　孤悠
棉咲くや生を寄するは易からず　加藤　楸邨
*棉の花音といふもののなき所　細見　綾子
棉の花まばたきばかりして帰る　岸田　稚魚
雲よりも棉はしづかに咲きにけり　福島　小蕾
棉の花風音ねむくなるまひる　土屋　紫信
明暮に来てはたたずむ棉の花　桜井　銀馬

麻《あさ》　大麻　麻畑　麻の葉　麻の花　あさのみ

麻の高さは二、三メートルになり、茎の上部で枝分れする。麻の葉はてのひらのような形をしている。雄木と雌木があり、雄木では葉のつけ根に穂状の花をつけ、雌木では葉のつけ根に子房を持つ五弁花をつける。実は球状のかたいもので、成熟すると裂けて白い繊維のついた種子をあらわす。これは綿花で、麻の繊維は茎からとる。栃木、長野の山地でとれる。〈本意〉麻の葉の形、麻の花、そして茎の繊維が焦点になる。やはり中心は麻の高さと、麻を刈りそれを干して糸を取るイメージであろう。

麻の中雨すいすいと見ゆるかな　高浜　虚子
一村は麻より低き家ばかり　石井　露月
*麻干して麓村とはよき名なり　高野　素十
一本の麻の育ちて花こぼす　中田みづほ

麻茂り伏屋の軒を見せじとす　富安　風生
風死せり伸び極まりし麻の丈　青木　瓢子
夜明けつつ青麻畑の高さかな　草間　時彦
水明り焔明りの麻畠　広瀬　直人

玉蜀黍の花《たうもろこしのはな》　なんばんの花

とうもろこしは雌雄異花で、雄花は茎の先に大きな芒の穂のように咲く。雌花の穂は、茎の途中の節につき、太い芯のまわりに小花があり苞で包まれている。花の時期に雌しべの先が苞の先に長く出て、雄花の花粉を受ける。〈本意〉秋にとれるとうもろこしの実の頭に垂れているのは、雌花穂の花柱である。他の花に見られない独特の形である。

もろこしの雄花に広葉打ちかぶり　高浜　虚子
*南蛮の花綴りあふ夜空かな　八木林之助
拓農継ぐとうもろこしの花太り　黒杉多佳史
なんばんの花のだらりと海ねばる　梶井　枯骨

太藺《ふとゐ》　太藺　青藺　唐藺　丸蒲《がま》　丸菅《すげ》　水葱《しのぶ》　莞《ゐむしろ》

かやつりぐさ科の多年草で、藺《い》（いぐさ科）とは別種。むしろの材料にする。茎の高さは一メートル半で葉がない。下に鱗片葉があるが、葉の退化したもの。夏に茎の頂きに黄褐色の花をつける。夏に刈りとり、むしろにする。〈本意〉むしろや畳表にする植物で、良質のものは備後表《びんごおもて》などと呼ばれて尊重される。日本人の生活の必需品の一つ。

放牧の馬あり沢に太藺あり　高浜　虚子
*旅心太藺の花にすが〳〵し　高野　素十
船たのし太藺の花を折りかざし　富安　風生
雨の中雨が太藺に凝りにけり　阿波野青畝

一点の太藺の花の水の影　山口　青邨
太藺中何か起りし水騒ぎ　星野　立子

夏草《なつくさ》　夏の草　青草

夏によく茂る草全体を総称する。〈本意〉芭蕉の「夏草や兵どもが夢の跡」「石の香や夏草赤く露暑し」という句でわかるように、暑さと生気の象徴であり、と同時にさまざまの感慨の源泉ともなる。

夏草を這上りたる捨蚕かな　村上　鬼城
夏草や真昼の丈の逞ましき　小島政二郎
湖に夏草を刈り落しけり　前田　普羅
*夏草に汽罐車の車輪来て止る　山口　誓子
朱ヶの月出て夏草の鋭さよ　川端　茅舎
夏草や星濃くなれば人の来つ　林原　耒井
夏草や母親のみな衣黒し　中村　汀女
わが丈を越す夏草を怖れけり　三橋　鷹女
夏草や看板の字は逆から暑く　田川飛旅子
夏草をちぎれば匂う生きに生きん　細見　綾子
夏草こそ崖の王冠雲湧くとき　楠本　憲吉
夏草や小石や下駄に喰ひ込んで　原子　公平
夏草やひとりぼっちに吾子の墓　田子　鴨汀
夏草のしみじみ青く父母は亡し　山下　麦秋
夏草に沈みて風の五輪塔　沼田　一老
夏草に風の行方の別れかな　横山　衣子

草茂る《くさしげる》　茂る草　名の草茂る

夏がふかまるにつれて、夏草がどんどん茂り、さかえる。〈本意〉「逢ふことはなつ野に茂る恋草の刈り払へどもおひ結びつつ」という俊頼の歌が『夫木和歌抄』にあるが、そのような、しつようでたくましい活気である。

蕗の葉も老い交りたり草茂る　高浜　虚子
＊さからはず十薬をさへ茂らしむ　富安　風生
しん〱と夜の光の草茂る　川端　茅舎
草茂る中洲や雨後の水の嵩　石塚　友二
沈黙の茂り蔓草奔放に　滝　春一
木草らも漸く茂りあぐみけり　相生垣瓜人

草いきれ《くさいきれ》　草のいきれ

夏草の生い茂った径や草はらを炎天下歩くと、すさまじい熱気とにおいが立ちこめて、耐えがたい思いがする。〈本意〉しおれかえる草のにおい、土のにおい、さまざまのにおいと、むっとするような熱気である。蕪村の「草いきれ人死に居ると札の立つ」は、草いきれだから効果的であり、秀山の「せみ鳴や口もあかれぬくさいきれ」も蝉の声といっしょなのでよけい耐えがたくなる。

艸いきれ忘れて水の流るゝや　松瀬　青々
鬢白くして生きのこる草いきれ　山口　誓子
＊身もあらず鶏の砂あぶ草いきれ　富田　木歩
草いきれさめゆく園の夕かな　池内友次郎
草の香に日のたゆたへば疲れたり　林原　耒井

草茂る尋ねあぐみてとゞまれば　加藤　覚範
山羊の仔のおどろきやすく草茂る　西本　一都
草茂るゆきて飛鳥のむかしみち　相馬　黄枝
試歩の足汚るるたのし草茂る　山口　一枝
親しき家もにくきも茂りゆたかなり　飯田　龍太
茂みに入る鳥は虔しむ姿して　八木林之助

草いきれ鉄材錆びて積まれけり　杉田　久女
草いきれ貨車の落書き走り出す　原子　公平
この暑さ草いきれにも思ひ出湧く　殿村菟絲子
草いきれ行きて眩しきものばかり　島村　時子
草いきれ魔の踏切と人は云ふ　草野　駝王

青芝《あをしば》　夏芝

春の若芝がしだいに伸びてきてあおあおとした夏の芝である。秋まで新しい芽が出て、気持のよい眺めになる。〈本意〉日本の庭にも芝がうえられることが多くなったが、種類はこうらい芝が多く、ソフトな印象の青さである。いつも美しく見るためには、除草や芝刈りなどが必要になる。

子の臀のまろさ青芝を圧すまろさ　大野　林火
*臥して見る青芝海がもりあがる　加藤　楸邨
見えぬ雨青芝ぬれてゆきにけり　中島　斌雄
青芝に一片の雲さしかかる　谷野　予志
青芝の視界はみ出て余りあり　古屋　秀雄
すぐそこに海青芝の航海科　塩尻庄三郎
青芝や精勤の靴並べ干す　鳥居おさむ
セパードに曳かれ荒息青芝に　沖田佐久子

青芦《あをあし》　芦茂る　青芦原

夏、芦は二メートルにもなり、あおあおと茂って爽快である。〈本意〉芦はよしともいい、水辺に生える。茂りの青さが水に映えてすずしげに見える。

青芦は自ら立錐余地も無し　中村草田男
忘られしもの昼の月芦青し　大野　林火
青芦に夕波かくれゆきにけり　松藤　夏山
青芦のたちつなびきつ旧山河　百合山羽公
青芦一本大濁流の救ひの神　加藤かけい
*青芦原をんなの一生《よ》透きとほる　橋本多佳子
青芦の影賑やかに水の中　星野　立子
しづけさの青芦原は日を返す　村田　脩
芦茂るくらきふところ匂はせて　山上樹実雄
青葦の葉ずれけふ生きけふ老いき　千代田葛彦

青芒《あをすすき》　芒茂る　青萱《あをがや》　萱茂る

夏、芒は一メートルをこえて茂る。葉が剣のようで、青く、つやがある。秋の芒ほどではないが、強い印象をあたえる眺めである。〈本意〉青々とした勢いのある若々しさが眼目で、強い印象がある。薄や萱、ちがやの総称が萱。

白き猫今あらはれぬ青芒　高浜　虚子
一条の激しき水や青薄　松本たかし
青芒人立つ墓のありにけり　高野　素十
*如何な日もひとりはさびし青芒　中村　汀女
青芒青照るを分け天に近づく　中島　斌雄
青芒月いでて人帰すなり　橋本多佳子
青芒なびきおのづから路なせり　原田　種茅
青芒追ひつけねどもいそぎけり　加藤　覚範
顔入れて顔ずたずたや青芒　草間　時彦
山彦は男なりけり青芒　山田みづえ

青蔦《あをつた》　蔦茂る

落葉する蔦（冬蔦）と紅葉し落葉する蔦（夏蔦）とあり、ふつう夏蔦の方が蔦とよばれる。夏、あおあおとした葉で壁など一面をおおう青蔦は美しく、涼しげである。建物の壁や岩壁、木の幹などに、巻きひげでからみつく。〈本意〉壁面をひろくおおい、あおあおと緑の壁かけをひろげる青蔦は、美しい効果を示す。夏のさわやかな風物詩である。

青蔦にほの〴〵赤き杉の幹　高浜　虚子
*館音なし青蔦一つ欠いて通る　中村草田男
青蔦やあまりひしひし妻の加護　同
青蔦の静かな夜の深みどり　加藤　楸邨
戦後の空へ青蔦死木の丈に満つ　原子　公平
蔦茂り壁の時計の恐しや　池内友次郎

青蔦の窓より見ゆる書架のもの　杉本　禾人
蔦のびる後にはひけぬ青さかな　福田甲子雄

夏萩《なつはぎ》　青萩　さみだれ萩

萩は秋の花で、秋の七草の一つに数えられているが、夏萩は夏に花をひらく萩のことである。野萩、めどはぎ、犬萩、藪萩などで、秋にかけて咲くものには南天萩、四葉萩、猫萩などがある。山では秋が早くくるので、早く咲きはじめる。なお、みやぎのはぎのことを別名夏萩というが、俳句ではもっとひろく夏に咲く萩をいう。〈本意〉晩夏の季節感がある季題で、山のイメージもつよくある。まだ咲かずに青い枝のままのものを青萩というが、これもまた印象的である。

夏萩やすいすい夕日通り抜け　大野　林火
＊夏萩の花に縋りて子蟷螂　石塚　友二
夏萩の色を置きたる乏しさよ　深川正一郎
夏萩やとくとく搏てる男の血　波多野爽波
萩青き四谷見附に何故か佇つ　石田　波郷
ゆきずりや女薫りて萩青し　坂東　菖雨
夏萩の咲きひろがりぬ影の上　谷野　予志
夏萩の淡しとやりし手にこぼれ　亀井　糸游

夏蓬《なつよもぎ》　蓬長《た》く

夏のよもぎは長く伸びて、しげり合い、葉裏も風に白くかえって、いかにも荒れさびた感じになる。これをとってもぐさをつくる。〈本意〉蓬生とか蓬が門とかという荒れた情景を示すことばがあり、繁茂のあらあらしさがその情景にぴったりするものとされた。蓬々ということばもある。

夏蓬瓦礫をふみて虔しみぬ　富安　風生
夏蓬煤煙くさき江東区　秋元不死男
＊さながらに河原蓬は木となりぬ　中村草田男
旅の師を旅して追ひぬ夏蓬　赤松　蕙子

夏蓬細身に雀くぐりけり　小山田抒雨
対岸の石切るこだま夏蓬　大中　祥生
山風や人の背丈の夏蓬　勝又　水仙
夏よもぎ茫々と母たづねたし　徳本　映水

葎《むぐら》　八重葎　小児教草《こをしへぐさ》　金葎《かなむぐら》　葎草

古歌にいう葎や八重葎は金葎のことである。金葎はくわ科のつる草で一年草。山野・路傍に生え、茎や葉柄にかぎがあって、巻きついてのびる。夏から秋に花梗を出し黄色の花を咲かせる。八重葎の方はあかね科の二年草。茎にさかさのとげがあり、茎を折って着物に投げつけて遊ぶ。夏、葉腋に黄色の花が咲く。〈本意〉『枕草子』に「あはれなるもの、荒れたる家に葎はひかかり蓬など高く生ひたる庭に、月の隈なくあかき」とあり、蓬と並んで、荒れた家の中心的イメージとなった。芭蕉に「山賤のおとがひ閉づる葎かな」、闌更に「古寺や葎の下の狐穴」がある。

泉水へと人没し去る葎かな　高浜　虚子
白百合の花大きさや八重葎　村上　鬼城
いづこより月のさし居る葎哉　前田　普羅
＊夜々あやし葎の月にあそぶ我は　原　石鼎
家貧にして花葎まつさかり　竹下しづの女
癩園へ道ひとすぢの葎かな　清戸一径子

石菖《せきしやう》　石菖蒲《いしあやめ》

さといも科の多年草。本州中南部、九州の渓間に自生している。葉は剣のようで緑。初夏に黄色の肉穂花序を出し小花をつける。盆栽になり、品種がたくさんつくられている。〈本意〉江戸時代に盆栽になり、その葉の色を愛玩したが、水をそそげばよく繁茂するので、清玩の対象となった。

*石菖や口あけて鱈焼かれゆく　角川　源義
石菖や雨のあがりし町の空　三宅　応人
石菖や疲れし足をさます水　高田　蝶衣
石菖の根に止まりぬ蟹の泡　柳川　春葉
石菖に青き日矢さす氷室口　新井　盛治
石菖や水つきあたりつきあたり　泉　春花
石菖や茶室に棲みしひと昔　草間　時彦
風香し石菖がそと蚊を放つ　三重野素月

竹煮草《たけにぐさ》　占婆菊《ちゃんぱぎく》

けし科の多年草で、山野に自生。二メートルほどになる。葉は切れ込みがあり互生、裏は白っぽい。夏、茎の上方に円錐花序を出し白か紅の小花をつける。花びらのない花で、雄しべと雌しべだけである。秋にへら形の実が風に鳴る。葉が菊に似るので占婆菊という。〈**本意**〉毒草だが、大型で目立つので、夏の特色ある雑草である。竹を煮るときにともに煮るとやわらかくなるというのは必ずしも真実ではなく、むしろ竹に似た草という感じである。

竹煮草女の貌の変な時刻　長谷川かな女
竹煮草花咲き夜は星近く　山口　青邨
竹煮草枯れて野の雲大いなる　内藤　吐天
竹煮草霧の雫のかぞへられ　加藤　楸邨
竹煮草夕べ湯気あぐ湯の川は　大野　林火
*川上に一燦の過去竹煮草　飯田　龍太
横ざまの雨もろともや竹煮草　草間　時彦
竹煮草練馬の空を書割りて　永園　皓哉
竹煮草長けて近道真昼なり　窪田　玲女
烈風に崖みがかれて竹煮草　倉根　文吾
涙ぐむ馬の眸にあふ竹煮草　内山せつ子
恐山地獄の道の竹煮草　三谷　貞雄
吹く風の葉裏へばかり竹煮草　井沢　正江
嘘言へば嘘がまことや竹煮草　今井　和代

紫蘭《しらん》　白及《しらん》　紫蕙　黄蕙　蕙　蕙蘭

らん科の多年草。湿原や崖に自生する。細長い葉が五、六枚、茎をつつむように出ている。夏、その間から花茎がのび、蘭の形の花を六、七個咲かせる。色は紅紫色。鱗茎を白及根といい、吐血、おできに効く。〈本意〉花も葉も蘭と同様だが、観賞もさることながら、むしろ漢方薬の材料として、薬草園に植えられている。

＊紫蘭咲き満つ毎年の今日のこと　高浜　虚子
司書の眼をときどきあけて紫蘭咲く　富安　風生
紫蘭咲いていささかは岩もあはれなり　北原　白秋
大かたは打伏す梅雨の紫蘭かな　中道　政子

風蘭《ふうらん》　桂蘭　仙草

らん科の多年草で、老木に着生してそだつ。葉は抱き合うようにして数対がついている。葉のもとのところから、花茎を十センチほどのばし、白い花を数個咲かせる。花の大きさは一センチ、微香がある。花被片は三片が上に、二片は左右にたれている。花のもとの方は長い足になっている。〈本意〉花の形のおもしろい花だが、飛んでいるように見えるので、よく鉢に入れて軒先などに吊るしてある。「風を好みて茂盛す。ゆゑに風蘭と名づく」と『年浪草』にある。

＊風蘭の花垂るる簷や遠雷す　富安　風生
風蘭のむらさきうすく雨催ふ　角田　不説
風蘭や二の滝へゆく岐れ道　鈴鹿野風呂
風蘭も杉戸も寂びて上厠　県越　二郎
風蘭の花白し細しすがしき　甲田鐘一路
風蘭の下大いなる墨を磨る　片岡　奈王

風蘭や大樹の幹に風走り　東野　嘉久
千年の松に風蘭いま盛り　土屋　雅世

鈴蘭《すずらん》　君影草　リリー

ゆり科の多年草。近畿地方の山から北海道までの高地の草原にそだつ。楕円形の葉を二、三枚ひろげ、花茎を出して、風鈴のような白い花を下向きに咲かせる。香りがよく君影草ともいう。〈本意〉北海道のものが特に名高いが、可憐な小さな花で、誰にでも愛される。天使的、乙女的というような印象の清純な花である。

鈴蘭の葉をぬけて来し花あはれ　高野　素十
*鈴蘭に憩ふをとめ等の肩見ゆる　水原秋桜子
すずらんのリリリリリリと風に在り　日野　草城
日日むなし鈴蘭は遠い白いランプ　細谷　源二
ふまれずに鈴蘭落ちし道の夜　高木　晴子
すずらん活け癩一生の乳房抱く　上山　茂子
鈴蘭の香にあり遠野物語　佐藤　一千
月にぬれて鈴蘭売つてゐたりけり　落合　望鳥
鈴蘭や汽車は登りをつゞけゐる　芳野金太郎
高原の夜気鈴蘭の香に澄みて　小島　岸郎

昼顔《ひるがほ》

野や路のどこにでも自生する野草で、初夏から朝顔を小型にしたうす赤い花を咲かせる。夏の日がはじまるとひらき、昼がすぎるとしぼむので昼顔という。茎はつる状、葉は楕円で付け根のところがひらいている。〈本意〉昼咲くので昼顔というわけだが、たくさんどこにでも咲くところが親しい感じを与える。芭蕉に「昼顔に米搗き涼むあはれなり」、蕪村に「昼がほや煩ふ牛のまくらもと」、白雄に「昼がほや日のいらいらと薄赤き」、一茶に「とうふ屋が来る昼貌が咲きにけり」がある。

昼顔を摘まんとすれば萎れけり　富安　風生
昼顔の咲きのぼる木や野は広し　中村草田男
昼顔に浅間高原あはれなり　室生　犀星
＊ひるがほのほとりによべの渚あり　石田　波郷
漆庫くらく昼顔雲にのぼる　松村　蒼石
ひるがほや従軍の記憶よみがへる　青木　瓢子
ひるがほのあまた咲くなり氷室みち　及川　貞
昼顔や流浪はわれにゆるされず　鈴木真砂女
いつ咲きし昼顔を犬嗅ぎにくる　小巻　豆城
砂叩く雨に昼顔花やぶれ　岡本無漏子

浜昼顔《はまひるがほ》　浜旋花《ひるがほ》

ひるがお科の多年草。海岸の砂浜に多い。長い地下茎からまるい葉が出て、五月に昼顔に似た花が咲く。色は淡紅色。ときには白のこともある。〈本意〉夏の海岸でよく見られる花で、夏らしい気分をそそる。健康な明るい情景の中の花である。

きらきらと浜昼顔が先んじぬ　中村　汀女
浜昼顔咲き揃ひみな揺れちがふ　山口　草堂
浜ひるがほ咲きのさかりの幾砂丘　大竹　孤悠
＊浜昼顔風に囁きやすく咲く　野見山朱鳥
はまひるがほ空が帽子におりて来て　川崎　展宏
浜昼顔しだいに蝶の狂ふなり　山本　雄

月見草《つきみさう》　月見草《くさ》　待宵草　大待宵草

黄の花を咲かせる待宵草、大待宵草と混同されているが、月見草は白の四弁花である。メキシコの原産で、茎は六十センチほどになる。葉は卵形で、うすい緑色。花は夕方ひらき朝つぼむ。〈本意〉待宵草や大待宵草も、夕方咲き朝しぼむので、月見草と咲き方が同じため、混同されている。月見草の花は白く、大待宵草は黄色だが、長く混同され、例句も大待宵草である場合が多いだろう。

乳色の空気の中の月見草　高浜虚子
月あらぬ空の澄みやう月見草　臼田亜浪
月見草蛾の口づけて開くなり　松本たかし
項《うなじ》一つ目よりもかなし月見草　中村草田男
*月見草ランプのごとし夜明け前　川端茅舎
月見草夕月より濃くひらく　安住　敦
開くより大蛾の来たる月見草　高橋淡路女
月見草はらりと地球うらがへる　三橋鷹女
月見草咲き満ち潮騒高くなりぬ　道部臥牛
月見草鵜が敏感になりにけり　近藤一鴻
月見草河童のにほひして咲けり　湯浅乙瓶
月見草夜気ともなひて少女佇つ　松本青石
月見草歩み入るべく波やさし　渡辺千枝子
月見草怒濤憂しとも親しとも　広崎喜子
月見草ぽあんと開き何か失す　文挾夫佐恵
月見草馬も沖見ておとなしく　橋本風車

水芭蕉《みづばせう》

さといも科の多年草。本州中部より北の高地の湿原、水辺にある植物で、根茎から花の穂を出すが、まっ白の仏炎苞でつつまれている。花の穂の花は小さいので、花より仏炎苞が美しい。五、六月頃が見ごろである。花のあと仏炎苞は茶色になってしぼみ、かわりに葉が大きな楕円形になって繁茂する。芭蕉の葉を連想させるので、水芭蕉の名となった。**〈本意〉**尾瀬沼の水芭蕉は有名だが、北方ではごく普通の花である。仏炎苞の白の雪のような輝きが眼目になる。咲いている場所との関連で、よけいに引き立つ花である。

石狩の雨おほつぶに水芭蕉　飯田蛇笏
*峠にはまだ雪消えず水芭蕉　滝井孝作

花と影ひとつに霧の水芭蕉　水原秋桜子
野兎わたる濁りすぐ消ゆ水芭蕉　沢田　緑生
雲のみに夕映えのこる水芭蕉　中村　信一
水芭蕉師にある小首傾げ癖　対島　土壁
ひたぬれて朝のねむりの水芭蕉　堀口　星眠
誰彼の死や水芭蕉の花ほんのり　榎島　沙丘

擬宝珠《ぎばうし》　花擬宝珠　ぎぼし　ぎぼ　紫萼

ゆり科の多年草。おはつきぎぼうし、すじぎぼうし、おおばぎぼうし、いわぎぼうし、みずぎぼうし、たちぎぼうしなど種類が多いが、おはつきぎぼうし、すじぎぼうしが普通のものである。長さ十五センチほどの楕円形の葉があり、先がとがっている。初夏に、葉の間から花茎が長く伸び、ゆり形の淡紫色の花が下から咲きのぼる。若い巻き葉を食用にする。〈本意〉『和漢三才図会』に、「玉簪《ぎばうし》、葉闊円にして末尖《とが》り、橋の欄干《ぎばうし》の形に似る。ゆゑに俗に呼んで岐《ぎ》保《ぼ》宇《う》之《し》と名づく」とある。初夏の花が季感の中心にあるが、やはり関心の中心には葉の形があり、文字に独特の美感がある。

這入りたる虻にふくるる花擬宝珠　高浜　虚子
*湖張って一艘もなし花擬宝珠　秋元不死男
花売りの擬宝珠ばかり信濃処女　橋本多佳子
旅ゆけば我招くかに擬宝珠咲く　角川　源義
擬宝珠咲きたわみて風にゆれやすし　八幡城太郎
登り来て擬宝珠花叢霧ふかし　村沢　夏風
睡き子のかたむきかゝる花擬宝珠　石田いづみ
熱の瞳に紫うすきぎぼしゆかな　飯島みさ子

真菰《まこも》　菰　粽草《ちまきぐさ》　花且見《かつみ》　勝見草　伏柴　真菰草　真薦《まこも》

沼や川、水郷などに自生する。春に古い根から新しく生い立ち、二メートルほどになる。夏から秋にかけて、大きな円錐状の花穂を出し、この上部が雌花、下部が紫の雄花である。お盆の前にまこも刈りが行われ、むしろや馬を作る。また、五月の節句の粽はこの葉で作るので、ちまきぐさの名がある。古名がかつみである。〈本意〉『万葉集』に「女郎花咲く沢に生ふる花かつみかつても知らぬ恋もするかな」（大伴家持）、『千載集』に「五月雨に浅沢沼の花かつみかつ見るままに隠れ行くかな」（藤原顕仲）があり、また実方朝臣が陸奥の国で五月五日菖蒲をふけと命ずるが菖蒲のない国ということを聞き、「さらば安積《あさか》の沼の花がつみといふものあらん、それを葺け」と言ったという故事があり、芭蕉が花がつみをさがし歩くなど、尊重された故事になっている。このかつみは、まこも、あやめ、かきつばた、花しょうぶなどの説があるが、真菰のことと考えてよい。「ま」は接頭語で菰蓆、菰馬の菰として、生活に独特の関わりのある植物である。

真菰中杭並びたる船着場　高浜　虚子
ひらひらと真菰悲しき出水中　高野　素十
*遠く赤く耕馬尾をふる真菰風　秋元不死男
舟の波真菰を越えて田にはしる　加藤　楸邨
鬼灯の朱いそぐなり真菰編み　石田　波郷
真菰野の暮色が隔つ字二つ　山口　草堂
刈つて行く真菰の上を鼠かな　高梨　花人
干真菰乾ききりたる音をたて　清崎　敏郎
編みあげて真菰はみどり失はず　村田　三夏
ふるさとの真菰の空の明るさよ　成瀬桜桃子
行燈も手摺もしづむ真菰かな　吉本　久男
大いなる真菰の月の出でにけり　小倉　雨灯
この真菰神の蓆を編むとかや　室賀　杜桂
干真菰田あがりの足濡れて過ぐ　石井よしを

沢瀉《おもだか》　花慈姑《くわゐ》　生藺《なまゐ》　野茨菰《やしこ》　剪刀草《せんたうさう》

おもだか科の多年草。沼や水田にはえる。葉は根のところにあつまり矢の形をしている。六月、花茎を出し、白い三弁の花を数段つける。雄花が上に、雌花が下につく。花がくわいに似ているので、はなくわいという。〈本意〉「蛙なく田中の井どに日はくれておもだかなびく風わたるなり」（寂蓮）「おもだかや下葉にまじる杜若花ふみわけてあさるしら鷺」（定家）のように、水辺の代表的景物といえよう。葉が眼目である。葉と花を眺めるために水盤に活けたりする。

沢瀉に野川しめきりて溢れけり　村上　鬼城
藺を刈りてより沢瀉の咲きつづけ　中田みづほ
＊沢瀉に昏れし水面がまた昏れゆく　横山　白虹
荒筵沢瀉細く活けて住む　石田　波郷
沢瀉の鉢に溢るゝ懈怠かな　石塚　友二
沢瀉や舟は裏戸をはなれたり　松尾いはほ
おもだかは花さびしくて九谷邑　西村　公鳳
母の忌の雨のおもだかひらきけり　岩井野風男

著莪の花《しゃがのはな》

胡蝶花《しゃが》　莎莪《しゃが》　金茎花　藪菖蒲　姫しゃが

あやめ科の多年草。しめった暗いところに多く群をなす。六十センチほどで、葉は剣形、濃い緑でつやがある。五、六月ごろ白紫の花を咲かせる。花の中心に黄色い斑があり、蝶を思わせる。姫しゃがは別の植物。〈本意〉花の形が蝶に似るところが中心で、黄色の斑が目をひきつける。上品な感じで、うつくしく、小さいあやめのようである。

姫著莪の花に墨する朝かな　杉田　久女
身の懈さ著莪も蜥蜴も照りいづる　山口　誓子
林泉の渓ふかきところ著莪の花　山口　青邨
庭山や薪積みたる著莪の中　松本たかし
打ち〳〵て鏡の如し著莪の雨　万永喜見子
＊かたまつて雨が降るなり著莪の花　清崎　敏郎
小田原城刃もの光りに著莪の崖　長谷川松子
著莪咲くと空の落ちつかなくなりぬ　塗師　康広
著莪の花死ねばこの道担がるる　田上　石情
著莪の雨味噌倉朽ちし大構　湯川　道子

河骨《かうほね》　かはほね　かはと　たいこのぶち　萍蓬草《ひやうほうさう》　骨蓬《こつほう》

すいれん科の多年草。沼や小川に生える。太い地下茎から長い柄を出し、葉を水上に持ちあげている。水上葉は厚い多肉の葉で、水中葉は水に沈み、うすく海藻のようである。七月に花梗を出し、黄色の花を一つつける。花びらは五つの萼の中にかくれて小さい。生け花の材料になる。

〈本意〉地下茎を骨に似ているとして川の骨を転じてこうほねという。水面にうかぶ葉と一つ咲く花が、日本的な、あるさびしい、沈んだ感じを与える。

河骨の花に水泡の上りたり　高浜　虚子　　河骨や雨の切尖見えそめて　小林　康治
河骨の影ゆく青き小魚かな　泉　鏡花　　河骨の黄に咲き何の告白や　石井　康久
＊河骨の高き蒼をあげにけり　富安　風生　　河骨の花咲きてより水昏し　熊木　泰子
河骨に月しろがねをひらきつつ　柴田白葉女　　河骨や古き都の裏通り　井上　豊

水葵《みづあふひ》　なぎ　浮薔《ふしやう》　藍鳥花　雨久花

みずあおい科の一年草。沼や田に生える。三十センチほどの高さで、葉はハート形。夏、青紫の花を穂のように咲かせる。なぎは古名、菜葱と書く。昔、この葉をゆでて食べたのであろう。

〈本意〉水中に生い立って潔《いさぎよ》い植物とされる。青紫の花の色が注目される。

＊藻畳にもり上りをり水葵　浅野　白山　　秩父嶺の空さだめなき水葵　志摩芳次郎
水葱《なぎ》の花折る間舟寄せ太藺中　杉田　久女　　水葵小魚憩ふに足りる影　奥抜　良人

菱の花《ひしのはな》

菱　みすもぐさ　水栗　蔆《りょう》蔆《りょう》

あかばな科の一年草。葉は菱形で浮嚢があり、水面に浮かんでいる。六月頃、葉の間に花が咲く。白く小さな四弁の花で、秋に実になる。〈本意〉「みさび江の菱の浮葉に隠ろへて蛙鳴くなり夕立の空」（後京極摂政）が『夫木和歌抄』にあり、「あさりせし水のみさびにとぢられて菱の浮葉に蛙なくなり」と『千載集』にある。池や沼をおおい、浮葉が浮く中に点々と白い花が咲く。蛙が鳴くという情景である。

沼神の老いやさらばひ菱の花　原　石鼎
＊水の嵩減る一方に菱咲ける　草野　駝王
菱咲くや湖とつながる濠の水　小林　七歩
菱の花北上川の音もなし　加藤知世子
山鴉鳴きしことなし菱畳　間立　素秋
胸薄く来たりて菱の花愛す　岸田　稚魚
髪洗ふ沼の乙女や菱の花　片岡　奈王
友の子がみる〳〵母に菱の花　八木林之助

藺《ゐ》

藺草　鷺尻刺《さぎのしりさし》　灯心草　藺田　細藺　草藺

いぐさ科の多年草で湿地に生い、水田で栽培する。緑色の茎は円柱形でほそく、下のほうに葉鞘があるだけで、葉がない。夏に花が咲く。緑褐色の小花で集まっている。夏に茎を刈り取って畳表を作る。茎の中には白い髄があり、これで灯心を作るので、灯心草ともいう。〈本意〉畳表を作る草で、日本人には親しい植物である。

蓆戸の下に足見え藺小屋かな　高野　素十
＊橋の上の藺を返しつゝ渡りけり　松原　胡愁

藺の水に佇めば雲流れけり　大橋越央子
隙なき青の密生藺と思ふ　山口　誓子
斑鳩の塔見ゆる田に藺は伸びぬ　加藤　楸邨
藺田細く闌けし眠さの真昼なる　前田　正治
走り出て干藺を返しはじめけり　平谷　幾水
母亡き後眠れぬ父が藺草割く　佐藤いさむ
浦安へ遠く藺草の水あかり　高木　喬一
車より突きおとす藺を干し拡げ　山崎　一角

藺の花《ゐのはな》　灯心草の花

六月頃に、茎のわきに花梗をのばし、小さい花をかためて咲く。色は淡褐色。見ばえのしない花である。〈本意〉藺は畳表をとるために、とくに備後（岡山）地方に栽培されているが、その地方の人には、故郷の忘れがたい花となっている。

花たけて藺の伏しなびく汀かな　高橋淡路女
藺の花の晴れてさびしさつくしけり　稲森盃白羊
藺の花に夕べの蝶のとまりゐる　増田　龍雨
藺の花を見て雨ごもりゐたりけり　水原秋桜子
舟べりに藺の花抜いてかけにけり　星野　立子
＊藺の花に精霊蜻蛉来初めけり　松田　大童
藺の花の水にも空のくもりあり　能村登四郎
藺の花のほかに家とてなかりけり　森田　峠
藺の花に水路ただしき国府址　桑原　志朗
藺の花に朝のゆききはじまりぬ　国貞　蘭知

滑歯莧《すべりひゆ》　馬歯莧《すべりひゆ》　馬歯草《ばしさう》　馬莧《うまひゆ》　五行草　長命菜　たちすべりひゆ

すべりひゆ科の一年草。日のあたるところなら、どこにでも生えている。根からわかれて茎が伸び、へらのような肉の厚い葉をつけている。茎も葉も赤い色をしている。真夏に、葉の間に黄色の五弁花をひらくが、日のある間ひらいて、日がかげるととじる。〈本意〉葉の形が馬の歯並びを連想させるので漢名を馬歯莧という。すべりひゆというのは、葉などがなめらかだからとか、ゆでると粘るからとかいう。どこでも見かける雑草だが、花はなかなかきれいである。

＊淋しさや花さへ上ぐる滑莧　前田　普羅　　見るかぎり暗き山雨や滑莧　木暮　才々
すべりひゆ漸く霽るる日のいろに　平沢　桂二　　滑莧乳噴く茎を地に匍はせ　佐藤　春子
滑莧踏みもどり来し大框　宇佐見魚目　　保線夫の足袋裏厚しすべりひゆ　小林　幸子

蒲《がま》　香蒲《かうほ》　蒲の葉　御簾草《みすくさ》

がま科の多年草で水辺に生える。葉は細長く一メートルほどでむらがっている。夏、円柱の茎の上に蠟燭のような花穂をつける。これが蒲の穂である。香蒲は漢名。みすくさは蒲の茎で簾を作ったので御簾の草という意味。〈本意〉菖蒲に似た感じの植物だが、高く繁茂した葉は水辺をおおって、蒲の領域にしている。一種の迫力をもつ。

＊なつかしみ見て蒲筵かと問ひし　高野　素十　　蒲生れる水に雨意あり鷭翔ける　木村　蕪城
馬が顔出し蒲にはるかな山西日　森　澄雄　　蒲そよぐ因幡の国を素通りす　藤本　節子
落雷を見にゆく蒲の夕明り　外川　飼虎　　蒲の沼しづまりかへる恐しさ　田中　光峰

蒲の花《がまのはな》　蒲の穂　蒲鉾《がまぼこ》　蒲黄《ほわう》

盛夏に一メートル以上の茎を出し、花穂をつける。雄花の部分が上にあって黄色、下に雌花の穂がつき緑褐色。全体が蠟燭の形である。果実がみのると、果穂が赤褐色にのこる。これが蒲鉾である。花のときの花粉は蒲黄で、利尿、止血に効用がある。秋には穂絮がとぶ。〈本意〉大国主命が因幡の白兎を蒲の穂で治した話が有名だが、花粉の止血作用や穂の中の白い毛などからいえば、あり得る話である。食品の蒲《かま》鉾の名も、蒲《がま》鉾に似た形というところからとられたのであろうし、それだけ身辺の見なれた花だったのであろう。蠟燭形のおもしろい穂の形にはなつかしさがある。

*蒲の穂に水無月の蟻のぼりけり　岡本癖三酔
蒲の穂やはだしのまゝに子の育つ　池内たけし
蒲の穂や陰山までに夕日さす　加藤楸邨
蒲の穂の濡れはじめたる朝の湖　北詰雁人
大窪みありて干拓蒲は穂に　和田暖泡
蒲は穂をなしつつありぬ沼日和　榊原秋耳
鳥海山とざす雨来つ蒲の花　小野宏文
古利根の今の昔の蒲の花　草間時彦

虎杖の花《いたどりのはな》　明月草の花　たぢひの花　紅虎杖

七月ごろ雌雄異株に花を咲かせる。葉のつけね、茎の頂きに白い花がたくさん集中している。にぎやかな感じで、花のさかりがすぎると、白い花びらが周囲にちらばる。花の色の紅いものを紅虎杖、あるいは明月草という。〈本意〉白い花の穂、ときに紅い花の穂が、風にゆれているのは、なかなかに風情がある。清楚な感じのある花である。

*いたどりに樋《ひ》の水はやし雨の中　飯田蛇笏
虎杖の花に行燈あいまい屋　富安風生
虎杖の花月光つめたしや　山口青邨
虎杖の花こぼしつゝ仔馬とぶ　石田雨圃子
銅山のいたどりの花咲きにけり　石川登柿
いたどりの花の豪雨となりにけり　吉田汀白
虎杖をかつぎ虎杖林出づ　大橋宵火
虎杖に風うらが見え少年見え　吉田小机

藜《あかざ》　灰藋《くわいてう》　灰天莧《くわいてんかん》　灰菜《くわいさい》　藜の杖

あかざ科の一年草。道ばたや野原などに生えているが、もとは栽培されていた。茎がまっすぐのびて一メートル以上になり、あかざの杖を作ることができる。新しい葉には紅紫の粉がついていて、それであかざと呼ぶようになった。若葉が白っぽいものはしろざ、ぎんざ、しろあかざと呼ぶ。伸びた葉は緑色で菱形。夏、黄緑色の小花が穂をなして咲く。〈本意〉若葉を食べ、茎を杖にするのが古来あかざのイメージである。芭蕉に「やどりせむ藜の杖になる日まで」、大魯に「おもひ出や藜の丈の肩過ぎぬ」がある。

鎌とげば藜悲しむけしきかな　高浜　虚子
*頑に西日受けゐる藜かな　野村　喜舟
雑草園藜の杖を育てをり　山口　青邨
暾にぬれて露七宝のあかざかな　西島　麦南
一椀の藜の粥にかへりきぬ　加藤　楸邨
三角の地所の一角露あかざ　佐野まもる
藜繁茂ただ戦争はもうこりごり　吉川　茘枝
藜刈る女手に鉈振り上げて　石田あき子
家継ぐといふも名ばかり藜長け　長谷川浪々子
うす紅の藜を添へし桑の籠　滝沢伊代次

浜木綿《はまゆふ》　浜万年青《おもと》

ひがんばな科の多年草。はまゆう、はまおもとと呼ばれる。はまゆうというのは、幣に木綿を四つに切りかけたようだとして呼ばれ、葉がおもとに似ているので、はまおもとともいう。暖かい海岸に自生。茎は直立、一メートルにもなるが、実は偽茎で、葉の重なったもの。この偽茎の上に肉厚の葉がたくさん出てひろがっている。七月ごろ花茎の先に白い花を傘のようにひらく。

〈本意〉柿本人麿の「み熊野の浦の浜木綿」以来、熊野のものが有名だが、三重、宮崎両県の郷土の花になっている。海岸に似つかわしい植物で「百重なす」を序とする。古くから海や旅とつながる好季題である。季題としては花が焦点になる。

浜木綿や落ちて飼はるゝ鳶の雛　水原秋桜子
浜おもと香のことごとく夜明けたり　三宅　一鳴
浜おもと島人はただおもととも　高野　素十
少女まづ脚みづみづし浜おもと　香西　照雄
わだつみの神のかざしの浜おもと　鈴鹿野風呂
＊浜木綿にさへぎるもののなき夕焼　高橋　金窗
浜木綿の白きかんざし月に濡れ　滝　　春一
苦潮や浜木綿の花色を変ふ　長尾　正樹
浜木綿や青水脈とほく沖へ伸ぶ　山口　草堂
浜木綿の明日咲く茎を月にあぐ　黒木　野雨
浜木綿に流人の墓の小ささよ　篠原　鳳作
雲はみな風の形や浜おもと　不破　　博
浜木綿に子を抱きかへて帰り海女　白川　朝帆
ましぐらに浜木綿へ来る波と思ふ　武田　知子

夏薊《なつあざみ》

なつあざみという名の植物はない。俳句でとくに夏に花をひらくあざみの意味で呼ぶ呼び名である。夏に咲くあざみには、のあざみ、おにあざみ、ちょうかいあざみ、のりくらあざみなどがある。あざみと似ているものに、ひれあざみもある。〈本意〉あざみと呼ぶのも正式の名ではなく、のあざみ、のはらあざみなどと呼ばなければならない。だいたい夏、秋に開花するもので、みな眉刷毛の形の紅紫色の花を咲かせる。山野で目をひきつける花色である。

埃りだつ野路の雨あし夏薊　飯田　蛇笏
＊来るも去るも迅き雨なりし夏薊　徳永山冬子
夏薊林の雨の衣をとほす　水原秋桜子
仔づれ馬径ふさぎたつ夏薊　宮原　双馨

陽へ向いて花の顔ある夏薊　正路　一風
松の根にとどく海鳴り夏薊　小出　文子
脛毛濃い子へ鮮やかな夏薊　西尾　華子
雲散って空の深さや夏薊　作間　正雄
竹伐って明るくなりぬ夏薊　勝山　蕎歩
夏薊揺れをり雲の湧きつぎぬ　山上樹実雄

灸花《やいとばな》　屁糞葛《へくそかづら》　五月女葛《さをとめばな》　牛皮凍《ぎうひとう》

あかね科の多年草でつる草。やぶ、いけがきにからまって伸びる。楕円形の葉を対生、その付け根に七月ごろ小さな花をかためて咲かせる。鐘の形で外が灰白色、内が紅紫色、灸に似ているとしてやいとばなというが、むしろ茎や葉がくさいので、へくそかずらと呼ぶことが多い。秋に黄色の実になる。〈本意〉花の一つが、灸のもぐさに似ている。火がついているような内側の色がおもしろい。これは花に着目した名前だが、においに重点をおいたへくそかずらの方が植物全体をとらえている。

名をへくそかづらとぞいふ花盛り　高浜　虚子
怠れば薔薇に椿にやいとばな　村上　光子
*蛇籠より蛇籠へ渡り灸花　高野　素十
落第の子の窓掩い灸花　渡辺千枝子
花あげてへくそかづらはかなしき名　国松ゆたか
こぼれても咲いても親しやいと花　北川　サト
雨の中日がさしてきし灸花　清崎　敏郎
へくそかづらてふ名にも似ず花やさし　新倉美紀子

酢漿の花《かたばみのはな》　すい物草　こがね草

かたばみ科の多年草で、日あたりのよい場所ならどこにでもある。茎は地上を這って、三つの小葉からなるハート形の葉をつける。節には根が出ている。葉のつけ根から花柄をのばし、黄色の五弁花が咲く。花は午後閉じ、葉も夜に閉じる。花のあと実ができ、五稜の円柱形で、はじけて種をとばす。葉がすっぱいので、すいものぐさという。〈本意〉ありふれた雑草だが、午後とじる花がおもしろく、また実が種をはじくので、子どもの頃の思い出になっている。

沓脱の根のかたばみを心せよ　富安　風生
かたばみの花より淋し住みわかれ　三橋　鷹女
＊かたばみを見てゐる耳のうつくしさ　横山　白虹
来ず逢へずかたばみ庭をせばめをり　一瀬　信子
かたばみが咲いてポンペイ遺跡かな　加藤　世津
かたばみの花うつほどの雨ならず　竹内　素風
かたばみや古都の果なる小漁港　池上　樵人
かたばみ草閉ぢ大門の鍵かける　堀田　晴子

羊蹄の花《ぎしぎしのはな》　し　しぶぐさ　野《の》大黄《だいわう》　羊蹄根《しのね》　羊蹄根《しのね》大根　牛舌《ぎうぜつ》

たで科の多年草。湿ったところで自生する。すいばに似ているが、葉の元のほうはすいばのような矢の根形ではない。葉が三十センチほどもある。五、六月頃、直立する枝ごとに段をなして花が咲く。緑色の小さな花である。萼が六枚あるだけで花びらはない。実は羽のようなもので小さい。〈本意〉実のついた枝を振るとぎしぎし鳴るので、ぎしぎしという名がついた。また、味が渋いのでしぶぐさという。しは略称。根が大黄に似て薬になる。田の畦などに花が咲きならんだ光景は牧歌的なものである。

ぎしぎしや雀隠れの穂をあげし　吉岡禅寺洞
ぎしぎしや弁慶蟹の栖処　籾山　梓月
ぎしぎしの花を鎧ひぬ墓参道　溝口　理水
＊宙くらしぎしぎしばかり吹かれゐて　小川　千賀
ぬきん出てぎしぎし高し小田の畦　高瀬　夢生
羊蹄花や出水の泥にまみれ咲く　佐々　赤竹

げんのしょうこ　現の証拠　忽草《たちまちぐさ》　みこしぐさ　いしゃいらず　ねこあしぐさ

ふうろそう科の多年草。野に生えている。葉は掌のように三つから五つに裂け、対生している。六月頃から、花梗の先に白い五弁花をひらく。梅の花を小さくした形である。西日本には紅い色の花のものが多い。この草を陰干しにして煎じたのを飲むと、たちまち下痢止めに効くといわれている。忽草や医者いらずの別名がそこからつけられている。〈本意〉現の証拠、験《げん》の証拠という名が物語るように、下痢止めの妙効というところがこの草の中心である。ねこあしぐさは葉の形から、みこしぐさは熟した実のかたちからつけられた別名だが、本名ほどは知られていない。

*うちかゞみげんのしようこの花を見る　高浜　虚子
山の日がげんのしようこの花に倦む　長谷川素逝
げんのしようこ呑みて母の忌確かめる　萩原　麦草
手にしたるげんのしようこを萎れしめ　加藤　楸邨
炭山にげんのしようこの花のみち　高浜　年尾
因幡なるげんのしようこは花細し　篠原　梵
しじみ蝶とまりてげんのしようこかな　森　澄雄
草叢の暗さよげんのしようこ摘む　小原山松男

萱草の花《くわんざうのはな》　諼草《くわんざう》　忘草　忘憂草　ひるな　宣男草《せんだんさう》

ゆり科の多年草で、やぶかんぞうのこと。薬用の甘草のことではない。野に生えており、春には摘み草にする。夏に花梗が出て、ゆりのような黄赤色の花をひらく。重弁の花で、昼間咲き、一日でしぼむ。〈本意〉中国では萱は忘れるということで、萱草を忘憂の草といい、この草をもっていると憂いを忘れるという。女がこれを持つと男児を生むといい、宣男草（むべおとこぐさ）という。こうした民俗思想がわが国に伝わり、『万葉集』『古今集』『伊勢物語』にも忘れ草としてよく歌われてきた。そうした、頭の中で生きている性格をもつ花である。

萱草や浅間をかくすちぎれ雲　寺田　寅彦
甘草や昨日の花の枯れ添へる　松本たかし
*萱草の影澄む水を田に灌ぐ　西島　麦南
花萱草少女ためらひ刈つてしまふ　加藤知世子
萱草の咲きたる畦の靄深し　秋元草日居
昼はまた昼の涼しさ萱草咲く　沢田　早苗
萱草の花の記憶の中の母　福田　素吾
風くれば甘草の花棒ゆれに　平石　漂子
忘草風がおもねるとき散れり　粕谷　南城
対岸へ飛火せしごと花萱草　金森　柑子

車前草の花《おほばこのはな》　大車前《おほばこ》　おんばこ　かへるば　大葉子《おほばこ》

おおばこ科の多年草。どこにでも生えている草で、穂を何本も立てて、そのまわりに小さな花が集合している。一つ一つの花は、緑の萼四片、先が四裂した白い花筒、一本の雌しべ、四本の雄しべから成っている。〈本意〉人の通り道のどこにでもあるが、踏まれても花の穂を立てて、たくましい強さを示している。花の穂で草角力をするが、しぶとい草である。

湖畔にて車前草の露滂沱たり　富安　風生
近ぢかと路よけあふや車前草鳴る　中村草田男
話しつゝおほばこの葉をふんでゆく　星野　立子
車前草に夕つゆ早き森を出し　室生とみ子
踏まれつつ車前草花を了りけり　勝又　一透
車前草の葉裏くぐりに蛇去りぬ　青木　可笑
*車前草の花かかげたり深轍　高木　良多
車前草の花引抜きて草角力　大崎　幸虹

十薬《じふやく》　蕺菜《どくだみ》　蕺菜の花　之布木《しぶのき》　蕺耳根《しふじこん》　魚腥菜《ぎよせいさい》　黄蒢《くわうぢよ》

どくだみ科の多年草で、湿ったところに自生している。白い地下茎からさつまいものような葉が出、花が咲く。花は白く四枚の花びらがあるように白い十字形を示すが、じつは花びらでなく苞片で、その上の穂のようなところが花である。裸の花で、雄しべ三本、雌しべ一本がある。悪臭をもって知られる草。十薬というのは、十種の薬を合わせたような薬効があるからといい、どくだみというのは毒を矯《た》める意味である。毒下し、はれ物、化膿、創傷などに服用したり揉んで貼ったりする。〈本意〉薬用に使われたので、多くの異名がある。しかし外見ではやはり白い四枚の苞の形が印象的で、連想をかきたて、また異臭によって存在を知らせる植物である。

十薬や杉谷底の昼の闇　松根東洋城
*十薬の雨にうたれてゐるばかり　久保田万太郎
どくだみのわれはがほなる二葉かな　富安　風生
十薬や四つの花びらよごれざる　池内友次郎
どくだみや真昼の闇に白十字　川端　茅舎
犬来てもどくだみ臭し妻病めば　田中午次郎
どくだみの花の白さに夜風あり　高橋淡路女
十薬の香の夕ぐれを跼みゐる　阿部みどり女
十薬の白き十字を以て誓ふ　福田　蓼汀
十薬の根絶ち難し絶たんとす　和田　博雄

蚊帳吊草《かやつりぐさ》　莎草《かやつりぐさ》　かやつり

かやつりぐさ科の一年草。野や畑に生えている。夏、株から何本も三つ稜のある茎を出し、黄褐色の穂をつける。この穂は花の集まりである小穂があつまったもので、にぎやか。茎の端から裂いてひろげると、蚊帳を吊ったように四角の形になる。〈本意〉やはり子供の頃、蚊帳を吊って遊んだ草というところが誰にでも記憶にのこるところであろう。またそれが名前になっているわけである。北枝の句に「翁にぞ蚊屋つり草を習ひける」というのがある。

＊淋しさの蚊帳釣草を割きにけり　富安　風生
終に苦しかやつりぐさの錯綜は　山口　誓子
風知つてうごく蚊帳吊りぐさばかり　大野　林火
地図にはなしかやつり草の咲く径は　阪本　謙二
いっぽんの蚊帳吊草よ父の墓よ　塚原　夜潮
思ひ出は蚊帳吊草をつりしこと　牧野　風
蚊帳吊草海へ去りゆく風ばかり　有馬　籌子
蚊帳吊草蚊帳知らぬ児に吊りて見す　中原　冴女

踊子草《をどりこさう》　踊草　踊花　虚無僧花　野芝麻《やしま》　続断川旦《ぞくだんせんたん》

しそ科の多年草。山野の日陰地に生える。三十センチから五十センチ位の高さで、葉は鋸歯が多く、先がとがっている。五月頃、唇形の花が節を輪状にとりまいて咲く。色は淡紅、または白。上唇が笠の形、下唇が下にたれている。花の形が笠をかぶって踊る人に似ているとして、この名をつけた。〈**本意**〉「状、人笠をきて躍るに似たり」という『和漢三才図会』の観察が以後ずっと伝えられている。一茶にも「梢からはやす蛙やをどり花」がある。

露坐仏をかこみて咲きぬ踊子草　西島　静歩
＊踊子草蕗をむく子に踊りけり　西本　一都
散るときも踊るさまなる踊り花　石井　青歩
白日や白き踊りの踊り草　永田　逸水
踊り子草水は陽の斑を生みつゞく　中邑　礼子
朝すがし踊子草が来て咲けり　大野　一有

射干《ひあふぎ》　檜扇　うばたま　烏扇　烏翣《あふぎ》　烏蒲《がま》　扁竹《へんちく》　萱草花《くわんざうくわ》

あやめ科の多年草。葉が左右二列にならんで、檜扇をひらいたような形なのでその名がついた。射干は漢名。種の黒さから、からすおうぎともいう。夏、葉の間から茎がのび、その上に小枝をわかって、花をひらく。赤い花で内側に紅い点が多くある。花は果実を結び、その種がぬばたまである。〈本意〉古くから葉の形の檜扇に似ること、種のくろいことが注目され、和歌の世界にもとりいれられてきた。「蓬生はさることとあれや庭の面に隠す扇のなど茂るらん」という西行の作が知られている。

*射干の花大阪は祭月　後藤　夜半
射干も一期一会の花たらむ　石田　波郷
射干や肩より吊りし女の服　横山　白虹
射干の炎々燃ゆる芝の中　石塚　友二
射干や医師に出す舌やゝ巻きて　今村　俊三
射干に母となりても母を恋ふ　北原みち子
射干にオホーツクを来し風のあり　野上　裕
射干や明通寺みち雨来つつ　小沢満佐子

宝鐸草の花《はうちやくさうのはな》　宝鐸の花　宝鐸草　狐の提灯

ゆり科の多年草。野の林の下に生える。笹の葉のような葉を互生し、五月頃、枝の先に花を一つから三つたらして咲かせる。花は上が緑、下が白、六枚の花びらが筒形に接している。下向きに鐘形に咲いているので、寺の塔の軒下の宝鐸になぞらえられた。狐の提灯ともいう。〈本意〉下向きに鐘のように咲くところが連想をそそるのである。「形、宝鐸に似たり。また、花たれ咲きて、形てうちんに似たり。小童等、狐のてうちんともいへり」という『注増山の井』の説明の通りである。

木をめぐり宝鐸草へ蝶降りる　井橋　照々
＊狐の提灯古みち失せて咲きにけり　水原秋桜子
宝鐸草八雲旧居に見たりけり　西岡　節山
山役人となり宝鐸の花を知る　鳥羽　山人
砂止めの芝の宝鐸咲きにけり　大多和茶岳
蟇がゐてきつねのちやうちん灯したり　遠藤　仰雨

虎尾草《とらのを》　をかとらのを　珍珠菜《ちんしゆさい》

さくらそう科の多年草。山野に自生。九十センチほどになり、茎は直立している。夏、茎の先に総状に太く花が咲き、虎の尾の形に弓なりにまがり、先端が空にはね上っている。花は密集し、それぞれ白い小さな花で、花冠は五裂して五枚の花弁に見える。おかとらのおと呼ぶのが正しい。葉が秋に紅葉する。〈本意〉『和漢三才図会』に、「六月、茎の端に花をつく。きはめて細白く穂のごとく、末窄く獣の尾に似る。ゆゑに名づく」とある。虎の尾の形の花の姿に焦点がある。

掌に承けて虎尾の柔かき　富安　風生
虎の尾の雨ためて昼ほととぎす　佐野　良太
虎の尾の花を抱き落つだんご蜂　茂呂　緑二
虎尾草に水やり一日外へ出ず　小熊　一人
＊虎の尾の花や夕闇地より湧く　吉谷実喜夫
虎尾はをののき易し滝の前　水本　祥壱
虎尾草や鐘掛岸は屏風立ち　本田　一杉
虎尾草や日の通りみち子が通る　磯貝碧蹄館

都草《みやこぐさ》　黄金花《こがねばな》　黄蓮花《きれんげ》　烏帽子花　淀殿草　きつねのゐんどう　錦都草

まめ科の多年草。路ばた、土手、海岸などの草の中に生える。初夏に黄色の蝶形の花をひらく。茎は多く地に臥し、三枚の小葉のあつまる葉を出す。葉のつけ根にはそえ葉が二枚あり、五枚に見える。こがねばな、えぼしぐさともいい、花の色が赤くなるにしきみやこぐさもある。〈本意〉

京都に多く都草の名がついた。えんどうに似た花である。やはりその名の味わいが注目される花であろう。

＊宇陀の野に都草とはなつかしや　高浜　虚子
黄なる花都草とは思へども　松尾いはほ
茅葺いて貴賓館あり都草　富安　風生
みやこぐさの名もこころよくねころびぬ　大野　林火
みやこぐさ咲きかたまりて日が炎ゆる　和地　清
みやこぐさ紅となる月日かな　野々山海光

捩花《ねぢばな》　綬草　ねぢればな　もぢばな　もぢずり　文字摺草

らん科の多年草。草地などに生える。三十センチほどになり、茎のもとから二、三枚の細長い葉が出る。六、七月、茎の上に穂がねじれた形で紅い花が咲く。別名もじずりは捩《もじ》り摺《ず》りのことで、だから文字摺の字をあてるのはまちがいである。白や緑の花もある。花の形も色も小さくて愛らしい。〈本意〉花の穂のねじれが奇妙で、やはりそこに関心がそそがれる。

ねぢ花をゆかしと思へ峡燕　角川　源義
丘売らる文字摺草もあらばこそ　品川　滸堂
重き名の文字摺草と誰がつけし　坂井　春青
もじずりの花の恋歌なかりしや　大谷ふみ子
＊捩花のまことねじれてゐたるかな　草間　時彦
身を細め文字摺草は雨の花　小沢満佐子
蝶翔つて文字摺草は色に出づ　出牛　青朗
もじずりの花に霧ゆく療養所　竹内　水居
ありそめし文字摺草や温泉《でゆ》の道　岡安　迷子
音信なし文字摺草は咲きぬれど　沢田　沙鷗

破れ傘《やぶれがさ》　兎児傘《やぶれがさ》　やぶれすげがさ　きつねのかさ

きく科の多年草で、山地の木の下などに生える。まっすぐ伸びた茎に、破れた傘のような葉がついている。掌の形の深く裂けた葉で、おもしろい姿をしている。まだ若葉の頃には白い綿毛をかぶっているので、兎児傘の名がある。夏、茎の上に穂をつけて花が咲くが、葉の形の方がおもしろい。〈本意〉葉のおもしろさをうまくとらえた命名である。つやつやした葉で谷を埋めて茂っていることもある。

やぶれがさ打つ木しづくか小瑠璃なく　金尾梅の門
＊やぶれがさむらがり生ひぬ梅雨の中　水原秋桜子
破れ傘まこと破れて夏の草　高野素十
夢は葉の隙より遁ぐる破れ傘　笠原和子
馬の背にゆく花嫁よやぶれがさ　金平伍冬
破れ傘白花かかげかけこみ寺　東福寺薫
蚕の神をひしめき囲み破れ傘　和田暖泡
けものゐしあとにほふなりやぶれ傘　大森三保子

靫草《うつぼぐさ》　空穂《うつぼ》草《くさ》　夏枯草　すいすいばな　すいばな　すもとり

しそ科の多年草で、草地や林に生える。茎は四つの角をもち、長楕円の葉を対生する。六月ごろ茎の先に花穂を出し、紫色の唇形花を咲かせるが、この花穂の形は弓矢を入れる靫《うつぼ》に似ている。花穂は先に枯れて黒くなるので夏枯草《かこそう》という。この枯花穂は利尿剤になる。〈本意〉花穂の形やそれが早く枯れるところがポイントである。花はそれほど美しくはないが、ひなびた雰囲気をもっている。

＊靄こめて遠森かくす靫草　富安風生
うつぼ草夕べの色に蝶眠る　河野静雲
松蟬の峡洽しや靫草　角川源義
夏枯草の畦に座れば雨落つる　西口百艸
ふるさとのうつぼ草なり庭に咲く　上村末子
靫草ここより谿へ道わかつ　品川亥子

うつぼ草レール撤去の空地かな　草野　駝王
靴の紐締むるにうつぼ草群るる　浦野　芳南
水音のそこに夕づくうつぼ草　村田　脩
ふる雨に耳を震はせてうつぼ草　児玉　南草

蛍袋《ほたるぶくろ》　山小菜《ほたるぶくろ》　釣鐘草　提灯花《ちやうちんばな》　風鈴草《ふうりんさう》

ききょう科の多年草で、山野に生える。高さは五十センチ前後、直立し、葉が互生している。卵形でぎざぎざが縁にある。六月頃、茎に枝を出し、鐘状の花を下向きに咲かせる。花の色は白か淡紫色。内側に紫の斑点がある。花の形から別名がつけられている。〈本意〉子どもが蛍を入れたので蛍袋というとするが、花の形が心をひく花である。多くうすい紫色の花だが、内側にある紫の斑点が印象的である。夢のある花。

宵月を蛍袋の花で指す　中村草田男
かはる〲蜂吐き出して釣鐘草　島村　元
雲迅しつりがねの花の揺れつつ　林原　耒井
*子を思へば蛍袋が眼を掠む　佐野　良太
ひるまの母は雲より遠し提灯花　磯貝碧蹄館
釣鐘草まつしろの鐘雨に揺れ　福田　蓼汀
ほたるぶくろむらさきだちて霧に浮く　八木　絵馬
碧空に振れども鳴らず釣鐘草　西村碧雲子
蛍ぶくろ消えむばかりの雨到る　奥田とみ子
雨雲やほたるぶくろは刈り残す　新井　英子
おさなくて蛍袋のなかに栖む　野沢　節子
ほたる袋母衣《ほろ》の如しや風の村　井桁　白陶
泥足やほたるぶくろの水明り　林　比佐生
蛍袋雨はためずにぶらさがる　平　赤絵

麒麟草《きりんさう》　費菜《ひさい》　黄菜子《くわうさいし》　ほそばきりんさう

べんけいそう科の多年草。山の岩の上などに生える。二、三十センチの高さになる。互生する厚い葉にはふぞろいなギザギザがある。六月ごろ茎の上に五弁の黄色の花をたくさん集めて咲かせる。「秋のきりん草」とは別の植物である。〈本意〉花も葉も弁慶草に似ているが、大きさや色がちがう。山の苔むす岩などに咲くので珍しい印象のもので、庭に植えることもあるほどの美しさを持つ。

けふよりの袷病衣やきりん草　深川正一郎
ブルドーザーの惰眠錆噴く麒麟草　伊丹三樹彦
きりん草山深ければ水騒ぎ　平沢　桂二
犬の好きな散歩コースやきりん草　植木　登志
*きりん草一叢ごとの夕明り　石原　歌
クレーンの首振る速さ麒麟草　河野　良文
郵便函空らの日つづき麒麟草　榑沼けい一
きりん草傘干され温泉の客発てり　依田由基人

一つ葉《ひとつば》　いはぐみ　いはのかは　唐一葉《からひとつば》　石蘭《せきらん》　石韋《せきゐ》

うらぼし科に属する常緑のしだ類で、多年草。岩の上や樹のかげに群生している。葉は一枚だけで、楕円形である。根茎から葉は一枚ずつ何枚も出ていて、あたりはにぎやかである。葉は厚く濃緑。裏は胞子がつくと赤褐色になる。新葉はすずしげに見える。〈本意〉芭蕉の「夏来てもただ一つ葉の一葉かな」が知られていて、葉が一枚だけという点が焦点になる。

*磐石に一つ葉殖ゆる一つづつ　富安　風生
旅ひとり一つ葉引けば根のつづき　山口　草堂
一つ葉や清明の滝懸りたる　阿波野青畝
さびしさに一つ葉の葉のよぢれたる　但馬　美作
一つ葉や忿怒相して磨崖仏　南上　北人
一つ葉や少年たるも僧形に　小山　梧雨
一つ葉を小指ではじき予後永し　池上　樵人
一つ葉の風に熟睡の臥羅漢　三沢　布美

浜豌豆《はまゑんどう》　野豌豆

まめ科の多年草で、海岸に生える。五十センチほどの丈で、先はつるになる。葉は複葉で十枚前後の小葉で出来ている。五月頃からえんどうに似た赤紫の花が咲く。葉のつけ根に総状につく。白い花の種類もある。〈本意〉えんどうに似ている海岸の草で、蝶形の花だが、その花の色が、淡い紫から濃い紫へ、また碧色にかわるところがきれいである。

*はら〳〵と浜豌豆に雨来たる　高浜　虚子
役立たぬ蛸壺隠し浜えんどう　藤田　美雄
礁の上にいつく神あり浜豌豆　富安　風生
海光に牛踏み荒らすはまゑんどう　庄司とほる
風落ちしとき松籟す浜豌豆　阿部みどり女
浜豌豆陽にも風にも砂丘動き　野沢　節子
夕日荒く浜豌豆に尾を引けり　大野　林火
遊子あり浜豌豆のむらさきに　森田　峠

浦島草《うらしまさう》

さといも科の多年草。林や竹やぶの湿気の多いあたりに生える。一枚か二枚の葉が出ており、それに小葉が足のようについている。五月頃、花茎がのびて花が咲くが、暗紫色の苞は炎のような形で斑点があり、中に糸のような花序をつつむ。この糸の先がほそく垂れて、釣糸のようなので、浦島太郎になぞらえ浦島草という。雌雄異株の有毒植物。〈本意〉気味のわるい色の花苞でいかにも毒のありそうな感じを与える。釣糸のような花序だが、まず色におどろき、よく見ると花序の長さにおどろく花である。

蜑が家の簾の裾の浦島草　山口　青邨
帰省子に浦島草の色濃きも　今井千鶴子
*おのが葉に糸ひつかゝり浦島草　勝本　治恵
浦島草はたしてひげを立てゐたり　須田　三造
浦島草夜目にも竿をのばしたる　草間　時彦
浦島草城は石組のみ遺し　青柳志解樹

山牛蒡の花《やまごばうのはな》　犬牛蒡　唐《たう》牛蒡　商陸《しやうりく》

やまごぼう科の多年草。ごぼうに似た根に硝石が含まれている有毒植物だが、薬用にもなる。山野に自生しているが栽培することもある。六月に花茎がのび、白い小花が総のように咲く。一メートルの丈になり、卵形の葉が互生している。〈本意〉根がごぼうに似ているのでこの名があるが、その根が薬用として用いられ、そのために渡来した。野生化すると荒れた感じがある。

山牛蒡に石ころ寄せぬあらきはり　高田　蝶衣
山牛蒡咲き鉄板路錆び窪む　黒田桜の園
*山牛蒡の咲きたる馬柵の霧がくれ　飯田　蛇笏
山牛蒡の花の強さの津軽漁婦　名取　思郷
山牛蒡の葉蔭ほのかや茎の紅　寺田　寅彦
ひややかな風生む花の山牛蒡　大原　政喜

野蒜の花《のびるのはな》

野や堤に生える多年草。五月の頃に花茎をのばし、その先に、白紫の小さな花を笠のように咲かせる。ときには黒紫の球がまざっていることがあり、花がないときもある。土の中に白い球茎があり、にんにくのような臭いがある。花茎の上の球がこぼれて新芽になる。〈本意〉白い球茎をもつにんにくのような植物だが、花のかわりの球状の肉芽でふえてゆくのが特色である。ときには花茎の上で芽をのばすこともある。

道のべによろつきて咲く野蒜かな　村上　鬼城
*花野蒜引きし心の淡さかな　相島　虚吼
野蒜咲く花の命のながきかな　山崎　国子
野蒜つむ擬宝珠つむただ生きむため　加藤　楸邨
日々好日野蒜は花を咲かせけり　立岩　辟子
野蒜咲き幾日を濁る小田の水　林　蓬生

烏瓜の花《からすうりのはな》

うり科の多年草で、つる性。やぶ、垣根などにかかっている。夏のころ白い五裂の花がひらき、縁がこまかく裂けている。雌雄異株。夕方ひらき翌日昼にしぼむ。〈本意〉秋の烏瓜の実ほど目立たないが、夕方白く咲くので、心ひかれるものがある。

烏瓜莟をあげて垣越ゆる　山口　青邨
からすうり宵の蛾よりも花淡し　水原秋桜子
*烏瓜夜ごとの花に灯をかざし　星野　立子
花見せてゆめのけしきや烏瓜　阿波野青畝
ほのぼのと泡かと咲けり烏瓜　松本たかし
ちら〳〵と風に花あり烏瓜　井沢　正江
烏瓜咲いて夜毎の月おそく　矢野　藍女
平安は購へず烏瓜の花開く　日野　道夫
ふは〳〵とあげたる花は烏瓜　八木林之助
夜を咲いて恥かしがりの烏瓜　安田　万十

蛇苺《へびいちご》　くちなはいちご

ばら科の多年草。草地、道ばたに多く生える。地上を茎が這ってのび、節々から根を出して新しい苗になる。葉は長い柄があり三枚の複葉になっている。四月に黄色の五弁花をひらく。初夏に赤く実がなり、小さい苺のようである。毒はない。〈本意〉人が食べず蛇が食うということで蛇苺というが、蛇のいそうなところにある苺のような赤い実ということであろう。

蛇苺鎖大師へ詣でけり　松本たかし
蛇苺遠く旅ゆくもののあり　富沢赤黄男
蛇苺あたりの草のかげは濃き　原田種茅
老いし今くちなはいちご怖れむや　相生垣瓜人
蛇苺発止と紅し熱の中　三保鵠磁
へびいちご親しからねば笑ひやすく　油布五線
うしろより子の来る如し蛇苺　伊藤四郎
蛇苺手に触れ見えぬ蛇に怖づ　松下雅静
石蹴りの石の失せどの蛇苺　佐野俊夫
*蛇苺女人のごとくわれを見る　菊池麻風
蛇苺森の真上は晴れわたる　佐藤朝子
パンのやうに匂ふ少女ら蛇苺　富田直治

夏蕨《なつわらび》

夏に出る蕨のことで、この名の植物はない。蕨は春出るものだが、山の中では初夏が蕨の出さかりにあたり、蕨狩りもある。〈本意〉山里や山中では春の到来がおそいので、蕨のとれるのが初夏頃にずれる。山の中で宿泊したときなどに山菜料理として味わうことがあり、山中らしい情感がこもることがある。

夏蕨能登も奥なる坊泊り　大橋越央子
夏蕨天草島の山高し　中村汀女
夏蕨遠山見ゆるころ夕餉　大野林火
採るほどは無くて山麓夏わらび　及川貞
*道のべにおきある籠に夏蕨　木村蕪城
灰汁抜きの灰の軽さよ夏蕨　佐藤東北夫
落し来る筏の上の夏蕨　今村晩果
万葉の安騎野にたけし夏蕨　小竹よし生
夏蕨摘むやをみなら手甲して　西尾秀東子
山荘にとどく大束夏わらび　米沢登秋

鋸草《のこぎりさう》　羽衣草《はごろもさう》　西洋鋸草

きく科の多年草。山野に自生し、羽衣草ともいうが、別種の西洋鋸草は栽培している。葉を互生しているが、その葉が鳥の羽のようで深く裂けていて、鋸歯があり、全体がなんとなく鋸に似ている。夏、枝分れした茎の上に白か淡紅の菊のような花をあつめて咲かせる。〈本意〉やはり葉の形が鋸に似ているところが眼目であろう。また、全体がにこ毛につつまれた植物で、羽衣草の名もふわしいところがある。

＊国境に鋸草などあはれなり　山口　青邨
鋸草咲けり卓上日記書く　大久保桐華
海の日と谷田に会ふや鋸草　橋本　義憲
鋸草心もゆたに紅淡し　新村　千博
リュックおろし鋸草に立ち憩ふ　高津　零化
鋸草牛曳き出して村娘　中谷　朔風
鋸草の花にはじまる岳の嶮　木内　翠園

鷺草《さぎさう》　鵞毛玉鳳花　連鷺草

らん科の多年草。日あたりのよい湿原などに生える。三十センチの丈で、葉は線状のもの数枚。六月頃、花が咲き九月頃まで咲くが、純白で、白鷺がとぶのに似ている。唇形の花弁が三つに裂け、両側の片はさらにこまかく裂け、うしろに足までたれている。水盤で栽培する。〈本意〉花の咲く前は鷺の佇立のようで、花がひらくと飛鷺に似ている。よく似ていることまさに奇蹟のような花である。

風が吹き鷺草の皆飛ぶが如　高浜　虚子
鷺草の花消なむ風の夜の卓　高田　蝶衣
鷺草のおくれ咲けるも翔けそろふ　水原秋桜子
*さぎ草の鷺の嘴さへきざみ咲く　皆吉　爽雨
鷺草のそよげば翔つと思ひけり　河野　南畦
鷺草の短き花期を揺れどほし　山崎　雅葉
さみどりの尾より鷺草咲かんとす　本川　晴代
鷺草の地に下りたたん傾きに　鳥羽とほる

虎耳草《ゆきのした》

雪の下　虎の耳　つるあふひ　ねこのみみ　鴨足草《ゆきのした》

ゆきのした科の多年草で常緑。陰湿の地に自生する。岩や石垣などのかげである。枝は紅紫の糸のようで、地を這い、新しい苗が出来てふえてゆく。葉は丸く厚い。根もとにあつまって生える。表は暗緑色、裏は紅紫色。六月ごろ花茎を立て、白い花を咲かせる。花びらは五枚だが下の二枚が大きくて垂れる。〈本意〉雪に埋まっても色を変えぬので雪の下というが、また虎耳草、鴨足草などと、葉の形からつける。やはり白い花が独特で、大きい二枚の花びらが白髯のように見える。

はびこつて好きな花なり雪の下　高浜　虚子
雪の下終りの花もなつかしく　京極　杞陽
鴨足草山神蟹を彩りぬ　松根東洋城
*かくれ咲く命涼しき鴨脚草　富安　風生
ゆきのしたあめつち夜となりはてぬ　金尾梅の門
山の井に影こそ沈め雪の下　松尾いはほ
水湧いておのづから池雪の下　福村　青纓
雪の下ひらひら咲いて喪にこもる　石井　桐陰
歳月やはびこるものに雪の下　安住　敦
白き火をたらたらゆきのした咲けり　平井　照敏

梅鉢草《うめばちさう》

ゆきのした科の多年草。日あたりのよい山地、山麓などに生える。長い柄の葉の間から花茎を出し、先に白色五弁の花を一つつける。花は梅に似て、梅鉢の紋を連想させる。十五センチほどの草で、花茎は三十センチほど。〈本意〉梅鉢の紋を連想させる形の花である。山地でなければ見られない花である。

＊膝折つて額白《ぬかしろ》牛やうめばち草　杉山　岳陽　　梅鉢草髪にぞ挿して萱刈女　田中はつを
くつきりと梅鉢草が獣医の手　笠原　柑子　　梅鉢草も竜胆も咲く道あやし　松田　鬼峰
高原は梅鉢草に埋まりけり　小桐　芝原　　花に呼吸の通ひあるかや梅鉢草　桜園千代女

蠅取草《はへとりぐさ》　蠅毒草《はへどくさう》　小町草

この名が何の草をあらわすかについて、いろいろちがう説がある。はえじごく（北米原産の食虫植物）とする説、もうせんごけ、ながばのもうせんごけ、むしとりすみれなどの食虫植物とする説などがあるが、いちばん有力なのが蠅毒草の別名という説である。蠅毒草は、はえどくそう科の多年草で、林の中に生える。六十センチの高さに直立している。夏に、茎の先、葉のわきから穂をのばし、淡紫色の花を下から上に咲かせてゆく。小さな唇形の花である。根はひげのようで、これを飯粒などといっしょに擂《す》って蠅に与えると蠅は死ぬという。〈本意〉いろいろ説があり、例句もそれらのすべてに及んでいるが、あまり多くは作られていない。例句には食虫植物のものが多い。これには小町草の別名がある。

小町草咲きひろがりぬ尼が庵　高浜　虚子　　＊蠅取草一人マラソン帰り来る　八木林之助
柾を葺く仮宮かなし小町草　富安　風生　　干草に蠅取草のまだ枯れず　斎藤俳小星

風知草《ふうちさう》　うらはぐさ

いね科の多年草。山の斜面、崖などに群生する。高さは五十センチほどで、ほそ長い葉をもち、表面が白っぽく下をむき、裏が表をむいていて緑色なので、うらはぐさが正式の名前である。風知草は園芸の方で言う名前。夏から秋に緑色の穂の花をひらくが、目立たない。〈本意〉葉の色と表裏の逆になっているところがやはり眼目になる。うらはぐさの名のゆえんである。葉に白や黄の斑入りのものがある。この頃は風知草の名に興を抱いてうたう例句が多い。

風知草女主の居間ならん　高浜虚子
風知草穂を出し風をさぐるごとし　草村素子
*うなづくは応へをるなり風知草　轡田　進
目をとぢてゐて目の前の風知草　細川加賀
風立ちしそよぎを見する裏葉草　田中犀角子
風知草よろこぶ風をよろこびぬ　宮下翠舟
風知草風の露台に忘られて　三宅一鳴
風知草雨もつ風に戦ぎけり　若林潮雨

えぞにう

せり科の多年草。東北地方から北海道に多い。大きくて三メートルの高さになり、草原に特異な眺めをなす。夏に花が咲くが、白くて小さな花が笠のようにあつまっている。葉のもとのところが袋のようにふくらんでいる。「にゅう」はアイヌ語。〈本意〉蕗のように若い茎や葉柄をゆでて、皮をむいて食べるもので、北海道の原野に似つかわしい大きさと姿の植物である。異様な印象を与えるもの。

＊えぞにうの花咲き沼は名をもたず　山口　青邨
えぞにうの花了りたる野はありぬ　同
えぞにうの北海道に百姓す　高野　素十
朝かげに花えぞにうの匂ひ来し　皆川　俊郎
えぞにうの花の群落海霧流れ　鮫島交魚子
えぞにうの沢に飯場や砂金掘　滝川　如人

苔の花《こけのはな》　花苔　青苔

苔類は、梅雨のころ湿った地面や石などにはりついてひろがり、二叉に分れて伸びて、緑色のひものようになっている。根や茎や葉の区別がさだかでない。胞子でふえるので、花は咲かないが、雄器托、雌器托という傘のようなものを出していて、この中に生殖細胞が入っている。これが高等植物の花にあたるもので、苔の花と称する。地衣類の場合にも胞子の器ができるので、これも花にあたるもの。〈本意〉花のような形や機能をもつので苔の花というが、正確にいえば花ではない。花苔という言い方は、その名の植物があるので避けたほうがよい。あかるい感じの花とはいえない。「水かけて明るくしたり苔の花」（乙二）とあり、「絶々に温泉《ゆ》の古道や苔の花」（蓼太）はいかにも苔のありそうなところである。

＊水打てば沈むが如し苔の花　高浜　虚子
日の匂湿苔花をかざしたり　大森　桐明
子は育つ柱・梯子に苔咲きつつ　中村草田男
苔の花踏むまじく人恋ひ居たり　中村　汀女
苔さくや仏うするゝ石の面　石橋　秀野
苔の花日雇の空さだめなき　岩田　昌寿
苔の花顔ばかり日を当て歩く　岸田　稚魚
屋上に苔咲く無欠勤永し　庄中　健吉
苔の花出湯にみちびく石畳　照山とし子
墓の道わづかの苔に苔の花　相馬　黄枝
苔の花苔の緑にうもれ咲く　雨海　青人
ビーズ玉撒きたるさまに苔の花　井ノ根みき

水草の花《みづくさのはな》

こうほね、おもだか、睡蓮、じゅんさい、ひるむしろ、水葵などの水草は夏に花が咲く。それを総称していう。〈本意〉個々の水草の名で詠むこともあるが、総称しているときは水草という。水面に赤、白、その他の花が色とりどりに咲いて美しい。

古池に水草の花さかりなり　正岡　子規
*鷺脚を垂れて水草の花に飛ぶ　田北衣沙桜
絶えまなくうたかた浮ぶ水草かな　宮部寸七翁
水草に白楼ひくき門もてり　橋本多佳子
水草の花や触れ来し口つぐむ　二条　左近
水草やあけくれの花一つづつ　室　　蘇十

藻の花《ものはな》　花藻

まつも、きんぎょも、ばいかも、やなぎも、ふさもなど、藻類の花を総称していう。淡水のものは湖沼や流れに生え、春繁茂し夏に花をひらく。緑黄や白の花である。〈本意〉水の量や水の流れによって浮き沈みするのがおもしろい。「渡りかけて藻の花のぞく流れかな」(凡兆)「路の辺の刈藻花さく宵の雨」(蕪村)「藻の花に吸ひがら落す船頭かな」(闌更)などの古句がある。

藻の花の楽譜の如し水の面　高浜　虚子
漣や藻の花ふはり月を越す　大野　洒竹
*藻の花やわが生き方をわが生きて　富安　風生
これといふ話もなくて藻の花に　大場白水郎
藻の花に紛れ現れ泛子小さし　松本たかし
鳰の仔や花藻の下辺餌に満つや　中村草田男
晩節やポッと藻の咲く硝子鉢　秋元不死男
藻の咲いて仄めく水の日影かな　石原　舟月
刈り上げし藻に花のこるあはれなり　近本　雪枝
藻の花に大残照の波起る　上井　正司

藻の花をしづかに下りる蝦のあり　佐野　良太

花あげて流れ藻となり行きにけり　下村　梅子

浅沙の花《あさざのはな》

莕菜《あさざ》　花蓴菜《はなじゅんさい》　金蓮子《きんれんじ》　接余《せつよ》　藕蔬菜《ぐうそさい》　菱角草　金糸荷葉

りんどう科の多年生水草。根を水底につけ茎は太い糸のようで長さを調節し、葉を水面にうかべている。葉は緑色、裏は褐紫色。夏に鮮かな黄色の五弁花を水の上に咲かせる。きゅうりの花に似ている。浅い流れでも咲くというところから名がついている。**〈本意〉**「みるからに思ひますだの池に生ふるあさざのうきて世をばへよとや」(『古今六帖』)のように人生、浮世になぞらえて考えられることが多かった。また根が水上にあらわれることが注目された。「見ればまたあさざ生ふてふ沢水は底の心の根をやあらはす」(行家)という歌もある。

天竜寺あさざいっぱい咲きわたり　阿波野青畝

＊舞ひ落つる蝶ありあさゞかしげ咲き　星野　立子

この度も莕菜の花の話して　高野　素十

船すぎてあさざの花の浮びあふ　藤実　艸宇

萍《うきくさ》

萍の花　萍草《うきくさ》の花　浮草　鏡草　種子《たね》無《なし》　無根草　無物草《なきものぐさ》　青萍《あをうきくさ》

うきくさ科の多年草。浮いている草というところからうきくさの名があるが、根はある。ただし水底についてはいない。夏、白い小花をひらくものもあるが、分裂してふえるものが多い。水面にあるのは茎で、根が糸のように垂れている。茎から新体が出て離れ繁茂するが、秋には裏に冬芽が出、水底に沈んで越冬し、翌年成長する。**〈本意〉**水面にうかび風に漂う姿が特徴である。白い花が咲くこともあるが、水面を覆う繁茂ぶりが印象的である。浮草、根無草などの名前が示すところである。「うき草を吹きあつめてや花むしろ」（蕪村）「萍の花からのらんあの雲へ」（一茶）などの古句がある。

萍に膏雨底なく湛へけり　前田普羅
雨ならず萍をさざめかすもの　富安風生
萍を逃るるさまに漕ぎ離れ　中村汀女
萍の中の舟路岐れをり　五十嵐播水
*萍の流れゆくにはあらざりき　中島斌雄
漾へるもの萍とのみはあらず　石塚友二
萍のはじめや粉のごときもの　古屋秀雄
水音の萍ひとつ離れをり　山上樹実雄
萍に朝焼すき間なかりけり　国井香根子
天に雲なし萍に隙間なし　塩沢紫翠

金魚藻《きんぎょも》　松藻　松葉藻

ありのとうぐさ科の多年生水草。池や沼、みぞなどに生ずる。丸い茎が細くのびて長短いろいろにひろがり、葉は糸のように細く、一節に四枚ずつ輪生する。夏になると茎の先に花穂を出し、水面を出て、赤褐色の花をひらく。花は層をなし、上に雄花、下に雌花がつく。ともに萼片四枚、花びら四枚である。金魚鉢に入れて涼感をたのしむ。ふさもの仲間なので、ほざきのふさもとも言う。**〈本意〉**まつも科のまつもをきんぎょもと言い、金魚屋が売っているが、それとは別のもの。鳥の羽状の糸のように裂けた葉がやはり特徴である。涼感が焦点。

みなづきの夜のかげさせる松藻かな　三宅一鳴
金魚藻の揺れて小沼の眠りかな　池上樵人
金魚藻に雨の重さの伝はりぬ　西村好
金角藻にせばめられつつ溝の水脈　川島彷徨子
*金魚藻の奥にも夕日漂へり　甘粕世紀夫
金魚藻や金魚の気泡一つ浮き　阿賀田信
金魚藻の浮く沼寂し風の夕　新村千博
つきまとふ影密漁の松藻採り　加藤憲曠

蛭蓆《ひるむしろ》　眼子菜《ひるこしろ》　蛭藻　笹藻　牙歯草《がしさう》

ひるむしろ科の多年生水草。池や沼、水田、小川などに生ずる。泥の中に根茎を入れ、水中に茎をのばして葉を水面にうかべている。小判形の葉で美しい。水中の葉は小さくてうすい。夏、花柄を出し、黄緑の小花の密生した穂をなす。美しい花ではない。〈本意〉名前は、蛭のいそうなところに生える藻という気持である。葉を蛭の居場所と考えるのである。水面の葉が水を覆って一番目につく。

山形の脚高橋やひるむしろ　籾山　梓月
*雨雲の風おろしくる蛭蓆　石田　波郷
蛭蓆より目を返すことおそる　岸田　稚魚
蛭蓆見るや用なき雨具手に　宇佐美魚目
彦山のつむりばかりや蛭蓆　村上　麓人
妻恋ひの目にぴつしりと蛭蓆　村沢　夏風
蛭蓆咲く辺の霧のややうすれ　和田　暖泡
村の裏よどみ漂ふ蛭むしろ　横山　仁子
蛭むしろ田に敷きつめて農婦病む　鈴木　華女
死のごとき枝川の水蛭蓆　田中　光峰

蓴菜《じゆんさい》　蓴《ぬなは》　茆《う》　水葵　蓴の花　蓴採る

ひつじぐさ科の多年生水草。古い池や沼に生える。水底に地下茎をのばし、長い柄で葉を水面にうかべている。うすい緑で楯の形である。茎と葉に寒天のような粘質物があり、それが特徴である。夏、三弁の赤い花を咲かせる。食用にするのは、新葉の巻いた部分とつづく茎の部分で、風味よく口あたりがよい。〈本意〉古名ぬなわ。これは滑《ぬめ》る縄の意で、独特のぬめりがやはり焦点になる。泥に生えず砂を好むといわれ、洛南の河水に多く、賓客にもてなすものとする城主もあった。

蓴池蛇の渡りて静かなり　高浜　虚子
旅人に遠く唄へり蓴採　飯田　蛇笏
じゆんさいの光るをすゝり山を愛す　巽巨　詠子
蓴採る一舟沼にかたむきて　山野辺としを
漕ぎ出て日向となりぬ蓴舟　奥野　素径
*蓴菜の箸より喉へすべりけり　佐之瀬木実
朝より酒生じゆんさいの箸に逃げ　石川　桂郎
写したる顔かき乱し蓴採る　鎌田　利彦
鎌の影そちこちと刈るぬなはかな　浜口　今夜
水輪ばかり拡ごる夜の蓴かな　秋山　夏樹

木耳《きくらげ》

きくらげ科のきのこ。梅雨どきから秋までの間、にわとこ、くわなどの生木、朽木に生える。きくらげとあらげきくらげがあるが、どちらも乾燥してきくらげとして売る。歯ざわりがくらげに似てこりこりしているので、きくらげといい、人の耳に形が似ているので木耳と書く。淡褐色に見え、内側はもっと黒っぽい。〈本意〉形が人の耳に、質がくらげに似ているところが焦点になる。保存食になる。

休らふや木耳生えし倒木に　増田手古奈
木耳の執著として樹肌かな　篠原　温亭
木耳を見てなかなかに死なざりし　萩原　麦草
*木耳や母の遺せし裁鋏　秋元不死男
足早き木耳採の谷へ日々　中村　若沙
木耳に谺邃くも来つるかな　山口　草堂
木耳や左右もおのれも貧窮裡　清水　基吉
木耳や杣の夜の火の濡れ色に　木附沢麦青
木耳の大耳小耳山木霊　横沢　葵
大朽木きくらげ採りの僧寄り来　静　良夜

梅雨茸《つゆだけ》　梅雨菌《つゆきのこ》

梅雨の頃に生えるきのこを総称していう。陰湿のところにできる。いろいろのものがあり、きつねたけ、うらむらさき、つえたけ、さくらたけ、しめじもどきなどさまざまである。食べられるものもあるが、ふつう食用とは考えない。〈本意〉梅雨どきは温度、湿度がきのこに適していて、いろいろできるが、あやしい美しさのもの、有毒のものもある。梅雨らしい、やや異様な感じがある。

梅雨茸や低空飛行実に低し　山口　誓子
梅雨茸の小さくて黄に君の墓　田村　木国
梅雨茸や勤辞めては妻子飢ゆ　安住　敦
梅雨茸の頸刎ねて門叩きけり　石塚　友二
＊梅雨茸のもろくも潰え匂なし　河野柏樹子
黄昏の梅雨茸の怪に憑かれけり　岡安　迷子
梅雨茸を踏みし不吉のにほふなり　桂　樟蹊子
金の粉をあげて梅雨茸崩れけり　野村　親二
梅雨茸を掃きころがして来りけり　山本　京童
藍そめや糸干す土間の梅雨茸　宮田とよ子
梅雨の茸長柄の傘をさしつれて　中尾　白雨
梅雨傘の松にとりつく一事あり　島　将五

黴《かび》　青黴　毛黴　麴黴　黒黴　白黴　黴の香　黴の宿　黴煙

下等菌類のなかの糸状菌で、糸状の菌糸を本体とする簡単な体制のもの。養分のあるところにとりついて、発生する。とくに梅雨時には発生しやすく、飲食物、皮製品、紙製品などなんにでも生える。よごれたものほど多く発生する。くろかび、あおかび、けかび、くものすかびなどいろいろで害のあるものもあるが、また人間に役立つこうじかび、くろかび、あおかびもある。〈本意〉梅雨時に発生しやすく、家中どこもかしこもかびくさくなって閉口する。日光にあてるのがかびの胞子を退治する簡単な方法だが、晴の日がなく、水分、養分、温度がかびに好都合なのが梅雨時である。

*この宿をのぞく日輪さへも黴　高浜　虚子
かほに塗るものにも黴の来りけり　森川　暁水
黴といふ字の鬱々と字劃かな　富安　風生
徐ろに黴がはびこるけはひあり　松本たかし
交響楽運命の黴拭きにけり　野見山朱鳥
すべて黴びわが悪霊も花咲くか　能村登四郎
仮借なく黴ゆくものの多かりき　徳永山冬子
黴厨匙きらきらと密集す　目迫　秩父
青黴のはげしき一隅のあるなり　谷野　予志
よく剪るる鋏失せけり黴の宿　神野三巴女
パン黴びて朝の欠食いさぎよし　金子　潮
能衣裳黴びてわが祖は猿楽師　後藤　綾子
黴のアルバム母の若さの恐ろしや　中尾寿美子
モンローの写真を壁に黴の家　里見　信子

海蘿《ふのり》　海蘿掻　布《ふ》海苔《のり》

紅藻類に属する海藻。浅い海岸の岩礁に生え、きわめて繁殖力がさかんである。十月に発芽、ふのり座を作り、十数本が生える。二センチから六センチの長さで、管状、空気を含んでいる。色は飴色でつやがある。夏にこれをとってほし、煮沸してまたほす。これが製品のふのりで、町で売っている。糊に使う。〈本意〉洗い張りに使うふのりの材料で、海岸の岩を紅紫におおう、繁殖力に注目される。

潮の来て何時しか居らずふのり掻　永田　青嵐
暁の礁動くと見しは海蘿掻き　藤井　秀之

＊かりこりとかりこりと掻く海蘿かな　志水　桃園
岩めぐるちりめん波や海蘿摘　須賀　明泉
海蘿生ふ鹿角菜のつかぬ岩なれば　森田　峠
海蘿干す老のあやしむ雲出たり　宮下　翠舟
海蘿掻潮垂草履ぺたぺたと　岡安　迷子
乾し上げし海蘿に小さき桜貝　高野あや子

荒布《あらめ》　黒菜《くろめ》　荒布舟　荒布干す

あたたかな海底の岩に生ずる海藻。わかめより粗大であり、茎の上方に幅のせまい副葉をたくさんはやしている。夏刈りとり、海岸に干し、ヨードをとったり、肥料、食料にする。黒菜というのは別名で、かわくと黒くなるためである。〈**本意**〉「このもの、外の和布《め》よりも粗大なるゆゑ、荒布といふなるべし」と『滑稽雑談』にあって、わかめと区別されている。大きく、粗末な感じが名前にもあらわされている。

＊怒濤来てゆるがす磯の荒布干　水原秋桜子
岩窪に深き海ある黒菜かな　山口　誓子
海女の背に一すぢかゝる荒布かな　高梨　花人
荒布干す女の他は磯動かず　大野　林火
荒布干す薄ら日なれど磯まぶし　植竹　春鳥
句にならぬ淋しき磯の干し荒布　大森　碧水
鷹も翼重き日あらむ荒布乾らぶ　成田　千空
濡れし身は無敵荒布を抱き運ぶ　津田　清子

海松《みる》

みる科の海藻。浅い海の岩礁について生える。二、三十センチの高さになり、直径三ミリほどの幹がたくさんに分岐し、濃緑の総になっている。形から松になぞらえ、海松《みる》房《ぶさ》といい、みるめともいう。〈**本意**〉たくさん枝わかれして総状になっている形が名前のもとになったが、岩礁を青いビロードのように覆うさまは美しく見える。昔は食用にしたが、今は用いない。平安朝の頃には髪の毛の美しさになぞらえた。

*海松房の漂ふさまを見てひとり　富安　風生
海松房やかぞへる魚の中にある　加納　野梅
舟虫のむるるにまかす海松の青　草村　素子
海松の黒混り魚類に朝日さす　相良　六浦

解説

たくさんの歳時記が作られ、利用されているが、歳時記の理想は、やはり一人の編者の手によって、一つの秩序ある調和のとれた季題宇宙をつくり出すことにあるのではないか。高浜虚子の、山本健吉の、中村汀女の、村山古郷の歳時記がすぐに頭にうかぶ。生活の中から生まれた歳時記をめざし、風雨や生活に特色を示した山本氏の歳時記などは、歳時記の一つの典型として、輝かしい存在感をもって私の裡《うち》にある。歳時記は、自然と生活にかかわる文化の総体なので、あとから作られるものは前のものを十分にとりこんで、しかも前のものになかった何かをつけ加えてゆくものであろう。山本氏の言われる季題・季語ピラミッド説を思い出せば、五つほどにすぎなかった季の詞が、和歌時代、連歌時代、俳諧時代、俳句時代と次第に数を増し、ピラミッド状につみあがってゆくのである。山本氏はそれらの季節をあらわす語のうち、美と公認されたものを季題と呼び、まだ公認されるまでにいたっていないものを季語と呼ばれた。このように幾時代もかけて、日本人が総がかりではぐくみ育ててきたものが季題の総体なのであり、その作業の進行は、今日でも明らかに眺められるのである。昭和時代、たとえば山口誓子の句集『凍港』の数々の新季題、「鰊群来」や「スケート場」など、中村草田男の「万緑」、加藤楸邨の「寒雷」を思い出してもそれはわかるし、また最近急に歳時記にとり入れられはじめた「牡丹焚火」などの季題もその例になる。『去来抄』に「古来の季ならずとも、季に然るべきものあらば撰み用ふべし」と言い、「季節のひとつも探し出したらんは、後世によき賜」という芭蕉のことばを紹介しているのも、そのことにつながる考え方であろう。新しい季題が見出されては、それが、大きな季題の伝統の中に組み込まれてゆく、それが歳時記に反映されるわけであり、歳時記は季題の不易流行の記録となるわけである。

　私達は歳時記の季題を用いて、季節の事物をあらわしてゆく。そのことばを勝手気ままに作り出すことは許されていない。季題とその傍題の範囲の中から、ふさわしいことばを選んで一句をなしてゆくべきなのである。さらにその上で注意しなければならないことは、それぞれの季題には、歴史的に熟成されてきた本意《ほい》があることである。本意は本情、本性ともいうが、季題のことばの歴史的に定まってきた内容の領域をいうのである。よく言われることだが、「春雨」ということばを使ったときには、「をやみなく、いつまでも降りつづくやうにする」（『三冊子』）のが本意なのである。春雨といっても、現実には、大降りの激しい雨も、すぐやむ雨もあるだろう。しかしこのことばを用いたら、しとしとと降りつづく雨をイメージしなければ本意にそむくことになるわけである。ことばの真実ということである。近代以後、写実的な態度が万能で、この点誤る危険があるので、本歳時記では、可能なかぎり各季題の本意をさがし求め、それを記すことにした。この点がこれまでの歳時記にない、一つの大きな特色となっているわけである。

　本歳時記は私が一人で描き出した季題宇宙になるわけだが、そのとき私が求めた一つの構想があった。それは各季題に一句ずつの理想的な例句を選び出したいというものであった。一つの季題に対してさまざまな句が作られる。雪月花のような代表的な季題の場合には、句の数は無数といってよい。だから、その季題をもっともよくあらわす句は一つとは限るまい。だがそれをつきつめて一句にしぼってゆけば、その例句はその季題のぎりぎり絶対の一句ということになろう。私は、俳句を作る者が何よりも心がけねばならぬことは、新しい季題ばかりを求めすぎて、おちつきのない句におもむくより、古くより使われ、使いふるびた季題に新しい活力を与えてよみがえらせることだと思うのである。かつて安東次男氏は、季題は雪月花の三つぐらいで十分だ、それで千変万化、いかなる境地でも詠えねばと述べた。私のこの試みはそのこころにそそのかされ、動かされたものといってもよく、一季題一句の絶対的例句を求める志向を示している。その例句は、俳人たちがのりこえるべき、高度の目標だといえるであろう。

一人で作る歳時記の長所を述べ、また歳時記が時代から時代への蓄積の上に成り立つものであることをも述べた。その上に私が加えるべき小さな工夫のことも述べた。こうしたささやかな、しかし、私の体温のこもる仕事も、個人のものであってみれば、まことに貧しく、弱々しい。そうした点からいえば、やはり衆知を聚めた大歳時記の力はすばらしいものである。たとえ、統一感の上で欠けるところがあっても、その蓄積した情報量は抜群で、並の歳時記の及ぶところではない。そのような意味で、私は角川書店版の『大歳時記』五冊に、鬱然たる大宝庫を見出すのである。講談社版の『日本大歳時記』などは、整理されすぎて、この角川大歳時記には及ばないと思う。その専門家による雑多な解説、考証、数多い例句は、まことに貴重な宝の山であった。このおびただしい資料は大いに役立ったことを銘記しておきたい。平凡社版『俳句歳時記』もくわしく、文藝春秋版『最新俳句歳時記』とともに蒙をひらくに役立った。番町書房版『現代俳句歳時記』、講談社版『新編俳句歳時記』、明治書院版『新撰俳句歳時記』、実業之日本社版『現代俳句歳時記』、新潮文庫版『俳諧歳時記』、角川書店版『合本俳句歳時記』なども、つねに座右にあって、参照をおしまなかったよい仕事であった。これらの業績の上に立って、一項一項筆を進めるとき、私はいつも、伝統の先端に立って、それを一かじり、一かじり進めてゆく、栗鼠か何かのような気持をおぼえていた。

一九八九年一月六日

索引

順序は新かなづかいによる。
（*は本見出しを示す）

あ

え

お

か

き

こ

さ

し

す

せ

そ

た

に

ぬ

ね

の

は

ひ

ま

み

編者
平井照敏（ひらい・しょうびん）
一九三一―二〇〇三年。東京生まれ。俳人、詩人、評論家、フランス文学者。青山学院女子短期大学名誉教授。句集に『猫町』『天上大風』『枯野』『牡丹焚火』『多磨』、評論集に『かな書きの詩』『虚子入門』、詩集に『エヴァの家族』など。

本書は、『改訂版　新歳時記　夏』（一九九六年一二月刊、河出文庫）を新装したものです。

新歳時記　夏　ポケット版

一九八九年　六月　二日　初版発行
一九九六年一二月一六日　改訂版初版発行
二〇一五年　二月二八日　復刻新版初版発行
二〇二一年　九月三〇日　軽装版初版発行
二〇二四年　二月一八日　ポケット版初版印刷
二〇二四年　二月二八日　ポケット版初版発行

編　者――平井照敏
装　丁――松田行正
発行者――小野寺優
発行所――株式会社河出書房新社
〒一五一-〇〇五一
東京都渋谷区千駄ヶ谷二-三二-二
電話〇三-三四〇四-八六一一（編集）
〇三-三四〇四-一二〇一（営業）
https://www.kawade.co.jp/

印刷・製本――中央精版印刷株式会社

Printed in Japan
ISBN978-4-309-03172-9